大鱼

有爱的青春陪伴者

他比星星撩人

【上册】

顾子行 / 著

江苏凤凰文艺出版社
JIANGSU PHOENIX LITERATURE AND ART PUBLISHING

图书在版编目（CIP）数据

他比星星撩人：全2册 / 顾子行著. -- 南京 : 江苏凤凰文艺出版社, 2024.12. -- ISBN 978-7-5594-9062-9

Ⅰ. I247.5

中国国家版本馆CIP数据核字第20247XV751号

他比星星撩人：全2册

顾子行 著

责任编辑	王昕宁
特约编辑	狐小九
出版发行	江苏凤凰文艺出版社
	南京市中央路165号，邮编：210009
网　　址	http://www.jswenyi.com
印　　刷	天津睿和印艺科技有限公司
开　　本	880mm×1230mm 1/32
印　　张	17.5
字　　数	512千字
版　　次	2024年12月第1版
印　　次	2024年12月第1次印刷
书　　号	ISBN 978-7-5594-9062-9
定　　价	65.80元（全2册）

江苏凤凰文艺版图书凡印刷、装订错误，可向出版社调换，联系电话025-83280257

上册目录

楔子 / 001

第一章 · 满天星 / 003
她喜欢他,却只想把这份喜欢藏在心里,
就像这夜色藏着星星。

第二章 · 尘间泥 / 060
她想像一颗星星,陪在他的身边。不,不只是星星,
她还妄想做星星上的那朵玫瑰。

第三章 · 夏夜梦 / 112
她在风里嗅到了甜甜的味道,像是百合又像是风信子。
不论是哪种,都让她深深陷在这炙热无悔的盛夏里。

第四章 · 我等你 / 156
人有两样东西很难戒掉,一样是喜欢,
一样是习惯,偏偏这两样她都占全了。

第五章 · 月色美 / 207
这一次,她不想逃避,只想勇敢地循光而去,
被烈日暴晒,或者死去。

下册目录

第六章·不落星 / 267
南方的明眸,乌黑的眼睛。我在你的目光中阅读爱情。
从我们相遇的那一刻,你是我白天黑夜不落的星。

第七章·我爱你 / 308
炙热的感情,曾在心尖疯狂地燃烧过,
纵使时隔经年,分道扬镳,那在心口留下的余温,依旧是滚烫的。

第八章·溺春风 / 354
爱没有逻辑,逻辑是禁锢的绳索。

第九章·吾娉汝 / 393
他心间滚烫,藏着一整个夏天的喜悦与秘密。

番外一·从前 / 443

番外二·幻影 / 453

番外三·火焰 / 459

番外四·逐月 / 463

番外五·紫云英 / 468

番外六·钟情 / 475

番外七·此情可待 / 478

后记 / 550

楔子

四月中旬。

D市的气温骤然升到入春以来的最高点。

海棠娇艳,一路从D大校门口开到生物系教学楼前,每一阵风拂过,都飘下一大片粉色的雪。

初音一行女生从长途巴士上下来时,正好站在那粉色雪海的中央。

十分钟后,D大官方微博,一组照片被疯狂转载,标题为:惊!X大研究搞不过我校,来使美人计了!

热评第一条:都是仙女,我愿意。

热评第二条:让让,这是我的女朋友,不要抢。

阳光透过硕大落地玻璃照进安静的生物实验室。

江星辰正伏在显微镜上记录细胞分裂数据。这个实验他已经重复做了三个月,调整了无数次参数,今天才终于成功。

舍友张群抱着手机站在他边上,公猪似的叫了几声。

江星辰不堪其扰,皱了皱眉。

"声音小点。"

张群只安静了一小会儿,又继续叫。

江星辰从口袋里翻了金属打火机出来,"砰"地砸过去。

"再吵下去,毕业设计自己弄。"

"猪叫"彻底止住了。

不过,张群也想知道江星辰看到这些女生会有什么反应。毕竟大学四年,大家同样都是"单身狗"。

"哥,你看下,就一眼。"说话间,张群把手机屏幕转了过来。

江星辰不耐烦地扫过去一眼,待看清照片上的人时,他指尖一抖,压碎了镜头下的载玻片。

三分钟后,一张照片配字的评论成了第三条热评:
说真的!我系高冷大神江星辰,动凡心了!
敌军的美人计可能真的成功了!

第一章 满天星

七月，暑假的第一天。

初音拿着成绩单踏进家门时，陈芸正把一锅稀饭往外泼。一小串稀饭飞出来，溅在了初音裸露的脚背上。

稀饭已经冷透了，胶水似的，黏糊糊的。

厨房里黑黢黢的，只门口的地方晕着一团光亮。陈芸正在里面和张林对骂，锅碗瓢盆"砰砰"作响。

"妈！"初音朝里面喊了一句。

没有人应。

天气很热，泼出去的稀饭很快招来了苍蝇。

初音站在院子里，酷热的阳光下，苍蝇成群结队地在米饭间飞来飞去。她忽然想到了班主任方冰今天骂她的话："一泡鸡屎坏了一缸酱。"

墙角放着把发了霉的扫把，初音拿过来，麻溜地把那些稀饭扫到了前面的阴沟里。

黏腻的稀饭顺着凉鞋缝隙流进脚底，初音走一步就打滑。她皱了下眉，走到厨房那个黑洞里去。

陈芸和张林吵架的内容，初音终于听清了。两人争吵的缘由是张林买了把剃须刀，陈芸嫌贵。在她家，由鸡毛蒜皮引发的战争几乎每天都在发生。

对此初音已经习以为常，她伸手在那锈迹斑斑的水龙头上拧了一下。蓝管子膨胀起来，蛇一样扭到了院子里。

湿漉漉的水迹在干燥的水泥地面上劈开了一道眼睛。

初音捡起管子，对着脚背冲了冲，稀饭留下的痕迹消失殆尽。

凉鞋沾了水，更滑。她蹬掉鞋子，赤脚跳过滚烫的地面，几下蹦到了屋里。她渴得厉害，进门就找水喝。

塑料罩子下放着几片西瓜，陈芸当时切得太急，汁水流得到处都是，在白色的桌面上留下一道道红印。

初音拿过一片，发现瓜瓤散发出一股酸味，早馊透了。

客厅的茶几上放着开水壶，初音找了杯子倒水。水是温的，不烫，正好解渴。

她刚喝下去一口，陈芸迎面冲上来，一把夺过那杯子，"砰"地砸在地上，玻璃杯的碎片散了一地。

"你们班主任刚给我打电话了，你胆子大了，竟然敢骂老师是苍蝇。"陈芸扯着嗓子，声音又尖又细。

"妈……我没有。"

初音确实没有那么说。

当时整个班的人都在，她被班主任方冰照着脸扔了卷子和成绩单，她考了倒数第一，被他骂了那句经典台词。

那句话，初音并不陌生，她平时听很多老师说过，但她有点不明白，于是小声问："老师，你怎么知道，我是鸡屎还是鸭屎的？"

教室里先是静了一会儿，接着便响起了哄堂大笑。

"你……你、你……"方冰连说三个"你"，脸上红一阵白一阵，他显然没想到平时一说话就低头的初音竟然敢拿话挤对他，"给我去外面站着！晒晒太阳！"

眼下陈芸并不想听初音的解释，她只觉得丈夫和女儿都是来对付她的，她"扑通"一下坐在地上号哭起来："我造的什么孽啊？！"

初音抿着唇不敢说话，她沉默着把那些散落在地上的杯子碎片扫干净。

陈芸的哭声凄厉而沙哑，初音最怕这个。

她只好认错。

陈芸让她跪着，她便一声不吭地跪着。

过了很久，陈芸终于不哭了。初音站起来，提了书包进房间。

黑色的书包底部潮湿一片，隐隐还有些凉意。初音忽然想起什么，飞快摁开了金属搭扣。

书包里的那盒冰激凌已经彻底融化了，好看的红色和橘色软绵绵地搅在了一起。

她的同学方丽，每天午睡醒来后都会去买一盒这样的冰激凌。据说这是今年的新款，名字好像是"草莓撞香橙"，一盒要六块钱。

初音是没有钱买这些的。

她家很穷。

眼前的这盒是一个人送给她的。

初音回想起几个小时前自己在教室外面罚站的情景——

三伏天的早上，一丝风都没有，非常热。她身上的T恤才一会儿就湿透了，紧紧地黏住身上。汗水从头发里流出来，顺着额头滑进眼睛里，火辣辣的，有些疼，她就伸手去揉。她手背上也有汗，一来二去，她的眼圈就红成了兔子眼。

"哟，犯了什么错啊，哭成这样？"一道好听的声音从不远处传来。

"我没有哭。"初音下意识地回了一句。说完，她抬头，视线对上一双琥珀色的眼睛。那真是一双漂亮的眼睛，眼尾狭长又细，初音脑海里想到了一个对应的名词：丹凤眼。

此刻丹凤眼的主人正笑着和她说话："这样啊，那为什么要罚站？"

初音心情不好，不打算理他。

她这个样子，反倒激发了男生说话的欲望："怎么不讲话？犯了错，不好意思？"

男生很高，初音连他的胳肢窝都没到。

他将手插进白色运动裤的口袋里，嘴唇勾着，带着痞气，一副看好戏的模样，简直和班里那些看她笑话的人别无二致。

初音绷直了背，白了他一眼，道："关你什么事？"

他"嗤"了一声说："挺凶啊，属老虎的？"

初音半晌才反应过来他在骂人，瞪着他说："你才属老虎！公老虎！"

他憋了半天，到底笑了出来。

初音从来没有见过哪个男生笑起来可以这么好看，又这么恶劣。

她撇过头，不再理他。

初音在太阳下待久了，脸蛋晒得通红，嘴唇也起了皮。

方冰的班会还没结束，她非常热，而且非常渴。

"要喝水吗？"男生适时地问。

初音摇头，他勾着唇，"咔嚓"一下拧开了手里矿泉水的盖子。

在渴得要命的人面前做这些，简直就是酷刑。

"真不喝啊？"他把瓶子递过来。初音看到里面晃荡的水，嗓子里直冒烟，但她不想就此低头。

"不喝算了。"男生握着瓶子，一仰头，"咕嘟咕嘟"喝起来。

少年的喉结，在光影里一下一下滚动。

初音有一瞬忘记了渴意，全神贯注地看他喝水。

这人的皮肤真白，脖子里的血管都能看得清清楚楚。

一瓶水见了底，男生发现初音在看他，挑了下眉说："叫声哥，我去给你买。"

"哥!"她清脆地喊了一声。

"哎!"男生又笑了,是那种晃人眼睛的笑。

很多年后,初音回忆起这一幕,依旧弄不清当时自己为什么会喊他"哥"。

也许是他太好看了,又也许,只是因为她太渴了,希望他给买瓶水。

总之,他真的去了学校超市。

只是他买的不是水,而是一盒冰激凌。

男生把那盒冰激凌放到她手里就走了,初音来不及问他名字,因为在那一瞬间,方冰的班会结束了,同学们蜂拥而出。

教室空了,方冰站在门口,远远地朝初音喊了声:"进来。"

初音下意识地把没来得及拆封的冰激凌塞进校服口袋,匆匆跑回了教室。

方冰盯着她看了一会儿,让她收拾书包回家。

初音没想到方冰会这么容易放自己走,生怕他反悔,小跑回座位上,一拉抽屉,把所有的东西一股脑倒进了书包。

校服口袋和她的皮肤之间仅隔着一层T恤的薄布,冰激凌冰得她难受。

方冰一出门,初音便立刻将那个橘粉色的盒子塞进了书包。

她的自行车坏了,张林推去修还没送回来。学校连着她家的公交车,一早上只有两趟。一趟来,一趟回,错过就得步行回家了。

辛好,初音跑得够快,没有错过这班车。

老旧的公共汽车,"突突突"卷过一阵黑烟,开走了。

此时此刻,初音盯着这彻底化成一摊水的冰激凌,不知该如何处理它。许久之后,她揭开盖子,舀了一勺放进嘴里。

冰激凌已经一丝凉意都没有了,黏黏的,很甜,有股草莓、香橙和奶油混合着的味道。一天的不愉快仿佛在这一瞬间消失了。

初音吃了几口，忽然有些舍不得。她把那盖子小心翼翼地封上，打开了房门。

陈芸已经不哭了，张林也出去了。她溜进厨房，拉开冰箱门，把那盒化掉的冰激凌快速地塞到最下面的抽屉里。做完这一切，她自然而然地走了出来。

午餐的菜色非常简单，初音心情好，吃得飞快。

张林没多久也回来了，他不知道在哪里吃过了午饭，手里还提着一袋香瓜。

于是，午饭后，初音多了一项任务：她要把这些香瓜送到李奶奶家去。她怕去晚了，李奶奶要睡午觉，她不敢耽误，套上干了一半的凉鞋就出门了。

刚刚过了正午，日头特别烈，初音走了一会儿，冒了一身汗。

李梅家来了客人，院子里停着一辆非常酷炫的自行车，红黑相间的配色，车轮很细，连后座都没有，这是她从来没有见过的样式。

至少，在她认识的同学里，没有一个人有这样的自行车。

初音正盯着那车入迷的时候，忽然听见有人说："喂，不进来吗？"

少年的声音慵懒而缱绻，却好像在哪里听过。

初音偏了头，见枇杷树下的藤椅上躺了个人，腿很长，脚尖抵着那椅子晃呀晃的。她逆着光，看不清他的眉眼。

等走近了，她下意识地屏住了呼吸。

琥珀色的眼瞳，惺忪的丹凤眼，初音忘不了。

男生嘴角勾起一抹妖孽般的笑："这么巧啊，小鬼，又见面了。"

初音有点紧张，舔了舔唇，结结巴巴地说："你……你是公老虎？"

嘿！

喊他什么？

公老虎？

江星辰被这个称呼气到了，他脚掌踩地站起来，身下的藤椅"刺啦"一声定住了。他长腿一迈，三两步到了她面前。

初音看他这架势，以为是要打她，立马缩了脖子要跑，却被他拎住了领子。

"怎么看到我就要跑？快叫哥。"

初音仰着脸，抗拒地说："不叫。"

李梅这时从里面出来。

初音见到了救星，顿时扯开嗓子喊："奶奶，他要打我！"

江星辰气笑了，但说话声音依旧好听："我什么时候打你了？"

初音还嘴道："你刚刚没打，可你正准备打！"

江星辰松开她说："那你说说，我为什么要打你？"

"因为我说你是公老虎。"

"你……"

李梅笑了好一会儿，说："星辰，你多大了，还欺负妹妹？"

江星辰终于不再和她计较，躺回了藤椅上。竹制的椅子吱呀作响，将他身上那股懒散劲儿衬得更甚。

初音完成了任务要走，却被李梅留下来吃西瓜。

红艳艳的西瓜，切成了精致的小块，放在白瓷碗里，格外好看，也非常解渴。

这时，躺椅上的江星辰也下来了。他洗过手，拉了张小板凳坐过来。那桌子很小，他的腿又太长，膝盖抵着桌子，很难让初音忽视他的存在。

初音注意到他吃西瓜的时候，慢条斯理，非常讲究。而且，初音还发现他的手指骨节分明，皮肤很白，指甲修剪得干净整齐。

江星辰咬了口西瓜，皱眉道："你干吗老盯着我看，又打什么主意？"

初音偷看被他逮住，立刻把视线收回来，立马拔高了声音反驳："我

才没有看你!"

"好,好,好,你说没有就没有,行了吧……"他说话的尾音低低的,很好听,像是在水里洗过了一遍。

临要回家时,李梅还要送她一个西瓜,初音不肯要,可根本拒绝不了,因为江星辰已经先她一步抱起西瓜出门了。

西瓜在他手上,她不敢去抢。

天太热,走路就显得有点无聊。无事可做的江星辰便开始逗她玩——

"你刚刚怎么不喊我'哥'了?

"之前不是听你叫哥叫得挺好的吗?

"怎么当着家长的面不叫了?"

他的声音低低的,带着些笑意,又有几分磁性。

初音一路紧抿着唇,不敢看他,也不敢接他的话。这种感觉是从来没有过的,有点像害怕,又有点像旁的。

不久,两人到了初音家门口。

里面又是"丁零当啷"的响声,不用想也知道,是张林和陈芸在吵架。

初音长这么大,从来没有这么希望一个人不要去她家里。

江星辰也看出来了。他扯过她的手腕,将硕大的西瓜塞进她的怀里,懒洋洋地说:"到门口了,你自己进去吧,我就不去了。"

"嗯。"初音明显松了一口气。

"就这样?"江星辰眨眨眼,笑得有些晃眼。

初音抬起头,乌黑的眼睛看着他,郑重其事地说了声:"谢谢。"

说完,她一把拉开锈迹斑斑的大门,兔子似的跑了进去。

江星辰眉梢微挑,勾了下唇,还挺好玩。

初音放下西瓜,立刻冲进了卫生间。

她打开水龙头洗了把冷水脸,心情平复后才出来。出来正好碰到洗席子的陈芸，免不了又被一顿骂："干什么去了？送个东西去这么久？家里的事也不知道帮忙做！一会儿我还要去上班。"

初音不敢说留在李梅家吃西瓜的事，只说李奶奶睡午觉了，她喊了半天的门。

她接了陈芸手里的刷子，蹲下来认真地刷起了席子。那些白色的泡沫一簇簇地冒出来，又一簇簇地被水冲走。

晚饭后，张林把江星辰替初音拎回来的那个西瓜切掉了。

西瓜非常大，也非常甜。

初音一面埋头吃，一面想路上江星辰的那句抱怨："这破西瓜也太沉了。"

她惊了一瞬，这才发现自己竟然能回忆起他说过的每一句话。

这时，张林忽然开口道："李奶奶的外孙从城里过来了，说要在这边过暑假。"

初音听他提及那个男生，立马坐直了，转念又觉得这个动作太突兀，便佯装摸鼻子，说："哦，我去的时候正好碰到了。"

张林点头，想到了以前的事，笑道："你很小的时候见过他的。"

初音先是"啊？"了一声，很快又"哦"了一下。

陈芸接过话头，继续讲："这个小伙子明年要高考了，成绩非常好。初音，你看看人家，再看看你！"

初音顿时觉得嘴里的西瓜不甜了。

晚上睡觉的时候，初音一直在想今天见过的那个男生。他吃香瓜会是什么模样？

他送了她一盒冰激凌，她给他送去一袋香瓜，结果又收了一个西瓜。

这样看来，她还是欠他的。

暑假，班主任方冰又给陈芸打过几次电话，大致意思是让她赶紧给初音找个老师补补课。

初三是升学的关键时期，如果初音再这样混下去，连普通高中的门都进不了，更别说重点高中。

陈芸平时从来没有关心过初音的学习，这几天倒是去街上问过几家辅导班，可那些辅导班都贵得很。家里的钱都用在给张林治病上了，根本抽不出来。

周四晚上，李梅来家里玩。陈芸和她谈了几句，李梅说可以让自己的外孙给初音补课。

初音起先还有点不愿意，她好像有点怕见到那个男生。

可陈芸去门口拎了个棒槌进来。

这下，她不去不行了。

初音第三次见到江星辰，是在几天后的早上。

她背着个大书包站在李梅家里时，江星辰正端着茶杯，立在水池边刷牙。他嘴里含着水，有点口齿不清："起这么早啊？等我一下。"

那之后，初音安静地站在晨光里，看着他接水、仰头、漱口。

一长串的动作完成后，江星辰转过身来。

初音立刻低头，避开了他灼灼的目光，像只耷拉着脑袋的兔子。

江星辰笑了笑，说："喂，你还没告诉我你叫什么名字。"

初音立刻自报家门。

江星辰伸手过来，淡笑道："江星辰，江水的江，满天星辰的那个星辰。"

他的手指刚刚碰过水，凉凉的。

初音和他握了一下，很快便缩回了手。

十四岁的小姑娘，对男女有别这件事特别介意，她的脸有些烫。

江星辰当然不明白少女的心思，他说："你是不是很热？耳朵都热红了。"

初音不敢说话。

十分钟后，江星辰抱了碗煎饺出来，他一边吃，一边点评初音的数学试卷："抛物线的题目没一道对，全军覆没，你可真行。"

小兔子的耳朵蔫了一只。

"解方程式你都不会吗？至少写个解呀，惨不忍睹。"

小兔子的两只耳朵都蔫了。

"你是怎么做到选择题完美避开所有正确答案的？全蒙C也能有四分之一的正确率呀。"

小兔子已经缩成了一只小乌龟了。

初音来的时候已经做好了可能会被他批评的准备，可真被他这么说，还是过不去这道坎。她低着头，不言不语，只眼泪在眼眶里转啊转的。

江星辰抓了抓头发，觉得有点棘手。

"喂，你可别哭啊，我可不会哄人。"

初音一听，更加委屈了，眼泪没收住，哗哗往下淌，那张瓷白的小脸顿时变得湿漉漉的。

江星辰跑进房间拿了一包纸出来，递给她。

初音抽了一张，眼泪是擦干了，可抽噎一时半会儿止不住，整个人缩在那里一抽一抽的。

江星辰只好想办法夸她："你看，你这道题的解题思路非常好，可惜算错了。"

初音总算抬起了头，她看了一眼他指的地方，抽噎略停了一下。

江星辰见夸奖有效，赶紧把她的其他卷子翻出来说："嗯，语文算是你的强项，字也很端正。"

这回抽噎彻底止住了。

江星辰趁热打铁，继续说："你这英语作文也写得很好嘛，逻辑清楚。"

初音终于笑了。

江星辰仿佛看见那对缩起来的兔耳朵又立了起来,他松了口气,坐了下来。

逗她是挺好玩的,但得慢慢地逗,耐心地逗。

给她补课时,江星辰发现初音其实很聪明,好多地方一点就通,不明白她为什么会考倒数第一。

青春期的叛逆?

也就不懂事的小孩会做这样的事。

初音的午饭是在李梅家吃的。

江星辰发现小姑娘只一门心思吃素菜,红烧排骨和鸡翅碰都没碰。难怪到了这个年纪还又矮又瘦,像个小学生。

他夹了个鸡翅到她碗里,说:"不要挑食。"

其实初音不是挑食,她很喜欢吃肉,可这毕竟是在别人家里,而且江星辰在,她有点不好意思。

初音吃完鸡翅,小心翼翼地把骨头吐出来,甚至学着他的样子将骨头放在餐巾纸上。

一个鸡翅吃完了,碗里又多了两块排骨。

糖醋裹着排骨,甜丝丝的,非常好吃。

李梅去厨房盛饭,江星辰拿筷子敲着她的脑袋问:"你刚刚是不好意思,想吃肉又不敢夹?"

初音咬了下唇,红着脸嗫嚅道:"没有。"

"没有不好意思啊,那就是想让我替你夹咯?"江星辰故意逗她。

初音大窘。

江星辰"扑哧"一声笑了:"好了,不逗你了,多吃点。"

他笑起来的样子特别好看,眉眼弯弯,瞳仁里好像缀着星星。

初音被那个笑容晃得晕乎乎的,心脏好像被什么东西刺中了,又麻又涩。一瞬间,她觉得有什么东西生了根,发了芽,只是看不见光。

后来有一年,她读到一首诗,也终于明白了那是什么感觉:

> 如果给你寄一本书,我不会寄给你诗歌
> 我要给你一本关于植物,关于庄稼的
> 告诉你稻子和稗子的区别
> 告诉你一颗稗子提心吊胆的
> 春天

午饭后的洗碗工作被初音抢走了。

李梅乐得清闲,摇着扇子去外面打牌了。

盛夏的中午,庭院里静悄悄的,偶有风吹过,卷着头顶的枇杷叶子沙沙作响。

江星辰闲得没事做,倚在门框上看她洗碗。

初音拧开水龙头,放了半池子水,然后将那些碗筷、碟子整齐地放进去,手指浸到水里,一个接一个地洗,非常娴熟。

"在家经常洗碗?"他问。

"嗯。"

"你妈让你洗的?"他有睡午觉的习惯,这会儿困了,声音有点哑。

"不是,我妈有很多事要做。"为了给张林治病,陈芸上午要在镇上的一家超市里做收银员,下午去厂里扫地。初音能做的只有这么点家务。

江星辰勾了勾唇道:"小鬼,看不出来,你还挺懂事。"

初音有点恼,还有点羞,她偏头看了他一眼,说:"你能别叫我小鬼吗?"明明只差了三四岁,这么一叫总显得她很小。

"可以呀,那你再叫声哥听听。"

算了,她再也叫不出口,实在太羞耻了。

初音洗完碗,江星辰又给她补了一会儿英语,什么过去式、被动语态讲了好多。他实在困得厉害，随手抽过她的英语书，用红笔圈了一串单词递过来。

"好好背，一会儿我抽你默写。"他一本正经地说完，找了本书往脸上一盖，仰面睡着了。

初音的记忆力非常好，江星辰圈的那些单词，她一会儿就背完了。翻看英语试卷时，初音看到他用红笔写的语法注解。

江星辰的字，流畅遒劲，非常好看。

她鬼使神差地从书包里翻出个本子，一笔一画地照着他的字临摹。

墙上的旧式大钟忽然"哐当哐当"响了两下。

江星辰惊醒过来，一把掀掉脸上碍事的书。

初音几乎是在同时合上了手里的本子。她有些心虚，努力装出一副还在背单词的模样，但她刚刚放下的笔顺着桌沿滚到了桌子底下。

她赶紧弯腰去捡，起身时不注意，脑门一下磕在了八仙桌上，"砰"的一声。

江星辰赶紧到桌子下面去扶人："磕哪儿了？"

初音嘶着气，指了指脑门。

江星辰把她的刘海掀起来，皱眉道："我看看。"

他的手正捉着她的一撮头发，因为离得近，初音僵在那里不敢动。

他看了很久才松开她的刘海，松了口气说："没多大事，蹭破了点皮。"

初音"嗯"了一声，不敢看他。

江星辰看出来了，狭长的眸子眯成一道线，撇嘴道："陈初音，你刚刚是不是做什么坏事了？我怎么感觉你有点做贼心虚呢。"

初音下意识地摁住了手下的本子。

他凑近了一些说："让我猜猜，你是不是刚刚偷懒，没有背单词？"

初音立刻举手道："我有背的。"

江星辰勾勾手，指了指她压住的本子，淡淡吐出两个字："拿来。"

初音"啊？"了一声，却没动。

江星辰拨开她的手，拿起那本印着哆啦A梦图片的本子，撕了一张空白的纸下来，懒懒地说："我报中文意思，你来默写。"

初音总算松了口气。幸好他没有看本子里面的内容。

初音的单词默写全对，江星辰又开始督促她写数学题。

数学这个科目和语文、英语到底有点不一样，可以死记硬背的内容非常少，逻辑性又非常强。

初音前面两年时间基本荒废了，这会儿举着支笔，装模作样地在试卷上画。

江星辰怕她写不出来答案，再把试卷戳破了，索性抽走她手里的笔，把试卷往自己面前一拉，正色道："看好了，这道题让你求证的是BC=ED，你在图中找到这两条线，一看都是三角形的边，猜想一下可能是要先证明这两个三角形全等。再看条件，有平行，有相等，角边角……"

头顶的电扇呼呼地吹着，眼前少年握着笔一边说，一边画。他的声线低沉而柔和，他的手好看得刺眼。

初音成功走神了。

江星辰讲完题，指节在桌面上敲了一下，问她："懂了吗？"

初音摇了摇头。

江星辰有点恼，叹着气说："这么简单的题目，你怎么这么……"

"笨"字还没说出口，他看到初音的脑袋已经垂了下去。

算了，他大发慈悲再讲一遍吧。

这一次，初音不敢再走神了。

这道题涉及的证明条件她虽然弄不明白，但是基本的解题流程和思路已经理清楚了。

接着，江星辰又给她讲了些非常基础的定理。

初音总算会了一道题，他又出了一道类似的题目，初音做对了。

这让第一次做老师的江星辰很有成就感。

傍晚初音临走前，江星辰往她书包里丢了一盒牛奶，随口道："喏，这是给你今天认真学习的奖励。多喝点奶，长长个子。"

初音背上包，高兴地跑到门口。

放学这么开心？活像只偷到了胡萝卜的兔子，江星辰觉得有点好笑。

这时，初音忽然又跑了回来，她冲着江星辰礼貌地鞠躬，说："谢谢你，星辰哥。"

门廊里的白炽灯亮着，冷白的光均匀地照在她的发顶，晕出一个墨蓝色的光圈。那个光圈晃呀晃地从视线范围里消失了。

江星辰眉毛动了动，半晌笑了。

初音出门便放慢了步子。

夏天的月亮出来得很早，这会儿已经到了天空的中央，特别亮。初音觉得今晚的月亮格外可爱。

她心里高兴，脚下的步子也不由得加快。

快到家时，初音迎面碰上她的同桌兼好友云渺。

"初音，你怎么才回来啊？我都等你好半天了。"云渺等了她许久，语速有些快。

"我妈让我去补课，才回来。"

云渺听到她说要补课，觉得有点稀奇，笑道："你转性了，要好好学习了？"

"没有。"初音摆了摆手解释道，"我妈催得厉害，我不去的话，会挨棒槌。"

"那你没上课睡觉，把你的辅导老师气吐血吗？"

"没有。"初音脸有些红，她非但没有睡觉，还学得特别认真呢。

云渺是什么人，一看就知她在想什么，勾唇压低了声音问："初音，你这新老师是哪里的？"

初音说是邻居家的一个哥哥。

云渺"哦"了一声。

初音赶紧转移话题："你快说正事。"

"你让我帮你打听暑假工的事，有消息了。"

"在哪儿啊？"初音很开心，连带着脸上的表情都亮了几分。

期末考试前，她请云渺打听暑假工的事，但她年龄小，好多老板都不肯用她。

"街上的蜜度甜品店，七块钱一个小时。"

"几点到几点？"初音问。

"下午两点到晚上六点。"

初音想，晚上六点倒没什么关系，她可以和陈芸说补习时间延长了，但下午两点就要去的话，她得和江星辰商量。毕竟人家好心好意地给她补课，她还要翘课去打工，总觉得好像有点对不起他。

云渺也看出了初音的顾虑，笑道："要不你还是好好学习？暑假工的事我帮你回了？"

初音急忙拉住云渺说："你别回，我去的。"

云渺走后，初音把她刚刚修好的自行车推出来，仔仔细细地擦了一遍。

虽然这车没有江星辰的那辆漂亮，但是它可以让她省下往返学校的车费。

天彻底黑了下来，头顶一颗星星都没有，初音长长地叹了口气。

其实对于未来，她是早有打算的。她不想像同龄人一样去上高中，而想早点出来工作。她心疼陈芸，也厌恶了家中频繁的争吵。

早点出来挣钱，这一切都可以得到解决。

这个决定是初音在升上初中的第一天做的。这也是为什么她小学成绩拔尖，初中却一路倒数。

起先，初音还会听课，只是故意在考试的时候瞎写。后来方冰总是让陈芸去学校，说她考试捣乱。她就干脆做了个彻头彻尾的坏学生，不学习，不听课，考试也写不出来。

初音从没有对任何人说过这些。

她觉得这会是她永远的秘密，却没想到不久之后，江星辰成了知道这秘密的第二个人。而且，他还轻而易举地扭转了乾坤……

第二天早上，初音还是在和之前一样的时间到了李梅家。不过，她今天是骑自行车来的。

和江星辰那辆漂亮的自行车摆在一起，她的自行车就显得格外破旧、过时。

江星辰差点以为这是从哪个垃圾回收站捡来的。但当他看到女孩略带惊慌且窘迫的眼神时，他心里忽然没来由地堵了一下。

那是个等待嘲讽的眼神。

某个瞬间，他有点心疼了，生怕一个闪失，伤了眼前这小姑娘的自尊心。

江星辰将视线从自行车上收回来，冲她勾了勾手指，说："陈初音，你过来。咱们说道说道，就这么点路，你特地骑辆车来，到底是有多懒？"

初音张了张嘴，说："我……"

"说不出来了吧，懒鬼。"

江星辰的语气戏谑，脸上的笑却很温和，一瞬间将初音心里的冰化掉了。

曾经，有无数人见过这辆车，他们的评语都很伤人。

江星辰没有，他和那些人是不一样的。

他是这样的心细如尘，顾及了她那点可怜的自尊心。

初音忽然笑了。

"笑什么？"他抬起眼皮看向她。

"没啊，我没笑。"初音说。

江星辰从鼻子里哼了哼道："希望一会儿做题时你还能笑得出来。"

他今天给她补的课更有条理，不仅分了科目，还分了难易。初音那不想读书的决定被暂时抛到了一边。至少，这个时候，她不想辜负他。

吃过午饭，初音便开始琢磨怎么和江星辰说今天下午要去打工的事。

江星辰也发觉小姑娘有心事，不过他没有主动问。

下午一点二十分的时候，初音忽然站起来说，下午的课她不上了。

江星辰抱臂靠在椅子里，指节在桌面上敲了敲，神情有些不悦。

"理由。"他说。

"我……我有事。"

"什么事？"江星辰那双琥珀色的眼睛直直地盯着她。

初音被他看得有些心虚，支支吾吾好半天才说："我同学要找我去街上玩，可能这几天都要去……"

"打游戏？"他问。

"嗯。"初音犹豫了片刻，点了点头。

"去吧，"江星辰懒洋洋地朝她挥了挥手，"我正好睡个午觉。"

初音还有点不放心，紧张地绞着手指，用蚊子叫一般的声音说："那我妈要是问起来……"

江星辰忽地把一条长腿提起来，架在板凳上，俯身靠近她。

初音的心没来由地一紧。

他"嗤"了一声道："那我就说你一天都在这里，行吗？"

初音快速点了点头，下意识想从他的视线里逃出去，却被他猛地摁住了头顶——

"哎，小鬼，你可得藏好咯，要是被你妈发现，我可就成你的共犯了。"

初音点头如捣蒜。

出了门，初音将自行车踩得飞快。

她一路骑到街上，远远见云渺从黑色的摩托车上跳下来。

如果不是认识她，初音根本不会将眼前的女孩和他们学校的年级第一联系到一起。初音胆小乖巧，云渺则不一样，她自由嚣张、睚眦必报。

她们俩会成为好朋友，要从很久之前说起。

云渺在太阳底下等久了，有点不耐烦地说："你怎么才来啊？"

初音赶忙解释："稍微耽误了一会儿。"

云渺领着初音进了甜品店就走了。

玻璃门推开，又合上，蒸腾的暑气就被隔开了。

老板娘是一个微胖的中年女人，她和初音简单地聊了几句，就开始教她做事了。

初音的工作内容很简单，只需要将制作好的甜品端给堂食的客人。

这家甜品店的生意非常好，整个下午初音都没有坐下来休息过。虽然累，但她非常开心，因为她终于可以帮家里减轻些负担了。

初音下班的时候，太阳刚刚落山，天还没有黑透。

她一路骑车回去，远远地看见江星辰站在一棵柳树下。

他已经洗过澡，换了身白色的运动装，清爽而英俊。

很快，她发现江星辰的注意力并不在马路上。

她佯装看不见他应该可以吧？

初音收回视线，继续淡定地骑车。骑过那棵柳树后，初音的心终于轻松了一些。正当她准备加速逃离现场时，身下的车子却忽然蹬不动了。

她脚尖点地，扭头，见江星辰正似笑非笑地看着她，而他的一只手正握着她自行车的后座。

"怎么着，把我当空气啊？"声音低沉，带着难辨喜怒的清冷。

"没有……"她倒是想把他当空气，可当不了啊。

"说吧，下午到底去的哪里？"

初音赶紧瞎编："网吧。"

江星辰松开她车子的后座，绕到前面，指尖在那老旧的铃铛上连续拨了好几下。

沉闷的"咣当咣当"声响起，初音的心也一下提到了嗓子眼。

这人在生气。

即便生气，他的嘴角依旧勾着，周身的痞气压过帅气。

"你胆儿挺大，敢骗我啊。"江星辰的声音不大，上扬的尾音激得初音心惊肉跳。

因为不放心她，他下午特意去了趟街上，只是，他找遍了眉山所有的网吧，都没有找到她。

初音低着头，不敢看他，只小声说了句："对不起。"

从江星辰的角度，正好看到初音像一只蔫得不能再蔫的兔子。

这也太好对付了，他的气顿时消了大半。

"说说吧，去哪里了？"

初音只好垂着脑袋如实交代，当然她把与云渺相关的内容省略了。

这回是实话，因为他闻到了她头发上的奶油味。

他低低地叹了口气："你一个小孩，学大人挣钱做什么？"

初音沉默着，只低头抠那车龙头上的锈渍。

江星辰看出来了，她这是无声的抵抗。

算了，他也不忍心逼她，放软了语气说："好了，下次不要骗我。"

初音点头，脑袋依旧垂着。

"累不累？"江星辰问。

"有点。"

"晚饭吃了吗？"他说这句话时已经在笑了。

"嗯。"初音总算抬起了头。

江星辰踢飞了一颗小石子，漫不经心地说："没良心的小鬼，也不知道给我带点吃的，好歹哥哥我还做了你一下午的共犯，而且担惊受怕了一个下午……"

天彻底黑下来了,初音推着车和他一起往回走。

星星出来了,挂在头顶,很亮很亮。

一个星期后,江星辰收到了一块草莓蛋糕,初音送的。

精致的塑料盒子,外面系着一根玫瑰色的丝带。

"送我的?"江星辰打量完手里的盒子,垂眼盯着她笑。

初音点头,有点不敢看他的眼睛。

"花了多少钱?"他问。

"也不是很贵。"刚好她一天的工资。

江星辰每年生日,收到的蛋糕、巧克力不知道有多少,下面还都放了花花绿绿的信。

相比之下,这是他收过的最纯洁的蛋糕了。

他当着她的面拆开了包装盒,吃了一口,然后皱了皱眉道:"不怎么好吃嘛!"

初音眼睛睁得老大,怎么可能?她特意让做蛋糕的师傅用了最好的奶油。

"不信你尝尝看?"江星辰挖了一块奶油,递到她唇边。

初音吃了一口,发现他是在骗人。

初音一下跳上自行车,溜了。

江星辰把手里的蛋糕吃完了也没明白她为什么要跑那么快。他今天好像也没逗她啊?就哄她吃了口蛋糕而已,应该不至于生气吧。

一整个晚上,初音都没睡好。

于是,第二天早上,江星辰看到小兔子脸上多了一对黑眼圈,禁不住打趣道:"昨晚做鬼去了?"

初音扯谎说看电视看晚了。

江星辰有点不信,却也没拆穿。毕竟,他不想一早上就看到只蔫兔子。

初音背完一篇古文,江星辰跷着腿把一架红色的小飞机放到了她面前。

"喏,这个给你玩吧。"

初音一眼认出这是用昨天蛋糕盒上的丝带做的。

心脏的某个角落仿佛让人捏了一下,她有些不确定地问:"这个真给我啊?"

"不要吗?"说话间,他便伸手来拿。

初音一下飞扑上去——

江星辰的手没有碰到飞机,倒是碰到了小姑娘柔软的脸颊。

他收回手,却见初音把脸埋进了胳膊里。

完了,小兔子好像被他逗哭了。

江星辰赶紧哄:"哎,飞机给你,别哭了。"

她没哭,只是担心他把飞机拿回去而已。

江星辰并不明白少女的小心思,站在边上放软声音和她说话。

"我请你吃雪糕呀?"

初音不应答。

"还是说你想吃烤鸡?"

初音依旧没动。

"都没有中意的啊?那我报一些,你选选?蒸羊羔、蒸熊掌、蒸鹿尾儿、烧花鸭、烧雏鸡、烧子鹅、卤猪、卤鸭……"

初音实在没忍住,抬脸笑了。

很多年后,初音回忆起眼前的一幕,依旧忘不掉少年眉宇间的宠溺。

吃过午饭,初音看了会儿书,见时间差不多了,忙推着自行车出门。骑出去一段路,她发现车胎瘪掉了。

江星辰躺在藤椅上刚打过两下扇子,便见小姑娘火急火燎地冲了回来。

"有打气筒吗？"因为着急，她说话的声音比之前大了许多，巴掌大的脸上全是汗，太阳一晒，脖颈都在发红。

江星辰愣了愣，站起来说："等下，我找找。"

不一会儿，初音便见他提着个打气筒出来了。她伸手去接，江星辰却已先她一步蹲下，固定好了充气夹。打气筒在他手里来回压了好多下，车胎一点动静都没有。

江星辰看了她一眼，摊手道："爆了。"

爆胎？

"完了……"这时候爆胎，她都不知道找谁修，而且也来不及。迟到的话，老板娘肯定会骂死她。

江星辰起身走到里面，把那辆漂亮的自行车推了出来，说："骑我的车去吧。"

初音没想到江星辰会舍得把这车借给自己。他很宝贝这辆自行车，基本每天都会擦。

江星辰见初音半天没动，有点不耐烦地扯了扯嘴角道："发什么愣，我可没空一直替你扶着。"

初音有点不确定地问他："这车真借我骑啊？"

江星辰从鼻子里漫不经心地"嗯"了一声。

初音接过车把，往外走。

江星辰把手插在口袋里叮嘱道："一会儿找个阴凉的地方停，记得上锁，这可是我的宝贝，千万别给弄丢了。"

初音点了点头说："我回来立马还你。"

实际上，江星辰的这辆宝贝车对初音来说有点难骑。

他的个子高，坐垫升到了最上面一格，而初音腿短，坐在坐垫上就够不着脚踏，只好往前倾着身体，以一种半站在上面的姿势操控。

江星辰看她这样骑出去，又把她喊了回来。

"下来。"他说。

"哦。"初音想,江星辰肯定是不想把车借给她了。

她正想着要去找谁借车,却见江星辰弯腰,手指灵活地松掉了两粒螺丝,"啪嗒"一下把那皮坐垫摁到了最底下的位置。

做完这些,他示意她骑上去。

初音的眼睛顿时亮了。

原来他是来替她调车的,她就知道江星辰不是那么小气的人。

初音跨上去,脚尖一踩,车子就跑出去老远。

江星辰在后面喊:"记得骑慢点。"

"知道啦!"初音太喜欢这车了。不仅漂亮,还好骑,遇到有坡度的地方,稍微蹬几下就上去了,不像她的那辆老古董,遇到上坡路,下下来推根本上不去。

更重要的是,这可是江星辰的心肝宝贝。

初音嘴角勾着,脚下带风,一路骑得飞快。

不用江星辰说,她都想好要怎么保护这车了。用句江湖气的话说,叫"车在人在,人亡人亡"。

到了打工的地方,初音找了处阴凉地把车停好。

然后,她哼着歌进了店里。

甜品师见状,问:"初音今天心情很好?"

初音弯了弯嘴角说:"我自行车坏了。"

"门口放的是你的新车啊?"

"不是我的车,是我借的。"

好吧,他可能是真的老了,理解不了小朋友为什么借个车也能这么开心。

打工结束,初音骑车往回走。

她把车子从东大街骑到西大街,深觉满街的车都不如自己身下这辆。

太拉风了！太酷炫了！难怪江星辰会拿它当宝贝。

出了西大街，夕阳彻底落了下去，路上的人少了很多。初音转了个弯，远远看到路边站了个爆炸头。

她一眼认出来这是他们学校之前的一个小混混，挺出名的，被开除了，高她一届，叫许铭。

这人曾经不依不饶地纠缠过云渺一段时间，后来不知道因为什么事放弃了。初音也是在那个时候知道他名字的。

也因为知道，所以她不想与这人有什么交集。

可有时候，事情的发展偏偏不尽如人意。

爆炸头准确无误地喊出她的名字。

初音礼貌地朝他点了下头，并没有停车和他聊天的意思。

"喂，你这车挺好看的，下来让我骑骑呗。"

初音一听他提自行车，心脏跳得飞快，脚连蹬几下，把车子骑远了。

许铭扯着嗓子嚷："让你借我骑一下，你骑这么快做什么？"

初音不说话，低头更加用力地蹬车。

许铭见软的不行，直接来硬的。他骑上自己的自行车追上初音，把她使劲往路牙上挤，差点将她逼到一旁的水沟里。

初音降了车速，许铭超过去，将自行车往路上一横，拦住了她的去路。

她脚尖点地，把车子掉了头，想往街上人多的地方骑。

可许铭不依不饶，又追了上来。

初音出了一身热汗，又急又怕。她生怕摔跤弄坏江星辰的车，干脆咬牙把车子稳当地停在了路边。

许铭用下颌指了指初音道："把车推过来。"

初音一脸坚决地回："我不。"

许铭冷哼一声，就要来抢。初音护着车大声喊："这是别人的车，不能给你骑。"

许铭彻底怒了。

"管它是谁的车,我今天就要骑。"说完,他一只手摁在了坐垫上。

初音也不知哪里来的力气,一把抱住他的胳膊,趴上去咬了一口。

许铭吃痛,一脚踹在她腿上。

初音连人带车掀翻在地,她的头磕在车架上,一阵眩晕想吐,好半天才爬起来。

许铭不知道从哪里找了把刀,蹲下来,在车子的金属架上敲了敲,冷森森地说:"破车搅了我的心情,我今天不骑车了,就想看你哭。你不是宝贝这车吗……"

初音意识到他这是要划车,一把扑上去握住了刀刃。

左手掌心被割开了两道口子,血渗出来,滴在了许铭脚上。

许铭也吓了一跳。

"松手!"他喝道。

"我不!"

许铭大约也怕把事情闹大,匆匆丢掉刀子,连骂几句之后,跳上自行车跑了。

初音赶紧检查车子。许铭的刀子没碰着,只是她之前摔的那一下在车架上留下了一道刮痕。

她把车子扶起来。手心太痛了,单手骑车也不方便,她怕再摔坏车子,就一路推着往回走。

天色一点点暗了下来。

初音的车已经修好了,江星辰却迟迟没有等到小姑娘回来。

屋子里的钟连敲了八下,又沉又闷,已经是晚上八点了。江星辰终于坐不住了,他起身跨上那辆丑自行车去找初音。

盛夏的晚上,风也是热的。

江星辰也不知道为什么要骑那么快。

老旧的自行车，从车把到链条，每一个地方都在响。骑了好远，终于碰见了初音。他长腿往地上一放，在她面前停了下来。

"怎么才回来？"见她不答，江星辰又问了一句，"怎么车子也不骑？"

初音没想到江星辰会来找她。她心里压了一路的害怕、恐惧，还有委屈，都在见到他的那一瞬间全涌了出来。她的牙齿不受控制地打着战，腿也在抖。

江星辰见她有点不对劲，关切道："生病了？"

初音摇了摇头，低低地说："没有……"

江星辰缓声问："发生什么事了？"

初音努力使自己平静下来，可一开口，还是沾染了哭腔："我……不小心摔了一跤，弄坏了你的车。"

"摔哪儿了？我看看。"

"不太严重。"初音下意识地把手藏到身后去。

江星辰还是发现了，略提高了些声音道："手伸出来给我看看。"

初音僵在那里没动。

江星辰不由分说地捉过她的手腕，把手掌翻过来，掌心那两道红色的口子一下露了出来。

"怎么弄的？"他皱眉问。

初音依旧答："摔跤。"

江星辰的脸沉下来了，声音也冷了几分："小鬼，我要听实话。"

初音抿了抿唇，一言不发，又在无声地抵抗。

江星辰第一次意识到，面前的这姑娘虽然看上去柔柔弱弱的，但内心深处自有一份刚强与坚韧。

这份坚韧，太招人心疼。

他这么想着，连带语气都软了几分："其他地方有没有受伤？"

初音摇头说没有。

江星辰掉转车头，拍了拍后座，冲她说："上来，我带你回家。"

"那你的车怎么办？"

"也给我。"

下一秒，初音就看到江星辰右手握着他手里的车把，左手接过她手里的车，长腿一蹬，两辆自行车便一同动了起来。

"跑两步，跳上来。"他说。

晚风吹过少年的T恤下摆，他的声音散在了风里。

那一刻，初音脑海里滑过无数词：如风、似月、似星……

初音跳上后座，晚风瞬间吹起了她的长发，那些恐惧好像也都散在了风里……

到了李梅家门口，江星辰将车子停好，转身进了院子。

女孩听话地在门口等他。

门廊里的灯还亮着，成群的飞虫绕着金属灯罩乱飞，偶尔撞到灯罩发出很轻的"哒哒哒"的声音，夜格外宁静。

江星辰进去又出来，手里多了个袋子，里面装着生理盐水、碘伏、棉签、药膏和纱布。冷白的灯光落在他头顶上，初音的目光落在了他清俊的脸上。

他几步到了她面前，看着她说："伤口要先清洗，再消毒，有点痛，怕吗？"

初音摇了下头，她从小被她妈妈打习惯了。

江星辰握住她的手腕，替她处理伤口。

他神情专注，那灯光洒在他脸上，他的半张脸陷进一片柔和的阴影里。少年的睫毛很长，弯弯的影子落在鼻梁上，随着他眨眼的动作轻微晃动，柔软而温和。

初音就这么静默地看着他。

心脏"怦怦"跳着，手心的疼痛似乎在一瞬间消失了。

江星辰帮她处理好，涂上药，又扯了纱布帮她包扎好，抬头正好撞见初音那双乌黑的眼睛，不禁笑出了声："在看什么？这么入迷。"

初音差点脱口而出"你"。

她抽回手，舔了下嘴唇，单手推着她的破旧自行车，飞一样地跑了。

江星辰挑挑眉，有些错愕。

怎么跑那么快，他还没来得及嘱咐她伤口不要碰水。

初音推着车进家门，老远看到陈芸，她悄悄将手藏到了身后。

陈芸没怎么注意她的手，问："今天怎么回来得这么晚？"

初音随便找了个借口道："我去街上买了点文具。"

"下次早点回来。"陈芸还想说什么，初音已经几步跳上台阶进了屋里。

洗完澡出来，初音把那架小飞机小心翼翼地从书包里翻出来。她不明白，江星辰怎么会有闲情逸致做小飞机，而且还做得这的小巧可爱。

她垂着眼睫，指尖摩挲着丝带的表面。

许久，初音站起来把那架小飞机托在手心里，想象着它飞起来的模样，她太开心了。

从这天起，她心里多了一个秘密，关于江星辰的。

次日，初音照常骑车去补课。她还没到李梅家，便在路上碰到了江星辰。

他穿着黑色T恤和黑色的牛仔裤，手上戴着露指的黑色皮手套，抱臂斜靠在墙上，长腿边上放着那辆漂亮的自行车，整个人看起来有些痞痞的帅。

初音看得有点呆，不过她很快就回过神来，推着车往里面去。

"等下，"江星辰忽然伸手拦住了她，"今天有事，不补课。"

初音"哦"了一声，还没来得及掉转车头，就看他迈开长腿，跃上了那辆漂亮的自行车。江星辰扭头朝她勾了勾手，说："书包放进去，和我

- 032 -

一起去办点事。"

"好。"

"手还痛吗？"他的目光在她的左手上扫了一圈。

"已经不那么痛了。"她可以单手骑车。

初音跟着江星辰一路骑车到了街上，他忽然开口说明了此行的目的："别的事我不想问，但是你总得告诉我，昨天是谁欺负了我的宝贝吧？"

初音知道他说的是自行车。

男生找人，自有一套办法，香烟就是其中一种。

不过，江星辰只发不抽。

很快，他们探听到，许铭就在离这里不远的一个小网吧里。

江星辰忽然从口袋里掏出一张五十块的钞票，递给初音说："天热，上次给你买的冰激凌还记得不？买两个来，我想吃。"

初音愣了愣，问："现在去啊？"

"嗯，现在想吃。"

初音接了钱，匆匆到对面的小卖部去找那个草莓撞香橙，可惜没有找到。她怕江星辰等太久，便随意挑了两支雪糕，匆匆出来。

江星辰早把车骑到网吧门口，弯腰把车子锁了，径直到里面找人。

乌烟瘴气的地方，非主流的爆炸头有点多。

他懒得找，直接塞了一百块钱给网管，借了他们的音响，冲里面吼："谁叫许铭，出来。"

许铭一下从凳子上蹦了起来，骂起来："你什么口气啊！"

江星辰睨了他一眼，眼底的光冷了下来，声音也沉了下去："你给我出来！"

许铭反手摸了张凳子，朝江星辰砸去。江星辰侧身躲过，快步走过来，长腿抬起，一脚踹在许铭胸口上。

"你昨晚是不是要抢一个小姑娘的车？"

许铭啐了一口,说道:"是又怎么样?关你屁事!"

江星辰一只脚踩在凳子上,倾身过来,照着他的嘴就是一拳。

"我的车被你弄花了,我妹妹也被你弄伤了,你说这事是私了,还是公了?"

"什么私了公了?"

江星辰冷嗤一声,低头从烟盒里弹出一根烟,随手摁燃金属打火机,点上。少年的俊脸笼进腾起的烟雾里,凤眼半眯,有着不符年龄的老成。

"年满十六周岁,抢劫加蓄意伤人要判几年,知道不?"他的声音不高,目光冰冷,极具压迫感。

一听说要坐牢,许铭的气势立马弱了下来,说话都有点打结:"怎……怎么私了?"

江星辰看了他一眼,冷笑道:"很简单,你昨天怎么划我妹妹的,照做一遍。"

"昨天是她自己不要命冲上来的,不关我的事……"

江星辰抬脚踢了踢脚下的凳子,神色冷清,很淡地笑了一声:"行啊,那就公了。"

许铭一听,立马慌了。

"等等,私了,私了。"他拿起网管放在桌上的水果刀,临下手还有些犹豫。

江星辰低头,把玩了两下打火机,然后将它砰地砸在桌面上,那些吵闹的背景音顷刻间安静了下来。

"你到底想好了没有?快点。"

许铭舔了舔唇,不敢再耽搁。他撇过头,将刀子放在手里,用力一握……

江星辰冷哼一声道:"行,这事就这样了了,再敢动她一下,哼……"

一个哼字,冷森森的,许铭禁不住缩了缩脖子。

初音买了雪糕回来,江星辰刚好从网吧里出来。

他见了她，嘴角很轻地弯了弯，和刚刚在网吧里判若两人。

"解决了？"初音把雪糕递给他问。

江星辰用牙齿撕开雪糕袋子，咬了一口雪糕，轻描淡写地答了个"嗯"。

初音又问："怎么解决的？有没有打架？"

江星辰顿了步子，摊手道："你看我像那种打架的人吗？"

初音点点头，说："像，非常像。"

江星辰笑，伸手在她头上拍了拍，说："你看走眼了，我是文明人，从来不打架。"

因为靠得近，初音闻到了他身上的烟味。

"你刚刚抽烟了？"

江星辰笑了下，说了实话："没有抽，但是点了烟，为了烘托气氛。"

初音咬了口雪糕，继续问："烘托什么气氛？"

江星辰发现自己竟然被这小姑娘给套了话，禁不住挑挑眉。

两人推着车子到了路口，长街上尽是车，初音左右打量，好不容易寻着一个合适的机会过马路，忽地被江星辰喊了名字。

她转过身来，视线撞进那双琥珀一样的眼睛里。

"小鬼，你说说，昨天干吗往人刀上蹭？"

初音低下头，没有说话。她不知道许铭和他说了什么，她也不想解释什么。

眼前的小兔子又蔫了。

江星辰好气又好笑，他走近两步，一把捏住了她后脖颈。

"下次要是遇到这样的事情，不要去硬碰硬。他要是抢钱，就把钱给他；要是抢车就把车给他，第一时间保命懂不懂？"

脖子那里的麻痒迫使初音缩着脖子僵在那里。

江星辰松开了她继续说："不长记性，下次看我揍不揍你。"

"你不是说不打架吗？"初音小声嘀咕。

"你还顶嘴？"江星辰又捏住了她的脖子。

初音不敢再说话。

少年语气含笑，低低地叹了一声："刚好来了，不着急回去，去买点礼物送给你。"

初音万万没想到，江星辰要送的礼物，是初一到初三整整三年的试卷，什么科目都有，花花绿绿，堆在结账的地方，像座五指山。

初音觉得自己命运的咽喉被人握住了，一口气都喘不上来。

偏偏江星辰不能理解初音的这种心情，修长的手指在那"大山"上敲了敲，语气轻松地问："喜欢不？"

呵呵呵，她能喜欢才有鬼呢！

初音苦着张脸，没有说话。

见她这个样子，江星辰再度失笑，朝她勾了勾手指，说："送你的。"

初音没动。

她不想要，一点也不想。

江星辰勾了勾唇，笑得有点坏。

"陈初音，你看起来不太高兴啊，是不是嫌少了，要不我再买两本？"说话间，他伸手就要去拿书架上的书。

初音差点被吓出眼泪，连忙逮住他的胳膊说："不少了，不少了。"

江星辰看了眼那一堆书，再看看眼前跳脚的小兔子，懒懒地撇嘴道："行吧，不买了。"

出了门，江星辰伸了个懒腰，心情大好，特别是对着小兔子委屈巴巴的后脑勺。

初音一路没说话，心情很不好。

江星辰连蹬了两下踏板，将车子骑到和她齐平的位置，又开始哄她："我又没让你现在就写。"

那以后也是要写的吧……

这么多，她就算抄答案，一个暑假也抄不完。

江星辰忽然空出一只手来往她头上一拍，好脾气地说："行了，别愁了，回头给你圈点题做做。"

距离初三开学还有十天。

暑气去了一些，早晚凉快不少。

整个暑假，初音都是上午在江星辰那里补课，下午再到甜品店打工，风雨无阻。江星辰已经给她补完了初二下学期的全部内容，还顺带帮她预习了新学期的内容。

这会儿，初音正低头在桌子上写练习册。

门廊里刮进来一阵大风，吹倒了压着草稿纸的塑料水杯。泼洒出来的水在桌面上迅速漫开。她赶紧站起来，抢救那些被水浸湿的练习册。

江星辰丢了块抹布给她，自己则走到院子里去。

黑云翻滚，空气里弥漫着大雨来临前的气息。

初音拎着湿漉漉的抹布到外面去拧水，瞥见江星辰仰头盯着黛青色的瓦片发呆。那琥珀色的眼睛依旧好看，但不太开心。

大雨在一瞬间倾倒下来，初音快速拧干抹布，箭一样冲回来。

江星辰还静默地站在那里，豆大的雨珠砸在头顶的瓦楞上，飞溅进来的雨水落到他长长的睫毛上，变成细小的水沫。

初音觉得心里最柔软的角落被针刺了一下。

虽然江星辰不说话，但初音感觉到他有心事。

她没有问，就这么陪着他站了一会儿。

李梅在厨房里做饭，大雨在院子里倾泻。

雨声很大，仿佛将她和江星辰锁在了一个安静的世界里。

初音额前的刘海被雨水打湿了，水珠从她的眉心流到鼻尖，有些痒，她没忍住，打了个喷嚏。

喷嚏声将江星辰的思绪牵了回来。

他转身，见初音像只落汤鸡一样站在旁边。

也就是在一瞬间，他又变回了那个痞痞的少年。

"你站在这里干吗？"

初音心虚地说："我……我看雨。"

"行，"江星辰把手插进口袋，边往里走边说，"你继续看，我进去了。"

初音见他走了，也赶紧跟上。

刚进门，她脸上就被他丢了条毛巾。

"擦擦吧，别一会儿又跑去告状。"

初音鼓了鼓腮帮子小声争辩："我才没有要去告状。"

她又不是小孩子，成天告状。

初音把头发擦干了，江星辰很自然地接过毛巾在脸上抹了一把，然后皱了皱眉，一脸嫌弃地说："你是不是没洗头，一股馊味。"

初音大窘，下意识地扯了一缕头发凑到鼻尖上使劲闻。

抬头却见江星辰转着手里的毛巾，笑得发颤。很明显，他刚刚的话是在捉弄她。

这人太坏了，可偏偏他坏，她却不讨厌。

初音坐下来，继续对付堆积如山的练习册。

江星辰也跟着坐了下来，他转了转手里的笔，忽然问："小鬼，你有没有什么害怕的事？"

初音没抬头，说："有啊，我最怕我妈打我。"

陈芸每次揍她都用那种又细又长的柳条，抽在腿肚子上能疼好几天，所以她从小最讨厌的树就是柳树，偏偏这柳树又是插根枝条就能活的生物，农村到处都是。

江星辰忍了半天笑，没忍住，笑出了声。

初音也跟着笑。

女孩的话匣子也在无意中打开了:"每次我妈打我的时候,我都会把眼睛睁得很大,她打一会儿就不会再打了。我想,遇到害怕的事,最好的方法就是面对它。"

女孩的脸仰着,上面细小的绒毛清晰可见。

江星辰盯着她看了一会儿。放暑假以来,他心里从没这样平静过。

面对吗?

他纠结了一个暑假的问题好像忽然有了答案。

半晌,他拿起练习册在她头上敲了一记,说:"小鬼,和你说点事。"

江星辰鲜少有这么正经和她说话的时候,初音放下笔,抬头看他。

江星辰把手里的笔丢进她的笔袋,掀唇道:"我可能要提前回去处理点事情,学习的事你自己上点心。"

"我会好好学习的。"初音低着头答了一句,心里却闷闷的。

早知道会各奔东西,却不知这一天来得这么快。

江星辰笑着说:"我以为你会哭着喊着求我别走呢?"

"怎么可能……"初音的大眼睛闪了闪,眼里的光都是柔软的。

两人都没再说话。过了一会儿,江星辰屈指在桌上敲了敲,痞痞地说:"为了让你不那么想我,我已经把你后面十天的作业圈好了。一会儿我帮你抱回去,让你妈监督你写。"

初音差点气得跳起来。

吃过饭,初音又问江星辰能不能晚一天再走,他同意了。

下午,初音去店里向老板娘辞掉了兼职。

工资全部结清了,她点了点,有一千四百多。她偷偷塞了一千块钱在陈芹放钱的箱子里,自己留了剩下的四百多。

初音想,她欠了江星辰这么大一个人情,总归要表示表示吧。

还有……她想和江星辰好好道个别。

再过一年,他们的人生轨迹将去往两个截然相反的方向。

江星辰会去一所大学，而她则会踏入社会，为生活奔波。

他是她漆黑夜里的一粒星。

一颗流星，一闪而过。

她想要靠近他，却只能把这份感觉藏在心里，就像这夜色藏着星星。

第二天早上，她特意早起打扮了下。她把头发扎得高高的，刘海夹起来，然后换了一条绿色的纱裙。

这件纱裙是她过十岁生日的时候亲戚送的，有点大，她一直没穿过。

初音无比庆幸自己这几年没有长高太多，这裙子还能穿。

她从大门进来的时候，江星辰正蹲在地上喂猫，远远看到她，差点没敢认。绿色太衬她的肤色了，那露在外面的小腿像是两段削了皮的嫩藕。

他恍惚间竟生出一种"我家有女初长成"的错觉。

初音很满意他眼里一闪而过的惊艳。

"要出去玩吗？我请客。"她说。

江星辰丢掉猫粮，拍拍手站起来，说："成啊，去哪儿？"

"你定就行。"她笃定，他想去的地方，她也一定喜欢。

"去北极看熊也行？"江星辰故意逗她。

初音抿了下唇说："行是行，但我没那么多钱，路上恐怕要带你要饭乞讨，你可能要受很多的苦。"

江星辰本来只是想逗她一下，没想到这姑娘会接着他的话茬往下说，一下笑喷了。

"以前怎么没发现你这么能说？"

"你以前也没说要去北极呀。"以前她不敢，现在是离别壮了她的胆。

江星辰走近了些，那双琥珀色的眼睛望进她的眼底，笑了下说："那我要是说愿意呢，你打算……怎么办啊？"

初音眼珠转了转，回答道："你长得好看，就负责唱歌、跳舞，表演才艺，我就负责吃喝和收钱。"

江星辰思考了下计划的可行性，说："行，那我愿意。"

北极终究太远，极地海洋动物馆倒是不远。

两个小时的车程后，两人到了目的地。

江星辰站在长长的队伍里买票，初音就站在他边上跟着队伍的步调往前挪。

前面的人取了票，江星辰冲里面说："一张全票，一张半票。"

工作人员探出脑袋看了眼初音，问："还没有一米五吗？"

"当然没有。"初音想说有，却被江星辰摁低了脑袋，"我妹才五年级，哪里有一米五，你看看，多矮，顶多一米四五。"

等检了票进去，江星辰走在前面，初音跟在后面，闷闷地嘟囔："我有一米五的。"

江星辰随口"嗯"了一声，继续低头研究手里的导览图。

初音接着强调道："我已经上完初二了，马上开学就是初三了，也不是小学生。"

"嗯，我知道啊。"江星辰不知道眼前的小姑娘在较什么劲，他已经将地图和实际的场景对上了，一会儿有场海豚表演，海豚馆离这里很近，"往这……"

"江星辰。"初音忽然打断了他的话。

认识这么久，小姑娘还是头一次叫他全名。

江星辰顿了步子，转过来，看向她——

玻璃隧道外游过一头白鲸，初音头上的光线被挡住了一些，脸上的光暗暗的。

小姑娘看起来委屈巴巴的。

他走过来，在她脸上捏了一下，语气轻柔地说："行啦，我知道你不是小孩子，刚才是为了买半票才那么说的嘛，我向你道歉，成不？"

不，你不知道，你根本什么都不知道。

初音越想越难过，眼泪落到了他的指尖上。

江星辰没想到她会哭，慌了神，只好扯着T恤的下摆帮她擦眼泪。

谁知小姑娘的眼泪像开了闸的水一样，根本收不住。

他只好低下头来，放软了声音哄："初音，你肯定会长高的，说不定初三毕业能长到一米六，高一就能长到一米七……"

初音一边抽泣一边问他："一米七有多高？"

江星辰就拿自己当尺子，立在那里给她比画，差不多到这里。

那是他的肩膀。

初音想，要是她现在就能长大该多好。

她也很想亲眼看看，长大的自己和江星辰到底差了多少。

可是没机会了啊……

不一会儿，海豚表演开始了，富有节奏感的音乐传来，人群一点一点地挤到他们这条路上来了。

初音忽然意识到这么哭下去会耽误时间，她抬起头，吸着鼻子问江星辰："你地图看好了吗？我们是不是要来不及了？"

江星辰点头笑了下，随即伸手拉着她往里走。

他走得很快，初音腿短，总是要小跑几下才能追上，好在他后来放慢了步调。

为了营造海底的氛围，隧道里的灯都很暗。

少年颀长的身影淹没在阴影里，靠近灯光时那张清俊的脸才能瞥见全貌。

初音喜欢这里的昏暗，她可以大胆地偷看江星辰而不怕被发现。

终于到了海豚馆里，观众席几乎全部坐满了，只前面空了几个位子。

江星辰一路领着初音到那里落座。

初音有点羞耻，因为她的左边、右边全都是幼儿园的小孩子，虽然她矮，可她没这么小吧。

场馆里非常嘈杂，孩子们也非常闹腾。

江星辰说了句话，但是周围太吵，她没听清，问："什么？"

他便伸手，靠到她耳边，以两个人都能听见的声音说："一会儿可以摸海豚。"

温热的气息吹到了初音耳朵里，一下一下，痒痒的。

初音的心尖像是被羽毛拂过，很轻的一下。

江星辰说完就把视线转回了前面的舞台上，海豚已经在饲养员的引导下游了过来。

很多小孩子冲上去摸海豚，江星辰也怂恿初音上去。

她不肯，鼓着腮帮子说："那是小孩子才喜欢做的事。"

江星辰笑了，小姑娘今天好像特别在意年龄小这件事。他也不勉强，继续看表演。初音却在悄悄地看他。

等表演结束，那些小孩子麻雀一样扎堆起身，疯跑着到后面去找爸爸妈妈，初音接连被他们撞了好几下。

人散了，台阶上卖纪念品的小商贩还在，初音觉得新奇，多看了两眼。

江星辰以为她喜欢，掏钱要买，被初音拦住了。

"我来，我请客嘛。"

江星辰勾唇笑了下，行，她买。

小姑娘要充大人，给个面子。初音买了两串海豚挂件，递了一串给他。

初音的那串是白色的，江星辰的这串是蓝色的。

他把那串海豚挂件提起来，大大小小的海豚挂件"叮叮咚咚"地碰撞在一起。江星辰垂眉研究了一会儿说："你的那串和这串看起来挺像一家人的。"

初音"嗯"了一声，心里发热。

就是因为像，她才买的啊。

后面他们还看了很多动物，江星辰像个百科全书一样给她普及知识，比如哪些动物是要冬眠的，企鹅是爸爸带娃之类的。

潺潺的水声充满耳朵，初音恍惚间觉得自己身处梦中……

江星辰的声音低沉而干净，初音一直很认真地在听。她想记住关于他的所有细节，哪怕这梦很快就要醒来。

从海洋馆出来，已经是傍晚了。晚风从大片的梧桐树林里吹过来，散掉了一天蒸腾的暑气。不远的地方有家蛋糕店，整条路上都飘荡着甜甜的奶香味。

出口处是个下沉式的广场，好多人蹲在地上喂鸽子。有人路过，那些鸽子便会扑棱到空中，云朵似的，挤挤挨挨。

江星辰往下走了几级台阶，随意地坐下，然后将长腿搭在下面的几级台阶上，双手交叠着放到后脑勺下面，仰面躺了下来，整个人看起来散漫而慵懒。

初音在他旁边坐下。

大理石台阶还是热的，太阳的光线温柔，就像他。

江星辰就那么躺在那里，半合着眼，同她讲话："那些试卷你要好好写，做个好孩子，知道不？"

初音捏着手里的瓶子，垂眉"嗯"了一声。

过了一会儿，初音问他："你家远吗？"

江星辰说不远。

初音很淡地"哦"了一声。

反正山重水复，远不远都再见不到了。

太阳徐徐落到了地平线以下，他忽然坐起来说："我的车不带走了，送给你吧。"

初音有些惊讶，问："那不是你的宝贝吗？"

他叹了口气，眼里有一闪而过的晦暗，连带着说话的声音也低了几分："我可能暂时骑不了，正好你那辆老古董可以下岗了。"

"为什么骑不了？"初音问。

江星辰没回答。

不知是不是错觉，初音看到他眼底的光黯淡了不少。

但很快，他就又恢复了平日里那玩世不恭的模样，笑着说："不为什么，总得留样东西让你想起我这个老师，省得你不好好学习。"

初音抿了抿唇，没有说话。其实，不用任何东西，她也忘不了他的。

初音把那辆自行车推回家，还不忘和陈芸解释了车子的由来。

陈芸也没说什么，转身送了些家里的菜去了李梅家。

初音把那辆车推到后面的储物间里去。她的老古董车还能用，江星辰的这辆宝贝车，她舍不得碰。

为了不让车子蒙尘，她特意找来一张很大的塑料膜，将车子罩了起来。

睡觉前，初音将那串白色的海豚挂件和那架红色的小飞机一起，放到了抽屉里面。

暑假剩下的日子里，初音一直记着江星辰的那句话。她有好好学习，就像他在的时候一样认真。

等她把江星辰圈的那些题目写完，忙碌的初三生活就正式开始了。

毕业班晚上要求上自习，初音便住在了学校。

云渺一如既往地走读，有时晚自习直接翘掉，老师从来不管她。

初音则不一样，她成绩差，不敢造次。

说来也奇怪，江星辰给她补过课后，她最难理解的数学好像一下通了。

只是，她并不想让老师和陈芸知道自己的进步。她要以差生的身份踏出校门去。成绩好了不念高中，陈芸会不甘心的。

初音所有的作业都有两个版本，交上去的那个版本都是错的，而写在草稿纸上的才是对的。

她会认真写一遍，只是因为江星辰。

初三的第一次月考很快来临，初音不无意外地又是倒数第一。

毕业班的第一次家长会结束后，方冰把陈芸留下了。初音跟在陈芸后面进了办公室。

方冰边把初音的作业递给陈芸看，边说："你看看她平常的作业，一点都不用心。"

初音瞥见那上面一串串的红叉和鬼画符，反倒松了口气。

陈芸出了学校就开始骂初音，一直骂到了晚上。她骂，初音就垂着脑袋听，一句嘴也不回。

初音见她骂得累了，起身去帮她倒了杯水，这更加惹恼了陈芸。

陈芸深深地觉得，女儿和她没用的丈夫一样让人讨厌。

也就是一瞬间，她把手里的杯子狠狠地朝着女儿砸过去。

搪瓷杯子撞到初音的额头后，"咣当"一下滚到了水泥地上。杯子里的水不烫，却湿漉漉地洒了初音一身。

即使这样，初音也没哭。

张林听到动静出来，看到初音沉默地站在那里，身上和脸上都是水。

"你又发什么疯？孩子这么大了，你已经骂了一个晚上了，怎么还能打她？"

这句话引发了更加剧烈的争吵。

陈芸像疯了一样叫着，两人把陈年旧事全部翻出来，激烈对骂。接着桌上的东西也被扔到了地上，张林摔了门出去。

陈芸的骂声终于变成了呼天抢地的哭声。

初音抱着手站在墙边，始终一言不发，身体却禁不住发抖。

许久，她终于平静下来，拿扫把把地上碎掉的东西扫走，把还能用的东西整理起来放回了原来的地方。

- 046 -

星期天下午，初音照常回学校。

陈芸一言不发，既不看她，也不理她。

张林指了指她的额头问："还痛不痛？"

初音摇头。

早上起来，她照过镜子，额角紫了一大块。

傍晚的学校门口，小商小贩的摊子一字排开，返校的学生三五成群地挤在那些小摊前买吃的，空气里充斥着各种油炸食品的味道。

车子没法骑了，初音下来，松掉发卡，用刘海将额头上的伤盖住了。

她才走了几步，忽然听见有人喊她。

初音抬眼，见是她的同班同学王然。

初音平时的话不多，班里和她熟悉的男同学少之又少。这个王然和她其实也没说过几句话，唯一的交集是有次上课他被体育老师罚跑十圈，初音计数的时候故意放了水。

少年已经走到了初音面前，神色有些拘谨，挠着后脑勺道："陈同学，你才来啊？"

初音停了步子，点头。

少年尴尬地笑了笑，问："你吃饭了吗？"

初音又点了下头。

眼前的少年已经把自己能想到的话全说了，但依旧没有一句话能激起初音的谈话欲，他有点着急。

初音不知道他有什么事，等了一会儿不见他出声，便推着车往里走。

少年的耳根已经红透了。

"等一下！陈同学，我有东西给你。"

下一秒，初音怀里被他塞了个礼物。

眼前的少年正一脸赤诚地看着她。初音不知道该怎么处理这种情况，直接拒绝有点伤人。她顿了顿，想了一套说辞，还没来得及开口，怀里的礼物就被人从身后抽走了——

与此同时，头顶响起了一道慵懒、轻佻的嗓音："哟！"

初音转身，目光撞进一双琥珀色的眼瞳里。

心脏仿佛在一瞬间被人握住了。

江星辰……

他背光站着，表情似笑非笑。

夕阳橘粉色的光落在他白色的衬衣上，将他映衬得柔和而清俊。

几个月没见，他似乎瘦了一些，也高了一些。

初音眼睫禁不住颤了颤。

王然没想到会碰到这样的事，立马挺直了腰板，伸手要来抢礼物。

江星辰从鼻子里发出一声轻哼，手一伸，将礼物举了起来。两人年龄上差了几岁，江星辰的身高，占了绝对的优势。

王然够不到，不过他并没打算放弃，扭头对初音说："算了，我下次再来找你。"

初音还没来得及讲话，便发现江星辰把一只胳膊架在了她肩膀上，以一种轻佻又好听的声线说道："要不比比，看她是向着你还是向着我？"

初音蒙了。

江星辰刚刚说了什么？

这话无异于在初音脑子里丢了个深水炸弹。

王然看了眼初音，有点不死心，然后，他也问了初音同样的问题。

此时，小姑娘的脑袋已经被江星辰的话轰晕了，根本没接收到王同学的信号。

江星辰挑挑眉，以一副获胜者的姿态比了个"请"的姿势。

少年愤恨地在视线里消失了。

初音回神。

江星辰垂着眼睫，好整以暇地看着她。

初音咽了咽唾沫,想跑,却被江星辰捏住了后脖颈。

"陈初音,你最近是不是不学好?"

"我没有。"

"那我问你,你怎么第一次月考又是倒数第一?"补了一个暑假的课,她明明进步了很多,再怎么着也不应该是倒数。

当时听到这个消息时,江星辰差点没连夜跑来找她算账。

初音没有回答他,依旧保持沉默。这姑娘,看着柔弱,但骨头还挺硬。

江星辰忽地变了个惩罚的花样,指腹稍稍用力一摁——疼痛、麻痒一下顺着脊柱传遍了初音全身。

初音放弃挣扎,立刻投降道:"我考试故意瞎写的。"

故意考砸?

为什么?

江星辰松开她。

初音迟迟不敢抬头看他。

江星辰怕逼急了小兔子要咬人,索性暂时放过,回头找机会慢慢套话。

他长长地叹了口气,把手懒懒地压在她头上,换了一副腔调说:"行吧,找个地方请我吃点饭,我饿死了。"

"好,你等我一下……"说完,初音垂着头把车子往车棚里推。

江星辰看她依旧骑的那辆老古董,便问:"我的宝贝呢?"

初音说:"在我家。"

"为什么不骑?"他问。

初音被他看得有点心虚,随便编了个理由:"怕被人偷。"

学校附近吃饭的地方很多,初音找了家相对干净的餐馆,领着江星辰进去。初音把菜单递给他。

江星辰看看上面的价格,点了一份最便宜的炒饭,他总不能占小姑娘便宜吧。

初音在家已经吃过了饭，这会儿安静地坐在对面看他吃。

江星辰吃了一口，开始套她的话："你故意考砸，是想气你妈还是气我？"

初音小声说："我干吗气我妈？"

他举起筷子在她眉心上敲了一下，哼了哼道："那你肯定就是为了气我！"

初音一瞬窘成了个红柿子。

怎么可能呢？她要知道他会来，她就不考倒数第一了。

江星辰并不打算就此放过她，继续说："那你心虚干什么？"

"我没有，我是因为……"初音觉得这话题有点聊不下去了。

"因为什么？"江星辰用一种非常认真的眼神盯着她看。

初音别过脸去，不敢看他的眼睛，说话声音也很低："我怕我妈伤心，我不想让她知道我学习好。"

他又在她额头上敲了下，道："你学习好，你妈怎么会伤心？"

初音吃痛，用手去揉。江星辰手里的筷子一滑，拨开了她的刘海。藏在头发下面的伤露了出来，青紫一片，非常吓人。

"这怎么弄的？"江星辰的脸顿时沉了下来。

初音抿紧嘴唇，不敢说话，大气也不敢出一下。

他忽然没心情吃饭了，长腿往椅子上一放，手在她面前的桌上一拍，语气也冷了半分："你故意气我呢，是吧？说实话。"

初音被他吓住了，只好说："是我妈拿杯子砸的。"

江星辰坐下来，不咸不淡地说："明明可以考好，却故意考倒数第一，我要是你妈也得砸你。"

"不是你想的那样！"

"那是哪样？"他有点咄咄逼人了。

"我……"她说了一个字，声音忽地哽住了。

面前的姑娘在哭,以一种不想让他发现的方式,在隐忍地、偷偷地哭。这是她的秘密,她藏在心里很久的秘密。

本来她永远不想对第二个人说。

她可以对任何一个人撒谎,说自己是坏孩子、坏学生,可江星辰是个例外。她希望,至少他能看到她好的一面。

好一会儿,初音才哽着声音,断断续续地往下说:"我不想做我妈眼里的好孩子,要是我成绩好……她就会想方设法地再供我上高中,那她就要赚更多的钱,做更多的活……我已经长大了,不想再做家里的负担……"

一切都有了合理的解释,可这并不能让江星辰释怀。

他眼窝有些发热,并且有些后悔。他不该将小姑娘藏得很深的伤疤这么血淋淋地撕开。

这太残忍了。

他静默了好久,才接着她之前的话往下说:"那你是想初中毕业就工作?"

初音抬头,声音低低的:"嗯,我都打算好了,等挣钱了就把钱都给我妈。"小姑娘的眼珠乌黑,眼里的光清澈又干净,特别招人疼。

他忽地伸手在她发顶揉了揉,很轻地骂了句:"傻子。"

初音怔住了。

餐馆里的人渐渐多了起来,初音看他拎起桌上的水壶,慢条斯理倒了杯水,说:"初音,你有想过吗?你初中毕业,可能根本赚不到多少钱,那点钱也不能让你们家过得更好,你妈甚至在之后的几十年里都会怪你不努力学习。"

初音咬了咬嘴唇说:"那至少不用再花他们的钱……"

"你先听我说完。"江星辰打断她继续往下说,"如果你不想花家里的钱,其实可以有很多解决办法,申请助学贷款、助学金、奖学金,只要你努力,这些都不会是问题。最大的问题是你有没有勇气去面对。"他指尖在桌上一下一下地敲着,声音低且好听,"如果你勇敢地面对这些困难,你的未来可能会是另一番景象。人应当拼命努力向前,一开始就选择最平庸的活法,那不叫打算,叫逃避。"

说到这里,他忽然停下来,视线停在她的脸上,很轻地笑了声问:"初音,你想当一个逃兵吗?"

这是江星辰第一次这样认真地和她说话。

初音怔住了,她从来没有这么想过,只是执拗地想快一点解决眼下的问题,摆脱暂时的痛苦。

过了一会儿,她坚定地说:"不,我不想做逃兵。"

江星辰勾唇笑了,是那种很温柔、很欣慰的笑。

从餐馆里出来,太阳已经西沉,天色暗了大半。沿街的小商店陆陆续续点上了灯,一盏一盏的,有白色的,有橘色的,很亮。

初音抬头,在夜幕中找到了一颗非常亮的星星。

一颗,就只有那么一颗。

月亮也盖不住它的光芒。

就像江星辰。

初音脑海里冒出一句诗:愿我如星君如月,夜夜流光相皎洁。

江星辰趁她盯着天空发呆的时候去了趟药店。

再出来时,他老远就叫了她一声。

初音回神,看他站在光影交汇的地方,整个人都带着光。她站在那里没有动,看他一步步走到黑暗中来。

"干吗呢?"

"看星星。"初音说。

"哎,星星有我好看吗?"他故意逗她玩。

下一秒,初音额间的刘海忽然被他拨开了……

她下意识地往后退,却被他握住手腕拉住了。

"站着别动。"他说。

初音真就像只乖巧的兔子,不动了。

江星辰按了按手里的瓶子,潮湿的水雾喷在她额头的伤处。有冰凉的水滴淌到了她的眼皮上,被他用手指擦掉了。

"你说你怎么那么笨,你妈揍你,你不知道躲啊?"

初音根本没听清他在讲什么,只是"嗯"了一声。

江星辰叹了口气,"咔嗒"一下合上盖子,把那瓶伤科灵喷雾塞到了她的手里,说:"今天有晚自习吗?"

"有的。"

"作业写完了吗?"

"嗯。"

江星辰挑了下眉,说:"要不逃掉,不去了?"

"啊?"

初音还没反应过来,江星辰已经从背包里拿了一盒巧克力压在了她的头上,笑道:"逗你的,赶紧回学校,我走了。"

去往县城的公交车刚好在路边停了下来。

售票员招手喊着:"末班车,快点。"

江星辰几步跑了过去。

初音有点舍不得,跟着他小跑到了车边。

江星辰上了车,初音踮着脚尖找他,也就是在那一刻,距离初音最近的车窗被拉开,飞出一架纸飞机。

公交车开走了,初音低头,发现怀里的纸飞机上有一串数字,那是他的手机号,还有一行字:好好学习,有事打给我。

紧跟着,学校晚自习的铃声响了起来。

初音一路小跑进了校门。

江星辰看到后视镜里消失的娇小身影,忽地笑了一下。

周日晚上只有住校生需要上晚自习，班里的人不多。

初音进来的时候，王然抬头看了她一眼，没说话，仿佛校门口的事没有发生过一般。

初音拉开书包，把这周布置的作业全部翻出来重新写了一遍。

她已经决定要做一个像江星辰一样的好学生了。

无论多苦，她都要坚持。

隔天晨读，江星辰被班主任喊了出去。

回来后，秦让凑了脑袋过来问："昨天上哪儿去了？到半夜才回来。"

江星辰瞟了他一眼说："找人聊聊天。"

"谁啊？聊到半夜，翻墙进学校，是不是上回那个？"

江星辰一脚踹在他椅子上，随口说："不是。"

初音的学习态度转变后，进步非常快。

初三的第一次月考，她进了班级前二十，各科老师每天表扬的名单里都有她。

一时间，班里之前那些不怎么和她玩的女生也开始和她亲近了，初音从来没交过这么多的朋友。

好好学习的确可以改变很多东西，这让初音非常开心。

她更加努力地学习，每天早上都是第一个到教室背书的。

偶尔夜深人静的时候，她也会想念江星辰，想念他那双漂亮的丹凤眼，想念他好听的声音，想念他千里迢迢来抓她学习的模样。

江星辰给她的那串号码她早就背熟了，宿舍里有固定电话，可她一次也没去打过。

她只是把它当作一种无声的激励。

他是天上的星,而她只是尘间的泥。

她要再努力,非常努力才行。

初三上学期的期末考试,初音终于考到了年级前三名。

陈芸再次被邀请参加家长会,不过这次是优等生的分班家长会。下学期,学校将从已有的十二个班里抽走各个班的前三名建立一个新的班级,初音就在其中。

昨天刚刚下过今年冬天的第一场雪,天还有些冷,但这并不影响初音的好心情,她在那没人走过的皑皑的雪地上,踩出一串串脚印。

她对未来有很多很多的期待。好好学习,总有一天,她可以让妈妈不那么辛苦。

回家的路上,陈芸几次欲言又止。

到了家门口,陈芸从自行车上下来,边帮初音整理衣领边说:"看你的脸冻得通红,出门也不戴条围巾。"

初音感觉记忆里那个温柔的妈妈又回来了,她抱住陈芸亲昵地蹭了蹭。陈芸笑了片刻,说:"音音,你下学期想去省城念书吗?"

去省城?这个问题已经超出初音的思考范围,省城并不是她想去就能去的。她不明白陈芸为什么问她这个问题,便没回答。

"没关系,你再想想。"说话间,陈芸已经打开了院门。初音跟在她后面,把车推了进去。

张林不在家。初音发现今天家里打扫得特别干净,犄角旮旯的杂物也都收了起来。干净是干净,就是有点空,她也不知道是为什么。

陈芸去厨房做饭,初音打开书包准备写寒假作业。

不一会儿,张林回来了,满身的酒气。

初音不喜欢张林喝酒,因为他一喝酒就会发酒疯,为此,陈芸不知道和他吵了多少架。不过,他今天喝了酒,却是难得的沉默。

初音往里挪了一个凳子,把空出来的凳子递给了张林。

张林坐下来说:"考得怎么样?"

"爸,我进步了。"初音把成绩单递给他看,"爸,我会好好学习的,你不要喝酒了,对身体不好。"

张林眼睛泛酸,伸手在她头上轻轻拍了拍,说:"爸爸就知道你是好孩子。"

陈芸已经把饭菜端上了桌。

张林看了她一眼,很淡地笑了笑说:"身上的衣服挺好。"

初音这才发现陈芸今天穿的是新衣服,玫瑰红的短棉袄搭配洋气的喇叭裤,还穿了一双高跟鞋:"妈妈这样真好看。"

陈芸示意她吃饭。

没有吵闹,很平静的一顿饭。

初音像只小鸟一样叽叽喳喳地介绍下学期学校的分班情况。陈芸和张林除了接一接初音的话,没有任何旁的对话。

吃完饭,初音抢着把桌子收拾干净,正要洗碗,却被陈芸叫住了:"初音,你过来,我们有些话想对你说。"

初音"哦"了一声,擦干手,从那昏暗的厨房走到堂前去。

陈芸和张林坐在桌边,一言不发。

头顶的白炽灯猛地闪了下,气氛有点莫名的尴尬。

初音拉了张凳子坐下来。

陈芸把一张印着字的纸推到了她面前。

初音看到那纸上写着的"离婚协议书"几个黑字,脑袋忽然一阵轰隆作响。她看了眼陈芸,又看了眼张林,一下站了起来,说:"我不同意你们俩离婚!"

张林垂着眼皮,说:"我和你妈已经商量好了……"

初音的眼泪一下涌了出来,倔强地抗议:"可你们没和我商量!我已经不是小孩了，我不同意！凭什么你们说离就离！"

这是初音十几年来第一次和家里闹。从前无论他们夫妻二人怎么骂她、打她，她都没有这样过。

初音把她能想到的招数都用遍了，她甚至在地上打滚，学陈芸那种疯魔式的哭法。可是都没有用。

陈芸抿着唇，等终于看够了初音的闹剧，她站起来沉声道："法律上不需要你同意，我们喊你来只是想问问你，我和你爸，你想跟谁？"

"我谁也不跟……"明明她已经在好好学习了，为什么他们还要离婚？

大人的世界为什么这么难弄明白？

那一刻，初音忽然发现，未来好像从来没有掌握在她手中过。

陈芸不再看初音，推开卧室的门，走了进去。

初音哭了一会儿，坐起来。

张林不知什么时候点了一根烟，沉默地坐在桌边抽着。

初音抹掉脸上的眼泪看着他问："爸，你和妈妈为什么要离婚？以前不是好好的吗？"他病得那么重的时候，陈芸也没有提离婚的事。

张林沉默良久，眼眶有点红，他弹了下手里的烟灰说："你跟你妈吧，她能照顾好你。"

说完，他推门去了厨房。

外面又下雪了，风从敞着的门口吹进来，刺在脸上，刀刮一样疼。

初音爬起来，抱着书包回了自己房间。

门外太安静了，一点争吵的声音也没有。

可……这也不像她家了。

初音伏在桌上，拼命想集中注意力写作业，可是心绪根本平静不下来。

她起身去了后面的储物间。头顶一盏灯微弱地亮着，储物间狭小而逼仄，江星辰的自行车还停在那里。

初音一把掀掉那辆自行车上的塑料膜，将车子推了出来。

几分钟后,她骑着车出了门。

风雪灌进脖颈,刺骨冰冷,初音戴上帽子,使劲踩脚踏。

路上的灯光渐渐没了,夜幕黑沉,一颗星子也没有,扑簌的雪粒落在脸上,再融化成水,顺着脸颊淌下来。

不知不觉地,她竟骑到了街上。

初音从东街骑到西街,又从西街骑回来,不知道该去哪里。沿街的铺子还有在营业的,橘色的灯,在雪夜里融出一个个温暖的格子。

初音在一家亮灯的店面前停下,这是一家馄饨铺子。白色的热气从敞开的锅里冒出来,又在冷风中散去。

风雪太大,店里并没有其他客人,地上两个小孩在玩弹珠,一个小孩赢了比赛,"咯咯咯"地笑着。

老板娘见她一脸风雪,热情地喊她:"要来一碗馄饨不?"

初音摇摇手说:"谢谢阿姨,我不饿。"

温暖是别人的,长夜依旧冰冷。

初音骑着车走远,那些热闹的声音也消失了。

雪是可以吸收声音的,路上寂静到恐怖。

初音迷茫地骑了一段路,在一座公共电话亭前停了下来——她忽然想到了江星辰和那串烂熟于心的号码。

她把车停在路边锁好,匆匆朝电话亭走去。

往老旧的电话机里塞进一块钱硬币,电话"嘟嘟"响了几声,她的心"咚咚咚"地跳着,生怕这夜里唯一的一点光也熄灭。

还好,电话那端接通了……

江星辰嗓音低沉,很轻的一句:"喂?"

初音僵在那里,喉咙像是哽着团棉花,电话打通了,她却不知道要和他说什么。

她迟迟不说话,江星辰也没有挂电话,说:"你等一下,我出去接。"

窸窸窣窣的一阵杂音后，初音听到他问："初音，是你吗？"

眼泪瞬间涌了出来，她明明一个字都没说，江星辰却知道是她。

"说话。"他说。

初音张张嘴，哈出一口气，她努力忍住哭泣，但声音还是有些抖："嗯，是我。"

江星辰松了口气，抬眼发现外面的雪下得很大，问："在哪儿？"

初音抽着气说："街上。"

"是不是发生什么事了？"

初音"唔"了一声，还没来得及说，电话忽然断掉了。她赶紧在衣服口袋里找硬币，但找了半天没有寻见一个。

手边的电话却响了，初音一把接了起来。

是江星辰。

他的声音依旧好听，语气有些焦急："你先回家，晚上别在街上晃荡。"

初音带着哭腔说："可我的家要没了，我爸妈要离婚，我不知道哪里才是我的家……"

一时间，电话里只剩下女孩低低的啜泣声。

"你找个暖和一点的地方等我。"说完，他又觉得自己传达的意思不够准确，补充道，"你们学校前面有个自动取款机知道不？在那个小房子里等我。"

那里有摄像头，还是二十四小时开门的，可以暂时为她遮挡风雪。

交代完，他依旧不大放心。

"初音……"

"嗯？"

"在那儿等我，别乱想。"

"好。"

第二章 尘间泥

江星辰接到初音电话时正在上晚自习,所有的人都在埋头刷试卷。

同桌秦让见他忽然开始收拾书包,有些惊讶,问:"有事?"

江星辰面无表情地"嗯"了一声,问:"你有没有开车来?"

秦让点头。

"作业先别写了,送我。"

"啊?"秦让愣住了。

江星辰已经站了起来,说话的语气有些急:"你收拾东西,我去帮你请假。"

秦让虽然知道江少爷发起疯来什么都敢做,可明天是他们高三期末考试的日子。他家老头子已经下了死命令,要是他成绩还吊车尾,就要收了他所有的零花钱。

成绩好不好他是不在乎的。但是钱吧,他没有真不行。他舔了舔唇道:"不是,你干吗去啊?"

"急事。你不去也成,车钥匙给我。"

秦让觉得头皮发麻,江星辰还没拿到驾照,钥匙给他,外面又在下雪,找死吗？

好吧，他去。

雪还在下，江星辰一路走得飞快，秦让追着他跑，瓷砖地上又是雪又是水，很滑，秦让差点没摔跤。

车里冷得刺骨，秦让转动钥匙，偏头问他："你刚刚怎么跟老师说的？他肯放咱俩走。"

"说你发高烧要去医院。"

"你才发高烧！"秦让骂了一句。

"按照这个走。"江星辰调出了车载导航，冷光映照在他的眼睛里。

秦让看了眼目的地，哀号："大半夜你跑那儿去干吗啊？我明天还要考试。"

江星辰也没过多解释，随口说道："夜里回，你明天到考场再睡，想考多少分，我填你名字。"

秦让嘴角直抽，想考多少分！

你说气人不？

秦让把车子掉了个头，一踩油门走了。

路上已经有了积雪，秦让降了车速，江星辰催道："你就不能开快点？"

秦让撇嘴道："拜托，全省暴雪。"

江星辰紧抿着唇，他想再给初音打个电话，可是她又没手机。

城市的灯火，渐渐从后视镜里消失了。

江星辰还没有像今天这样着急过。秦让打开远光灯和双闪灯，偏头看了他一眼，问："你到底去干吗？"

江星辰依旧垂着头，语气很淡："我妹妹离家出走了。"

秦让调侃道："这回又是你爸的私生女？"

"不是，没有血缘关系。"江星辰有点烦躁，打开了车窗，冷风一瞬灌了进来，他的眼睛被夜色染成了一片漆黑。

暑假前，秦让从他家老头子那里听到了点消息，江星辰爸爸忽然带了个私生子回来。那小孩得了白血病，江星辰消失了一个暑假，一回来就去捐了骨髓。

江母对此意见颇大，江星辰为此还从走读改成了住校。

两个小时后，车子到了眉山镇。

这里的雪稍微小了一些，夜深了，几乎所有的店都关门了，街道上黑漆漆的。

江星辰指了方向，车子从主干道开到了那个自动取款机前。

二十四小时自助服务的灯亮着。

远远地，江星辰看到他的那辆山地自行车停在门口的雪地里。再往里面看，小姑娘正缩着脖子蹲在地上，像只没人要的小狗。

他骤然松了口气，抬手打开车门，跳进雪里。

江星辰顾不得太多，踩过那些松软潮湿的碎雪，一路往前。

玻璃门"吱呀"一声被人从外面拉开，初音抬头——

少年玉树临风地站在她面前，他身后是沉沉的夜色，他的短发上沾着几粒未化的雪，冷风漫进那双漆黑的眼睛里。

"我来了。"他说。

初音就那么傻傻地看着他，一时间竟忘了说话，只剩眼泪在眼眶里打转。

他说让她等他，她真的等到了。

江星辰看她似乎哭了很久，两只眼睛肿着，但那瞳仁乌溜溜、湿漉漉的，格外招人疼。

他伸手将她从地上拉起来，放软了语气问："出来多久了？"

初音低着头说："不知道。"

江星辰皱着眉，从口袋里翻出纸巾，替她擦头发上和耳朵上的水，一下一下，非常轻柔。

"冷吗？"他问。

初音摇头，起先非常冷，后来她手心和脚底都热得发疼，像是有千万只蚂蚁在爬。

即便她说不冷，江星辰还是把自己的外套脱下来，披到了她身上。

少年的体温，沿着那件外套，自然而然地传到了初音的指尖。她那不知归处的心，好像在某一刻彻底平静了下来。

可下一秒，江星辰的语气就变凶了："长本事了啊？学人离家出走！你知不知道你这样做多少人会担心？你爸、你妈……还有我！"

他是真的发火了，眼底有怒火，胸膛起伏着，指关节在玻璃门上敲得咚咚作响。

"他们俩要离婚，你以为你能改变得了什么？你就是真冻死了，他们要离，还是照样离。你一个小孩子，整天瞎操心这些破事！"

初音从来没见过这样的江星辰，吓得不敢说话。

青春期的小姑娘，想不通走上不归路的，江星辰也不是没见过。来这里的路上，他满脑子都是她想不开寻短见的画面，生怕来晚了，发现一具尸体。

初音垂着脑袋，小声说了句："对不起。"

江星辰哼了一声，说："回去写篇两千字的检讨，我看你写完再走。"

玻璃门被他猛地推开，冷风夹着寒气再次涌进来，他已先她一步踏进了雪里。

"出来，我送你回家。"他说。

"哦……"初音没动。

"快点，杵这儿过夜呢？"

"我脚……刚蹲得麻了，还没缓过来。"

江星辰吐了口气，弯腰把她抱起来，踩着那风雪往外走。

秦让仰头靠在车座上，一偏头就看到这一幕。

哟，今天太阳打西边出来了？

江星辰一直把她抱到车里，再回头收他的山地自行车。

秦让摁亮了后座的灯，扭头过来看初音。小妹妹一个，瘦瘦小小的，又干又瘦，只是皮肤很白，眼睛很黑。

秦让这个人有点自来熟，见了姑娘就想聊两句，特别是看见江星辰这么宝贝，他更想聊了。

他凑过来，眨眨眼，笑得一脸灿烂："小妹妹，跟哥哥讲，你叫什么名字？"

秦让和江星辰有着一样英俊的相貌，不过江星辰是那种带着点痞气的帅，秦让则是有些邪气的帅，整张脸太过艳丽，一双泛着水光的桃花眼，看得初音有点怕。

她非常小声地自报了家门。

"初音，好名字。我叫秦让，你可以喊我秦哥哥。"

初音更加窘了，脑袋都要缩进脔子里去了。

江星辰拉开车门进来，在椅背上踢了一脚，骂："行了，正经点。"

"急什么？不就认识一下嘛，是吧，初音妹妹？"秦让的桃花眼眨了眨，语气张扬。

初音点头如捣蒜。

江星辰微微勾了下唇，伸手在她头顶拍了一下，说："别理他，他就这德行。"

漆黑的奥迪车一路开到初音家门口。

秦让继续留在车上，江星辰下来帮她把自行车搬下车。

雪还在下，世界静得出奇，江星辰倚在车边一字一句地嘱咐她："你爸妈的事，你不要掺和了。"

初音垂着脑袋，痛苦地应了一声："可我不想他们离婚。"

江星辰沉默了一瞬，抬手摸了摸她的头说："可有些事并不是你想不想的问题，而是不得不，这就是长大。初音，你是个勇敢又聪明的姑娘，一定能勇敢面对这些挫折。"

初音用脚尖碾着一片积雪，小声道："可他们非让我在他们里面选一个，我谁也不想选……"

江星辰似乎想到了一些事，眸色转暗，半晌才低声说："那就不选。"

"可是不行啊，离婚就必须选一个。"

"他俩怎么说？"

"我爸让我选我妈。"

"那就听他的。"

初音没说话，她不想。

江星辰安慰道："离了婚，他还是你爸爸，你可以回来看他。"

"嗯……"

初音推着自行车往里走，猛地想起衣服还没有给他，又匆匆追了出来。

江星辰见她回来，挑了下眉说："还有什么问题需要开导？"

初音说没有，然后把他的外套脱下来，踮着脚尖帮他披在肩上。

还了衣服，她很快推着车进去了。

江星辰垂眉摸了摸带着余温的外套，嘴角几不可察地勾了勾。远远地，他冲里面的初音说："两千字的检讨别忘了，我过年回来找你拿。"

陈芸和张林，终究还是离婚了。

初音随母亲离开生活了十几年的家，投奔远在 N 市郊区的舅舅。

搬家那天，初音收拾东西，把江星辰送给她的小飞机、自行车，还有那串白色的小海豚挂件，一并带走了。陈芸带的东西很少，似乎要和过去做个彻底的了断。

临上车时，初音又溜回去，想再看一眼张林，奈何他就是不开门。

她站在门口偷偷抹掉眼泪，几步跑到车上。

后视镜里的家渐渐消失，初音始终没有见到爸爸出来。

那之后不久，也就是腊月二十八，距离除夕还有两天，陈芸带着初音去和一位叔叔吃了一顿饭。

那天，陈芸花了很多心思准备，她自己精心打扮，还带着初音去店里买了一身新衣服，甚至领着初音去做了个发型。

一路上，她不断向初音交代各种礼仪。

到餐厅坐下后，初音才知道是怎么回事。

这位叔叔是陈芸的一位旧友，叫韩齐，丧偶。一顿饭，陈芸吃得眉目含情，初音却是如坐针毡。

做自己母亲的电灯泡是怎样一种体验？估计没几个人能和她感同身受。期间，初音找理由去了趟卫生间，她在里面待了很久才出来。

往回走时，她看见陈芸正扶着韩齐的手在说话。她实在没有勇气再过去。

张林虽然没有什么大的本事，却做了她十几年的爸爸。陈芸可以很快地走出婚姻，初音却不能走出亲情。

眼前的一切，太刺眼了。

酒店一楼有个很大的封闭鱼池，里面养了不少景观鱼，初音立在那里，看着那些来来回回的鱼群发呆。

等陈芸他们站起来结账，初音才又挤出一抹笑意，走向他们。

这家酒店的二楼有个环形的观景台，从这儿可以俯瞰整个酒店大堂。

秦让今天过二十岁生日，家里在二楼的豪华包间给他办了场酒席，席间无聊，他拖了江星辰出来透气，一眼看到了楼下的初音——

"瞅瞅，那是不是你的那个小妹妹？"

江星辰顺着他手指的方向看过去，见到了许久不见的初音。

秦让懒洋洋地道："对面坐的不是韩老头嘛，他们俩还认识啊？"

江星辰一直看着初音，她虽然没有像从前那样低着头，眼底却有着显而易见的窘迫。看到韩齐，再看见她母亲脸上的笑意时，江星辰忽然明白了小姑娘此刻的处境。

秦让不了解这些细枝末节，问道："不下去打个招呼？"

"不去。"江星辰面无表情地说。

秦让难得逮到调侃江星辰的机会，说道："明明你之前还大半夜去找人，怎么现在搁这儿当监视器？"

江星辰在他腿上踢了一脚，说："你看见韩老头不走，等着挨揍？"

杀人诛心啊。

几个月前，秦让脑门一热，给他的小青梅写了封信，结果引得她爸特意跑来学校说要打他，那姑娘的爸爸就是眼前的韩老头。

秦让抹了下鼻尖，转身回了身后的包间。

江星辰没动，依旧在长廊上站着。他眼神深沉，目光落在远处的小姑娘身上。

不一会儿，他见初音起身去了厕所。

她在厕所整整待了十七分钟。他就站在那里等了十七分钟，期间因为不放心，还特意找了女服务员进去看过。

再后来，初音站在门口看鱼，他便立在二楼看她。

唯一令他欣慰的是，初音没有哭，反而在陈芸他们出来的时候赔着笑脸。

有那么一刻，他的心像被什么东西刺得疼了一下。

那之后不久，正月初六，初音和陈芸从舅舅家搬了出来，这次她们去的是韩齐的家。

韩齐家是大平层，比初音原来的家大好几倍，设施一应俱全。初音看着那些漂亮精致的摆设，有些手足无措。

面对突如其来的新生活，她更多的是自卑与不适应，简直就像个丑小鸭。

在这个家里，还有一个大她三岁的姐姐——韩绵。

韩绵在省一中念书，正在读高三。温温柔柔的姑娘，戴着一副眼镜，对初音也很友好。高三已经开学了，她作业特别多，初音只在吃饭的时候和她打过几次照面。

韩齐给陈芸在楼下开了家服装店，陈芸忙而开心。

初音不想打破这来之不易的和谐，寒假的最后几天，她一直宅在家里，做之前江星辰买给她的那些试卷。

韩齐帮初音办好了转学手续。

初音觉得该给江星辰打个电话，毕竟他们现在已经在一个城市了。

电话很快接通。

初音本来只是想和他报告一下最近的情况，却没想到江星辰会喊她出去玩。

挂断电话，一个陌生的地址发到了她的手机上。

初音简单收拾后准备出门，但不知道该怎么坐车。

陈芸和韩齐都不在家，她无奈地敲响了韩绵的房门。

这位姐姐正埋头学习，连头都没抬，回了句："坐地铁，六站就到，要我送你去吗？"

"不用，不用，我自己可以。"初音不敢耽误韩绵学习，这是陈芸特意嘱咐过的。另外，也有自尊心作祟的缘故，她不想让这个姐姐觉得她是个笨蛋。

大城市的交通十分便利。

长期生活在这里的人早就习惯了这种便利，但对于初音这个从小地方来的姑娘来说，这里的一切都是陌生而复杂的。

此时此刻，她正站在队伍的后面，全神贯注地观察前面的人怎么买地铁票，认真程度不亚于准备期末考试。

等她把蓝色的车票握在了手心里，才终于松了口气。

就在这时，口袋里的手机响了，是江星辰打来的。

他问初音到哪儿了。

初音说在青山地铁站，接着就听见他说："在那儿等着，我来接你。"

桌球馆里，光线明亮，人声嘈杂。

秦让正和几个哥们儿商量一会儿桌球比赛的奖品，见江星辰拿了衣服往外走，皱眉问："上哪儿去？我都和人说好了，赢了得一根日本直邮的神兵G1呢。"

江星辰笑了下说："接下我妹妹，你们先玩。"

几个哥们儿都是发小，江星辰一走，就讨论开了："接谁？妹妹？江星辰哪里来的妹妹？"

江星辰到的时候，初音正靠着墙发呆。看到他的一瞬间，女孩的眼睛像是被光点亮了，她站在那里，挥动着手臂，像只小企鹅一样朝他示意。

江星辰快步走到初音面前。

他在她头上揉了一下，语气轻快地说："走，教你怎么买票。"

初音闻言，将那枚已经头到的票悄悄塞回了衣服口袋里。

江星辰非常有耐心，不仅教了她怎么买票，还教了她怎么选换乘的路线，最后还带她看了下附近几个出站口。

进了站，初音发现这里比她想象的还要大，简直就是迷宫。江星辰放慢步子，教她怎么辨认方向。

经过一个换乘站时，上来下去的人很多，江星辰找到一个空位置，将初音按了进去。

初音抬头，见他一手抄在口袋里，一手握着头顶的塑料把手，整个人看起来挺拔又清俊。因为好看，他引来了不少女孩的注目。

下一站就是目的地，江星辰示意初音准备下车。初音站起来，列车缓缓刹车，她受惯性影响晃了好一下，被江星辰一把扶住了胳膊肘。

"小心点，还没停稳。"

说话间，地铁彻底停了下来，人群在门打开的一瞬间就往外拥。

江星辰跟在初音后面，替她挡住了推搡。

出了站，初音终于长长地舒了一口气。

"不太适应？"江星辰转头问。

"有点。"

江星辰在她头上轻轻拍了拍，用一种类似于大人指导小朋友的语气说："慢慢来，哥哥的肩膀借你靠。"

风很快把少年的声音吹散了，他衣服被风吹起又落下。

初音看着他高大的背影，心尖一片柔软。

他是这样的好，好到她舍不得长大，又好到想快点长大。

因为秦让的那句话，初音跟江星辰一进来就被一群人围观了。

江星辰眉头皱着，抬脚在那漆黑的桌上踢了踢，说："瞅什么，我妹妹，初音。"

初音有点害羞，心情却非常不错，眼前的可是江星辰的朋友们啊。

他们和初音聊了一会儿。服务生已经把球归了位。江星辰回来了，他们可以开始比赛了。

"今天可是押着一根神兵G1的注呢！四千多块钱呢！"

一群人都知道江星辰的水平，他基本每次都是一杆清。平常他们是没办法，可谁让他今天带来个羞答答的小妹妹呢。

"初音妹妹,你要不要替你哥打第一杆?"有人起哄道。

初音闻言,看了眼江星辰。

他扬了扬眉,示意她打。

初音红着脸小声说:"可是我不会啊。"

江星辰坐在椅子上,胳膊随意地撑在椅背上,整个人看起来懒洋洋的,说话时眼角眉梢带着笑:"你去摸摸杆,我一会儿教你。"

初音依旧拘谨,皱眉道:"那一会儿……我要是害你输了怎么办?"

江星辰笑了笑说:"不会的。"

初音乖巧地站起来,接过那根球杆,试着在桌上趴下来。

江星辰不知什么时候站到了她身后。

初音的心脏"怦怦"直跳,掌心里尽是汗。

江星辰忽然伸出右手替她掌了杆,说:"这样拿杆。看到正对面的那个三角形的顶点没有?一会儿用白球撞那里。会了?"

初音哪里还记得清他说了什么。

她手起球落,用了很大的力气——

"啪嗒"一下,那些球被她撞得滚到了桌上的各个角落。

她瞥了眼江星辰,看他眉眼弯弯的样子。

周围的人嗷嗷叫起来:"不该叫初音妹妹开球的。"

球杆回到江星辰手中。

初音站在边上看他卷起袖子,俯身,琥珀色的眸了盯住一颗红色的球,抽动球杆,一声清脆的撞击声后,红球进了对面的小洞。

他用球杆敲了下她脑门,问:"喜欢哪个颜色?"

初音随口说:"橙色。"

然后,他就俯身"啪"的一下将那停在桌沿边的橙色的球撞进了洞。

"还喜欢哪个颜色?"

"蓝色。"

江星辰换了个位置，再度起杆，球落。

他每打一球，都要先问一下初音这个问题，然后杆杆进洞。

也就是几分钟的时间，清台了。

江星辰站起来，慢条斯理地收起球杆，说："李烨，球杆买了送我妹妹。"

李烨酸得直叫。

江星辰忽然扯过初音道："走了。带我妹妹吃饭去，你们慢慢玩。"

"不是，才十点钟吃什么饭？"

"初音妹妹肯定不饿，再玩一会儿。"

江星辰把外套搭在手上，转头看了眼初音，故意眨了下眼睛，问："饿不饿？"

初音点点头。

"看见了吧，我妹妹真饿了，走了。"

只剩下她和江星辰两个人。

初音问："你为什么要说谎？"

江星辰看了她一眼，挑眉道："你想和他们玩啊？"

初音摇头。

江星辰声音里带着笑："那不就得了。走，带你逛逛。"

阳光穿过层层树叶，斑驳地落在少年的肩膀上。初音迈着轻快的步子跟在他后面，心里涌起一阵莫名的欢喜。

了解一座城市最快的方法就是坐公交车，初音跟着江星辰上车又下车的，把整个市区的基本情况了解了大半。

时间已经到了下午，江星辰靠在蓝色的座椅上，微合着眼皮和她说话："去了学校，胆子大一些，有什么事，我给你撑腰。"

初音支着脑袋"嗯"了一声。

几天后，初音去新学校报到。

韩齐有事，陈芸也很忙。

韩绵和初音一起骑车上学，顺路将她带到学校门口。

初音所在的N市第一中学和韩绵所在的省一中只隔了一条马路。

时间不早了，高三的晨读快要开始了，初音他们学校却迟迟没有开门，韩绵有些急。

初音也看出来了，主动开口道："姐，你要不先走，我可以自己去的。"

韩绵犹豫了一下，又给初音塞了一些钱，说："来不及带你买早饭了，你一会儿自己买点。"

初音点头。

韩绵蹬着车，很快消失在了初音的视线里。

早春的早晨，太阳还没有出来，气温有些低，呵气成雾。

初音有些无聊，背着手在校门口的梧桐树下来回踱着步子，她隔着黑色的铁栅栏往里看，这个学校可真大，比她原本的学校大多了，树木郁郁葱葱，非常漂亮。

忽然，有人喊她的名字。

初音回头就看见江星辰正骑着车过来。他的腿真长，脚尖轻轻一点，车子就停在了初音面前。

"早啊。"

"你怎么在这儿？"初音有些惊讶。

江星辰笑了笑，用手指了指对面的高中。原来他也在省一中读高中，这可真是太巧了。

"早饭吃了吗？"他问。

"正要买。"陈芸早上走之前做好了早饭，但初音为了和韩绵一起走，并没有来得及吃。

江星辰解下车把上的塑料袋递给她，说："喏，给你。"

初音没有立马去接,问:"你吃什么?"

"我再买。"

初音这才接了过来。温热的豆浆在手心里焐着,驱散了大半寒意。

江星辰不走,他和韩绵一个学校,时间也应该是一样的,初音担心他迟到,便催他赶紧去上学。

"还挺懂事。"江星辰在她头上拍了一下,随口道,"走,先送你。看你这样就是没找见大门。"

"我找了。"初音说。

江星辰笑了。

也不知是不是托江星辰的福,市一中这时开门了,但需要学生证才能进。初音第一天来报到,并没有学生证,她正要解释,却听江星辰说:"我妹妹才转学过来,学生证还没有办好,在初三(4)班,徐纷老师班上。"

初音听到江星辰准确无误地报出这些信息的时候,嘴巴都惊圆了。他到底是怎么知道的?她都还不知道她的班主任叫什么。

门卫让初音进去,江星辰挥手和初音告别。

江星辰迟到了十分钟,刚巧赶上教导主任值班,于是被逮到门口批评了一顿。

进了教室门,江星辰见秦让正捂着嘴憨笑。

"昨天晚上睡迟了?"

"没有。"江星辰踢开椅子坐下。

"那怎么迟到?"秦让问。

"路上碰到小初音,聊了会儿天。"

秦让撇嘴道:"哎哟喂,你说你一会儿住校,一会儿走读,是不是就因为她?"

江星辰伸手将秦让正在抄的数学试卷抽走了。

"你干吗?"秦让急了。

江星辰似笑非笑道："收卷子，告老师。"

"哎，你轻点，别弄坏了卷子。我又没说什么……"

江星辰冷哼一声说："以后别乱说。"

"行行行，保证不乱说。"秦让跟护宝似的把卷子扯回来，小心翼翼地整理好。

江星辰瞥见那卷子上写着"韩绵"两个字。

奇了，韩绵竟然肯把作业借给秦让抄。

初音进了学校，再度感叹了一下新学校的阔气。她找了好半天才找到初三（4）班的教室。江星辰可真神，她的班主任真的叫徐纷。

徐老师对初音也非常好，特意给她安排了一个温和健谈的同桌。初音刚坐下，这位新同桌就凑过来小声和她说了句话："你长得好小，好可爱啊。"

一切都是新的。

教室、同学、老师，全部换了。

说不难过，那是假的。

大城市的孩子比较早熟，懂的东西也多，下课他们讨论的话题初音一句也插不上嘴。幸好，她本来也不是一个爱凑热闹的人，一下课，她便闷头写作业。

同桌刘岩岩见她这么认真，便问："初音，你这么认真，是不是想参加省一中的集训考试啊？"

初音听到"省一中"三个字，抬起头，那是江星辰的学校。

"这个考试是做什么的？"初音问。

"可以提前去集训，中考成绩通过的话，可以进入他们的重点班。"

"什么时候？"

"四月份吧。"刘岩岩随口答。

"具体几号?"

刘岩岩这下可被问住了。

不过,作为友好的同桌,她起身到后面的柜子里找了张皱皱巴巴的纸递给初音。

考试时间在 4 月 17 日。

初音算算,还有两个月不到,五十几天,她拼命学习不知道能不能赶得上。

啊!她好恨啊,初一、初二为什么没有好好学习呢!两年的时间就那么白白浪费掉了,好可惜!

"初音你真要参加啊?"刘岩岩问。

"嗯,试试看。"不行,不能只试试看,她一定要考过。

初音被自己的目标激励着,一整天上课都跟打了鸡血似的。

老师对这个新来的转校生的印象也非常不错。

只是初音认真归认真,但跟班里同学的差距还是很明显的。

这个差距在当天的英语默写时凸显了出来。英文老师报的单词不仅有书里的,还有课外的,初音只对了一半,刘岩岩还对了百分之七十。

这让初音非常沮丧。

市一中的晚自习上到晚上九点二十分。

韩绵要上到九点四十分。韩绵给初音发了信息,让初音在学校门口等她。

初音完成了作业后,把今天在英语课上遇到的那些新词汇整理成了小字条,边等韩绵边背。

入了夜,天冷风大,初音站了一会儿,鼻尖冻得通红。

等她所有的单词背完了,一街之隔的省一中才放学。

黑压压的人群往外走,路上有开车的,有骑车的,堵得水泄不通,车喇叭声一阵接一阵响。

学生都走光了，初音也没见韩绵出来，倒是碰到了秦让和江星辰。

秦让是受了韩绵的委托来带她妹妹回家，只是他没想到韩绵的新妹妹会是初音。

秦让向来吊儿郎当惯了，讲话不过脑子："小初音，我说你怎么好端端搬来这里了，原来老韩成你爸了。"

这事不光彩。

初音也从来没把这事给江星辰说过，她只说了来N市，并没说缘由，江星辰也没问过。她没想到会有这么巧的事，韩绵不仅和江星辰一个学校，还在一个班。

秦让这么一说，就好比一个她藏得好好的秘密骤然被人当众宣读了出来，而且还是在江星辰面前。

初音的自尊心很受打击。

江星辰在秦让说话时就狠踹了他一脚，但还是晚了，眼前的小兔子已经蔫了。

看初音垂着脑袋，秦让后知后觉地发现自己说错了话，赶紧往回圆："我的意思是挺好的，你姐刚好和我们一个班。"

江星辰又踹了秦让一脚。

"别废话，赶紧走。"

秦让立马会意道："那……初音妹妹，我先走了啊。"

两侧的学校都已放了学，街上只剩些偶尔穿行而过的车，非常安静。

江星辰没说别的话，只是伴白行车上一跨，和她说："走吧，我送你。"

初音咬了咬嘴唇，骑着车跟了上去。她骑得非常慢，江星辰已经放慢了车速，她还是缩在后面，和他保持着距离。

他索性腿尖点地，停了下来。

初音没来得及避让，一下撞了上去，连忙低下头道歉。

江星辰转身，对上一只没精打采的小兔子，他忽然伸手扶住了她的车头。

"初音，你没必要觉得不好意思，这些都很正常。你妈妈并没有对不起谁，你也没有。而且，你能来 N 市上学，我很开心。"

他的声线非常柔和，一字一句落在初音心上。

她到底有点不争气，垂着脑袋，悄悄吸鼻涕。

江星辰从包里找了包纸巾递给她，转身上了车，说："走吧，陪我去吃点东西，饿死了。"

初音趁他背过身，忙擦掉眼泪，跟上去。

两人骑了没多远，江星辰在一家不起眼的小店前停了下来。

门店不大，人却不少。玻璃门前挑着一盏白色的灯，热腾腾的白雾从蒸锅里冒出来，味道都是甜的。

这是一家专卖糖芋苗和冰糖蜜汁藕的小铺子。晶莹的糖芋苗，撒上腌制过的桂花，香甜软糯，一口下去，初音心情好了大半。

江星辰这才开始问初音："转学第一天感觉怎么样？"

初音放下勺子，有些拘谨地说："还行，就是感觉和他们一比，显得我有点笨。"

江星辰笑了笑说："还挺有自知之明。"

初音撑着脑袋，晃了晃碗里剩下的汤汁，吐了口气道："不过勤能补拙，我会努力赶上的。"

江星辰挑眉夸赞："嗯，有志气。"

初音扬扬眉，早前的那些沮丧一点也没了。

她会好好努力的，为了在黑夜里照亮她的星星。

总有一天，她能赶上他。

第二天早上，初音五点就起来了。她背了半个小时的英语，又背了半个小时的语文，还把化学方程式拖出来全部默写了一遍。

六点半，韩绵起床，初音出来刷牙。

谁也没提昨晚的事。

韩绵独来独往惯了，家里突然多了这么大一个妹妹，还有一个过分殷勤的后妈，她一点也不习惯。

陈芸做好了早饭，她只吃了几口就匆匆出了门，临走时回头问初音："你要我等你吗？"

初音心思细腻，知道这只是客套话，连忙摇了摇头。

关门的声音很快响起。

陈芸欲言又止，半晌问道："晚上我去接你？"

初音快速吃完碗里的饭，说："不用，我自己骑车回来。又不远，路上都是灯。"

韩绵可以自己一个人回家，她也可以做到。这是她的生活，她要勇敢面对，绝不退缩。

吃完早饭，初音背了书包出门。

晨风微冷，她在脑海里过了一篇古文背诵，快到学校门口时，碰到了江星辰。他今天穿了件米白色的风衣，骑车穿行在晨风里，清俊非常。

初音见了他，心情骤然好了。

"韩绵没和你一起啊？"江星辰一问。

"她……"初音想了半天，编了个理由，"她有事先走了。"

江星辰看出初音在撒谎，却没有拆穿，随口道："晚上等我，我送你回家。"

初音说不用，江星辰已经把车骑远了。

她到教室的时候，手机里收到一条消息：我放学晚，路上冷，你和住校生在教室里待到九点五十再出来。

初音没回，手机又进了条消息：要敢跑，明天上你们班逮你。

初三（4）班的门还没开，初音翻出书，在长廊上认真背。

旭日东升，高楼之上，自有一种海阔凭鱼跃的舒爽。

徐纷见初音站在门口，顺道过来替她开了门。初音正好借机向他询问了集训考试的事情。

吃过午饭，徐纷让人给初音带来一套去年集训考试的卷子。

午睡时间，初音悄悄地埋头研究那套卷子，她发现数学不是一般地难，题目又长又绕，一点思路都没有。

刘岩岩睡觉醒来，见初音正皱眉盯着手里的卷子，一副苦大仇深的模样，便戳了戳她问："咋了？"

初音近乎哀号地说："好难啊！"

刘岩岩打了个哈欠，咂了咂嘴，凑过来说："当然难了，这可都是奥赛题目。我们学校每年能入围的不超过二十个人。不过我初一进来的时候，听说上一届有个大神，数理化三科满分。你说变态吧？"

还有这种牛人啊！

初音眼睛睁得老大，拼命点头。

刘岩岩也来了兴致，滔滔不绝地说："我当时还特意去看了光荣榜，就想看看这变态长啥样，可惜没瞧见照片，不过名字我记住了，叫什么星辰来着……"

初音吞了吞唾沫，试探地说："江星辰？"

刘岩岩一拍桌子，附和道："对对对，就是他，你也听说过他的名字啊？"

初音想，她不仅听过，而且很熟。

越想越惆怅，她和江星辰真是差了一条星河呢。

半晌，她又坐直了。

她得继续加油！

晚上，初音出校门的时候，江星辰正好到市一中门口。两人并排骑着车，初音就用崇拜的眼神时不时地偷瞄江星辰。他放慢了车速，长手一伸，在她额头上敲了一记，道："干吗？做贼呢？"

初音立刻狗腿地说："星辰哥，周末要不要一起写作业呀？"

"我周末没有作业要写。"省一中要求所有高三学生每周六上午去学校自习。江星辰所有的作业都能在那段时间内完成。

初音有点急了，忙说："你都高三了，怎么能没有作业呢？你就不能找点课外作业写写啊？"

第一次见小兔子教育自己，江星辰觉得非常有意思，笑了笑说："那我……找找？"

初音眉毛挑了挑，说："找！必须找！"

"小鬼，你是不是不会写作业，想拉我给你写啊？"

初音立马义正词严地说："怎么可能呢？"她就是想让大神给她点拨点拨。

碰见了红灯，两人停下来等，江星辰看向初音说："秦让这周日请你去玩，去不？"

她和秦让只见过几次面，并不熟，他忽然请她玩，显然是因为上次的事。

"你去吗？"初音小心翼翼地问。

"教你写完作业就去。"

"行，那我就去。"

初音到家时，韩绵已经回来了。陈芸和韩齐不在家，门廊的灯还没有关。

初音扶着柜子，弯着腰在那橘色的灯下换鞋子，见韩绵穿着粉色的拖鞋从里面出来，忙孔貌地喊了声："姐姐。"

韩绵沉默了一会儿，说："我今天放学从你们学校门口路过时，没看到你。"

"没事，"初音咬了下唇，"我和同学在教室做作业，迟了一会儿。"

见初音换好了鞋子，韩绵递给她一杯温水，似是道歉一般说："我同学……秦让说的那些话，你不要往心里去，我替他向你道歉。"

初音愣了愣，笑了。

她这位姐姐，有点可爱呢。

周日早上，初音背着大书包，去星巴克找江星辰。

昨天夜里下了雪，气温骤降。

城市里的雪和乡下的不一样，地上刚刚积攒了一些，就被扫得干干净净，只有远处的树梢和高楼的屋顶上铺着一层白。刚刚开放的红梅，挤在白雪间，艳丽而干净。

风景不一样，冷却是一样的。

倒春寒，初音穿得有点薄，她懒得回去换，搓了搓手和耳朵，匆匆挤上迎面而来的公交车。

江星辰已经到了，他单手支着下颌靠在桌上，手边放着杯冒着热气的咖啡，眉眼间透着些假期早起的倦意。

初音的目光停留在他身上，不知怎么，她想到了刚刚在路上见过的红梅。

江星辰见她来，略抬了下眼皮看她。小姑娘原本瓷白的小脸被风吹得通红，眼珠乌润润的，眼底的黑眼圈非常明显。

他站起来在她额间敲了一记，说："一直盯着我看，我脸上有痣啊？"

初音立马收了视线，解释道："天气干，我就看你长没长痘痘。"

江星辰嘴角勾了勾，很轻地笑了声，问："长了吗？"

初音摆手道："没有，没有，你皮肤很好。"

江星辰又笑了一声。初音不敢再看他，低头把书抱出来。

江星辰坐进里面的位子，初音就坐在他刚刚坐过的那个沙发上。

江星辰先她一步翻开了书，问："哪里不会？"

初音立刻坐端正了说："画红圈的那些。"

江星辰打眼一看就发现这些题目很绕，不像他们初三的难度，这种题目做起来没意义。

"这是你们老师布置的题目?"

初音摇头,如实回答:"我报了省一中的集训考试。"

江星辰略带审视地瞥了她一眼。

初音有点心虚,连忙说:"我同桌要考,非要我和她一起学,我就想……既然报了名就多少努力一下。"

理由还算说得通,江星辰点头,拉开她放在桌上的笔袋,随手抽出支粉色的笔,正要写,手里的笔忽然被她抢了过去。

江星辰有些疑惑地看过来。

初音慌忙解释道:"这支坏了,换一支。"

小姑娘的耳朵有点发红,目光闪躲。

与此同时,一支黑色的笔被塞进了他手里。

他的视线在那支粉色的笔上掠过,眉毛微动。

小姑娘开始有自己的秘密了,倒也不是什么大事。思及此,江星辰的嘴角几不可察地弯了弯。

江星辰把初音圈出来的题目做好分类。

简单的,不用看;太难的,也不用看,集训考试考得更多的是逻辑思维。

他讲题的时候,初音听得格外认真,笔记也做得很详细。题目讲完,他抽了张白纸出来,让初音默写基础的公式。这些难不倒初音,只是字有点丑。

江星辰等她写完了,开始给她讲那些公式的变式以及推理过程。

初音以前从没有听过这么多种变式。江星辰讲完,把前面初音做过的题目拿过来,让她一道道重新做。

原来的那些很难的题目好像一下简单了许多。

下午一点,江星辰催初音收拾书包,出去吃午饭。

她带的东西有点多,书包鼓鼓囊囊,走在前面像只超荷的大蜗牛。

江星辰快步赶上来，拎起她的书包丢到了肩膀上。初音想，到底是长得帅，背个书包竟然背出了走秀的架势。

初音还没在心里感叹完，江星辰忽然懒懒地说："小初音，下次出来少带点书，太重了。"

两人吃完饭，秦让一行人也来了。

为了照顾初音的感受，秦让这次带来了两个正在上小学三年级的表妹。两个粉妆玉砌的小姑娘，一见到初音就围过去喊姐姐，非常可爱。

电玩城的老板在门口摆了一排娃娃机，粉粉嫩嫩，满载少女心。

秦让进去，不一会儿，端了满满一篮子游戏币出来。

两个妹妹试了几次，都没成功，就央求秦让去抓。秦让身边的女性朋友都爱抓娃娃，因此他的技术非常娴熟，一抓一个准。

两个妹妹开心极了，一边一个揪住秦让的胳膊。

"哥哥，我还想要那只粉红的 Hello Kitty。"

"我想要那只河马，在那边，在那边！"

初音还没抓到娃娃。秦让拿了一小摞游戏币出去，顺手把篮子塞进江星辰怀里，说："江星辰，你负责初音妹妹。"

江星辰走了过来，他的目光在那娃娃机里扫了一圈，问初音："想要哪个？"

她说都可以。

江星辰相中了一只粉色的小兔子。

游戏币塞进去，兔子在被金属爪子逮到的一瞬间掉了下去。

再抓，又掉。

连着十几次都这样。

确认按键被他拍得啪啪作响……

篮子里只剩最后两枚币了，小兔子已经掉到不好抓的地方了。江星辰鲜有不擅长的领域，眼前这个就算其中一个。

这时，秦让收获满满地回来了，他见初音还没有娃娃，便随手拿了一个递给她，中途被江星辰给拦住了。

"我负责她，当然是我抓。"江星辰冷着脸说。

"行，你抓。"秦让挑挑眉，领着两个小孩到里面去玩别的项目了。

初音觉得应该要安慰一下江星辰。

话还没说出口，就见他忽然把视线收回来，把手里的篮子往上一抛，噘了一下嘴，然后走到兑换游戏币的地方去了。不过他不是去换游戏币的，而是去送钱的。

几分钟后，工作人员过来用钥匙打开了娃娃机。

江星辰把手伸进去，拎着那只小兔子的耳朵，一下将它扯出来，塞进了初音怀里，随口道："喏，我抓的，给你。"

初音看得傻眼了。

江星辰刚刚的这波操作，算是作弊吗？

为什么作弊还能这么理直气壮？

再回神时，江星辰已经走出去一大截了。见她半天没跟上来，他回头喊了一声："快点。"

初音抬腿，麻溜地跟上去。

几个人把电玩城里的所有设施玩了一遍，到底也累人。

秦让扫视四周，找到一个可以休息的地方，领着大家进去。

那是个小型唱歌室，里面有沙发有桌子，还可以点餐。

两个妹妹一定要跟秦让挤着坐，初音只好坐在江星辰旁边。

工作人员送来各色零食、水果，两个妹妹像两只小仓鼠一样蹲在那里吃。

江星辰看看她们，再看看身边坐得板板正正的小姑娘，忽地笑了下。

小姑娘到底脸皮薄。

他起身去洗了手,坐下来后开始剥面前的龙眼。

江星辰的手指修长,骨节清晰,他指尖捏着那淡棕色的壳,轻轻一挤,晶莹的果肉落到了干净的碟子里,非常养眼。

起先,初音以为他喜欢吃龙眼,结果他剥完直接把碟子推到了她面前,说:"多吃点,让秦让多花点钱。"

秦让拿着儿童话筒在唱歌,鬼哭狼嚎的,有点炸耳朵。

这时候,秦让的歌唱完了,换江星辰唱。

他和秦让风格完全不同。他的声线低沉如水,唱陈奕迅的《不要说话》。

爱一个人是不是应有默契,

我以为你懂得我每当看着你

我藏起来的秘密……

后面他又唱了几首,话筒转到了秦让的两个妹妹手里。这两个妹妹都是小麦霸,唱了一首接一首。

初音听着听着就靠在沙发靠背上睡着了。

昨晚为了圈今天要问江星辰的题目,她一直研究到了凌晨一点钟,而今天早上七点她就起来了。

到了初音点的歌,秦让要喊她起来,被江星辰拦住了。

"睡着了?"秦让问。

江星辰脱下外套给她盖上,淡淡地道:"嗯,应该是昨晚看书看得太晚了。"

秦让笑着说:"还挺认真。"

江星辰垂眉看了眼初音,若有所思地道:"说是和同桌约好一起考省一中。"

那之后的第二个周六，正巧赶上3月14号。

班级里，总有那么几个人记得各种奇葩的节日，初音的同桌刘岩岩就是其中一个。拜刘岩岩所赐，初音也记住了这个节日——白色情人节。

她今天要和江星辰一起补课——在充满可可和奶油香气的环境里学习。

江星辰照旧给她讲题。他的笔尖画到了一个关键点上，忽然停下笔来问初音。

初音没有听清问题，"啊？"了一声。

江星辰手里的笔转了几个圈，"哒"地落了下来，吓得初音立刻坐直了，指甲很轻地抠着沙发。

"最近都几点睡的？"他问。

"十二点之前。"初音小声说。

事实上，她每天都会坚持写题到两点，然后六点雷打不动起床去学校背书。

江星辰看了她一眼，薄唇抿成一条线，过了几秒钟才开口："以后早点睡，影响白天的学习效率，得不偿失。"

初音点头，心里却想，她能坚持得住。白天犯困的时候，她就会去厕所洗冷水脸，那种生理刺激会让她瞬间清醒。

小姑娘低着头，眼睛下有着显而易见的黑眼圈，看样子为了这个考试蛮拼命的。江星辰皱了下眉，半晌又问："你那个同桌，他最近学得怎么样了？"

初音半天才反应过来他问的是刘岩岩，连忙说："她啊……学得很好，比我好。"

小姑娘有个好的榜样是好事，但没必要这么拼。

"你不用这么着急。"

"那可不行！会落后人家一大截的！"毕竟她还想赶在江星辰高三的尾巴，做几天他的学妹呢！

她说话的时候，表情认真而严肃。

江星辰显然没想到，初音会对这个认识没几天的同桌这么上心。他舌尖抵着后槽牙，有点莫名地气。

拿秦让的话说，这才几天啊？于是，他拿手里的笔在初音额头上敲了敲，说："小姑娘要矜持懂不懂？"

初音吃痛，连忙揉了揉额头，有点不服气地道："我哪里不矜持了？"

江星辰回了她一记眼刀。

初音怕他再打，低下头继续写题。

片刻之后，江星辰又看了她一眼——

女孩额头光洁，头发乌黑，睫毛轻轻地眨着，像两把很小的羽毛扇，软软的。皮肤也很白，圆圆的小脸上，大眼睛乌黑闪亮，鼻子小巧，嘴唇泛着健康的淡粉。

的确有点可爱，只是没怎么长开。

初音专注学习，根本没注意到这些。

过了一会儿，江星辰拉开自己的包，将一大摞巧克力推到初音面前。花花绿绿的盒子，都系着漂亮的丝带，数量相当可观。

初音脑子有点转不过弯来，问："这是？"

江星辰漫不经心地扬了扬眉，说："别人送的，吃不完，带点给你吃。"

初音鼓了鼓腮帮子，小声嘀咕："吃不完你可以不收啊！"

江星辰继续转那支笔，神情寡淡，语气懒散："全塞我抽屉里的，分不清谁的，不好退，丢了又浪费。"

初音心里有点不是滋味，之前他也带过一次巧克力给她，该不会是一样的情况吧？

可恶，她还一直没舍得吃，放那里当宝贝似的！

原来是他不要的！

初音特别认真，做了一上午的题目，午饭后只休息了十五分钟，又继续做题。江星辰有点无聊，去外面的商场逛了两个小时。

等他回来时，小姑娘还伏在桌上写字，脑袋低着，一截藕一样的脖子露在外面。

再这么学下去，恐怕要傻了。

他手一伸，压在了她正在写的题目上。

初音没反应过来，指尖和他的手碰到了一起，她吓了一跳，立马缩回手。

江星辰低头从口袋里掏出两张票来，在她额头上拍了拍，说："起来，收拾东西，陪我去看场电影。"

"现在吗？等我把这题写完……"她思路刚理清。

"不行，来不及。"说话间，江星辰已经替她合上了书，然后提起她的书包，一本本往里面装。

他只图快，并没有整理，初音就看着她的包比来的时候还要鼓，连塞笔袋的地方都没有了。

初音想要接过来自己收拾，被江星辰拦住了。

"我虽然没有带过这么多书回家，但帮你收拾这点东西还是绰绰有余的。"然后，他飞快地拉开她书包外面的一个长口袋，初音来不及阻止，里面的卫生巾一下露了出来。

江星辰虽然知道女生会有生理期，但他并没有见过卫生巾长什么模样。他一下将它拽了出来，嫌弃道："你包里尽装些乱七八糟的东西，难怪装不下。"

初音大窘，飞扑过去一把夺了过来，塞进牛仔裤口袋。

好在她只准备了一片。

江星辰看她这个样子，扬眉笑道："喊，刚刚那是什么东西，这么宝贝？"

初音没说话。

江星辰继续说:"还不肯给我看,真小气。"

初音的脸蛋、耳朵、脖子全部红透了,要是眼前的人不是江星辰,她得打死他!

也怪不得江星辰催,他们进去的时候,电影已经开场了。

所有的灯全部灭掉,只剩台阶边沿上的荧光灯发着微弱的光。初音有些不适应这样的环境,跟跄了一下,紧跟在后面的江星辰握住她的手臂扶了她一把。

初音已经站稳,想抽回胳膊,却没成功,江星辰握得太紧了。

"借你扶一会儿,别再摔着。"他说话的声音不大,正好够初音一个人听见。

好在他们的位子不远,没几步就到了。

江星辰选的是一部儿童动画电影,他们前后左右都是稚嫩的脸庞。

初音有点怏怏的,他总是拿她当小学生看待。

江星辰本人并没有觉得有什么不妥,反而看得津津有味。屏幕亮起来一瞬,初音借着那微弱的光偷偷看他的侧脸,那点不开心立刻消散殆尽了。

这可是她第一次和江星辰一起看电影,他和她待了一整天。

做人总不能太贪心,对吧?

周一的晨读结束,韩绵走到讲台后面,伸手去换高考倒计时的牌子上的数字。

这两天风大,原本固定牌子的螺丝松了,她指尖刚碰上去,硕大的塑料牌子"哐当"一下砸了下来……

秦让刚好从门边经过,一个闪身过来,伸手替她将那牌子挡住了。

韩绵抬头,对上头顶少年漂亮的下颌线,而那双桃花眼弯弯的,就那么凝望着她。

韩绵心中没来由地一紧。

就在她考虑是否要检查他受没受伤时，秦让忽然收了胳膊，嘴角勾起一抹欠扁的笑，说："哎呀，学委，我胳膊好像断掉了，你看怎么办？要不今晚的英语作业你替我写一下？"

韩绵耳根通红，深知这是和那封毫无头绪的信一样的捉弄，一下夺过他手里的牌子，快步绕到教室外面去了。

秦让低头，见胳膊上留了一道很长的红印子，再看了眼窗户外一闪而过的身影，忽地笑了一下。有一瞬间，他竟觉得那红印子和英雄救美的勋章无异。

见江星辰送完数学作业回来，秦让身体往后缩了下，随口问："李烨他们这周喊打球，去吗？"

江星辰踢开凳子坐下，说："没空。"

秦让仰头，短发压在身后的墙壁上，声音里带着笑："你还要给小初音补课？"

"嗯，快考试了。"初音那么认真，他担心到时候她考不上，他安慰不了。

秦让叹了口气道："我真不明白，你怎么就对她这么好？"

江星辰哼了哼，道："与其想我的事，不如想想怎么跟韩绵道歉。我刚看见她在长廊上，眼圈通红，你又惹她了？"

"你不早说！"秦让掌心在桌上一摁，往外跃了出去。

风从窗外灌进来，风中纷飞的柳絮落了些在褐色的课桌上。

江星辰静默了片刻，凝神思考刚刚秦让问的那个问题。

他就想对初音好，不行吗？

时间一晃，到了集训考试前的最后一个周末。

江星辰照旧来帮初音补课。小姑娘今天带了整整两包书，大有把初中三年的内容全复习一遍的架势。

在江星辰看来,她这是典型的考前不自信的表现,他皱了下眉问:"你能看得完这么多?"

"看不完啊……"就是图个安心。

虽然她这段时间一直很认真地学习,但和勤勤恳恳地学了两年半的人比起来,到底还是有点临时抱佛脚的意思。

江星辰把她的书全部收缴了,递了一张物理试卷给她。

"当考试写,看你时间控制得怎么样。"

初音"哦"了一声接过来,江星辰摘下手表给她。

手表指针转动的声音非常小,但初音控制不住自己,隔一会儿就要偷偷瞄一眼。

题目有些难,她在一道多选题上停顿了五分钟。

江星辰的指节在桌上轻轻扣了一下,说:"不会就跳下一题。"

初音抿着唇,眉头紧锁,她的视线很不情愿地转到下一道上,题目依旧难。她的心纠成了一团乱麻,怎么好像什么都不会了……

江星辰注意到那道题目并不难,以初音的水平,应该很快就能做出来,他继续提醒:"直接跳到后面的大题。"

他的声音好听且让人安心,初音吐了口气,把卷子翻到了背面。

第一道大题她会做,但因为紧张,她写出来的字不太好看。这道题目做完,初音心里总算松快了几分。她继续往下写,除了最后一道大题,其他的都做出来了。

初音正要回头去做前面的选择题时,江星辰忽然收了她的卷子。

初音扫了眼手表,还有五十分钟,忙说:"时间还没到呢。"

"干吗,你还想考满分啊?"

不,她从没想过。

"东西收收,把包找地方存了,今天不做题了。"再这么做下去,她陈初音不疯，他江星辰可能会疯。

初音没动。下个星期三就考试了，加上今天，她也仅剩三天时间可以复习。江星辰可不管这些，低头将那些书本资料一股脑地塞回她提来的两个包里，转身拉着她就往外走。

负一楼有一家大超市。

初音就看见江星辰行云流水地把那两个包扔到绿色的储物柜里，"咔嗒"一下锁上了门。

做完这一切，他当着她的面，将那两张取物码撕成了碎片。

初音嘴角抽了抽。

江星辰心情大好，懒洋洋地说："走，带你去做考试前应该做的事。"

四月的早上，阳光穿过头顶青翠如盖的梧桐叶，稀稀疏疏地投射在深色柏油路面上，成了一地斑驳的星。

江星辰骑着车在前带路，初音就跟在他后面。

风柔和而舒服，抚过头顶的那些手掌般的梧桐叶子，沙沙作响。

骑过一个转盘，江星辰忽然放慢车速，与初音并行。

"从这里到花神渡口，路上一共有二十三个红绿灯。据说这一路一个红灯都碰不到的人，今年会心想事成，要试试吗？"

他说话的时候，狭长的眼睛望着她，那里面波光粼粼，和地上散落的星星遥相辉映，将他整个人衬托得更加清俊。

初音仿佛被那双眼睛吸引了一般，点了点头。

江星辰加速踩动脚踏，初音赶紧跟上去。

第一个红绿灯，畅通无阻。

第二个，依旧畅通无阻。

第三个，还是绿灯。

…………

整整二十三个红绿灯，全是绿的。

这怎么可能呢?

交通信号灯出故障了?

初音回头看他们刚刚经过的最后一个路口,行人和车辆现在都因为红灯扎堆停在了那里。

红灯计时器上写着"90"。

初音看看那"90"一点点地变成"89""88""87",又偏过头看江星辰,满眼的不敢置信。江星辰也在看她,琥珀色的眼睛里尽是笑。

"陈初音,看来你今年要心想事成了。"他说。

初音的心脏"咚咚咚"地跳着。

心想事成吗?

她也想啊。

她想像一颗星星。

不,不只是星星,她还妄想做星星上的那朵玫瑰。

渡江的轮船鸣笛,初音恍然回神,后面的车辆和行人浪潮一样涌了过来,江星辰向右一拐,进了一旁的停车棚。

初音也赶紧把车骑进去,与他的车并排放着。

之前没有仔细看,江星辰的这辆新自行车和初音的这辆,除了颜色,几乎是一模一样的,他的喜好从没有变过。

江星辰在她额头上敲了一记,说:"行了,别站那儿傻笑了,跟我买票去。"

他走得飞快,初音一路小跑着跟他进了轮渡的售票厅,后知后觉地问:"我们要过江啊?"

江星辰"嗯"了一声。他买好了两张票,转身递给初音一张。

坐轮渡的人并不多,船上空荡荡的,江星辰领着初音上了二楼的甲板。

这里视野开阔,可以看见远处清晰的天际线。江面上来往的船只很多,鸣笛声响亮而悠长,有一种与世隔绝的浪漫。

轮船破浪而行，翻涌的水花一点点往后退去，阳光一照，金光闪闪。空气里的水汽很足，江风猎猎。

初音回头看江星辰，他单手插在口袋里，长身玉立，短发被风吹起。

江星辰很快发现初音在看自己。他轻笑着往前走了一步，抓着初音的肩膀将她的身体扳过去。

随后，他的声音从她背后传来："看到对面的那座小岛了吗，你冲它大喊，就会听到回音。"

"喊什么？"初音问。

"随便。"

"啊！我一定要考试成功！"很快，小岛传来了回音，初音胸腔里压抑的情绪也被风吹散了。

江星辰伸手在她头上揉了一把，不再说话。

船快靠岸了，两人从二楼下来，有个老奶奶看着初音，问："小姑娘，你最近要考试啊？"

初音点头。

"我看你的面相好得很，将来肯定有大出息，考试肯定没问题。"

初音有点窘，心想刚刚喊的那一嗓子，估计整条船上的人都听见了。

江星辰手掩在唇边偷笑，却没逃过老奶奶的火眼金睛。

"小伙子，我看你也不错，你和小姑娘长得还有点像……"

江星辰闻言，搭了只手在初音肩上，轻笑着说："嗯，一家的，我妹妹。"

船稳稳停下，初音瞥了眼某个撒谎不眨眼的人，觉得刚刚那个奶奶看走眼了，她才没江星辰好看。

下了船，初音发现脚下并不是对岸，而是一个江心小岛，也是一个景区。

据说这儿有当年乾隆下江南时修建的一所行宫，古色古香的建筑，掩映在高大的银杏树里面，许多游客正往建筑那头走。

初音对那些不感兴趣，倒是喜欢岛上的樱花树。

这些樱花树有了些年头，拔地参天，枝丫长而密，正值花期，风过花落，便是一片香雪海。很多小情侣都走到那片花海中去拍合影。

初音满眼羡慕。

江星辰看出来了，戳了她一下，问："想拍照？"

初音摇头，小声嘟囔："一个人拍有什么意思？"

哟！

江星辰挑了挑眉，把手往她肩膀上一压，说话声低低的，笑得痞气："一个人拍没意思，那哥哥陪你拍啊？"

初音还没来得及回答，江星辰已经拉着她站到了那片花树下。

手机的前置摄像头打开，初音看到江星辰和她出现在同一个屏幕里。

初音太过拘谨，并不敢靠他太近，以至于江星辰多次调整角度，始终不能将后面的花树全部照进去。他有些烦了，索性揽住初音的肩膀，往近前一带。少女微愣的片刻，风过花落，"咔嚓"一声——

她和江星辰的第一张合影诞生了。

从岛上下来时，天已经黑了。江星辰打算直接送初音回家，可初音还没忘记她的两个包还在超市的储物柜里。

江星辰也不是故意要发疯，初音的知识水平基本没问题，主要看发挥。照她今天看书的那个状态，越看越紧张，反而不利于考试。

他摁住初音的车头，说："等考完了我给你拿。书别看了，我带你去买新文具。"正好把那支粉色的笔丢了。

初音皱眉道："可是，我的准考证也在里面。"

"你不早说。"

"我还没来得及说，你已经撕了……"

超市储物柜的管理员大爷，是亲眼看到江星辰撕取物码的。他当时不好说什么，这会儿看到他俩回来拿包，正好逮着人到角落里批评。

初音怕他骂江星辰，一个劲儿地赔礼道歉。

江星辰见不得她可怜兮兮的模样，一把将她扯到身后，说："陈初音，你道什么歉？"

"我……我怕他骂你！他看起来很凶。"

江星辰有些忍俊不禁，眼前的小姑娘这么点大，还非要冲出来保护他的样子，着实可爱。

他轻咳道："放心，我不怕挨骂。"

江星辰转身去柜台买了包烟递给那个大爷，微微道歉："实在不好意思，麻烦您了。"

大爷拿着工具边开门边继续教育："你们年轻人做事，不要冲动，慢慢来。"

江星辰不说话。

大爷又对初音说："姑娘你说对吧？"

初音还没来得及说话，门"咔嗒"一下开了，江星辰用力把两个包拽出来，抛到肩上，然后拉住初音，快速将她带离了超市。

夜幕之上，月亮成了很细的钩，边上的星星很亮。

周三早上。

初音醒来时肚子有些疼，她匆匆去了趟卫生间，发现是生理期到了。

她手忙脚乱地换衣服、洗衣服，再骑车到学校，在校门口碰到了江星辰。准确来说是看到了江星辰，因为他已经在那里等了有半个小时了。

他的自行车停在路边，人立在晨光中，长款风衣的下摆被风吹起，浑身透着少年的利落和随性。

初音在他面前停下，主动打招呼。

江星辰看她脸色有些白，略皱了下眉问："不舒服吗？"

初音摇了下头，有些窘迫，这种事她哪里好意思说。

江星辰转身从身后的背包里拿了一个透明的笔袋递给她。初音见里面装的都是崭新的文具,铅笔、水笔、橡皮……样样齐全。

这人真是细心。

初音接过来,笑着道了谢。

江星辰问:"准考证带了吗?"

初音点头。

"拿来给我看看。"他好像还有点不放心,非要检查。

"等下。"初音手背到后面,快速从书包最外面的口袋里翻了准考证出来。

江星辰拿过去,仔细看了下考场号,才还给她说:"好好考,不要紧张,我走了。"

初音把准考证放进那个透明的笔袋里,看到笔袋外面夹层的小卡片上写了四个字"心想事成"。

那是他写的,笔走龙蛇,遒劲有力。

早上七点半,市一中的年级主任开始组织参加考试的学生到门口去排队。

初音他们要集体步行去省一中考试。

也不知道是不是紧张,初音的肚子今天格外疼。等到了省一中,她背上出了一层汗,身下湿漉漉的感觉越发明显。大事不妙,她匆匆去了一趟厕所。

再回来时,监考老师正拿着金属探测仪一个个地检查放行。

初音提着包进去,找到自己的位子。

距离考试开始还有二十分钟,广播里开始播报考试纪律。

初音趴在桌上,使劲咬着牙齿,太痛了……

监考老师举着牛皮纸袋装着的卷子,当众展示并宣布:"本场考试时间两个小时,中间没有特殊情况不能出考场。"

初音一听两个小时,担心她刚刚做的准备工作不太够,于是又举手,飞奔去了厕所。

初音的考场在三楼的物理实验室，正对面就是高三的教室。

江星辰一到学校就去集训考试的考场看过了，因此初音出来两趟，他都看到了。

他们正在听写英语单词，秦让不会，扭头想抄江星辰的，却发现他一个字母都没写，而且表情有点凝重。

他用胳膊肘捣了下江星辰，小声询问："默写呢，你不写啊？"

江星辰收回视线，抿了抿唇说："初音去了两趟厕所。"

秦让"嗤"了一声，吊儿郎当地说："女生去厕所不是很正常嘛，生理期懂不？"

江星辰忽然想到初音早上那些闪躲的眼神，心想是了。

"生理期会怎样？"

"很多女生会痛经。"

"痛经要怎么弄？"江星辰追问。

秦让挑眉，觉得江星辰的这个问题有点那啥了。他一个男生，凭啥要知道这些冷门的知识，他闲得没事做？

江星辰低头，笔尖划动，快速写了一长溜单词，和英语老师报的一个不差。

秦让伸头过来正准备抄，却见江星辰忽然把那张纸盖住了，说："去问问。"

这种事情问别的女生？他秦让能做得出来？但他实在怵他们英语老师，要是默写不好，就要去办公室抄单词。

于是，他犹豫再三，伸手戳了戳前面的韩绵，压着声说："问你个事，女生痛经要怎么办啊？"

韩绵不想理他，但过了一会儿，她往后面丢了一包红糖，上面写着三个字"趁热喝"。

秦让把红糖丢给江星辰，便见江星辰龙飞凤舞地在写了单词的纸张顶部写上秦让的名字，然后很快举手站了起来说："老师，我闹肚子，要去厕所。"

江星辰要出教室并不难，只是初音已经回到考场里面了。

他去买了个新保温杯，接上热水，把那包红糖泡进去，然后端去了实验楼。

透过敞开的实验室后门，江星辰看到小姑娘正垂着脑袋奋笔疾书。为了缓解疼痛，她的贝齿紧紧咬住了嘴唇。

监考老师很快看到了江星辰，她从教室前面走到了后面。

江星辰把手里的保温杯递给她，然后用手指了指坐在角落里的初音，小声说："老师，我妹妹重感冒，给她送点药。"

玻璃杯子放到桌沿上，女老师温柔地问了初音一句："感冒了？"

初音转头往门口看去。江星辰已经走了。她连一抹背影都没瞥见，可她就是知道他来过了。

杯子的保温效果很好，初音拧开盖子，喝了一口。甜甜的味道，不是感冒药。

温热的糖水喝下去，暖热散开，疼痛缓了好多。

她坐直了，认认真真地继续做题。

高三教室内，江星辰"上完厕所"回来，还是会时不时地瞄一下对面的实验楼，见初音没有再出来，才松了口气。

秦让禁不住打趣道："江星辰，我看你怎么跟送考的老父亲似的？"

江星辰哼了哼，拿笔袋戳了下前面的韩绵，戏谑道："学委，秦让说让你喊我爸爸。"

秦让一个激灵，骂出了声："别听他放屁……"

省一中的传统，集训考试一天要考完五门。

初音从考场出来时,已经是下午六点二十了。

红彤彤的太阳垂在西边,风从西面吹来,非常轻柔。考生们一出门就叽叽喳喳讨论开了,有狂喜的尖叫,也有沮丧的叹息。

初音没有参与讨论,只是仔细看了看这所学校。很快,她看到了高三(7)班的牌子。

那是江星辰和韩绵在的班级。

现在是晚饭时间,教室里空荡荡的。

按江星辰的身高,他应该是坐在最后一排。距离有些远,她踮着脚,想看得更清楚一些,忽然被人从背后拍了一下。

"在找什么?"

初音转身,愣怔地看着江星辰。他单手插兜,立在晚风里,嘴角勾着一抹笑,声音一如既往的好听:"考得怎么样?"

"还行。"她觉得自己发挥得还不错,只是不知道能不能达标。

"你们还要回学校?"江星辰问。

"有家长接的不用。"年级主任早上说过,今天他们不用上晚自习。

江星辰闻言,走到队伍前面去找那位年级主任。

江星辰当年也是市一中的风云人物,年级主任见了他满脸都是笑。几句寒暄后,江星辰指了指人群里的初音说:"我妹妹,带去吃顿饭。"

江星辰回到初音面前,忽然想起一件事来,问:"哪个是和你一起考试的同学啊?叫上一起。"

初音愣了愣,反应过来江星辰问的是她同桌刘岩岩,只好说:"她已经先走了。"

啧,走了?约好一起考试,结果考完试就跑,还不等小初音,一听就不靠谱。有了这个想法,江星辰看着眼前的初音就有点心疼。

"走,不要难过,带你吃饭去。"

"嗯?"她不难过呀。

- 101 -

"嗯什么嗯？装深沉。"

江星辰已经大步流星地走了。没想到食堂过了饭点已经关门，校门只准进不准出。

"要不然吃泡面？"初音提议道。

"那怎么行？显得我多小气。"

江星辰扬了扬眉，下一秒已经有了主意。他低头，凑到初音面前小声说："你拿准考证出去，往左边走五十米，在那儿等我一会儿。"

初音照着江星辰说的做了。

到了江星辰说的那个地方，初音停下了脚步。她忍不住回头往门卫处看，正寻思他要怎么出来，却听见头顶有人喊她的名字。

初音抬头，见江星辰站在围栏的另一边，身后是一株葱翠的香樟树。

"等我一下。"说完，他双手快速攀住香樟树往上爬，然后踩着围栏的顶部，纵身跃下来，像一只自由的飞鸟，落了下来。

初音的心跳不受控制地加快了。

这一带没什么遮挡，门卫立刻发现了。江星辰拉着初音飞快往前跑，眨眼间闪进了一侧的店里。

这是一处小书吧，里面放着舒缓的音乐，江星辰倚着墙笑。

初音喘着气，心跳加速，但又不知为何非常开心。

江星辰伸手在她头顶拍了拍，一本正经地说："小初音，我刚刚这样是不对的，你不可以学，知道不？"

两周后，省一中开始放榜了。

市一中的成绩榜单前挤满了黑压压的人头。初音站在人群的外围，想看又不敢看。

刘岩岩比她还兴奋，一个劲地往里挤，半晌出来拉着初音喊："你考上了。"

真的假的？

初音有点不相信，伸长了脖子，却始终看不全那红纸上的字。前面有人看完了，刘岩岩瞅准机会把初音拉进去。

初音一行行地扫那红纸上的字，终于在最后一行看到了自己的名字。

啊！她做到了！

她翻出手机，在拥挤的人堆里给江星辰发了一个大大的笑脸。

江星辰此时刚拿到集训名单，还没来得及打开，便看到了初音那条消息。

他笑了一下，俯身把手里的名单放了回去。

老爷子问："小伙子，怎么不看了？"

"嗯，不看了，进了。"

这会儿正赶上大课间，长廊里来往的人非常多，热闹而嘈杂。

江星辰一路走到长廊尽头，长手一伸，将那顶端的窗户拉开。清爽的风灌进衣袖，他立在风里给初音打了个电话，眼角眉梢尽是轻松。

听筒中小姑娘的声音高昂清脆，像只小布谷鸟："星辰哥，今天放榜了。"

江星辰语气淡淡的，但嘴角含着笑："嗯，恭喜。"

哎？她好像什么都没说呢？

一只瓢虫落到了窗沿上，他手指轻轻一弹将它弹到了空气中。

"你那个同学进了吗？"

"没有。"初音答。

呵，这真是个好消息。他嘴角上扬，但说出的话又是另一番味道："喊他不要着急，慢慢学。"

初音看了眼不远处的刘岩岩，笑了笑说："我会跟她讲的。"

秦让发现江星辰今天心情非常好。晚自习时，江星辰写完一张卷子就递来一张，他抄起来格外爽。等他抄最后一张数学试卷时，江星辰指尖在桌上敲了几下说："五一出去玩？"

"行啊，去哪儿？我请客。"秦让低着头，边抄边理顺解题思路，将能省略的步骤全省略。

江星辰往后仰，让椅子斜斜地倚在身后的墙壁上，手里玩着一个蓝色的钥匙扣，神情散漫地问："女生一般都喜欢去哪儿玩？"

秦让闻言顿了笔凑过来，贱兮兮地笑："你要带初音妹妹出去玩啊？"

江星辰白了他一眼道："你少找别扭。"她费那么大劲进集训营，总要庆祝一下吧。

秦让撇撇嘴，有点不高兴地说："那我不去了，我又没人陪。"

江星辰伸手戳了下前面的韩绵，问："学委，秦让问你五一要不要出去玩？"

秦让差点没跳起来嚷："我什么时候……"

话还没说完，韩绵忽然转过来说了个"好"，巴掌大的小脸，白得发亮。秦让后面的话全给咽了下去。

去，他去。

江星辰又顺水推舟，让韩绵叫了初音。

秦让选的地方距离N市一个小时车程，他本来想开车，但怕韩绵说他装阔，就改为坐大巴车。

连在一起的四张车票，前后两排座位。两个姑娘坐前面，初音和江星辰一前一后靠着玻璃窗，秦让则跷着二郎腿坐在韩绵后面。

车子走了一段，韩绵合上眼睛睡觉，秦让则低着头玩单机游戏，机枪声一阵一阵。

初音毫无睡意，撑着脑袋看车窗外掠过的青黄相间的田野，她有些想她爸爸了。

昨天挂了江星辰的电话，她就给张林报告了喜讯。张林听说初音考上了省一中集训营非常开心,但也只是开心,初音想回家一趟他都不同意……

椅子和车窗玻璃的夹缝间,忽然挤进一个黄澄澄的大橘子。初音转身,从缝隙里对上江星辰那双狭长清澈的眼睛。

他什么都没说,只是淡淡地看了她一眼,初音却得到了许多鼓励。

她低头把橘子剥开,清甜的味道顿时散在了空气里。她分了一半递给后座上的江星辰,却被眼尖的秦让看到了。

"喂,初音妹妹,凭什么他有橘子,我没有啊?"

初音有点窘,慌忙站起来,把剩下的半个橘子往秦让那里送,却被江星辰伸手挡了一下。

"别理他,有毛病。"

秦让炸毛,想跟韩绵诉苦,又怕打扰她睡觉,只好气鼓鼓地继续玩游戏。韩绵什么时候能给他剥个橘子就好了!

到了景区,天实在热,两个姑娘都带了伞,一人一把地打着。秦让被晒得吃不消,恬不知耻地挤到了韩绵伞底下。

初音见江星辰一个人在艳阳下暴晒,便故意走得慢一点,等韩绵他们到了前面,才举着伞让江星辰进来。

只是,她个子实在太矮,江星辰又太高,她举大旗似的把伞往上送,却听头顶的人笑了一声。下一秒,手里的伞被他接了过去。

初音看着前面的两个人,忽然好惆怅,她什么时候才能有和韩绵一样的大长腿呢?

走了一会儿,秦让摊开手里的地图,研究游玩的项目和路线。他比较自我,哪个项目刺激选哪个,初音只瞄了眼上面的介绍都有些腿软。

江星辰适时打断道:"初音年纪小,我也有点恐高,陪她玩点别的,你和学委一起。"

江星辰恐高?骗鬼呢!蹦极都没见他眨过眼。

秦让挑挑眉,正要揭穿,脑子忽然一转。刚刚韩绵是不是默认了江星

辰的安排？

他把地图一合，领着韩绵去了全景区最刺激的项目下面排队。

初音有点好奇江星辰上大学以后会怎么追喜欢的女生，于是问："你去了大学也会这样追女生吗？"

他随口答："不会。"

"那你会怎么追？"初音问完，看到江星辰眼里滑过一丝戏谑的笑，忽然有点后悔。

但是已经迟了，他伸手捉住了初音的后脖颈，低声笑着说："陈初音，我发觉你最近有点早熟啊？问东问西的，开始管我的事了？"

初音的背在一瞬间麻掉了，她僵在那里动弹不得。

江星辰很快松开她，痞里痞气地说："我不会这么麻烦。"

他会静观其变，一招致命。

初音心想也是，他的脸摆在那里，以后肯定不缺对象，费那个劲做什么呢？

不知不觉已经到了水世界，江星辰买了两把水枪，塞了一把长的给初音，自己则拿了把短的。江星辰一进孩子窝，就因为身高被定义成了大人。

大人是他们打水仗时的"敌人"。

不一会儿，他的衣服和裤子都湿了，头发上的水珠一直往下落。

初音觉得江星辰受了欺负，于是按着手里枪的开关，对着那群小屁孩一阵扫射。

他们又开始打初音……

江星辰的小水枪没水了，一手护住初音，一手拿着她的枪打回去。等从水世界出去，两人从头到脚都湿漉漉的。

江星辰没忘记刚刚她冲上来保护他的一幕，伸手在她眉心弹了弹，说："下次躲后面去，你当我是摆设吗？"

初音揉了揉眉心，"唔"了一声，小声嘟囔道："可我不想一直躲在你后面，我也想早点长大，保护你。"

江星辰被她逗笑了。

"怎么着，还寻思给我挡子弹？"

"要真有这种情况，也不是不可以……"初音鼓了鼓腮帮子说。

小姑娘说什么，真要替他挡子弹？

作为奖励，江星辰转身到后面的摊子上买了个大冰激凌给她。

韩绵坐了几圈过山车下来，并没有什么反应，倒是秦让蹲在那儿使劲吐。韩绵看不下去，拧开一瓶水递过去。秦让喝了一大口，举着瓶子朝她比了个谢谢的手势。

韩绵见他额头上尽是汗，又找了包面巾纸递给他。

秦让接过来，抽了一张纸巾出来，捏在指尖，那香香的味道让他有点舍不得用。

韩绵以为他不需要，伸手要拿回来。

秦让一下拍飞她的手，恼道："干吗呀？就一包纸还要要回去，韩绵，你能不能别这么小气？"

过了一会儿，秦让把胳膊伸过来，贱兮兮地说："我上次被那牌子砸的，胳膊一抬就疼，要不你替我擦？"

韩绵接过他刚刚抽出的纸巾，站在那里，一点点帮他把额间的汗水擦掉了。秦让僵在那儿看着她，喉头不自觉紧了紧。

他逗过她无数次，只有这一次成了。

四人再回N市，已经是晚上了。

秦让做东，请他们吃饭，去的是N市城中心最贵的一家饭店。

进了门，初音有片刻的局促。这里的装潢格外豪华，大理石地面倒映着明亮的灯，灯光在那地上留下一长串水晶做的月亮，尽头的墙壁上挂着些蛋彩画，连空气都是香的。

秦让对着墙上的画一顿吐槽道："挂点赝品蛋彩画就想装高级。"

韩绵随口说:"那挂什么?"

秦让被问住了,撇嘴道:"挂什么都比假画强。"

初音却觉得非常好看。

服务员将他们引到一处靠窗的桌子边。香槟色丝绒桌布铺在桌上,上面放着几套漂亮的瓷质餐具,大大小小的杯子种类繁多,从高到低摆放得整整齐齐,最高的玻璃杯里放着一朵餐巾叠成的淡红色的百合花。

初音有些不自在,手心里团着一把汗。

江星辰注意到了。他弯腰替初音拉开一张椅子,示意她坐进去,然后替她把面前那些用不着的餐具拿到了旁边。

服务员送来菜单,秦让下意识地递给初音说:"初音妹妹,你是今天的主角,你点。"

初音活了十几年从来没点过菜,况且是在这样的地方。她翻着那个本子,轻轻蹙起了眉头。

江星辰自然地靠过来,给她介绍菜,不仅说了每道菜的特色,还解释了做法,并且稍加点评。一种相处出来的默契使然,他说这几道不错,初音就点了。

秦让玩了一天,累得不行,仰面靠在椅子里,偷偷看边上的韩绵。

菜端上来,秦让献宝似的给韩绵讲多宝鱼的营养价值。

江星辰拿起金属分菜夹,挑了块鱼肉给初音。他垂着眼睫,挑刺的动作慢条斯理的,被灯照着格外好看。

秦让酸溜溜地"哎?"了一声。

"怎么,你也要?"江星辰挑眉,夹起鱼头放到他碗里。

"你们一个个的,尽整这些差别待遇……"秦让气得眉毛直竖。

江星辰哼了哼说:"你也想做小姑娘?"

一旁的韩绵忍不住笑出了声。

秦让吞了吞唾沫,一下呆住了。他吃了一会儿,抬头和初音说话:"初音妹妹，我和你星辰哥10号下午有场篮球赛，你要不要来做啦啦队？"

江星辰又往初音碗里放了一只剥好的虾，说："别去，天气热，没什么好看的。"

可是她想去啊，江星辰打篮球的样子肯定很帅。于是，她趁江星辰没看她的时候，小声问秦让："在哪儿？"

秦让也装模作样地压低了声音说："就在我们学校，下午两点。"

他俩的这点小动作江星辰尽收眼底。他拿筷子飞快地在初音脑门上敲了一记说："当我聋啊？"

没啊，她就是不想显得太嚣张嘛。小姑娘脸上的笑意还没有完全收起来，眉眼弯弯，格外可爱。

江星辰轻咳一声，说："来也可以，多带点水喝。"

秦让见初音背来，立马转脸开始撺掇韩绵，然后被冷漠地拒绝了。

好吧，又失败了。

秦让心里有点堵，委屈巴巴地看向初音说："初音妹妹，你到时候过来，别忘了给哥哥我买瓶脉动，记得要贼冰的那种。"

"好。"初音说完看向江星辰问，"星辰哥，你想喝什么？"

他很温柔地笑了下说："我都可以。"

秦让这下更不是滋味了。

转眼到比赛当天。

初音一路将车骑进省一中。

红色的横幅在校门口的梧桐树下面荡漾着，上面写了一行黄色的字"第23届N市篮球青少年赛高中组决赛"。

看起来，这还是个蛮大的比赛，她幸好来了。

秦让最先看到初音，隔着老远就朝她挥手。江星辰也在，他穿着和秦让一样的红色球衣，红色将他原本的那种痞气放大了几分。

倒是秦让，看起来妖气逼人。

初音把包里带来的水递过去，秦让一摸不是冰的，立马皱起眉。他想跟江星辰换，发现他的也不冰，立刻嘴贱道："初音妹妹，你大热天给我们送开水喝啊？"

初音说："我姐特别叮嘱，让我别给你们带冰的，说容易胃痉挛。"

"你不喝就给我。"江星辰已经伸出手来。

秦让往后躲开道："干吗？这是人家初音妹妹送给我的，去去去。"他脸上挂着显而易见的笑容。瞅瞅，韩绵多关心他，他都能想象出韩绵说这话时候的表情。怕他胃痉挛，不就是因为他当时说了句要最冰的嘛。就冲这水，今天他也得多进两个球。

秦让乐颠颠地抱着水上一边喝去了，江星辰从包里拿了顶鸭舌帽，扣在初音头上，然后把包丢进她怀里："一会儿找个凉快的地方待着去，热。"

初音"哦"了一声，乖巧地到路边的一棵香樟树下站着。

和省一中校队比赛的是省三中校队，两边的队员都是人高马大的。江星辰虽然不是最高的，却是最帅的。

天气很热，自发来看比赛和加油的人却一点也不少。

很快，初音在的这棵树下面就站满了人，而且都是女生。她个子矮，挤到树荫的最边沿才能看清球场。

口哨声响起，两队开始抢球。江星辰最先抢到了球，一个晃肩的假动作引得几个人将他团团围住。他拿着球上下虚晃一下，传给了外围的秦让。

两个人是发小，异常默契，传了几个来回，秦让转身上篮，进了个二分球。

树荫下的女生们正在激烈地讨论。她们把场上的几个帅哥全部议论了一遍，内容却不是球技，而是英俊程度和八卦。

初音听到有人说江星辰，立马竖起了耳朵。

"江星辰欣赏腿长、个高，还有眼睛大的妹子。"

初音低头看看自己的小短腿,心里顿时变得冰凉冰凉的。

上半场比赛结束,江星辰走到场边。

他出了很多汗,原本利落的短发湿漉漉地贴在头上,整个背心全湿透了。风吹过来时,布料贴在身上,漂亮的肌肉若隐若现。

他远远地朝初音招手,初音立马抱着包跑了过去。

江星辰看她过来了,便领着她走到旁边的乒乓球场里。

天气热,这会儿并没有人在打乒乓球。

江星辰拧开一瓶矿泉水灌了几口,接着仰头,将剩下的半瓶水倒出来洗脸。

初音看到一串串晶莹的水珠沿着他刀削般的下颌线,落到衣服上。

初音的手背上也溅了一滴水珠。

江星辰伸手,初音半天才反应过来,将手里的包递过去。

他低头从里面翻了件干净的球衣,也不管初音在不在,一下掀起衣服下摆,准备将身上汗湿的衣服脱下来。

初音大窘,抱着包就跑了。

江星辰看着跑远的兔子,扬扬眉,心情忽然好得不得了。谁让她不听话,尽往太阳底下站。

江星辰往回走,迎面碰上秦让。

秦让看他已经换了身干净衣服,便问:"初音妹妹人呢?"

江星辰喝了口水说:"天热,我喊她先回去了。"

"啊?怎么就回去了?比赛还没比完呢。"

初音骑出去很远后,才发现江星辰的包还在她这儿。

但她没勇气再回去还了……

第三章 夏夜梦

初音回到家,一头扎进了被子里。

口袋里的手机一直响,是他们集训营老师建的群,正在通知报到的相关事宜。

她爬起来核对资料。

等把要带的东西收拾好了,她余光扫到了角落里的包。

她当时应该把车骑回去的。

晚饭时,韩绵和她说了很多去省一中报到的注意事项,初音听着,格外轻松。

她终于要和江星辰在一个学校上课了!

第二天早上,到了高三(7)班门口,初音往里面瞟了一眼,江星辰还没到。

"你们今天应该会发新书,书不要带回去,教室后面有水房,先放在那里。"韩绵叮嘱道。

初音点点头,看看时间,心虚地溜了。

经过昨天的事,她有点不好意思见江星辰。

还有三十几天就高考了。

省一中重点班的班主任都是老高三带完，班主任们会重新接手新一届的高一班级再带三年，所以初音他们集训营的负责人和江星辰的班主任正好是同一个。

为了方便管理，初音他们被安排在和高三（7）班同一层的地理实验室里。

初音个子矮，被安排在了讲台旁边坐着。

这个集训营里，总共只有十个女生，今天只来了九个。大家都不想坐在第一排被老师盯着，纷纷组队坐到了后面。于是，唯一没有来的那个女生自然而然地成了初音的新同桌。

午睡后要发集训用的新书，老师喊他们自己去办公楼领书，正好也熟悉熟悉环境。初音的同桌没来，她得拿两套书。

书本来就多，初音两套一起抱着，怀里的书一直抵到了下颌骨。那些同学都走得飞快，初音不敢落后，小跑着跟上去。最上面的数学书一不小心飞了出去。

初音想去捡，可空不出手。

等她把一大摞书放到地上再回头去捡时，书已经被人捡起来了。

初音道完谢，发现这人是江星辰。他迎风站在长廊里，手里拿着那本数学书，嘴角的笑十分耀眼。

"这么多书，不知道喊我来帮忙？哥哥白叫的？"他刚睡醒，细长的眼睛微微眯着，语气还有些散漫。

江星辰不等她回应，伸手一捞，将她放在地上的一摞书抱起来，大步流星地往前走。

初音赶忙追上去，说："我抱得动的。"

"知道。就是替你省点力气。"江星辰一步没停，径直进了初音他们教室的水房。

他们来晚了，水房所有的柜子里都被人放上了东西。

江星辰喷了下嘴，有点不高兴。

初音搓搓手道："先放我桌上吧，我一会儿再找柜子。"

"那怎么行。"说完，他用脚钩来一张方凳，把怀里的书往上面一放，扭头说，"在这儿等着。"

此时距离下午的第一堂课已经没多久了。上厕所的人、拿书的人基本都回了教室。

江星辰径直走到讲台上，也不知道他从哪里找来的一截板凳腿，"砰砰砰"地在讲台上砸了三下。

教室里立刻安静了下来。

众人面面相觑。

这人是谁啊？这么嚣张。

江星辰似笑非笑地勾了下唇，开口道："你们老师喊我来通知一声，后面水房里的柜子，自己去写上名字，一人只能占一个，其余的柜子要放实验器材。"

说完，他拎着手里的板凳腿，随手在第二排一个戴眼镜的男生桌上敲了敲，问："同学，你占了几个柜子啊？"

"两……两个。"

江星辰又凶又痞地睨了他一眼，拔高了声音："喊你去腾柜子，听不见？"

到底是青涩，被他这么一吓，眼镜男立马起身去了水房。紧接着，所有人都站起来，扎堆拥进了水房。

江星辰跟进去，语气依旧很凶："动作快点！"

大家有点怵他，都只搬东西，不说话。

江星辰找了个初音能够得到的地方，把她的书一股脑儿塞了进去，当然也给她同桌占了一个。做完这些，他拍拍手，踩着上课的预备铃声出了门。

老师还没有进教室，众人还挤在小小的水房里收拾。

眼镜男眼尖，发现初音认识江星辰，便小声问："同学，你知道刚刚那个人叫什么名字吗？"

无数双眼睛看了过来……

初音哽了一下说："江星辰。"

四周先是安静了一瞬，接着彻底炸锅了。

"他就是江星辰啊？"

"就是那个数理化全满分考进来的江星辰吗？"

"对对对，就是那个变态。"

"长那么帅怎么可能是变态？"

又有人问初音："你和江星辰什么关系？"

初音想了想说："他是我的一个远房哥哥。"

他们讨论着就将先前的惊吓转成了崇拜，这种崇拜让他们连带着看初音的眼神都变了，有个姑娘甚至在她肩膀上拍了拍说："你是江星辰的妹妹，肯定也很厉害，我们以后就是好朋友了。"

初音觉得这转变也太突然了。

集训开始的第一天，过得鸡飞狗跳。不过，她很开心。

晚自习放学，初音背着书包到高三（7）班门口等韩绵。韩绵收拾东西有点慢，秦让一边等她一边觍着脸找她说话。

江星辰先一步出来，待看到初音，那双琥珀色的眼睛里浸润上一抹戏谑的笑意。

"陈初音，你怎么没把包还给我？"

初音还没开口，便听见他说："偷偷留着我的包做什么？"

"我没有要留，只是忘记拿了，明天就带给你！"初音耳尖微红，连忙解释道。

"哦，这样啊。"江星辰挑着眉梢，嗓音低低的，故意拖着尾音。

这时，秦让和韩绵也出来了，江星辰不再逗眼前的小姑娘，拍拍她的脑袋说："走了。"

几个人聊着天，江星辰发现初音一言不发，猛地停下脚步。初音没注意到，鼻尖一下撞上了他的后背。

好闻的味道萦绕在鼻尖——很淡的松木香味，专属于江星辰的。

江星辰垂眉深看了她一眼，轻笑一声道："傻不愣登的，树叶掉头上也不知道。"

初音闻言，连忙伸手摸了下头顶。

她摸来摸去没找到地方，江星辰忽然伸手过来替她捡了。

第二天早上，初音把那个包带去了学校。

到了高三（7）班门口，她把包递给韩绵，偷偷伸头往里面瞄，江星辰的位子上是空的。韩绵见状，说："江星辰一般都是踩着点到。"

踩点？之前他不是挺早出门吗？她还总能在路上碰见他。

初音鼓了鼓腮帮子"哦"了一声，转脸又欲盖弥彰地补充道："我没有在找他。"

冷不丁地，一道低沉的男声从后面传来："找谁？"

初音转身，看到江星辰松松地斜挎着个包走过来，他那双狭长的眼睛里还有一丝未曾收起的笑意。

初音心虚道："我……我在看秦让哥来没来。"

江星辰转了转手里的钥匙问："找他有事？"

"嗯，有点。"初音编不出来理由，正拔腿要溜，被江星辰从后面拽住了书包。下一秒，头顶上压了个冰凉的东西。

初音拿下来，发现冰冰凉凉的东西是一瓶草莓味的酸奶。

江星辰松开她的书包，懒懒地说了句："多喝点牛奶补补钙，腿短得都看不见了。"

- 116 -

啊！她好气！

初音走到自己教室门口，拧开瓶盖，灌了满满一大口酸奶，心里还是闷闷的，她为什么不长个呢？

秦让吊儿郎当地哼着歌进教室，江星辰瞥了他一眼问："初音找你有事？"

秦让包都没放下，立马戳了戳前面的韩绵，说："韩妞妞，你让你妹妹找我的呀？"

韩绵回了他一记白眼。

秦让一点也不生气。韩绵今天穿了件淡红色的裙子，凶人的样子都是娇俏的。

没一会儿，前面丢过来一张英语报纸，上面的重点单词已经圈好了，秦让立马坐下来，一本正经地背单词。

江星辰懒懒地靠在椅子里，若有所思地在桌沿上敲了几下，视线忽然落在了初音还回来的那个包上。

时间一晃到了六月初。

N市连着十几天一场雨没下，气温一升再升，脚下的沥青路都要融化了。

即便如此，集训营的课程一点也没耽搁。

初音每天的乐趣就是在江星辰他们出来跑步时，远远地看一眼那个高大的身影。

人是需要精神支柱的。

那个时候，初音觉得江星辰就是她的精神支柱。

可是，昨天和今天，初音都没看到江星辰，高三（7）班领队也变成了秦让。

初音趁着午间休息给江星辰发了消息，可是迟迟没有收到回复，打电话也没人接。她越想越不安，当天的课程结束后，她匆匆收拾了东西，特意去高三（7）班门口绕了一圈。他们班还没下课，数学老师的声音从窗户里传出来。

初音发现江星辰的位子是空着的。

他居然没来上学。

距离高考只有三天了，发生什么事了？她在长廊里待了一会儿，好不容易等到下课铃响。

秦让和韩绵出来，准备去打饭。

初音叫住了秦让，韩绵朝她笑了笑就走了。秦让见韩绵走了，看了眼初音问："有事？"

初音也顾不得害羞，说："星辰哥今天没有来上学吗？"

秦让"嗯"了一声说："他请假了，在医院呢。"

初音一听在医院，立刻紧张地问："他生病了吗？"

"不是他，是他妈病了。也不能叫病，"秦让抹了把鼻子说，"这事儿有点复杂，你要是有空，去医院劝劝他，现在这个情形还不如去年暑假前呢。"

"他在哪个医院？"初音问。

"二院，具体哪个病房我就不知道了。"韩绵已经走到长廊的尽头了，秦让有点着急，语速也很快，"初音妹妹，我先走了啊，你给江星辰打电话问问。"

初音点头。

直觉告诉她，秦让说的有点复杂的事可能很严重，她得赶紧找到江星辰。

她记得二院就在去往花山渡口的路上。

她回了教室拿东西，飞跑下楼。

外面忽然起风了，很大的风，从四面八方刮过来，卷得车棚西侧操场上的红旗哗哗作响。操场东边的绿化带正在修剪，碎成沫的草叶混着灰尘飞到了半空中。

初音骑车经过,被风眯了眼,但是她心里装着事,顾不得太多。

车子出了省一中的大门,径直向北。

风太大,天变得很快,乌云压了过来,空气里充斥着暴雨前的土腥味。

路上的车子渐渐多了起来。和江星辰带她走的那次不一样,这一路上她遇到了无数红灯。

这种不祥的感觉像块大石头压在心里。

初音像个侦探一样回想那些细枝末节:去年暑假江星辰说他有害怕的事,又说他的车不能骑了,那之后他忽然提前走了,这中间到底发生了什么事?

暴雨在一瞬间来临,狂风卷着白蒙蒙的水汽在马路上飞跑,骑车的人陆陆续续被交警拦了下来,初音也在其中。

"小姑娘,雨披影响视线,找个地方避避雨再走。"

"叔叔,我有急事儿。"

初音心里急,在那里僵了一会儿,心想如果是江星辰在这种时候会怎么做。只一秒,她就想到了答案——

江星辰什么时候被条条框框拘束过?

他是自由的星星,她也要做一只自由的飞鸟。

初音一把摘掉雨披,和那个交警说:"叔叔,我不穿雨披走行吗?"

小姑娘脸上满是雨水,但眼神坚定执着。正好赶上绿灯,初音也不等他回复,猛踩脚下的踏板,快速冲过了马路。

大雨滂沱。

水滴穿过头顶梧桐叶子间的缝隙往下落。

这条路初音只跟江星辰走过一次,她细节记得不太清楚,她一路骑到花山渡口才发现骑过了。

好在路边的书报亭里还有人,初音问了路后往回骑。

到了二院，她身上已经湿透了。为了不显得太狼狈，她找了个大垃圾桶，站在边上挤了挤衣服和头发上的水。

初音从来不知道医院可以这么大。

从某种程度上，这里甚至颠覆了她对医院这个词的认知。这里每一栋楼都有几十层，每一层都是一座迷宫。

空调的制冷效果非常好，初音淋了雨，被空调风吹得有些冷。不过，她暂时顾不上这些。

天已经彻底黑了下来，戴着红袖章的大妈拿着喇叭引导人流往急诊方向走。

初音又试着给江星辰拨了一次电话，好在这次终于通了。

他的声音很轻，语气有些疲惫："有事找我？"

初音喉头一哽，竟半响没说出一个字来。

听筒里传来一阵窸窣的脚步声。

初音这才说："我在二院。"

江星辰显然没想到初音会来这里，无奈地叹了口气："放学不回家，来这里干吗？"

"我……看看你就走，不耽误你的事。"初音说。

三甲医院太大，第一次来的人容易迷路。江星辰见父亲江建军进了病房，问初音："在哪里？我来接你。"

十分钟后，他找到了初音。

小姑娘浑身湿透，像只落汤鸡。

初音一见到他，眼圈忽然有点红，她小嘴撇呀撇，但始终没让眼泪落下来。

"江星辰。"这是她第二次喊他的全名。

眼前的姑娘，穿着还没来得及换下来的集训服，T恤湿漉漉地贴在身上，看样子是放学后冒雨赶来的。

江星辰看着她那双含着泪的大眼睛，心里好似被某个柔软的东西拂过。

他因为母亲而陷入了深深的恐惧与自责。

他救了那个同父异母的弟弟，却让母亲陷入了抑郁，他开始怀疑自己当初的决定是对是错。

初音的到来，如同一道阳光洒了进来。就像当初她对他说的那番话一样，面对恐惧的最好办法就是直视它。

江星辰目光一滞，伸手在她冰凉的额头上摸了摸，语气轻而柔软："傻子。"

初音的眼泪一下落了下来。

转念，她又觉得害羞，背过身去用早已湿透了的袖子擦眼睛。

江星辰心里莫名地疼，又莫名地软。

他从口袋里摸了面巾纸出来，掰过她的脸，边垂着眼睫替她擦脸上的水渍边问："怎么过来的？"

"骑车。"初音说。

"怎么不打车？"她脸上的水已经擦干了，他继续擦她头发上的水。

"下雨天车不好打。"初音随口说。

"那怎么没穿雨披？"

"忘了。"

江星辰很轻地笑了一声。初音耳根发热，有点不好意思，问："阿姨怎么样了？"

江星辰停下手里的动作问："你想去看看她吗？"

"我可以吗？"初音抬头看进他的眼睛里。

江星辰点头。

病房在十六楼，一路上江星辰没有再和她说别的话。

初音察觉到他不开心，就跟那天在房檐下看雨时一样。他不想说，她也不敢问，生怕徒增他的烦恼。

出了电梯，江星辰心事重重地走在前面，初音跟在后面。

到了一间病房前，里面传来了刺耳的争吵声——

"星辰要高考了，你做这些干什么？"

"你还有脸提星辰高考，他本来需要参加高考吗？以他的成绩，通过自主招生就可以去理想的大学。你偏偏在那个时候让他给你的小儿子捐骨髓！"

"星辰救的是他弟弟，有什么不对？"

"江星辰他没有弟弟！"

"沈星，别闹了！"

"砰"的一声，有什么东西砸在了地上。

初音见少年神色木然地僵站在那里，他身体微微颤抖，两只手握成了拳头又无力地松开，眼睛一片通红，里面写满了彷徨、内疚和不知所措。

原来……她的星星也一直在黑暗里前行。

一时间，初音心里生出千百种情绪，她伸手，指尖轻轻碰了碰江星辰的手背。

江星辰垂眉看过来，喉头滚动，半晌，他把眼睛埋到初音湿漉漉的肩膀上，用很轻的声音说："陈初音，肩膀借我靠一会儿。"

"好……"

隔着一层薄薄的衣料，有温热的液体渗漏进来。

江星辰在哭，像只受伤的巨兽。

初音立在那里一动不动，半晌，她伸手在他背上轻轻拍了拍。

她觉得自己该说些话安慰他，终究是没说。

如果可以交换，她真想用全部的快乐换他展颜一笑。

这是她的星星啊。

过了一会儿，江星辰平复了情绪，站直身子，漂亮的眼睛里划过一丝非常淡的笑："再借我一点勇气。"

他忽然握住初音的手腕，猛地推开了那扇厚重的门。

初音和江星辰进去后，一屋子的人立马投来视线——这里面有江星辰的爸爸、妈妈、弟弟，以及一个漂亮妖娆的女人。

江星辰的脸上已经换上了玩世不恭的表情，说话的语气有些冷："爸，你们能不能出去？别在这儿打扰我妈休息！"

江建军没想到大儿子会用这样的语气和他说话，气得眉毛直竖。

旁边那个妖娆的女人忽然扭着腰到了近前，嗲声嗲气地说："星辰怎么还这么孩子气呢？"

江星辰睨了她一眼，道："你耳朵听不见？喊你出去。"

沈星凶她，李如兰还能忍，但江星辰毕竟是个晚辈，她凭什么要受这种气。她一把抱住江建军的胳膊，委屈巴巴地说："军哥，这里容不下我……"

江建军横眉怒目地看着江星辰道："怎么和你李阿姨说话呢？道歉。"

江星辰挑着眉梢冷笑道："行啊，要我和她道歉可以，但您得自个儿先掂量掂量，道完歉，咱们父子两清，反正您以后有别的儿子送终。"

江建军虽然对不起沈星，但江星辰一直是他心中最出色的儿子。听到江星辰讲这些话，他气得直抖。

李如兰见状，连忙拍着江建军的后背安抚。她转脸看到了初音，转换话题道："星辰，这个小姑娘是你朋友啊？"

江建军这才注意到江星辰握着初音的手腕，不悦道："你有没有分寸，马上要高考了，还敢乱来？"说完，他扫了眼初音。

被他看着的小姑娘没有丝毫畏缩，反倒是挺直了腰板，睁着乌溜溜的眼睛看过来。初音正要开口替江星辰辩白，却忽然被他扯到了身后。

江星辰的脊背占据初音的全部视野。她看不见少年此刻的神情，只能闻到他身上的清爽气息。

少年声音洪亮，语气轻佻："爸，您自己上梁不正，不要以为我会跟您一样。"

"你……"江建军脸都气白了。

病床上的沈星忽然讥诮道:"是啊,怎么找个小三把你三观找正了?真是稀奇。"

李如兰脸上有点挂不住,牵着自己的儿子走了。

江建军也想走,但被江星辰在长廊里叫住了。

沈星坐在病床上,朝初音招招手说:"小姑娘到这里来坐。"

初音有些犹豫,但还是抬腿走了过去。她有点拘谨,很礼貌地喊了声:"阿姨好。"

眼前的妇人有着一双和江星辰一样清亮的眼睛,眉眼弯弯,非常温柔。

"你很担心我们家星辰?"

初音觉得该和她说实话:"阿姨,我和江星辰是朋友,他学习非常认真。"

沈星又问:"你会介意你的朋友生在这样一个家庭吗?"

初音摇头,思忖了片刻说:"我不会介意,别人也不会介意。江星辰是个非常优秀的人,他优秀到别人只看得到他闪闪发光的一面。"

她向往他阳光下的张扬,更心疼他黑暗中的怯弱。

小姑娘说这些话的时候,乌润的大眼里写满了执着与坚定。

江星辰从外面进来,嘴角竟不自觉地勾起了个弧度。他也不知道为什么,心里忽然很轻松。

沈星柔和地笑了笑,轻叹道:"年轻真好啊。"

眼前的初音让沈星想到了年轻时候的自己。但可惜,燃烧一切的热情、不顾一切的勇气,早就熄灭在岁月的长河中了,是她执念太深了,放不下。

沈星握了握初音的手说:"我做了一件很不好的事,你能不能替我安慰一下星辰?"

初音认真点头,说:"好。"

沈星朝自家儿子招招手，说："星辰，天晚了，送小姑娘回家吧。"

初音颔首，礼貌地和她道别。

江星辰将初音带了出去。

病房里安静下来了。过了一会儿，江建军进来了。

沈星看了看他说："我不闹了，你准备下材料，明天我去签字。"

她说这些话的时候，眼里带着平静的笑。

江建军抿着唇，忽然沉默了好久才说："等星辰高考完再说。"

已经过了饭点，住院部楼道里人不多。

江星辰走在前面，初音不得不加快脚步。

到了电梯里，江星辰也没说话，背对着初音，初音也沉默地看着那红色的数字不断变动。

数字跳到"1"的时候，江星辰忽然开口说："谢谢你来。"

"不谢。"她连忙说，也没有帮上什么忙。

电梯门"叮"地开了。

江星辰走出去，初音赶紧跟上。

雨已经停了，地面被大雨冲刷过，潮湿而干净，空气里有种雨后特有的清新。气温降了一些，有些冷。

初音猫着腰在那里解车锁，风一吹，她无意识地打了个寒战。江星辰上前捉住了她的手腕。

"先去买件衣服把湿衣服换了，一会儿再回来拿车。"

初音"哦"了一声站起来，忽然被他兜头罩了件外套。

二院对面有一条小街，灯火通明。这是正儿八经的老城区，巷子里藏的都是一些小众且贵得出奇的门店。

江星辰领着初音进了一家店。

里面的装修风格非常有少女心，粉粉嫩嫩。

初音偷偷瞄了下价格,吓了一跳,一个巴掌大毫不起眼的包竟然标价两千块。她轻轻拽了下江星辰的袖子,想出去。

他的回应则是让店员拿了最上面的一条裙子下来给初音试。

老板热情地介绍道:"这是我们刚到的新款。"

初音没动。

江星辰皱了下眉问:"不好看?"

不,恰恰相反,非常好看。她一进门就被这条裙子吸引住了。

江星辰笑了笑说:"去试试,不知道你的小短腿能不能撑得起来。"

初音被"小短腿"三个字激得气鼓鼓地抱过那条裙子,去了试衣间。白色连衣裙,没过她的膝盖,码数也正好。

她从更衣室出来,特意跑到江星辰面前强调道:"你看,我的腿不短。"

江星辰挑了下俊眉,没说话。小姑娘非常适合白色,像一只小小的天鹅。

江星辰脑海里冒出来三个字——很漂亮。

不过他并没有这么说,而是指了指她的胳膊,欠扁地说:"晒黑了。"

初音一看,这裙子是无袖的,她被太阳晒得白一截黑一截的胳膊正露在了外面,她立马跑回了试衣间。

更衣室的门被敲响,店员递进来一套长袖的运动装。

等初音换好衣服出来,那条白色的连衣裙已经被装进了一个精致漂亮的纸袋里,而她换下来的湿衣服则被放进了另一个纸袋里。

江星辰接过纸袋,推门往外走。

初音追上去问:"你付过钱了?"

江星辰懒懒地"嗯"了一声。

"多少钱?我还你。"

江星辰停了步子,望着她的眼睛,轻笑道:"你现在开始和我谈钱了?要不先把送你的车结下账,反正也不贵,就十几万块钱。"

多少?十几万?一辆自行车十几万?

这么贵重的车,他怎么能随便就给她了?把她卖了也没有这么多钱啊……

眼前的姑娘低着头,陷入了天人交战。

江星辰看到了一只蔫巴的兔子,不禁失笑道:"哄你的,哪有那么贵的自行车。"

"那衣服呢?"初音问。

江星辰懒洋洋地说:"衣服也不贵,我很会砍价,打'骨折'的那种。"

初音皱着眉头,表示不相信。她又说要还钱,被江星辰抓住了后脖颈。

"算得这么清?打算不要我这个哥哥了?"

"没……"

很多年后,初音才知道江星辰并不是个花钱大手大脚的人。沈星对他的教育非常严格,除了生活费并不会给多余的钱。

送初音的那辆自行车是用他参加一项赛事获得冠军的奖金买的,而他自己的那辆则是在网上买的仿货。送初音的那两套衣服花掉了少年江星辰整整三个月的生活费。

两人往医院走,碰上一处红灯,要等一百秒。

初音忽然想起那次和他一起骑行一路都是绿灯的事,便问他怎么做到的。

江星辰靠过来,侧着身子将一只胳膊压在初音的肩膀上,神采飞扬。

"想知道?"他问。

初音点头。如果学会这项技能,她可以少等多少红灯啊。

江星辰松开她,笑了笑说:"就是你比较幸运,赶上了,你今年会事事顺心。"

真的没有技巧吗?初音觉得有点不可思议。

长街上已经没有什么人了,夜非常安静,梧桐树叶上的雨珠还没干,风一拂,扑簌的水粒落下来,砸在皮肤上冰冰凉凉的。初音走着走着偷偷看一眼江星辰，来往的车灯将他的侧脸照得忽明忽暗。

还是心情不好吗？

初音抿抿唇，忽地拽住了他衣服的下摆。

江星辰愣了愣，转头看向她。

初音吞了吞口水说："江星辰，你也是小孩，所以，你也不要总操心大人的事。"

这话太耳熟。准确来说是他当初同她说的话，现如今被她原封不动地还了回来。江星辰一下笑出了声。

他伸手在她脸上故作凶狠地捏了一下。

"没礼貌，你得喊我哥哥，懂不懂？"

初音昨天淋了雨，有些感冒，早上起来鼻子塞得厉害。她用力擤了擤，一点气也不往外冒，只能张着嘴呼吸。

韩绵已经吃过早饭了，初音怕让她等，飞快扒了一碗炒饭，抓着钥匙跟她一起出门。

经过高三（7）班门口时，初音又往里面看了一眼，江星辰来上学了。他今天换了件白色的连帽衫，整个人看起来干净又帅气。

就在这时，江星辰也抬头看了过来。

四目相对的一瞬间，初音忽然有些不知所措，她潦草地挥了挥手，猫着腰沿着墙根一下溜没了影。

江星辰愣了愣，不免失笑。

初音到教室，刚放下书包，口袋里的手机就进了信息——

是江星辰的一张自拍照。

白衣少年看着镜头，眉眼弯弯地笑着。

下面还有一行字：想看就大胆看，又不收你钱，躲什么？

啊啊啊！江星辰，这个自恋狂！她才没有偷偷看他！

初音"啪"地放下手机。

半晌,她又翻出手机,红着脸把那张照片保存了。她嘴角勾了勾,设置成屏保应该可以的吧?

明天高考,他们集训的教室也会用作考场。

集训的男生多,女生擦完窗户就没事做了。不知道谁起的头,男生们拎了几桶水在教室里边拖地边打闹,弄得到处都是水。

初音站在长廊里吹风,空气里有股很淡的栀子花香。

三楼视野开阔,可以看到底下成群结队的学生在搬东西。

初音想江星辰的东西应该也很多,她去帮忙应该可以的吧?

她背着手穿过长廊往西走。

一路上,初音遇到很多高三生,他们一边走一边聊着高考以后的计划。到了高三(7)班门口,喧嚣却忽然消失了。

江星辰他们班非常安静,打扫卫生的人有,看书的人也有,大家却尽量保持了克制的平静,仿佛这一天和平常并没有什么两样。

韩绵不在位子上,江星辰手里拿着一本书在看。

初音没有喊他,而是在门口站了一会儿。

秦让出来上厕所时看到了她,戏谑道:"初音妹妹来找江星辰啊?"

秦让这一嗓子成功吸引了江星辰的注意力。他一走,江星辰就丢下书来到门口。

少年生得俊朗,往那门框里一站,就成了一幅画。他朝初音眨了眨眼,说:"找我?"

初音结结巴巴,好半天才捋顺了来意:"我……我给你帮忙搬东西。"

小姑娘的鼻音很重,江星辰皱了下眉,问:"感冒了?"

"嗯,有点,不太严重。"

江星辰点头,道:"东西不着急收,先陪我去吃饭。"

才十一点，食堂只上了两道菜，都不是江星辰喜欢吃的，他买了两支冰激凌和初音并排站在打饭的地方边吃边等上菜。

蒸饭箱在里面嗡嗡响着，一阵阵的饭香飘出来。

初音看着那腾起的白雾发呆。她拼命挤进他所在的高中，如今他的高中生涯所剩的时间已经可以用小时来计算了。

江星辰看她发愣，问："又在想什么？"

初音回神说："我在想怎么叮嘱你。你可要好好考，不能紧张，语文作文不能跑题，数学不能漏写，英语不要涂错答题卡……"

小姑娘说了一长串，有板有眼，漂亮的眼睛里写满了赤诚与认真。某个瞬间，江星辰竟然有点舍不得这么快结束他的高中生涯。

头顶的灯亮着，初音的小脸被光映照着，晃啊晃的。他伸手在她巴掌大的脸上捏了一下，笑得有些坏。

"怎么突然关心我的成绩了？"

初音拍飞他的手，揉了揉脸说："那当然啊，你是我的榜样嘛。"

江星辰佯装叹了口气说："你这么说，我好紧张。"

初音慌了，连忙说："那我不说了，反正你肯定考的都会，蒙的都对，你是我们学校的扛把子。"也是我抬头仰望的星星，她在心里补充道。

江星辰的心脏仿佛在一瞬间被什么东西击中了。

怎么办？眼前的小姑娘太可爱，太招人疼了。他脑子里冒出个疯狂的想法来——要不再复读一年，陪她念完高一？

半晌，却听见初音说："我也会好好学习的，你在大学等我哦。"

江星辰忽然笑了。

是啊，他可以在大学等她。

菜已经陆陆续续上齐了，排队的人渐渐多了起来。江星辰拿走初音手里的冰激凌，连同自己手里的一起丢进边上的垃圾桶中。

初音抗议："我还没吃完呢！"

"不吃了，吃多了一会儿肚子疼。"江星辰找了靠窗的位子坐下，继续说，"陈初音，你有想去的大学吗？"

初音随口说："有啊，D大。"

"你想学什么专业？"

初音思考了一会儿说："我可能会学生物。"

江星辰打量了她一眼说："D大生物系是全国数一数二的专业，你考得上？"

初音觉得有点难，可她气势上不能输，毕竟她面前的人明天要上"战场"。

"我肯定能上。"初音说。

"那我在D大生物系等你啊。"

他刚刚说了什么？要在D大生物系等她？为她一句话连专业都选好了吗？

或许她真的能赶上他呢？只要她足够努力就可以，对吧？

初音定定地看着他的眼睛说："你说的是真的？"

"我骗过你？"江星辰抬手又捏了她的脸一下，软乎乎的，果冻似的。

初音想了想又说："那你可得认真考啊，考上之后好吃的、好玩的地方都去探探。等我大一来，你给我当导游，我就跟你混了。"

江星辰笑着说："出息。"

初音想象了下大学生活，好想时间过得快一点啊，她好想长大！好想！

回到高三（7）班，先前看书和扫地的人都去吃饭了，教室里空荡荡的，空气里有着清晰可辨的风油精的味道。初音在门口犹豫了一瞬，接着抬头挺胸走了进去。

初音笑着，她庆幸自己前面的努力没有白费。

江星辰的课桌比她想象的还要整洁。

他之前看的书正倒扣在桌上，封皮上印着N市图书馆的字样。

江星辰弯腰把书包扯出来,将那些书整理好装了进去。初音要接,却被他往怀里塞了一个很大的北极熊抱枕。

"你拿这个,包太沉。"

初音抱着那个抱枕,觉得太轻了点,忙问:"你的书和试卷呢?"

"扔了啊。"江星辰说。

"全扔了?"初音惊道。

"哦,也不能算扔,给收废品的爷爷了,换了二十块钱,刚买雪糕就是用的那个钱。"

"没有别的东西了?"

"你等下,我还有点东西。"说完,他去了趟后面的水房。

次日是6月7号,全国高考的第一天。

初音放假,可是她五点就醒了,满脑子都是江星辰今天要高考的事。这种紧张的感觉,比之前她参加集训考试还要强烈。

江星辰是不是也很紧张?要是她能为江星辰做点什么就好了。初音盯着天花板发了会儿呆,然后迅速起床,穿上衣服。

天还没亮,初夏的清晨,清风扑面,带着夜里未曾散去的凉意。沿街的店铺还没开门,路上车子少,非常安静。

初音把车子骑到了中山大道上,前方的红绿灯一闪一闪地跳动着。

她今年真的会有好运是吗?

她想再试一次。

为了江星辰。

初音抿抿唇,猛地加快速度往前骑去……

第一个绿灯。

第二个绿灯。

第三个绿灯……

第二十三个绿灯!

这太神奇了!

骑得太快,她的背后出了一层汗,腿也有些酸。时间还早,初音在花山渡口吹了会儿江风,又买了份早饭,然后往省一中骑。

到了学校大门口,才七点二十,门卫还没有开门。

初音把车停下,找了个显眼的地方等江星辰。

她的感冒好像有些加重了,脑袋晕乎乎的,嗓子有些干痒。她拧开豆浆抿了一口,盖子不小心掉在了地上,她正要去捡,远远地看到江星辰骑车来了。

她连忙一路小跑着过去找他。

江星辰脚尖点地把车停下,看过来——

小姑娘脸上红扑扑的,鼻尖上覆着一层细密的汗珠,额前的刘海被汗打湿了,被她分成两股别到了耳后,整个人看起来娇俏可爱。

她背着手,笑得一脸神秘。

"江星辰,你猜我刚刚骑车去哪里了?"

"去哪儿了?"江星辰配合她往下说。

初音笑道:"花山渡口!我一路骑过去,又全是绿灯!"

"嗯,我就说你今年有好运气。"江星辰笑。

小姑娘扬扬眉,满是骄傲地说:"现在,你把手伸出来。"

江星辰不知道她要做什么,但还是把掌心摊到了她面前。

初音做了个往他手里放东西的动作,真诚地说:"喏,江星辰,我已经把我今年全部的好运都送给你啦,祝你高考顺利。"

女孩笑得很甜。

江星辰只觉得心脏被什么东西软软地撞了一下……

其实,一路绿灯对于他来说并不稀奇。他之前算过那条路上的红绿灯秒数,所以只要他想,他就可以做到。

初音不一样,她是纯粹靠运气做到的。而且现在,她说要把一年的好运都给他,像个傻瓜,可爱又招人疼的小傻瓜。

"一大早跑那么远,也不嫌累。"

"不累啊。"初音说。

"早饭吃了吗?"他问。

初音挑着眉梢,举了举手里的豆浆。下一秒,江星辰握住她的手腕,低头,就着她的手,超大声地吸了一大口豆浆。

"正好渴了。"他说。

江星辰看到某只暴躁的小兔子,心情忽然好到无以复加。他在小兔子头顶上轻轻一拍,嘱咐道:"走了,五点出考场,记得来接我。"

她才不要接他呢!

不一会儿,口袋里的手机振动了一下。

江星辰发来了消息:回去路上慢点,看车,别犯傻。

初音握着手机,嘴角上扬。

门卫大叔出来倒水,看见有个小姑娘在那空旷的水泥地上兔子似的跳了两下。大约是蹦得太猛了,她的脚有点疼,灰溜溜地跑了。

初音上了车,转念又把手机翻出来,定了个下午四点的闹钟。

韩齐和陈芸中午都不回来,韩绵高考,初音随便弄了点吃的,对付着吃了午饭。只是,她的感冒忽然变得严重了,不仅鼻塞、口干、头疼,而且浑身发冷,没劲儿。

药箱里有些常用药,初音找了包感冒冲剂,一口气喝完,钻到被子里蒙头睡了。

下午四点钟,闹钟准时响了。

初音迷迷糊糊地摁掉了两次。

过了一会儿,闹钟又响了,初音看了看手机,脑子瞬间清醒了。

差点忘记了,她要去接江星辰。

- 134 -

初音爬起来,洗了把冷水脸,又对着镜子照了照,她看起来还是没什么精神。她换了身衣服,把头发重新梳了一遍,直到看起来不那么病恹恹的,才抓了钥匙出门。

初音到省一中门口时,正好赶上数学考试结束。

考生们三五成群地聚在一起,七嘴八舌地讨论着。他们讨论的内容都差不多。今天的数学考试非常难。

出来的人越来越多,初音个子矮,不得不踮起脚尖,抻长了脖子往里看。后脑勺忽然被人用笔袋敲了一记,初音转身,见江星辰单手扶着车站在晚风里。

他狭长的凤眼眯着,嘴角勾着一抹笑。

"陈初音,你眼神不好使啊,我都帅到鹤立鸡群了,你还没能一眼找见我。"

"这不是人太多了嘛。"主要原因是她个子矮。

江星辰哼了哼,推着车往前走。

初音赶紧跟上去。

只是她没什么力气,才走两步就往前猛地一栽。幸好江星辰反应快,一把拉住了她的胳膊。

"刚说你眼神不好使……"他话说到一半停住了,因为掌心里的胳膊烫得惊人。他伸手要撩她的刘海。

初音往后退了一步想躲,却被江星辰抓住了另一只胳膊。江星辰撩起她的刘海,手掌在额头上试了下温度就皱并了。

"怎么这么烫?"不待初音解释,江星辰已经接过了她手里的自行车,说,"跟我去医院。"

初音声音有些哑:"不用。"

江星辰瞥了她一眼,冷哼道:"嗯,是不用,再烧下去都可以出锅了。"

省一中西面有一片停车用的空地,江星辰把两辆自行车推过去,弯腰把两辆车锁在了一起。

这里没有摄像头,初音有些不放心地说:"车子放这里不会被人偷吗?这可是你的两个宝贝。"

江星辰直起背,轻笑道:"那也没你值钱。"

初音大窘。

江星辰到路边拦了辆出租车。

初音被他兜头摁了进去。

市一院的门诊大厅里坐满了人,江星辰干脆拉着初音去了急诊科。

门口的小护士替她量了体温,39℃。年轻的医生简单检查后,开了单子让初音去抽血化验。

抽血处排起了长龙,江星辰把初音安顿在一旁的座椅里,拿着单子到队伍后面排队,初音就那么看着他颀长的背影发呆。

终于轮到初音了,江星辰朝她招手,初音立刻起身小跑过去。她在窗口前的凳子上坐下,伸出胳膊。

干燥冰凉的橡胶皮管子勒住手臂,初音立刻紧张起来。那护士低头拍了拍她的肘窝,找血管。

初音嘴唇紧抿,有点害怕。

江星辰忽然弯腰靠了过来。

初音一抬头,对视上一双琥珀色的眸子。她的注意力暂时被转移,害怕也忘记了。冰凉的针扎了进来。

江星辰弯唇笑了笑,语气又痞又欠:"陈初音,我发现你有眼屎啊。"

初音闻言大窘,连忙用空着的手去擦眼睛。

里面的护士已经在一瞬间拔掉了针头,江星辰伸手过来,替她摁住了止血的棉签。接着,他说话的语气也变软了:"刚骗你的,手别乱动。"

"啊?"

"啊什么啊?不是怕打针吗?"

她是有点怕来着。所以,他刚刚故意骗她是为了让她不害怕吗?

抽完血,江星辰替她摁了两分钟棉签。他长得太好看,那些小护士频频朝初音侧目,这是什么神仙哥哥啊……

二十分钟后,化验报告出来了,是病毒性感冒,初音需要挂抗病毒的药水。

江星辰在药房窗口取药。初音给陈芸打了个电话报平安。

输液大厅里人很多,江星辰一手推着输液架,一手护着小姑娘往里走,好半天才找到两个连在一起的座位。

医院的冷气开得有些足,初音挂了水,烧是退下去了,却又开始发冷,脖子缩啊缩的,像只小鹌鹑。

"冷?"他问。

初音舔唇道:"有点。"

江星辰起身出去,回来时手里多了床蓝条纹的被子。

他把初音搡起来,弓着背把被子铺到座位上,等她坐下,又扯着被子两个角把她裹了进去。末了,他说:"陈初音,我之前和你说的话,你当耳旁风了?"

初音睁着乌溜溜的眼睛说:"没有啊。"

"那你怎么冷了也不知道喊一声,把我当摆设?"他刚才还以为是药出了问题。

"也不太冷啊。"初音小声道。

江星辰说:"今天感冒发烧也不和我说。"

她转移视线,看着那透明管子里的药水一滴滴地往下落,试图借此转移注意力。

一瓶水挂完,又换了一瓶。

她已经不冷了,江星辰把那床被子叠起来,送回护士站去,顺手买来两份饭。

初音吃了几口,看看时间已经快八点了。她停了筷子说:"你先回去吧,我挂完水打车回去。"

"开始嫌我烦了?"

"你明天不是还有考试吗?"初音说。

"不相信我的能力?"

初音摇头,她只是不想影响他休息。

江星辰吃完最后一口饭,懒散地靠在椅背上,指尖在输液架上轻轻地敲了几下,淡淡地说:"放心,没忘记和你的约定,要在大学等你嘛。"

初音小声地嘟囔道:"等你上了大学,有了女朋友,到时候你说不定就不理我了。"

啧,还想得挺长远。

江星辰在她瓷白的脸上捏了一下。初音吃痛抬头,对上一双含笑的眼睛。

江星辰坐直了,问:"哦,那你就是想霸占哥哥?"

初音急忙反驳道:"我没有!"

江星辰压着笑意,低声说:"嗯,你没有,但是你想有。"

"你瞎说!"

"好吧,我瞎说。"

初音不敢再回嘴。

等她挂完了两瓶水,天早黑透了。

医院离初音家很近,两人沿着马路往前走。

此时,白天的暑气已经散去了大半,头顶的香樟树叶被风吹得沙沙作响,空气里弥漫着一股甘甜而清冽的气息。

城市的夜晚是彩色的。

远处传来一阵歌声,悠扬而甜蜜,仿佛淡粉的薄纱。

初音偷偷瞥了眼身旁的江星辰,他的侧脸被穿行而过的车灯照着,忽明忽暗。

谁知江星辰忽然停了步子，低头看向她。

初音避之不及，四目相对。

少年轻叹一声道："你家这儿真舒服，真想时间停在此刻。"

大平层的灯亮着。已经到她家楼下了。

楼道里有些暗，江星辰把她送进去，头顶的声控灯应声亮起来，少年靠墙立在灯光里，朝她笑了笑，说："上去吧，早点睡觉。"

说完，他并没有走，而是静静地站在那里，看她一级一级往上走。

初音到了二楼，听见底下的门"咔嚓"响了一声，江星辰出去了。

她快速转动钥匙开门，一路奔进自己房间。

初音的卧室朝北，正好对着他们刚刚走的那条路。玻璃窗被她一推到底，清凉的风灌进来。少年还没走远，影子被昏黄的路灯拉得老长。

"江星辰——"初音叫住了他。

江星辰转身抬头，见小姑娘趴在窗台上，热切地看着他。

初音吞了吞口水。她有很多话想告诉他，可话到嘴边只剩一句："明天考试加油！"

说完，她也不等他回应，一下合上了窗户。

江星辰愣怔了片刻，然后笑了。

高考结束后，高二楼空了出来。

初音路过高三（7）班门口时，还会情不自禁地往里面瞧。教室里的桌椅还按高考时的样子摆放着，门上贴着的考场号已经撕掉了。

她拢了拢肩上的书包，径直去了自己的教室。

初音他们的主课老师都是原封不动地从高三（7）班搬过来的。

班主任在班会上讲的第一句话就是："你们不要以为进了集训营就进了保险箱，下次考试考四十名往后的人就要退出。"

初音好巧不巧排在第四十名，危险系数太高了，她每节课都听得格外认真。

晚自习下课，初音穿过长廊到车棚里找车，以往她每次来都能远远看到江星辰的车，今天看不到，忽然感觉有点空。

他是真的毕业了。

初音长长地吸进一口气，鼓了鼓腮帮子，在车把上敲了敲，认认真真地说："加油！陈初音，冲啊！"

她全然没发现车棚外面有个人正立在那儿看她。而且，那人看着看着还笑了起来。

初音想把车子搬出来，可她的书包带子被边上的一辆电瓶车勾住了，连人带车卡在那里动不了。

肩头忽然一轻，随之而来的还有一道清亮而熟悉的声音："怎么又带这么多书回家？"

初音猛地回头——

江星辰正抱着胳膊站在光影交汇的地方看着她。他一身白衣黑裤的打扮，清俊不减，晚风拂动他额间的碎发，琥珀色的眼睛里映着些柔软的碎光。

初音有种恍然如梦的感觉。她悄悄掐了下手指，确定这不是梦。

黑夜没收了白天的光彩，却送来了一枚月亮。

江星辰已经把她的书包丢到了肩上，然后走近，将她的车子推了出来。

初音还站在那里发呆。

"放学不回家，在这儿发什么愣呢？"

初音赶紧跟上去，舔舔唇问："你该不会是翻墙进来的吧？"

江星辰有些想笑，他也不知道自己坏学生的印象是怎么在她脑海里生根的。他指了指远处敞开的大门，说："没翻墙，从那边光明正大地进来的。"

"哦。"初音笑。

两人步行到教学楼后面，江星辰的车停在那里。初音接过自己的车，小声问："江星辰，你是特意来接我的吗？"

地灯很亮，映照得小姑娘的眼睛水汪汪的。

江星辰捏了下她的脸，笑道："当然不是，哥哥就是想吃糖芋苗，顺道带你回去。"

"这边的糖芋苗是好吃。"初音说完又问他，"你明天还会来吃糖芋苗吗？"

"不来了。"他说。

"哦。"初音有点小失落，脑袋耷拉下来。

江星辰禁不住伸手过来在她脑袋上拍了一下。

"要是你请客，我来一趟也不是不可以，反正又不远。"

初音立刻举手道："请客！我明天请客。"

江星辰笑出了声。

几个小时前，秦让在江星辰家打游戏："哥几个都让我问问你，毕业旅行什么时候开始？"

江星辰目不转睛地盯着屏幕，说："再等等。"

"干吗还等啊？再等就三伏天了。"

江星辰不疾不徐地说："初音还没放假，我晚上要去接她放学。"

秦让伸脚踢了他一下，嚷道："兄弟，你对初音妹妹这么好啊？"

江星辰抿唇没说话，指尖灵活操作，一下砍掉了秦让游戏角色的脑袋。

周日上午，毕业生返校拍照。

初音被江星辰叫来学校做免费的摄影师，美其名曰"记录高中的美好时光"。起初她以为是用手机拍，谁知江星辰递给她一台单反相机。

厚重的质感提醒着初音，这相机不便宜。

贵就算了，关键是她不会用啊。

江星辰找了个凉快的地方把初音喊过去，开始仔细教她每个按键的功能。他的手指修长，指甲干净整齐，拿着相机时有一种矜贵的气质，初音有点挪不开眼。

江星辰看小姑娘走神，伸手捏了下她的鼻尖。

"专心看相机，不要老盯着我的手看。"

"哦。"初音脸上腾起一抹红晕，她也不是故意的。

江星辰讲完，把相机递给小姑娘，轻描淡写地说了句："试试。"

初音手心里都是汗，生怕手滑把它摔了，一接过来，立马把相机背带挂在了脖子上。指尖在开机键上摁了一会儿，屏幕亮了，初音眯着眼睛凑近取景器——一片漆黑。

怎么回事，她该不会是把相机弄坏了吧？

她急得满面赤红。

一旁的江星辰适时提醒道："镜头盖没摘。"

难怪……

初音把镜头对着自己，尝试摘了几次盖子都没有成功。既不能旋转，也不能硬拔，这到底是个什么机关？

江星辰靠过来。

"摁这里就行。"

初音这才发现，她手指碰到的地方有两个弧形的按钮，轻轻一捏，那盖子就"咔嗒"一下开了，屏幕也在一瞬间亮了起来。

初音欣喜若狂，她抬头想试试快门，不承想江星辰还低着头，她额头不期然地撞上他的下颌。

非常轻的一下，带着微微的热意。

风从长廊里卷过来，初音的心"怦怦"直跳，热度迅速从脊柱一路爬升到脸上。

空气好像在那一刻凝结住了……

她不敢看他,也不敢说话。

许久,初音清了清嗓子,决定装死忘记这个尴尬的意外。她背过身去,端着相机对着远处的银杏树"咔嚓咔嚓"连摁了几下快门。

江星辰立在那里,有片刻的愣怔。

好半天,初音才平复了心绪,转过来,举着相机,朝着他"咔嚓"一下。

多年以后,初音在那张照片里,发现某人当时红了耳尖。

秦让过来了,他见初音有相机,立马抓了她给自己拍照。于是,初音就从江星辰的御用摄影师变成了秦让的跟拍摄影师。秦让指挥着初音,把学校的每一个角落都跑了个遍。

天气炎热,小姑娘热得满头大汗。

正好韩绵路过,江星辰把相机从初音脖子上摘下来,塞进韩绵手中。

"学委,秦让说想让你帮他拍两张照片。"

秦让立刻嚷起来:"我什么时候……"

韩绵很轻地笑了下,问:"你想在哪儿拍?"

开玩笑,秦让哪里舍得让韩绵跟他到处晒太阳。他随手指了边上的一株桂花树,说:"就这儿吧,风景好。"说完,他端正地站到了桂花树边上。

韩绵端起相机,"咔嚓"一下。

拍完,她朝他扬了扬相机问:"要不要拍张合影?"

什么?

韩绵主动说要和他拍合影?!秦让乐坏了,飞跑过来,接过相机设置延时拍摄。

秦让不敢靠得太近,生怕唐突了她。

两人就那么隔着一小段距离,老干部似的拍了一张合影。

大操场上正在搭摄影用的架子，整个高三，一千多号毕业生，要在那里拍毕业照。教导处组织了一批学生往架子前面的空地放凳子，人来人往，非常热闹。

半个小时后，全体高三师生都到架子上集合。

教导主任喊了声："同学们安静。"

霎时，人山人海的操场上只剩下风过树梢的声音。

初音站在远处看着操场的方向，江星辰站在人堆里。她有些遗憾，好希望她和江星辰之间没有差那三岁啊。

他的高中毕业照，她也好想参加，那是他人生中重要的一步。

学校请的摄影师"咔嚓咔嚓"连续拍了几张，然后冲高台上的毕业生们比了个"OK"的手势。

安静的操场立刻热闹起来，不一会儿，人群散去，操场恢复了安静。

初音手机里收到一条消息。

江星辰发来的消息，只有两个字：下来。

初音抬眼望去，见江星辰远远地站在架子上朝她招手。

她走到了架子前。

教导处的老师正在收拍照用的红色横幅，江星辰走过去说了几句话，那张写着"恭喜毕业，祝福你们"的横幅再度展开。

江星辰示意初音站到架子上，自己则站在地上。

秦让在几米之外替他们拍了一张合影。

拍完，秦让献宝似的把相机捧过来给初音看。他刻意没拍全身，所以照片里的初音看起来竟和江星辰一样高了。

江星辰单手插兜，在她边上笑。

"小初音，这张照片就当是我提前给你拍的毕业照啦。"

初音眼窝微微发热，别过脸很轻地"嗯"了一声。

离开操场的时候，有不少女生来找江星辰表白，他的拒绝果断而干脆，连说辞都是一样："抱歉，我现在没有谈恋爱的打算。"

初音简单地数了下，江星辰一共收到了十二个女生的表白。而且，据初音观察，这十二个女生全都是腿长腰细的大美女。也不知道他到底喜欢什么样的。

到了二楼，初音扯了扯他的衣服下摆，小声建议道："要不你在她们里面选一个做女朋友，让后面的女生死心得了。"

江星辰瞥了她一眼，轻嗤道："哥哥选女朋友绝对不会随便。"

初音说"好"。

秦让钻进教室，看韩绵正在帮副班长整理教室的桌椅，一下把她拉进了水房。然后，他把韩绵按到了一排已经空掉的柜子上。

韩绵严肃地看着他。

看得他莫名地心虚又无措。

"有事？"韩绵问。

秦让哽了一下说："没有。"

韩绵推开他的手要出去，又被他一把扯了回来。瓷砖地上湿漉漉的，她脚下一滑，猛地往后栽去，秦让连忙伸手来护，韩绵仰面栽进了他怀里。

秦让还想再抱一会儿的时候，胳膊忽然被她拎起来咬了一口。秦让吃痛的瞬间，韩绵已经逃脱桎梏出去了。

秦让撇着嘴，在里面嚷："韩绵，你谋杀啊！"

高考放榜当天，正好赶上周八。

初音一起床就开始在手机上刷本省的放榜通知。下午三点查询通道才开放。

三点十分，初音他们班级群里开始疯狂刷消息：学神江星辰遭遇滑铁卢。

有人质疑是假消息，但第一个发消息的人还贴出了查分截图。

初音越看越紧张,她想打电话向江星辰求证真假,又怕他真的没考好。就这么煎熬了五分钟,江星辰给她打来了电话。

初音吞了吞口水说:"星辰哥,高考分数可以查了……"

"嗯,已经查过了。"

电话那端的声音似乎有点落寞,初音的心一下提了起来。她抿了抿唇,好半天才憋了句安慰他的话,可是哭腔有点掩饰不住:"要是……要是你考得不那么理想也没关系,还可以复读一年,好多复读的人第二次都考得非常好的。"

江星辰先是愣了愣,接着笑了:"陈初音,谁告诉你我考得不好了?"

"我在班级群里看到你的成绩了……"

"假消息。"

"真的?"初音又惊又喜,眼泪禁不住冒了出来。

"我正好在你家楼下,出来,当面查给你看。"

初音透过敞开的窗户往下看,江星辰正仰着脸朝她招手。她胡乱抹了把脸,套上鞋子几步出了门。

江星辰当着她的面又查了一遍分,他的分数高了去年的Q大线二十分。

初音把他的手机接过来,确认无误后一下蹦了起来。

"哇!你这考得也太好了!"

江星辰宠溺地笑了一会儿,说:"秦让喊吃饭,去吗?"

"去!"初音又狂奔到楼上拿自行车钥匙。

初音再下楼时,江星辰已经跨上车往前走了。

初音猛踩脚踏板追上去,问:"秦让哥住哪儿?"

江星辰单手握车,空了的那只手在她头顶拍一下,说:"去了就知道了。"

路上碰见一处红灯,两人停在那里。初音想起来韩绵今天一早就出去了,还没回来,问:"我姐是不是也在他家?"

- 146 -

"嗯。"

"他们俩考得怎么样？"

"那你得问他们。"

"小气鬼……"初音鼓着腮帮子，小声地表达自己的不满。

"谁小气？"说话间，江星辰伸手在她脸蛋上用力捏了一下。

初音吃痛，皱着眉头嗷嗷直叫："你不告诉我，还打我！"

江星辰被她的表情逗乐了，弯唇道："你姐考得很好，秦让也不用担心，你担心我就行了。"

"我……我才不担心你呢！"红灯转成绿灯，初音把车子蹬得飞快。

秦让家有点远，独栋大别墅。秦让的发小都在，初音跟在江星辰后面进去，挨个喊哥。

秦让正抱着烧烤架子往外搬，韩绵则站在一旁拿着竹扦子穿肉。初音洗了手，出来帮韩绵一起弄。

不一会儿，几个人找了顶帐篷在草地上支开，钻进去打牌。

秦让扯着嗓子骂："你们一个个不干活，净知道玩，有本事一会儿别吃。"

里面的人笑着骂回来："你不就端个架子嘛，都是初音妹妹和韩绵在干活。"

就是韩绵干活他才生气，韩绵是伺候他们这帮人的吗？

秦让收了初音和韩绵手里的扦子，摘下拖鞋作势要往帐篷里扔，被韩绵拉住了胳膊。秦让立刻消了气。

韩绵松开他，道："你也去打牌。"

"那不行，我得帮你。"说完，他撸起袖子，笑眯眯地穿了一串五花肉。

初音注意到秦让的胳膊上有一小片文身，那花纹样式有些奇怪，像是牙印。

秦让见初音盯着他手臂上的文身看，眨了眨桃花眼凑过来，笑道："小初音,你知道哥哥这文身是啥不?"

初音摇头,她的眼睛都快被秦让晃花了。

秦让故意拖腔拉调地说:"这叫作……爱的印记!"

秦让说完,边上的韩绵忽地红了脸。那是她之前咬的,秦让这神经病去弄了个文身。

秦让的话成功引起了帐篷里的人的注意。

"辰,秦让在欺负初音妹妹,不管管?"

江星辰踢了踢对面的李烨说:"你输得最多,出去换下初音。"

李烨丢了牌,认命地出去了。

初音躬身进来,江星辰往边上挪了挪,把最好的位子让给了她。只是,初音不会斗地主。

众人皱眉问:"你会啥?"

初音红着脸说:"我只会玩小猫钓鱼。"

江星辰把牌洗了一遍,轻描淡写地道:"正好,我也喜欢小猫钓鱼。"

此话一出,众人惊掉了下巴。

但江星辰脸上那表情也不像是在撒谎。于是,几个血气方刚的少年被迫跟初音玩起了幼稚的卡牌游戏。

初音手气好,连着摸了两个钩子,收了好多牌。

江星辰算完了牌,对众人说:"结账。"

"怎么结啊?"有人问。

江星辰看了那人一眼道:"刚刚怎么结的现在就怎么结。"

江星辰低头继续洗牌。

一个朋友皱眉道:"我就纳闷了,明明有八张钩子,我怎么一张也没瞧见。"

另一个说:"是不是少牌了?"

江星辰堂而皇之地把压在腿下面的六张钩子抽出来,混在一堆牌里洗了。众人嘴角集体抽搐。

江星辰有六个钩子,刚刚干吗不拿出来?再看看初音,众人闭嘴了。

又玩了几局,秦让喊他们出去烧烤。

外面的架子里已经放好了点燃的炭,淡青色的烟腾起来,一串串的肉被放上去。

韩绵站在那里看火,秦让上楼抱了一箱啤酒下来,一人发了一罐。

江星辰看了眼初音手里的啤酒,皱眉道:"秦让,你家穷得连可乐也没有了?"

秦让从架子上拿了一串鸡翅,咬了一大口,说:"烧烤配酒,天长地久。"

江星辰勾唇,皮笑肉不笑,转脸掀了易拉罐的盖子塞进韩绵手里,随口说:"学委,你考了高分,恭喜,走一个。"

秦让神经突突直跳,他快步过去,一把将那绿色的罐子夺了过来,一口气喝完了。

"我去给你们拿可乐。"

江星辰把手插进口袋里,"嗤"了一声,问:"你刚不说烧烤配酒的吗?"

秦让把手里的易拉罐扔进旁边的垃圾桶里,扯着嘴角说:"我刚放屁不行啊。"说完,他几步走回屋里,再出来时手里多了几罐可乐。

初音拿着大盘子,把烤好的肉送到先前准备好的桌子上去。

众人纷纷举杯庆祝高考结束。

不知谁开的头,他们开始谈论高考成绩。韩绵的分数够上 B 大,江星辰的分数够上 Q 大,他们这帮人即将各奔东西。

李烨和江星辰碰了下杯,问:"辰,准备填 Q 大哪个专业啊?"

江星辰把一串撒好了孜然的鸡翅放进初音碗里:"我不去 Q 大,填 D 大。"

- 149 -

"Q大甩D大好几条街,去那儿干吗?"

"辰,你可是我妈嘴里别人家的孩子。你不去Q大,我妈都要哭。"

"就是!去Q大,去Q大。"

江星辰灌了一大口酒,说:"我乐意。"

他这么说,众人只好闭嘴。

初音咬了口肉,偷偷瞥了眼江星辰。只有她知道江星辰为什么要填D大。

众人微醺,有人指着初音问:"初音妹妹,你以后打算考哪里?哥哥们罩你呀。"

初音舔舔唇,笑道:"我还没想好呢。"

边上的江星辰几不可察地笑了一声。

初音偷偷看了他一眼,这是她和江星辰的秘密嘛,她不想让第三个人知道。

夏天的晚风总是很舒服,一群人吃完了烧烤,歇息够了,结伴到江边去吹风。沿江的大堤上有很多夜跑的人,几个人说说笑笑也跟着跑了起来。

初音跟在江星辰后面,他腿长,初音不得不以对她来说略快的速度追着他,不一会儿就出了一身热汗。

李烨他们早跑没影了,江星辰停下来,陪着她在堤岸上慢慢走。

江水拍岸,岸上的花坛里种了许多的绣球花,被淡淡的一层白光笼罩着,看起来雾蒙蒙的。

两人并肩走了一会儿,初音忽然扭头问:"你不去Q大会不会后悔?"

"有什么好后悔的?"

初音低头踢飞了一粒小石子,低低地说:"但你可以选Q大最好的专业啊……那是多少人梦寐以求的事。"

江星辰看出小姑娘不开心,换了轻松的口吻道:"和你说句实话吧,我不去Q大是因为B市春天风大,对皮肤不好。"

"啊？"这也能叫理由吗？

江星辰只是笑。

初音仰着脸，对上他那双温柔清澈的眼睛，时间好像在那一刻静止住了。

他很轻地笑了声说："陈初音，我们说好的，不能反悔。"

初音心口莫名发热，她一定要好好努力，勇敢地向着她的星星奔去。

秦让和韩绵最后出门。江风有些冷，韩绵打了个喷嚏，秦让把带出来的外套给她披上。

"你要填B大啊？"

"嗯。"韩绵神情淡淡的。

"行，我也填B市的大学，到时候有个照应。"

"你分数够？"韩绵问。

"不够，想办法呗。"秦让哼了哼。

七月下旬，江星辰和朋友们结束毕业旅行，返回N市。初音正好也中考完，出了成绩，放暑假了，她被叫去接站。

出站口全是人。

不过，江星辰比较好认。初音远远地看到了他，使劲朝他挥手。江星辰的朋友们见了初音，也都大步流星地走了过来。

"哟，初音妹妹来接我们了。"

"她是来接我们的吗？她是来接辰的。"

"哎，我们是顺带的。"

初音笑着说："都接，都接。"

几句寒暄过后，大家纷纷掏礼物给她——杭州的丝绸扇子、日照的小鱼干、青岛的贝壳风铃、内蒙古的风干牛肉……

初音怀里被塞满了，挨个道谢。

江星辰扬了扬眉，把初音往边上拉。

"这些都是我买的，用不着和他们道谢。"

"哎，辰，人不能没良心，我们好歹拿了一路，还不能听初音妹妹说声谢谢呀。"

初音看了眼江星辰，忙说："能能能！当然能！"

"看人小初音多懂事。"

"就是，又可爱又懂事。"

江星辰踢了踢行李箱，说："先走，晚上请你们吃饭。"

"马上要散伙了，光吃饭哪行啊？得喝酒。"

江星辰把手插进口袋，笑了下说："成。"

朋友们立刻散了个干净。

江星辰推着箱子朝前走，初音抱了满怀的东西，跟在后面哼哧哼哧地小跑。

N市的火车站非常大，怎么走都走不到头似的。东西太多，初音累得够呛。江星辰伸手想替她把东西接过来，她却护宝似的搂住不让。

江星辰失笑道："我替你拿点，又不抢你的。"

"我自己拿就行啦。"

江星辰把行李箱往她面前推了推，说："坐上来，我推你走。"

坐行李箱上？

主意不错，但是她哪里好意思。江星辰把她拎起来，放到了行李箱上。

箱子非常结实，初音这会儿就像骑马一样跨坐在箱子上，怀里的东西放在了金属拉杆和身体之间，有些挤。

"扶稳了，开车咯。"他哄小孩似的说。

地下过道里的风很大，两人一路穿堂而过，少年白色的衣角被风吹起，碎光在他周身流淌、晃动。

她在风里嗅到了甜甜的味道，像是百合又像是风信子。不论是哪种，都让她深深沉浸在这炙热无悔的盛夏里。

从火车站出来,他们打车去了初音家。

到了目的地,初音下车,江星辰也跟着她下来。

"东西送上去,再下来一趟。"

初音"哦"了一声,匆匆往楼道里走,很快又被江星辰叫住了:"还有东西没拿,记得拿个大袋子下来。"

初音点头。

楼道里响起了"哒哒哒"的脚步声。

小姑娘回来得很快,江星辰把箱子放倒,"咔嗒"解掉了两边的锁扣。

初音这才发现,这个大箱子里面塞满了花花绿绿的小玩意儿。

"好多东西。"

"嗯,都是给你的,袋子打开。"江星辰蹲在地上提醒道。

她连忙配合着把袋子敞开,江星辰就蹲在那里一样一样往里装。

"你干吗买这么多东西给我啊?"

江星辰眼皮也没抬,随口道:"你没去,买回来给你玩。"

他也不知道自己是怎么了,见了好玩的就想带回来给她看,见了好吃的就想带给她尝。

初音又上去送了一趟东西。

夏天的傍晚,热意依旧不减。

江星辰不知从哪儿变出冰激凌,塞了一支到她手里,两人并排坐在楼道口吹风。

初音神情专注地对付冰激凌蓝色的包装纸。刚刚来回几趟楼,她的额头上都是汗。

两人就这么安静地坐了一会儿,初音忽然想到了话题,问:"秦让哥怎么没和你们一起回啊?"

- 153 -

江星辰语气很淡："秦让在 B 市看学校呢。"

初音"哦"了一声，没再说话。

江星辰忽然把手伸过来，掌心扣在她头上，半开玩笑地说："陈初音，等我去上学，你会不会想我？"

她低着头，凝神静气，很轻地"嗯"了一声。

她大概……会很想很想他的吧。

头顶的人笑了笑说："我也是。"

李烨他们没过多久就把晚上吃饭的地方定好了。秦让不在，他们打牌缺人，连着打了好几个电话催江星辰过去。

江星辰指了指手里的手机，勾唇道："我走了，得去请客。"

初音忽然想起他们说今天要喝酒，脑袋一热，拉住他衣服的下摆问："我能跟你一起去吗？"

小姑娘的眼睛乌溜溜、水汪汪的，江星辰实在舍不得拒绝。

他不是不想带初音去，只是怕那几个不着调的喝高了调侃她。

"你去也行，到时候他们说的那些话权当没听见。"

初音点头，笑得眉眼弯弯。

半个小时后，初音跟着江星辰到了吃饭的地方。

包间里很暗，只牌桌那里亮着一盏橘色的灯，三个人正围着牌桌玩斗地主。

江星辰进门，"啪啪"几下把包间里所有的灯都点亮了。

"干吗啊，整得一点气氛都没有了。"有人哀号道。

"吃饭要什么氛围？"

众人抬眼，才发现江星辰今天把小姑娘给带来了。

李烨含了口烟，招呼道："哟，初音妹妹来了。"

初音正要喊人，被江星辰小声教育道："别理他们，抽烟的都是坏人。"

被骂的坏人们集体皱眉。

江星辰也不和他们商量,长臂一伸,将桌上的几个烟灰缸全部给撤了。没地方弹烟灰,他们只好把烟给灭了。

江星辰"刺啦"拖出一张椅子,气定神闲地坐下点菜。

李烨拿了副新牌朝江星辰丢去,说:"饭不着急吃,快来打牌。"

江星辰接过来,撕掉外面的塑料包装,递给初音,抬了抬下颌道:"要跟他们玩两局不?"

初音小声问:"还玩小猫钓鱼吗?"

众人立刻集体抗议:"不要……"

他们情愿三人斗地主,也不愿意四人玩小猫钓鱼。

太幼稚,赢了都没面子。

他们又玩了一会儿牌,服务员进来把菜都上齐了。

江星辰懒得喊他们,低头夹了块珍宝蟹放进初音碗里,说:"他们都不吃,你多吃点。"

谁说不吃了?

江星辰没人性,有了妹妹,忘了兄弟。

李烨三人纷纷丢牌入座。

李烨转身让服务员去拿酒。

不一会儿,圆桌上多了四瓶样式不一的洋酒,包装各异,但酒精度都在五十以上。

李烨开了一瓶,把众人的分酒器拿过来,笑着提议:"光喝酒忒没意思,不如行酒令,谁输谁自觉喝一杯。"

立刻有人赞成道:"成!但行酒令,谁能赢得了辰哥?"

有人问:"初音妹妹要不要玩?"

第四章 我等你

江星辰拿过手边的分酒器,指尖在上面敲了敲,道:"她和你们玩,输了酒我喝,成不成?"

"当然成!"

他们从小到大遭受江星辰智商的碾压,玩游戏从来没赢过。

李烨讲完了规则,领着初音试玩了一次。

行酒令非常考验反应速度,试玩的时候众人刻意隐藏了实力。第一局初音就输了。江星辰安慰了她两句,接着端起酒杯一饮而尽。

"哟,辰哥豪气!"说话间,已经有人再次将他面前的杯子满上了。

江星辰喝了酒,俊脸上立马染了一片绯红。

初音曾在书里看过,喝酒易上脸的人身体内缺少某种分解酒精的酶。这种体质的人最好不要碰酒。

小姑娘的眉毛皱起,心里有些忐忑。

不出半分钟,她又输了。

江星辰正要端酒,酒杯却被初音抢先一步推到了桌子中央。

"初音妹妹,什么意思呀?"

初音嗫嚅："我……我先欠个账成不？"

行啊，反正最后一起喝更好玩。

又玩了四局，都是初音输。五杯酒倒得满满的，整整齐齐地推到江星辰面前。

"辰，一轮了。"

江星辰向来喝酒都是一口气干，不像别人扯扯皮、作作弊那么有趣。

众人就开始逗初音："初音妹妹，要不你玩个真心话大冒险，我们替辰哥喝啊？"

小姑娘认真地问："要怎么玩？"

李烨凑过来，坏坏地眨眼道："很简单，就是哥哥们提问题，你回答，但不能说假话，你答一道，我替他喝一壶怎么样？"

江星辰抬腿踹了李烨一脚说："问我。"

"去去去，谁要问你啊？"李烨掸了掸裤管上的灰，继续低头诓初音，"初音妹妹，行不？"

一个问题，换一壶酒，她愿意的。

初音点头，等着他提问。

李烨瞄了眼江星辰，暧昧地笑笑，问："初音妹妹有欣赏的异性吗？"

她耳根有些发红，很轻地点了下头。

江星辰的表情变得有些不自然起来。

初音有喜欢的人，他是知道的，之前还约定了一起考一中。他还以为讨了这么久，这事早已经翻篇了。

但显然不是。

她不仅没翻篇，还很在意。

尽管江星辰端着一副淡定如老狗的神情，但李烨就是在他脸上捕捉到了一丝精彩。他眯着眼干掉一壶酒，继续问初音："第二个问题，说出你现在欣赏的异性的名字。"

这个问题的答案是初音的死穴。

她垂头僵在那里,手指攥着,掌心尽是汗。她不敢看他们,更不敢看江星辰,生怕一个表情不对,就暴露了她心底那不可见光的秘密。

李烨等得有些着急,屈指在桌面上扣了两下,说:"你不好意思说啊?要不我帮你提醒提醒?是不是姓……"说到这里,他故作意味深长地顿了一下。

女孩原本乌溜溜的眼睛里,骤然腾起一层薄薄的水雾。

江星辰眼底的光沉了沉,他忍不住站起来,端起桌边的一壶酒……

初音见江星辰拿酒,慌忙攥着拳头站了起来。

众人挤眉弄眼,全在笑。

这局面变得越来越有意思了。

江星辰将她按回座椅里。

"不想回答的问题,就不答,我喝点酒没事。"说完,他仰面,将杯里的酒喝完了。

他正要拿第二壶的时候,被初音抢先一步夺了过去。

"怎么?"江星辰问。

"我替你喝。"毕竟是她玩游戏输的。

"长大再替。"他摁住了她手里的杯子。

旁边的人继续起哄:"初音妹妹,你喝的酒可不算数。"

"就是,别心疼你辰哥。"

初音坚持,争夺间,手边的一个汤盅从桌上滚下去砸到了她的脚背。

很痛,初音"嘶"了一声。

江星辰立刻俯身去看她的脚,初音也跟着弯下腰去。两人靠得很近,初音用口型说:"趁机走?"

江星辰愣了愣,笑了,小姑娘还学会骗人了。

他直起身子,佯装一副着急的模样,问:"痛不痛?"

初音咬着唇,眼泪汪汪地点头:"痛死了,骨头好像断了。"

"还能动不?"江星辰问。

初音皱着眉毛,好不可怜地说:"动不了。"

"走吧,我带你去医院。"

众人集体傻眼了。

"辰,这就走了?"

"酒还没喝呢。"

"酒留着我下回来喝。"江星辰丢下一句话,扶着初音往外走。为求逼真,初音一直单脚跳到了包厢门口。

大厅里有个长吧台,江星辰把初音扶过去让其坐上去,将她背出了饭店。

夜幕降临,暑气消散了大半。小商小贩在路边摆摊,行色匆匆的路人偶尔驻足买点东西,这些渐渐在他们身后淡成了一抹背景。

初音要下来,江星辰没让:"那帮人精着呢,再背一会儿。"

"哦。"

小姑娘趴在他背上,细长的胳膊钩住他的脖子,很轻地喊了一声:"江星辰。"

江星辰顿了步子应她:"嗯?"

她在他背上瓮声瓮气地说:"我有一个秘密。"

江星辰配合着问:"什么秘密?"

初音轻笑道:"现在还不能告诉你,得等我长大。"

从长街转入幽暗的小巷,路上的人少了很多,白色的路灯掩藏在葱郁的枝丫间,成了忽明忽暗的萤火。

江星辰嘴角含着一抹笑,声音柔得浸水:"那我等你长大好不好?我也有个秘密要告诉你。"

- 159 -

秦让是最后一个拿到录取通知书的。

快递员刚把文件袋送到他手里,他就立马拍照发给了韩绵报喜。他等了许久,只收到一个非常冷淡的表情包。

半个小时后,秦让开着一辆敞篷超跑到了她家楼下,给她打电话。

"出来,陪我出去庆祝。"

韩绵说:"没空。"

秦让把座椅往后调了调,戴上墨镜,长手往方向盘上一搭,神经病似的狂按喇叭。

不一会儿,他就引来了不少人围观。

他一面按喇叭,一面不要脸地给她发语音:"小韩绵,再不下来,我可让物业上去找你了。"

韩绵实在受不了,鞋子也懒得换,几步下了楼。

车里的少年终于不再按喇叭,而是把胳膊伸出来,懒懒地挂在车门上。

韩绵走到他面前骂了一句:"有病?"

秦让摘掉墨镜,吊儿郎当地说:"我是有点病……相思病。"

韩绵有点无语。

"上车。"他抬了抬下巴,笑得痞气。

"去哪儿?"

"上来再说,放心,我又不拐卖你,怕啊?"

韩绵绕到另一侧,开门上车。

秦让愉悦地吹了声口哨,将车顶放下来。等她系好安全带,他一踩油门,将车子"轰轰轰"地开了出去。

车子出城上了高速,车速飙到了一百二十码。韩绵皱眉提醒道:"开慢点。"

"关心我?"

"谁关心你？"

他冷嗤一声，一脚油门下去，直接将车速提升到一百四十码。

路上还有很多车，他就打着方向盘在里面穿行。

韩绵的心突突直跳，生怕出事，连忙说："你能不能回去再发疯？路上还有这么多车。"

秦让没说话。

"秦让！"她拔高声音，喊了他一声。

他松了些油门，左手掌着方向盘，右手伸过来握住她的手，说："和你讲句不疯的话，做我女朋友。"

"你又不缺……"

韩绵把手抽了回来，秦让一脚油门，又把车速提了上去。

"你到底想怎样？"韩绵彻底恼了。

"我刚不说了嘛，让你做我女朋友。"说完，他重新握住她的手往他的心口上摁。

掌心之下是他如擂鼓的心跳，韩绵想挣脱，又怕他疯得更厉害，只能任由他握着。

车子开了许久，路旁已经是大片的稻田。韩绵终于做出了让步，低低地喊了声："秦让……"

"嗯？"

"我也不是不可以做你的女朋友。"

"你说真的？"秦让有点不相信自己的耳朵。

"嗯，不过我们讲好，只谈三十天恋爱。等你新鲜感过去，我们就分手。"

秦让哽了下说："不是，谁说我是图新鲜了？"

韩绵没有反驳他这句话，轻声说："行，那我同意暂时做你的女朋友。"

秦让根本没听见"暂时"这个词，只听到韩绵说愿意做他的女朋友。他兴奋地把车子开到最近的服务区，停了下来。

"韩绵。"他喊她,漂亮的桃花眼里尽是笑。

"嗯。"韩绵被他看得有些局促。

"那现在我是你的男朋友了,对吗?"他非常无耻地问。

韩绵刚点了下头,他忽然解开安全带,将她抵在身后的座椅上吻住了。

韩绵使劲推了他一下:"秦让……"

秦让瞬间清醒,他懊恼地松开她,烦躁地抓了抓头,轻咳道:"抱歉,没忍住。"

说完,他拿起储物格里的烟盒,扯了扯衣领,"砰"地开门下车。

韩绵隔着玻璃看他低头靠在车前盖上点了支烟。白色的烟雾腾起,笼罩着那张俊脸。

许久,他才掐了烟上车。

他看见韩绵那双浸水的眼睛,从储物格里翻了副墨镜丢给她,说:"戴上。"

"干吗要戴这个?"

"我一看你的眼睛就忍不住想亲你。"

江星辰是第一个去大学报到的。

本来没必要那么早走,只是初音 8 月 22 号开学,他不想小姑娘到时候分心来送他,就提前走了。

候机大厅里人来人往。

距离登机还有一会儿,江星辰一众朋友挤在那里胡侃——

"辰,你搞那么远,以后找你玩还得坐飞机啊。"

"怎么着,你家缺钱买不起机票?"

"当然不缺,但我只会坐飞机去看女朋友,不会去看老爷们儿。"

"…………"

初音个子矮,被他们挡在了后面。

江星辰和他们聊了会儿天，目光越过他们落在她身上。这帮人就说："辰，我们先走了。"

初音没预料到他们几个会散得那么快。

"你刚刚干吗一直躲在后面？"

"我没躲啊。"初音咬着唇。

江星辰笑道："就没别的话要对我说了？"

初音道："据说D大很漂亮，你到那边，记得要多拍两张照片给我看看。"

江星辰耸了耸肩，叹了口气："哎，没良心，就会说这些。"

初音说："祝你一帆风顺。"

江星辰没回初音这句，而是回了前面一句话："照片我就不拍了，等你来了一起看。我等你。"

初音很轻地说了句："好。"

江星辰从背包里拿出一大盒巧克力，压到她头顶上，说："这回是我买的，吃点巧克力可以让心情变好。"说到这里，他略顿了一瞬，"陈初音，我希望你天天开心。"

初音不知怎的，忽然特别舍不得他。

她低着头，胸膛起伏，眼眶瞬间湿润了。

江星辰盯着她看了一会儿，想伸手替她擦眼泪，但到底忍住了。

"好好学习。"他笑着说。

初音用力点头。

"那我走了。"

"好……"

初音一直低着头，再抬头时，江星辰已经穿过了安检门。

她这才想起来有东西没给他，赶忙给他打电话。

很快，他折返回来，初音一路飞奔过去，将手里的纸袋塞到他怀里，

- 163 -

说:"这个给你。"

她怕再看到他的背影会忍不住流泪,送完东西立马跑了。

江星辰将纸袋里的东西拿出来,那是一件最新款的三叶草球衣,白底橙边,很好看。他把球衣抖开,在身上比了比,大小正合适。

再抬头,小姑娘已经从视野里消失了。

江星辰勾唇,将球衣整整齐齐地叠进纸袋里,给她发了条语音消息:"礼物我很喜欢。"

那件球衣花掉了初音存了很久的零花钱。

他能喜欢,她开心不已。

第二天,高一开学。

已经到了盛夏的尾巴,恼人的蝉依旧在枝叶间叫个不停。

原来高二年级的学生搬进空了许久的高三楼里。初音他们也从三楼搬出来,成为新的高一(3)班。

初音每次路过高三(7)班门口,都会下意识地驻足往里看。里面的人已经换了一批,关于江星辰的痕迹也好像在一夕间被无形的东西擦掉了。

不久之后,B大也开学了,韩绵去了大学。

初音照旧骑车早出晚归,路上再遇不到江星辰。她起先非常不适应,后来干脆在耳朵上挂了副耳机,在来回的路上听往年高考英语的听力录音。

重点班的课程进度非常快,尤其是数学。老师默认他们足够优秀,所以做题的详细步骤大多省略,只统一讲解题的思路。

初音每天晚上都要把书带回去研究好久。

江星辰每每给小姑娘打电话,总是碰见她在刷题。他不忍心打扰太久,只讲一会儿就会喊她挂了电话去写作业。

初音有时舍不得挂,江星辰便也不挂。

舍友看他打电话又不讲话,凑过来好奇地问:"女朋友?"

江星辰纠正道:"朋友。"

"男的?"

"女的。"

九月底,第一次月考,初音的成绩排在班级第三十六名。

初音一刻也不敢松懈。

脑神经被考试和排名折磨着,非常累。

十月底,第二次月考过后,初音的班级排名上升到第三十二名。但她依旧被班主任喊去了办公室谈话。她的语文和英语非常好,数学却差了平均分三分。

班主任按亮了手边的笔记本电脑,问:"你是江星辰的妹妹?"

初音不知道他为何会有此一问,但还是点了下头。

"江星辰是我最得意的学生,你也不能差。"沈复兵指尖在键盘上轻敲了几下,手往外摆了摆,"去吧。"

这就结束了?初音刚走到门口,又被他喊了回来:"回去问问你哥,什么时候有空,回来跟你们交流下学习经验。"

初音思考了好一会儿,非常认真地说:"老师,我劝您还是别请他。"

沈复兵来了兴趣,问:"怎么说?"

"我哥的智商太高,旁人用不了他的学习方法。而且,他可能还会让同学们大考大玩,小考小玩,学习累了就玩耍。"说到这里,初音顿了下,"我怕您到时候不好收场。"

沈复兵想了想,深以为然。

初音不知道,她出门后,沈复兵便把这句话原封不动地告诉了江星辰。

当时,江星辰正在上课,硬生生笑岔了气。

光阴如梭,眨眼间就到了一月下旬。

期末考试出成绩了,省一中全体学生返校拿成绩单。高一(3)班的班会一直开到了中午。

沈复兵还撑着腰在那里口沫横飞地说:"这个寒假,你们可以玩,也可以学习,玩的人回来肯定后悔……"

大家本以为领成绩单应该很快得很,所以大多数人出门时都没吃早饭。这会儿一个个饿得前胸贴后背,却又不敢抗议,只能硬着头皮听。

快到十二点,沈复兵的发言才终于结束了。

他一出去,众人纷纷散了。

"放假咯!"没有什么比放假更开心。

等初音收拾完东西,教室里已经没人了。

刚到车棚,手机在口袋里振动起来,是江星辰的电话。

他在电话那头笑,语气很轻松:"放假了?"

初音推着车子,边解车锁边和他讲电话:"刚放。"

江星辰略松了口气:"看来我回来得不晚。要见我吗?"

"要。"初音丝毫没有掩饰自己的喜悦之情。

江星辰有些忍俊不禁,叮嘱道:"那你一会儿出校门,往一点钟方向看,有惊喜。"

初音立刻直起背,骑着车子出去了。

江星辰电话里说的方向有一个公交站台,一辆93路公交车正停在那里。初音抻长了脖子往里看,直到公交车开走,她也没有找到江星辰。

后面又来了一辆78路公交车,初音正要踮脚,头顶忽然被人从身后敲了一记,随之而来的还有一道低沉而熟悉的嗓音:"在这儿呢。"

她转身,定定地看向他。

江星辰单手插兜,立在冬日的阳光里。他依旧是初音记忆里的清俊模样,细长的眉眼,高挺的鼻梁,薄薄的唇,还有嘴角勾着的一抹痞而淡的笑。

从盛夏到隆冬,一百多个日夜,他们终于又见面了。

江星辰看她发呆，又在她眉心弹了一记，道："怎么不叫人？"

初音舔舔唇，有些羞涩地喊了句："星辰哥。"

江星辰从手里的塑料袋里拿了一盒鸡米花递给她，说："饿了没？先吃点垫垫。"

初音确实很饿，她接过来，发现还是热的，应该是他几分钟前刚去买的。小姑娘吃东西的样子格外可爱，腮帮子鼓鼓的，像只小仓鼠。

江星辰故作不满地叹了口气，道："陈初音，你怎么吃独食？我也饿着呢。"

初音有点不好意思，赶忙把手里的盒子端到他面前。

江星辰低头，拿走她手里的那根扦子，戳了几粒鸡米花丢进嘴里。

初音嗫嚅着提醒道："里面还有干净扦子的……"

"嗯，看到了。"

江星辰气定神闲地吃完了半盒鸡米花，指了指她停在边上的自行车说："走吧，骑你的车，送我回家，公交车里一股味。"

初音禁不住"啊？"了一声。

江星辰失笑道："啊什么啊？不愿意啊？"

初音摇头。江星辰送她的这辆车好看是好看，但没有后座，不好带人。

江星辰似乎看出了她的顾虑，弯腰在车龙头上的某个地方轻轻一摁，后轮架子中间立刻弹出一对金属脚踏来。

原来这车子是可以带人的，只要后面的人站着就行了。

初音有些惊讶，她骑了这么久，从没发现这个机关。

江星辰将座椅调到合适的高度，跨坐上去，手指在铃铛上拨了拨，说："上来。"

"你骑啊？"初音问。

江星辰笑着说："你带我也行，只要你不怕累。"

初音从包里翻了双粉色的长绒手套递给他，说："这个给你戴，骑车手冷。"

江星辰瞥了眼那粉嫩的颜色，有点嫌弃。

初音给他说了一堆大道理，他才终于勉为其难地把手伸了进去。

小姑娘的手套实在是太小了，但是有股甜丝丝的护手霜的香味，倒也不是那么难以接受。

江星辰戴好了手套，示意初音上车。她扶着他颤颤巍巍地站上去。

两人有身高差，江星辰坐着，初音站着，她的鼻尖刚巧冒出他的头顶。

"陈初音……"

"嗯？"

江星辰说："扶着点，别一会儿掉下去。"

前面是一道下坡路，他连刹车也不捏，车轮滚得飞快。

街道两侧的蜡梅花开了，略带寒意的风卷着甜丝丝的香味掠过他的头顶，送到鼻尖，初音心里忽然生出一种难以名状的感动来。

车子转进一处小巷，到了熙熙攘攘的人流里。蜡梅的香味渐渐被牛肉锅贴、麻辣烫，还有蒜香花甲的味道取代了。

江星辰放慢了车速和她说话："这条街上都是吃的，相中哪家就喊停。"

"好。"

不多久，初音看到了一家卖糖芋苗的铺子，随即喊："停！停！停！"

江星辰轻按刹车，长腿放下来，将车子稳稳停在了路边。

他去上大学之后，初音就没去过卖糖芋苗的铺子。

江星辰猫着腰锁车，初音已经先他一步进了铺子。

"师傅，三碗糖芋苗。"

"三碗吃得完？"

初音眉飞色舞地说："你吃一碗，我吃两碗。"

女孩的脸蛋、鼻尖都被冷风吹得红通通的，只一双眼睛乌黑纯净，琉璃似的。

初音点的糖芋苗被端上来了。

只是,她没想到这家店的老板这么实在,用装汤面的那种大碗装糖芋苗,好多,她可能吃不完两碗。

江星辰适时递来一把勺子,两人一人吃了一碗。

桌上还剩一碗,但初音已经饱了。刚刚她夸海口说要吃两碗,此时只好又埋头继续对付第二碗。

江星辰看她吃不完,端起来往自己碗里倒了一些。

初音如释重负。她凑脸过来,古灵精怪地问:"D大附近好吃的、好玩的地方,你都打探清楚了吗?"

江星辰说话时笑意明显:"嗯,早打探清楚了。"

"都有哪些啊?"初音问。

他伸手在她鼻尖上刮了刮,说:"现在还不能告诉你,等你去了自己看。"

"不公平,你都去过了。"初音鼓了鼓腮帮子,小声说。

"没呢,在等你。"

初音有些惊讶,她不禁重复了一句:"在等我?"

江星辰温柔地看着她,说:"嗯,我等你去了,再一起试。"

初音不知道该怎么接这句话。

原来,他以前说的要等她,是真的。

江星辰真的太好了。

时间一晃到了腊月二十,秦让组织一众发小去城郊泡温泉。秦让到哪儿都想带着他家小韩绵,初音自然也在应邀之列。

一大早,秦让就把他那辆引人注目的跑车张牙舞爪地开到了韩绵家楼下。

隔着老远他就把车窗摇下来，朝着韩绵痞气兮兮吹口哨。

即便过了这么久，初音看秦让依旧感觉眼睛快被闪瞎了。他换了个发型，但依然是理发店里最潮的那款。车里开着暖气，他只穿了一件宝蓝缎面的衬衫，袖子挽到手臂上。

初音礼貌地喊了声："秦让哥。"

他有点不太满意，纠正道："小初音，你姐现在是我的女朋友，以后你要喊我姐夫，懂吗？"

韩绵在他胳膊上拧了一把。

他夸张地"嘶"了一声，脸上的笑意却没减少半分。

"哎哟，韩绵，我错了，你能不能别当着我小姨子的面揍我，留点面子。"

他俩太欢乐了，初音没忍住笑出了声。

秦让把车子开到了江星辰家楼下，懒懒地说："初音妹妹，你跟江星辰的车去，别当我和你姐的电灯泡。"

韩绵这次改在他腿上拧了一把。

初音也觉得做电灯泡确实不太好，便笑着推门下了车。

冬天的早晨，即便裹得严严实实的还是冷得令人牙齿打战。

初音看看时间，才七点多。她跟着晨练的大爷大妈们绕着小区跑了好几圈。大爷大妈们跑完了，开始组队打太极拳、舞剑，她就跟在后面比画。

小姑娘着实可爱，几个大妈围着她七嘴八舌地说了一堆的话。初音有点招架不住，找个理由溜了。

阳光终于有了些热度，八点了。初音这才给江星辰打电话。他刚睡醒，声音听上去低沉而性感。

初音有些不好意思地说："是不是吵到你睡觉了？"

小姑娘主动打电话来的次数并不多，江星辰连忙说："没有。"

初音组织了下语言："我能跟你的车去羣山不？秦让哥和我姐先走了。"

"行,我一会儿去你家接你。"

"不用接,"初音说,"我已经在你家楼下啦。"

江星辰闻言,走到朝南的窗边,一下将面前的玻璃窗拉开了。凛冽的风灌进来,"啪嗒啪嗒"地将窗帘拉开。

从十楼俯瞰,他找了好一会儿,终于找到了小姑娘——

她乖巧地坐在长椅上,两只手都揣在口袋里,应该是戴着耳机打的电话。

距离有些远,他看不清她脸上的表情。

"冷吗?"他问。

"一点也不冷,我刚跑过步。"说话间,初音把小腿并拢伸直往上抬,抬到和椅子持平,又放下去,来来回回地玩。

看她这个样子,应该等了很久。

"要不要上来等?"

上去等?是要去他家吗?

初音终于不玩腿了,她端端正正地坐着,似乎在思考这个问题。江星辰已经先她一步开口道:"我下来接你。"

"啊?"初音立刻吓得站了起来说,"我去会打扰阿姨休息的。"

她虽然见过他妈妈,但这么一大早,总觉得有点不礼貌。

江星辰说:"没事,这边家里就我一个人。"

初音还想讲什么,电话那端已经响起了开门、关门的声音。

电话已经挂断了,初音转过身背着手往面前的高楼看去。她不知道他具体住在哪里,一会儿看左边单元,一会儿看右边单元。

江星辰从楼道里出来时,正巧看到她探着小脑袋扫描仪似的在那儿看,江星辰嘴角不自觉地扬起。

初音终于搜寻到了江星辰,她脸上的表情顿时亮了起来。她像小兔子似的蹦蹦跳跳地到了他面前,甜甜地喊了声:"星辰哥。"

初音刚跑过步,脸红扑扑的,嘴唇也是健康的粉色。她今天穿了件白色的长绒外套,帽子上垂下的两个毛茸茸小球随着她的蹦跳一晃一晃的。

江星辰猛地被可爱击中了。他把手放在唇边轻咳了一声道:"大清早的,秦让把你丢这儿吹冷风?"

初音说:"不是,是我自己想下来的。"

江星辰很轻"嗯"了一声:"上去吹会儿暖气,这里太冷了。"

电梯里只有他们两个人,初音透过那镜子一样的电梯墙壁悄悄瞄了眼江星辰。他真的好高,两人的身高差了一大截。初音踮了踮脚尖,想让自己看起来高一点。

江星辰忽然侧过身,轻声笑了笑说:"别踮了,已经长高一些了。"

哎?他怎么知道的?

初音立马乖巧地站好,然后就见江星辰在"镜子"里朝她笑了。

半晌,又听见他轻笑着说:"我又不嫌弃你矮。"

电梯门"叮"的一声打开,江星辰迈着长腿出去,初音也赶紧跟上。

他在玄关处换掉鞋子,转身递给初音一副鞋套。

鞋套又大又长,初音穿上后,小心翼翼地走了两步,动作笨拙又可爱,像只小企鹅。

江星辰失笑道:"下次给你准备双小的。"

下次?意思是她还可以来他家吗?

初音一不小心左脚踩到了右脚后跟,身体失衡,往前猛地一栽……

江星辰立马伸手捞她,只是稍稍有些迟,两个人一起倒在了地上。

鼻尖尽是熟悉的松木香味。

时间仿佛静止了。

初音赶紧手脚并用地从他身上下来,乖巧站定。

江星辰也站了起来。

初音想去沙发上待着,刚抬脚,身子一轻,被他拎了起来。

"别一会儿再摔跤。"

"哦……"

江星辰把初音放在沙发上,转身去了卫生间。

很快,江星辰洗漱结束,换了件衣服出来。

初音悄悄抿唇笑了笑。

江星辰眼尖地发现了,不禁问:"笑什么?"

初音立马收了笑意,正襟危坐道:"啊,没什么,想到了一件开心事。"

初音飞快地站起来,兔子似的跳到了玄关等他。

车子一路开到了城郊的羣山,江星辰将车停好,和初音并肩往里走。时间还早,人还没来齐,初音跟着江星辰溜达了一圈。

这是一处临水而建的温泉度假酒店。

水池里本来长着满满一池子荷花,天寒水冷,莲叶早没了,橘红色的锦鲤在水里晃晃悠悠地游动。

初音盯着水面看了一会儿,江星辰忽然问她:"有没有带泳衣?"

初音摇头,她从没泡过温泉,不知道还要准备泳衣。

"走,去选选,买一件。"

江星辰领着她去了一间小店。门口的模特身上穿着一件三点式的泳衣,初音瞄了两眼,脸立刻红了。天哪,要穿这么少吗?

江星辰觉得跟着进去有些不妥,便在门口等她。

店员出来接待,初音凑过去小声问:"有没有保守一点的款式?"

很快,店员拿了所谓的保守款出来。

初音看着这件要露肩膀,那件要露背,继续问:"最保守的款式没有吗?"

店员扫视了初音一眼,说:"这件就是最保守的,再保守就是儿童款了,不过你穿儿童款的也可以。"

初音低头看了眼自己,好吧,好像是事实。

半晌，她又觉得有点惆怅。

初音匆匆跑出去，江星辰见她出来，淡淡地问："选好了？"

初音点头"嗯"了一声。

中午十二点，人到齐了。

午饭后，众人在休息区打了会儿牌，输的人得在脸上贴乌龟。这次他们带上了初音，江星辰搬了把椅子在初音边上给她做军师。

几轮下来，其他人脸上贴满了乌龟，只有初音脸上干干净净。

有人扯着嗓子喊了声："秦让！你来！"

秦让正觍着脸跟韩绵一起看剧，边给韩绵剥瓜子边撇嘴说："我哪有空陪你们。"

众人有点无语。

午饭消化得差不多了，秦让掸了掸身上的瓜子壳，去吧台领了一堆塑料手环，一人发一个。

初音跟着韩绵到更衣室里换衣服，天冷，里面的暖气开得很足。

韩绵很自然地换好了泳衣，她身材好，腿又直又长，非常好看。初音把那件儿童款的泳衣拿出来换上，对着镜子照了照，还是有些不自在。

两人出去后，众人果然都在看韩绵。

尤其是秦让，眼睛都看直了。转念，他又恨不得把在场所有人的眼睛挖下来。后悔死了，他干吗要喊这帮人来泡温泉？

江星辰大概是唯一一个自始至终都在看初音的人。

小姑娘非常羞涩，出来后一直低着头。她的脖颈细长，耳垂微微发红，洁白的手臂露在外面，腿虽然不长但纤细笔直，娇小可爱。

"走吧。"秦让喊了一声。

初音的视线落在了一旁的江星辰身上。他似乎健了身，肌肉比之前还要饱满。

江星辰见初音一直在看自己，微挑着下颌问她："看什么？"

初音立马溜了。

开放的泳池里，男生们一个个下饺子似的往下冲。

初音和韩绵在低温区泡了一会儿，裹着毛巾，一格格往温度高的地方走。

初音的皮肤染成了红色，额头上也出了很多汗，她从池子里上来，吹了会儿冷风，迎面碰上江星辰。

她的第一反应是跑，但后面是汤池，没地儿跑。

江星辰看她海藻一样的头发湿漉漉地搭在肩膀上，不禁问："怎么上来了？"

"太热了。"初音说。

他去边上的自动贩卖机上买了两瓶水，递给初音一瓶。她低头拧瓶盖，别在耳后的刘海垂了下来，细小的水珠顺着发梢淌到了他的手背上，冰凉而微痒。

初音还没来得及道谢，江星辰已经转身，一言不发地走了。

秦让游了一会儿，乐颠颠地来找韩绵。为了显摆，他故意在下水的时候展示了他漂亮的梭子鱼似的入水姿势，满池子的人都被他吸引了视线。

他游到韩绵边上，抱住了她的胳膊，故作委屈地说："韩绵，你看，他们都在看我，我都要害羞了。"

韩绵拍飞秦让的手，秦让又从后面贴上来。

韩绵骂了他一句。

秦让在她后脖颈上啄了一口，飞快地松开她上去了。

朋友们许久没有聚了，秦让包了个总统套房，预备在这里玩通宵。

这个总统套房里面有几个独立的房间，中间是个大客厅，中式的装修，满屋子的红木家具。

韩绵和初音住在北面的一个房间,离客厅最远,也最安静。

初音第一次和韩绵一起睡,两人一下就聊到了半夜。

"姐,B大是不是很漂亮?"初音问。

"嗯,是非常漂亮。不过我可能待不了多久,我收到了斯坦福的录取通知书。"

斯坦福,世界名校啊,可是在美国。

"那秦让哥也去吗?"初音问。

韩绵沉默了一会儿,道:"我还没和他说。"准确来说,她还不知道怎么和秦让说。

过了一会儿,她问初音:"你想去美国念书吗?爸爸让我问问你,他已经在那边找好了房子,高中也联系过了。"

初音摇头道:"我还是想在国内念大学。"

"这事不着急,你可以再想想。就算在美国念高中,也可以再回来高考,只是扩宽下你的眼界。"

客厅里,男生们正围着一张大桌玩牌,说话声、丢牌声此起彼伏,他们又换了新花样,输了的人得吃芥末。

赢的只有江星辰,秦让的脸都要被芥末染绿了。

秦让今天的手气非常不好,但他不肯下来,只好拿手机给韩绵发语音消息:"小韩绵,你来替我抓抓牌,再这么玩下去,我得呛死。"

韩绵听完,不想理他。

半晌,她又收到他发的一长串可怜巴巴的表情包,下面写着一行字:老婆,救命。

韩绵有个小的测试要做,她让初音去替换秦让。

初音穿过走廊,那些嘈杂的声音渐渐灌到耳朵里来——

"辰,你们学校放假挺迟的啊?"

"放得挺早，我在学校等了几天才回来。"

"辰哥谈女朋友了？"

"没。"江星辰淡淡地回。

李烨看了眼牌，问："怎么不谈恋爱？没喜欢的人吗？"

江星辰笑了笑说："有。"

初音停了步子。

江星辰有喜欢的人了？

是谁？

初音无意识地捏紧了指尖。

那人继续调侃道："辰，你有喜欢的人，记得多发点朋友圈刺激下秦让，我天天看他在朋友圈秀恩爱，都要吐了。"

江星辰淡笑道："还没追到呢。"

"什么姑娘这么难追啊？"秦让问。

"我猜肯定很漂亮。"

初音没有勇气往前走了，屏风遮挡了视线，连同那些声音都变得影影绰绰的。

一把牌结束了，客厅里只剩下"哗哗"的洗牌声。

秦让迟迟没等到韩绵，掐掉烟，当着众人的面给她打视频电话。

"喂，小韩绵，你快点儿。"

韩绵的声音从扬声器里传出来的那一刻，初音慌慌张张推开一旁的卫生间的门，钻了进去，反锁上门。

这是个公用的卫生间，玻璃窗敞着，客厅里的暖气到不了这里，整个空间空旷而冰冷。

不一会儿，卫生间的门被人敲响了，是江星辰。

"初音，你在里面？"

初音抽了抽鼻子，说："我……我肚子有点疼，一会儿就出来。"

"要紧吗？"

"不碍事，你能……喊下我姐吗？"

门口的脚步声渐渐远了。不一会儿韩绵来了，初音和她说了几句话。

众人又开始打牌了，欢声笑语不断。

初音再也控制不住，将脸埋进掌心，哭了出来。

心里好难受……她那个粉色的、不切实际的梦，在今晚，彻底碎掉了。

过了许久，她哭累了，低头将龙头拧到底，捧了把水往脸上浇。

寒冬腊月，冷水刺骨，脸部神经被冰得麻木了，她撑着手臂，在镜子里看了眼自己，眼泪忽地止住了。

初音出去后，尽量让自己看起来没什么情绪变化。

那天以后，初音把所有关于江星辰的东西，全部收到了卧室最上面的柜子里。

寒假剩下的日子，秦让又组织了几次聚会，初音一次也没去。她每天把自己闷在房间里看书做题。

大年三十晚上，秦让他们约韩绵和初音去乡下放烟花，初音以作业太多为由，没去。

夜里，初音被叫下去帮忙搬东西。

刚出楼道，她一眼便瞥见了倚靠在车边的江星辰——

他穿了一件深色的长款大衣，狭长的眼睛被楼道里的光映得仿佛月光下的泉水。

见她出来，江星辰温柔地说了句："小鬼，你作业这么多啊？"

初音差点想跑。

江星辰从口袋里掏出个红包来，在她额头上轻轻拍了拍，道："喏，给你的压岁钱。"

初音没伸手去接。

江星辰低头，食指在她羽绒服的口袋上一勾，将那红包塞了进去。

初音的羽绒服口袋处有根橡皮筋绳子，他慢条斯理地打了个蝴蝶结。

做完这些，他捏了捏她的脸颊，说："喊你出来玩，你不来，给你准备的烟花都被他们放光了。"

初音低头不敢看他。

东西搬完了，时间也已经不早了，秦让要走，江星辰跳上车，把车窗降到底，探出脑袋来冲着她说："陈初音，新的一年，祝你开心健康。"

初音祝福的话还没来得及组织好，秦让已经一脚油门将车子开了出去。

她也希望他健康，希望他快乐，希望他事事顺遂……

初音跟着韩绵往回走，她把手伸进口袋，指尖碰到了那个冰凉的红包。

江星辰对她是这样的好……

楼道里的声控灯灭的一瞬，初音抬手在脸上抹了一把。

大年初一开始，韩齐带着全家外出拜年。

韩绵比较自由，她可以选择哪些地方去、哪些地方不去，可是初音不行，陈芸无论去哪儿都带上她。

初八，韩齐开车载着她们去了郊区的一位朋友家。依山傍水的大别墅，装修得精致而豪气。这家也有个姑娘，叫蒋苗，今年刚刚参加完高考，也在D大读书。

初音特意打量了几眼蒋苗。她是那种明艳动人的美女，腿长腰细，眼含秋水，放到哪个学校都会是校花。

蒋苗见初音在看自己，一把将她揽进了房间。

"帮我参考下，穿哪件衣服好看。"

衣帽间的门打开，满屋子精致而漂亮的衣服映入眼帘……每一件的样式都不一样，却都很好看，其中好多吊牌都没有摘。

蒋苗一件一件地比给初音看，最终选了露脐的卫衣配超短荷叶裙，过膝的长靴一套,整个人看起来又酷又美。

她边对着镜子编头发,边笑着和初音说:"悄悄和你说,一会儿我喜欢的人会来,他也在 D 大,今天我要跟他表白。"

初音想,又是 D 大,好巧啊。

蒋苗的头发编好后,转头问初音:"我这样好看吗?"

初音点头说非常好看。

门铃响了,蒋苗"噌"地站起来跑了出去,初音不便在她的房间多留,也跟着走了出去。

门廊里的人正在和主人打招呼:"蒋叔叔,新年好。"

初音听到来人的声音,顿时愣住了。她没想到会在这里遇到江星辰。

蒋苗已经俏生生地走到了江星辰面前,她半是羞涩半是甜蜜地接过他手里的东西说:"新年好。"

初音看出来了,蒋苗要表白的人正是江星辰。

两人无论是身高、长相,还是家世背景,都非常般配。

初音觉得,江星辰如果有女朋友,就该是这样的。

江星辰也看到了初音,小姑娘垂着毛茸茸的脑袋,似乎有点不开心。

长辈在这里,他并没有和初音说太多的话。

不一会儿,长辈们到里面打麻将去了。

蒋苗像只欢快的小鸟和江星辰说了一句又一句。他们两人聊的都是小时候的事,初音一句也插不进嘴,她在膝盖上抠了抠,心里闷闷的。这会儿,她应该算是超强功率的电灯泡了吧。

初音想,江星辰对她那么好,这种时候,她应该出去避避。

他是她的星星,就应该与另一颗星星并肩而行。

思及此,初音找了个理由去了外面的院子。

早上来的时候天气还很好,现在起了风,太阳的光芒被厚厚的云层遮住了,天灰蒙蒙的,空气里弥漫着一股冰冷潮湿的味道。

不一会儿,便下起了雪。

这栋别墅的庭院比初音想象中的还要大,纯中式的设计,巧妙地运用了叠水和绿植。初音呼出一口白气,绕着那池子转了一圈,细碎的雪落进水里很快化掉了。

不知哪里冒出的大胖猫咬着一只长尾鸟从面前蹿过,然后越过那半米高的围栏出去了。初音被好奇心驱使,翻过那围栏,一路追了出去。

她追了好半天,没有追上那只猫,只在地上看到一摊血,还有那散落一地的灰蓝色羽毛。

她心里的难过,好像因为那只鸟的死亡变得更深重了。

初音低头踢飞一小块泥土,闷闷地往回走。她走得非常慢。雪渐渐大了,风冷得刺骨。

她想,江星辰现在应该已经接受了蒋苗的告白了吧。

她记得江星辰说过,他有喜欢的人,那个人应该就是蒋苗。认识这么久,她还是第一次看江星辰和一个女生说那么多的话。

不久,初音回到了那半米高的围栏前面。

她双手攀住红色的栏杆,小心翼翼地将两只脚跨进来。可是院子里的瓷砖地上刚积了一层雪,非常滑,她一下没站稳,"砰"地摔了一大跤。

疼倒是不疼,只是地上太滑,她试了两次都没成功站起来,有点狼狈。

一道颀长的身影走到近前,一把将她从地上捞了起来。

江星辰的力气太大,初音虽然站了起来,却因为惯性往前栽了栽。甫一站定,她立马往后退了一步。

江星辰看了她一眼说:"谁让你下雪天翻墙出去瞎逛的?"

初音缩了缩脖子,没敢回嘴。

他掸掉她头顶和衣服上的雪粒,问:"冷不?"

初音摇头说不冷,指尖却被他套上一双男士手套。初音想把手抽回来,却被他捏住了手腕。

"还要往哪儿跑？"

初音鼻头发酸，眼泪没忍住，滚落下来。

江星辰有点手足无措，皱眉道："怎么还哭了？"

他说这句话的时候语气温柔，初音心中的难受一下都涌了出来。

她要怎么回答呢？

江星辰以为是刚刚那下摔重了，低声询问："摔痛了吗？"

初音抽噎着说："不痛。"

他松了口气道："待在里面不好，非要出来。"

初音扯谎说："这里太好看了。"

江星辰无奈地骂了句："傻子。"

下一秒，他把自己的外套脱下来，正要往她肩膀上披，初音却往后退一步避开了。

江星辰愣了一下，初音已经先他一步进屋里去了。

蒋苗在门廊里看了一会儿，一把扯掉了袖口上的蝴蝶结装饰。

十几分钟前，初音从客厅出去时，江星辰的视线也跟着走了。她说的话江星辰不再回应，而是饶有兴致地隔着落地玻璃窗往外看——

小姑娘抬腿往外跨那栏杆时，他皱了下眉，见她平安落地，他的眉头又舒展了。

初音的羽绒服非常厚，跑起来像只小熊，笨拙得有些可爱，他禁不住笑出了声。

"你和她认识啊？"蒋苗问。

"嗯。"

"还挺可爱的。"蒋苗道。

"嗯。"

"你有喜欢的人吗？"

江星辰扭头看了一眼她，问："怎么对这个感兴趣？"

蒋苗半开玩笑地说:"我就是想看看,我有没有机会追你啊?"

江星辰明白了她的心思,不答反问:"你学金融的,知道ST板块股票吗?投资前要看清楚,我是一只ST股。"

"你怎么会是ST股?"ST股是经过特别处理的股票,风险大,涨幅有限。

客厅里静悄悄的,只有电视的声音在响,江星辰不再同她说别的话了。

蒋苗足够聪明,懂那是什么意思。

远处的小姑娘摔倒的那一刻,他毫不犹豫地冲了出去。

初音回家以后和韩绵说,她想和韩绵一起去美国读书。韩齐知道后很高兴,两个女儿一起去美国,他也省心。

很早以前,他就预备好了两个姑娘出国的事,该交的资料早交了。

初音去美国的前一天,江星辰开学。

她去高铁站送他,也是告别。

这次,只有初音一个人给他送行。

初音特意早起打扮,还让韩绵帮她化了妆。

江星辰看到她的时候有些惊讶。

"化妆了?"他问。

"好看吗?"

"嗯。"事实上,小姑娘化了妆非常好看,有种难以名状的清丽。

初音又问:"江星辰,你觉得我现在看起来像几岁?像个像……二十岁?"

江星辰不禁笑出了声:"人小鬼大,真以为化了妆就成大人了?"

初音抿抿唇没有说话,我只比你小二岁而已……

要检票了。

许多人从座椅上站起来排队,江星辰推着行李箱走在队伍的最后面,初音看着他的背影,万千不舍涌上心头。

等他将车票送入自动检票机后,初音也检票跟着进去了,她偷偷买了同车次的票,想送他进站。闸机打开又合上,她就这么跟着他进去了。

初音也不做旁的解释,只是接过他的行李箱,说:"我送你下去就上来。"

她今天已经一连让他意外好几次了。

N市是始发站,列车早停在那里等着了。

江星辰到了车厢门口,初音朝他挥挥手,示意他上车。

"天冷,你一会儿早点回去。"他说。

"好。"初音应了声却没动。

"学习要劳逸结合,不要熬太晚。"

"好……"初音垂着眼睫说。

"陈初音。"

"嗯?"她抬头望进他干净的眼睛里。

江星辰在她脸上轻轻捏了一下,柔声道:"要每天开心,我等你来。"

等他进了车厢,初音还站在那里没动。站台上的风很大,她的头发被风吹散,一双眼睛乌黑干净,眼眶微微发红。

一种强烈的不舍占据了江星辰的胸腔,他和人换了靠窗的座位。

初音跑到窗前,想和他说话,厚重的玻璃却隔绝了声音,什么也听不见。

山高水远,她可能再见不到他了……

她的心脏变得钝痛起来。

初音想把藏在心里的秘密告诉他。

这可能是唯一的、最后的机会了。

她拍打着玻璃,示意他把脸靠过来些,江星辰照做了。

隔着那厚厚的玻璃,她探了指尖,颤抖着碰了碰他。

随着一声尖锐的哨响,列车关门,缓缓驶离了站台。

初音的眼泪控制不住地往下落……

结束了。

一切都结束了。

列车驶出去好远，江星辰还在发呆。他翻出手机给初音发消息，高铁上的信号不太稳定，几条消息都没发出去。

他干脆给她打电话——

初音口袋里的手机响起来。她见来电人是江星辰，立马点了挂断。

她不敢接。

手机又响了起来，她把那串号码移进了黑名单，然后删掉手机里所有的社交软件。

她看着屏幕上清俊的少年愣神。

再见了，江星辰。

愿你和你的心上人，天长地久，事事顺心。

愿你的余生，日日开心。

大平层上了锁，一家人搬去了美国。

韩绵进了斯坦福，秦让在韩绵到达美国的第二天提出了分手。

那之后，秦让和江星辰都成了过去式。

初音开始了漫长的北美高中生涯。这里的课业比国内要轻一些，只是书本都是纯英文的，读起来比较费劲，她看每一本书都像在做英语阅读理解题。除了数学和物理，初音的其他功课都是吊车尾。

高三的时候，初音的身高一下蹿到了一米七。她终于如愿长到江星辰的耳朵那里了。

韩绵成绩优异，拿到了全额奖学金。

每次放假，她都会带初音出去玩。她们一起去了全世界最大的迪士尼乐园，坐飞机到加拿大边境上看世界上最大的瀑布，开车穿行黄石国家公园,去弗吉尼亚潜水、游泳……

初音以为她会永远留在美国。

高三快结束的时候,韩齐问初音想不想回国参加高考。

初音在美国的成绩不是那么拔尖,不一定能考上名校,而在国内参加高考,念过本科之后可以再报考美国的名校。

于是,初音独自一人从太平洋彼岸飞回了N市。

才过了两三年,一切都好像变了。

初音到大平层楼下时,天已经完全黑了。楼道里的灯应声而亮,初音拾级而上,有种恍如隔世的感觉。

清俊的少年也曾和她并肩站在这里。

那仿佛是她很久以前的一个梦。

他们常年不在家,韩齐便将大平层的房子租给了熟识的朋友。这个租客只在冬天的时候过来住,其他时候这里一直都是空着的,韩齐也只收他半年的房租。

初音回来考试,正好住在这边。

大门的锁没有换,她推门进去,将东西放下来。

这个租户非常爱干净,即便不常来住,依然将屋子打扫得很干净,屋内所有的家居摆设都保持着原来的模样。

很快,初音发现这位租户只住了她以前住的那个房间。

床单、被套都换成了深灰色的,床头柜上放着一本今年的台历,视野之内再没别的杂物。

这位租客上一次来这里应该是很久之前了,那本台历的页面停留在了二月份。

初音忽然想起从前那些被她束之高阁的东西。他们离家前,韩齐没有说要把房子租出去,那些东西她一样都没带走……

初音赶忙搬了把椅子,爬上去将最上面的柜子打开——棕色的大熊、粉色的兔子，其他的小玩意儿都还在。

只是……她记得这些东西之前好像没有摆放得这么整齐。那时候她个子矮，即使站在椅子上，也需要踮着脚尖才能勉强把东西塞进去。

初音松了口气，竟有些感谢这位素未谋面的租户。出于礼貌，底下的柜子她没再动。

书桌上放了一些书，初音意外地在里面发现了一本感兴趣的书——《中国孢子植物志》。

这位租户似乎也比较偏爱这本书，封皮被翻得有些卷了。

初音犹豫了一会儿，将它拿起来翻了翻。写满汉字的书读起来真舒服。

陈芸打视频电话过来的时候，初音已经把那本书看完了一半。她合上书之前，折了书页的一个小角作为记号。

高考结束后，初音开车回了一趟眉山镇。

她爸爸张林也有了新生活，原来那个破旧的家已经翻新过了，门口有个很小的孩子喊她姐姐。

一切好像都变得陌生了，可这才是真正的生活。

初音推门进去，张林见了她，脸上没什么表情。

初音喊他爸爸，他也只是很淡地应一声。

她匆匆道了别，踏上回程。

路过李梅家门口时，初音把车停下，往里看了一眼——

院子里停了辆越野车，车顶上放着 辆漂亮的山地车。这时，厨房里走出一个颀长的身影来。

初音心尖发颤，努力想看清他现在的样子，但层层叠叠的叶片遮挡了视线，看不清他的脸。

他说了几句话，忽然往外面走来。

初音的呼吸一下顿住了。

有什么东西轻而易举地将她推入到那令人着迷的盛夏里。苦涩、甜蜜加在一起，倾轧着她的神经。

初音不敢再停留。她迅速启动车子，一脚油门开远了。

那之后，初音在大平层里住了半个月，高考成绩出来了。

S省的高考成绩只算语数外三门的总分，初音的英语和数学占了巧，分数可以上一所重点本科大学。她给陈芸打了电话，决定留在国内念大学。

填志愿的时候，初音下意识地看了眼D大去年的分数线，她的分数高了三分，但是副科的等级不够，她听从老师的建议填了南方的X大。

专业她选的是生物科学，因为喜欢。

那之后不久，录取通知书到了。

九月初，初音将大平层打扫干净，整理完东西直奔X大而去。

X大是一所面朝大海的学校，初音非常喜欢这里。

收拾东西时，初音才发现她不小心把那本《中国孢子植物志》给带来了。她没有那个租户的电话，也不知道要寄给谁，只好将书收进箱子，等寒假的时候再还回去。

舍友们陆陆续续来了，一般大的姑娘们挤在一起，很快熟络起来。

大学的军训比几年前的那次要容易一些，年轻的教官总是带他们到最凉快的地方站军姿，还在晚上练拳的时候给他们唱歌。即使这样，姑娘们依旧抱怨自己晒黑了。

军训的最后一天，初音从食堂出来往宿舍走，迎面被一个高个男生往怀里塞了一捧玫瑰花。

初音有点错愕。

高个男生指了指自己的鼻子，说："还记得我吗？王然，我们是初中同学，没想到我们来了同一个学校。"

这个名字初音有点印象。

当年那个被江星辰抢走的礼物，也是一个叫王然的同学送的。只是，初音努力想了半天,依旧不能把名字和真人对上号。

王然递过来一个粉色的信封,笑道:"这是几年前欠你的。"

出于尊重,初音仔细看完了信里的内容。

王然自信而坦荡地说:"你不用着急给答复。"

初音抿唇。

她追上去,认真而委婉地拒绝了他,把玫瑰花和信都还了回去。

王然皱眉看她,问:"你不觉得这是缘分吗?"

初音笑着说:"同学情谊确实是缘分。"

初音一进宿舍就被舍友们围住了,原因是她刚刚拒绝了计算机系的系草。

"姐妹,你是不是在玩欲擒故纵?"

"啊,这么养眼的男生为什么要拒绝?说不定可以治愈近视眼。"

舍友们你一句我一句地说着,初音的手机忽然进了条消息,屏幕亮了。杨依依眼尖,凑过来问:"初音,你手机屏保是谁啊?好帅啊!"

杨依依一嗓门喊下去,几个姑娘齐刷刷围了过来。

"妈呀,真的神仙颜值。"

"这是哪本小说的男主角吧?"

初音把手机拿回来,随口解释道:"以前的一个网红,过气了,你们没见过。"

真的假的?这么高的颜值做网红能过气?

初音摁灭了手机,没再说话。

几个姑娘各自做自己的事,初音趁她们不注意再次将屏幕摁亮了——

绯色的唇,狡黠的笑,清俊的眉眼,如风似月的少年。初音的指尖在他眼睛上轻轻摩挲了一会儿。江星辰……

她本该抽刀断水,删掉关于他的一切,可是她到底舍不得。

大一的课程不紧张,宿舍里几个姑娘每天想的都是放学以后去哪里玩,初音偶尔也会出去玩,但更多时候她都会留在学校。

受韩绵影响,初音很少浪费时间,每天过得自律而充实。课少的时候,她会接一些科学小报回来做翻译,她不仅不需要家里给生活费,还存了个小金库。

时间一晃到了寒假。

初音拖着行李,搭乘飞机返回N市。

大平层那儿冬天住不了,初音回来前已经找好了住处。

不过,今天她得先去把那本书给还了,不然总感觉像小偷似的。那位素未谋面的租户,没扔掉她的那些旧物,给了她足够的尊重,她总不能还拿他的东西。

初音到达大平层楼下,刚好晚上七点。

二楼的灯没亮,应该是没人在家。她略松了口气,把行李放在一楼的过道里,抱着那本书上楼。

钥匙转开门,屋里静悄悄的,初音摁亮北次卧的灯,发现房间里多了两个硕大的行李箱。显然,那个租户已经来过了,她不敢多停留,把书放在桌案上,快速关掉灯走了。

初音走得匆忙,钥匙扣上的小海豚掉了一只在玄关的地上。不过,她并没发现。

她一路去了负一层的地下车库,她住的小区也方便停车,正好把车开过去。

十分钟后,大平层二楼的灯,再度亮了起来。

那位神秘的租户回来了。

他一路摸黑穿过客厅,径直进了朝北的次卧。

灯亮起来,那双狭长的眼睛也被光照亮了,他弯腰将那两个硕大的行李箱掀开。箱子里面装满了各色小玩意儿——玩偶、图书、永生花……

这些是他在D市攒了一年的收获。几年来,他那种见了有趣的东西,就要买回来给她的毛病，好像变得更加严重了。

一侧的衣橱被拉开，江星辰垂眉将那些东西一样样放进去。

关门的时候，他发现了异常。

头顶的柜子，被人打开过，小兔子脖子上的红丝带，露了一截在外面。

有人来过？

是谁？

江星辰转过身，睃过整个房间，视线停留在了那本《中国孢子植物志》上。

他有个习惯，每次读完一本书，都会将它插到上面的书架上去，只有没读完的书才会平放在桌上。他记得，这本书早读完了，不该在这里。

之前出门的时候，他还没有看到这本书。显然，几分钟前有人来过。

他依次拍亮厨房、客厅，还有主卧的灯。屋内没有任何翻动的迹象，门锁也没有被撬，唯一的可能就是有人拿钥匙直接进来的。

会是谁？

一个近乎疯狂的答案在脑海里冒了出来。

江星辰的视线一瞬落在地毯边上的小海豚上面。他弯腰将它捡了起来。这样的海豚挂件，他恰巧也有一串，只是他的那串是蓝色的。

是她，初音。

她来过这里。

而且就在几分钟前。

江星辰立刻推门下楼。

天已经黑透了，他一路追到长街上。这个时间点，出来夜跑的人非常多，他一张张脸看过去，里面都没有初音。

沿街卖糖芋苗的铺子、酒酿铺了全被他找了个遍。

没有，哪里都没有。

他在外面游荡了整整三个小时。

夜深了，长街上一片寂静。

天上飘起了淅淅沥沥的雨，他颓然地往回走，掌心的那只白色的海豚几乎要被他捏碎了。大平层的灯暗着，他一路上去，长睫上尽是水汽。

他敞腿在床沿上坐了一会儿，冰凉的雨珠顺着他的眉梢落下来。

半晌，他起来给秦让打了电话。

"问你个事，初音是不是回来了？"

"这我哪里知道啊？小韩绵早八百年前就和我分手了。"

"你提的。"江星辰说。

"是我提的分手，可我那不是想她哄哄我吗？"谁知道韩绵能真不要他了。

江星辰沉默了一瞬，韩绵和秦让分开至少还有个理由，初音的理由是什么？

"我说，兄弟要不要出来喝两杯？"秦让那里有点吵。

"不了。"江星辰语气很淡。

秦让伸手朝酒保招招手，又续了一杯威士忌，声音有些糊："不来算了。"

初音走的那年，秦让是亲眼见过江星辰发酒疯的。那之后很长时间，没人再敢提初音。那时候谁都看出来他对初音的那点心思，他们也纳闷，小兔子怎么能眨眼就把江星辰甩了？

当年，江星辰刚开学，去了学校又立马回来，不吃不喝地在大平层前守了三天，疯了似的找初音……

车子有段时间没开了，初音转了钥匙等发动机预热了一会儿，才出了车库。

小车很快滑进长街，那些青葱的梧桐在前视镜上落下一串串斑驳的影子。

远远的,初音看到一抹熟悉的背影——瘦削、颀长,和记忆里别无二样。她心口滑过一阵酸涩,眼睫隐隐有些潮湿。

车子经过他身边时,初音偏头想在后视镜里看清楚他的脸。她把车子停在路边,扭头往后看,可哪里还有他的影子。

车子占了道,后面的车一直在按喇叭。

初音揉揉眉心,自嘲地笑了,是她太想念他,产生了幻觉。江星辰的家离这里很远,他不会来这里。

车子往东,一路进了她现在住的小区,房东早把钥匙寄给她了,初音把东西收拾好,站在北侧的阳台上透气。

这里楼层比较高,靠着江边,天暗了,江面上来往的船只上亮着灯,闪闪烁烁的,像坠了一河的星星。

底下楼层里的小朋友在学钢琴,断断续续的一首英文版的《小星星》——"Twinkle,twinkle,litte star,how I wonder what you are……"

稚嫩柔软的童音,听得她眼窝莫名发热。

头顶的天空黑漆漆的,不知什么时候开始下雨了,雨丝冰凉,初音也不关窗,任由那风雨刮在脸上。

很久很久,稚嫩的童音收住了。

初音在脸上胡乱抹了一把,合上窗户,转身进去。

班级群里忽然来了通知,是一张四月份去D大交流学习的名单表,带队老师是专业大牛,初音期末考试专业排名第一,因此排在了名单的第一个。

D大……

初音看到这两个字,心脏骤然一缩,脑海里全是江星辰当年说过的那些话——

"我在D大生物系等你啊?"

- 193 -

"不拍,等你来了一起看。"

"没去,在等你。"

"要每天开心,我等你来。"

…………

她抱膝蹲在地上,眼泪不断往外涌。

群里的消息进了一条又一条,都是千篇一律的收到。辅导员迟迟等不到初音的回复,连续提醒了她。

初音犹豫很久,才回复了一句:收到。

或许……去看看他待的地方,也算了个心结吧。

眨眼进入了四月。

初音跟着一众同学前往 D 大,大巴车刚驶入这座百年名校,车厢里就立刻变得热闹起来。这里曾是多部电影的取景地,景色很美。

初音凝神看向窗外,不知怎么的,竟生出一丝紧张感来,指尖陷在掌心一点感觉也没有。她惶惶然觉得自己正一步步地靠近江星辰的世界……

车子一路开到生物系门口停下。

道路两侧的海棠花开得正盛,随行而来的姑娘们,纷纷拿了手机出来拍照。初音把行李搬下去,安静地打量着四周。

待看到"生物系"三个金灿灿的大字时,初音手心里忽然出了层薄汗。

眼前便是江星辰每天上课的地方吗?他会在哪个教室?坐哪个位置?他还好吗?他现在长什么样子?

脑子快乱成糨糊了。

D 大接洽的老师,看了看时间,笑着组织大家排队去宿舍楼。

初音收回视线,推着箱子跟着队伍往里走。

每走一步,她的心都在"怦怦"乱跳,仿佛要从里面闯出一堆失控的小鹿。

江星辰从张群的手机里看到消息后，从实验室一路飞奔到生物系门口，身上的白大褂都没来得及换。

大巴车已经空掉了，车子掉了个头，停在站牌底下。

驾驶员以为他要坐车，开了车门，等了半天，见他不上来，又把门给关上了。

张群追着江星辰一路跑出来，他是实验室的管理员，实验室的白大褂如果被穿出去，他会被扣学分的。

江星辰跑得太快，他追了一路，气都快没了，这会儿喘着气说："哥，那照片是十几分钟前拍的，这会儿她们肯定都到宿舍了。"

"哪个宿舍？"江星辰着急地问。

"这谁知道啊，我估摸着在后面的外教楼。"

江星辰闻言，又往北跑。

还跑啊？

张群实在没劲追了，扯了嗓子大喊："哥，你等会儿，先把衣服脱给我。"

江星辰没听见，一路狂奔到外教楼前。

初音她们早进去了。

D大管理严格，女生宿舍男生根本进不去。

张群追过来，见江星辰一拳砸在边上的香樟树上，吓得不敢说话了。

江星辰解了白大褂的纽扣，走过来，递给他，有些沮丧地说了声："抱歉，回头要是扣你学分我帮你加回来。"

张群觉得自己有点那啥了，为兄弟扣两个学分算什么，他从没见过江星辰这样，好奇地问："哥，你看中的是哪个姑娘啊？"

江星辰抿唇，不打算回答他。

张群挠了挠头，说："其实吧……这事也不是没有办法，你知道每年

X大的姑娘来,两个学校都能成好几对吗?"

江星辰看了他一眼,示意他继续说。

"这事儿你得去找下宋老……"

江星辰在他肩膀上拍了一下,说了声:"谢谢。"

十分钟后,江星辰到了生物楼的教师休息室门口。

现在正好是上课点,办公室空荡荡的,人称"南言北宋"的两位教授正在喝茶。

江星辰敲了敲门,宋教授见来人是他,点头示意他进来。

书案上放着一叠试卷,宋老端着茶杯,指尖在上面点了点,问:"你小子想好要做我的研究生了?"他老早就相中了江星辰,之前单独找过他好几次,臭小子跟吊人胃口似的,就是不表态。

江星辰说:"还没,找您是有其他的事。"

"什么事?"

江星辰开门见山地说:"您能把今天X大来的同学的通讯录给我一份吗?看上一个姑娘。"

这种事,宋达远这么多年也不是头一次遇见,却是第一次见到这么直接的。再者他有点费解,他们D大虽然男多女少,但江星辰这样的男生是不会缺女朋友的。

不过,难得见他来求自己。

宋老想拿下乔,清咳一声道:"这名单怎么能给你呢?"

江星辰走到一旁的言老面前,礼貌地鞠了个躬,说:"言教授,您今年打算带几个研究生?"

宋达远眉毛气得直跳。

臭小子!当着他面呢!有这么快转移阵地的吗?

他"咣当"一下拉开抽屉,把里面的通讯录抽了出来,丢在了桌上,撇嘴道:"我刚好缺个人给他们带队,你要是不忙就去。"

江星辰拿过来，答得干脆："嗯，不忙。"

说完，他又礼貌地出去了。

言老揉了下眉心说："你总这样，每年都撬我们学校的墙脚。"

宋老叹了口气道："是我想的啊，你要不研究点降低荷尔蒙分泌的药？"

"少来，哪年到大四不是我们学校的姑娘考你们这儿来做研究生，原来问题是出在你这里。"

宋达远抿了口茶，笑得眉眼弯弯："下次不给了，这不是爱徒嘛，就一次，一次。"

江星辰一边下楼，一边在那通讯栏里找初音。她成绩好，排在第一个。

江星辰从口袋里摸了手机，垂眉将那一串电话摁了进去，正要拨，指尖却僵住了。

这只小兔子，得温水煮，不然又跑没影了。

他把电话存进手机，然后打开微信搜索，小姑娘的头像是一大碗糖芋苗。他指尖在屏幕上轻点几下，发送了好友请求。

只是，等了半晌，没见她同意。

江星辰皱着眉毛，又发送了一次好友请求，并且备注：D大对接领队。

依旧没反应……

他有些烦躁，灭掉手机，回了实验室。

张群已经把之前碎掉的载玻片清理干净了。江星辰回来继续做实验，可每过一会儿，他就要把手机拿起来看一下。

一直没反应……

"哥，看啥呢？"张群凑了脑袋过来问。

"没什么。"江星辰熄灭手机，端了他手里的培养皿坐下。

初音的手机被她调了静音，放在边上充电。

她最近接了一个翻译稿，对方催得急，她进门就开了电脑忙活，根本没看手机。等她把稿子弄完，才看了下手机。微信提醒有一条好友请求。

初音看到是D大对接领队，点了通过。

对方好像挺着急，连发了十几个请求给她。这会儿，这些请求话术全在对话记录里堆着。

初音指尖轻触屏幕，给他发了第一条消息：不好意思，之前没看手机，找我有事？

实验室里，江星辰正全神贯注地看记录数据。

手机进了条消息，他立刻放下手里的实验去找手机。

张群都看愣了，张了张嘴说："哥，你……不数了啊？"

"等会儿。"江星辰见初音终于加了他，略松了口气。他皱眉在消息输入栏里输了一行字，转念又觉得组织得不好，删掉，重写，又删……

于是，初音就看到消息栏里一直显示着对方正在输入的字样，她以为是什么重要的事，便一直捧着手机等。

过了一会儿，消息终于来了：晚饭吃了吗？

初音看看时间，已经五点多了，回了两个字：还没。

舍友们正巧在讨论去哪里吃晚饭，D大她们都是第一次来，初音想了想，给他发了条消息：有推荐的餐馆吗？

一分钟后，江星辰给她发了一堆附近餐馆的攻略。这些攻略都是PDF格式的，有图片有文字介绍，看上去有点像学术汇报论文。不愧是学霸，果然不一样。

初音看完，回了个大大的笑脸。

江星辰放下手机，继续往显微镜里看，嘴角却不自觉地勾了勾。

张群想不明白，怎么江星辰看个细胞分裂也能笑成这样？

等江星辰记录完数据，手机屏幕又亮了，依旧是初音发来的消息：选择困难，你觉得哪家最好吃？

江星辰：我的建议是一家一家吃。

初音：有点多。

江星辰：要在这里待多久？

初音：两个礼拜。

江星辰：那来得及。

暖融的春风从阳台上刮进来，初音捧着脸又研究了一会儿，决定接受这位朋友的建议。

晚上七点多，江星辰从实验室出来，再度摁亮了手机。初音没有再给他发消息，可是她更新了一条朋友圈，配图的照片正是他推荐栏里的第一家饭店。

那双琥珀色的眼睛，瞬间被什么点亮了。他正巧也饿了，便去了同一家饭店。

初音她们早走了，江星辰照着她照片里的菜点了一遍。

老板见他一个人吃饭点一桌菜，有点惊讶，但也不好说什么，毕竟谁会跟钱过不去啊？

江星辰一边吃饭，一边把初音的朋友圈点开，一条条往前看。

她发的东西不多，都是一些转载分享，再往前，他看到了一张照片——那是初音他们整个专业一百多号人的集体照。

她在里面只露了一张很小的脸。

江星辰指尖一拉，将那张照片放到了最大，图片虽然模糊，但依然可以分辨出她出落成了一个俊俏的美人。

小姑娘长高了好多，头发也长了一些，脸上的婴儿肥不见了，变成了漂亮的鹅蛋脸，嘴唇殷红，眼睛还是记忆里的样子，圆溜溜、乌润润的。

江星辰的心脏紧缩起来，有点难受。

他有多久没有看到她了？

再久一点，他不知道还能不能一眼认出她来。没良心的小姑娘，说不定已经把他忘了。

指尖移到开机和音量键上,轻轻一撮后,原本的集体照被他截成了稍显模糊的单人照。他点开相册,将这张模糊的照片存进了一个单独的相册里。

转念,他又给初音发了条消息:好吃吗?

初音很快回了句:好吃,谢谢推荐。

江星辰合上手机,提了外套出门。

四月的风很舒服,他一路走到外教楼下。他在那里站了一会儿,视线睃过那一排排亮灯的宿舍,小姑娘不知道住的哪一间。

可不管怎么样,她总算回来了。

晚上初音她们群里有通知。明天早上七点半,D大组织她们去国家生物实验室参观,届时会有专门的领队带她们过去。

次日早晨,初音一行姑娘早早下了楼,到了约定的时间,那个所谓的领队,还没有过来,众人都有些着急了。

"怎么不来也不通知下?联系方式也没有。"

"就是,干等多难受。"

"好饿啊……"

初音这才发现,一行人中,只有她一个人有这位领队的微信。

虽然素未谋面,初音对于他昨天的攻略还是心存感激的。她走到人群外面,悄悄给他打了个语音电话。只是,电话很快被对方挂断了。

手机进了一条文字消息:在联系车子,你们先吃早饭,一会儿到。

初音把手机塞进口袋,再次回到人群里。

一分钟后,初音的手机响了,不知是谁点的外卖,填了她的名字。

穿着黄色衣服的外卖小哥,送来了整整十七份早饭。

姑娘们立刻围了过来。

初音猜点餐人应该是那个领队,拍照和他说了声谢谢。

初音把早饭给众人分了，顺便替他解释道："大家不要着急，领队正在找车，很快就能到。"

热腾腾的早饭下肚，怨念声也消失了。

不一会儿，一辆D大校车开到了面前。

金属门"刺啦"一声打开，那位领队下来了。

初音听到前面的女生说了句："好帅啊。"

紧接着有人附和道："确实帅。"

初音站的位置，前面有一棵粗壮的香樟树，她的视线被遮，只能远远地看到一双长腿。她将手里的餐盒丢进垃圾桶，走了出来。

待看清那人的脸，初音顿时僵在了原地。她怎么也没有想到，这位领队会是许久不见的江星辰。

他还是记忆里的模样，高大帅气，只是轮廓锐利了些，目光也更加深邃，周身的少年气淡了几分，却多了几分老成的稳重。有光落在他的眼睛里，那是水光潋滟的湖面，也是久无波澜的古井。

不得不承认，少女时代爱过的人，是用尖刀、用利斧，一帧帧刻在骨子里的。任凭时光流逝，任凭风吹雨打，只肖再见他一面，那些尘封已久的心动就又会穿尘破土，翻涌而出。

过去与现在，无数画面重叠交错，千万种情绪涌到初音心口，酸涩难辨。

她曾无数次在梦中见过这张脸。就连现在，她仍以为这是一场随时会醒来的绮梦。

再抬眼，江星辰忽然晞过那斑驳的树影，一步步朝她走来。

初音的心脏震颤着，手也有些抖。她想往后退，江星辰已经到了面前。

他垂眉打量了她一眼，语气平淡地说："这位同学，别发愣了，快上车。"

他……没有认出她来吗？

也是，过了那么久，他可能早把她忘了。

初音心里变得五味杂陈起来，她长长地吸进一口气，跟在他后面上了车。

江星辰要带队，上车后他直接坐在了第一排进门的位置。初音不敢看他，攥紧指尖一路走到最后面的空位上。

江星辰清点过人数，侧眉和大巴司机说了几句话，车子很快发动起来。

他很高，坐在那里，头顶高出椅子一截。初音就那么盯着他的后脑勺看了一路。

国家生物实验室在D市的南郊。到达目的地后，江星辰率先下车，组织参观的学生排队。

初音坐的位置靠后，下车比较晚，也因此排在了队伍的尾巴上。

江星辰也没有特意看她，只是面无表情地翻了张纸出来点名。

他念的第一个名字就是："陈初音。"

初音被喊了名字，不得不举手应了声："到。"

江星辰掀起眼皮，远远瞥了她一眼，随手指着面前的地面说："报到名字的人，到这边排队。"

于是，初音就从队伍的最后，移到了他眼皮底下。

江星辰往前走了一步，和她脚尖相抵。距离太近了，初音鼻尖清晰地捕捉到了熟悉的松木香味。她心脏"怦怦"直跳，连带着呼吸都滞住了。

等回过神来，她想往后退，后面的人已经跟了上来，紧贴着她的脚后跟。

江星辰在她头顶上继续点名，初音的视线不偏不倚地对上他的喉结。他每报一个名字，那块骨头都在轻微地颤动着，时间变得格外缓慢。

初音的心成了漂浮在水面的气球，压下去又浮起来……

江星辰点完名，领着一群人往里面走。

所有进去参观的人都要换上防护服，初音是第一个进去换衣服的，也是第一个出来的。

一时间，空荡荡的楼道里，只剩了她和江星辰两个人。

他抱臂站在光影交错的地方,初音看不清他脸上的表情,只听到他低低地叹了声气。

她吞了吞嗓子,后背倚上一旁冰冷的白墙,似乎想借着那坚固的墙壁,给自己一丝支撑的力量。

江星辰忽然静默地朝她走了过来,有光在他的脸上流淌浮动。初音骤然发现,那双狭长的眼睛正一动不动地凝视着她。她心头一紧,下意识想逃,谁知江星辰比她更快,手臂一伸,拦住了她的去路。

"陈初音……"他垂眉望进她的眼底,用一种低沉的声音喊她的名字,下一秒,他指尖缓缓地勾住她的下颌骨,迫使她抬起头对上他的眼睛,"是不是去了一趟美国,你就不认识哥哥了?"

初音紧抿着唇,不敢出声,心脏却似被火灼过一样疼。

"当年你玩消失,不打算给我个合理的解释吗?"

"我……"

"我什么?"他追问。

"我那时候是一时冲动。"

"为什么要躲着我?陈初音,我对你……不好吗?"

"没有……"初音只说了两个字便哽住了。

陆陆续续有人出来了,过道里重新变得嘈杂起来。江星辰松开她,转身去工作人员那里提交了申请单。

很快,有穿着防护服的工作人员,领着大家去了里面。江星辰没跟进去,留在了外面。

这个实验室的占地面积很大,初音一行人在里面参观了整整一天。

从前大家只是在课堂上偶尔听老师提起这个实验室,亲眼所见更加震撼。

中国的许多生物科技,都已经站在了世界的前沿了。那种油然而生的自豪感,充斥在每一个人的心房里。

回去的路上，江星辰点完名，有人忽然问他："学长，我们今天来的实验室只有D大学生可以使用吗？"

江星辰在那纸上打着钩，眼皮也没抬，说："言老这次带你们来，主要是想你们能确定今后的专业方向。国家实验室，当然是全国最优秀的人进。"

"学长，你选的什么方向？"

问这句话的女孩，正好坐在初音边上。江星辰抬头，目光却缓慢而温柔地停在了一旁的初音脸上。他很轻地笑了声，说："植物细胞工程。"

他回答的明明是别人的问题，却又好像故意在说给她听一样。

女孩兴奋地说："我也想学这个方向，学长，方便加下你的微信吗？"

"抱歉，我不加陌生人。"

"那明天我们怎么联系你啊？"有人问。

江星辰垂眉，合上手里的笔盖，掀唇道："陈初音有我微信，有事喊她联系我就行。"

霎时，满车的人都朝初音望了过来。

咦，为什么她会有他的微信？

他刚刚不是说不加陌生人吗？

难道他们俩认识的？

初音迎上他的目光说："微信联系不太方便，你还是把电话报给大家记一下吧。"

江星辰闻言，挑挑眉，随手掏了手机，指尖在屏幕上轻轻点了几下。两秒钟后，初音的手机振动起来。

他点了挂断，瞥了她一眼，道："电话也给你了，记得存好。"

众人的疑惑更深了。

这两个人到底认识还是不认识啊？

车子返回D大，初音本来想着下车后立马走人，但没料到江星辰要请大家吃晚饭。

江星辰带大家去的地方，正是他昨天给她发的PDF文件里的第二家饭店。

进了门，他神情寡淡地倚在柜台边上点菜，手里的金属打火机有一下没一下地撞击着木质桌面。

一行人陆陆续续落了座，大家给江星辰留了个靠里面的位置。

初音坐在外面，她也不是有意要疏远他，只是她去了趟卫生间回来，别的位置都坐满了。

江星辰点完菜，踱步到了桌边。他环顾一圈后，从邻桌踢过来一张凳子，摆在初音边上。

"学长，给你在里面留了位置的。"有人提醒道。

"不用麻烦，我坐这里就挺好。"

江星辰落座后，满桌的人开始挪位置，初音的胳膊无意中碰到了他的手背。她耳根一热，立刻端正地坐好，不敢再动。

菜还没上，服务员提了壶开水放到桌边。

江星辰把初音面前的餐具捞过来，扯掉外面的塑料膜，替她里里外外烫过一遍，末了，还倒了一杯水放到了她手边。

众人见状，都有些惊讶，这也太自然了吧。

菜陆陆续续端上来，桌子中间放了两大盆龙虾，一盆十三香口味，一盆蒜泥口味。

有人起哄要弊点啤酒，江星辰怕大家醉，只点了几瓶，一人一杯的量，正好够站起来举个杯。

瓶子里还剩下些酒，有人起哄道："初音，你应该敬江学长一杯，我们中间也就你和他最熟。"

初音没推辞，当真站起来倒了杯酒。

江星辰一会儿还有话要和她说，不想她拿酒来做借口，笑了笑说："意思到了就行,小孩子用不着学大人那套,酒也不是什么好东西。"

一句话,勾起初音无数伤心事——

"她还是小孩子。"

"我不信你只把她当妹妹看。"

"我就单纯把她当妹妹看……"

…………

她呆愣着,半晌没动。

"初音,快点啊!"旁边的人催促道。

初音努力平复了下情绪说:"你们误会了,我和他也不熟。"

江星辰坐在那里,自嘲地笑了笑。

呵,不熟……

所以她才会说去美国就去美国,说杳无音信就杳无音信,没心没肺,无牵也无挂。

江星辰眼底的光,骤然暗了下去,他掌心收紧,无意识地捏碎了一只高脚玻璃杯。

第五章 月色美

玻璃碎裂的声音很清脆,满桌的人都停了筷子,安静下来。

初音离得近,也看得最清楚,江星辰手心晕着一片触目惊心的鲜红。他生气了,因为她刚刚那句没心肝的话。

她翕动着唇瓣,想说点什么,却终究什么也没说。

江星辰站起来,"砰"的一声将沾了血的碎玻璃扔进脚边的垃圾桶,神情寡淡地"嗤"了一声。

初音心尖颤了颤,瞳仁闪烁着。

再抬眼,他已经转身去了里面的卫生间。

众人尴尬地笑了笑,继续吃饭,初音坐下来,有些魂不守舍。

过了一会儿,江星辰出来了,他洗过了,掌心的鲜红被流水带走了,但是伤口依旧触目惊心。他朝众人略点了下头,说:"你们慢慢吃,我还有事,先走了。"

众人只能尴尬地点了点头。

江星辰弯腰,随手拾过桌沿上的手机,径直走到门口去结账。

有人小声说:"这就走了啊?饭还没吃完……"

玻璃门打开又合上，带进来一阵凉风。

初音盯着旁边空掉的凳子看了许久，恍惚间，她觉得自己的心脏被人剜走了。

不管是从前，还是刚刚，她都做得不对。今天他问她"我对你不好吗"，扪心自问，他对她一直很好，是她太没有良心了。

待瞥见他落在桌上的打火机后，初音一把抓起来，起身，追了出去……

众人面面相觑。

刚刚不是说不熟吗？

天光早暗了下来，不知什么时候起了风，卷着她的裙裾翻涌，她压着裙子一路小跑。

江星辰已经到了长街的尽头。

正逢着一个红灯，江星辰立在那里，影子被一旁的路灯拉得老长。

红灯在一瞬间跳成了绿色，他正要抬脚，初音从身后一把拽住了他的手腕，着急地喊了声："江星辰！你等下！"

他停下，垂眉看过来，琥珀色的眼睛里闪着暗沉沉的光。

"有事？"他问。

初音松开他，掌心摊开，气喘吁吁地说："你的打火机没拿。"

"你就为这个来找我的？"江星辰拈过那打火机，在指尖转了两圈，自嘲地笑了笑，"回去吧，这玩意儿不值钱，不值得你特地为它跑一趟。"

初音没说话，再次捉住了他的手腕。这次，她握得非常紧，仿佛是怕他跑了。

"我其实不是为了打火机来的，我是为了你来的。"

江星辰舔着牙尖笑了笑，忽然没了脾气。

绿色的信号灯跳动着转了红色，时间一分一秒地慢下来。

江星辰在等她后面的话。

初音深吸进一口气，咬了咬唇说："我刚刚说的那些话不对，我和你道歉……"

江星辰静默地看了她一会儿,鼻腔里很轻地哼了一声:"算你还有点良心。"

"你还生我气吗?"

"嗯,气。"

初音眉毛皱着,犹豫了半响,问:"那我可以哄你吗?"

江星辰闻言,低眉凑过来,与她视线相平。半响,他玩世不恭地笑了笑,道:"行啊,那得看你怎么哄。"

"那你要怎么哄啊?"初音眼睛睁得圆圆的,瓷白的脸上尽是认真。

小姑娘太过可爱,江星辰差点伸手去捏她的脸。

"你自己想,反正得慢慢哄。"

初音"哦"了一声。

绿灯再度亮了起来,初音依旧没松开他的手腕。

"要回学校吗?"他问。

"嗯。"

于是,她就这么抓着他的手腕过了马路,一直到了D大里面才松开。

江星辰的心情莫名好了许多。

夜幕低垂,东侧教学楼前的路灯一直亮到很远的地方。白天那些开得艳丽的花,镀上了一层粉色的光晕,花香很淡,却很清新宜人。

初音忽然问:"你们学校的医务室在哪里?"

"你找医务室干吗?"

"去把你手上的伤口处理一下。"

"用不着,不疼。"

"那也要去。"初音说。

"心疼我?"他停下脚步,垂眉看进她的眼睛。

"嗯,是心疼。"初音迎上他的目光,回答得很坦荡。

- 209 -

江星辰把右手摊开，对着光晃了晃，低叹道："怎么办，本来不痛，刚被你一提醒，又疼了。要不，你给吹吹？"

他本来只是想逗她，谁知初音当真捧过他的手，送到唇边很轻地吹了吹。

女孩神情专注，长睫轻闪，嘴唇嫣红。

绵而软的气息拂过掌心，浸过皮肤，渗入骨髓，似一股微弱的电流蔓延到了四肢百骸。江星辰轻咳一声，收回手，道："还是去医务室吧。"

初音点了点头说："好。"

医务室的值班女医生正在刷剧，喊了几遍才终于往外探了下脑袋。

校医看了一眼江星辰手上的伤，推门进去拿了药水。伤口处理得很简单，连个纱布都没包。

"回去吧，两三天就好了。"说完，那校医点亮了手机继续看剧。

初音有点不放心，问："这就好了吗？会不会太简单了。"

"小姑娘，虽然你关心你男朋友，但是你也不能不相信我的医术水平吧。"

初音一时语塞。

江星辰倒是笑了。

男朋友。

嗯，他喜欢这个称呼。

江星辰换了只手，回握过她的手腕说："走了。"

春风柔和温暖，两人并肩回到那条满是海棠花的路上，江星辰忽然停了步子说："帮我拿下烟，我手不方便。"

烟盒在他牛仔裤的右边口袋里，他伤了右手，确实不方便拿。

可是，她要替他拿烟就不得不把手伸到他的裤子口袋里去……

初音犹豫了半天，没动。

江星辰笑了笑，说："算了，还是我自己来吧，反正也不是很疼……"

"我帮你！"说完，她红着脸把指尖小心翼翼地探进了他的口袋。掏完烟，她不敢停留，立刻把手拿了出来。

江星辰接过来，随手拨开盒盖，敲了支烟含进嘴里。打火机"咔嚓"响了一声，橘色的火苗在指尖跳动着，照亮了他的眼睛。他低头凑上去，吸了一口，朦胧的烟雾腾起来，他脸部的线条变得模糊起来，却有种说不上来的性感。

这是初音第一次见江星辰抽烟。

江星辰敞腿坐进道旁的长椅里，初音也跟着坐了下来。

夜风将他吐出的烟圈吹散了。

两人就这么静默地坐了一会儿，初音忽然问："你什么时候开始抽烟的？"

他夹着烟的手顿住，若有所思地说："你去美国的那年。"

初音当然不会自恋地以为他会为了她才抽烟的，忍不住问："那年……你是碰到什么烦心事了吗？"

他看了她一眼，说："被你气的，算不算？"

"被我气的？"初音眼睛满是不可置信。

"逗你的。"他说完，将手里的烟摁灭了，"只是偶尔抽，瘾不大。"

夜渐渐静下来，身后草丛里传来阵阵蛐蛐的叫声。

两人各有心事，缄默了许久。

江星辰扯了片树叶，在指尖折了几道，缓缓地吐了口气："不和我说说，在美国的这三年过得怎么样吗？"

初音抿了抿唇说："我去了很多以前没有去过的地方，也遇见了很多人，尝试了很多以前没有尝试过的事，总体来说，还算不错。"

唯一的遗憾，那三年里没有他。

喜悦无人分享，悲伤也无人诉说。

江星辰状似轻松地笑了笑，说："听起来还不错。"

"那你呢？"初音静默了一会儿问。

"也不错。"他的语气很淡。

那就好。她也希望他一切皆好。

江星辰的手机忽然响了起来，张群的声音在听筒里炸开："哥，你带队回来没？你不能自己有了女朋友，忘了我啊？哥！看看我，可怜的单身狗，每天和细胞和实验打交道，缺少温暖与关爱……"

"你到底有什么事？"江星辰皱眉问。

"你不是有通讯录吗？给我个电话呗。"

也不是初音刻意要去听他的电话，只是因为离得近，张群的声音又实在太大。

电话里的人说江星辰有女朋友。

初音想，应该是蒋苗。她虽然早就接受这个事实了，但依旧做不到云淡风轻。不过她比三年前成熟了些，没有哭，也没有跑，只是平静而沉默地看着马路对面的海棠树发呆。

时间不早了，江星辰站起来，送初音回宿舍。

医务室离宿舍不远，几步路就到了。

"陈初音——"初音抬腿往台阶上走，忽然被江星辰从身后叫住了。

她回头，对上他那双清澈深邃的眼睛，那是月夜里有风的湖面，水波随月摇，盈盈万点辉。

"还有事？"初音问。

"你这次回来，还会走吗？"他问。

"我会在国内念完本科，后面再说。"

江星辰朝她摆摆手，略松了口气道："明天见，早点睡。"

初音点头，算作告别。

宿舍楼往里走，有一条长长的连廊，落地玻璃做墙，灯照得很亮。

初音走到那连廊的尽头，转身，见江星辰还站在大门口，颀长的身影被黑暗包裹着，眉眼已经看不清晰了。她停在那里，有些舍不得，想再多看看他。

口袋里的手机忽然进了条语音消息："怎么傻站在那里？"

初音这才发现，她在明处，他在暗处。她看不清江星辰，而江星辰看她却是一清二楚的。这种不对等，让她心里腾起一股羞燥的热意。她不敢再停留，匆匆转进楼道，上了二楼。

这时，手机又进了条消息——是他发来的一张照片。

背景是刚刚走过的楼下，身后是沉沉的夜色，他站在半明半昧的光影里，眉眼含笑，瞳仁似月。

随之而来的还有一条文字消息：我这里黑，猜你没看清，为示公平，拍一张给你。

初音熄灭了手机，心"扑通扑通"地狂跳起来。

原来，他发现了，她停下来是为了偷看他。

初音立马回复：我刚刚没有在看你。

江星辰回了她一条语音："知道，我让你看的是月色，不是我。"

初音停下来，透过敞开的玻璃窗往外，遥遥瞥见一枚弯月。

她呼进一口晚风，对着他的照片自言自语地说了句："江星辰，今晚的月色很美。"

江星辰一回到宿舍，张群立马谄媚地迎了上来。

"哥，给个电话呗。"

"要谁的？"

"陈初音。"好像是叫这个名字，论坛评论里挖出来的。

江星辰冷淡地瞥了他一眼，绕过他把手里的衣服挂了起来。

张群拦在他面前，继续道："哥，就给个号码，别那么小气嘛……"

"不是小气不小气的事儿，她不行。"

"为什么啊？"张群问。

"她是我的女朋友。"

张群嗷嗷直叫："啊？什么时候的事？你们不是才认识吗？"

唉，长得帅的人果然不缺女朋友，嘤嘤嘤。

初音一回宿舍，就被女生们围住了。

她们都是组团来听八卦的，一双双眼睛挤在一起，探照灯似的。

D大和X大的"联姻"啊，听起来就很美好。

初音和江星辰两人不论是气质、容貌等各个方面都很登对，而且男方一看就是那种特别死心塌地的类型。

初音被她们盯得有些不好意思，她绕开众人，拿了桌上的水杯，掀开盖子喝了口水。

众人都有点不淡定了。

"初音，你和江星辰……到底是不是男女朋友关系啊？"

初音抿了下唇，说："不是。"

"啊？不会吧。"

"难道是前男女朋友？"

初音说："也不是，我和他就是单纯的高中校友，不是你们想的那样。"

众人有点不相信。

"那你今天追出去是干吗的？"

初音说："我欠他钱没还。"

"啊？不是吧？"

初音眼里的光暗了暗，说："而且，他有女朋友的，也在D大……"

有女朋友？有女朋友，捏什么酒杯啊？好吧，她们好像看出来了，初音对人家是单相思。散吧散吧，没啥八卦好看的。

众人退了出去，舍友们陆陆续续去卫生间洗澡。

初音垂眉点亮了手机屏幕，她盯着江星辰发来的那张照片看了一会儿，长长地吐了口气。

她没有撒谎。

他真有女朋友。

初音想,她是不是该将那些喜欢过他的痕迹清理掉,毕竟留着只会徒增伤感。她指尖轻点屏幕,换掉了手机背景。正要删除那张照片时,她的手机进了条消息。

是一条语音。

来自江星辰。

初音赶忙戴上耳机。

"陈初音,你这三年有没有想过……"消息没听完,就被他撤回了,取而代之的是一个晚安的表情包。

初音对着聊天窗口看了一会儿,将屏幕熄灭了。

怎么办?她骗不了自己,她还喜欢他。如果注定见不得光,就一直放在心里吧。她垂眉将那两张照片移动到了隐私相册里。

第二天,初音她们去了D大的生物楼,她们要在这里上三天课。

江星辰和昨天一样过来带队,只是,今天他只把她们领到生物楼门口,并没进去。

临走前,他叫住了初音。

这次,一个围观的人都没有。

江星辰递了张饭卡给初音,随口道:"我同学的饭卡,他实习去了用不上,我充过钱了,借给你用,老去买饭票挺麻烦的。"

"多少钱,我转你。"初音说。

"不用。"

"要的。"初音坚持道,她已经欠了他很多了,不想再继续欠下去。

上课铃响了,江星辰朝她摆了摆手说:"先去上课吧,回头再说。"

初音转身匆匆进了教室,江星辰则立在门口,一直目送她找到位置才走。他手头有个研究课题到了尾声，这两天其实非常忙。

中午，初音她们和D大的学生一起在食堂吃饭。

排队打饭的时候，有人喊了声："初音。"

寻声而去，初音看到了一个美女，这位美女不是别人，而是很久不见的蒋苗。她还是记忆里的模样，手边还挽着位帅哥。

但这位帅哥并不是江星辰。

初音脑袋"嗡嗡嗡"地响了一阵。

当初信誓旦旦说喜欢江星辰的蒋苗，竟然也换男朋友了？

蒋苗和身侧的帅哥说了几句话，男生去了一旁的小卖铺，蒋苗则拉过初音的手，说："我刚刚差点没敢认，听说你去了国外，现在回来了吗？"

初音点头"嗯"了一声，她实在没忍住问她："蒋苗姐，你没和江星辰在一起吗？"

蒋苗想说他们根本没在一起过，但是，她的骄傲不允许。她淡淡地笑了下说："嗯，我后来就不喜欢他了。"

初音有点不高兴。

怎么能这样呢，说喜欢就喜欢，说不喜欢就不喜欢？

蒋苗的男朋友已经回来了，两人手牵手在视线里消失了。

初音吃饭的时候有点气自己，气她没把江星辰保护好，害他失恋一场。早知道这样，她那时候就该做个两万千瓦的电灯泡，亮瞎他们……

于是，几分钟后，正准备出门吃饭的江星辰，收到了初音发来的三个字：对不起。

他指尖很快敲过屏幕：对不起什么？

初音不知道该怎么回，编辑完又依次点了删除，最终摁灭了手机。

江星辰握着手机，眸色深深。

她自始至终不提为什么当年突然不理他。

张群见江星辰一直盯着手机皱眉头，禁不住问："哥，恋爱碰壁了啊？"

江星辰懒得理他，大步往前走。

张群骑着车追上他，说："辰，你们俩到哪一步了啊？有没有……"

江星辰一脚踹在他自行车前轮上，张群猛地打了个弯，要不是他反应快，肯定要摔跤。

没一会儿，张群又追上来，八卦道："你不觉得，有时候，情侣之间，简单直接的方法最有效吗？"

江星辰挑了下眉，问："你谈过恋爱？"

"没啊。"张群扯了扯嘴角说，"没吃过猪肉，还没见过猪跑吗？"

"哦，你跟猪学谈恋爱？"

张群闭嘴了。

初音她们三天课程结束后，言教授让她们每人写一份作业，以纸质形式提交上去。

初音的名字排在第一个，就被指定成了收作业的人。

有个女生的作业写得太慢，等她打印完了送来，已经是晚上七点钟了。

教师办公楼关了门，初音只好给言教授打电话，他喊初音把作业送去生物实验室，让 D 大的研究生带去本部给他。

出了办公楼，外面忽然下起了大雨，她出门时没有带伞，只好暂时在走廊里避雨。

天早黑透了，办公楼里黑黢黢的不见一个人影。初音左等右等，雨势依旧滂沱，她有些着急，还有些害怕。

生物实验室距离这里不远，只隔了一条马路，那里的灯还亮着。初音看看时间，已经八点多了，再不把作业送过去，那边的学生可能也要走了。她心一横，把作业塞进怀里，冒着大雨飞奔到了实验室门口。

只是，先前还亮着灯的实验楼，突然黑了，好在大门还没关，还有人没走。初音进去，敲了敲门，不见有人应答。

身后实验室的大门，被风吹得"嘭"的一声合上了，跟恐怖片似的，初音吓得一个机灵。

好在这时,初音听到里面的门响了一声,她往里走了几步,发现有扇门里还亮着灯。

她松了口气,朝着那亮灯的地方走了过去。

里面有人,初音轻轻敲了下门,没有人应答,可能是雨声太大,里面的人没有听见。门没有锁,初音掌心在那金属的门把上压了一下,木门"咔嗒"一声开了。

她刚在暗处待久了,眼睛骤遇强光,有些刺痛,她翕动着眼皮。等好不容易适应了亮光,才发现这是一间更衣室。

但是要退已经来不及,因为里面的人听到动静后,出来了。

他刚解了白大褂的纽扣,衣服还没脱,但画面依旧刺激,裸露的胸肌、线条流畅的腹肌、若隐若现的人鱼线……

初音心脏几乎要从嘴里跳出来了,她一紧张,怀里的作业纸没抱稳,"哗啦啦"撒了一地。

江星辰有些愣怔地看着她。

他也没有想到,初音会来这里。那双狭长的眼睛里,先有片刻的错愕,接着便浸润了显而易见的笑意。

他指尖在一旁的金属椅上敲了敲,问:"你刚刚在偷看我换衣服?"

初音脸蛋瞬间爆红,她连忙自辩清白:"我……我是来交作业的。"

江星辰挑挑眉,用一副"你猜我信不信"的表情望着她。

初音绞着手指说:"我真的是来交作业的,办公楼没人,言教授让我把作业送来这里……"

江星辰弯着唇,随意扯了张椅子坐下来,长腿随意地敞着,姿势有些懒,光落在他轮廓分明的脸上,将他的五官映得越发立体、鲜明。

初音咽了咽嗓子,心跳得更快了,乌润的眼里水泽一片,亮晶晶的。

"不信你给言教授打电话……"她越说声音越低。

江星辰闻言侧眉，有些玩世不恭地笑了声，说："嗯，但这门口写着'男更衣室'四个大字，我猜你也没注意到，对吧？"

"没……"刚刚外面太黑，她真没注意到。

但江星辰这语气、这表情显然已经把她当偷窥狂魔了。

初音恨不得立马找个地洞钻进去，奈何条件不允许。她垂着脑袋站在那里，耳根通红，头发上还有潮湿的雨珠，肩膀上也都是水，像个犯了错的小学生。

江星辰有些不忍心逗了，他动了动眉毛问："过来没带伞吗？"

初音小声说："没有。"

"等我下，一会儿送你回去。"说完，江星辰起身绕到布帘后面，继续换衣服。

更衣室里很静，风声、雨声、树声都已经淡成了背景，初音耳朵里只剩下他放衣服的窸窣声。血液在身体里翻涌燃烧，脸蛋都要烧着了。

这时，实验室的大门"吱呀"一声被人从外面打开了。有人进来了，脚步声"踢踏踢踏"的。

初音的心一下跳到了嗓子眼里，她局促地走到帘子前，小声对里面的江星辰说："怎么办，有人来了。"要是被别人发现她在男更衣室偷窥就完了。

江星辰"啪"地关掉了更衣室的灯，一把将她扯进帘子后面。

光线熄灭前，初音看到江星辰食指压在唇边朝她比了个噤声的动作。

黑暗里，他们靠得很近。那股无法忽视的松木香味，弥漫进了初音的鼻腔。更无法忽视的是他近在咫尺的皮肤，初音忽然意识到江星辰还没来得及穿上自己的衣服。而她的脸颊，正紧贴着他微微发烫的胸膛。初音的呼吸都要停滞了，她想往后挪，又怕发出声音引起外面的人注意，只好那么僵在他的怀抱里。

时间变得格外漫长、磨人。

张群是特意来关实验室窗户的，他懒得一间间找开关开灯，举着手机电筒一路哼着歌往前走。

等他进了更衣室，初音因为过度紧张，稍稍偏了下脑袋，嘴唇不经意间擦过江星辰的锁骨……

他在黑暗中，低头很轻地笑了。

暖融的气息拂过额头，初音忽然意识到自己刚刚在无意中亲到了他。

"别动……"他贴在她耳畔，用气音低低地说了一句。初音只觉得有股电流，击穿了她的心脏，将她的心电麻了。

张群关好了窗户，正准备出门，却意外发现江星辰落在桌上的手机，肯定是换衣服忘记拿了。他把那手机抓起来，转身出去，将实验室的大门用钥匙锁好才走。

实验室里终于恢复了安静，初音连忙往后退开一步，离开了江星辰的怀抱。

他出去重新按亮了灯。

几步之外的女孩，垂着毛茸茸的脑袋，整张脸因羞涩变成了娇嫩柔软的粉玫瑰，她略带闪躲地瞥了他一眼，长睫微微轻颤着，一双眼睛水意涔涔。

她这个样子，太想让人欺负了。

江星辰一步步朝她走来，初音一步步往门口退，掌心悄悄压在了冰凉的金属门把上。

江星辰也察觉了她的意图，倾身过来，在她开门之前握住了她的手腕。

初音瞳仁一抖，软而低地喊了声："江星辰……"

江星辰脑海里忽然冒出张群说的那句话，直接点。转念，他又觉得自己有点禽兽。

他掩唇轻咳一声，松开她道："等会儿再走。"

"嗯……"初音不敢看他的眼睛，掌心全是湿热的汗，她点了下头，倚在门边等他。

江星辰转身套了件T恤出来，说："走吧。"

"好。"初音弯腰将散落了一地的作业捡起来，跟在他身后出了更衣室。

"作业放这儿吧，明天我帮你带过去。"江星辰停了步子说。

初音点头，把作业纸整齐地放在了桌上。

到了实验室门口，江星辰伸手开门，却发现大门被张群用钥匙反锁住了，从里面根本没法打开。他想给张群打电话，又发现手机也不见了，俊眉瞬间皱紧了。

初音问："怎么了？"

"出不去。"江星辰语气有些无奈。

"那怎么办？"初音脸上尽是紧张。

江星辰叹了口气，扭头看了看她，半晌又笑着说："没办法了，只能在这儿过夜了。"

"过夜？"她和江星辰两个人吗？

初音脸上好不容易压下去的热意，再度燃烧起来。

江星辰没再逗她，转身拍亮了实验室的灯。

显微镜、二氧化碳培养箱、离心机……一一在眼前展开，先前那绮丽暧昧的气氛，也跟着散了个干净。

"既来之则安之，带你看看好玩的细胞。"说完，他弯腰从底下的一个柜子里抱出一摞塑封过的图片。

初音和他并排在那桌前坐下。江星辰给她看的第一张图是熊熊燃烧的火焰，橘红色的，非常漂亮。

"这是什么的细胞？"初音问。

"这是蚊子翅膀，在电子显微镜下放大8000倍后，染色形成的。"

蚊子的翅膀很小，要处理成这样并不容易。初音撑着脑袋说："那你肯定打死了不少蚊子。"

江星辰笑了下说："嗯，好在这边夏天的蚊子多。"

第二张图更漂亮，金灿灿的枇杷果配上翠绿的叶子。

"这又是什么？"初音问。

"原真菌。"

初音有些不可置信，追问道："是那个能够引起两百多种植物灰霉病的原真菌？"

"嗯。"

第三张、第四张……

整整一百三十六张，每一张都很漂亮。

"这些有投稿给科普杂志吗？"初音问。

"只投了一部分。"大多都是做出来想给她玩的，只可惜一直没机会。

初音爱不释手地翻看着那些照片，做这些应该耗费了他不少精力。指尖翻到了一张爱心，红色的丝痕迹像是一笔一画镌刻上去的，这是小鼠大脑 PVN 神经元表达的血管升压素免疫组化图。

初音的目光在这张图片上停驻很久，温柔地说："这张最好看。"

"喜欢的话送给你。"江星辰笑。

"真给我的？"初音偏头看他。

江星辰把那张照片抽了出来，初音要接，他却忽然站起来把它举高了。

即便初音已经长到了一米七，和他仍有十几厘米的身高差，她脚尖踮着依旧够不到。于是，她趁他不注意，猛地跳起来，一把将那张照片抢了下来。

初音笑得眉眼弯弯，这可是一颗心啊。

江星辰倚在实验室的桌上，宠溺地笑了。初音只顾着看手里的照片，根本没注意到。

他伸手在她头顶揉了揉说："很晚了，找个地方睡觉去。"

初音闻言，耳朵又红了起来。

江星辰见状，不免失笑。

"陈初音，我没你想的那么急色。"

"我又没说你急色！"初音嘟囔道。

"那你害羞什么？"

"谁说我害羞了？"初音仰着脸反驳。

江星辰抬手碰了碰她冒红的耳尖，低低地笑了声："嗯，是没害羞，就是热得快冒烟了。"

初音被说中心事，羞得更厉害了。

江星辰怕再逗下去，某个姑娘要热蒸发了，转身去找椅子。

实验室里都是那种底下带轮子的圆椅子，只有更衣室里有几张大一点的椅子。江星辰把所有的大椅子拼在一起，给初音组了个小床，自己则用圆凳子搭了个铺。

那些轮子非常灵活，初音把自己这边的椅子抱过来两张和那些圆凳子合在一起。

"你睡大椅子就行，不用管我。"江星辰说。

"你会摔跤的。"说完，她弯腰下来，仔细研究那些轮子，终于让她找到了固定轮子的按钮。

于是，几秒钟后，江星辰就看她蹲在地上，聚精会神地固定每一个轮子。女孩的长发散落在背后，被光照着，反射出暗蓝色的光圈，有一缕不听话的头发，从她耳朵后面掉了下去。

江星辰忽然想到了很久以前的事，几年不见，她真的长大了许多。

初音固定完所有凳子，站起来，拍拍手道："完工，你躺上去试试看。"

江星辰走近，却不是试那个床，而是捉过她垂在耳边的头发，固定到了她耳朵后面。

初音往后退了一步，说："你试试，看看牢固不。"

江星辰笑了笑，坐上那张她拼好的小床。

"躺下看看。"初音说。

江星辰依言做了，他的腿太长，凳子不够，初音又挪了张凳子过来给他放脚。

"怎么样？"初音问。

"嗯，工艺不错。"

"是吗？我也试试你做的。"说完，初音也在她的小床上躺了下来，"也很稳。"

"嗯。"江星辰起来，关掉了更衣室的灯，一阵窸窣的响声后，他重新躺了下来。

黑暗里，彼此的呼吸声清晰可闻。

初音的心脏"怦怦"直跳，她刚刚搭床的时候没有考虑太多，现在才发现她和江星辰头靠头，脚对脚，离得非常近，就像同床共枕。

羞耻感腾上来，充斥着心脏。

初音翻身背过去，金属凳子很轻地响了一下。

江星辰侧过来，脸对着她的后脑勺。

暖热呼吸一下一下喷薄在她的后脖颈上，微微发痒，初音只好又转过来改作了平躺，心口一阵阵发热，她离他这样近，却又好像隔山差海。从前在美国，她可以逼迫自己不想他，可现在她做不到。

"睡不着？"他问。

"嗯，有点想念我的枕头。"初音轻声说。

又一声轻响过后，江星辰靠过来，递了一只胳膊给她，说："借你当枕头。"

初音僵在那里没动，他的手臂穿过她的脖颈，将她揽到了怀里。

"快睡觉。"他说完这句话，很快睡着了。

初音想悄悄移出去，却又怕把他吵醒，只好不动了。

实验室里静悄悄的，外面的雨已经停了，风卷着潮湿的叶子，徐徐坠在幽暗的沥青路上。

江星辰均匀的呼吸声在黑暗中被渐渐放大,初音的心就像那被雨水打湿了的叶子一样,湿润润的。

天空渐亮,晨光穿过白色的窗帘照进来。

初音眼皮轻轻掀动,睁开了眼睛,所有的感觉也在顷刻间苏醒——

她闻到了熟悉的松木香。

她居然在他怀里睡了一整晚!

初音想要起来,却被江星辰用手托住了后背摁了回来。

他还没醒,初音的视线不自觉地移到了他脸上——

细碎的光影落在他的脸上,长睫毛落下了一片柔软的影子。她悄悄伸了指尖,在他睫毛上轻轻碰了一下。

江星辰忽然在一瞬间睁开了眼睛,惺忪的瞳仁里,星光浮动,似缀深情。

初音迅速将手撤了回来。

江星辰将她逃跑的指尖捉住,低眉靠了过来。他的脸缓慢而柔和地在视野里放大,初音看到了他的唇越来越近……

她脑中的警铃大作,一把将手抽回来,捂住了嘴巴。

江星辰怔了怔,笑道:"干吗捂嘴?"

初音大窘。

"我……我没有刷牙,有味道。"

"我又没有要亲你……"他笑着坐了起来,狭长的眼里划过一丝不易察觉的遗憾。

他刚刚确实是想亲她的。

初音也跟着坐了起来,只是底下有个凳子,昨天固定的时候没有弄好,她一歪,连人带凳子翻了下去。

江星辰连忙俯身抱她,初音的连衣裙被那轮子勾住了,他抱她的时候不察,"刺啦"一声,裙摆底下撕开了一道大口子。女孩笔直的长腿露了出来,她生得白,腿更是白。

从前的那些传闻有一部分是真的，江星辰喜欢长腿的女生，尤其是，这双长腿还长在他喜欢的女孩身上。

他情不自禁地多看了几眼。

初音又羞又窘，手忙脚乱地拢了边上的裙摆来盖。

江星辰的手，本来隔着裙子贴在她的腿弯处，初音这么一扯，虽然盖住了露在外面的长腿，却将皮肤和他手之间的阻挡物品扯走了。

清晨总是容易血气方刚……比如现在，江星辰喉结骤然滚动着。偏偏初音对此毫无察觉，她轻轻动了下，想下来，江星辰的肌肉紧绷着，喊她别动。

初音"哦"了一声，但依旧觉得这个姿势太尴尬了。

江星辰垂眉，深看了她一眼，说："再等会儿。"

张群玩游戏玩了一个通宵，准备睡觉才发现江星辰一夜未归。

这不太科学。

四年同窗，江星辰从来没有夜不归宿过。他给江星辰打电话，这才想起来把江星辰手机带回来了。

脑袋轰隆响了一下。

江星辰好像从来没有掉过东西吧，昨天他没有检查厕所有没有人。

他该不会把江星辰锁在实验室了吧？

张群哪里还敢睡觉，"噌"地跳起来，拿了钥匙直奔实验室而去。

只是，他好像来的不是时候，搅和了江星辰的好事……哇，抱得真紧，裙子都撕破了！

几乎是在一瞬间，他被江星辰迎面砸了块抹布。

张群退出去，关上了门，发出猪一样的叫声："哥，手机我给你放外面了啊！"

张群走后很久，江星辰终于把初音放了下来。

她低头飞快地将后面的裙摆拢过来，在前面打了个结。长裙变作了短裙，光洁的小腿露在外面。

江星辰笑了下。

初音不敢看他的眼睛，说："我先回宿舍了。"

"嗯。"他应了一声。

只是，初音出了实验室，发现江星辰跟着她走了一路。

"你去哪儿啊？"初音问。

江星辰把手抄在口袋里，有点无赖地说："你去哪儿，我就去哪儿。"

昨晚一夜的暴雨冲刷后，头顶的银杏叶子卷了一些下来，那些绿黄相间的小扇子铺在地上非常可爱。

"春天也会落叶？"

"D市的土壤属于沙质土，漏水漏肥，乔木容易营养不良。"

初音本来就是随口问问，竟然得到他这么专业的回答，心里对他的钦佩莫名多了几分。

江星辰忽然掀唇道："陈初音，你刚看我的眼神冒着红心是怎么回事？"

"我才没有呢！"她不就是很正常地看了他一眼吗。

江星辰勾着唇，语气张扬又有点坏："反正我看到了，你偷看我。"

被江星辰这么一激，初音一路都不敢再看他，也不敢说话。

路面积了不少水，初音走得小心翼翼。

到食堂门口时，他们被一个大水洼拦住了去路。这几天这里在修路，工人把表面的水泥挖走了还没来得及铺，暴雨把那里灌成了一个浑浊的水坑，那四周也没有可以放脚的地方。

初音正权衡要怎么过去，忽然被江星辰打横抱了起来。

"你干吗啊？"

"抱你过去。"他说。

"我不用……"

江星辰不理，径自往前走，一阵"哗啦啦"的水声过后，他们到了干爽的路面上。

初音挣扎着想要下来，却听见江星辰说："前面还有一段路，也不好走。"

前面确实有一段不好走的路，但是很远。

初音说："你放我下来自己走。"

"没事，抱得动。"

"万一被你女朋友看到不好……"初音说完，眼里的光暗了下去。

江星辰垂眉，深看了她一眼，说："你想得还挺周到，不过，我还没有找到女朋友。"

嗯？

没有？

没有吗？

初音一愣，心里涌上一阵窃喜。

"没人追你吗？"她问。

"你看我像没有人追的人？"

初音摇头说："不像。"

江星辰轻叹了口气道："陈初音，你是不是得想想，我当初被你丢下，要怎么算？"

初音知道江星辰说的是哪件事，当初是她不对，不该一声不吭就去了美国。

江星辰继续理直气壮地逼问："你怎么不吭声，你想赖账？"

初音彻底蔫巴了。

半晌，江星辰停下脚步，低低地叹了口气道："陈初音，我等了你这么久，喜欢了你这么久，你打算怎么负责？"

什么？他刚刚说他喜欢她……

初音心脏一颤，不可置信地望着他。

江星辰也在看她，狭长的眼睛里是化不开的深情。

风过树动，初音心中百感交集。

"你说的……都是真的？"

"嗯。"

"江星辰……我现在脑子有点乱，没法回答你。"

到了宿舍楼下，江星辰把她放了下来，初音不敢停留，一路小跑着进去。她刚到楼梯口，手机立马收到了江星辰发来的消息：换件衣服下来，出去吃早饭。

初音没回。

江星辰又追了一条信息：给你一个小时，不出来的话，上广播站喊你。

江星辰绝对干得出来这种事。

怎么办？怎么办？她的心快乱成麻绳了。

初音拧开龙头，洗了好几把冷水脸。

舍友起来上厕所，看她一副把脸搓烂的架势，禁不住问："初音，你干吗呢？昨天晚上不见人影，一大清早在这里虐脸。"

初音逮住她问："我现在是在做梦吗？"

舍友愣了愣说："有可能是白日梦。"

初音沮丧地把脸埋进冷水里，声音有些瓮："我就知道是在做梦，好真实的梦，好不想醒的梦……"

"什么跟什么啊。"舍友把她拎出来说，"我逗你玩呢，你没在做梦，你是不是遇到什么事了？"

没有做梦吗？

初音把手机翻开看了好几遍，江星辰和她的聊天记录还在，真的不是梦。

初音一下抱住舍友问："要是你暗恋很多年的人忽然跟你告白，你会怎么样？"

"那得看我现在喜不喜欢他啊，喜欢就在一起，不喜欢就拒绝呗。"

初音又问："那要是你之前几年都没理他，不了解他了呢？"

"那就试试看呗，有什么关系，不行就分手，有什么好纠结的。"

好像……是这个道理。

这一次，她不想逃避，只想勇敢地循光而去。被烈日暴晒，或者死去。

初音换了条连衣裙，将耳后的头发拢在一起，盘了个小花苞，临走前又回来化了个淡妆。

一出楼道，初音就看到了江星辰。他也洗过澡，白衣黑裤，干净清爽。

初音深吸了口气，背着手从台阶上面往下走，晨风浮动着裙摆，让她看起来像只翩翩欲飞的蝶。

江星辰看着她，忽然记起那年分别，初音也曾这样精心打扮过。那天，她知道是最后一面了，才特意打扮给他看的。可他竟然吝啬到，连一句夸赞的话都没有，真是浑蛋。

初音走到了最后一级台阶上，停下来看他。

"今天很漂亮。"他说。

"谢谢。"

江星辰掌心朝上，伸过来，做了个邀请的手势，问："想好了吗？"

"嗯。"初音把手递进去，被他握在了手心里。

他的手掌干燥温暖，初音的心变得很轻很软。原来，和喜欢的人牵手是这样的感觉，空气好像都变甜了。

江星辰牵着她走了一段，忽然开口道："阿音，三年前，你送我的那天也很漂亮。这几年，我也想象过你长大的样子……不过，你现在比我想的要好看。"

初音的眼睫颤了颤。

江星辰的这些话，穿过漫长的岁月，拯救了一个躲在车站里哭泣的小女孩。

原来，她的那些小心思，他都知道。

她的幻梦好像成真了。

两人步行出了D大，巷子里弥漫着各种食物的香味。

仿佛是为了把那些未曾相见的岁月补上一般，江星辰每到一家就买上一堆。初音觉得有点多，吃不完，拉住他的袖子说："太多了。"

"你一样尝一口。"

"那不是浪费食物吗？"初音皱眉道。

"不浪费，"江星辰捉过她的手腕，低头在她手里的煎饼馃子上咬了一口说，"吃不完的给我就行。"

小巷里渐渐热闹起来，小商小贩的叫卖声此起彼伏。

初音抬头，看着那些漂亮的合欢树发呆。

江星辰顿了步子问她："看什么？"

"看树啊。"这是江星辰待了几年的地方，一草、一木，她都想刻在脑海里。

"看树做什么？"江星辰笑着问。

"因为，这是你看过的树，这是你走过的路啊。"她也曾幻想过做一棵树，站在他常常经过的路旁，每天什么也不做，就只静静地看着他。在每一阵风里，她都可以借那些枝叶的晃动，对他诉说衷肠，就像诗里写的那样。

江星辰忍不住将她扯进怀里抱了一下。

"以后慢慢看。"他说。

"好。"

再往前，路过一家水果店，那矮胖的老板出来整理水果，门口一捆甘蔗没放稳，"轰隆"一声倒进了马路中央。

不知道从哪里冒出一辆摩托车，速度非常快。因为要躲那甘蔗，那人别了龙头直直地往初音这边撞了过来。

江星辰一把将初音拉到了里面,摩托车"砰"地撞在了江星辰腿上。

骑摩托车的人,见状况不妙,爬起来一拧油门溜了。

初音惊魂未定,赶紧蹲下来查看江星辰。

"要紧吗?"她问。

他左边的腿不能动了,非常痛,但他怕吓到她,只说:"不要紧。"

"骗人!"她一个美国同学就被这种车撞过一次,断了两根肋骨。

江星辰强忍着剧痛说:"只是左腿有一点点疼,不信我跳给你看看。"

初音拔高了嗓音凶他:"你不准动!"

江星辰当真被她喊得不动了。初音转身跑进水果店里,借了把剪刀出来,"咔嚓咔嚓"几下剪开了他左侧的裤脚。

她指尖轻轻地在他腿上碰了一下,江星辰立刻嘶了声冷气。

"这条腿能动吗?"

"动不了。"

"行,你打120,我去找点东西,可能是骨折了。"说完,她又冲进了水果店。初音还了剪刀,还顺带买了一根甘蔗。

那根甘蔗被她斩下最硬的两段,拿过来。

"120打了吗?"初音蹲在他腿边问。

"打过了。"江星辰说。

初音拿甘蔗,给他做了应急固定。

江星辰有些惊讶地看着她,眼前的姑娘真的是长大了。从前,她是一朵柔软的紫云英,现在是一棵沉稳的小树了,只可惜他没能亲眼看到她的这些蜕变。

做完固定,初音站起来,把他右边的胳膊拿过来架到了自己的肩膀上,说:"扶住我,左边的腿不要使劲。"

虽然他不知道小姑娘在哪儿学的这些,但是她说什么,他做什么。

初音把他架到一处椅子上坐下来,问:"是不是很痛?"

江星辰说:"还好。"

"肯定很痛。"都怪她,刚刚江星辰是为了救她才受伤的。

江星辰看小姑娘眉毛皱成了一团,禁不住伸手摸了摸她的眉毛。

"陈初音,你这眉毛怎么回事,跟缝纫机走歪了线似的,来笑一个哄哄哥哥。"

初音努力挤了个微笑来。

江星辰摸了摸她的脸,笑了:"真奇怪,看你笑,我就不那么痛了。"

救护车很快来了。

江星辰的腿确实是骨折了,初音处理得很及时,没有造成二次伤害。初音在紧急联系人那里填了自己的名字和电话,护士问:"关系填什么?"

初音还没开口,江星辰已经先她一步说了:"女朋友。"

护士捏着笔,又问了一遍:"女朋友?"

初音很轻地"嗯"了一声,再抬眉,见江星辰正满目柔情地看着她,耳根一热,脸又腾地红了。

救护车一路开到了急诊门口。

江星辰的腿在骨科打完了石膏,被推到了住院部六楼。

初音到一楼的住院窗口去办手续,她庆幸自己存了个小金库,这会儿正好应急。

再回病房,江星辰正坐在床上看电视。病床的靠背被他调高了,狭长的眼睛微微合着,神情懒懒的,除了那条裹着石膏的腿,他现在看起来还是很帅的。

初音把拍片资料和入院单,放进床头抽屉,转身给他倒了杯水。

江星辰趁她不注意,掀开抽屉,把缴费单找了出来。他家小姑娘还挺有钱,一下交了两万块钱都不跟他说。

他摸出手机，给她转了钱。

初音没有看手机，江星辰说："先别忙，把钱收一下。"

"不用。"初音说，

江星辰皱眉道："那怎么行，还能让你请我看病啊？你不收我就喊他们来把我石膏拆了。"

初音无奈，只好点了收款。

病房里静悄悄的，风从敞开的窗户里卷进来，带着春天特有的柔和与温暖。

初音怕他受凉，扯了一截被子给他盖住了肚子。

江星辰忽然在那坚硬的石膏上敲了敲，问："这处理腿的本事，在哪儿学的？"

"选修课。"初音随口道。

"还学了什么？"他问。

初音想了一下说："潜水、游泳、射击，还有开车。"

江星辰听着听着，忽然就有点不开心了，他长长吐了口气道："陈初音，明明就三年时间，怎么好像错过了你大半个人生？"

初音笑，她并不这么觉得。事实上，那三年，她每尝试一个新鲜事物，满脑子都是他的影子。江星辰虽然没有真的在她身边，但始终没有离开过她的心脏。

"以后想学啥，记得喊我一起。"

"喊你做什么啊？"初音问。

"给你拍照记录，加油打气，交培训费，都行。"他不想再错过更多。

"好啊。"

这是一个三人间。

江星辰住的 16 床。

17 床很快来了病人，是一位老奶奶。她家里人带了满满几大包东西，吃的、喝的样样俱全。

初音觉得自己也该给江星辰准备点东西，她站起来，要出去，江星辰一脸警惕地问："去哪儿？"

初音没想到他会这么紧张，忙说："买点生活用品。"

江星辰把他的手机递了过来，顺嘴说："拿我的手机去付钱，开机密码和支付密码都是我生日，还记得什么吗？"

"记得的。"

江星辰随手把她的手机抽走了。

"你的手机先借我玩一会儿，电视太难看了。"说着，他摁亮了屏幕问，"密码多少？"

初音没说话，耳根有点热。

江星辰指尖轻点，随手一试，竟然解锁成功了，他脸上的笑意越发明显，说话的语气得意又欠扁："咦，阿音，你的手机密码怎么也是我生日啊？"

初音不敢看他，一溜烟跑了。

江星辰嚣张地挑挑眉，把她所有的社交软件点开，恬不知耻地把自己的账号添加进去，并依次改了备注。他先是统一备注"江星辰"，接着又改为"男朋友"，最后改成了"老公"。

做完这些，他点开她的相册，一张张往前看，里面大多都是一些植物的照片。

一张他的照片都没有！

无情的小姑娘真的没想过他啊！

医院一楼超市里什么都有，初音给他买了些基本的生活用品，又买了一些水果和零食。

再上来，正好赶上护士来查房。

"你是16床的家属？"

初音点头。

"病号服放在柜子上了,你帮他换好,我一会儿来给他输液。"

"好。"

江星辰从护士交代初音第一句话开始,就一直在观察她脸上的表情变化,他家小女朋友害羞起来像个粉红色的小桃子,又甜又可爱。

见初音抱着衣服过来,他清了清嗓子,明知故问道:"要换衣服?"

初音咬了下唇瓣说:"嗯,护士说要换。"

"行,你帮我把帘子拉上。"

初音依言,缓缓地将那隔断的帘子拉上了。光线暗了一些,却恰到好处地隔出了一个只剩他们两个人的世界。

江星辰慢条斯理地解他衬衫上的纽扣,初音逼迫自己目不斜视。偏偏他在解掉第二粒纽扣后停下来,故意委屈巴巴地说:"阿音,我手有点疼,你过来帮我解一下。

骗子!他的手明明没有受伤,医生都已经检查过了。

初音不动,江星辰也就这么停在那里,嘴角含着一抹拿人的笑。

"16号床家属,衣服换好了吗?"护士在外面催了一遍。

"马上就换。"初音说。

初音硬着头皮看过来,江星辰的衣领敞着,一片纹理清晰的肌肉从衬衫缝隙里露出来,性感而欲。

初音觉得帘子里快热死了。

这是一场心理博弈。她到底不是江星辰的对手,走了过去。她的指尖在碰到他衬衫纽扣时有些抖,往下解了三粒扣子,他那漂亮的腹肌露了出来。

那些杂志封面上的男模,特意凹出的造型,也不过就是眼前这样。扑面而来的荷尔蒙,让初音的心都要跳出来。

江星辰还在一旁恬不知耻地催促。

初音努力吸进一口气,麻溜地解了剩下的扣子。江星辰配合着脱掉了衬衫，穿上病号服。

她才松了一口气，却听见他非常"尽心尽力"地提醒道："还有裤子。"

"你自己可以换吗？"初音非常小声地问。

"你觉得呢？"江星辰不答反问。

好像不行……江星辰的腿上有石膏，裤子不好脱，初音出去找了把剪刀回来，把他两侧的裤腿都剪开了。

病号服很宽松，初音抱着他打着石膏的左腿一点一点往里面送。

等两条腿都套好了，她提着那皮筋往上挪。

到了大腿那里，初音忽然僵住不动了……

她站起来，背了过去，脸颊一直红到了脖颈。

江星辰暴躁地把裤腰提上去，好半天才清了下嗓子说："好了。"

初音一把将那帘子拉开，心虚地看了眼边上的17床。他们正在看电视，声音调得很大，没注意到这边。

初音不敢看江星辰，逃一般跑出去喊了刚刚的护士回来给他打点滴。

病房里的电视调到了某档相亲节目，17床的老太太一边看电视，一边吐槽，还不忘记扭头对初音和江星辰进行洗脑式教育："你们大学的时候一定要好好谈恋爱，不要学电视里的那些人整天分手，最后还要跑电视上去相亲。"

初音羞得满面通红。

江星辰倒是心情愉悦地应了一声："嗯，我们会好好谈的，不分手。"

午饭到了，江星辰的水还没挂完。初音把床脚的桌板移过来，递了一把勺子给他。江星辰死活不接，故意把打点滴的手在她眼前晃了晃，说："哎呀，我手动不了。"

他想让她喂。

初音看出来了。

"你想先吃哪样？"初音接过勺子问。

江星辰随手指了样蔬菜，初音夹起来，送到他嘴边。菜吃完，他又指了饭，初音又喂。

吃饭的小勺非常短，江星辰吃饭的时候，嘴唇无意间碰到了初音的手。

江星辰一脸淡定，初音却害羞得要死。所以，她喂他下一口饭时，故意把手指往后移了移。

江星辰嘴唇靠过来时，她没拿稳，几粒米饭落在了她指尖上。

江星辰低头，无比自然地将那几粒米饭衔走了。米饭不见了，但那柔软、温热的触感却好像腻在上面，一直印到了初音心里面。

初音等他吃完，把小桌板上收拾干净，到外面去丢垃圾。

17床的老奶奶好奇地问："小伙子，你们俩谈了多久了？"

多久？

江星辰说："三年。"从他确定自己心意的那天算，是三年没错。

张群收到江星辰受伤的消息后，特意赶来了医院。

上次匆匆一瞥，张群没来得及看清初音的相貌，这次见了她，他讲话都有点结巴。

初音非常礼貌地搬了个凳子给他坐，张群笑得直打战。

江星辰适时咳嗽提醒，张群脸上的笑瞬间裂掉了。

好吧，他不看了。他清了清嗓子道："辰，我先回学校了啊。"

初音看他匆匆来又匆匆走，问："大四很忙吗？"

张群看了眼江星辰，挠了挠头道："嗯，是有点忙的。"

晚上九点，值班护士一个房间一个房间地敲门查房，每个病床只能留一位家属陪护。江星辰想让初音回学校，可她放心不下，硬要留下来照顾他。

江星辰腿上有伤，没法洗澡，初音拧了条热毛巾递给他。

"你擦擦，好了喊我。"说完，她便背过身去了。

他握着那块湿毛巾，很轻地笑了下。

不一会儿，吵人的电视关上了，病房突然安静下来。静到江星辰撩衣服的声音，初音都听得一清二楚。

过了好久，江星辰才终于喊她。毛巾已经凉了，他病号服上的纽扣还没扣上，露着一片皮肤在外面。

初音不敢看他，佯装淡定地接过毛巾，低头在一旁的水盆里搓了搓。

江星辰靠在床头看她，眼底闪着细碎的光，一种难以名状的情绪在他心里蔓延着。初音再抬头，对上他那双温柔深情的眼睛，她的心跳忽然加快了。

他很轻地笑了声，说："今天麻烦你了。"

"不麻烦的。"初音说。

17床的奶奶已经睡着了，病房里静悄悄的。

初音出去把水倒掉，轻手轻脚地将他床边的那张陪护椅打开放好。病房里的灯一灭，老奶奶的鼾声就跟着响了起来。

"阿音。"江星辰在黑暗里喊了她一声。

"嗯？"初音应得也很轻。

"现在几点了？"

"八点五十。"

江星辰低笑道："我还是头一次睡这么早。"

"老年人都睡得早。"初音也笑。

"等我们俩老了，你会不会也睡这么早？"

"不知道呢。"她没想过这个问题。

"你到时候记得晚点睡，哥哥给你讲睡前故事。"

初音想象了一下那个画面，嘴角在黑暗中弯了弯。

半夜一点多，病房里的灯忽然被人摁亮了。讲话声、搬东西的声音此起彼伏。

原本空着的 18 号床位来了个老爷子,他洗澡摔断了胳膊,几个儿女正在讨论谁留下来陪护。终于商定好了,一个五大三粗的汉子走过来叫醒了初音。

病房里放陪护床的地方不大,初音的这个椅子应该要靠在窗户边上和江星辰的床并排放。

初音迷迷糊糊地爬起来,那个体型壮硕的男人动作粗鲁地替她把陪护床移了过去。金属椅子擦过地面,发出一阵刺耳的响声。

初音下意识看了一眼江星辰,幸好他没被吵醒。

17 床的奶奶醒了,很凶地骂了几句,男人的动作终于放轻了。初音困得厉害,翻了个身就又陷入了一个悠长的梦中。

第二天早上,江星辰醒来,发现小姑娘不知什么时候搬到他床边来了。

他侧过身,从上面静静地望着她。

女孩睡得很沉,呼吸清浅,有零星的柔软的光在她脸上晃动、摇曳,那光一会儿照着她的额头,一会儿染亮了她的睫毛,一会儿又停在她嫣红的唇瓣上。

他仿佛看到,黎明时分的第一缕朝阳,伴随着风照进了幽暗的海面。

许久,他俯身过来,缓慢而温柔地在她绯红唇瓣上印了一吻。

这时,查房的护士进来,一把将朝外的窗帘拉开了。刺眼的光照射进来,初音掀动眼皮,有些错愕地看着近在咫尺的江星辰。半晌,她伸手碰了碰他的嘴唇,软绵绵地说:"我做梦了吗?江星辰……"

"不是梦。"说完,他捧住她的下巴,再次吻住了她……

和刚刚那个干燥的、点到为止的吻不一样,这是一个潮湿而绵长的吻。他慢条斯理地吮着她的唇瓣,一下又一下,呼吸交缠,渐至灼热,她颤着睫毛青涩地回吻了他。

有风从敞开的窗户里灌进来,有些冷,初音一下清醒了过来。

她猛地推开他,坐正了。

江星辰看着她，琥珀色的瞳仁里溢满了晶莹的光。

初音惊慌失措地捂住嘴巴，从脸颊到耳根红个透，只觉得身体里的血在一瞬间沸腾了，她不敢看他，起身，飞快地溜去了卫生间，关上了门。

初音连着洗了好几把冷水脸，嘴唇上的热意依旧没有散去，心脏突突直跳。

木门被人从外面敲了几下，熟悉的声音在外面响起："出来，我们谈谈。"

初音僵在里面没动，江星辰就在外面哄。他本来是打算一直温水煮青蛙的，但刚刚实在没忍住。既然到了这一步，有些心结就必须得解开。

小姑娘一直躲在里面，他只好单脚立在门口等。

早上来例行检查的护士见他单脚站那儿，皱了下眉喊："16床的家属呢？"

初音闻言立刻把门从里面打开了。

她脸上的火烧云，还没有退去，江星辰看了她一眼，说："在这儿呢。"

护士拿了他床头的本子，写完注意事项，侧眉看向初音道："家属要照顾好病人，单脚跳容易摔跤，昨天才打的石膏，容易二次受伤。"

初音点头出来，把他扶到床边坐下。

江星辰忽然说："我饿了。"

初音拿了手机，准备下楼去买早饭，却被江星辰伸脚拦住了去路。

"借个轮椅，我和你下去吃。"他说。

初音点头。

今天的太阳不烈，天空像是水洗过似的，风很柔，吹着那棉花糖一样的云朵往前跑。这里的海棠，比D大开得晚一些，入眼皆是甜腻的粉色。

初音推着他到了相对空旷的路上。

江星辰忽然开口道："三年前，你明明喜欢我，为什么不声不响地跟着你姐去了美国？"

初音闻言，骤然停下了脚步。

一些不太愉悦的记忆似冰冷的潮水涌上来，她嘴里苦意翻涌，说不出一个字来。

见身后的姑娘一直不说话，江星辰转过来，握住了她的指尖。

"你那天隔着玻璃看我的眼神，我高兴了一路。那时候，我就想给你一个答案的，可你却不见了。为什么突然不理我了？"

初音颤着唇说："不为什么。"

江星辰眼里的光暗了暗，连带着声音也低了下去："陈初音，你知道发现自己喜欢了很久的人也喜欢自己时的那种喜悦吗？那种感觉就像掉进了蜜罐。"他哽了哽，继续说，"可转眼间，那瓶蜜罐就被人灌上了砒霜……"

初音打断他说："可你那时候明明说，你只单纯地把我当妹妹！"

"我说的？"江星辰错愕地看着她。

初音低头吸了吸鼻子，瓮声瓮气地回："对，就是你说的！"

"什么时候？"

"秦让哥带我们去泡温泉的那次。"初音说。

他想起来了，这话他确实说过。

"秦让那帮人，成天想着怎么打趣你，我当时是堵他们的嘴，故意那么说的。"他叹了口气道，"没良心的小鬼，你见我对哪个妹妹那么好过？"

初音摇头，确实没有过。

过了一会儿，他又问："你当时生气，为什么不直接来问我？"

初音别过脸，胡乱在脸上抹了抹，哽咽道："我不是生气，我只是不知怎么自处，毕竟我那时对你……对你……"

她对他满心的喜欢。那样的话被她听见，无异于单方面失恋，哪里还有勇气去问别的。

江星辰屈了指节在她脸上擦了擦，语气软到不行："那我现在道歉，还来得及吗？阿音，我那时候，把你当妹妹疼是真的，喜欢你也是真的。"

一时间，初音的眼泪淌得更凶了。

江星辰喉头滚落，眼眶潮湿，他低头，拢过她的指尖，吻了一遍又一遍……

"陈初音，这三年，我真的非常想念你……怪我那时候笨拙，没有早点看清你的心意。"

"不怪你。"她又何尝不笨拙呢？

"乖，不哭了。"江星辰的话好似有魔力一般，初音的眼泪当真止住了。

暖融的春风，扑面而来，引发了一场急促的花瓣雨。女孩的长裙，在那花雨中，鼓起又落下，一切都是轻飘飘、甜丝丝的。

初音恍惚间觉得，多年前碎掉的那个粉色的梦，一点一点在眼前拼接回来了。

周一开始，初音一行人忽然变得忙碌起来。

初音不能像之前那样一直待在医院陪他，只能一天跑两趟，一趟在中午，一趟在傍晚。

江星辰一个人在医院待久了，整天嫌弃腿上的石膏难看。初音打开手机就收到一堆消息，有图片，有语音——

"陈初音，你快看看你男朋友的腿。"

"这个石膏，白乎乎、硬邦邦的，你见过比它还难看的东西吗？"

"为什么没有人发明点好看的东西取代它？"

"一想到还要戴着这个丑东西好多天，我就开心不起来。"

傍晚时分，初音来看他，一进门就搬了个凳子坐到了他腿边，神秘兮兮地说："把腿给我。"

"干吗？"江星辰问。

初音笑着哄他："伸过来嘛，要打石膏的那只。"

江星辰撇着嘴，不情不愿地把腿伸过去。

初音转身从小包里拿出一个塑料盒子，"啪"地打开。江星辰看到那里面装着24色的水彩笔，俊眉跳了下问："做什么？"

"画画呀，"初音笑盈盈地拔掉一支橘黄色的笔盖，垂眉在那石膏上画了朵小花，哄小孩似的说，"你不是嫌它丑吗？我给你画漂亮点。"

江星辰的腿已经被她摁住，收不回来了，只能由着她。

初音画完橘色的花，又拿了粉色的水彩笔继续画。

晚风漫进敞开的窗户，将女孩的长发吹散了，落了一缕到白色的石膏上，她随手把那缕头发拨到了耳后。

只是，没过一会儿，那缕头发又滑了下来，江星辰禁不住靠近，摁开了她头顶固定刘海的夹子。他本意是想替她把那缕垂下来的头发夹回去的，谁知那柔软的发丝，竟丝绸一样坠下来，淌了满手。

初音伸手去拢，却意外地碰到了江星辰的指尖，她连忙缩了手指，不动了。

江星辰弯唇，很轻地笑了声，说："你画，我帮你弄。"

她的头发，被他温暖干燥的掌心抚弄几下后，用夹子固定住了。

初音只觉得，被他指尖碰过的地方，激起层层的电流，顷刻间传遍了四肢百骸，哪里还有心思继续画画。

"画好了吗？"江星辰支着脑袋看她，笑得懒而痞，长睫毛被光照着颤动着，声音低低的，勾人得紧。

初音收了水彩笔，很轻地"嗯"了一声。

江星辰垂眉看了一眼腿上的石膏，初音的画技算不得精湛，却把那单调的白色变成鲜艳的花朵。

不得不说，有那么一会儿，他竟然对那讨厌已久的石膏，生出几分喜爱之情来。

"后天是不是要回去了？"江星辰问。

确实是这样，初音一行人是来交流学习的，结束了就得回 X 市。初音思索了一会儿，说："我打算晚上和言教授还有辅导员请假，再留几天，照顾你。"

江星辰把腿挪回来，往后靠了靠，说："用不着请假照顾我，你也一起回去，大一就翘课不好。"

初音解释说："我是请假，走正常流程，不算翘课的，而且我专业课的成绩很好。"

江星辰的目光还停留在她身上，语气格外温柔："那也不好，缺课会给老师和同学留下不好的印象。"

初音看了他一眼，小声嘀咕："江星辰，你怎么还有点老思想？"

江星辰被她这句话引得眉毛直立，他伸手在她脸上捏了一记，缓缓吐出一个字："老？"

初音立马摆了摆手，纠正道："不老，不老。"

江星辰倾身凑近，在她唇上啄了一口。见女孩的脸颊，以肉眼可见的速度红了，他又懒洋洋地靠回去，指尖在自己的脸颊点了点，无赖又浪荡地笑道："阿音，你的脸部血管，正在扩张。知道为什么吗？你的大脑皮质，受到刺激，分泌了少量的肾上腺素。"

初音听他这么一本正经地讲科普知识，脸红得更加厉害了。她轻咳一声，转移了话题："我要是走了，谁照顾你啊？"

"你放心，我可以照顾好自己，你回去把东西收拾好就行。"

"嗯。"其实道理她都懂，就是有点舍不得。毕竟，他们才刚刚重逢，马上就又要分开，下次见面不知道是什么时候。

两天后，初音推着行李，踏上返程。

机场里人来人往，一行人依次排队领登机牌，初音刚把身份证放上去，口袋里的手机就响了起来。

- 245 -

江星辰的声音从听筒里传来，语气有些焦急："登机了吗？"

"还没……"初音转身，视线在人来人往的候机大厅里扫视了一圈，没有看到他。

"等我两分钟，马上到。"

"你来机场了吗？"初音又惊又喜。

"嗯，送送你。"

登机牌从机器里吐出来，初音取了后，转身往玻璃门那里跑。不一会儿，手机又在口袋里响了。

江星辰那边的声音有点空旷："我看到你了，转过来，七点钟方向。"

他坐着轮椅，非常好辨认，初音一口气跑过来。张群非常识趣地松掉把手，让到一边。

初音脸上红扑扑的，额头上尽是汗。见了他，她既开心又担心，问："医生怎么同意你出来的？"

江星辰淡笑道："他没同意，是我偷偷溜出来的。"

初音立刻紧张起来，皱眉道："你这样不易于恢复。"

"知道，一会儿就回去。"说完，他笑了笑，脚尖一抬，钩住她的小腿，往前带了一步，初音没站稳，半栽进他的怀抱里，一时间，两人挨得极近。初音垂眉，对上他狭长的眼睛。四目相对，时间好像停止了，那些嘈杂的声音都变成了模糊的背景。

江星辰伸手摸了摸她的眉毛，轻笑着说："阿音，我舍不得你。"

初音瞳仁微动，低低说："我也舍不得你……"

江星辰动作轻柔地环住她的腰，叹了口气道："抱一会儿再走。"

"嗯。"初音站着，江星辰坐着，身高差让这个拥抱的姿势有点暧昧，外人看过来，更像是她主动把他摁进怀里的。

"心跳得可真快，我听到了。"

初音低头看了他一眼，窘得眼圈都红了。

陆陆续续有人穿过安检区进去了,江星辰在她鼻子上亲昵地刮了一下,说:"回了花花世界,你可别忘了哥哥。"

初音想,没有他的地方,怎么能叫花花世界呢?她举了举手,俏皮地发誓:"放心,绝对忘不了,我对你一心一意。"

江星辰动了动眉骨,状似吃味地道:"我怎么还记得你初中那会儿,为了某个男同学,拼命考省一中呢?"

男同学?谁啊?

不对劲,江星辰这话,怎么听起来酸溜溜的?

初音想,有必要澄清一下。她清了清嗓子,垂眉看着他的眼睛,认真地道:"江星辰,我可没有为别人考过省一中,只为你,努力过。"

江星辰眼里滑过一丝惊讶,但很快又笑了。

原来是这样……

记忆里那个整天挂着两个黑眼圈的小姑娘,渐渐和眼前的初音重合起来。她对他的喜欢曾那么久远。这样说来,他还明里暗里吃过自己的醋。

初音迟迟没上飞机,带队的老师连续打了两通电话来催。

"要登机了吗?"江星辰问。

"嗯,到时间了。"初音捏了捏指尖,有点舍不得走。

江星辰摸了摸她的额头,说:"去吧。"

初音刚走出去两步,忽然听到江星辰在身后低低地叹了声,道:"唉,这飞机,真是没情调,这种时候就该晚点。"

初音被他的语气逗得乐了,她转身,隔着一步的距离望着他,笑得俏皮又明媚。

江星辰问:"还有话要说?"

初音背着手走回来,说:"没有话,我就是想留个记号。"

江星辰微仰着脸,抬了眼皮看她,问:"怎么个留法?"

初音低头,捧住他的脸,在他嘴唇上飞快地亲了一口。她之前吃了粒水果糖，连带着这个吻都沾染了蜜桃的甜味。

初音亲完就走，丝毫不拖泥带水。

江星辰来不及逮她，女孩已经进了安检口。他低头用拇指指腹抹了下嘴唇，笑了。他家小女朋友留的这个记号，还挺招人喜欢的。

张群回来时，初音早走了。

江星辰脸上的笑都要溢出来了。

"哥，人走了啊？"

"嗯。"

"那你们两个，岂不是刚恋爱就要异地恋了啊？"

江星辰皱了下眉，好像是这样。

张群走到了轮椅后面，继续说："我和你说，你可得看好了，这么漂亮的姑娘，肯定有很多人追，尤其你现在还是个瘸子，碰到男小三都打不过人家。"

瘸子？

打不过男小三？

江星辰看了眼腿上厚重的石膏，眉毛抖了抖。

张群说的好像是事实。

初音最后一个登机，乘务正在督促乘客系安全带。飞机跃上万米高空，舷窗外只剩湛蓝的大海。

初音的心脏，"怦怦"直跳，一种类似梦想成真的感觉，充盈着胸腔。

三个小时后，一行人重新返回 X 市。

刚下飞机，手机就振动个不停，初音点进去，发现江星辰给她发了一堆消息，叮嘱这个，叮嘱那个。

她一一看完，回了个笑脸。

消息发出去不到一秒钟，江星辰追过一通视频电话。初音匆匆挂上耳机，点了接听。他已经回到了病房里，身后是稍显冷清的大白墙。

"你有没有再找医生看下腿?"她问。

"没事。"江星辰没忘记张群的那句话,摸了下鼻尖,问她,"陈初音,你觉得我现在是瘸子吗?"

"当然不是啦!医生说你会恢复得很好。"

江星辰皱着眉,故作惆怅地说:"那也需要两三个月……"

初音安慰道:"你不要在意别人的眼光,在我心里,你是最帅的。"

"不信,除非……你证明下。"

"怎么证明啊?"初音问。

"亲我。"他往后,靠在白墙上,隔着镜头对她笑。

初音趁着四周没人看她,迅速在镜头上啄了一口。

江星辰的笑声,从听筒里溢了出来。他就知道,他家小女朋友才不是那么肤浅的人。不过异地恋的事还是要解决一下。

他原本的计划是毕业以后回N市工作的,可他现在忽然有点舍不得毕业,他想以学生的身份和她在一起,省得小姑娘又嫌他老。

要不考她们学校的研究生?他们错过了三年,研究生也是三年,正好补回来。

张群听说江星辰要考研,眼珠都要惊得掉出来了。

"哥,你真打算大五考研啊?"

江星辰睨了他一眼,说:"不行?"

"行啊,我只是有点不明白,你明明老早就可以保研,为啥当初不保,现在要考?"

江星辰在他肩膀上拍了拍,意味深长地说:"等你脱单了就知道了。"

脱单?江星辰又虐狗。

张群应江星辰的要求,给他找来了一堆考研资料。

江星辰只看了一天,就重新给他转钱,让他帮忙去买真题卷。

张群还是第一次见有人把考研的真题卷，拿过来直接做的。等江星辰写完了，张群悄悄替他对了答案，准确率高得惊人。

"哥，其实你根本不用准备，直接报名裸考，学校肯定随你挑。"

"那怎么行？"显得他太不真诚了，他家小初音当初可是为了他认真学习了好久的。

初音走后，江星辰在病房里待了大半个月，才终于出了院。

五月下旬，原本在外地实习的舍友，陆陆续续回来做毕业设计，男生宿舍又变得热闹起来，每晚都有人抱着电脑来江星辰宿舍打游戏，但每次他们只能打到十点钟。

因为十点之后，是江星辰的虐狗时间，到了点他就会赶人。

张群曾经极力渲染过江星辰女朋友的美貌，导致众人对初音好奇到了极点。偏偏江星辰护得严实，从不肯给他们看。

这天，初音的视频电话打得早了几分钟，江星辰还没来得及赶人。

"喂？"江星辰接过电话，第一句就甜得腻人。

满宿舍的人都懒得玩了，他们齐刷刷地够着脑袋，盯着他的手机看。

江星辰在众人的视线里起身，大步流星地走到了阳台上。

"辰，真小气。"

"看一眼会怎么样吗？"

"就是，这么宝贝干吗？"

阳台的门合上，嘈杂的背景音也都跟着淡了。初音还是零星地听到了一些说话声，笑道："你们那边，今天很热闹。"

江星辰垂眉，指尖摸了摸屏幕里女孩的脸颊，说："嗯，隔壁宿舍过来打游戏的。"

初音刚刚结束夜跑，边走边擦脸上的汗，女孩的皮肤被街灯衬托得莹白透亮，像是某种奶油蛋糕，甜丝丝的。

"你也打游戏吗？"初音问。

"我不打。"江星辰从口袋里翻了根烟出来点上,随口道,"我得看书,要考试。"

没听说到大四下学期还有什么试要考的,初音问:"是要考证吗?"

江星辰想给她个惊喜,很轻地"嗯"了一声,没做别的解释。

初音没细问,进了学校大门,高大的榕树投下巨大的影子,隐隐可以听到海浪拍岸的声音。

"你们宿舍是海景房?"初音在那边读书,江星辰闲来无事时,也搜过一些关于X大的新闻和图片。

"哪有那么好的事啊,只有研究生楼才是海景房。我们住的都是山景房,蚊子非常多的那种。"说到这里,她笑了,"不过,我还真挺想去他们研究生楼看看的。"

江星辰吐了口烟圈,笃定道:"你会看到的。"

"你为什么那么确定?"

江星辰差点说漏了嘴,轻咳一声道:"你们不就靠着嘛,以后肯定有机会。"

初音想想也是。

她绕过了一个小湖,到了宿舍楼下。

迎面走过来个男生,忽然喊她的名字。这是隔壁专业的一个男生,上课时远远见过几次,初音有些眼熟,但并不认识。

那男生走近,递给她一袋樱桃。初音看了一眼,没有伸手去接,而是说:"谢谢,我不怎么吃樱桃。"

男生低头笑了下,并没有多言,只是把那袋樱桃挂在旁边的小树上,转身走了。

风晃得那树上的袋子"哗啦"作响,初音想要不要追上去还给他,最后她决定什么也不做。

这时,江星辰在听筒里哼了一声。

初音听得很清楚，便问他："你干吗哼哼啊？"

"吃醋呗。"江星辰站的地方也不亮，只够照亮他的眼睛，那是黑夜里闪光的海面。

初音已经到了宿舍楼前，解释道："我和他不熟的，你别吃醋。"

"嗯，不熟，但是他喜欢你。"江星辰抿了口烟，靠在窗沿上，问，"怎么认识的？"

初音如实回答："一起上过专业课。"

"叫什么名字？"

"不知道。"他们专业课的老师很少点名。

"长什么样？"

"没有你帅。"

江星辰皱了下眉，道："你仔细看过他了？"

"没有啊！"她就是很平常地看过。

"以后那个专业课少去，不会的放暑假我给你补课。"

"可你不是说大一翘课不是好学生吗？"

江星辰被她噎了下，低头把手里的烟碾灭了，清了清嗓子说："我之前说得不够全面，这属于特殊情况，得特殊对待。"

小姑娘长开了也不是好事，太耀眼，不好藏了。

初音挑了挑眉梢说："那好吧。"

江星辰斟酌了下措辞，又问："陈初音，问你个事儿。你要是遇到比我好看的男生，会不会叛变？"

初音不答反问："啊？还有比你好看的人？在哪儿？"

他低笑了声："我过段时间去看你。"

"你真来？"女孩眼里亮晶晶的，满是期待。

"嗯。"江星辰很轻地笑了声。

"什么时候？"初音问。

江星辰算了下时间,说:"可能要到六月份,到时候和你说。"

到了宿舍,杨依依正在刷新出的番剧,徐若馨劈腿在瑜伽垫上练习一字马,初音挂掉电话去卫生间洗澡。

远处的海浪拍岸,涛声入耳,初音心情愉悦,哼了一首轻快的歌。

初音从卫生间出来时,徐若馨忽然从地上起来,神秘兮兮地问她:"初音,你今天心情是不是很好?"

"嗯,是不错。"

徐若馨闻言,立刻挽起了初音的手说:"这周六我生日,一起吃个饭呀,依依和孙宁也去的。"

"好。"她们四个舍友虽然性格不一,但感情一直很好。

洗手台前的镜子很大,初音多看了眼徐若馨,这姑娘属于那种小家碧玉类型的美人,非常耐看。以前没发现,今天看她,竟然觉得有点像哪个人,具体像谁,倒是说不出来。

周六那天,徐若馨提前去订了饭店,初音她们三个姑娘带着礼物晚一些到。

刚推门进去,立马有人迎上来给她们拉了椅子。初音发现这个拉椅子的男生,正是前几天晚上,给她送樱桃的人。

徐若馨立刻给大家做了介绍:"这是我的龙凤胎哥哥,徐若大,也在X大念书。"

"哇,馨馨之前怎么没听你说过?"

徐若馨看着徐若大,嘿嘿笑了两声道:"这不是带你们认识了嘛。"

初音终于知道,为什么会有那种熟悉的感觉了。

他们兄妹俩,长得很像。

徐若大伸手过来,依次和三个女生握手。初音不想显得太突兀,握一下就松开了,选座位时,她也选了杨依依和孙宁中间,有意避开了徐若天。

徐若天落座后，有意无意地看下初音。

初音稍稍有些不自在，另外两个姑娘，因为"龙凤胎"三个字，正在找兄妹俩的相同之处。

初音只低头喝水不参与，被杨依依猛地搞了一下，问："初音，你觉得他们哪里像？"

初音答得很随意："眼睛和嘴巴。"

杨依依说："眼睛是很像，但嘴巴不像吧，馨馨是樱桃小嘴，哥哥不是。"

初音也没看徐若天，别扭地"嗯"了一声。

反观对面的徐若天，他还在看初音，一副含情脉脉的模样。几个姑娘都是明眼人，看出徐若天对初音有意思。

杨依依还戳了戳初音的胳膊，小声提醒了她。

初音更加不自在了，正好菜还没上来，她借口去了趟卫生间。她洗手时，一道男声冷不丁地从身后响起来。初音抬眼，在镜子里对上男生灼灼的目光。

徐若天笑了笑说："陈同学，我最开始知道你，不是因为我妹妹。我喜欢看一些冷门的科学杂志，有幸在上面看到了你的署名。每次专业课，我都会找能看到你的地方坐……"

后面的话，初音已经大概猜到是什么了。

她转过身来，打断他道："我有男朋友了。"

徐若天挑了挑眉，不以为意地说："馨馨说你没有。"

初音非常认真地强调道："我有，她还不知道。"

徐若天"哦"了一声，说："谈得不久，没公开。"

初音第一次觉得，和人沟通这么难。

徐若天微笑道："我不介意。陈同学，你可以多个选择，我不会比你男朋友差。"

这句话让初音不高兴了，她仰着脸，非常严肃地和他说："对不起，我不做选择题。"

徐若天垂眉，笑了一声道："话不要说得那么绝对。"

初音还想说旁的，他已经转身走了，他出来一趟，仿佛就是来单独找她说这些话的。初音有点不想再进去吃饭了，偏偏这时候徐若馨来了。

今天毕竟是她的生日，初音还是硬着头皮进了包间。

切蛋糕的时候，三个姑娘依次和徐若馨说生日快乐。

徐若天忽然笑着说："说来，今天也是我生日。"

"对对对，龙凤胎当然同一天生日……"

几个姑娘又开始和徐若天说生日快乐，初音也夹在其中说了一句："生日快乐。"

徐若天对旁人，都是很淡地回了句谢谢，偏偏单独对初音特别回复了一句："陈同学，有心了。"

初音皱眉，嘴唇抿成了一条线。

这人不是不明白她之前话里的意思，而是揣着明白装糊涂。

蛋糕吃得七七八八，徐若馨喊她们去唱歌，初音找了个理由遁了。

外面下起了暴雨，雷声阵阵，雨水在街道上汇成了奔涌的小河。初音来的时候没带伞，在门廊里站了一会儿。

徐若天不知道什么时候出来的，和她并肩站在那门廊里。

"陈同学是因为我才提前走的？"

"不是。"初音往边上移开一步，与他保持了距离。

见她这样，徐若天倒是一点也不生气，他往外看了看，说："你看，老天都在挽留你。"

初音觉得有点恶心了。该说的话，她都已经说得非常清楚了，他却不当回事。

徐若天不知道从哪里弄来一把伞，"啪"地撑开递过来。初音没有接他的伞,也没同他说话,转身飞跑进了雨幕。白裙子被大雨打湿,在马路对面变成了一抹纤细的淡影。

那里有个公交车站台,迎面开来一辆车。

初音也没看到底多少路车,蹚水上去,走了。

徐若天没料到初音会冒着大雨躲他,眉头紧了紧,又松开。他有一副好皮囊,从小到大,没有哪个女生像初音这样拒绝过他。

大多时候,他都是被追逐的那个。他舔了下唇,眼里的光变得晦暗起来,这种不一样,使得他的征服欲,变得更强了。

初音淋了雨,感冒了,江星辰每天都会远程监督她吃药。303宿舍的姑娘们,这才知道初音有了男朋友。

在这之前,初音也不是刻意要隐瞒她们,只是想低调一些,现在她觉得高调有高调的好,几个舍友再也不在她面前提徐若天了。

眨眼间到了毕业季。

X大的大四学生返校拍照,随处可见穿着学士服的毕业生。江星辰他们也是今天拍毕业照,初音趁着课间休息溜到教室外面,给他打了通视频电话。

那边接得很快,江星辰穿着深蓝色的学士服站在大太阳下面,无论是相貌还是气质都是顶尖的。

初音不禁感叹道:"你不做模特真可惜。"

江星辰被她的话逗笑了,问:"今天不上课?"

"上的,下课了,有点想你。"

江星辰没戴耳机,又开着公放,几个舍友立马围过来,叽叽喳喳地抢过手机一顿自我介绍。初音没想到会遭到这么多人围观,有些脸热。

江星辰见状,立刻把手机拿回来,藏进了学士服里,笑骂道:"都走远点,我女朋友容易害羞。"

众人"喊"了一声散了。

初音笑着说:"你这样说不太好吧。"

江星辰弯着唇道:"有什么不好的?"

初音这边的上课铃声响了,他朝镜头摆摆手,提醒道:"去上课吧。"

"可我还想再聊一会儿。"小姑娘难得撒娇,轻鼓着腮帮子,小河豚似的,娇俏又可爱,"江星辰,我们要是同样大就好了,可以一起毕业。"从前她上高一,他高三;现在她念大一,他大四。他的人生,她好像总是慢一步,追不上似的。

江星辰见自家小女朋友一脸惆怅,安慰道:"等会儿拍照片给你看。"

初音闷闷地说了声:"好。"

过了一会儿,她的手机果然进了一长串消息。江星辰发来许多照片,初音一张张点开保存。

微积分老师看她走神,推了推眼镜喊:"第三排,最边上的女同学,上来演算这道题目。"

初音被杨依依捣着胳膊站了起来。

初音的数学功底很好,虽然刚刚走了一会儿神,但依然很快计算出了答案,只是用的方法和老师刚讲的不一样。

老教授拿着根教鞭在黑板上敲了敲,说:"学到这种程度,才有资格在我的课上玩手机。"

初音有些耳热,连忙把手机收进了口袋,坐正了。她吐了口气,自省了下,她该因为江星辰变成一个更好的人,而不是刚刚那样。

大四的毕业季,以论文开题为起点,到领毕业证结束。夏季漫长又炎热,拖着行李箱的毕业生,走了一拨又一拨。

初音她们照旧上课,辅导员把专业方向发到了群里。

初音研究许久,选了和江星辰一样的植物细胞工程。她会选细胞工程,主要还是因为 X 大这个专业方向在国内是一流的,对学生的要求也非常高。

专业方向选定之后,原本近一百号人的大班拆成了不同的小班。

初音班的班长,拉着他们到城北公园整了一顿散伙饭,弄得比大四分别还煽情。同宿舍的几个女孩,各有各的事,初音和徐若馨去了趟市图书馆,再回来,天已经黑了。

女生宿舍楼前黑黢黢的,X 大有个不成文的传统:要是有人点蜡公开表白,一楼宿舍的灯得全部熄掉配合助攻。

现在就是这么个状态,初音被徐若馨拖住肩膀,在那里看热闹。

地上的蜡烛一根接着一根亮起来,渐渐显现出了一颗爱心的形状来。初音不明白这种又土又俗的表白方式,为什么会那么受欢迎。

这时,表白的男生,从地上站了起来,走到了路边。

众人的视线也跟着转了过来……路灯很亮,初音终于看清了男生的容貌,竟然是徐若天,他表白的对象正是初音。初音要走已经来不及了,她被他强行握住了手腕。

"陈同学,我喜欢你。"

徐若天很会带节奏,先前那些看热闹的人,迅速围过来起哄:"在一起,在一起!"

初音第一次遇到这样的场面,她连声拒绝了几遍,但她的声音被更高的起哄声淹没了。徐若天弯唇笑着,一副势在必得的模样。

初音使劲挣了挣,但她的力气到底不敌他。肩膀忽然被人从身后拍了一下,与此同时,一道无比熟悉的声音,从头顶响起:"小鬼,遇见这种情况,怎么不打报警电话?"

初音回头,见来人是江星辰,眼窝一热,百感交集。

江星辰在她头顶揉了下,示意她安心。

再抬眉,他那双狭长的眼睛里,已经染上了一层寒霜。江星辰睨了眼徐若天,用那种不太响亮却又极具压迫性的声音说:"麻烦放开我的女朋友。"

他气场很强,那些看热闹的人,竟然下意识地保持了安静。

徐若天并没动,撇嘴道:"你谁啊?"

江星辰垂眉,舌尖抵过后槽牙,玩味地笑了一声,连带着声音都拔高了好几度:"聋了?我刚说了,我是陈初音的男朋友。"

"哦?原来是前男友啊。"徐若天继续带节奏。

这人油盐不进,简直烦透了。

江星辰蹙着眉头,瞥了眼徐若天,冷嗤道:"想做备胎,也得看看自己够不够格。"说着,他望向初音语气温和地问,"看得上吗?"

初音直截了当地说:"看不上。"

"听到了?"江星辰略抬着下颌,嘲讽地看向徐若天。

风向忽然变了,四周看热闹的学生,忽然变成了吃瓜群众。他们窃窃私语着,都在笑话徐若天。徐若天的脸,一阵白一阵红。

江星辰又朝他喊了一遍:"松手。"

徐若天没动。

江星辰懒得再和他废话,扯开衬衫袖扣,长腿一抬,猛地踹过去。徐若天往后一个趔趄,松掉了初音的手腕,连退几步。

江星辰把初音拉到身后护住,似笑非笑地睥睨着几步之外的徐若天道:"还以为你对我家女朋友情比金坚,怎么还没打就躲开了?贵姓孬?"

徐若天被他激得脸色通红。他发了狠,捏紧拳头,猛地砸过来。江星辰侧头躲开,徐若天又迎面挥来一拳,江星辰也不躲,迎着他的拳风,一拳砸过去。徐若天连退两步,整条手臂都麻了。

江星辰脸色阴沉,声音也冷到了极点:"劝你赶紧走,我已经毕业了,不怕学校处分,也没什么分寸。"

徐若天自知不是对手,甩了甩胳膊走了。

众人面面相觑了一会儿,也散了个干净。

初音立刻捉过他的手检查，刚刚那是实打实的一拳，他的指关节都红了。

"不知道有没有伤到骨头？"她说着话时，微微皱着眉毛，着实温柔。

"没伤到骨头，"江星辰反握住她的掌心，低低地笑了声，"但是有点痛，吹吹？"

初音当真低着头，认认真真地替他吹了吹，女孩绯红柔软的嘴唇近在咫尺，连带着声音都是软糯好听的："你来这边，怎么也不提前和我说一声？"

他浅笑道："嗯，本来是想给你个惊喜的。"

"结果刚到就和人掐上了架。"初音努了努嘴说。

"你怎么说得我像个妒夫？我还以为是英雄救美呢。"

初音笑了笑说："也算是英雄救美。"

"那你以身相许吗？"说话间，他探了指尖过来，将她的下巴抬起来，与他四目相对。那双狭长的凤眼里，波光潋滟，尽是深情。

初音被他看得心尖发颤，别过脑袋，低笑着反驳："我才不……"

话还没说完，高大的影子忽然压下来，唇被他轻轻地吻住了，浅尝辄止，带着淡淡的松木香，湮没进骨缝的心安感。

他略松开她问："想我吗？"

"想了啊，很想。"初音低低地应了一句。

夏夜宁静，一枚细长的月牙，遥挂于天际。舒爽的海风漫过来，头顶层层叠叠的榕树叶遇风摇曳，沙沙作响。

女孩的长睫轻颤着，眼睛里全是柔软的光，似蒙着一层薄薄的水汽。

江星辰目光一暗，重新吻了下来。这个吻比之前那个要缠绵得多，脑袋也变得晕乎乎的，心却很软。

分别的日子不难熬，重逢的一刻，竟觉得思念成了暴涨的潮水，翻涌不止。

许久，他停下来，搂着她的腰，在她头顶低低地喘着气。

那声音跟着晚风一起灌进耳朵里，莫名地性感。

初音在他胸口靠了一会儿，仰着脸和他说话："早知道你过来，我就直接去机场接你啦，还省得你在这里和他打架。"

"嗯，怪我，本来是想给你个惊喜，差点变成了惊吓。我下飞机给你打了不少电话，但是没通。"

初音"啊？"了一声，连忙低头去翻口袋里的手机，一看果然没电了。

"对不起，今天拍照拍多了，电用完了。"小姑娘这个模样，有点像在反思错误。

这也太乖了点。

"没事，"江星辰揽住她的腰，低头，额头贴着她的蹭了蹭，似在安慰又似在哄，"我又没怪你。"

两人又腻歪了一会儿，初音的肚子"咕咕咕"地叫起来。

江星辰不禁哑然失笑。

"还没吃晚饭？"

初音长长地吐了口气："嗯，本来要在外面吃的，我同学着急要回来，就没吃。"

他捉过她的手，熟稔地撬开她的指缝，十指相扣住，扬了扬眉毛说："那正好，带我去尝尝你们食堂大厨的手艺。"

"你也没吃？"

"没吃，想早点来见你。"

他说得如此简单而纯粹，初音禁不住笑了。她接过他手里的行李箱，边走边总结道："一日不见兮，思之如狂。"

江星辰单手插兜，好脾气地笑着："哎，谁说不是呢？"

到了台阶那里，他要来接箱子，初音先他一步提了起来。

江星辰俯身过来，摁住了她的手背。

- 261 -

"我一个大老爷们儿要你帮忙拎箱子啊？"

"我怕你腿上的伤没好透。"她说。

他笑了声："早好了，不好能上这儿见你啊？"

"那也要小心，万一呢。"

"没有万一。"江星辰一手把她夹进怀里，一手提过箱子往前走。

已经过了饭点，大部分窗口都关了，只有一家卖麻辣香锅的还亮着灯，初音想带他出去吃，江星辰用下颌点了点，说："就吃这个吧，走不动了。"

初音选好了菜，往里面叮嘱："师傅，变态爆辣谢谢。"

江星辰以为自己听错了，跟着她重复了一遍："变态爆辣？"

"嗯，"初音难得吐槽起来，"这边的口味很清淡，变态辣都比不上我们那儿的微辣，火锅从来看不到红油，麻辣烫都是清汤白水。"

江星辰看了看里面正在翻动的炒锅，觉得非常有必要适应这里的饮食。

毕竟，往后三年，他也要待在这里。

初音找好位置，到旁边的小超市里买了两瓶酸奶，顺带拿来了碗筷，依次擦干净，整整齐齐地摆在手边。

那个变态辣的麻辣香锅端上来，放在桌子的中央，热气腾起来，小姑娘白净的脸颊就笼在那层白气后面，她提着筷子夹了一些菜到碗里递过来给他。

江星辰觉得心里的某个角落，变得暖融融的。

眼前的女孩总能轻而易举地营造出一种温馨感来。

之前他住院的时候，也是这样……

初音吃了一口饭，忽然想到了什么，抬头问他："我电话一直打不通，你来我们学校，不怕找不到我啊？"

"不行就晚点打。"他说。

初音又问："那我要是一直不充电呢？"

"那我会给你们辅导员打电话。"

"你有我辅导员的电话?"初音惊讶道。

"嗯,顺手存的。"他语气稀松平常,好像真的是那么回事。

初音有点不信,她的辅导员和江星辰根本是八竿子打不到一起的关系,半晌又问:"你存我辅导员电话做什么?"

江星辰停下筷子,伸手过来抚了抚她的眉梢,瞳仁漆黑,连带着声音都低了许多:"陈初音,我怕找不到你。"

这种事发生过一次,他忘不了。

他承认,他江星辰就是惊弓之鸟。

初音眼窝发热,薄唇掀动着,想说些什么,江星辰笑了声:"没事,回来就好。"

饭已经吃得差不多了,江星辰把吃过的餐具整理好,送到了一侧的推车上。再回头,初音已经把他的行李箱推到了食堂门口。

路上已经没什么人了,夜很静,海浪拍岸声清晰悦耳。

初音领着他上学校外面找地方住。X大附近有很多民宿,她怕不卫生,硬是带江星辰坐车绕远路,找了干净的酒店。

前台一眼看出他们两人是情侣,没什么情绪地开口:"二位的身份证出示下。"

初音的耳根腾地烧了起来,江星辰已经先她一步开口:"只有我一个人住,她的不用。"

那服务生看了眼初音,低头录信息。

初音没立刻走,而是说:"我帮你把东西送上去吧。"

江星辰点头。

从电梯出去,初音扯了下他的衣摆,江星辰停了步子,回头看她。

"江星辰,"她喊了他一声,被徐若天表白的事,他虽然没有问,但她还是想解释下,"今天那个人,我之前已经明确拒绝过他一次了,他就是那天给我送樱桃的人……"

他嗤了声，道："狗皮膏药。"

"他还是我舍友的哥哥，"初音抿了抿唇说，"关系有点复杂。"

江星辰皱眉。难怪呢，没个内应，赶不了那么巧，初音路过，他掐着时间点蜡烛。宿舍不知道能不能换？就怕还有下次。

初音见他半晌没说话，问："你会不会生我的气？"

江星辰没想到小姑娘会问这个，愣了愣问："我干吗要生你的气？明明是他欺负你，我又不是看不明白。"

"嗯。"初音紧绷着的背，明显松了，长睫毛眨啊眨的。

她刚刚在紧张，江星辰发现了。他伸手在她头顶揉了揉，说："下次别和我解释那么多。"

"为什么？"初音望进他的那双狭长的凤眼。

"不需要。"江星辰握住她的指尖，继续往前走，"我们在一起，信任是前提条件，不是证明结果。陈初音，我喜欢你，也完全信任你。所以，你不用向我解释任何事。"

初音这回笑了，故意逗他道："这么信任我啊？"

"错了，我这是自信。"

"我可能没有你那么自信……"初音小声嘟囔道。

江星辰弯唇道："那就再加一条，你随时可以找我要证明条件。"

"好像有点不公平。"初音小声说。

江星辰低低地叹了声："哎，没办法，谁让你比哥哥小，你有特权咯。"

初音也跟着笑了。

到了房间门口，初音停了步子说："送到了，我回去了。"

"等会儿，"江星辰握住了她的指尖，挽留她，"时间还早，玩一会儿。"

初音也不知道自己是出于什么心理同意留下。

门打开，门廊里的灯也跟着亮了起来。进入只有他们两个人的密闭空间后，她的脊背腾起一股羞躁的热意。

空调打开，渐渐有冷风吹出来，江星辰进了一旁的卫生间洗手。初音把箱子推到里面，视线在触及那张床后，猛地顿住了……

江星辰推门出来，正好看见小姑娘满面绯红地站在那里发呆。

"脸怎么红成这样？"他的手伸到她前面晃了晃，问，"害羞？"

初音一秒夯毛道："你看错了。"

江星辰戏谑地笑了笑，带了几分哄："好好好，是哥哥眼花。"

他绕过初音，淡定地在床沿上坐下，从随身的包里拿了瓶水出来，"咔嚓"一下拧开瓶盖，仰头喝了一口。

初音看到他的喉结，在暖橘色的灯光里上下滚落着，她心脏乱糟糟地跳着，嗓子莫名地发干，一种坠到异时空的慌张感笼罩在心脏上。

她意识到这里不能再待了，舔舔唇道："行李放这儿，我先回学校了哈。"

江星辰坐在房间里最亮的地方，眉骨动了动，懒懒地朝她招招手说："往这边推推，放那么远干什么？"

初音在他的注视下，往里走了几步。不知是不是错觉，她瞥见那双狭长眼里的光暗了片刻。那种紧张而又窒息的感觉更甚，初音咽了咽嗓子低声说："那……我走了。"

江星辰往前移了移，伸了长腿，夹住她的腿窝，将她钩了过来。

原本，他坐着她站着。

因为这一夹一钩，初音被困在了他的腿弯里。

房间里非常安静，两人的呼吸声清晰可闻。

江星辰的指尖在她腰肢上轻轻碰了碰，怀里的女孩立马僵住了，他收了手，鼻腔里很轻地笑了一下道："有胆儿跟我进来，没胆儿待啊？"

"我……"初音紧张得一句话也说不出来，她之前没想那么多。

他伸手把她脸捧过来，橡皮泥似的在掌心搓了搓，说："坏。"

"我哪有，"初音掀了眼皮，小声嘟囔，"还不是因为你太勾人……"

— 265 —

江星辰笑了下，声音在嗓子里滚动着："哦，你的意思是我勾的你？"

"差不多。"初音说。

怎么听起来他跟盘丝洞里的妖精似的？江星辰气笑了，他伸长了胳膊，作势要捏她后脖颈，初音往后躲，江星辰的腿没撤回来，初音这么一躲被绊了个趔趄。

江星辰一把握住她的手腕，将她往面前一带，初音没站稳，重心往前倒下来。

这个姿势，正好将他半压在了床上。

一时间，各种感官刺激，一齐冲到了头顶……

初音连忙爬起来，退开一步，局促地说："对不起。"

她太过紧张，全然没注意到江星辰的脸也红了。

这种环境，真的很容易催人失控。江星辰仰面失笑，半晌起来，牵过她的手说："走吧，送你回学校。"

"还送啊？"明明是她来送他的。

"嗯。"

街上已经彻底安静下来。晚班车很难等，初音时不时地探出脑袋看一下。风很舒服，江星辰立在站台边上，点了一根烟，淡淡地问："什么时候放暑假？"

初音说："还有两个星期。"

江星辰抿了口烟，说："那我就把 X 市当我大学毕业的旅行地得了。"

"那你打算玩多久？"

江星辰想了想说："两个星期。"

初音笑，到时候正好一起回家。

他比星星撩人

【下册】

顾子行 / 著

江苏凤凰文艺出版社

有爱的青春陪伴者

第六章 不落星

江星辰一直把初音送到宿舍楼下。

楼道里的灯很亮,小姑娘步履轻快,不一会儿已经到了台阶上面。她转身,背着光,站在那里和他道别。

江星辰忽然想到什么,招手示意她下来。

初音又背着手走到近处,漂亮的眉眼间含着一抹笑,被光照得亮晶晶的。

"还有事啊?"她说。

江星辰捏了捏她的手,问:"需要我给你辅导员打电话,给你换个宿舍吗?"

初音知道他是担心徐若天的事,抿了下唇说:"暂时不用,我以后注意点,如果还这样我直接报警。"

小姑娘确实比从前长大一些了,江星辰点头,半晌又掀唇道:"阿音,有些人实在做不成朋友就不做,不要勉强。"

初音点头,她也觉得是这样。

"去吧,也别太难过,这些都是成长中的烦恼。"

他说话的语气有点语重心长,初音不禁开起了玩笑:"江星辰,你有没有觉得你刚说这句话的时候,像个老爷爷。"

江星辰闻言,略皱了下眉,下一秒,他捏住了她的后脖颈,质问她:"我像老爷爷?"

后脖颈是初音的禁区,小姑娘的脖子一下缩了起来,连忙讨饶道:"我是说语气像,语气!"

"哦？"江星辰勾唇，指尖暧昧地在她后脖颈摩挲了一阵。

刺激的电流顿时蔓延到了四肢百骸，心脏都在发麻。

"真的！真的！"她继续强调。

江星辰收了手，心情却很好。

"明天没课吧？"他问。

"嗯。"

"那明天你做我的导游。"

"好。"初音欣然应允。

江星辰打了个哈欠，懒懒地朝她摆了下手道："进去吧，早点睡觉。"

初音走了几步，发现他正隔着断断续续的玻璃窗和她并肩走着，只是她在里面，他在外面。江星辰腿很长，初音不得不加快步子才能跟上他的节奏。

外面的人注意到她以一种近乎跑步的方式在追他，禁不住放慢了脚步。初音见他放慢步调，很轻地笑了。这种江星辰一直在她能看得见的地方的感觉，非常不错。

进了303宿舍，徐若馨有点心虚地看了眼初音。

初音没有表现得太过，也没有主动和她说话。

杨依依见氛围有点奇怪，起了好几个话头，一个也没能聊下去。

X市临海，面积不大。

初音花了三天时间，领着江星辰把这里所有的景点玩了一遍，连那种犄角旮旯的景点都没有放过。

第四天，初音实在不知道明天还能带他去哪儿玩，只好提议说："要不然你再去周边玩玩？"

"不去玩了，明天开始参观你们学校。"

"啊？"初音有些意外。

"不欢迎？"他垂着眼睫看了她一眼。

初音立刻弯唇道："当然欢迎。"

只是初音没想到，江星辰说的参观是要和她一起去上课，并且美其名曰仰慕X大教师的教学风采。这话要是让D大一帮老教授听见，估计得气死，从来都是他们X大仰慕D大的份。

恰逢考试周，划重点搞突击，初音他们每节课都爆满，后排的位置更是紧张。

初音占好了座,出来等江星辰。他来得很快,白T恤、黑裤子,和大一新生走在一起也没什么差别。他长得太帅,沿途引起不少女生的侧目。

初音掩唇小声道:"江星辰,好多女生在看你啊。"

江星辰略停了下步子问:"吃醋了?"

初音连忙辩解:"没啊!"

"那是我看错了,"江星辰恬不知耻地把指尖送到她掌心处,"主要是我怕你吃醋。喏,我现在开始是你的私人所有物。"

初音没握他伸过来的手。

江星辰挑着眉梢,低叹一声:"哎,还不要牵我,完了,送不出去了。"

已经临近上课点,人来人往。初音一把牵过他的手,将他带进了教室。

上大课,教室里的人更多,班里的人第一次见初音牵着男朋友来,都在笑。

初音耳朵都快烧着了。

小姑娘害羞的样子太可爱,江星辰实在没忍住笑了。

初音回头,江星辰立马收了笑,并转移了话题:"你们这个班多少人?"

"一百多个,这是两个专业的大课。"

江星辰问:"上次那个男的也会来吗?"

"不会,不是这个课。"

后排的座位已经坐满了人,初音用来占座的书不知道被谁推到了中间,这会儿人满了,根本进不去。

"同学,麻烦让让,借过。"初音只好一句一句地提醒。

要是别人,他们可能还不太高兴让,偏偏这两人,男的帅女的美,太过养眼。

江星辰非常淡定地跟在小姑娘后面,看她一遍遍不厌其烦地开路。

她到底是长大了,蒙尘的夜明珠,被人掸去了浮尘,闪闪发光,他甚至舍不得移开眼睛。分别的三年,也许也并不是坏事……他们都在各自的岁月里长大了一些,也懂得更加珍惜彼此。

终于在位置上坐下来了。

初音长长地吐了口气。

脑门上出了一层薄汗，有些热，她要拿课本，江星辰却攥着她的右手不肯松。

初音只好把书包放在抽屉里，单手扯开拉链，把书拿了出来，还顺带拿了一本书给江星辰装装样子。

教室里非常安静，主讲老师稍微讲了会儿课，就开始给他们划重点了。

初音拿了笔出来，示意江星辰松手，他偏不。

初音有点无奈，压低脑袋靠过来，小声说："这门是主课，不能挂。"

江星辰听清楚了，却依旧没松手。

"江星辰，这门课真的很重要……"小姑娘几乎带着些恳求的口气了。

他终于恶劣地开出了条件："你亲一下我。"

"你疯了，上课呢！"

"那我不管，反正你平常成绩好，能考专业第一，主课肯定挂不了。"江星辰扬了下眉，表情又坏又痞。

初音无奈，只好说："你靠近点……"

江星辰一脸傲娇地拒绝："不要。"

这位老师划重点的速度非常快，眨眼间已经听到他报"86页"了。

初音挣扎道："是不是只要亲就可以了？"亲哪里没关系对不对？

江星辰垂眉翻了翻书页，眼皮也没抬，懒洋洋地"嗯"了一声。

四周都是人，初音实在不好意思光明正大地亲他。她思考了一会儿，俯身蹲下，佯装到地上捡东西，飞快地在他手背上啄了一口。

正要起来，脑袋忽然被他从上面摁住了——

头顶的光线暗下去，他弯腰下来，吻住了她的唇。

桌下的空间太过逼仄，初音要躲却没有地方避，只能任由他亲。

讲台上，老师的说话声还没停下，那些"哗啦啦"的翻书声不绝于耳。

初音好像都听不见了，只剩下心脏在飞快地跳着。

他亲了好一会儿，才终于把她放开。初音满面绯红地从桌底爬上来，完全不敢看旁边的同学，虽然他们的注意力都在老师的重点上。

啊啊啊！

江星辰看了眼小乌龟一样伏在桌上的初音,抱过她的书,提笔帮她往后面圈重点。事实上,除了刚刚吻她的时候,前面的重点,他都记住了。

等台上的老师讲完,江星辰"啪"地合上书,在她脑袋上敲了一记道:"快点起来,你们老师拿点名表,要点名了。"

初音闻言,终于探了脑袋出来,谁知江星辰忽然凑近压来,初音立马又缩了回去,不动了。怎么办,她一看见他,就想到刚刚那个吻。

江星辰嘴角弯了弯,心情异常好。

台上的那位老师,已经开始点名了。

按的姓名字母顺序排列,很快到了初音,江星辰怕她害羞,索性举手替她答了:"到。"

谁知,初音这时也跟着喊了声"到"。

那老师皱眉,推了推眼镜,低头看了眼手里的点名表,好奇地问:"陈初音是男生还是女生?"

江星辰笑着说:"老师,陈初音是女生,我女朋友。"

那老师又问:"那你叫什么?"

江星辰往后靠了靠,一本正经地扯谎:"我成绩差,没考上你们学校,但我实在想来学习,特意求我女朋友带我来的。"

那老师听完有些感动地说:"你能好好学习是好事,以后我的课常来。"

很多双眼睛转了过来,那里面就有和初音一起去过D大的学生。

那些人也都惊呆了。这什么情况啊?D大高才生说自己成绩差?自己耳朵没聋吧?

在众多注视的目光中,江星辰依然淡定如狗,他家小初音却已经窘成了一朵蔫巴的小花。

这节课该画的重点画完了,老师站起来,说:"今天就提前下课吧。"

后面的课还早,人潮拥挤着往外走,教室在顷刻间又安静下来,初音还闷脸趴在桌上。

江星辰靠过来喊她。

小姑娘没动,露在外面的耳尖有着显而易见的红色。

江星辰嘴角弯弯,笑得像只狡猾的狐狸。

他手臂在摇摇晃晃的桌子上一撑,长腿跃上长桌上坐定,一只腿垂到她的椅子边,脚尖钩着那椅子一上一下地翻动,整个人看起来又酷又痞。

"走啦。"初音还趴在桌上,他伸手过来,修长的指尖轻轻夹住她露在外面的耳尖,低低地哄,"没人了。"

"可我要不及格了。"

"不会,范围我都替你画好了。"江星辰语气软到不行。

初音依旧埋着头,瓮声瓮气地说:"你骗人。"

他忽然俯身下来,张嘴在她冒红的耳尖上轻轻咬了一口,声音全部湮灭在她耳蜗里:"再不走,我可又要亲你了。"

初音炸毛,一下坐了起来,凶他:"啊啊啊!江星辰,你讨厌!"

江星辰吹了声口哨,笑得轻佻又坏:"没事儿,我喜欢你就行。"

时间一晃到了期末考试。

江星辰一直赖着不走,用他的话说,他此行的主要目的是让初音熟悉有男朋友的感觉。初音拿他没办法,只好每天占座的时候,给他也多占一个。

期末考试前,大家都勤奋得可怕,校图书馆每天六点开门,五点不到就排起了长队。

初音今天早上稍微起得迟了一会儿,到图书馆时,已经一个位置都找不到了。X市纬度较低又靠着海,夏天热且潮湿。没有空调的地方,一会儿就能出一身黏腻的汗。

初音给江星辰打电话的时候,他已经到了图书馆门口。

刚到她面前,初音就开始劝退:"我今天没占到座,你要不回酒店待着,凉快。"

"那你呢?"他问。

初音随手指了指后面,说:"我进去找个凉快的地方,坐地上看。"

江星辰有点不高兴地说:"那我不回去。"

"为什么啊?"她不明白他干吗不高兴。

江星辰屈着指节在她眉心弹了一记道:"舍不得你呗,要么你和我一起去酒店吹空调,要么我跟你一起进去找个地方坐。"

初音还没说话,江星辰忽然转了转手机,似是叹息又似是勾引般地说:"哎,我还是觉得我们俩一起在酒店吹空调比较舒服。"

初音立刻投降了。上次之后,酒店她是不敢再去了。她清了下嗓子说:"要不,你和我一起进去找个地方坐着?"

江星辰把手抄进口袋,噘了下嘴道:"地上硬,坐着难受。"

初音挽过他的手臂,说:"我的书给你垫,保证不硬。"

江星辰扫了她一眼,故意做出一副不情愿的样子。

"走啦,"初音撒娇,"别人的男朋友都进去了。"

"男朋友"三个字,终于让江星辰满意了。

图书馆有门禁,一张卡只能进一个人。但那个门禁关起来的速度很慢,很多人懒得掏卡,就会两个人一前一后贴着进来。

初音虽然看别人这么做过,轮到自己还是有点紧张。她站在门口,特别认真地叮嘱江星辰:"一会儿你跟着我,记住了,要快,非常快,别被夹到了。"

"嗯,知道了。"他点头答应。

他家小姑娘很乖,很少做不守规则的事,江星辰想到几年前他们分别那回,她也为他不乖过。

初音牵着他到了门口,把手里的卡放上去,塑料门打开,江星辰双手搭在初音肩上,推着她快速通过,身后的门"啪嗒"一下合上了。

初音骤然松了一口气。

嚯,还好进来了!

初音做贼心虚地往还书处扫了一眼,那两个管理员阿姨正在喝茶,根本没看他们。

江星辰伸手在初音头上按了按,低低地笑了声:"出息。"

初音非常小声地叹了一句:"我们俩要是在一个学校多好啊。"

江星辰若有所思地说:"嗯,以后会的。"

背书的声音有些吵,初音没太听清,"嗯?"了一声。

江星辰别过脸轻咳了一声道:"走吧,进去找凉快的地方。"

位置是早没了,不过图书馆里的冷气却开得非常足,腻在身上的湿热一下吹散了。

初音穿过那一排排书架,一直往里面走。

X大的图书馆有着古老的历史,藏书量惊人。眼前的这个片区的书非常冷门,逢着考试周,来的人更少。江星辰觉得这里挺好,于是就先初音一步坐了下来——

这里的过道本来很宽敞,但江星辰太高了,长腿一伸,几乎填满了两排书架，空间顿时变得狭小而逼仄起来。

初音看他屈了一条腿，手闲闲地搭在膝盖上，整个人镀在了晨曦明亮的光影里，线条流畅，五官立体，像极了她看过的一些漫画里的插图，心脏不受控制地漏跳了一拍……

江星辰很快也发现小姑娘在看自己，轻笑道："陈初音，擦擦口水。"

初音下意识地抬手在嘴边抹了一把。

根本没有！

江星辰手拢成拳掩在唇边，遮挡自己溢出的笑意，但胸腔的震动是挡不住的。

这人太坏了！

初音拉开书包，找了几本厚书递给他说："你坐这儿，我去里面坐。"

和他坐一起太容易分心了。

江星辰敛了笑意，眉毛状似不经意地挑起，长手一伸，没有去接她递过来的书，而是握住了她递书的手腕。

掌心稍稍用力，初音就栽到了他怀抱里。他顺势勾住她的腰，琥珀色的瞳仁，望进她的眼底，存在感非常强。

"陈初音，你又打算不要我了？"他刻意压低了声音，听上去竟然有点撒娇的意味。

初音心脏咚咚直跳，忙解释道："没……我就到旁边一排坐。"

江星辰果断拒绝："不行。"

初音舔了舔干燥的唇。

江星辰抽掉她手里的书，拍在一旁的地上，嘴角的笑痞气而勾人，他故意压低了声音诱惑她："要不然我们还是出去吧，躺在床上看书比较自在。"

不行！

初音立刻解了书包说："我也觉得这里好，旁边那排光线暗，伤眼睛。"

"嗯，"江星辰顺着她的话往下说，"那行，就这里。"

初音松了口气，正要坐下来，却被江星辰叫住了。

他掌心撑地，站了起来。

初音仰头，见他从最高的书架上抱了一小摞书下来，整整齐齐地摆了个小板凳。做完这些，他在旁边坐下，在身侧那"小板凳"上拍了拍，冲她说："好了，坐吧。"

"管理员看到会骂人的。"初音小声说。

"没事,一会儿我替你擦干净整整齐齐地放回去。"

初音只好同意。

她很快进入了学习状态,手里的书页被翻动得沙沙作响。

她背书,江星辰看她——

这里的光线很好,女孩的皮肤莹白,绯红的唇上下掀动着,可以看到里面粉红的舌头……

江星辰心口发痒,想亲她。

他转身,在身后的书架上抽了一本书下来。这种冷门书,原本很对江星辰的胃口,可是他却走神了。

因为初音。

她背书的声音非常轻,软软的,让他总是不自觉地竖着耳朵去捕捉。

再这么下去,恐怕会耽误她考试。

江星辰从地上站起来,朝初音说:"卡给我,出去下。"

初音"哦"了一声,乖巧地从包里翻出校园卡递给他。

出了门,江星辰到了连接图书馆和阅览室的大平台那里。从底下灌上来的风很热,他洗了把冷水脸,在那树荫下的台阶上坐了一会儿。

高大的榕树,摇动枝叶,风将他脸上的水珠吹干了。

陆陆续续有人往台阶上面走,那其中也不乏你侬我侬的小情侣。

原来和小姑娘一起上大学是这样的感觉,温暖、治愈、甜蜜又柔软。

她不在的那三年里,这些词好像都在他的生活中消失了……

许久,江星辰起身,跟着人群进去。

这个点,图书馆里的人比之前更多了。他穿过长长的过道,找到了初音。

只是初音边上还站着一个表情无比严肃的管理员,那管理员讲话声音非常大,全然不顾这是图书馆:"书摆那么高,你怎么拿得下来的?你们这些学生,不是把书拖到这里就是那里,从来不放回去,我们整天跟在你们后面收拾都来不及,我每天都一大早来,深更半夜才能回去!"

她声音很大,吸引了不少人的目光停驻。

初音已经从地上站了起来,她手里还抱着两本他从上面拿下来的书,满脸的窘迫。

江星辰皱眉,因为自己擅自拿书,致使小姑娘遭受了责难。

原本，这事是他理亏在先，不该拿书下来。不过，眼前的这位管理员，明显是在拿他家小初音当出气筒。

江星辰大步流星走过来，轻扯过初音的胳膊，将她挡在了身后。

他扫视了一眼这位管理员的工牌，开口道："王阿姨，书是我拿的，您骂错人了。我要选选，到底借哪本走，我们学校规定高处书架上面的书不允许看了吗？"

管理员被他呛了一串，脸上有点挂不住。

那些看热闹的学生，开始窃窃私语起来。

"就算那个同学不对，阿姨也该把她喊出去骂吧，在这里好影响大家学习。"

"就是，每天晚上不到九点就关门，早上一直不来开门。"

那管理员觉得有点失态，走了。

江星辰接过初音手里的书，继续码小板凳给她。

"还坐啊？"初音问。

"怕什么，一会儿借两本回去，给我看。"

"好吧，也行。"初音坐下来继续背书。

"刚刚被她骂，怕吗？"江星辰帮她把额间的一缕碎发拨到耳后。

初音抬眼小声说："不怕。"

"那你怎么不回嘴？"

初音咬了咬唇道："我就感觉她还挺像我妈从前的样子的，有点舍不得打断她。"

江星辰抬了抬眉梢，竟然笑了。

初音最后一门课是开卷考试，题目不难，但要写的字特别多。她两点钟进的考场，四点才交卷出来。

天气炎热，楼道里几乎都成了大蒸笼，满路的人都是亟待出锅的汤包。

初音出门，远远瞥见江星辰掀着T恤衫的下摆往上扇风，那节肌肉紧实的腰线，时不时地露一下，带着致命的吸引力。

她走近，随手递了把小扇子给他。

江星辰看了一眼，拒绝道："不用。"

初音红着脸说："这里人来人往，你这样……影响不好。"

江星辰算是听出话外音了，抿唇一笑，问她："什么影响不好啊？"

"太暴露了。"她小声道。

"行行行，"江星辰接过扇子，笑得一脸痞气，"不给他们看，只给你看，行了吧？"

初音耳朵一下红了。

江星辰见状，低笑着换了话题："怎么这么久才写完？"

初音使劲甩了甩手道："开卷考试根本就是抄课文。"

"手抄酸了？"

"何止，简直是要断了。"她说得惨兮兮的，江星辰捉住了她的手捏了捏。

偏西的太阳依旧很烈，初音撑开太阳伞，江星辰顺手接过来替她举着。

蒸腾的暑气丝毫没有退散，走到一半，初音后知后觉地问："现在几点了啊？"

江星辰把手表伸过来给她看。

"啊！都四点啦，我得赶紧上去拿行李。"说完，她也顾不得晒不晒了，拔腿就跑。江星辰在后面喊了几遍"慢点"，初音远远地冲他比了个"OK"的手势，一下窜没了影。

初音的伞没拿走，江星辰也懒得收，就这么一直举到了路口，一路上引起不少人侧目。

他们会侧目，主要是因为初音的这把太阳伞太少女心，奶白底上散落着稀稀疏疏的草莓，甜腻腻的。偏偏打这把伞的是个男生，不是这种调调。

江星辰本人并不觉得有什么不妥，这是他女朋友的小花伞，别人还没有呢。

他在初音楼下等了一会儿，见小姑娘火急火燎地拖着个箱子从楼道里出来，身上的大背包因为跑得太快，左右晃动着，有种笨笨的可爱。

"快走，要赶不上飞机了。"她喘着气说。

江星辰递给她一支雪糕，顺手接过她的行李，淡定地道："不急，叫好车了，直接过去就行。"

他做事很稳妥，非常令人安心。

初音刚刚一路狂奔，这会儿头发、脸颊、脖颈都是潮湿的汗。上了车，

- 277 -

江星辰一面给她擦汗，一面让司机把冷气调到了最小。

快到机场时，初音问："你回 N 市是准备找工作吗？"

"嗯。"他是有这个打算，先工作一段时间，再回来上学。

"太好了，"初音笑盈盈地把手搭在他手背上，"那我这个暑假能不能申请多见你几次啊？"

江星辰反握住她的手，语气宠溺："好，想见多少次都行。"

晚上十点，他们到了 N 市机场。

来接机的是秦让。

他难得开了辆颜色正常的 SUV 来，鼻梁上架着一副天价眼镜，倚在车门边上，笑得骚气。

江星辰在后备厢里摆放行李，初音礼貌地喊了声："秦让哥。"

初音这三年的变化太大，秦让根本没认出来，只以为她是江星辰从 D 市带回来的女朋友，禁不住开口道："妹妹，感谢你拯救我家兄弟于水火之中。"

初音愣了愣，问他："什么事儿啊？"

秦让点了一根烟，瞄了眼后面的江星辰，刻意压低了声音说："他啊，之前喜欢一个姑娘，让人给甩了，记了多少年，一直单着，谁也看不上……"

后备厢"砰"地关上。

江星辰已经往这边走了。

"秦让，你叽叽咕咕在和我家小鬼说什么？"

秦让一听"小鬼"两个字，眉毛跟着跳了下，骂道："江星辰，我说你能不能有点出息，都有这么好看的女朋友了，还对人家小初音念念不忘呢？"

初音欲言又止。

秦让摘掉眼镜，朝初音使了个噤声的眼色，继续数落江星辰："你说初音能有眼前这姑娘好吗？个子高，脸蛋儿好看，身材也好，皮肤又白，温温柔柔、秀外慧中……"

秦让把所有夸奖美女的词语说了个遍，江星辰看也不看他，非常冷淡地回了句："说完了？"

秦让脑门上的神经猛地蹦跶了两下。

正当他以一种满怀同情的眼神打量初音时，江星辰对初音说："你姐和他分手以后，他眼睛就瞎了，别理他。"

"谁眼瞎了？"秦让嚷完，后知后觉地"咦？"了一声。

江星辰已经拉开车门，把初音塞了进去。

秦让三步并作两步跑过来，一拉车门，车里的灯紧跟着亮起来，小姑娘的脸被照得清清楚楚。

秦让盯着她看了好一会儿，禁不住叫一声："你是小初音啊？"

初音腼腆地笑了笑说："秦让哥，好久不见。"

秦让皱了皱眉毛，赶忙往回圆："我刚讲的那些话，都是在夸你。"

"嗯，"初音点头，"听见了。"

江星辰踢了他一脚说："行了，夸完我女朋友了，上前面开车去吧。"

女朋友？秦让看了眼初音，又看了眼江星辰，心里顿时变得无限凄凉。为什么全世界就他一个人是单身狗！就他一个！太不公平了！这车他不要开，让他们自己走回去！

江星辰弯腰进来，拉了安全带给初音系上，随口问："阿音，你姐什么时候毕业？"

初音答："也是今年。"

秦让一听他们提韩绵，脑神经再度跳了几下，他决心不走了。当司机就当司机吧，至少还能打听到韩绵的事。

他把钥匙一转，将车子开到了绕城高速上。车载音乐关小了，秦让扭头问初音："你姐今年毕业，有说她什么时候回来吗？"

"没有，不过她还没有申请绿卡，应该还是想回来的。"韩齐每次帮她准备的资料都被她悄悄收了起来。

秦让心里松了一口气，继续问："你姐，她有没有男朋友？"

"没有。"

"一直没有谈？"

"嗯。"

"她电话给我个呗？"

江星辰接了话头过去："韩绵要是不想理你，还是会拉黑你。"

秦让撇了撇嘴，颇为自信地道："肯定不会，她这么久都没谈对象，肯定是在等我。"

江星辰轻嗤一声，补刀："没准她是因为你，对男性彻底绝望呢。"

秦让不想理江星辰，继续诓初音："当年的事是误会，这样，你先给我个号码，我先存着不打，成不？"

初音想，秦让对于韩绵确实是个特别的存在。当年韩绵失恋后，情绪上非常平静，却在一个月里暴瘦了十几斤，那之后她也确实没有正眼看过谁。如果可以，她是挺想见韩绵开心一点的。

秦让见初音动摇，迅速把手机往后面递了过来，一气儿报了开机密码。

初音抿了抿唇说："秦让哥，我姐是那种喜欢十分才会表现一分的人，所以，当年出国，她最开始并不是想着不要你了。"

是的，当年的事，确实怪他。

韩绵当时是用商量的口吻来问他出国的事的，可他那时太自我，注意力全在自己情绪上，全然没有顾及她的感受。

兴冲冲提完分手，他就后悔了，韩绵眼里的那种钝痛刺到了他，那时候他非但没有适可而止，而且说了些伤人的话……像个狗东西。

秦让握着方向盘的手紧了紧。

一时间，车厢里，只剩下低沉的歌声在耳畔吟唱。

初音垂眉把韩绵的电话输进去后，看了眼江星辰。江星辰会意，对前面的秦让说："时间过去了这么久，韩绵未必还生你的气，你可以试着联系下。"

秦让"嗯"了一声，桃花眼被那些灯照得一片水意。

车子到了市区，半夜的N市依旧灯火通明。初音报了出租屋的地址，秦让开到目的地立刻走了。

江星辰送初音上去。

他简单打量了这个小区，环境还不错，治安也可以，那次她从大平层走了之后，应该就是来的这里。

已经到了门口，初音把钥匙插进去，却发现怎么也打不开锁。

"你是不是记错地址了？"江星辰问。

"没有。"

江星辰蹲下来，仔细看了看，门锁没有坏，应该是换了锁芯。

"和房东联系下。"

初音拨了电话过去，那房东讲了几句，大致意思是前段时间他名下房子进了贼，他就把所有房子的锁都换了一遍。

"那能麻烦你过来开下门吗？"初音说。

"哎呀，不好意思，我这两天在外地，暂时回不来，你先自己解决下，十天左右，回头给你从房租里减钱。"

初音皱眉。

江星辰弯腰提了她的行李往楼下走。

"先去我那儿住。"他说。

初音还记得江星辰的那个公寓，好像只有一个房间，连忙摆手说："不用，我有地方住。"

"去哪儿住？"他问。

初音灵机一动说："大平层，我之前的家。"

江星辰点了下头，在那里住也可以。

初音松了口气。

到了大平层楼下，初音特意仰头看了下。

二楼的灯熄着，那个租户不在家，不过她也不打算真的住这里，虽然韩齐只收半年房租，但房子毕竟是一个人的隐私，初音转身来接江星辰手里的箱子。

"我自己上去吧。"

"我送你。"

初音拗不过他，只好跟上去。

门口的声控灯应声而亮。

初音想，已经这样了，只能假装进去一下，等他走了再出去找酒店住，希望那个租户千万不要在这个时候冒出来……

她急急忙忙找钥匙，因为不常用，那把钥匙被她收在行李箱里了。带的东西比较多，箱子里压得严严实实的，翻找起来有些麻烦。

江星辰掩唇轻咳了一声道："其实不用这么麻烦。"

"不麻烦！"

初音以为他又要说去他那里住的事，一时间翻找得更快。

江星辰从口袋里摸出一串钥匙来，轻轻松松打开了眼前的门。

初音听到动静，抬头，愣住了。

江星辰拔掉了门上的钥匙，转身看她。

声控灯在一瞬间熄灭了。

"江星辰,你怎么会有我家的钥匙?"她在黑暗里问。

"我一直有。"他声音很低。

有什么东西在脑海里串成了线,初音问:"你……就是这里的那个租户?"

"嗯,一直是我。"他的声音很淡很淡。

门廊里重新亮起来,他笔直地站在那里,周身镀着一层暖橘色的光,影子落了满地,仿佛克制着某种情绪,琥珀色的瞳仁轻颤着,他在看她,温柔又深情。

初音低头整理箱子,不知是东西多,还是她的心太乱了,总也不能把拉链合上。

江星辰转身进去打开了灯,再出来,他递给她一双拖鞋,顺手帮她把箱子搬进去整理。

"你为什么要租这里?"初音忍不住问。

"只是碰巧。"

"可你只住了我的房间。"初音说。

江星辰手里的动作停了下来,长长地吐了口气:"一定要说理由吗?"

"嗯,我想知道。"

"我不想这里被别人住,"说到这里,他笑了下,"还有就是,如果你哪天回来了,我想第一个知道。"

在他看来,这套房子是他和她之间唯一存在的联系,他只能守着这里,别人来,他不放心。

"谢谢你,我很开心。"她从美国回来的那一天,大平层的一切都保持着原来的样子,仿佛她在这里还有个家。

当时,她误以为那份温暖来自一个陌生人。

谁知那个陌生人竟然是他。

也因为如此,她萌生了一种去路虽漫漫,归程犹可期的想法。

初音眼眶潮湿,声音也哽咽起来:"江星辰,你知道吗,去年,我来过这里。"

"我知道。"那之后,他特意来蹲过好几次,但都没有碰见过她。

初音吸了吸鼻子,低低地说:"你真的像个天使。"

"听起来我还得有双翅膀?"他故意逗她。

初音非常诚恳地说:"你有,只有我能看得到。"

江星辰在她脸上捏了一把，低笑道："傻。"

"对不起，江星辰。"初音轻轻抱住了他的腰，眼泪擦在他的衣服上，"我让你等得太久了。"

"也没有太久，"他轻轻抚了抚她的后背问，"饿吗？出去吃点东西。"

今天的飞机餐她没吃多少。

"我包里有泡面，可以对付下。"

"泡面不健康。"他说。

"就吃一回，不碍事的。"

江星辰在她脸上捏了一下，转身进了厨房。过了一会儿，他隔着门喊："你的泡面呢？拿来。"

初音收到信号后，动作麻利地完成了任务。

厨房里的灯亮着，蓝色的火焰舔着锅底。她倚在门框上，看他慢条斯理地拆泡面，莹白的指尖捏着那橘色的袋子轻轻一扯，竟有种把那泡面的档次提升的错觉。

"你平常做饭吗？"她问。

"很少。"他垂眉揭了锅盖，将面饼放进去。

"但你做饭的样子很帅。"

江星辰闻言，走了过来。两人鞋尖相抵，距离很近。初音也不躲，就那么看着他。他低头，点了点她的额头，笑出了声："怎么，还没结婚，现在就开始骗我给你做饭了，嗯？"

一个上扬的尾音几乎要了初音的命。

"我没诓你啊，我是在夸你。"

"那我刚刚为什么会有想给你做一辈子饭的想法，还敢说不是你诓的？小骗子。"他说话的时候，那双狭长的眼睛始终望着她，深情又专注。

初音的心"怦怦"直跳。

江星辰一只手压在门框上，一只手将她揽进怀抱里。

初音的视野里，只剩下他刀削斧刻般的下颌线，以及微微颤动着的喉结……

太近了。

她都快不能呼吸了。

沸腾的水声，变成了闷闷的突突声，白色的水汽沿着锅边冒出来，泡面的香味侵占了整个屋子。

初音不敢看他,背倚着门框往下移了移,趁他不注意从他的怀抱中钻了出去。

"厨房里太热了,我去给你把冷气低点。"她趿拉着他那双又大又长的拖鞋,走到中央空调的开关边,一顿狂摁。

江星辰看着头顶不断变化着的风速,哂笑出声。

面端出来,初音麻溜地往手边的小碗里分配。

江星辰说:"我不吃泡面。"

初音扬了下眉,俏皮道:"这不能叫泡面,这是爱的夜宵。"

江星辰被她的话逗乐了,问:"我自己给自己的爱?"

初音咬了下筷子,纠正道:"面是我的,主要还是来自我的爱,你只是煮了下。"

江星辰在她眉心敲了一下,拉了椅子在她边上坐下。吃过一口,他对自己的厨艺还颇为满意。

初音吃完碗里的面,抬头问道:"你不常来,这里为什么会这么干净?"

"钟点工阿姨每过几天会来打扫一次卫生。"

"那你得花多少钱啊?太不会过日子了。"

"听起来你倒挺会过日子。"

初音吃完饭,有点困,单手支着脑袋,非常认真地点了点头:"那必须会啊。"

"行,以后交给你管账。"

初音软绵绵地问:"嗯?管什么账?"

江星辰拧了下她的鼻子,说:"家里的账,夫妻共同财产。"

嗯?他刚刚说什么财产?初音的困意都被他窘没了,借故洗碗溜去了厨房。统共两副碗筷和一个锅,她在里面待了整整十分钟。

再出来,江星辰正敞腿坐在客厅的沙发上。

电视开着,他用手机投屏了一部电影。

"碗洗好了?"他问。

"嗯。"初音点头。

他在身侧拍了拍,说:"过来看电影吧,最新的片子,评分很高。"

的确是最新的电影没错,但现在已经过了十二点了。

- 284 -

江星辰这个样子，今晚是不打算走了。

电影已经放了一小段，画面一帧帧往前滚动，将他眼底的光也染成了彩色。她抿了下唇，问："你今晚住这里啊？"

江星辰伸手按了下遥控器，电视画面顿时停住了，客厅变得静悄悄的。他的指节在前面的茶几上敲了敲，意味深长地看了她一眼道："要赶我走啊？"

初音的太阳穴没来由地跳了跳，连忙解释："我不是这个意思。"

"那是什么意思啊？"江星辰手臂打开，搭在沙发后背上，懒懒地挑了下眉梢道，"哥哥我交了房租，受法律保护的。"

初音窘在那里不吱声，脸蛋上有着显而易见的红晕，被光照着粉扑扑的。

"过来。"江星辰朝她勾了下手指，眉眼间的笑意轻佻且拿人。

初音根本无法拒绝，只好走到了他面前。

韩齐为了家中空间足够宽敞，沙发前面没有摆放任何阻挡物，初音一靠近，江星辰立刻伸脚钩住了她的腿弯。

他稍稍用力，便轻松将她拉到了近前。

初音没站稳，一个俯冲，栽进了他的怀抱里。江星辰的声音合着温热的呼吸已经到了耳畔："坐下，陪我看会儿电影。"

初音端正乖巧地坐在他旁边的位置上，只是稍稍保持了一点距离。

电影画面再度动起来，江星辰随手关掉了客厅的灯。忽明忽暗的彩光，在客厅里摇曳起来。

他探手过来握住了她的手，低低地笑了一声："靠近点坐，哥哥又不会吃人。"

初音只好又往他身边挪了挪。

黑暗营造出了一种难以形容的暧昧感，初音尽量将注意力转到电影上。

过了一会儿，电影情节转换，到了一个非常刺激的桥段。男女主人公热吻，导演故意将声音弄得撩人。

初音悄悄扭头看了眼江星辰，他线条流畅的侧脸掩映在黑暗中，时而清晰，时而模糊，她手心不自觉地出了一层薄汗，有些热。

江星辰也在这时转过头，看向她，那双琥珀色的眼睛里倒映着沉沉的夜色。

"这么紧张？手心都出汗了。"

不知怎的，被他这样讲出来，初音有些羞耻。

江星辰又笑了声："也想接吻？"

"没……"她才没有这么色。

江星辰哼了哼，忽然伸手钩住她的背，将她摁到怀里。隔着一层薄薄的布料，他掌心的温度烫到惊人。

"不说话就是默认。"说话间，他俯身过来吻住了她。

这是侵略性很强的吻，带着铺天盖地的松木香，柔软的唇瓣交叠，初音连换气都忘了，任由他取舍。

江星辰略微松开他，点评："吻技倒退了。"

电视里的光亮了亮，小姑娘的眼睛被光照得湿漉漉的。

江星辰没控制住，又吻了她，手指在她柔软的腰肢上掐一下，初音身子一颤，软软地推了他一下。

江星辰终于止住了这个吻。

初音的心脏狂跳着。

电影结束了，客厅的灯被摁亮，江星辰起身踢掉拖鞋，赤脚走到行李箱里去找衣服。

他在洗澡，浴室的灯亮起来，"哗哗哗"的水声被玻璃门挡在了后面……

初音使劲搓了搓脸，迫使自己冷静下来。

江星辰洗完澡出来，发现小姑娘缩在沙发上睡着了。女孩露在外面的皮肤，在湖蓝色的沙发衬托下，仿若上好的瓷器。

他不禁伸手碰了碰她柔软的脸颊。

初音翻了翻身，将侧卧改成了平躺。

江星辰在她鼻尖上捏了捏，语气又低又宠溺："起来，洗完澡再睡。"

初音"唔"了一声，懒洋洋地掀了掀眼皮，又闭上。

江星辰在她鼻尖上刮了刮，说："还不起来，是打算让我抱你去洗？"

这句话的威力，不亚于一颗深水炸弹。

初音立马坐了起来，兔子似的奔进了浴室……

朦朦胧胧的水声，从浴室里传出来，江星辰的视线扫了眼她放在客厅角落里的行李箱，眉毛忽地挑了下，嘴角弯得老高。

她洗澡，好像没拿衣服。

江星辰拨了拨头发，很快将衣服连同她的粉红色小毛巾一起装进一个袋子里，挂到了浴室门口的把手上。

做完这些，他敲了下门。

初音闻声关了下水龙头。

"你衣服没拿，给你挂门上了。"他尽量以一种平淡的语气和她说道。

初音这才后知后觉地发现，她刚刚啥也没带就横冲直撞地进来洗澡了。

她咬了咬唇，深觉自己的脑子被狗吃了。

江星辰知道她已经听清了，说："我先睡觉了。"

初音在里面"嗯"了一声。

他回了卧室，她听到了清晰的关门声。初音等外面彻底安静下来，才压着浴室的门把，往里开了道小缝。

江星辰早就不在外面了。她也没敢耽搁，拎过那个蓝色袋子进去，"咔嗒"一下反锁了门。

初音看到裙子里裹着的贴身衣物时，顿时羞燥难当，他拿得好全。

她刚穿好衣服，头顶的灯忽然"啪"地灭了。

黑暗骤然涌来，她吓得叫了一声。

江星辰一瞬间冲到了浴室门口。

"是停电，别怕。"他的声音从外面传来，初音总算找到一丝心安。

"嗯。"

"衣服穿好了吗？"他问。

"好了。"

"出来吧。"

浴室的门打开，潮湿的水汽也跟着蔓延到了外面，女孩的眼睛也染着氤氲的水汽。

"可能太久没交电费了，我没绑定手机缴费，等明天我回家找下你家的电费卡。"他拿手机给她照路，"应该还有些备用电。"

他把手机递给初音，然后牵着她到电表箱那里。

铁质的盒子打开，初音踮着脚尖把灯光尽可能地往高处照。江星辰找到那张深蓝色的卡，将它拔出来又推进去，刚刚熄灭的灯又亮了起来。

光明总是给人以无尽的安全感。

"备用电还有多少？"初音问。

"十度，中央空调不能开了。"

初音点头，表示同意。

她的头发还没来得及吹，湿漉漉地堆在头顶，时不时地往下滴水，那些水珠顺着白色的纱裙一直滚下去，在衣服上洇湿了一块。

江星辰略皱了下眉，摁着她的肩膀将她推进了浴室，随手把架子上的吹风机塞给她，说："把头发吹干。"

初音举着那吹风机，问："会不会又断电？"

十度电似乎没有多少。

江星辰随手拿过她放在袋子上的毛巾，轻轻掰过她的脑袋，将她头发包裹进去，从上往下，一下一下地擦。

初音的视线，不自觉地转到了面前的镜子里。

江星辰有一张线条优越的脸，即便过了这么久，他身上的少年气依旧在。他修长的指节轻缓地擦过她的头皮，动作轻柔，似带着缕电。

初音心里轻轻发颤，江星辰也没有说话，时间似乎慢了下来，一帧一帧的，就像刚刚看的那场电影。

年少时，她从没想过有一天可以和他靠得这样近。他曾是她遥不可及的幻梦，是遥远天幕上的星星。她在无数个夜晚抬头凝望，又在天亮时悄悄隐藏。

时至今日，她才有一些真实感。

初音心里涌起一股柔和的暖意。

从小到大，除却母亲陈芸，江星辰是第一个给她擦头发的人。被这种情绪驱使着，她禁不住勾了勾唇。

江星辰在镜子里问她："笑什么？"

"没什么，就是很开心。"

"傻。"

"江星辰……"她喊他。

"嗯？"

"你以后会不会给其他人擦头发啊？"初音忍不住问。

"这谁知道？"江星辰笑。

"那你以后能不能不给别人擦？"

江星辰在镜子里抬了抬眉梢笑："听起来你很想嫁给我。"

初音耳根忽地热起来，他到底怎么理解成这样的？

他笑了笑说:"行吧,答应你,以后就给你一个人擦头发,不过,也有个例外。"

"什么例外?"她又问。

"如果我们以后生了个女儿,我可能还会给她擦,当然你如果吃醋的话,我就克制下,不擦。"

初音耳朵一热,心想她干吗要多此一问。

天太热,睡觉前的最后一点电,全部用来开了冷气。但也没支撑多久,中央空调太费电了……

天蒙蒙亮时,初音热醒了。她又热又渴,出来找水喝,远远瞥见东侧阳台的门开着。江星辰不知道什么时候出来的,仰面靠在阳台的躺椅上乘凉。

初音捧着杯子出来找他。

"你怎么上这儿来了?"

"出来凉快一下。"他淡淡地答了一句。

对面街上的早饭铺子已经开门了,白色的雾气从那些蒸笼里冒出一点来。三伏天的早上,一丝风都没有,那些雾气直直地升腾上去一小段,便消失在空气中。

初音在旁边的吊床上坐了一会儿。

清晨特有的凉意把汗散了一些,却还是非常闷热,稍稍适应了,又开始出汗。她把手打成了小扇子,在脸上来回扇着。

江星辰见状,起身进去找了把扇子出来递给她。

初音看了眼手里的白底团花小扇,笑道:"这个好漂亮。"

"嗯,在 D 市随手买的。"

初音的指尖在那扇面上摸了摸说:"我总感觉没能去 D 大念书是个遗憾。"

"有点遗憾是好事。"

"也是。"初音笑了笑。

天渐渐亮了起来,江星辰伸了个懒腰站起来:"走吧,下去转转。"

"三伏天还要晨练啊?"

"怕?"他有些忍俊不禁。

"非常怕。"怕中暑。

- 289 -

小姑娘丝毫没掩饰脸上的表情，江星辰笑出了声："不锻炼，找个凉快地儿待待，顺便去给我们家充点电费。"

"那我先去洗脸刷牙。"她踩着大拖鞋踢踢踏踏地进去。

天还没全亮，卫生间有些暗，初音猫腰站在那池子边上刷牙，刚吐了第一口泡泡，江星辰便推门进来了。

原本宽敞的洗漱台，因为他的加入，变得狭窄逼仄起来。

初音往里面让开一步，借着那不甚明亮的光，看他慢条斯理地挤牙膏、倒水、刷牙。

镜子里的两个人，一高一矮，做着同一件事，虽然看不清楚彼此，却有一种难得的默契与甜蜜。

初音看得入迷，江星辰已经先她一步刷好了牙。

"陈初音，你怎么一直盯着我看？"

"我没……"光线这么暗，也不知道他怎么发现的？

初音匆匆吐完最后一口水，把牙刷丢进杯子里，正要出去，却被他握住下颌，亲了一下。冰凉柔软的一个吻，带着清爽的薄荷味，浅尝辄止。

"总是看我，征收点小费。"说完，他侧着身子出去了。

朦胧的光线让一切都显得不太真实，这一切都像在做梦。

初音在那里待了好一会儿，再出来，江星辰已经换好了鞋子，他在门口喊了她一声。

初音身上还穿着睡裙，连忙说："我换下衣服，一会儿就来。"

她进屋换了条水绿色的连衣裙，边往外走边将头发团成了小髻固定住。江星辰随手递过来一双高跟鞋，初音匆匆套进去，跟着他下楼。

清晨的街道忽然变得忙碌起来，车辆川流不息，都是早起的过客，两旁的门店并没有多少开门的。

江星辰一路牵着初音到了小巷尽头，那里有一家N市最大的超市，已经开门了，他们正好要去买东西，顺便吹会儿空调。

初音脚上的凉鞋是暑假前买的，今天第一次穿，没来得及做软化处理，有点磨脚。

江星辰见她走路的姿势有些奇怪，问："脚怎么了？"

初音把右脚悄悄往后藏了一下，说："磨破了。"

"我看看。"说完，他在她面前蹲了下来。

不待初音拒绝，她的右脚就被他握住了，暖融的温度沿着皮肤蔓上来，痒得发麻。

初音的脚背被鞋带磨掉了一块皮肤，有点微微渗血，江星辰皱着眉，有些自责地道："早知道替你拿双运动鞋了。"

"不怪你，我自己也会穿这双鞋。"初音想把脚收回来，却被他握得更紧了。

"先别穿了。"他低头替她解掉了高跟鞋的绑带，将她抱到了一旁的休息椅上。

"嗯。"初音羞耻心作祟，缩了缩脚趾，耳尖热得发烫。

"在这儿等我一会儿，马上就来。"

初音乖巧地点了点头。

不多久，江星辰去而复返，手里多了双女士拖鞋。

彼时初音正在玩着一款单机游戏，并未察觉。

江星辰屈膝在她面前半跪下来，提醒道："抬脚。"

"嗯？"初音抬眉，瞥见他近在咫尺的俊脸，心脏扑通直跳，这简直和电影里的求婚桥段一模一样。

江星辰见她半天没动，弯唇道："发什么愣？"

初音将脚伸过去，江星辰动作轻柔地替她把拖鞋套了进去。

初音觉得自己肯定是疯了，竟然觉得江星辰给她穿拖鞋的动作，一点也不亚于别人套戒指求婚。

"走吧。"江星辰已经站了起来。

初音赶忙也站起来，刚走了一步，瞬间痛回了现实："嘶——"

江星辰这才发现，拖鞋需要用力的地方，正好就是她磨破了皮的那块皮肤。

他皱眉说："好像没买对。"

"没事，"初音从小包里找了张面巾纸，折了折塞到脚背上面垫着，"这样就行了。"

江星辰还是有些心疼，视线时不时地往她脚上瞄。

进了超市的门，陆陆续续有推了购物车的人往里面走。

一些妈妈带娃出来逛超市，小朋友坐在购物车里乖巧又听话。江星辰看了看初音，决定如法炮制。但他这个决定是自己做的，并没有征求初音的意见。

然后，初音就被他惊恐而羞耻地抱到了购物车里站着……

她有一米七，站在那里面实在太奇怪。

"我这样会翻车的。"她小声抗议道。

江星辰挑眉在边上的货架上拿过一个棉垫递给她道："你坐下来，我推你，翻不了。"

"可这样也太……"

"太什么？"他问。

"羞耻。"初音红着脸说。

江星辰勾了勾唇，淡笑道："要么你坐下来，要么我抱着你走，选一个？"

初音只好坐下。

江星辰推着她往里走，一直走到膨化食品区前。一个两三岁的小姑娘颤颤巍巍走过来找初音玩。初音喜欢小孩，逗了一会儿。

小姑娘屁颠屁颠地走了，她妈妈已经选好了东西，那小姑娘忽然扯过妈妈的腿，边笑边说："妈妈，你看那个姐姐，那么大了还要坐车车，羞羞。"

年轻的妈妈闻言，朝初音投来探究一瞥。

江星辰立刻侧身过来，替初音挡住了视线。

那妈妈愣了一下。

江星辰手腕一转，将购物车掉了个头，非常自然地推走了。

初音窘得面红耳赤，她冲江星辰小声说："要不我还是下来吧……"

"被三岁小孩吓到了？"

"没有。"

江星辰捏了捏她的脸，拿那种哄小孩的语气和她说："安心坐着，一会儿谁再敢笑你，哥哥帮你揍他。"

初音的耳朵更热了。

一楼的东西买得差不多了，江星辰推着她往楼上的生鲜区走。

初音看江星辰站在柜台边上一样一样地挑选蔬菜，他看着娴熟，但其实并不在行，她便小声提醒他选菜的技巧。

边上买菜的老太太看他选菜，还特意夸奖了他："小伙子，不仅长得帅，而且懂生活，真不错。"

江星辰颔首笑了笑说："谢谢，主要还是我家老婆教得好。"

初音闻言，伸手在他手背上掐了一记。

老太太转到初音这边来买菜，江星辰灵活地把车子掉了个头，将初音藏到了身后。

小姑娘在车里嘟囔出声："我才不是你老婆呢！"

江星辰随手从一侧的架子上拿过一棵绿油油的芹菜压在她头上。

可恶，给她扣绿帽子！

初音半天才把那长长的芹菜从头顶上移开。

老太太已经走远了，这一片没什么人。

江星辰俯身过来，在她眉心亲了一口，说："我刚刚放这棵芹菜的时候发誓，谁要拿我的芹菜就是我未来老婆，不巧，被你拿了。"

"不带这样的，这事儿你一个人说了不算数。"

"哦，你还是挺想算数？"

初音发现自己又被他套进去了，鼓着腮帮子佯装生气。

江星辰又往里面放了块肉，安慰道："行了，别跟一棵芹菜较劲了，一会儿就把它剁了给你包饺子吃。"

初音多问了一句："你会？"

某人为了证明自己的厨艺，硬是在生鲜区足足选了两个小时的菜。

初音看他一会儿往车里放西蓝花，一会儿放牛肉，要不是她坐在车里，江星辰真有可能会买满满一车菜回去。

东西太多，两人打车回的大平层。

进了门，江星辰踢掉鞋子，提着两大袋食材进了厨房。

他为了展示自己的厨艺，特意抱了把椅子放在厨房门口，示意初音坐在那里当观众。

初音坐了一会儿，说："要不我来给你帮忙吧？"

"不用，你看着就行。"

于是，初音就那么捧着脸，看那棵绿油油的芹菜被他认认真真洗干净，剁成了碎。

肉是在超市绞好了回来的，江星辰找了个大碗把两者倒在一起搅拌，有模有样地放各种调料。饺皮是买的现成的，包饺子是江星辰擅长的，不一会儿，料理台上的饺子就排成了长队。

窗外照进来的光，洒在他的眼角眉梢，琥珀色的瞳仁清澈干净。他的指节细长，捏起饺子来也十分养眼。

饺子终于包完了，他拧开水龙头，洗干净手。

初音的心头骤然腾起一股甜蜜而醉人的幸福感，他们俩现在真的很像新婚的小夫妻。

铁锅里加上水，煮到沸腾。江星辰准备下饺子，回头问她："吃多少？"

初音还在神游，根本没听清他说什么。

江星辰连问了两遍都不见回音，扭身看到小姑娘正捧着脸在那儿傻笑。

他走过来，抬手在她眉心弹了一下。

"哎呀，你干吗打我？"初音吃痛，揉了揉眉心。

"谁让你老发呆的，问了几遍都不理。"

"家庭暴力。"初音努着嘴，小声嘀咕。

江星辰凑近了问："什么暴力？"

初音被那双狭长的眼睛一盯，立马发现自己讲错了话。但是她打算赖账，清了清嗓子道："你听错了，我是说你饺子包得好看。"

江星辰眯了眯眼，从鼻子里哼了哼，捏了捏她下巴上的软肉说："嗯，一会儿吃之前，和我解释下家庭两个字的含义。"

江星辰包饺子的手艺还是不错的，但他只会包饺子，旁的不会。

在吃了整整三天不同口味的饺子后，两个人听到"饺子"两个字都觉得浑身难受。

"要不今天我做饭？"初音在江星辰进厨房之前说道。

"不行，我家庭主厨的地位不能被人挑战。"

"那今天能不能不吃饺子？"

某个不服输的家庭主厨，在网上搜了大堆菜谱，蹲在厨房里研究。但有些东西真的是纸上得来终觉浅，比如菜谱里的这句"把土豆切成丝儿"，江星辰已经切了一大袋土豆了，愣是一根丝儿也没切出来，炸薯条用的土豆条倒是切了一案板。

初音有点看不下去了。

"要不我来切吧，你看过哪个主厨还要自己切菜的？"

"好像是这个道理。"江主厨终于动摇了。

初音接过刀，干脆利落地将一个土豆切成很细很细的丝儿。

江星辰把切好的土豆丝装进塑料小篮子里拿到龙头下冲水。

"这切土豆丝的本事也是你在美国学的？"

初音说："这是小时候跟我妈学的。"

江星辰关掉了水龙头问她:"什么时候开始学做饭的?"

初音想了下说:"十岁吧。"

十岁的时候,江星辰是全家手心里的宝,别说做饭,就是吃饭帮忙拿筷子这事都没有做过。初音从前那个家,他也是见识过的。

她十岁开始做饭,也不知道有没有被刀切过手?

他第一次见她的时候,她才十五岁,个子一丁点儿高,不难想象十岁的初音比灶台高不了多少。

江星辰心里没来由地生出些心疼来,他伸手在她头上按了按,说:"陈初音,以后我能切得比你好,你还是不要进来打下手了。"

初音看了眼满案板的土豆条,有点不相信。

"怎么,小看我?"他问。

初音笑了笑说:"没有。"

江星辰把初音推到外面,自己点火炒菜。初音有点不放心,溜到门口看了好几次,但都被他推了出去。

过了很久,江星辰才终于把做好的菜从厨房里端出来了。

蔬菜的火候掌握得有点过,色泽已经不鲜亮了,初音为了表达对他的支持,菜一上桌,立马提着筷子吃了一口。

这是江星辰真正意义上的第一次做菜,对盐的分量拿捏得不准,有些咸,但也不是难以下咽。初音吃完菜,扒了两口饭,朝他竖了竖大拇指。

江星辰见状也提了筷子吃了一口,俊眉顿时皱紧了。

初音连嚼都不嚼,连同嘴里的饭一起咽了下去。

初音要吃第二口菜时,被江星辰拦住了,他叹了口气道:"算了,你的家庭主厨今天上线失败。"

"没啊,我觉得挺好吃。"

"你这个叫爱屋及乌,不是真的好吃。"江星辰说。

"哪有?"

"那你的意思是,你不爱我?"

那双好看的丹凤眼凝望过来,初音心都跟着颤了颤。

"谁说我不爱你的?"话一脱口,她才发现这又是个圈套,脸腾地红了,"我的意思是我没有爱屋及乌。"

"嗯,没有及乌,你只爱我。"他抬了抬眉毛,笑得有几分无赖。

"哎呀!"她说不过他,有点恼了。

- 295 -

江星辰看了看时间,把初音从椅子上牵起来说:"不吃这个了,我带你出去蹭饭。"

"去哪儿?"她问。

"去了就知道了。"

车子一路开到 N 市的老城区。

这一带有着 N 市为数不多但保存完好的小型园林,粉墙黛瓦,临水而建。江星辰在河边找了个地方停车,揽着初音步行穿过那弯弯的小拱桥,到对岸去。

沿途的白墙上缀满了鲜妍的粉色蔷薇,芬芳四溢,河水潺湲地流淌,时间到这里,好像都变得慢了。

那些白墙尽头有个窄门,初音后知后觉地发现那门头写着两个字:沈宅。

江星辰的妈妈姓沈,这点她是知道的。

这哪里是蹭饭,分明是见家长。初音在他敲门前,扯住了他的衣角。

"江星辰,我们就这样来有点不太好吧?"

"怎么不好?"

"好歹要带点礼物。"

江星辰觉得小姑娘的话在理,又牵着她到对面买了些东西。

暗红色的门应声而开。

宅子比她想象中的还要大,纯中式的设计,翠竹掩映,廊榭相连。庭院里引了活水进来,有一方不大的池塘,满满一池荷花,风过卷着那田田的叶子来回翻卷,带来丝丝缕缕的清香。

池塘边上有个水榭,有人在那里下棋——一个精神矍铄的老爷子,还有个风姿绰约的旗袍美人。走近了,初音才认出那穿着旗袍的是江星辰的母亲。

棋局已定,江星辰径直挽着初音到边上叫人。

初音有些紧张,非常有礼貌地跟在他后面喊人。

沈星见了初音,起身握住了她的手。

"我没记错的话,你就是小初音。"

初音点头,她们见过一面,几年前在医院里。

和那次见面的感受不一样,沈星的气质变化了很多,她眉眼的戾气褪去，变得非常明媚耀眼，一点也不像个已经上了年纪的女人。她把初音往前牵了一步，向父亲沈炎之介绍："喏，我相中的儿媳妇。"

沈炎之朝初音点了下头。

眼看初音耳根泛红，江星辰适时把小姑娘的手抢回来握住，冲边上的沈星笑道："妈，你们等会儿再说这些，先弄点吃的。"

沈星白了他一眼，骂了一句："臭小子，你带我儿媳妇过来不知道提前打招呼吗？"

江星辰懒洋洋地说："本来想掐着点儿过来蹭饭的，谁知道你们今天吃得那么早啊。"

沈星起身去了厨房，江星辰坐下来陪沈炎之下棋。

初音要进厨房帮忙，被沈星塞了一大盘水蜜桃端出去。

初音把桃子端过来，放在一旁的石凳上，自己则非常安静地在江星辰边上站了一会儿。

沈炎之正在思索怎么走棋，目不转睛地盯着满盘的棋子一动不动。他外孙一点也不让他，有点难，再这么下去要输了。

江星辰见状，悄悄捉了初音放在桌边的手，一根根地捏着她的手指玩。

初音有点窘，想把手抽回来，他却不让。

初音拼命朝他递眼色，江星辰没松开，而是握着她的手，藏到了桌子底下。

"外公，您要不吃个桃子，歇会儿？"江星辰说。

沈炎之闻言，放下棋子，站起来，背着手踱了几步，又看了眼初音说："桃子不吃了，我去睡个午觉，小姑娘，你替我接着下，记住不能输。"

初音想说她不会下，江星辰撑开她的指缝，收拢，夹了一下。

再抬眼，老爷子已经走远了。

初音小声说："我不会下棋啊，一会你外公要来检查怎么办？"

江星辰松开她，随手拿了颗水蜜桃递过来。

"没事，我就说你替他下赢了。"事实上，这棋局胜负已分，老爷子是发现输了棋，故意溜的。

水榭里虽然有穿堂风，但过了中午还是热。

江星辰牵着初音往里面走，沿途的每个屋子的陈设都非常好看。只是宅子很大，人却不多，古朴且干净。

初音想到了李梅，不禁问："外婆为什么不住这里？"

"她嫌这里没有烟火气，年轻的时候，两个人掐得厉害，儿女结婚后，他们就干脆分开住了。"

有一间屋子里，挂了整墙的老照片。

初音经过那里，放慢了步子。

江星辰挑眉笑了笑，问："想研究研究？"

"这里面有你吗？"

"有几张，不过需要你找找。"江星辰说。

初音垂眉一张一张地仔细辨认。不得不承认，从李梅和沈炎之开始，他们家每个人的颜值都非常在线。

初音好不容易找到一张照片指过去，江星辰摇了下头说："这是我小舅。"

女孩的眉毛，很轻地蹙了下。

江星辰适时提醒："我这时候应该被我妈抱在手上的。"

抱在手上的？沈星的照片是比较好辨认的，初音终于找到了那张照片。可惜江星辰不是照片的主角，拍得非常模糊，但是背景初音认得，那是李梅家的小院子。

好吧，虽然没有看到正脸，多少有点安慰，但李梅家她小时候常去玩。

江星辰又说："应该还有张十岁的照片。"

十岁的江星辰哪，应该非常可爱，可是初音把所有符合条件的都指认了一遍，都不是他。江星辰的指尖在一张照片上点了点，初音的眼睛立刻亮了起来。

那是一张自行车的特写，他在边上露头抢了镜，如果不仔细看根本不会注意。

这张照片的像素还可以，和她想的一样，十岁的江星辰是个眉眼清俊的小帅哥。初音禁不住掏出手机，将他拍了进去。

那张照片周围放了差不多背景的好几张照片，初音好奇地问："怎么一张正脸都没有？"

"刚好拍到我没有胶卷了，后来补了胶卷回来，我和秦让打架掉水里了，只有这张照片里有我，他们就留下了。"

还有这样的往事，初音觉得有趣，又问："你们后来谁打赢了？"

江星辰撇嘴道:"打架是不对的。"

"你还没说最后怎么样了呢?"

"那必须是我赢了。"赢是赢了,却被沈星狠狠揍了一顿。

饭已经做好了,沈星过来敲门,初音把视线收回来,跟着江星辰出去。

她做的菜,样数不多,但搭配精致,看着很可口。

江星辰往初音碗里夹了一筷子菜,慢悠悠地吐槽:"从小到大,我妈下厨的次数一只手都能数得过来,我觉得不一定好吃,你少吃点,晚上让厨师做。"

"臭小子。"沈星笑骂了一句,转脸对初音说,"别听他瞎说,我烹饪考过证的。"

江星辰靠在椅子背上,懒懒地扬了下眉毛:"您是考了证,但多年不操作,技术肯定生疏了。"

沈星懒得理他。

初音尝了下,味道很好。

沈星问:"怎么样?"

初音说:"特别好吃。"

江星辰无奈地叹气:"阿音,你胳膊肘怎么往外拐啊?"

沈星在自家儿子耳朵上拧了一把说:"什么叫往外拐?"

江星辰喷了下嘴道:"我女朋友是给您保留了点面子,我要是您,就把你那些值钱玩意儿拿出来送一送。"

"还真有,等着。"沈星笑着出去了。

江星辰低头吃了大半盆排骨。

初音小声问:"你刚不是说不好吃吗?"

"那是故意气她的呗,"江星辰又添了一碗饭,"你想我多惨啊,沾女朋友的光才能吃上自己亲妈做的一顿饭。"

沈星进门时正好听到这句,笑了起来:"想吃我做饭还不简单,等你们结婚以后我搬去和你们一起住。"

江星辰连忙举手拒绝:"千万不要!"

沈星又骂了他一句。

江星辰瞥见她怀里抱着的两个蓝绒布盒子,毫不客气地拿过来说:"我瞅瞅是什么,沈女士,不值钱的可别送啊。"

沈星在他头顶敲了一下,将两个盒子打开了。

那两个盒子里，一个放着枚玉吊坠，另一个放着一只手镯，颜色和质地很像。

江星辰将两样东西拿在手里对着光照了照，水头很足，的确是好东西。

沈星说："这是你周岁的时候，我找人做的，同一块玉料上切下来的。手镯里的飘絮花和吊坠里的连在一起，是一对百合。"取意百年好合。

"这么说还有我的份啊？"他笑得有些坏。

"吊坠给你。"

江星辰闻言捉过初音的手腕，握住她的指尖，轻轻一捏，青翠的玉镯就滑过她的手背，落在了她纤细的手腕上。

初音赶忙站起来道谢。

江星辰靠在椅子背上，钩着初音的指尖，吊儿郎当地说："沈女士，你是不是还少了红包？"

沈星又笑着出去了一趟，江星辰隔着长廊喊："我就谈这么一个女朋友，以后可不谈别人，您可得包大点！"

"知道了，臭小子。"

屋子里重新安静下来，偶有风吹过竹叶的轻响。

江星辰握着初音的手看了一会儿，沈星送的玉镯，初音戴着大小正好，而且非常秀气。

初音看了他一眼问："这个会不会太贵重了？"

江星辰被小姑娘那种郑重其事的表情逗笑了，他支着脑袋凑过来，掀唇道："你还预备半路跑路，跟哥哥提分手？"

初音被他盯得心尖发颤，忙说："不啊。"

"那就不贵重。"江星辰声音低低的，透着些懒，他指尖挑起桌上那个放吊坠的盒子，"喏，你给我戴这个。"

"你自己不能戴吗？"

他撇嘴道："你见过有谁自己给自己戴定情信物的？"

确实没有。

但这怎么就成了定情信物？

初音拿起那枚吊坠，江星辰立刻配合着坐直了。初音低头，指尖将那缕吊绳捋顺，从他的头顶套进去，再仔细将那红线调到了合适的长度。

江星辰不知道什么时候摸了手机，在她抬头的一瞬，"咔嚓"按了拍摄键。

初音伏在他的肩头，表情自然柔和，民国时期的老式婚纱照里常常会用这个姿势来摆拍。

她愣怔的片刻，听见江星辰说："陈初音，拍照为证，你以后可不能再跑了。"

两人在沈宅吃过晚饭才回去。

暮色已沉，来时潺湲流淌的小河，此时亮起了一串色彩艳丽的河灯，小船破水而去，水动光摇，流光溢彩。

头顶的星星也很亮，初音仰头看了一会儿天空，再扭头看了看江星辰，她好像摘到了真的星星。

"江星辰，我怎么觉得今天美好得有点不真实呢？"

"哪里不真实？红包收多了，心里紧张？"江星辰停下脚步，眉梢微挑，声音含笑，"要不一会儿找个地方给用了，买点真实感。"

"不是，"已经到了小河的另一侧。青石板铺就的街道上人来人往，初音回握住他的手，问，"江星辰，你有没有读过莱蒙托夫的《乌黑的眼睛》？"

江星辰愣了愣答："没有。"

"好吧。"

　　南方的明眸，乌黑的眼睛。
　　我在你的目光中阅读爱情。
　　从我们相遇的那一刻，
　　　你是我白天黑夜不落的星。

他不仅读过，还抄过。

如果要选首诗表白，这首，可能会是他的首选。有一刻，江星辰忽然意识到，小姑娘不真实感的由来了。

河面上吹来一阵清爽的风，江星辰轻轻将她扯到怀里抱住。

"阿音，我喜欢你，一点也不比你喜欢我少，你于我，不只是星星，也不只是月亮，而是全部的光亮。"

初音心中一窒。

江星辰低头，在她眉心印了一吻，低声道："所以你不用去天上找我，你只要看看我的眼睛。"

年少时，她常觉得自己是尘世的泥，而他是天上的星。

她曾莽莽撞撞地追着那星星走了一路……

在那段不见天光的暗恋里，她藏得谨慎、笨拙又小心。

如今，竟听到他说这样的话，心中无限感触，初音眼窝热意翻涌。

他的指尖轻缓地划过她的眉骨，声音低沉好听："陈初音，你也不是暗恋，我们一直是双向喜欢。"

初音的眼泪，落到了他的指尖。

一转眼，到了八月的尾巴。

这个暑假，江主厨学会了很多道菜。初音不禁感叹，聪明的人做什么事都比旁人快。

小姑娘的体重，在不知不觉中，增加了好几斤。

早起穿裙子时，初音发现自己有了小肚子。她站在镜子前，皱眉收腹时，江星辰正好进来刷牙，他嘴角弯得老高。

"嗯，总算让你长了点肉。"

啊！她才不要长肉！

从卫生间出来，初音把冷气开到最低，绕着各个房间小仓鼠似的跑了一天。

江星辰也不拦着她，反正瘦了他再喂。

晚饭前，门铃被人从外面摁响了。

来人是秦让，他进门就苦着一张脸叫唤："小初音，你可得听我诉诉苦。"

初音正要安慰，江星辰从厨房出来了，他看了眼秦让道："诉苦给我听。"

初音转身去厨房看火，锅里正炖着排骨。

秦让坐在沙发上，连着叹了好几声气："韩绵和初音是姐妹，凭啥你家初音这么甜？我家韩绵就不理人呢？"

江星辰给秦让倒了杯水，问："又吃瘪了？"

秦让低头喝了口水，瞬间皱起了眉头："江星辰，你给我倒的什么水，怎么这么酸？"

江星辰说："柠檬水。"

秦让气得直嚷嚷："你分明是故意拿柠檬酸我！"

排骨已经收汁了，初音拿筷子戳了下，肉质酥烂，可以出锅了。

厨房门敞着，江星辰远远看她关火，问了句："好了？"

初音点头。

江星辰说："夹一块我尝尝。"

初音很快夹着排骨出来了。

江星辰尝过一口，摸了摸初音的手说："一会儿开饭。"

秦让这下更酸了，板着脸道："我今天要在这里吃晚饭。"

江星辰太不够兄弟了，他都这么惨了，还要在他面前这么秀恩爱。他秦让今天就要做个几亿瓦的电灯泡！

饭菜上了桌，江星辰捡最好的往初音碗里夹，一会儿初音又把挑完了刺的鱼往江星辰碗里送，两人吃个饭浓情蜜意，腻死个人。

秦让的存在感几乎为零。而且，无论他起什么话头，到最后都能被两个人秀一脸恩爱。

他脑子被驴踢了才想留下来吃饭。

太糟心了！

秦让吃了几口菜问："初音妹妹，你这儿有酒吗？"

"还有几瓶啤酒。"江星辰烧菜剩下的。

"去给哥拿来。"秦让说。

"哦。"初音应了声，却用眼睛询问江星辰，见他点了下头，才起身去找酒。

初音只拘了两罐出来，秦让一口气全给喝完了，桃花眼染得通红，罐子一扔，扭头冲江星辰嚷："够不够兄弟？把你家白酒搬出来。"

江星辰说："没有。"

秦让从口袋里掏了一沓钱出来砸桌上，说："小初音，给哥哥去外面跑个腿儿，买最烈的酒。"

初音没动。

"有事说事，喝酒解决不了事。"江星辰把那沓钱卷起来塞到秦让口袋里。

秦让趴在桌上，愤懑地把桌子砸得"砰砰"响。

"韩绵怎么能那么狠心，我换了三个号码给她打电话，都被她拉黑了，你说，我秦让配不上她吗？"

江星辰说："嗯，是配不上。"

秦让"啪"地坐起来，提了江星辰的衣领喊道："你再说一句？"

初音生怕秦让打江星辰，立马要过来拉他，江星辰朝她摆了下手，示意她安心。

"你自己觉得呢？配得上吗？"江星辰问。

秦让颓然地坐在椅子上，抓了抓头发说："我也觉得配不上……"

从小到大都是这样，韩绵和江星辰两人的名字，几乎被他爸每天在耳边魔咒似的念。

江星辰就更气人了，打架他还打不过，韩绵还好点，软柿子好欺负。只是，他万万没想到，他会因为她的眼泪，舍不得欺负她，而且还喜欢她……

客厅里静悄悄的，墙上的钟"嘀嗒嘀嗒"地走着。

江星辰终于开了口："初音，现在给你姐打个视频电话。"

秦让闻言，立刻抬眼看过来。

江星辰示意他闭嘴不要说话。

韩绵那里刚刚过了早上六点，她刚出门散步，细白的脖颈里有着一层薄汗，初音开了扬声器。

韩绵的声音公放出来的瞬间，秦让激动得差点过来抢手机。

"姐……"

"怎么这么早打给我？"

初音摸了下鼻尖说："有点想你了。"

江星辰起身过来，从初音手里接过手机，隔着镜头和韩绵打招呼："学委，好久不见。"

初音已经在之前的电话中，和韩绵说过她和江星辰的事了。

这会儿，韩绵见他有点不好意思，当初是她喊初音和她一起出国，害他们两个分开了三年。

"江星辰，初音出国的事，抱歉。"韩绵说。

"电话里道歉没诚意，"江星辰轻触屏幕，掉转了摄像头，故意让镜头捕捉到了秦让的画面，才问，"什么时候回来？"

- 304 -

韩绵看到秦让，静默了一瞬说："最近没空，明年年初会回来一趟。"

江星辰很快把摄像头掉转回来，说："行，到时候聚聚。"

秦让在韩绵挂断前一秒，猛地凑过来看了一眼，韩绵还是之前的模样，挂着耳机，扎着利落的马尾，白得发亮，他还没来得及具体看，屏幕已经暗了。

江星辰收了手机，帮初音舀了碗汤，随口道："斯坦福和国内合作的项目应该不难查。"

"嗯。"秦让喉头滚了滚，难得静默。

秦让走后，初音趴在桌上低低地叹了口气。

"别担心，他们俩会在一起。"江星辰说。

"你怎么知道？"

"你姐刚才知道秦让在这里。"

也是，韩绵看到了秦让，还告知了归程。韩绵的性格偏内敛，如果真的不想理秦让，她会在江星辰掉转摄像头的时候立刻挂断电话，但她并没有。

初音的心情稍微好了一些。

江星辰把桌上的碗筷收进厨房，朝她勾了勾手，道："明天不是要回学校吗，快去收拾东西。"

是啊，她的暑假只剩最后一个晚上了。

江星辰留在N市工作，她去X市上学。

又要分别了。

初音有点舍不得，语气也有点低落："要不，明天你还是别送我了吧，我怕我会哭。"

"好，不送。"

"真不送啊？"

"嗯。"

初音把行李收拾完，江星辰已经洗完了澡，懒懒地抱着本书，靠在沙发上看。

灯光从头顶流泻下来，短发戳在眼睫毛上，眉骨清晰，轮廓流畅。当真应了那句话——"陌上人如玉，公子世无双"。

初音走过来，从身后环住了他的脖子。

"江星辰，你会不会舍不得我？"

"不会。"他说。

"啊？那你会不会想我？"小姑娘鼓了鼓腮帮子。

"也不想。"

"无情。"初音不高兴地吐槽。

江星辰放下书，转身过来，搂住她的腰，亲昵地蹭了蹭她的额头，说："你舍不得我啊？"

初音用指尖比画着说："不多，一点点。"

"那我每天都去看你？"

初音低叹了一声："不太可能。"

江星辰在她唇瓣上啄了一口说："快去睡觉。"

初音磨磨叽叽地移到沙发另一侧来，在他身侧坐下，小猫似的软软地靠进他怀里，撒娇道："可我现在还不困。"

江星辰捻了她耳边的一缕碎发，在指尖绕着玩，半晌笑出了声："正好，我也不困。"

说话间，他的大手抚上来，松掉了她的头发。他指尖往下，擦过她的耳朵，两个手指夹住柔软的耳垂，轻轻一夹。

那双近在咫尺的眼睛，深不见底。初音心尖发颤，想跑，却被他摁住了肩膀。

沙发陷了下去，初音被他压在了下面。

江星辰头发上的水还没擦干，贴着她的脸颊冰冰凉凉的。温热的呼吸灼到了耳畔，柔软的唇瓣衔住了她嫩白的耳垂。

声音被无限放大，身体在微微发烫……

江星辰的声音慵懒而轻佻，无尽蛊惑："阿音，你主动投怀送抱，不能怪哥哥。"

他滚烫的指尖，隔着衣服，触及初音的肩胛骨，那种宛如触电的酥麻感顿时传遍周身。始作俑者不以为意，声音低低的，语气撩人得紧："蝴蝶骨就是这里。"

他故意放慢了语速，指尖若有似无地撩拨着她的神经。

客厅里静悄悄的，只能听见彼此的呼吸，时间也因此变得格外缓慢。

初音软软地喊了声："江星辰。"

他琥珀色的瞳仁变得有些暗。

下巴上的软肉被他捏住，初音轻呼一声，身体要往上钻被他按了回来。绵密的吻落下来,初音陷在温柔的攻势之下……

"阿音,你心跳得很快。"

客厅里的灯很快被熄灭了,他赤着脚抱着她,往房间走。

第七章 我爱你

初音醒来时,身旁已经空了。

空调的声音呼呼作响,初音掀了被子,发现身上的裙子已经换掉了。

卧室的门被人推开,初音立马埋进被子里装鸵鸟。

脚步声近了,被子被他掀开一角,有光透了进来。初音对上一双狭长的眼睛,心脏"怦怦"直跳。江星辰俯身过来,吻了吻她的眉毛。

"快起来,一会儿赶不上飞机。"

初音的声音还有些哑:"我买的下午一点的机票。"

"但是现在已经十一点了。"

"嗯?"睡了那么久?初音一下坐了起来。乌黑的长发,松松散散地坠下来,肩膀白得发亮。

"换过衣服出来吃饭。"他替她拿了套衣服,放下后便出去了。

初音穿衣服时发现那是一整套,包括她的内衣,她的耳朵立刻热了起来。

她天人交战了很久,终于决定面对现实。谁知她要换衣服时,房间的门又被他推开……

"吃饭。"

初音惊了一声:"你等会儿!"

江星辰掩唇轻咳了一声,退出去,关上了门。

初音羞怯地拿起衣服,往身上套。

午饭吃得缓慢而安静,尤其是初音,她连看都不敢看江星辰。

碗里被他夹进一块糖醋带鱼。

初音吃完。

又多了一块玉米排骨。

她飞快扒完了碗里的饭。

江星辰接过她的碗,帮她重新添了一碗饭。

午饭之后,江星辰提着行李箱送她下楼。

车子已经叫好了,江星辰把初音摁进去,冲前面的司机师傅说:"再等下我。"

下一秒,车窗玻璃被初音摇下来,问:"不是说好不送我的吗?"

江星辰懒懒地靠在车身上,屈指在她鼻尖上刮了下,轻哂道:"谁说要送你了,我也去机场,和你顺路。"

"去机场?"

"我找工作。"他说。

初音还没来得及问,江星辰已经上楼又下楼,手里多了个行李箱。后备厢合上,身侧的门被拉开,蒸腾的暑气漫进来。

她往里面挪了一个位置,江星辰屈着长腿陷进她身侧。

初音问:"你不是要在N市工作吗?"N市可是一线城市,机会多,发展也好。

他不答反问:"想让我在这里给你做'望妻石'?"

初音有些脸热,她也不是要他等。他如果在N市工作,她放假回来还能看到他,要在其他地方就见不着了。

江星辰没具体说去哪里工作,初音也没细问,心里有些怅然。

取完登机牌,江星辰去了趟卫生间。

初音替他拿着登机牌,她有些好奇他飞哪里,垂眉看了看登机牌,眼睛立刻亮了。

江星辰和她乘坐的居然是同一趟航班!

几分钟后,他回来了。

女孩脸上漾着灿烂的笑,眼睛弯得跟月牙似的。

"江星辰,你要去X市工作啊?"

"嗯。"他随手接过机票塞在了口袋里,转身推了两人的行李往前走。

初音小跑着跟上来,像只欢快的小麻雀。

"为什么去 X 市？"她问。

"昨天不是和你说了嘛，要天天看你。"

"可我还以为你那是随便说说的。"

他伸长了手臂，在她脖颈里摩挲了一阵，问："我是那种随便的人？"

初音吃痒，缩着脖子，摇了下头。

江星辰松开她，笑了声："那不就得了。"

"那你工作找到了？"

江星辰把手插在口袋里，又痞又懒地叹口气："还没找到呢，要不你先养哥哥两天？"

"好啊。"初音背着手，非常诚恳地点头答应，"阿姨给的加上我之前存的，也有十万块了，我每个月还有翻译的稿费进账，可以养活你的。"

小姑娘认真算账时，脸上的那股呆萌劲儿，引得江星辰"扑哧"一笑。

初音正色道："我是认真的，人们常说，找工作的第一年特别艰苦，你放心，我不会让你吃苦的。"

琥珀色的眼睛里，漾起一抹柔软的温情，他的小姑娘懂事又乖巧，不过一句话，就做好了与他共苦的准备。

虽然，他不至于真的让她养活，但那种感动，却触及心灵。

江星辰忽然想到很多年前，他母亲在医院，眼前的小姑娘冒雨而来，给了他依靠的肩膀。他伸手把她拉到怀里抱了抱。

初音问："怎么啦？"

"喜欢你。"他说。

飞机越过无边的大海时，两人靠在一起，手掌交握。初音的眼睛被光照得亮晶晶的，她低低地喊了声："江星辰。"

"怎么啦？"他低头亲了亲她的脸颊。

"我也很喜欢你。"她说。

几个小时后，飞机着陆。

X 市的太阳很大，江星辰拿了件外套，罩在初音头上，顺手买了盒冰激凌，塞到了她怀里，转身到机器前去等托运的行李。

等他推着两个大箱子过来，小姑娘手里的冰激凌吃掉了一个小洞，嘴唇红艳艳的。

"什么口味的?"他问。

"草莓。"初音挖了一勺冰激凌递到了他唇边。

江星辰尝了一口,皱眉道:"这个冰激凌怎么不甜?"

"不会啊,我吃着明明很甜。"

"我再尝尝。"说完,他忽然低头摁住她的后脑勺,吻住了她的唇,舌尖被他吮吸了下,冰凉与温热交替。

初音又羞又恼,掐了他一下。

这一幕正好被那个卖冰激凌的大妈看在了眼底。两人路过时,她摇着小扇子问:"小伙子,我家的冰激凌不甜?"

初音闻言立刻推着行李跑了。

江星辰停下来,扫码又买了个甜筒,笑了声:"很甜。"

到了宿舍楼下,初音伸手来接行李,被江星辰摁住了金属拉杆。

"我送你上去。"他说。

"不重,我自己可以。"

X大宿舍管理条例里,不准男生进女生宿舍,但开学这天是个例外。家长组团扛东西的场面,依旧壮观。这些大多数都是大一新生的家长,孩子第一次离家,家里人不太放心。

当年江星辰去D大报到的时候,沈星原本在外地出差,硬是特意去送他。

但去年初音大一开学的时候,韩齐和陈芸都在美国,没有人送初音。江星辰收回视线,问:"去年你来上学,哭鼻子没?"

"怎么可能?"不过她那时候确实羡慕有家长送的人,学校给新生发了许多东西,她分了几趟才搬完。

"给你补个开学仪式。"说完,他拎起东西,往那台阶上走。

几分钟后,初音就看见江星辰猫腰在那门口的登记本上写了字。

宿管阿姨根本没看上面写的是什么。初音因为他的字漂亮,多看了一眼,某人竟然恬不知耻地在家属栏写了两个字"爸爸"。

等走了一小段路后,初音才低声抗议道:"你刚刚怎么能写我爸爸呢?"

"那写什么啊?男朋友又不算家属。"他满眼的痞劲都快溢出来了。

"那你可以写哥哥啊?"

"我不是怕你瞎想嘛。实在不行，我一会儿下来改成老公。"

初音语塞，那还不如写爸爸。

303宿舍的门开着。

初音先进门打了招呼，之后才让江星辰进来。同宿舍的三个女孩，之前虽然有见过江星辰，但都是远远一瞥，现在近距离看，都有被他惊艳到。

江星辰礼貌地点过头，在初音头上轻轻地敲了下问："哪个是你的床？"

初音指完，便见他行云流水地把行李箱推了过去。

其他人来得早，床早收拾好了。

初音床上的铺盖，还保持着放假前的模样，他长手一捞，将她的被子扯下来，送到阳台上去吹风。

徐若馨的床铺紧靠着阳台，江星辰捧东西路过时，她侧身让了一下。

江星辰面无表情地在她脸上扫过，他一句话没说，却给人一种强烈的压迫感。

徐若馨没在宿舍久待，提着包出门了。

初音被杨依依拉到一边，"嗷嗷嗷"地叫："好帅好帅！"

江星辰听到声音，回头看了一眼。

杨依依已经压低了声音："初音，你男朋友帮你收拾床铺哎！你们到什么阶段了？"

初音耳根一片赤红。

江星辰转身朝她招了招手说："阿音，去打点水来把桌子擦擦。"

初音立马松开杨依依，拔腿进了盥洗间。

江星辰不知道什么时候过来的，初音吓了一跳，手臂撞上身后的水盆。

水飞溅出来，洒了一地。

"怎么这么紧张？"

"我哪有紧张？"初音脸上烧得滚烫，说话都有点打结。

盥洗台上的水盆被端走了，大理石台面上还有些水往下滴，非常安静。初音对着镜子使劲搓了搓脸，直到脸上的热意退却，才出来。

江星辰把初音的东西整理好，邀请几个姑娘下去吃晚饭。

徐若馨不在，圆桌只坐了一半。

杨依依像个八卦娱记，各种提问，江星辰只选择性地回答了一些。

饭吃了一半，杨依依忽然想起一件事来，问道："初音，你之前用的那个手机壁纸，就是那个网红，怎么和你男朋友长得有点像？"

江星辰挑了下眉，问："网红？"

杨依依嘴快："和你一样帅，不过是个高中生……"

孙宁一把拉住了口无遮拦的杨依依，但已经晚了。

"哦？什么样的高中生？"江星辰停下手里的筷子，看向某个红透了脸的小姑娘。

初音没吱声。

他忽然有点吃醋。之前她手机里，连张他的照片都没有，竟然还拿个不认识的网红做手机背景。他还比不上一个网红？

"照片有吗？我看看。"他说。

"现在，"初音低头喝了一大口水，觉得头顶千斤重，"已经不迷他了。"

杨依依也发现自己讲错话了，想打哈哈把这段绕过去："那个网红长得不如你好看。"

偏偏江星辰不吃这一套，他下巴朝初音点了点道："搜给我看看。"

初音咬了下唇，点亮手机，打开那个设置了隐私的相册后，她有点不好意思了。

江星辰把掌心向上，摊到她面前。

她硬着头皮把手机放进去。

待看清了照片上的人后，江星辰忍不住笑出了声，但他还是给小姑娘留了点面子，说："哦，原来是他啊，我也认识，难怪你会喜欢他那么久。"

杨依依惊诧："这个网红我之前都没听过，你们俩竟然都知道。"

江星辰弯唇，笑得有些痞："嗯，不太红，但长得帅，招人喜欢。"

杨依依想再看看，初音已经把手机从江星辰手里夺过来，塞进了口袋。

江星辰把左手探下去，轻轻捏了下她的指尖。初音挣脱，又被他捏住。这次是十指相扣，轻轻夹了一下。

原来分别的岁月里，她并不是没有想他。

晚饭结束，杨依依和孙宁找个理由撤了。总不能吃了人家的饭，还给人做电灯泡吧。

沿海城市的夏夜，晚风舒适惬意，街道两侧的路灯非常亮，花坛里的粉牵牛开着花，被那光照着蒙了层雾。

初音忽然发现这不是去她们学校的路。

"去哪儿啊？"初音问。

"陪我去找房东看下房，给点意见。"

很快，两人便到了那栋房子里，这是一套Loft的公寓，一个书房一个卧室，开放式的厨房，客厅宽敞，阳台外面可以看到大海。现在天黑了，海岸线看不见，但是海浪拍打的声音清晰可辨。

初音推开阳台的窗户，深深吸了一口气："好喜欢这个阳台。"

海风把初音的长发吹向后方，江星辰看着她的背影，眼里一片柔软。

一旁的房东找准时机对江星辰说："我这个房子最适合给你们这种小情侣居家了，现在签合同？"

等初音回头，房东已经走了。

江星辰正俯身，把行李箱里的东西往外拿。

初音有些惊讶地问："你不看其他的房子了啊？"

"嗯，钱都付了。"

"这么快啊？"

"合适。"他说。

宽敞的空间里，只剩了他们两个人，海风将那纱质的窗帘吹得鼓起来又瘪下去，气氛骤然变得暧昧起来。

初音舔了下唇站起来，说："那我先回学校了。"

江星辰送她，随手解了把备用钥匙放到了她手心。

初音握着那钥匙，犹豫了半天问："我能不能继续住学校？"

江星辰点头，他只是想把这个地方分享给她。至于来不来住，什么时候来住，选择权在她，他并不想勉强。

时间过得飞快，江星辰在X市的工作也步入了正轨。

初音每逢周末会过来一趟，X大后街上有很多卖盆栽的小摊子，她每次来都会买上一点。

那个吹满海风的阳台上，江星辰开辟了一块地方，专门用来给初音放那些小植物。初音不在的时候，他会替她浇水，那些植物长得非常好，青葱碧绿。

江星辰在那里装了个双人吊椅,初音每次来都会窝在那吊椅上看会儿书,他也会挤进去和她窝在一起。

十一前的两个周末,初音都没空过来。

学生会里忙着办迎新晚会,初音她们社团既要出去拉赞助的经费,又要彩排一个拿得出手的节目,她几乎忙成了陀螺。

江星辰实在想她,约了她在公寓里吃晚饭。

初音答应了,临着晚饭的点又被叫出去贴宣传海报。

她一面往贴海报的地方走,一面给江星辰打电话:"你先吃,我贴完就来。"

江星辰看了下时间,已经晚上八点了,他把电话夹在耳边,空出手来把做好的饭菜打包起来,问:"在哪儿,我来找你。"

初音报完地址,继续贴海报。

X市这个季节风很大,海报很难贴。江星辰来的时候,初音才刚刚贴完了一半。

江星辰把手里的袋子放在板凳上,笑着调侃:"你怎么上学也像个工作狂魔?"

初音跳下来笑了笑说:"就剩一点点了。"

"你先吃饭,一会儿我来帮你一起贴。"

"好。"初音从板凳上下来,江星辰把碗筷递给她,两人就坐在那马路牙子上吃了一顿饭。

初音边吃边捧场:"江星辰,你做的饭比我们食堂好吃多了。我听说,要抓住一个人的心,就得先抓住她的胃。"

江星辰挑了挑眉,故意重复她话里的重点:"那绑住你的心了?"

初音侧目,对上他那双柔波潋滟的眼睛,那里面有个看不见的漩涡,引着她的心不断往下沁陷。她抿唇,笑了声:"当然有啊。"

江星辰低头在她额间印了一吻。

初音吃完饭,非常乖巧地把碗筷收拾好,支着脑袋,专注地看他吃饭。

江星辰察觉小姑娘热切的目光,侧眉笑了一瞬,问:"还没看腻?"

"没啊。"好像怎么看都不腻。

她的声音又软又甜，江星辰禁不住伸手在她的脸上捏了一下。

"十一放假，出去玩？"

"可以。"

"想去哪儿？"

初音扬了扬眉毛，说："你定，去哪儿都行。"

"不怕我把你卖了？"江星辰逗她。

"你才不会。"海报没有贴完，初音拍拍屁股站起来干活。

老旧的板凳摇摇晃晃，她踩在上面吱呀作响，江星辰皱着眉在她身后护着，生怕她踩翻了掉下来。最后一张海报贴完，初音转过来，背着手朝他甜甜地笑了，公告栏上面的白炽灯，在她眼里变成了细长的月亮。

她从板凳上跳下来，正好跳进他的怀里。

"最近想我了吗？"他问。

"想啊，每天都想。"初音蹭了蹭他的鼻尖笑。

江星辰轻轻咬了下她的脸颊道："花言巧语的小骗子。"

他一直抱着她没松手。不知何时变了天，狂风带来了暴雨，金属的棚板被雨珠敲得噼啪作响，灰尘浸雨的腥味蔓到了鼻尖。

"下雨了。"初音说。

江星辰从她肩膀上抬头，很轻地"嗯"了一声。

暴雨越下越大，两人在那棚子里待了半个小时，雨势依旧不减。地上的水，汇聚起来，"哗啦啦"地沿着沥青马路往两侧奔涌。

秋雨混着北风，真冷。

这边离初音的宿舍有些远，倒是离江星辰住的地方很近。

"去我那儿？"他问。

初音点头。

地上还有张没贴的海报，江星辰捡起来，搭在初音头上做了个简易的雨披，自己则站在雨里牵住她。

初音哪里舍得他淋雨，硬是扯了那海报也盖住他。

江星辰拗不过，只好把她揽在怀里，提着那海报的一角往大雨里走。雨太大，海报太小，遮雨效果基本聊胜于无，两人不得不把走路改成了小跑。

等到了公寓门口，两人从头到脚都在滴水。

江星辰开门把初音推了进去。

"卫生间里有毛巾,先去擦下。"说完,江星辰沿着那白色的楼梯上去了。

他家的卫生间里收拾得非常整洁。洗脸架上挂着一条蓝色的条纹毛巾,那应该是他洗脸用的,带着须后水特有的清香,初音摘下来把脸上的水擦干了。

太冷了,她禁不住打了个大大的喷嚏。

江星辰进来,把手里的衣服放进一侧的收纳筐里,随口道:"洗完澡换这个吧。"

热水很快将秋雨的寒气带走了。

洗完澡出来的初音后知后觉地发现自己把浴室里的拖鞋穿出来了,又匆匆退回来。

浴室的玻璃门敞着,屋内水汽冷凝,天花板的水珠"滴答滴答"地往下落,江星辰正对着镜子刮胡须。

"我换拖鞋。"初音说了这么一句,算是对她去而复返的解释。

"嗯。"

拖鞋在里面的地上。他肩阔腿长,挡住了去路。

江星辰在镜子里朝她似笑非笑地看了一眼。

初音警铃大作,连忙往外溜。一只脚踏到浴室门口,江星辰从身后拉住她T恤的下摆,一把将她扯了回来。

身子一轻,她被他抱在了盥洗台上。腰肢被他环住,温热的掌心在她的后脊柱上摩挲。她仰着脸,乌润的眼睛水汽迷蒙,像某种幼兽。

"怕?"他问。

"没。"

江星辰将下颌压在她脖颈里靠了一会儿,说:"抱一会儿。"

初音默不作声地任由他抱着。

安静的浴室里,彼此的心跳声都格外清晰。

半晌,江星辰终于松开她,指尖在她眼睑上擦了下,道:"生姜水给你煮好了,出去喝点儿。"

刚淋了冷雨,他怕乱来害她着凉。

初音从盥洗台上下来,江星辰又把她揽到怀里亲了亲,说:"今天先欠着,以后让你慢慢还。"

初音如释重负地跑出去,下一秒,又溜回来,替他关上了浴室门。

江星辰对着镜子无声地笑了。

初音的那种羞耻感,好半天才平息下去。

茶几上放着两只一样的杯子,初音把锅里的生姜水倒进去,喝了一口。暖意从脊柱扩散出去,非常舒服。

外面的雨还没有停,海浪在远处哗哗作响。

江星辰从浴室里出来,初音正抱着他的一本书在看。

她听到动静,乖巧地坐起来,把另一只杯子递给了他。

江星辰在她身侧坐下,初音的一缕头发从耳畔垂下来落在书页上,随着她轻浅的呼吸微微颤动着。

他轻轻将她揽进了怀里。

一切都是静谧而柔软的。

距离十一晚会,还有三天。

初音他们社团的女主持临时有事来不了。大家看来看去,觉得初音是团里唯一一个适合主持的人。

这事推不掉,只能硬着头皮上。和原来那个女主持搭档的,正是初音的那个初中同学王然。初音见了他,也没有什么情绪起伏。

王然不是那种死缠烂打的性格,初音之前和他把话说清后,两人也没再有过交集。会议厅里还有其他几位主持人,王然递了台词本给初音,站在台边,给她讲其中的细节。

要记大段的台词,非常不容易,初音把绕人的句子,写成了提词卡,但是说话的顺序还是得和王然对。好不容易理顺了,已经快晚上十一点了。

王然他们宿舍在初音对面,两人结束便一起走了。

到了楼道里面,初音给江星辰打了视频电话。他还没睡,在做试卷,从暑假开始他就神秘地在看书,不知道要考什么试。

"我打扰你学习了吗?"

"没有。"江星辰合上手里的书。

"我今天碰到我那个初中同学了。"

"哪个?"

"以前给我送情书的那个。"初音斟酌了下措辞,"我们迎新晚会,需要我和他搭档，做下主持人。"

"嗯。"

"我和你报备过了啊，你到时候不要吃醋。"

江星辰手里拈了一支笔，转了转，语气有点痞："谁要吃他的醋，手下败将。"

第二天傍晚，嘴上说着不吃醋的江某人，下班后还是去了X大。他家小女朋友做主持人，他总得去捧个场。

接到江星辰电话时，初音正在排队等化妆。化妆室里挤满了人，叽叽喳喳，吵人得紧。化妆师只有一个，不太重要的角色可以自己化妆，但主持人不行。前面还有两个人，初音看了看表，掐着时间出去接江星辰。

他已经到了会议厅门口，太阳西坠，橘粉色的光洒了满地。

他背光而立，影子在地上落得很长。

初音提着裙子，快步走过来。酒红的缎面曳地裙，很好地修饰了女孩玲珑的曲线，纤薄的肩膀在夕阳里白得发亮。

江星辰脑海里闪过四个字：明艳娇俏。

娇俏到他想找个地方，把她藏起来。

初音也发现了他眼底的惊艳，俏皮地问他："好看？"

"好看，但有点露。"

初音低头看了眼，这条裙子除了肩膀，其他地方都不露。她眉峰往上扬了扬，笑道："没想到你还挺保守。"

江星辰伸手碰了碰她的耳垂，轻声道："那得看是什么时候保守？"

初音没听清，"嗯？"了一声。

江星辰把顺路带来的晚饭塞到她手里，转移了话题："吃饭。"

初音确实饿了，提着筷子刚吃了几口，就有人出来喊她："初音快点，蔡老师在里面催了。"

"马上就来！"初音应了声，把手里的饭盒塞回到江星辰手里，"我得去化妆了，你进去报我名字，给你在第一排留了坐。"

热场舞之后，所有主持人出场。

王然和初音一起报幕，两人配合得非常默契。那些节目，江星辰不

感兴趣，全程只盯着初音看。

最后一个节目报完幕，初音回到后台，换回了自己的衣服。

这时，江星辰口袋里的手机振动，进了一封匿名邮件，邮件的名字叫：陈初音。

舞台上的演出还在继续，灯光有些暗。江星辰垂眉，指尖轻点，打开了那封邮件——那是一组照片，关于初音的，准确来说是关于初音和王然的。

拍摄照片的人，非常有心机地抓拍了他们坐在一起对台词的画面，两人紧挨在一起，就像一对情侣。后面一张照片里，初音指尖点在台词本上朝着王然笑。再往下，还有王然送初音回宿舍的照片。

江星辰眸色暗了暗。

初音出了后台，趁着舞台灯光暗下来的一刻，猫着腰三两步溜过来，在他肩膀上拍了拍。

光影闪烁，小姑娘眼睛里的光纯净透亮。

江星辰收了手机，也敛了神色问："结束了？"

"我主持的部分结束了，后面还有节目。"

江星辰站起来往外走。

"就走了？"初音跟着他出去，"后面不看了？"

"嗯。"

出了会议厅，嘈杂的音乐声终于止住了。

夜风有些凉，正好解了热，月亮悬在头顶。初音伸了个懒腰，在那一侧的台阶上坐了下来。

江星辰挨着她，点了支烟，风很快把烟吹散了。

他很少在她面前抽烟，初音歪头问："有心事？"

江星辰指尖探过来，在她唇瓣上捻了下，说："一点儿。"

"要我给你开导吗？"

"不用。"

"要不亲一下？"

她说得俏皮又可爱，江星辰把手里的烟掐掉，垂眉过来贴在她嘴唇上很轻地贴了一下，蜻蜓点水。

初音把腿放下来，往前抻了抻，眨了眨长睫说："好啦，不开心都传给我啦。"

江星辰舌尖抵过牙尖,很轻地笑了下。他也不是不开心,就是有点担心她,因为那封匿名的邮件。

"走吧,再去吃点东西。"他说。

"不想走路。"她穿高跟鞋站了好几个小时,现在换回平底鞋,脚还是疼的。

"懒虫。"江星辰往台阶下面走了几级,蹲下来,扭头对她说,"上来,背你。"

初音也不客气,趴到了他肩膀上,细软的胳膊环住他的脖颈。

江星辰的背很宽阔,带着熟悉的、令人心安的松木清香。

出了X大,海风潮湿有些凉,路上很静,来往的人很少,彼此胸腔的震颤都能清清楚楚地感受到。

"上次那个点蜡烛的男生有没有再找你?"他忽然问。

"没有。"

"他妹妹呢?"

"也没有。"初音说。

江星辰沉默了一会儿,又问:"你那个初中同学人品怎么样?"

"应该还可以。"初音把这几个问题串起来想了一遍,揽着他的脖子笑了,"江星辰,你这是在吃陈年老醋?"

"是。"他大方承认道。

初音眉毛惊奇地扬了扬,然后拍着他的肩膀说:"你不用吃醋,他们相加、相乘,再平方都够不上你。"

"知道。"

"那你还吃醋?"

江星辰故作惆怅地叹了口气:"谁让我们俩异地恋呢?"

"我们哪有异地恋?"世界上有这么近的异地恋吗?

"你住学校,我住我家,不是异地吗?要不你还是搬过来住。"他到底有点不放心。

"那得等等,我们学校的宿舍费贵着呢,我不能白交。而且,总在一起,我怕你会腻,距离产生美。"

江星辰沉默了一会儿,说:"行。"

到了小区门口,初音从江星辰背上下来。一只橘色的小猫,从草坪里窜出来,撞在了初音脚背上。非常小的一只猫,骨瘦嶙峋,但看着非常可爱。

初音蹲下来，摊开掌心，"喵喵喵"地唤了几下，小猫咪立马踩到她掌心来站住，小爪子软绵绵的。

初音当即决定收养它，但是她们宿舍就那么点地儿没法养猫。

于是，她捧着那小猫到江星辰面前晃了晃，说："你一个人住那么大的公寓会不会有点冷清？"

江星辰立刻猜中了小姑娘的那点心思，笑了声："有点。"

"那养只小猫怎么样？"

"不养，掉毛。"江星辰拒绝道。

"我来帮你搞卫生，每周一次。"

江星辰把手抄进口袋，神情寡淡地道："一次不够。"

"那两次？"她朝他比了两根手指头。

"再加两次，"江星辰捉过她的手指，改成四根，"少一次不养。"

初音低头看了眼掌心的小奶猫，觉得得用迂回战术，等江星辰喜欢上它，肯定就不会嫌弃它掉毛了。

"行，那就四次。"她说。

回了家，江星辰做饭，初音给小猫洗了澡。小家伙胆子还挺大，这里闻闻，那里嗅嗅，不一会儿又跳到初音腿上撒娇。

江星辰端了饭出来，初音把小猫捧到他面前举了举，说："爸爸，你快摸摸我。"

初音的小儿女情态过于可爱，他当真把它接过去摸了摸。

小猫乖巧地贴在他掌心蹭了蹭。

初音立刻说："它很喜欢你。"

江星辰没说话，伸了根手指点了点它粉红色的鼻尖，小家伙用小奶牙咬他，有点痒。

初音看他不讨厌，趁热打铁道："爸爸肯定也喜欢你。"

江星辰指尖的动作停下来，掀了眼皮，问她："它喊我爸爸，喊你什么？"

"妈妈呀。"初音非常自然地答道。

江星辰在她眉心弹了一记："我怎么感觉你想养它，就是为了占我便宜呢？"

"才没有。"

小家伙已经和江星辰熟悉了，它拿自己粉色的小爪子压他的手指。

江星辰捏了捏它的小肉垫，对初音说："你不是它妈妈吗，给它起个名字。"

初音想都没想，脱口而出："胖虎。"

江星辰"嗤"了一声道："名不副实。"

"这是鼓励它长胖，江胖虎，多好听。"

江星辰笑了声，"江胖虎"这个名字听起来还不赖。

秋天一晃就过去了，X市的温度很快降到了十摄氏度以下。

初音几场考试夹在一起，每天除了泡图书馆就是在上课，非常忙碌。

江星辰已经连续两个礼拜没有见到小姑娘的人影了。他浑身的厨艺，得不到施展，非常难受。江胖虎踩着优雅的步子从他腿上走过时，他忽然弯腰把它逮住了。

几个月的时间，小家伙已经从一只骨瘦如柴的小奶猫，长成了一只圆滚滚的肥猫。

江星辰把它逮住揉了揉，它肚子软是软，但没他家小初音的脸蛋好捏。他握着胖虎的爪子举了举问："你想妈妈不？"

胖虎舔着舌头，"喵喵喵"地叫了几下。

江星辰在它脑门上挠了挠，笑道："养猫千日，用猫一时，一会儿装病，会不会？"

胖虎不理他，神气活现地跳到了对面的圆桌上，一脚踩翻了一盆多肉。江星辰把它拎过来，放到了腿上训了一顿："还是你妈说得对，猫就得做绝育，绝育活得久，脾气还好。"

胖虎好像听懂了这句，瞬间蔫了。

江星辰把它提上来搓了搓，一分钟后，图书馆里的初音接到江某人的电话，她戴上耳机，指尖摁了接听键往外走。

"阿音，你得过来一趟。"江星辰的声音听起来有些焦急。

"怎么了？"

江星辰把摄像头转过来，对着某只吓蔫巴了的猫照了照，说："胖虎生病了，两天没吃东西。"

"这么严重？"

"我带它去过宠物医院了，医生说它心情抑郁，我猜它肯定是想你想的。"

她思忖了下，自从江星辰接受胖虎后，她确实好久没去看它了。

"那我五点以后过来。"

"早点来，晚饭在这边吃。"

江星辰挂掉视频，把胖虎放下来，拍了拍它的脑袋，说："暂时不阉你了。"

胖虎如释重负，一头扎进初音买的逗猫玩具里撒欢去了。

江星辰哼着歌，提了钥匙下楼买菜。

回家后，他又把胖虎从逗猫玩具里捞出来，塞进了一旁的猫咪背包。

这个背包是很久之前买的，如今的胖虎待里面有点挤。它好不容易才找了个合适的位置坐下来，还没转身，它爸就把拉链合上了。

初音没过一会儿就到了。

"胖虎呢？"她进门就问。

江星辰指了指放在角落里的宠物包，初音心疼地把它从包里抱出来摸了摸。胖虎重获自由，"喵喵喵"地叫了几声。

江星辰掩唇咳了咳："见了你果然好了许多。"

初音拿逗猫棒点了点胖虎的脑袋，胖虎立马高兴地跳到了一侧的沙发上，背上的肥肉晃出了一圈圈波浪，哪里还有一点生病的样子。

江星辰拿了个围裙，朝初音勾了下手指道："帮我系下。"

她走到他身后，扯过那带子，认真地系了个蝴蝶结。

江星辰转身环住她，琥珀色的眼睛里满是温柔。

"阿音，你进门到现在，只抱了胖虎，还没抱我，不想我？"

"想。"

江星辰在她眉心亲了一下说："去桌上坐着，今天试试新菜。"

"什么新菜？"

"珍宝蟹。"

江星辰做饭时，初音又背了会儿书。期间，胖虎跑来两次，她逮住它揉了好一会儿。

香喷喷的饭菜上了桌，胖虎立刻兴奋地叫起来。

初音把放在柜子里的猫粮倒了半碗在盆里，江星辰不知道什么时候在她边上蹲了下来。胖虎扭头看了眼排排蹲的两个人，一口气把碗里的猫粮舔了个精光。

初音支着脑袋说:"你去的那家宠物医院,是不是骗人的?哪有好得这么快的抑郁症?"

"嗯,庸医。"

整顿饭,江星辰一直在往初音碗里夹菜。初音吃得有点撑,丢了碗捧着肚子发愣。

江星辰把碗筷收进厨房,牵了她的手起来,说:"出去走走,消消食。"

初音把桌上的书装进包里,打算散步完直接回学校,谁知江星辰把头埋到她肩膀里,低低地说起了话:"阿音,我有件事要坦白。"

"嗯?"

"我今天骗了你,胖虎其实没生病。是我太想你,故意拿它来当了幌子的,你能不能不走了?"他声音低沉,语气柔软,是她从没见过的模样。

初音的心,不可抑制地狂跳着。她抿了抿唇说:"我下个星期考完就有时间了。"

"那还得一周,"江星辰箍住她,低叹一声,"一周有一百六十八个小时,一万零八十分钟。"

虽然知道他有点夸张了,但面对这样的江星辰,她根本拒绝不了。

"好,今天不走,"她推了推他,"那还出去散步吗?"

"去。"

天光还没完全暗下来,海风从远处吹来,浪花翻涌撞碎在沙滩上,变成了细白的泡沫。

海风有些冷,江星辰把带出来的外套披在她肩膀上,半抱着她往前走。

夜幕漆黑,珍珠似的路灯沿着狭长的海岸线,蔓延到很远的地方,萨克斯的声音,时断时续,隐秘而浪漫,

江星辰就着那音乐轻轻唱了一首歌。那不是初音熟悉的语种,却非常好听。

再回到公寓楼下,夜已经沉了,灯光熄灭了大半,头顶的榕树叶在黑暗里沙沙作响。初音想起他之前哼的那儿句歌来,禁不住问:"你刚刚唱的那是什么歌?"

"情歌。"

"歌词是什么?"

"想知道？"江星辰顿了步子，狭长的眸子望进她的眼睛。

"嗯。"她觉得那歌词应该很美。

江星辰暧昧地笑了下说："可能需要借助点别的方式，才能理解。"

"什么方式啊？"初音问完，对上他那双含情的眼睛，那是月光下的海浪，汹涌深邃。

只不过是被他看了一眼，初音却觉得心脏在发颤……

下颌被他握住，轻轻抬起，瞳仁颤动着，灼热的唇贴上来，齿尖被轻而易举地撬开。初音被他吻得晕乎乎的，眼睛里浸润着潮湿的水汽。

江星辰禁不住把她按在怀里，低低地笑了声："歌词大意刚刚已经告诉你了。"

他的心跳在耳蜗里震颤，初音又问："是想吻你的意思吗？"

"差不多。"

"那就不是。"

"还挺较真，"江星辰把她的指尖团在手心里捏了捏，又贴到她的唇边吻了吻，"非要逼哥哥表白？"

初音有些耳热，小声说："哪有那么俗气啊？"

"刚刚那就是最俗气的表白的话。"

"哦。"她就是单纯好奇歌词的意思。

江星辰在她头顶摁了摁，轻挑眉梢，深情款款地往下说："我爱你，如果这还不够，我会从夜空，偷来繁星，为你编织花环。我爱你，如果这还不够，我会使海水干枯，让所有珍珠，映入你的双眸……"

特别衬刚刚的景色。

又特别动人……

初音心尖被那一句句"我爱你"刺激得微微发麻。他说的确实是歌词的意思，但配合着他的语气，就又成了表白的情诗。

周围的空气都好像变成了甜甜的。

"是什么语种？"初音问。

"意大利语。"

"你还会意大利语？"初音有些惊讶。

"就会这么几句。"以前翻书看到的，有中意文对照，因为好奇他特意找人学的。

初音把他的掌心摊开又回握住，笑着问："那意大利的姑娘如果想接受表白会怎样做?"

"没研究过。"

"你这首歌以后不许唱给别人听。"

"嗯,不唱。"他声音里带着几分笑意,低低的又很好听。

已经到了楼道里,初音又问:"你还会唱什么情歌?"

江星辰把手塞进口袋,挑了下眉梢,道:"这不公平吧?都是我一个人唱。"

"那你追女朋友,可不得脸皮厚一点吗?"

江星辰眼里波光摇曳,一下把她抱起来往楼上跑。

初音惊呼:"你干吗?"

"厚脸皮啊。"

明天要考试,初音从外面回来就开始背书,江星辰也没拦着。

夜里下了场雨,卧室的窗户被雨滴敲得"哒哒"作响,江星辰起来关窗户,看到小姑娘蜷在沙发上睡着了。

胖虎正压在她的腿上,呼吸轻浅而柔和。他把圆滚滚的胖虎赶走,弯腰把女孩抱进了房间。被窝里的热气腾上来,初音迷迷糊糊靠过来抱住了他。

"陈初音,怎么睡着了才想起来投怀送抱?"

小姑娘睡得正香,根本没回答他,他将她揽在怀里无奈又宠溺地叹一声:"招惹完了,也不负责。"

第二天正巧就是考研出成绩的日子。

张群好奇江星辰的分数,一早起来给江星辰发了一堆语音信息——

"考研成绩出来了。"

"你考了多少?"

"别那么小气,说说呗。"

江星辰指尖轻点,回了三个字:懒得查。

越是这样,越吊人胃口,张群追了通电话过来。

江星辰怕吵醒初音,将那窗帘的遮光布拉上了,动作轻柔地出去了。

张群的声音暴躁而粗犷:"是不是兄弟了?"

"是。"江星辰已经走到了阳台上。

天气很好，金色的阳光洒在湛蓝的海面上，将那些涌到岸上的浪花镀上了一层金边，他在想一会儿给他家小姑娘做什么早饭。

张群嚷着："你怎么皇帝不急，太监急呢？"

江星辰笑了声："一段时间没见，你还挺有自知之明。"

自知之明？什么自知之明？张群脑子一抽，差点没抽自己，放的什么屁，大清早诅咒自己太监。

茶几上放着电脑，江星辰坐下来问："网址多少？"

张群觉得自己有病，干吗非要好奇他的成绩？这不是找虐嘛，但张群还是找了网址发过去。

江星辰把准考证号输进去，过了好一会儿说："出来了。"

"多少？"张群的好奇心被他勾上来了。

江星辰报完分数，电话里的人又叫了起来："哇！这么高！你填Q大了没有？"

"没。"他的志愿里只填了X大，后面的志愿栏都是空白。

"啊，这也太可惜了！"

一点也不可惜，要是想去Q大，他不用等今天。他也不是什么为了梦想而战，只是单纯地想弥补下，自己缺失初音的那几年校园时光。

张群还在那头猪叫，江星辰这边已经挂掉了电话。查分的页面很快被他关掉了，养生美食的页面被他点开了。

主页上说熬夜要吃点黑色的东西，他终于想好要做什么早饭了。

厨房的灯被拍亮，砂锅里的粥开了，"咕嘟咕嘟"地往外冒着气。

期间，初音的手机闹铃在沙发上响了两次都被他掐掉了。初音一直睡到了自然醒，手臂习惯性地往床里面一摸，没见手机，她立刻坐了起来。

屋内的光线有些暗，她半天才反应过来这是在江星辰家。

身侧的被窝早空了，空气里有股甜丝丝的香味，她没找到鞋子，光脚走了出来。

江星辰正穿着灰色的居家服站在料理台边上，手里的勺子正在砂锅里碾压，晨光将他的背影照得柔和而温暖。

初音从身后抱住了他。

"你今天不用上班，怎么起这么早？"

"没办法，做早饭是家庭煮夫的职责。"

初音把脸埋进他的后背,说:"江星辰,你怎么这么甜,要是哪天我失恋了,肯定得哭死。"

江星辰转身在她鼻子上拧了拧,淡笑道:"知道就别和我分开。"

初音举了三根手指,一副要发誓的模样。

江星辰拢过她的手,视线扫过她光着的脚丫,俊眉微皱,把她抱到沙发上,顺便给她套了双拖鞋。

江星辰做的粥甜而不腻,初音一边背书,一边喝粥。

江星辰伸手过来把她手里的书抽走了。

"专心吃饭。"他说。

初音"哦"了一声,端着碗一口气把剩下的粥干完了。

那本被他抽走的书再次回到了她手里。

"什么考试这么重要?"他问。

"这是我们学校保研必须要考的科目。"

江星辰几不可察地笑了笑。

初音认真背了两页书,江星辰在瓷碗里拿了枚白煮蛋,剥掉壳递到她唇边:"吃点。"

她就着他的手吃了一口,垂眉继续对付手里的书。

桌上的碗筷收拾干净,胖虎窝在初音的腿边蜷成了个大肉饼,她手冷的时候就会往它肚子上搓一会儿。

天气好,江星辰给阳台上的绿植浇完水,搬了张小桌子出去,顺带把初音的书都抱了出去摆好。阳台上原本有个双人沙发,经江星辰布置后,这里就成了个非常闲适的书吧。

他倒了两杯咖啡,把小姑娘从里面喊出来。

初音继续看书,江星辰不知道从哪里找来的民谣古他,弹了首非常舒缓的曲子。

胖虎慢腾腾地从里面出来,跳到初音的书上面坐着。时间以一种缓慢而柔软的方式悄悄流逝着。

初音看了一会儿,脖子有些酸,她伸手在脖子里揉了揉。

江星辰见状,将手里的吉他放下来,懒洋洋地在大腿上拍了拍,示意她坐过去。

大约是怕她不愿意,他又补了句:"是自己来,还是我抱你?"

哪有这样的。

初音耳根有些发烫，乖巧地抱着书躺在他腿上，江星辰抚了抚她的长发，问："今年寒假打算在哪里过？"

"回 N 市吧，我姐年后会回来。"

"订的什么时候的票？我和你一起回去。"

"你不用上班？"初音问。

"辞掉了。"

初音拿掉书看了他一眼，问："嗯？为什么辞啊？"工作现在不好找的，尤其他待的单位还非常好。

江星辰看了她一眼，非常文艺地说："总要留点时间，看看诗和远方。"

初音撇嘴道："听起来有点像纨绔子弟说的话。"

"嫌弃我？"

"没啊，我喜欢你随心所欲的样子。"

"那你可能真的要做好准备养我很久了。"他佯装惆怅地说。

"好啊。"初音笑。

"打算养多久？"他漫无边际地逗她。

"一辈子也行。"初音说完，继续看书，全然没看到某人眼里因为"一辈子"三个字腾起的柔软。

手里的书被他拿走，丢到了一边。初音还没来得及反抗，潮湿的吻就落在了她翕动的眼睑上，阳光颤动着，柔软而细碎，绵密的吻侵蚀下来，落到了脖颈里。初音有些痒，推了推他低低地问："你干吗？"

江星辰指尖灵巧地解开她毛衣外套的纽扣，声音变得格外低沉而喑哑："我得提前表现，不然对不起未来金主。"

"等下，"初音一把按住他作乱的手，"我书还没背完呢。"

江星辰轻笑着将她抱到面前的方桌上，顺手捞了地上的书塞进她手里，说："你可以继续背……"

初音刚刚看了一行字，脊背上就腾起麻麻的痒意。濡湿的吻压下来，初音瞬间失神。

江星辰一本正经地提醒："别分心，继续背书，我想听。"

"不要……"这太羞耻了。

江星辰惩罚似的在她的蝴蝶骨上咬了下，声音喑哑且潮湿："快背书，做好学生。"

小桌上的书，被掀翻下来，哗啦啦的。

窗边放着的一盆百合花，葱绿的叶子被风卷得左右摇晃。空气里百合花的香味渐渐变得浓郁起来……

江胖虎"喵喵"叫了两声，扭头到里面去了。

初音的期末考试，成绩依旧是专业第一，并且凭借专业课高分拿到了校一级奖学金。

腊月二十八，韩绵从美国回来了。

秦让一收到消息，立马把车子开到了大平层楼下找初音。

初音觉得他改装过的跑车，颜色有点辣眼睛，问："秦让哥，你就没有低调一点的车吗？"

秦让在那车盖上拍了拍道："接你姐怎么能低调呢？万一她看不见我呢？"

江星辰说："开你的车去也行，但飞机还有十个小时才能到，晚点再走。"

秦让一听就不乐意了，他扯着嘴角嚷嚷："难不成你们还要我家韩绵在机场等啊，瞅你们一个个的，只知道自己甜蜜蜜，人家韩绵还是个单身女青年呢，又长得那么好看，不危险吗？"

江星辰打断道："那你先去，我带初音吃个午饭。"

秦让僵着没动，他也想单独一个人去啊，可是怕韩绵不搭理他。

"初音妹妹，你想吃什么，我请客啊，机场也有很多好吃的。"秦让说。

秦让要是缠起人来，是没完没了的。

江星辰实在没办法，拉着初音上了那辆招眼的跑车。

副驾驶座上放着一个抱枕，上面写着"小祖宗韩绵的专座"，底下还印着一张韩绵的照片，看起来有些年头了。

秦让上车后，扭头无比温柔地拉了安全带把那个抱枕固定进去，将车内的音乐调到了最大。

初音看得有点傻眼。

江星辰附耳过来小声道："你姐走后，他一直这样，这辆车也是第一次开。"

"这车有什么特殊意义？"初音附耳问。

"表白成功过。"

秦让这个人，尤其喜新厌旧，换了很多的车，只有这辆留了下来。

秦让把车子丢在地下车库，径直去了A3出站口。航班一趟趟落地，都没有韩绵。下午一点，江星辰牵着初音到对面楼上找吃的。

"就我们俩，不叫秦让哥一起吗？"初音问。

"不叫，叫了也没用。"

初音试了下，江星辰的判断果然没错，秦让坚持要在出口那里等韩绵。

江星辰领着初音进了一侧的西餐厅。

店里的人不多，餐上得很快，落地窗可以清楚地看到不远处的出站口。秦让一身西装，那么直直地站在那里，桃花眼里盛着鲜有的认真。这样的秦让，是初音从来没见过的。

"秦让哥那么在意，当年为什么不去美国找我姐啊？"

江星辰将切好的牛排推到了她面前，回答了这个问题："有些坎儿总归没那么容易迈过去。"

"你当时也是这样吗？"初音看进他的眼睛。

江星辰垂眉，没有说话。

好像提到了不该提的事，初音叉了一小块肉塞进嘴里。

江星辰等她把嘴里的肉吞下去，才淡淡开口道："我其实去过一次旧金山，从N市坐飞机刚刚好十九个小时。"

初音猛地怔住了。

江星辰看着她，眼里的光柔软而深邃。

初音情绪翻涌而至，瞳仁须臾间染上了水色。

"是什么时候？"她问。

"第二年春天。"

"你知道我的学校在哪儿？"她记得，他们之间的连接，在那年彻底断掉了。

"不知道在哪儿，只知道一个英文名字。"

韩齐给初音在省一中保留了学籍，学籍档案里有一个陌生的学校名。那是他知道的，关于她的全部信息。

"然后你就那么去了？"

"嗯，斯坦福附近的高中不难找，"说着，他缓缓地吐了口气，"不过我没有看到你，你们学校当时在放假。"

江星辰说的那个春假，初音跟韩绵去弗吉尼亚学潜水，不慎发生意外，在 ICU 待了一个星期。那是她从小到大，离死亡最近的一次。

江星辰不知道其中的内情，继续说："我在旧金山待了几天，一直等到你们春假结束，你没有去上学。我想你可能转学了，又或者去了别的地方。"

初音的眼泪夺眶而出。

江星辰屈着指节，在她眼睑下擦了擦。

初音捧着他的手心，把脸埋进去，哭得更凶了："抱歉，我那几天没能去上学……我要知道你会去找我，我肯定……肯定去学校了。"

"没事，别自责。"江星辰就在那里柔声哄她，"本来，我去那里也没有抱太大的希望，只是太想你了。"

晚上十点，韩绵乘坐的飞机终于抵达了 N 市。

看她拖着两个硕大的行李箱从通道里出来，秦让木然的神情，顷刻间被什么东西点亮了。他快步冲过去，只是，还没等他到近前，韩绵手里的箱子，就被边上的男人接了过去。

那是一个外国男人，两人边走边聊，韩绵穿着件挺括的黑色大衣，踩着羊皮的小高跟，步履轻快，依旧是记忆里的模样，比从前更温婉。

她的视线，自始至终都没有给过来。秦让心中郁结，禁不住将手里的拳头握得咔嚓作响。

韩绵和那个外国人聊了几句，戴上耳机打了个电话。

秦让穿过人群，走到她面前，指尖拔掉了她耳朵上的耳机。

韩绵愣怔着抬头，目光撞进那双略带愠怒的桃花眼里。

无数记忆翻涌，又淹没下去。就像眼前过了阵风，什么也抓不住。过了这么久再见他，她终于能平静而坦然地面对了。

韩绵抬眉，朝他礼貌地伸了下手。两人握完手，韩绵很快把指尖收回去。

边上的老外热情地和秦让打招呼，韩绵简单做了介绍。

纵使秦让英语再菜，还是听清了韩绵介绍自己时的称呼，她说的是朋友。他皱眉，特别强调了一遍："I'm her boyfriend（我是她男朋友）。"

紧接着便听见韩绵补充了句："Before（前男友）。"

秦让冷哼一声："我听得懂你讲什么。"

"那挺好，"韩绵微微笑了下，"省得我给你做翻译。"

秦让气得差点跳脚："你！"

James听不懂他们在讲什么，但感觉两人在吵架，他宽慰地在韩绵肩膀上拍了拍。

秦让立刻握住他的手腕往上翻了出去，并且做了个警告的手势说："手拿远点！"

James一脸蒙，朝韩绵摊了摊手。

韩绵有点恼了，问："秦让，你发什么疯？"

秦让把手插进口袋，痞痞地噘了下嘴，道："他刚把手放你肩膀上就是惹我。"

他还是和当年一样幼稚且蛮不讲理。

韩绵语气冷硬："我们早分手了。"

一句话引得秦让更加火大，初音和江星辰已经过来了。江星辰在秦让发疯之前摁住了他的肩膀，劝道："韩绵回来待得不久，你有事好好说。"

秦让不再看韩绵，一把夺了James手里的箱子，头也不回地走了。

一路上，他把那箱子拖得又快又响，要不是韩绵的箱子质量好，轮子可能都会被他滚飞了。

"姐，我好想你。"初音过来抱了抱韩绵。

韩绵亲昵地揉了揉初音的脑袋。

一旁的江星辰笑着道："学委，我现在是不是也要改口叫你一声'姐'了？"

韩绵莞尔："随你。"

一旁的James礼貌地和二人打了招呼。James也是初音的朋友，江星辰和他走在前面，聊了几句天。

初音抱着韩绵的胳膊小声说："姐，秦让哥今天整整等了你十个小时，一口水都没喝，他肯定以为James是你男朋友，吃醋了才发疯的。"

韩绵瞥了眼某人气鼓鼓的背影，心里的气也消了大半。

炙热的感情，曾在心尖疯狂地燃烧过，纵使时隔经年，分道扬镳，那在心口留下的余温，依旧是滚烫的。纵使不能修成正果，她也不愿意将他视作完全的陌生人。那是一种非常微妙而隐秘的情绪。

一行人到了地下停车场。

秦让老远就解了门控锁,酷劲十足地把韩绵的行李箱丢进后备厢,"嘭"地合上了门。做完这些,他倚在跑车门上,朝江星辰抬了抬下颌,道:"你英语好,翻译给那个老外听,我车子坐不下,喊他自己打车走。"

韩绵闻言皱了下眉说:"我和他一起走。"

秦让嗓门扯得老高:"你敢!"

初音见状不妙,赶紧过来做James的思想工作。最后,初音、江星辰和James三个人先打车走,韩绵跟秦让的车随后。

秦让掀开副驾驶座的门,俯身将那只靠枕扔到后排的座椅上,转身将韩绵摁了进去。

车厢里就剩了两个人,谁也没说话。

秦让在发动车子前点了根烟,烟圈腾上来,将他的俊脸笼了进去。

他深吸了口烟,随手将车窗摇下来,指尖在那玻璃窗沿上刮了刮,刚刚狂躁的情绪终于压了下去。

许久,他掀唇道:"抱歉,我刚刚不该那么凶你朋友。"

秦让在向她道歉?这是从来没有过的。他们一起长大,从来都是旁人和他道歉的份。

韩绵眼底没什么情绪,她抿了下唇,说:"没事。"

跑车轰响,车载蓝牙自动连上了他的手机。

近乎爆炸的音乐,顷刻间将整个空间填满了。

他把那烟含在嘴里,倾身过来替她扣上了安全带。距离太近了,带着些温度的灰烬,落了一些在她的手背上。

韩绵悄无声息地将那灰烬掸去了。

秦让坐回去,轻嗤了一声。

很快,那抽了一半的烟,被他摁灭了。头顶的灯也灭了,两人的情绪和表情都藏到了黑暗里。

秦让脚尖点过油门,将车子开了出去。出了车库,头顶明亮的灯一排排地映衬在前挡风玻璃上。

他的侧脸,也再次泡进了橘色的灯光里。

终于,他忍不住问:"那个叫James的是你的男朋友?"

"不是,只是一般的朋友。"韩绵只是陈述事实,她无意给他希望,也没有旁的想法。

秦让舌尖抵着后槽牙轻舔了下,问:"韩绵,你说我们有没有可能破镜重圆?"

韩绵没有说话。

秦让吐了口气说:"我也觉得不太可能,可就还想试试。"

韩绵静默了片刻道:"我在这边待不久,还会回美国,我申请了硕博连读。"

是啊,高才生和他这样的学渣是不搭调的。从小,他爸拿江星辰和韩绵说事的时候,都已经强调无数遍了。别人是虎父无犬子,他秦让是烂泥糊不上墙。

她走的那年,不也说得很明白了吗,他离了他爸什么都不是。

车子上了主干道,秦让眼底的光暗了暗,他略带嘲讽地笑了笑道:"别当真,我就随口说说。"

韩绵在黑暗里吞了下嗓子:"嗯。"

回去的路上——

江星辰对James展开了一通洗脑加轰炸式的旅游推荐,遣词造句,堪比加州旅游频道的广告推销。

James听得满眼冒光,使劲跟着点头。

初音全程没插进一句话。

和韩绵会合后,这位外国友人开口说的第一件事就是自己明天要出去旅游。韩绵和他说了几句话,但丝毫没有撼动他赶着春运出行的决心。

初音满是崇拜地看了眼边上的江星辰,悄悄向他比了个大拇指,道:"教科书式的洗脑。"不费一兵一卒,轻而易举帮秦让扫清了潜在情敌。

江星辰把胳膊架在小姑娘肩膀上,低声说:"我什么时候给人洗脑了?我不就给国际友人推荐了几个景点嘛。"

秦让的车子停在几步开外的地方,他没有送韩绵过来,也没有加入他们任何一个人的交谈,只是点了根烟,倚在车盖上静默地抽着。

灯光有些暗,他的背影在夜色里显得瘦削而颓唐。这和他从前的气质截然不符。

旁人看着到底有些于心不忍。

初音戳了戳江星辰,小声问:"现在怎么办啊?"

"一会儿你喊你姐去大平层住,我回自己家住,你拖住你姐。"

初音点头。

James提着箱子往酒店门口走,韩绵的酒店也是订的这里。

初音小兔子似的跑过去,抱住了韩绵的胳膊撒娇道:"姐,你跟我去大平层住吧。"

韩绵愣了愣,问:"大平层不是租出去了?"

初音解释道:"江星辰租的,他不住,我们俩正好一起过年。"

江星辰?

韩绵看了眼江星辰,后者礼貌地颔首点头。

几年前,江星辰送醉酒的小初音回来的那次,她曾瞥见了一丝端倪,后来也确实见到了他对初音的好。这种守在原地的等候,是非常动人的。

江星辰朝不远处的秦让招了招手说:"开车,再去趟大平层。"

"行。"秦让丢掉烟,抿唇看了眼韩绵,很快拉开了车门。

江星辰和初音两人非常有默契地坐在后排。

韩绵猫腰坐进副驾驶,随手系好了安全带。

过年在即,路上查酒驾的交警特别多。

秦让把车子停在路边,摇下车窗,对着交警手里测酒精的机子使劲吹了一口气。

"没有喝酒。出示下驾驶证、机动车行驶证。"

秦让说了句:"稍等。"

东西在韩绵前面的储物格里,他侧身过来拿,指尖却在触及她时停住了。

"我的行驶证……在这里面。"

韩绵往座椅里让了让。

秦让掀开盖子,手指夹过那个绿色的小本子递了出去。

交警检查完,把东西还给他,问:"车里坐了几个人?"

"加我四个。"秦让回头放东西,指尖不经意间碰到了韩绵的膝盖。

很轻的一下,转瞬即逝。

韩绵本来没打算刻意去强调,却听见他很轻地说了句:"抱歉。"

她的唇线，在黑暗中抿了一下，心尖腾起一丝异样的情绪来。她努力维持的平静，似乎在这一刻出现了一丝裂痕。

车子开到市中心，大街小巷的红绿灯很多，车子走走停停。

秦让始终专注地看着前方的路，桃花眼时而被路灯点亮，时而又被黑暗笼罩。

一路无言。

到了大平层楼下，秦让下车帮韩绵把行李箱从后备厢里拿出来。

"江星辰，你送吧，我就不上去了。"说完，他瞥了眼韩绵，钻进车里，"轰隆隆"地将车子开走了。

韩绵盯着车子消失的地方，长睫很轻地颤了颤。

他把车子开到这里狂按喇叭的事，仿佛就发生在昨天。尽管她情绪管控能力非常强，初音依旧察觉了一丝异样。

那丝异样的源头，就是秦让。

"姐，我们上去吧。"初音说。

韩绵回神，很轻地应了声："嗯。"

那之后的第三天便是除夕。

早晨八点，江星辰给初音打了通视频电话。

N 市的冬天和 X 市比起来，要冷很多，初音把胳膊缩在被窝里和他说话："早啊。"

"还不起来？"

初音声音低低的，带着刚睡醒的软糯："又没有什么事要做。"

"年夜饭打算在哪儿吃？"他问。

"还不知道，得问问我姐。"

女孩瓷白的脸被暖融的被子裹着，红扑扑的，如果不是因为隔着屏幕，他真想把她搂到怀里腻歪一会儿。

"靠近点。"他说。

"干吗？"

"近点，贴到镜头前来。"早晨的阳光把他的瞳仁镀成了浅咖色。

初音依言把脸凑到镜头前，江星辰对着镜头亲了一下，说："早安吻。"

"哪有人早安吻亲手机的？"她缩在被窝里笑，表情都是柔软可爱的。

"那行,我一会儿过来。"

"你不用在家过年?"

"我妈说在女朋友家过年不吃亏。等我去给你们做年夜饭。"

初音忽然想到别的事,坐起来说:"你叫上秦让哥一起吧,到时候我们再来个神助攻。"

她说话时表情极其认真,江星辰有些忍俊不禁,转念又问:"你打算怎么神助攻?"

"到时候再说。"初音踩着拖鞋下床,长发散了满肩,"我去看看我姐再和你说计划。"

"行,"江星辰再度失笑,"听从组织安排。"

初音隔着镜头亲了亲他,才挂掉电话。

初音推门出来,韩绵已经起床了。她正站在阳台上看一篇论文,太阳很好,粉色的睡衣被阳光照得柔软而温暖。

初音走过去,清了清嗓子说:"姐,江星辰想过来吃晚饭。"

韩绵头也没抬道:"行,我一会儿订一下晚上的餐。"

初音咬了下唇说:"他想过来给我们做年夜饭,他的厨艺还不错。"

韩绵手里的动作略停了下,是了,年夜饭意味着团聚。如果不是她提前回来,江星辰和初音本来是打算一起过年的。

思及此,她说:"好。"

几分钟后,江星辰收到了他家小姑娘发来的一个大大的笑脸,以及一句:万事俱备。

下午四点,江星辰敲响了大平层的门。

初音正在喂胖虎,韩绵来开的门。

江星辰手里拎着一大堆东西,秦让紧随其后进来。

秦让看到韩绵的一刻,稍显紧张地说:"我帮他送东西,一会儿就走。"

韩绵点头,侧身让了路,擦肩而过时,谁也没说话。仿佛要多说一个字,就有什么要崩塌下来似的。

江星辰买了很多东西,水果和坚果被他放在了茶几上,大大小小的袋子全部堆进了厨房。

秦让送完了东西要走,初音喊住了他:"秦让哥,留下来吃晚饭吧。"

"不了。"他知道韩绵并不高兴看到他,不想自讨没趣,何况今天是过年。

江星辰说:"叔叔和阿姨不是去马尔代夫了嘛,你回去一个人过年多冷清。"

一直沉默的韩绵忽然开口说:"留下来吃饭吧。"

闻言,秦让那双桃花眼底滑过一丝不可置信,他有些不确定地问:"你真要我留下来吃饭啊?"

韩绵扶着门把手,没有看他,淡淡地说:"进来吧,暖气要跑光了。"

秦让心里一时百感交集,仿佛那团湮灭的希望,颤颤巍巍地冒了个头来。

江星辰转身进了厨房,初音跟进去帮着择菜。

天太冷,择菜是件苦差事,一盘菜择下来,手都冻僵了。江星辰开了热水,握着她的指尖,送到水龙头下面去冲。

"别弄了,出去玩。"他说。

初音不打算出去,小声说:"我想和你一起做饭。"

柜子里有副橡胶手套,他捉过她的手,拿围裙擦干了她指尖的水,套进去。

初音小声叮嘱:"你也先别出去,给我姐他们留点空间。"

客厅很安静。

秦让还拘谨地站着,韩绵把沙发上的抱枕收拾整齐,对他说:"坐下吃点水果吧。"

秦让随手拿了个橙子,坐下来。

"你……"两人同时开口。

秦让咳了下:"你先说。"

韩绵递了把水果刀过来,掀唇道:"用这个,这种橙子不好剥。"

秦让接过来,垂眉将那橙子切开一道口,清甜的香味一下散在了空气里。

"你打算什么时候回美国?"他问。

韩绵坐下来,说:"再过一段时间。"

橙子皮已经在他手里去了大半,时间也变得有些缓慢。许久,他开口道:"就真的打算一辈子留美国了?"

"还没想好。"她也想回来发展，顶着一张亚洲脸在美国生活并没那么容易。

"能不能不去美国了？留下来……"手里的橙子皮已经全部去掉了，他垂眉剥那果肉上覆着的白皮。

韩绵看进他的眼睛里，问："为什么？"

秦让笑了笑说："能为什么啊，你小时候不是总说'为中华之崛起而读书'嘛，怎么读好了书，跑去给别国做贡献？"

韩绵沉默着没说话。

两人陷入了一团寂静里。

相比于客厅的安静，厨房里则热闹许多。

江星辰掌勺，初音在边上时不时地帮忙递下东西。几个锅里都炖着菜，厨房渐渐被各种香气笼罩住。白色的蒸汽，依次从不同的锅盖缝隙中冒出来。

初音边帮忙边看他。

江星辰衬衫的袖子往上卷着，露着一截健硕的手臂，整个人晕在烟火的气息里，有种说不出的温暖。

那种温暖，深陷在初音记忆最柔软的角落里。从前，陈芸和张林过年的时候，很少吵架，每次张林烧火，她和陈芸也是这样在边上帮忙。

陈芸再婚后，家里的年夜饭都是在酒店订好了的，再也没有了从前的年味。

一眨眼，她和江星辰已经认识快七年了，几乎占据了她全部人生的三分之一，以后甚至更长。

江星辰关火喊初音，小姑娘正在愣神，喊了好几遍才反应过来。

江星辰在她脑门上敲了下，问："想什么心事呢？"

"想你。"初音脱口而出。

"我就在你面前，有什么好想的？"

"我在想以前的你，还有未来的你。"初音表情认真地道。

"哦？"江星辰略扬了扬眉梢，状似好奇地问，"未来的我长什么样？"

初音从身后抱住了他，低笑着说："满脸的皱纹，牙齿掉光了，背也驼了……"

"听起来……不太好看。"

"谁说的,你还是全宇宙最帅的老头,这点自信你还是要有。"

"好。"他笑着弯腰从柜子里拿了瓷盘,将锅里烧好的肉盛出来。

初音把菜送出去。

客厅里的电视不知什么时候开的,秦让和韩绵正在看电视里放着的电影。秦让靠在沙发里,表情有些高深莫测,韩绵则是面无表情。

初音把菜放下,也站在边上看了一会儿。

这是很久以前的一部喜剧片,票房非常高,笑点巨多。但是秦让和韩绵两人,隔着个沙发靠枕的距离,各怀心事,谁也没笑一下。

这个气氛太冷了。

初音轻咳了一下,再度回了厨房。

江星辰已经刷完了锅,准备炒菜,见小姑娘皱着眉毛进来,很轻地捏了捏她的手腕问:"怎么了?"

初音叹气道:"他们两个人,跟土豆一样坐着,表情都不动一下。"

江星辰被她的描述逗笑了,安慰道:"别担心,我有办法。"

"什么办法?"初音问。

江星辰递给小姑娘筷子,说:"去试试炖的肘子烂了没,一会儿和你说。"

冰糖炖的肘子早烂了,看着非常可口,味道更好。

桌上摆满了菜,已经是晚上七点了。

秦让帮着布置桌椅和碗筷。

初音举着酒杯,把所有人都祝福了一遍,江星辰在她坐下来的一瞬间,捉了她的手合在掌心搓了搓,顺手在她手心写了两个字:快吃。

初音立马会意。

秦让吃饭时,偶尔会点评上一两句,韩绵没有接他的话茬,却总会在他点评之后尝尝那道菜。

江星辰见初音吃得差不多了,佯装出去打电话,再回来把初音牵了起来。

"阿音,外公喊我们去领压岁钱。"

"现在?"初音佯作惊讶道。

"他睡觉早,去晚了领不到。"说完,他不忘朝韩绵点了下头,"学委,借会儿初音,晚点送回来。"

韩绵点头。

秦让抬眉问："你忙活了这么久，不吃？"

"你们吃，"江星辰丢给他一个眼神，笑道，"那边催得急。"说完，他弯腰提过初音的外套，披在了她身上。

冬夜冷意侵骨，江星辰停下脚步，捉了初音的手腕，慢条斯理地给她戴手套。肆虐的风扫过他额间的碎发，暖橘色的光在他眼睛里忽明忽暗地摇晃着。

初音没来由地想到一句诗："星光全在水，渔火欲浮天。"

总有这样的人，让你觉得这冰冷漫长的夜并不难熬。

"真去你外公那儿啊？"她问。

他淡笑道："不去，过年他那全是打麻将的，吵人。"

"那现在去哪儿？"

"放烟花。"他将她戴了手套的手团进掌心，塞入大衣口袋里握住，低低地笑了声。

水泥地面冻得坚硬，初音的小皮靴敲在上面，发出清脆的响声。半晌，她又问："现在哪里还有烟花卖？"除夕夜，路上开门的店都没几家。

"在这儿呢。"他将她牵到车子边上，一把掀了后备厢的盖子。那里面长长短短，各色的烟花都有，一看就是有备而来。

"怎么买了这么多？"初音有些惊讶。

"一会儿你挑喜欢的放。"几年前的除夕夜，他也给她准备了满满一后备厢的烟花，结果她没来。

"那多的怎么办？"初音问。

"回来翻个价，卖给秦让。我做的年夜饭，他总不能白吃。"

初音笑了声："嗯。"以前没发现，他还是个白切黑。

大平层的客厅里，一时间就剩下秦让和韩绵两个人，先前放着的电影已经结束了，画面停滞许久没有动。

秦让轻咳一声，试图打开话匣子："我认识江星辰这么多年，还是第一次见他做饭，味道居然还不错。"

"嗯。"韩绵抿了口雪碧淡淡地应了一声。

"你们在国外过年吗？"

韩绵放下杯子，指尖在玻璃壁上轻轻捏了捏，说："会过，有唐人街。"

"哦。"秦让点头,再无别的话。

又是良久的沉默。桌上还有一瓶开着口的红酒,秦让将杯子里的雪碧喝掉,换了一杯酒,在手里摇晃。他长得好看,又兼有那种野痞气质,给那摇曳的酒波增添了一抹暧昧的颜色。

韩绵的视线,在他修长的指节上停留了几秒,问:"一会儿不开车?"

"有代驾,打车也方便。"

也是,她不在的这些年,国内的变化非常大。

五年,他们分别了快五年了。思及此,秦让拿了酒瓶,抬眉迎上她的目光,征询:"来一杯?"

韩绵点头。

她虽然从来不去酒吧,但因为加入过一个鉴酒俱乐部,红酒她喝一点是醉不了的。

秦让只给她倒了一点,然后将那杯子推了过去。

韩绵端着杯子,抿了一口。

秦让的视线,一直停留在她细长白嫩的脖颈上,那里的温软他是感受过的,桃花眼里的光有些晦暗。

酒精将韩绵的脸上染出了一抹酡红,那抹红像长在他心口的朱砂痣,灼着他的血管微微发烫。

即便过去这么久,他还是喜欢她。那是一种刻在心底的喜欢,根本无法随时间消磨变淡。他吐了口气,徐徐开口:"你走之后,我没谈过女朋友。"

韩绵指尖捏着那细长的杯柄,避开了他滚烫的视线。

"干吗忽然说这些?"

"没什么别的意思,我就随便说一嘴。"秦让抽了根烟,含在嘴里,拢火靠上去,烟雾像一层网罩住了他的脸,有些不真实。

韩绵放下酒杯,似笑非笑地道:"你见一个前女友都要这么说?"

秦让目光滞了滞。半晌,他抿了口烟,懒洋洋地靠进座椅里,笑了声:"还真就没有。"

韩绵没接他这句。

秦让隔着桌子,深看了她一眼,似是自嘲似的说:"说了你可能不信,除了你,我还真没别的前女友。"

没有别的女朋友？他交过的那些女朋友，有名有姓的，她也能报出一串来。但她现在懒得去和他争辩这些，他们早散了。她也成了他前女友团体中的一个。

秦让看她埋头吃菜，低头将杯子里的酒一口饮尽了，他站起来，敛了笑意，缓声道："时间不早了，我先回去了。"

"不再吃点？"

"再吃我可能又要在你面前发疯。"他发的疯已经够多了。

韩绵起身送他，脚被椅子绊了下，秦让回头一把扶住她。他的手握着她的手腕，不过才一两秒，他便松开了她。

"小心点。"他说。

韩绵站直，抿了抿唇。

秦让盯着她绯红的脸颊看了良久，终于屈了指尖在她脸颊上擦了擦道："刚给你的酒倒多了，一会儿喝点牛奶解解。"

韩绵的睫毛轻轻地颤了下，似一只蝴蝶掀动了翅膀。

秦让走后，她坐回到桌边，盯着空掉的那个位置，又倒了一杯酒，郁金香的杯子靠着那个空掉的杯子碰了一下。

她想，醉一会儿也没事，很多事，还是不清醒的时候开心。

市区不允许放烟花，江星辰将车子一路开到了郊外。野旷天低的地方，已经有人在放烟花了，轰轰然将漆黑的天际点亮，又湮灭下去。

风有些大，带着冬季特有的凛冽。

江星辰将初音牵下来，径直走到后备厢前。

初音从小到大只看过烟花，从没真正地放过烟花。女生们对于烟花爆竹，都好像有着与生俱来的恐惧。

江星辰也看出了她的害怕，往后摆了摆手说："站到车子那里去，捂住耳朵。"他把最大的烟花抱出来，找了个空旷的地方摆好，风卷着他衣服的下摆猎猎作响。

初音往后退开一些。

远远地，她看到江星辰背对着她蹲了下来。

野外的光线有些暗，她看不清他的脸，只能看到一个模糊弯曲的影子。

初音的心"怦怦"直跳，看别人放烟花和看江星辰点火的感觉是完全不一样的。她会莫名地恐惧，生怕出点意外。

"江星辰，"她不放心，远远地喊了声，"小心。"

他轻笑着应了声"好。"

"砰"的一声响起，金色火光从他先前站着的地方，冲上天际炸开一朵硕大的金花，无数金色细线翻涌坠落。

江星辰在第二朵金花炸开前跑了回来。

初音见他平安，骤然松了口气。

江星辰还是捕捉到了她眼里一闪而过的恐慌，缓声安慰着："放心，那上面写的安全距离是十米，到不了这里来。"

初音"嗯"了一声。

两人坐在车头盖上，仰头看那些绚烂的烟花。四周听不见旁的声音，只剩烟花炸裂的"砰砰"声。

他的手指紧紧扣住她的，冰凉的指尖渐渐有了一丝暖意，温度缠绕在一起，分不清到底是谁的。

初音看了会儿烟花，侧目瞄了他一眼。他提着一条长腿架在车盖上，五官清晰流畅，眉眼间有几分玩世不恭，偏偏笑起来时又清爽干净，和记忆里的少年渐渐重叠起来。

等那些火焰彻底熄灭下来，他从车头盖上跳下来，拿了些细的烟花过来，递了一支给初音，问："要不要放一支？"

初音接过来，但是她有点不敢。

江星辰垂眉握住了她的手背道："我和你一起放。"

他身上熟悉的松木香味给了她一丝勇气。

江星辰指尖移动，非常娴熟地撕掉了上面的纸，火药引的细线露了出来。

他从口袋里掏了打火机，随意摁了摁，蓝色的火焰在他手上跳动。初音瞳仁轻颤，漫过些许紧张。

江星辰在她肩膀上说话："拿直了，别怕。"

初音吸进一口气："嗯。"

"点了。"话音一落，火药引"呲呲呲"地响了起来。

他熄灭了打火机，在第一簇火花腾起之前，将她揽到怀抱里。

火药已经燃到了里面，带着震颤从细长的烟花筒里飞冲出去。

他在她头顶低低地笑着："就这么举着,一会儿别对着眼睛。"

"嗯。"更多的烟花冲上夜幕,初音先前的那些恐惧,渐渐被尝试了新事物后的喜悦取代。

过了一会儿,不再有烟花出来了,烟花筒上有着燃烧后的余温,江星辰接过去又等了几十秒,确认没有危险后,他才替她丢了。

初音敢自己放烟花后,两人把所有的手持烟花都放完了。

除夕夜来放烟花的人很多。他们这里的熄了,远处又腾起一朵漂亮的金花来。

江星辰从口袋里掏了个红包,偏头递给她道:"压压岁。"

"不用,我已经不是小孩子了。"初音说。

"阿音,不是嫌你年龄小,是想多疼疼你,哪怕到了一百岁,你还得喊我哥哥。"他说这些话时,一直在看她,神情温柔又专注。

他长她三岁。

哪怕到了一百岁,也是这样。

初音伸手把那个红包接过来,一摸,感觉有点厚,忙问:"你到底放了多少啊?"

"自己回去数。"

"我记得,我走的那年新年,你也给过我红包。"

"有打开看过吗?"他淡淡地问。

"没有。"她那时候只想把关于他的一切都封存起来,那个红包也被收了起来,"那里面难道还有你写给我的情书?"

"不是。"江星辰轻笑,"写情书这种事太俗了。"

初音鼓了鼓腮帮子,有点小失望。哪里俗气了!

他看穿了小姑娘的心思,扬了下眉,垂眉凑到她眼前,与她视线相平,问:"想收到我写的情书?"

初音用手比了比说:"一点点。"

"看来不太强烈啊,我还是不写了。"他佯装叹气,把手揣进了口袋,"本来想补写一封逗你开心的,现在看来,用不着了。"

初音一下子抱住了他的胳膊,仰着脸道:"不行,你得写。"

"我想想写什么?"江星辰将她箍到怀里吻了吻。

初音环住他,强调:"你可得好好想,写不好还要重写的。"

江星辰禁不住笑出声:"坏小孩一个。"

"对了,你那红包里到底装的什么啊?"

"回去自己看。"

"吊人胃口。"

"谁让你以前不看的。"年少时,觉得金钱俗,他给初音的压岁钱是一套第三套人民币的收藏币,同一个号,目前的市值是非常可观的。

不知什么时候开始,天空飘了些细小的雪粒,西北风烈烈地往脸上刮。江星辰又抱了个大烟花过来。

初音想跟他一起放,因为那种害怕催生出了莫名的心动。

江星辰喊她站在十米开外的地方,等他将引火线点完,再牵着她往回跑。

脚下是柔软的泥土地,初音不察,一脚踏进了水坑,冰凉的水浸进来,顿时冻得她一个激灵,"嘶"了一声:"好冷。"

江星辰反应过来,立刻将她抱起来,往车上跑。车钥匙转开,车内的暖气开到最大。

江星辰俯身过来,脱掉了她被水浸湿的鞋袜。他用干燥的纸巾覆到她脚面,给她擦脚上的残水。初音脚底很冰,他掌心也冷,根本焐不热。

他皱眉,解了外套的扣子,掀开衣服下摆,把她冰凉的脚丫贴着皮肤塞进去。

滚烫的体温一瞬间从脚底蔓延上来……

初音对他体温和肌肉纹理的感知,从来没有这么强烈过。她怕冰到他,想把脚收回来,江星辰却不让。

"再焐一会儿,省得长冻疮。"

鹅毛一样的雪粒,摇摇晃晃地飘下来,车内安静温暖而甜蜜。

初音挣脱不开,只好任由他那么焐着。

车子重新返回市区。

除夕夜,城市的街道清冷寂静,沿街的霓虹灯色彩斑斓。

主干道的大屏幕里,放着各种新年祝贺,初音注意到江星辰没有往大平层的方向开。

"怎么不回去?"

"给你姐留点空间。"

"那今晚我住哪儿?"她出来得突然,什么证件都没带。

到了一处路口,江星辰打了转向,随口答:"我家。"

江星辰的那个公寓,几年前,她去过一次,也是在这样的冬天。

车子到小区门口,他从中控箱里拿了卡,递出去,在机器上刷了一下,"嘀"的一声,黄色的栏杆缓缓升起。

他扭头看向初音说:"我刚刚和你说的那是次要原因,还有个主要原因。"

那黄色的栏杆抬了起来,江星辰松开刹车,细长的眼睛被那探照灯照得明晃晃的,他声音低下去,迷人又性感:"是我想找个理由把你扣下来。"

初音听他这么说,心脏麻了一下。

江星辰握住她的手指轻轻捏了捏,继续说:"我怕你不肯来。"

车子绕过大草坪往里走,这个点出来的人不多,那些高高的楼里都亮着灯。

每一个亮着灯的地方,都有一家人聚在一起,欢声笑语从敞开的窗户里漏出来。相比之下,江星辰独居的公寓则显得过于冷清了。

初音抿了抿唇,问:"你怎么不和家里人一起过年?"

江星辰轻描淡写地说:"我爸和我妈早离了,哪儿还有什么家?"

初音忽然意识到,从某种程度上说,他们还真是像。

有些事情是他们倾尽全力,都无法改变的。只能被命运摁着头往前跑,一直跑。但那些漆黑一直在那条路上,他们不敢回头去看。从前,他们分散在各自的轨道上,现在,他们终于会合了。

初音回握住他的手,郑重其事地道:"以后我们会有一个新的家。"

江星辰低低地笑了声:"好。"他愿意相信,也愿意期待。

到了单元楼下,江星辰把车子泊好,绕到另一侧来开门。

初音正弯腰把脚往先前那双湿透的鞋子里塞,江星辰见状提议:"你要不在这里等下,我上去给你找双干净的鞋子来。"

初音已经穿好了,她在地上蹦了蹦,笑着说:"上去再换。"

她坚持,江星辰也没强求。

进了门,他往她怀里塞过一双拖鞋。

"来卫生间泡脚。"

初音把那湿鞋子蹬掉,光脚探进他的拖鞋里,毛茸茸的,非常柔软,脚趾禁不住在里面拱了拱。

她长高了，脚也比从前大了一些。这个发现，让她欣喜若狂。

江星辰将热水放好，出来喊她，远远见小姑娘低头对着他的拖鞋傻笑，禁不住弯了唇。

"阿音。"

"嗯？"初音抬眉对上一双温柔的眼睛，心道自己刚刚那个傻样全被他看到了，不禁有些耳热。

"好了。"他说。

卫生间里的灯亮着，地上放了一盆水，热气正往外冒，看着温度不低。

江星辰把摞在一起的两把椅子分开，递了一把给初音，留了一把给自己。

初音刚坐下，他忽然俯身过来，替她摘掉了拖鞋。脚踝被他握进手里，灯光将她脚背映得雪白且柔软，初音光着脚丫了，微微缩了下脚趾，到底有点羞赧。

"我自己洗吧。"

"好。"他一瞬间松开了她。

初音刚把脚探到水里去，又立马把脚拿了上来，放在盆沿上晾着。

水太烫了！

江星辰见她迟迟不把脚放进去，抬起眼皮看过来。

"等会儿洗。"她说。

"水不烫，是你的脚冰，放进去焐一焐。"

初音抿唇把脚往里面探了探，蜻蜓点水，碰水即收。

江星辰被她逗笑了："认真点洗，糊弄哥哥呢？"

初音小声嘟囔："可你之前在车上已经焐过了啊。"

"谁让你刚刚又穿了冷鞋子。"

"真的太烫了！不信你自己试试……"

江星辰岔腿在一旁的椅子上坐下，摘鞋脱袜，面无表情地把脚放进那盆热水里去。

他的脚在里面停留了几秒，也拿了上来。

初音撑着脑袋笑起来："你看，你也烫得难受吧……"话还没说完，他忽然勾过她的脚，往水里压。

热水漫上来，初音的脚背贴着他的脚心。

皮肤上的触感，非常敏感，刺激得初音心里发颤……

烫也是真的烫。

他就这么按了她几秒后才松开，初音赶紧把湿漉漉的脚抬起来，晾了大约十秒钟又被他勾住带进了水里。

这次已经没有之前那么难以忍受了。

脚上的寒意消了大半，连先前走路的疲倦都消散了大半。水声潺湲，触觉也被无限放大。

脚面四周都是温暖的水，这种感觉难以忽视，又直击心尖。

仿佛脊柱后面被人注入一股热意，浑身都是暖融融的。

等到水温降下去，他才终于松开了她。

"差不多了。"他说。

小姑娘把脚抬上来，脚背有些微微的红，却并不疼。

江星辰拿过一条毛巾，慢条斯理地把她的脚擦干，再套进柔软的鞋子里，这才起身去倒水。

"去洗澡吧，一会儿上被窝里焐着。"

初音听到"被窝"两个字的时候，脸上骤然腾起一片红云来。

江星辰回头看小姑娘还僵在门边没动，不禁挑了下眉。

初音咬了咬唇，有些不自然地开口："那个……我生理期还没彻底结束。"

江星辰愣了愣，笑出了声："嗯，知道。"出门的时候，她什么都没拿，但特意去房间拿了女生用品，这也是他强制让她泡脚的原因。

初音的脸已经彻底涨红了，但她觉得他可能没懂，又小声补充了一句："生理期不能……你知道的吧？"

江星辰叉着腰乐了。

"陈初音，我在你眼里是这种人啊？"

初音连忙摇头。

江星辰把东西收拾好，还不忘打趣道："是不是你想？"

"我没！"她真的不是故意不纯洁的，都怪他讲得那么暧昧。

江星辰开了客厅的电视，春节联欢晚会已经到了尾声，初音从浴室出来，正好听到新年的倒计时声。

他们一起长大了一岁。

客厅里静悄悄，电视里的主持人正在讲结束词，初音从沙发后面环住了他的肩膀。

江星辰转过来将她揽进怀里抱住。

"阿音,希望你新的一年天天开心。"

"你也是。"

"没创意。"江星辰笑着在她鼻尖刮了下。

"可我也这么想的嘛!"

韩绵在N市一直待到了元宵节。

在那之前,正月初十,一众发小喊聚会。

秦让是众人里最有吃喝玩乐想法的,这种事他尤其擅长安排。

几个人开着车,直奔郊区的农庄。本来他也没特意叫韩绵,只是随口提了句,没想到她竟然愿意来。

秦让来来回回把菜单筛选了好几遍,又盯着老板督促了几趟,所有的食材都是他买过来再加工,要不是他自己不会做饭,厨房都得给他腾地儿。

韩绵是跟着江星辰和初音的车来的,进了门,秦让只是远远地朝她打了个招呼,并没表现得多热情。

一众发小几年没见她,都围着她叙旧。

秦让听得多,说得少。

"韩绵,我每次和人说我有个念斯坦福的同学,人家都不相信。"

"谁让你是学渣。"

"我能有秦让学渣啊?他哪次考试不倒数?是吧,秦让?"

秦让歪着椅子往后仰了仰,抿了口酒,烈酒过喉,热意汹涌,他面上终于有了些表情,冷哼道:"老子学渣也照样进了一中最好的班,你们羡慕嫉妒就直说,别拐弯抹角地酸。"

"行,不酸你。"

菜上得很快,秦让却没怎么动筷。

话题很快又回到了韩绵身上。

"韩绵,看你这架势,后面得带个美国女婿回来,到时候喊老外倒插门。"

听到这里,秦让把杯子里的白酒喝了一大口,不轻不重地在玻璃桌面上砸了下。

众人扭头深看了他一眼。

秦让当年和韩绵好过,但和他好过的人多了去了。

"秦让,你该不会是吃醋吧?"

他指尖在桌上敲了敲,似笑非笑地说:"哪能啊?"

"那再喝一杯。"

说话间,韩绵看到秦让往他手里的杯子里又倒上了酒。

第八章 溺春风

众人和韩绵说完话，才发现江星辰今天带了女朋友过来。两人靠在一起，亲昵地讲话，全程没参与他们讨论的任何话题。

咦，这姑娘怎么看越眼熟？

"辰，你这女朋友，我们是不是在哪儿见过？"有人问。

江星辰倒也没藏着掖着，说："嗯，见过，初音。"

"啊？初音？"李烨一嗓子喊完，大家都投来了惊讶的目光。

真是女大十八变！瘦瘦的小姑娘，转眼成了肤白貌美的小仙女，气质也变了不少，不像从前那样看起来怯生生的。

有人问："初音妹妹，你也在美国念的大学啊？"

初音抬眉说："没，在 X 大。"

有人八卦道："是辰哥求你回来的，还是你舍不得主动回来的？"

旁边人笑着插进来："我猜肯定是初音舍不得。"

初音闻言，耳根有些泛红。

江星辰提了瓶酒丢桌上，"嗤"了一声道："你们和我女朋友提问前，是不是得先经过我的同意？"

"怎么，辰，护短啊？"

"那必须，谁要来问我女朋友问题，先来和我干一瓶。"

啧，一瓶酒！

他们又不是疯子，犯不着。

李烨说不过江星辰，转攻初音："初音妹妹，你被江星辰吃得这么死啊？回答个问题也不行？"

初音看了眼江星辰，非常乖巧地点头。

李烨嘴角抽了下，发现自己一拳打软棉花上了。

一旁的江星辰说："老李，你话说反了，我是被她吃得死死的。"

众人酸道："不带你俩这么秀恩爱的吧？"

"觉得酸就自己找个女朋友。"

嘿，谁没女朋友了？不就是没带来吗？

"秦让，要不你现场把韩绵追回来给我们报仇？"

秦让撩着眼皮，看了眼对面的韩绵，她脸上没有任何情绪起伏，仿佛根本没听到那些人的话。

桃花眼里的光暗了暗，他指尖在桌沿上敲过几下，笑了声："我追是可以追，但老子干吗要追来给你们这帮禽兽报仇？"

韩绵和秦让对视了一眼，继续吃饭，自始至终都没有在这个话题里发言。

秦让又干了一杯酒，视线若有似无地落在韩绵身上。他想看她的情绪变化，但可惜，她比他想象中的还要平静。

结冰的湖面，砸进一块石头，不见一点波纹的那种平静。

他心里闷闷的。

酒过三巡，饭也吃得差不多了，一帮大少爷都有带司机过来，陆陆续续撤了。

江星辰的车初音可以开。秦让的车，没人帮忙开，乡下也找不到代驾。

"秦让，把车丢这儿，回头来开。"有人说。

秦让晃了晃手里的钥匙，无所谓地道："没事儿，量还没到，稳得很。"

下一秒，众人便看他解了车控锁，懒洋洋地坐进驾驶室。钥匙打响，跑车的发动机轰隆隆响起来。

秦让今天喝了有小半瓶白酒，韩绵坐在对面，看得清清楚楚。那些酒足够他在一场交通事故中送命。

他总是这样，疯起来没有度。

韩绵在他踩油门发动前，敲响了他的玻璃。

秦让把车窗降下来。

"下来，我替你开。"明灭的灯光落在她的脸上，依旧没有什么表情。

秦让把手懒懒地挂在窗沿上，深看了她一眼，淡笑道："好啊，你开。"

韩绵转身和初音他们道别，掀开了驾驶室的门。

秦让舌尖滑过后槽牙，摔门上了副驾驶座。

夜风太冷，车窗又被升了上来。

密闭的车厢内很安静，秦让合眼靠在椅子上，身上的酒味非常浓。他只喝了酒，菜几乎没有动，因此那股酒味很纯，并不难闻。

韩绵垂眉，动作娴熟地把车子启动，秦让没系安全带，车内的报警声响了起来。

"秦让。"

"嗯？"他略掀了掀眼皮，声音很低。

"安全带系下。"她说。

"好。"他应了声，却没有动，好像是睡着了。

韩绵把车子停在路边，侧身过来替他系安全带，金属扣被他压在了身后，她不得不靠得更近。女孩身上特有的馨香一下扑到了鼻尖，雪白的脖颈近在咫尺……秦让原本只是想装下醉，但现在竟然有点感谢刚刚喝过的酒。

韩绵还在乎他。

他借酒劲儿做点别的事，不知道可不可以？

金属扣已经被她拉到了他左手边，"咔嗒"一声扣上。她还没来得及收手，指尖就被他捏住了。

她想抽回来，却不能，秦让用了劲，攥得格外紧，她根本挣脱不掉。

"秦让，我知道你没睡，松开。"

他偏不理，闭着眼睛继续装睡，反正他今天喝了酒。

韩绵无法，打了双闪把车子停在路边。

他起先只是装睡，后来竟然真的睡着了。金色的太阳一点点往西落下，光在他脸上落下一片晃动的影子。

韩绵转过脸，眸色深深地看着他刀削斧刻般的侧脸，那些逝去的往昔一点点地重叠在眼前。

高中之前，他们曾是多年同桌，那时候，他都是以这样的侧脸朝着她午睡。

学渣和学霸的分界，是长桌上一道历史遗留下来的"三八线"。

那时候他俩互相讨厌，谁要是越界一点，肯定要被另一方拿东西敲着胳膊提醒。那些东西里有各学科的书本、笔，还有新买的圆规……

良久，太阳终于隐没到了西边。

天色彻底暗了下来，韩绵收回视线，秦让的手终于松掉了一些，她把手抽回来，将车子开出去。

那之后第三天，初音开学，江星辰和她一起前往X市。

韩绵在同一天飞往B市，秦让到机场给三人送别。他给江星辰他们送别，不过是醉翁之意不在酒，送韩绵才是真心实意。

机场里人来人往，秦让帮韩绵把行李送去托运，然后，站在那人来人往的大厅里和她道别。

原本他组织了很多的话，却始终没说出口："机票买的首都机场还是大兴机场？"

"首都。"

"哦，那方便得很。"乘坐中关村线到B大只有几站路。从前恋爱的时候，他总是不先去自己学校报到，而是拖着笨重的行李和她挤车先去B大。用他的话说就是坐了去B大的车，就是半个B大人。

秦让轻咳了一声，把手抄进口袋里说："B市风大，记得戴口罩。"

韩绵点头。

时间已经不早了，秦让朝她挥手道别。

韩绵盯着他的背影看了一会儿，深吸一口气转身往人流深处走。

秦让走到门口又转身追了回来，韩绵已经检完票离开了。

他在巨大玻璃窗前伫立良久，一架架飞机在跑道上滑行起飞，他不知道韩绵坐的哪架飞机，但每经过一架，他都要目送一会儿。

此去经年，人海茫茫，相逢遥遥无期。

手机里忽然收到一条消息：谢谢你来送我，照顾好自己。

秦让指尖迅速敲出一大段字，又全部删掉，改成了一个简短的：嗯。

手机一响，又收到一条信息，以后喝完酒不要自己开车。

秦让握着手机，抬眉笑了一瞬。怎么办？他舍不得就这么放手。

那可是小韩绵啊。

初音和江星辰在几个小时后抵达X市。

千里之外的南方城市，一改N市冬日的萧条，早已花红柳绿，春回大地。他们到的时候是晚上，虽然景色不如白天，空气里却有着春天里各种花草的清香。

明天才正式开学,初音打算先把胖虎送回江星辰的公寓,再回学校打扫卫生。

胖虎好久没回家,一从包里出来,立马撒欢开跑。

过年期间,江星辰喂的猫粮有些超标,胖虎又圆了一大圈,走到哪里都是一晃一晃的肥肉波浪。它对自己的体重,丝毫没有自知之明,到阳台找猫草的时候,胖屁股挤翻了好几盆绿植。

为了保证那些绿植有充足水分,临走前江星辰在每个花盆下面都放了水。

这会儿,胖虎打翻的不仅有绿植,还有那下面的水培器皿。泥巴、水、碎掉的花盆还有翻出来的绿植,乱七八糟地散落了一地,胖爪子将那潮湿的泥巴踩得到处都是。

不仅如此,它还忘了要用猫砂,在那大理石地面上留下了一坨味道浓郁的便便。

江星辰拎着胖虎的后脖子,把它提了起来,冲初音道:"清蒸猫肉、红烧猫肉、炭烤猫肉,喜欢哪个口味?"

胖虎眯着眼睛,毫无惧色。

江星辰举手一副要揍它的样子,初音赶紧把它抱了过去。

"忍耐,你是它的爸爸。"

江星辰哼了哼:"不是我亲生的。"

初音把胖虎塞回包里,找了工具来打扫卫生。

等把家里收拾干净,已经到晚上十一点。

浑身跟散了架似的,初音本想在沙发上休息了一会儿,谁知竟窝在上面睡着了。

江星辰舍不得叫醒她,轻手轻脚地将她往里面推了推,腾出了一尺宽的地方,从身后搂住了她躺下。

胖虎在包里哼唧唧地叫了一会儿,远远看江星辰投来警告意味的一瞥,立刻往包里缩了缩。有妈的胖虎是个宝,妈妈睡着它是草。

第二天,初音一早醒来,直接拖着行李箱去学校。

刚刚调来的辅导员,足足给他们讲了四十分钟的班会,激情澎湃,唾沫横飞,大致意思就是今年专业课学习的内容非常多,告诫他们在恋爱的同时不要忘记学习之类的。

初音把东西送回宿舍，迎面碰上杨依依。

"初音，你专业书买了吗？"X大的传统，开学不发专业书，得上外面的二手书店买。

"还没。"

"那赶紧去，晚了买不到了。"杨依依一把抱住她的胳膊往外走。

二手书店里挤挤挨挨都是人，她们在各个书架上翻阅。

大四学生五毛钱一斤的旧书，在这里摇身一晃，变成了八块钱一本。为了显得不那么吃亏，买书的学生会挨次翻阅那些二手书，试图在其中找到一些笔记少又新的书。

杨依依已经把她要的专业书都找到了，初音的书也选好了，两人穿过马路往回走。

杨依依一面走，一面感叹："你说我们学校抠不抠门啊，收那么多学费还不给人发书！这些旧书，真的非常影响我的学习热情。我要是校方领导，可能会自动要求退出'985'排名，你说我们和Q大能是一个档次吗？"

初音笑着说："不是。"

"就是！可我听老胡说今年有个学神，考了Q大的分数，报了我们学校的研究生。"

初音想，考前填志愿的弊端就是这样，得看运气，填低了错失顶尖学校，填高了又会被调剂。

经过逸夫楼的时候，初音看到大门口挂上了长长的横幅，写着"研究生面试考点"。

那门口排了很多人，杨依依讲的那个学神应该也在里面。

初音抬眉多看了几眼，却意外地在人群里看到了江星辰。

初音被杨依依拉着走了老远，又返回来。

她刚刚没有眼花，真是江星辰！他站在队伍的中间，白衣黑裤的打扮，初音小步跑到了近前，喊他。

江星辰见了她，也有些惊讶。

初音拉住他的胳膊问："你是不是走错地方了？"

他指了指头顶的横幅，说："没跑错，我是来参加面试考试的。"

"你报了我们学校的研究生？"

"嗯。"

"怎么突发奇想要考研？"

"没和你一起念大学，总觉得有些遗憾，"江星辰笑了笑继续说，"而且……我也不是突发奇想，去年你从我们学校毕业的时候，我就想好要考过来了，算起来，应该叫蓄谋已久。"

头顶的榕树长得非常茂密，阳光穿过层层的叶子，落在他的俊脸上。光影摇动，他的眉眼弯弯，瞳仁清澈，似碧天里的星。

一时间，各种情绪交织在一起涌上初音心头。她站在那里，眼窝发热。

"怎么了？"江星辰轻轻捏了下她的脸颊，"不想和我一个学校啊？"

初音摇头，不是的，她想的，很多年前就想。只是他们之间，一直有着三岁的年龄差横亘在那儿，又加上她去美国，错失了在一个学校的机会。

这也是她最大的遗憾。

本来，她都把这事忘了，却没想到，江星辰会愿意停下脚步等她……

江星辰问："今天没有课？"

"没有，就开了个班会，明天才上课。"

"那行，一会儿正好等我。"

前面的人一个接着一个进去抽签，门口有专门负责监考的老师，拿着金属探测仪，依次检查。

不一会儿工夫，排队的人已经都进去了。初音站在门口，手心里揣着黏腻的汗。她相信江星辰没有问题，却依旧紧张。

江星辰抽的号在后面，他们集中在一个大教室里等候。工作人员进来叫号，轮号的人出去后就不可以再进来了。面试本身花不了多久，只是前面等待的时间有些长。

监考老师终于进来报了江星辰的名字，他站起来，穿过那长长的通道到面试考场。面试题也是随机抽的，十五分钟的准备时间，但他并没用那么久。

给他面试的主考官，正是之前在 D 大见过面的言教授。

他见了江星辰有些惊讶，D 大的高才生来 X 大，而且笔试分数高得吓人。即便如此，该走的流程也一步没落下，江星辰的回答也很好。

到了最后一个问题："为什么要来 X 大念书？"

江星辰说："这里的学术氛围浓厚，慕名已久。"

江星辰这么高的分数，要不是不认识他，面试到了这里基本就结束了,可老教授偏就认识他。

"小伙子,说实话,是不是为了女朋友来我们学校的?"

"确实是这样。"江星辰点头,表情非常坦荡。

"难得见我们学校的女生这么有出息,有想跟的导师吗?"

"您愿意收的话,再好不过。"江星辰说。

"我这儿确实还有一个名额,可我要是收了你,老宋那边肯定要给我甩脸子,你可是他之前的得意门生。"

"那您也好说,男大不中留,这事儿赖不着您。抛开别的,我的业务水平,也可以实际帮到您。"

这是事实。

言恺宏犹豫了一会儿,在手边的试卷上打了分,交代道:"回头要是和D大合作,记得把你女朋友形容得凶一点,让宋教授看到你是身不由己,我是被迫接受。"

江星辰点头:"那是当然。"

这句话一出,基本结果就都定下来了。

"为了儿女情长,不怕哪天后悔吗?"言恺宏没忍住问了句。

江星辰淡笑道:"失之东隅,收之桑榆。得失的评判标准不应来自旁人,而应来自本心。"

言恺宏听完笑了。

这世上,各人有各人的活法。有人向往波澜壮阔,做了奔涌的浪涛;有人向往浩瀚平静,做了洁白的云朵。爱没有逻辑,逻辑是禁锢的绳索。

江星辰穿过长廊往外走。

等在外面的初音看到他,立马迎了上去。

"结果怎么样?"女孩在太阳底下站久了,鼻梁上冒了层薄薄的汗。

"过了。"他说。

"真的?"初音眼睛立刻亮了起来。

"不过录取通知书还要等段时间才会到。"

初音像只小兔子似的,在那台阶上蹦蹦跳跳。

江星辰怕她摔着,伸手握住她的指尖将她带了下来:"注意安全。"

初音脸上的笑非常甜,过了一会儿,她背着手绕着他走了一圈,说:"江星辰,你以后是不是就成我学长了?"

"嗯,"江星辰笑得一脸宠溺,"没错。"

初音非常可爱地眨眨眼道："那学长，你要不要请你漂亮、美丽又可爱的学妹吃午饭？"

江星辰伸手捧住她的脸，将那柔软的脸颊揉到变形，低笑道："挺会顺杆爬啊？"

初音拍开他的手，说："我要吃川菜。"

江星辰直接拒绝："不请。"

初音撒娇似的围着他说话："那要不我请你吃？"

"不去。"他故意逗她。

"去嘛，"初音抱着他的胳膊摇，"庆祝下。"

言恺宏正巧从里面出来，江星辰主动朝他打招呼："教授好。"

初音也赶紧跟着后面乖巧地喊："言教授，您好。"

言恺宏还记得这个小姑娘。

"陈初音，对吧？"

初音立刻点头。

言恺宏笑着说："记得对你男朋友好点，放弃Q大的研究生来我们学校找你，可真不是一般人做的事儿。"

放弃Q大的研究生？原来江星辰就是那个超了Q大研究生分数线，却来报考他们学校的学神。他不可能不知道自己的水平……

江星辰为她放弃了两次Q大，初音心中一动，觉得有点对不住他。

言恺宏走了之后，江星辰明显感觉到自家女朋友的情绪有些低落。

"怎么了？"江星辰在她头顶摸了摸问。

初音抿着唇没有说话。

"走，吃饭去。"他说。

初音低着头，眼泪在眼眶里打转。

"不高兴了？"江星辰问。

初音调整了一会儿情绪，但眼中的自责情绪难掩，她抬头看向他说："江星辰，你应该去Q大的。"

原来是因为这个，他心中一软，将她嵌到怀里抱住哄道："X大也不错，也是'985'。"

"不一样，不是顶尖。"他该抬眸四顾乾坤阔，日月星辰任我攀，这是她一直笃定的事，"你不该迁就我，你该在云端，在……"

"阿音。"他柔声打断她。

初音看着他,眼睫染上了水汽。

"我来这里,并不只是为了和你谈恋爱,我知道我想要什么。言老的研究方向,恰巧是我感兴趣的,南言北宋,你应该有听说过。"

初音点头。

他笑了笑,继续说:"选择Q大,当然会得到更漂亮的荣誉,如果我把它当作终点,那Q大确实是不二之选。但Q大也好,这里也好,对我来说都是学术深耕的起点。而且,"他略停了下,深深地凝望着她,"这里有你。"

自始至终,他都没有想过鱼和熊掌不可兼得的事情,她一直是他想要的"熊掌"。

有风穿耳而过,带着柔软的海洋气息,初音的心终于轻了一些。

研究生的入学时间都是看自家导师,言恺宏新接的项目比较多,几个研究生一拿到录取通知书就被他安排了入学。

江星辰喜欢这个节奏,他几乎没耽误什么时间,就成了初音的"亲学长"。

重返校园的第二天,某人非常上道地开始给女朋友送早饭。连着送了一个星期后,初音有点不好意思了,他们整栋楼的人都知道她有男朋友了。

在她的强烈反对下,江星辰勉强同意取消送早饭的服务,但是午饭和晚饭要一起吃。

初音他们今天最后一节上的大学体育课,正好路过江星辰他们实验室。初音在门口等了一会儿,迟迟不见他出来,索性绕了一圈,到了他们实验室后面。

造实验楼时,这块地基做了一定的抬高处理,因此这里的窗户比一般教室的要高。为了看清里面,她使劲往上蹦了蹦。

何景坤到里面去找资料,一眼看到了蹦蹦跳跳的初音。

这个小姑娘,他恰好认识。

何景坤转身看了一眼江星辰,他正在给自家导师报数据。

何景坤走到江星辰面前,一本正经地说:"北边的窗户外面,有只小白兔。"

"什么小白兔?"江星辰问。

何景坤趁着言教授转身的时候，小声附耳过来调侃："就是那种又漂亮又可爱的小兔子。"

外面的初音，冷不丁地打了个喷嚏。

江星辰听到动静，抬头往外看了一眼，距离稍远，他看到小姑娘时不时冒上来的毛茸茸脑袋，不禁勾唇笑了。

确实是个又漂亮又可爱的小兔子。

江星辰看了下时间，估计还要让她等上一会儿。

正准备给她发消息时，言教授忽然转了过来，说："星辰，这个项目后面交给景坤他们做，我和你讲讲另外一个……"

"嗯。"江星辰耳朵听着他说话，眼睛却时不时地往外面瞄一眼。

言恺宏很快发现了端倪。

他家爱徒难得有心神不宁的时候。

他背着手，踱到了窗边。事出突然，江星辰根本来不及阻拦。于是，他家小女朋友就被他们一群人居高临下地围观了。

小姑娘受了惊，立马猫着腰，溜没影儿了。

江星辰弯唇，几不可察地笑了笑。

言恺宏扭头看了眼江星辰。

某人脸皮非常厚，耸了下肩说："您看，您吓到我家女朋友了。"

言恺宏咳了咳："我又没做什么？小姑娘还跑得挺快。"

"嗯，从小身体好，就是容易害羞。"

初音一路飞跑到食堂里，耳朵还是滚烫的。啊！太尴尬了！高中班主任抓早恋也不过如此。

口袋里的手机振动了下。初音掏出来，发现是江星辰给她发的消息：在食堂等会儿，一会儿来。

初音熄灭手机，不想回他。

没过一会儿，又进了条消息：害羞了？

小姑娘一句话不回，江星辰长长地叹了口气："教授，我能不能申请先去哄女朋友，回来再听新项目，我怕我失恋几个月都不能好好跟项目。"

言恺宏清了清嗓，挥了挥手道："那赶紧去。"

何景坤那几个人都有些惊讶，言老今天意外地好说话啊。

言恺宏在实验室里转了一圈，问："你们几个都有女朋友了吗？"

"没有。"都是单身。

"该找女朋友的找女朋友,学学人江星辰,学习和爱情双丰收。"

众人问:"那项目呢?"

言恺宏想了下说:"喊你们女朋友来考研,一起做。"

原来是在这儿等着,那还是算了,这种高强度的项目,女朋友怕是会和他们分手。

初音在食堂里待了一会儿,人渐渐多了起来。她怕江星辰找不到她,拿着手机,到门口等。

太阳已经转到了宿舍楼的另一侧。

她没等太久,江星辰就来了。

初音咬了咬唇问:"他们刚刚有没有说什么?"

"嗯,说了,"江星辰笑,"说你可爱。"

"早知道就不去那边等你了。"初音小声嘟囔。

江星辰笑得更得意了。

晚饭后,两人散了会儿步。

太阳西斜,染红了天边错落的云朵,晚风柔软清爽。

足球场上的人还没散,看台上还有寥寥几个人坐在那里吹风,似乎也并不是为了看比赛。初音一时兴起,拉着江星辰上了那高高的看台。

球场上分布着两队人,一队黄,一队蓝,均来自X大,裁判正是今天给初音他们上过课的体育老师。

这个看台的位置够高,可以看到院子外面的大海。

海天宽广,蔚蓝相接,盘旋的海鸥成了散落的小白点,空气里有着春天特有的馥郁。光在风里流淌,令人心醉的四月天。

江星辰坐下,侧头看了眼身边的小姑娘,问:"什么时候对足球感兴趣的?"

"就最近。"拜杨依依所赐,她最近有看过几场球赛。

江星辰坐下,笑了声:"光这么看球没什么意思,要不要买球?"

"怎么买啊?"初音撑着脑袋问。

江星辰随手往场上一指,抬了抬眉,掀唇道:"选一队,赢了,暑假我跟你回家。输了,你留在这里陪我,怎么样?"

"好啊。"初音的视线扫了眼球场说,"那就黄队吧。"

江星辰把她的手举起来晃了下道:"买定不离手。"

有了期待，初音的注意力很快转移到了球场上，黄队的前锋跑步快、反应神速，几个假动作将球带过了中场，只可惜临门一脚踢在了球门上。

初音皱起眉毛叹息："哎呀，只差了一点点！"

江星辰对输赢倒并不在意，初音看球，他一直在看她。女孩的嘴唇微抿着，是那种健康自然的粉色，瞳仁盈盈闪光，和西边的云朵遥遥呼应。

初音看了一会儿球，发现江星辰在看自己，有点不好意思地红了脸，问："你怎么不看球啊？"

他松了松眉毛，胳膊撑着往后靠了靠，笑得有几分懒："一群男的跑来跑去，哪有你好看？"

道理好像不是这样的，但她竟然找不到合适的话来反驳他。

又过了一会儿，两队交替发起了多次进攻，都没有进球。

天光彻底暗了下来，球场两侧的灯光亮着，看台上的观众只剩下她和江星辰两个人。

黄队的前锋再度发起冲刺，队友配合得非常到位，几个回传之后，一记外角远射，足球在空中划过一个漂亮的弧度，在守门员的头顶高速滑过，一下飞进了球网。

那之后不久，清脆的哨声响起，黄队赢了。

初音站起来，愉快地伸了伸胳膊，扭头得意地道："你暑假得跟我回去了。"

"嗯。"江星辰拍了拍裤子上的尘土，气定神闲地弯着唇道，"输给女朋友不吃亏，而且我觉得大平层比这里舒服。"

"大平层的房租不是已经到期了吗？"初音说。

"怎么？"他伸手握住了她的后脖颈，"不续租就不打算带哥哥一起住了吗？"

"没，"初音有些心虚地缩着脖子说，"你不是有地方住嘛。"主要她不想太腻歪，神秘感是爱情的保鲜剂。

"那可不行，刚买球的时候咱俩可是说好了的，你赢了得带我回去，你总不能把我带回去丢大马路上吧？"他略垂着眼睫，嘴角勾着明晃晃的笑。

初音后知后觉地反应过来，她似乎中了某人圈套。刚刚那个赌局，无论输赢，他们都要在一起过暑假，他故意借比赛转移了重点。

远处球场上的两队人都散了，他们穿过球场，往看台上面走。

- 366 -

黄队的前锋边走边拿毛巾擦脸上的汗，路过看台时，初音发现他是王然。

王然见了初音有些惊讶，接着高兴地问："来看球？"

初音点头，顺便礼貌地赞扬了句："比赛很精彩。"

江星辰闻言，将她的手团在掌心捏了一下。小姑娘吃痛，皱着眉毛抗议了一秒。

江星辰似笑非笑地打量了一眼王然，道："夸的是球赛配合，不要误会。"

虽然她确实是这个意思，但经江星辰这么说出来就有点像挑衅的意思了。

王然认得江星辰，第一眼就认出来了。彼时年少，他向初音告白时就是被江星辰横插了一脚，却没想到他们真的会成为一对。他一直以为当年败在了身高上，现在发现不是。他收了手里的毛巾，朝初音点了下头便走了。

树影斑驳摇曳，初音看着王然的背影，想起了在眉山中学的那段浑浑噩噩的日子。如果不是江星辰及时点醒她，她可能成了另一个模样。时间已经过去了很久很久了，却又不是很久，因为她身边的人还是他。

她还记得他那句话，人当拼命往前。总有乌云蔽日的时候，退缩原地畏惧风雨，不如勇往直前地迎接它。满江的落霞终会告诉你，这一路的奔波与艰辛从来值得。

江星辰伸手扣住了她的后脖颈，轻笑着问："舍不得了？"

初音回神问："什么？"

"你一直盯着他看。"江星辰指了指远处的瘦长身影道。

"我就看了一眼。"她笑着说。

"一眼也不许看。"说话间，他牵着她往回走，两人的身高有些差距，他稍稍跨几步，初音几乎要小跑着才能跟得上。

初音忽然意识到什么，她往前跑了几步，伸手拦住了他的去路，问："你吃醋了？"

"嗯。"他垂眉看了她一眼。

"现在还在吃？"初音憋着笑。

"对。"

她扬了扬眉，朝他伸了一截手臂："要不你别吃醋了，胳膊给你咬一口。"

"我咬人很痛,你确定?"江星辰停了步子看她。

"确定。"说完,她就感觉大事不妙。因为江星辰当真握着她的胳膊送到了唇边,温热的呼吸拂在皮肤上,麻麻地痒。

真要咬啊?

初音认命地闭上了眼睛,长睫扇啊扇的,预想中的痛感没有袭来。江星辰拉着她的手腕将她扯进了怀里。柔软的腰肢被他环住,初音睁开眼睛的一瞬间,他低头吻住了她。

"江星辰,"初音抵不过,只好低声坦白,"其实,我刚看他的时候在想你。"

江星辰闻言松开她,初音往后退了一步,眼睛里潮润润的,蒙着一层浅淡的雾气,又娇又媚。他好整以暇地笑了声,再度摁住她的脖颈,压过来亲。呼吸灼热,分不清谁是谁的。

他在晕黄的灯光里懒懒地说了句:"是比醋好吃,甜的。"

初音过了好久都不敢直视他的眼睛。两人唇瓣已经分开,但柔软的触感好像还腻在上面,要是现在给她一面镜子,她可能还能看清上面的齿痕。

可刚刚明明是她主动喊他咬上来的,初音的耳朵一阵热过一阵。

江星辰转移了话题:"明天早上有课吗?"

"没有。"明天是周五,初音专业课的老师会在另外一个校区上课。

"今天去我那儿住。"似乎是怕她拒绝,他又挑着眉补充了一句,"胖虎的猫砂要清理了,你不来就把它送走。"

到了公寓门口,江星辰开门,初音站在后面踮了踮脚尖,问:"你干吗不申请研究生宿舍?"

"申请了,钥匙也给我了。"

"那你干吗不搬去住?"

"不太方便。"他说。

"嗯?哪里不方便了,我们学校的研究生楼就是放在全国来看也是排前三的,热水器空调,还专门有人打扫卫生。"

江星辰没继续往下说,钥匙已经转开了门。

胖虎见了初音,飞快地从高台上跳下来,它高冷又傲娇地叫了几声。

初音蹲下来,把它两只前脚提起来捏了捏。

"想妈妈了没?嗯?"

江星辰转身换鞋子,一眼瞥见初音衣领敞开了一片,雪白的皮肤露了一截在外面。

他开口提醒道:"它这两天脾气不好,小心它咬你。"

"为什么脾气不好?"

江星辰倒了杯冰水,不着边际地说了句:"春天来了。"

初音蹲在那里继续玩猫,声音里含着清甜的笑:"胖虎,你说说,春天来了和你脾气不好有什么关系?春天你的猫草长得多好啊……"

江星辰打断道:"这和猫草没关系。"

"那和什么有关系?"初音扭头看他,像个好奇宝宝。

"阿音。"江星辰笑得有些撩人,给她解释了一下两者的关系。

初音耳朵一下窘红了,早知道她就不问了。

"要喝水吗?"江星辰举了举手里的杯子问她。

初音点头。

她喝水的时候,粉色的唇瓣贴着透明杯子的边沿,嗓子一下一下地吞咽。江星辰看着她,眸色深深。

很快,他接过她手里的杯子,放在一旁的茶几上。初音身子一轻,被他横抱进了卫生间。

她惊叫出声:"你干吗?"

炙热的吻已经贴了上来,声音也变得模糊起来。

事实证明,春天来了。

时间一晃到了暑假。

江星辰没羞没臊地跟着初音前往公寓,进门之前,初音还在做最后的挣扎,她搓了搓手:"可能这回又没电了,要不你还是回你的公寓住?"

江星辰抱臂倚在一侧的白墙上,挑着眉梢,很轻地笑了声:"好啊,去公寓住也行,不过你得和我一起,我一个人住害怕。"

"你以前不就一个人住的吗?害怕什么?"

"我不是害怕别的,是害怕寂寞。"

这话她不知道怎么接了。

他见初音迟迟不开门,屈着指节在门板上敲了敲,逼供似的问:"想好没啊,我们到底上哪儿住?去我那儿还是就在这儿?"

他那儿只有一个房间,更加不方便。初音太阳穴狠狠地跳了几下,好半天才摸出钥匙开门。

江星辰动作熟稔地在门口换鞋子,仿佛这里就是他的家。

初音把东西推到韩绵房间,江星辰只看了一眼,也没阻拦。反正,来日方长,他一点也不急。

中央空调里的冷气,很快将整个屋子凉快下来。初音戴上耳机,将音乐开到最大,撸起袖子搞卫生。

一学期不在家,到处都是灰尘,还是租给江星辰的时候好,有人定期打扫。

过了一会儿,江星辰喊她。初音耳机里的音乐声太大,没听见。江星辰迟迟得不到回应,从房间出来,牵了她的手。

初音摘掉了一只耳机,抬眉看他,问:"怎么了?"

"过来这边把你的东西收收。"

"什么东西要收?"她的那些东西,他不是早收好了吗?

江星辰将她牵到房间里,随手把衣柜打开,满满一柜子的小玩意儿映入眼帘。

她之前回来,一直住在韩绵房间,根本没有开过这个柜子,也没想到这里面装了这么多东西。样样色彩鲜艳,精致好看,简直像个琳琅满目的小商品市场。

江星辰掀了掀唇道:"这些都是你的东西,喜欢的留下,不喜欢的扔掉。"

"我的?"初音有些意外。

江星辰单手插兜,懒懒地笑了声:"嗯,我买的。"

"你什么时候买的?"

"以前……"江星辰顿了顿,表情很淡,"想你的时候。"刚开始只是顺手买,后来就不自觉地成了习惯,就像根治不好的顽疾。

初音蹲下来,仔仔细细地研究那些小玩意儿,她垂着眼睫,指尖在那些东西上来回摩挲,表情认真而专注。

这些东西在她看来都不是普通的礼物,而是一份份具象的想念。

她一样样地看完,又一样样地问他:"为什么想给我买这个拨浪鼓？"

江星辰笑了下说："卖拨浪鼓的人说，一摇长命百岁，二摇开心快乐。"

初音把那木质的手柄合在掌心，来回搓动起来。红色小珠子，立刻在鼓面撞击发出清脆的轻响。她想象着当时的画面，跟着那珠子的碰撞声一起念叨："一摇长命百岁，二摇开心快乐……"念到这里，她歪过脑袋问他，"摇三下，会怎么样？"

江星辰被她问住了，卖这个的老板只说了这么两句。

不过，他伸手将她的手合在掌心，继续搓了搓，鼓点响起来时，他低沉的声音也滚出了喉咙："三摇金玉满堂，四摇夫妻成双，五摇事业有成，百摇心想事成。"

初音"扑哧"一声笑了："所以，这是个许愿鼓啊？"

江星辰在她脸颊上啄了一口，道："嗯，也差不多。"

初音把那些礼物研究完，想找个合适的盒子装它们。刚站起来，猛地吸了口冷气。

"怎么了？"

初音指了指脚说："麻了。"又痛又麻，她微微抻了抻脚趾，那股感觉更加强烈。

江星辰将她抱到床沿上坐下，摘掉拖鞋，掌心握住她的脚掌来回捏了捏。他眉眼低垂，手里的动作非常温柔。

那种难受的感觉很快淡掉了，江星辰还握着她的脚，痒痒的。

初音有些脸红，咬了下唇说："已经不麻了。"

江星辰伸了手和她的脚比了比，她的脚只比他的手长了一点点，白白的非常可爱，他忍不住在她脚掌心轻轻挠了几下。

初音缩起了脚趾。

他轻笑了一声："阿音，你的脚怎么还会害羞？"

一句话把初音的羞耻心激到了极点。她飞快地把脚收回来，塞进鞋子里，一溜烟跑了出去。过了一会儿，江星辰又看见她抱了个硕大的纸箱进来，把那些小玩意儿一样样装进去。

"要帮忙吗？"他问。

"不用，不用。"初音摆手，手里动作几乎没停。她收得有些急，落了一些东西在柜子里。

江星辰的指尖往里面指了指，说："还有。"

初音赶忙探了脑袋进去拿，退回来的时候，脑门"砰"地撞在了柜子上。

江星辰掩嘴笑了笑，弯腰替她把那满满一大箱子抱了起来。

初音一面揉着脑袋，一面跟在他后面往外走。

江星辰把东西放下，径直去了厨房。

冰箱里还剩了几支去年买的冰棍，他随手拿了一支给初音当冰袋用。她额头上的痛已经缓解了很多，额头上的冰棍还没有彻底化掉，初音看了下冰棍袋子上的保质期，还有几天，干脆撕了那塑料袋彻底发挥了冰棍的剩余价值。

江星辰在清理猫砂，回头便瞥见小姑娘跷着腿在那儿吃冰棍。

"这冰棍放在里面化了好几个月，不能吃了。"

初音低头看了眼手里的冰棍，皱起了眉头。他提醒得太晚了，她已经吃下去一大半了……

江星辰走过来紧张地问她："现在有没有哪里不舒服？"

初音摇头说："暂时还没有。"

他叹了口气，有点后悔拿冰棍给她冰敷了。

半个小时后，初音就因为肚子疼去了趟卫生间。

出来没一会儿，又进去一趟。两次之后，腿都有些软了。第三次进去的时间有些长，江星辰担心地在门口敲了敲。

"阿音？"

"嗯？"

"要紧吗？"他问。

"肚子有点疼。"后背直冒冷汗。

"我去车库把车开上来，你一会儿直接到门口来等我。"

初音"嗯"了一声。

"你一会儿出来别动，等我来接你。"他冲里面叮嘱道。

初音低低地说："好。"

胖虎见它爸急匆匆地提了钥匙要出门，立即从沙发上跳了起来，胖屁股在茶几上一坐，将摆在桌上的一个玻璃花瓶打碎了。它一点也不觉得自己犯了错，"喵喵喵"地绕着江星辰的腿撒娇。

江星辰弯腰提起它的后脖颈，将它拎到了阳台上，胖虎"喵呜"了一声,听见它爸爸急匆匆地下楼去了。

也就几分钟的时间,他回来了。

它昂着头,正想再找机会贴上去,却见它爸抱着妈妈往外走。

这会儿,市医院急诊非常忙,分诊台的护士连一张黄色的单子都不肯给,只能硬等。期间,初音又去了两次卫生间。

等终于轮到了初音,女医生等初音几句简单的陈述之后,例行公事地问:"你怀孕没有?"

初音耳根一下羞得通红。

江星辰替她答了:"没有,她生理期才过三天。"

女医生推了推鼻梁上的眼镜问初音:"是这样吗?"

初音窘迫地点了点头。

女医生很快在键盘上敲了几个字:患者否认怀孕。

那之后,她又简单询问了几句,江星辰把吃化了的冰棍的事说了一遍。

女医生略笑了一声道:"病从口入,注意饮食卫生。"

拿完了药,江星辰牵着初音出去,路过护士站的时候,他顺便要了几个杯子,倒了杯水端到外面,督促初音把药吃了。

蒙脱石散的味道相当怪异,他也不知道在哪里弄来的糖果,剥开一粒,塞进她嘴里说:"在这里再等一会儿,要是还止不住再去看医生。"

夏天的晚上,风是柔和而微温的,带着些青草的味道,身后的空调机呼呼地往外大口吐着热气。

初音坐了半个小时,肚子已经没那么痛了,也没再去卫生间。

江星辰这才牵起她往回走,一路上他给她灌输了无数吃冰棍的弊端,最后来了个非常残忍的结束语:"我们家以后不买冰棍。"

初音抗议道:"啊,我下次保证不乱吃啦。"

"抗议无效。"

"不行,我们家里不能专制、独裁。"初音仰着脸认真地说。

"好吧,我们家民主。"他低笑着,特意强调了"我们家"几个字,初音耳朵一下热了起来。

做言恺宏的研究生,江星辰的暑假并不轻松,项目一个接一个,又要写论文,又要算数据。相比之下,初音的暑假就显得空洞且无聊了许多。

这种挥霍时间的感觉，让她有点不安。

客厅里很安静，江星辰正抱着电脑在处理数据，初音放下手里的书，往他边上靠了靠，说："我想去找个兼职，锻炼下自己。"

江星辰停下手里的动作，看了她一眼问："缺钱？"

"不缺啊。"

"三伏天热，别去了。"

初音捧着脸说："那我找个凉快的地方，是不是就可以了？再这么待下去，出了暑假我可能会老年痴呆！"

江星辰没说话。

初音索性在他边上坐下，软软地抱住了他的一只胳膊。

"江星辰，我赚了钱，还可以给你买礼物！"

江星辰终于改口："不要找太累的。"

"好。"初音闻言立马翻了手机，上招聘网站刷消息去了。

初音最终敲定了一份兼职——外导接待，专门给外国来的旅行团做导游翻译，四百块一天，工资日结。

公司比较正规，光面试就进行了两轮。终于不用在家宅着了，初音非常开心。

天气热，旅行团都是赶大清早去目的地等人。于是，江星辰一连两个星期都没在早上看到自家小女朋友，更别说亲亲、抱抱了。

晚上回来，小姑娘洗完澡连剧都不刷就去睡觉了。

秦让找他们出去玩，连喊了几次都没成功，忍不住在电话里吐槽："我说江星辰，你家小初音一天到晚，到底在忙什么？"

江星辰骄傲地说："赚钱养家咯。"

"你怎么让女朋友赚钱养你？这不是吃软饭吗？"

"你有本事也让韩绵赚钱养你啊。"

秦让的声音拔得老高："我要脸，干不出你这种事儿。"

初音已经洗完了澡，蹲在阳台边上给胖虎倒猫粮，江星辰仰面靠在沙发里，视线时不时地落在小姑娘身上，他嘴角勾着一抹笑冲电话那头道："行啊，你要脸。你单身，你骄傲。"

秦让快要被他气死了，放了话揶揄他："你们俩一人一个房间，像同居舍友一样，有什么了不起的，指不定哪天……"

江星辰在秦让把一些不好的话说出来之前，掐掉了电话。

初音喂完了猫，转身往房间走，路过江星辰时打了声招呼。

　　墙上的时钟已转到了晚上十点，她晚上九点到家，洗完澡就到这个点了。

　　呵，这么看来，确实挺像同居舍友的。思及此，江星辰问："阿音，你们这个兼职没有休息日？"

　　"月底会休一天的。"她打了个哈欠，眼皮有些睁不开了，声音听上去软绵绵的。

　　这才八月中旬，月底都开学了。

　　小姑娘因为带团成天在外面，皮肤晒黑了，也清瘦了许多。江星辰微微蹙起了眉毛。

　　她困得不行，绕过他往房间走，客厅里重新恢复了安静。

　　胖虎欢腾地绕着江星辰的腿撒娇，被他捉住两只爪子提了起来。胖虎懒洋洋地叫了两声，地上的两只小脚被迫随着他摆弄走了两步。

　　"得想想办法。"他低低地叹了一声，再这么下去，他就真得和她做一个暑假的舍友了。

　　第二天晚上，初音的组长忽然打电话让她第二天去接个团做翻译。

　　参观的地点是N市的历史博物馆，博物馆九点开门，初音提前一小时在旅行团下榻的酒店门口等候。

　　导游见了初音特别叮嘱道："今天团里有个VIP客人，一会儿带队的时候多注意，他是特意报团来追女朋友的，说不定会让你帮忙翻译几句。"

　　"中国人？"初音有些惊讶。

　　"嗯，"那导游说完，又特别强调，"长得特别帅，妥妥的大帅哥。"

　　"好吧。"初音挑挑眉，心道这波操作可真牛。

　　游客们陆陆续续都到了，除了那个VIP客人。

　　又等了十分钟，那位神秘的VIP客人终于掐着点到了。

　　大巴车下面的自动门"刺啦"一声打开，初音往门口瞥了一眼，逆光的角度，看不到来人的脸颊，只看到一个颀长的轮廓，这人很高，有些莫名的熟悉感。

　　眨眼间，导游已经将他引了上来，并热情洋溢地说："我们团里的人都到齐了，马上就走。"

长腿VIP客人非常有礼貌地说了声："好。"

这声音初音太熟悉了，初音下意识抬头，对上一双琥珀色的眼睛。她怎么也没想到会是江星辰。他长身玉立在几步之外，运动装搭配橙色的运动鞋，手腕上戴着同色的运动手表，清爽里透着少年感。

他也看到了她，微抬下颌温柔地朝她笑了笑。那线条流畅的下颌骨一半浸在晨光中，一半淹没在阴影里，短发锐利，喉结清晰，像是漫画里走出来的一般。

初音长睫掀动，心脏跳得飞快。

"给您在后面留了座位。"导游提醒道。

江星辰随手指了下初音边上的位置，说："我就坐这儿吧。"

那位女导游小声提醒："您不是要追女朋友吗？坐后面更方便。"

江星辰已经坐了下来，戏谑地笑了声："谁说坐这里就不能追女朋友了？"

女导游看了下初音，朝她使眼色，意思是让她坐到后面去。

江星辰立刻说："我要坐她边上的位置，你坐我的位置吧。"

江某人随性起来是拦不住的，比如现在。

导游只好换到了后面的位置。

初音看了眼江星辰，有点无奈地问："你怎么忽然跑这儿来了？"

江星辰靠进椅子里，半合着眼睫掀唇道："没有人和你说吗？我是来追女朋友的。"

初音皱眉道："说了。"

"那就好。"他偏头弯了弯唇，笑得像只狐狸，声音又懒又坏，"你记得今天要好好工作，服务好点。"

"江星辰，"初音小声抗议，"你这是捣乱。"

他轻轻捉过她的手攥进掌心，笑了声："捣乱就捣乱，我乐意。"

"你别影响我工作。"

"行。"

"还有，不准暴露。"初音再三嘱咐。

江星辰扯了扯嘴角说："知道了。"

进了历史博物馆，纯中式的建筑设计映入眼帘。导游讲解完，初音再把导游词翻译成英文讲一遍。

她用词优美且准确,那些外国友人纷纷隔着玻璃橱窗往里看。

江星辰看向初音的眼神也越发温柔。

博物馆的介绍特别多,初音要一直跟在导游后面翻译,几乎不能停。

转完了三个大馆,只剩最后一个冷兵器馆。导游词里涉及很多专业词汇,非常难翻译,女孩认真思考的时候,鼻梁上冒了一层细密的汗珠。

江星辰收回视线,转头小声和那个地陪导游说:"不好意思,我想借用下你们的翻译,我有些话想请她翻译。"

"现在吗?"

"嗯。"

VIP客人开口,不行也得行。很快,那导游转过来,附到初音耳边说:"小陈,这边的冷兵器不是主要看点,VIP找你有事,我猜他看上的肯定是那个金发碧眼的女孩。"

初音顺着导游手指的方向看了一眼,又扭头望向江星辰。始作俑者正倚在一旁的玻璃柜边上,头顶光线稍暗,他长腿交叠,表情放松,看不出什么情绪。

四目相对,他朝她勾了勾手指,示意她过去。

虽然一行人的视线都在两侧的展品上,但初音还是觉得这么过去有点突兀。她咬了下唇瓣,没有动。

身后的投影里,正放着一部纪录片,声音很大,光影滚动。

江星辰转了转手表,走近了,牵着她的手,将她带出了藏馆。他步子迈得非常大,初音几乎是一路小跑才能跟上他。

一楼长廊外侧,连接着另一个馆。

盛夏的午后,暑气逼人。知了在远处一阵一阵地鸣叫着,空气里一丝风都没有,只站了一会儿,后背就出了一层热汗。

江星辰掀了掀衣领,懒洋洋地抱怨,"这么多文物放这里,也不弄点空调,热得要命。"

初音边擦汗边说:"刚刚里面有空调,你又不待,非要出来。"

江星辰扬了扬眉梢,道:"陈初音,我想办法给你放会儿假,你这语气好像听不出感谢啊?"

初音迎上他的目光,蹙眉道:"但你这样太明目张胆了。"

"怎么了?"他把手揣进口袋,笑了声,"兼职就不能谈恋爱了?"

"不是啊。"初音说。

"那不就得了。"江星辰轻笑起来。

初音语塞,她觉得哪里不对,但她说不过他。

他牵着她的手,进了一侧的大厅。

这里虽然也是开放式的设计,但设计师巧妙地运用了叠水,让水流沿着三楼的墙壁落到面前的水池里。暑气到了这里,稍许淡了些。

脚底铺设着透明玻璃,灼灼的日光透过玻璃照射进水里,被流动的水波折射出一道道发光的纹理。各色的锦鲤,悠闲地在脚下穿行而过。

初音好奇它们游到哪里去,一路跟着它们到了玻璃的尽头,面前是一堵墙,她蹲在那里研究了好一会儿。

"别看了,这里的水是和外面的池子连着的。"

"你怎么知道?"初音扭头,见江星辰手里拿着一支不知道在哪里买来的雪糕,正蹲在她边上吃,天气热,他衬衫纽扣敞着两粒,光从流动的水底反射上来,映亮了他的脸,也点亮了他锁骨边的一段皮肤,他有一副绝佳的皮囊,瞳仁明亮,长睫掀动,占尽了阳光的颜色。

他咬了口雪糕,随口道:"猜的。"

初音的注意力从鱼身上移走了,她现在也很想吃支雪糕消消暑,她往他身上挪了挪,碰了碰他的胳膊问:"你怎么不给我买一支?"

他瞥了眼她柔软的脸颊淡然地笑道:"上次闹肚子的事忘记了?"

"那次是冰棍坏了嘛。"她声音不大,但格外软萌,就像在撒娇。

"喏,一起吃。"说着,他把手里的雪糕递到她唇边。

初音避开他吃过的一边咬了一小口。

江星辰笑了笑,继续吃另外一侧。

她吃得慢,江星辰吃得快,初音那半边有些摇摇欲坠,他把手里的雪糕送过来懒懒地说:"要掉了,来口大点的。"

初音依言照做,他看了眼手里的棍子,那道所谓的分界线,已经被她吃掉了。

这时,导游的声音穿过空旷的场地传了过来。

初音立刻起身去迎,江星辰忽然拉住了她。

"等一下。"他说。

"嗯?"

"嘴上有巧克力。"他站起来,极其自然地握了握她细白的胳膊。

初音赶忙在随身带的小包里找纸,唇上忽然一热,他已经用指腹替她擦掉了，她脸蛋热起来，一路小跑着到了队伍那里。

初音带着外国友人转了几个馆，再出来到了丝绸馆。这是个特色馆，实际上就是专门卖丝绸制品的商店。外国姑娘们进了丝绸店就没出来，一人拿了一件又一件旗袍往身上套。

她们在里面选了好久，仅会的几句中文全给憋出来了，也根本用不着导游和翻译。

太阳往西沉了下去，两侧的楼房在地上投下长长的影子，晚风不来，满墙的爬山虎纹丝不动，暑气依旧蒸腾。

不远处的花坛里种满了格桑花，现在正值花期，每一朵都娇艳。导游一时兴起，拉着初音帮她拍照。这会儿有点逆光，总是照不清楚，初音找了好久的角度。

好不容易有了一张满意的照片，但她腿上也被蚊子叮了好几个大包了。

人陆陆续续齐了，导游赶紧上前去整理队伍上车。

江星辰见初音时不时就要弯下腰挠两下，问："腿怎么了？"

初音说："蚊子叮的，痒。"

江星辰忍俊不禁道："傻愣愣的，跑蚊子堆里去，没被它们抬走都是你走运了。"

导游清点完了人数，现在要带他们去吃晚饭，初音赶忙上前做翻译，问他们有没有什么食物过敏。

发车前，导游意外发现江星辰还没上车。

初音也有些诧异，忙给江星辰发了消息，可没回。正当导游要打电话时，初音先她一步拨通了江星辰的电话。

江星辰只回了三个字："马上来。"

他说的马上，并没有等很久。

几分钟后，初音看着他沿着花岗岩小路，飞跑过来。他手里提着个非常小的塑料袋，里面装着个绿色的小盒子。

江星辰一上来，便把那个小袋子丢给了初音，她这才发现那是一盒风油精。原来，他离队是去买这个的。

新买的风油精瓶盖有些紧，他从初音手里接过来，三两下拧开了。

不等她把瓶子拿回去，江星辰已经俯身下来，将那风油精涂在了她腿上的红包上。他神情专注，一处涂完了再涂下一处，腿上冰冰凉的。

导游见状有些惊奇，她看看初音，又看看江星辰，问："你们俩是认识的？"

江星辰坦言："嗯，准确来说，是我在追她。"

那导游在心里翻了个白眼，追就追，干吗还特意报个VIP团来秀恩爱给他们看？

初音有些窘，正想怎么解释时，却听见江星辰说："我还在追，还没追到。"

晚饭后，旅游大巴将一群外国人送回酒店。一时间空荡荡的大巴内，只剩导游、初音，还有江星辰。

导游坐在后面，江星辰和初音坐在前排。

车内的灯都灭了，一团漆黑，长街上的灯光隔着玻璃窗洒进来。

"一会儿你们在哪儿下？"导游在后面打了个哈欠问。

"遂园路。"

初音刚报完地名，便被江星辰不轻不重地捏了下指尖，接着耳边一热，他在她肩膀上说话："去红芳斋，我的车丢那儿了。"

初音坐端正，努力不被美色所迷，小声道："我一会儿坐地铁回。"

"那我报VIP团追女朋友的钱不白花了？"江星辰探手在她耳垂上暧昧地揉捏了一下。

"可我已经是你女朋友了。"

车子经过市中心的环岛，街边的广告电视墙亮着。他借着那抹光，打量着小姑娘脸上的表情，她咬着唇，异常可爱。

江星辰靠过来，在她脸颊上轻点了一下，耍无赖似的说："哦，那你证明一下。"

"证明什么？"

"证明你是我女朋友啊。"他若有似无地笑了声。

"呃……电视剧里好像都是亲一下，对吧？

车子一拐，到了一段树木浓密的道路上，头顶的光变得影影绰绰的。初音凑过来，在他脸颊上飞快地啄了一下。要往回撤的时候，后脖颈忽地被他按住了。

江星辰回应她的是一个柔软绵长的吻……

光影摇曳，情绪流转，仿佛无数水波在头顶晃荡、流淌。

这个吻，持续到了遂园路。

大巴车在路边停下，导游在后面提醒了下初音。小姑娘应了声，立马兔子似的下了车。只是，她刚站定，江星辰也跟着下了车。

初音明知故问地说："红芳斋还在前面呢。"

"没事，"江星辰把手抄进口袋，神情散漫地道，"车先扔那儿，哄女朋友要紧。"

初音还没完全从刚刚那个吻里缓过来，眼睛里湿漉漉的，看得他心口发热。要不是路上人来人往，他真想再把她拉回来亲一会儿。

这个点，地铁上的人非常多，他们连着等了两班车，才勉强挤上去。

三伏天，车厢里开着最强的冷气，但依旧很闷，尤其挤来挤去，那些汗味非常难闻。

江星辰在她上车后，将她搂到了怀里，长臂撑在她耳侧，给她隔出了一方不大的空间，那些不适感也降到了最低。

到了前面的一个大站，很多人挤着下车。

之前每次到这个站的时候，初音都要小心翼翼地退让到边上，才不至于被拥挤的人流给推下去。今天完全不用，江星辰用身体替她挡住了那些拥挤的人潮。

在他身边的时候，总会很心安。

初音仰头看着他笑了一下。

江星辰眼尖地看到了，挑眉问："自个儿傻乐什么？"

"没什么，就是觉得你好看啊。"

"那行。"他不自觉地勾了勾嘴角，"那明天早上你起来喊下我，我和你一起去，让你看一整天。"

"你明天还去啊？"小姑娘的眉毛因烦恼皱成了一团。

"嗯。"

"你干吗老去？"她小声嘟囔道。

"不欢迎？"

"没。"只是他们导游的八卦能力相当强，她明天估计得被一群人围观。

江星辰哼了哼，迂回道："其实吧，天气这么热，我也不高兴出来乱跑。"

初音灵机一动，随即附和："是啊，在家多好。"

"可是，"江星辰略叹了口气，神情里透着懒懒的倦意，"我的钱不能白花吧。"

"那你明天能别和我的团一起吗？"

"那不行。"江星辰在金属的扶手上敲了几下，淡淡一笑。

啊！她就知道会是这样。

第二天一早，初音跟着闹钟醒来，刚进卫生间刷牙，江星辰就跟着站到了水池旁。

空间有些逼仄，初音不得已往里面让了让。

江星辰睡衣的纽扣散了几粒，露了一小片肌肉，喉结轻滚，配上他惺忪的表情，整个人看起来禁欲且撩人。

初音往镜子里多瞄了两眼，耳根都红了。

江星辰忽然停下手里的动作，嗤笑出声："怎么？"

初音嘴里含着牙膏，艰难地"唔"了一声。

他解开扣子，堂而皇之地在她面前换衣服，两排线条流畅的肌肉映入眼帘，他笑了一声，她看到那整齐的腹肌也小幅度地动了动，色气满满地牵动着那若隐若现的人鱼线。

"你……"初音惊得一口牙膏吞了下去。

一阵兵荒马乱地接水、吐水之后，她听到头顶的人哂笑出声："刚刚还偷看，现在怎么这么激动？"

"我没激动！"初音立刻反驳。

"哦，那可能是……"他顿了顿，声音低低的，潮湿的手指碰了碰她白净的耳朵，眼里的光也越发深不见底，"我看错了。"

初音心里一麻，立刻溜了出去。

到了集合地，导游也到了，她看初音和江星辰一起来的，熊熊的八卦之心立刻燃烧起来。

趁着江星辰和司机师傅聊天，她一把将初音拉上车说话："小陈，你这么快就被他追到了啊？跟你讲，女生一定要学会拿乔，千万不能一追就追到，要欲擒故纵、欲罢不能……"

"其实，我们……"初音轻咳了一声试图打断她，肩膀却被她猛地拍了一下。

"你们什么啊？等姐姐今天给你安排机会。"

已经有游客陆陆续续来了，导游跳下车去，挨个说早安，初音也赶紧下去帮忙。

江星辰支着下颌，微微笑了下。

今天的目的地是一处国家湿地公园。从N市出发，开车走两个小时。

这个湿地公园，也是个占地面积极大的淡水湖，湖面大大小小的岛屿星罗棋布。还没下车就远远瞥见了湖区的一角，湖里的每个小岛都镶嵌着一道橘色的边，非常好看。

初音一行在码头上换了观光的船只。

众人坐定后，导游开始随船讲解，初音跟在她后面翻译。

这里风景很好，湖面镜子一样倒映着头顶鸦青色的天空，分不清水与天的分界在哪里。

不一会儿，湖面上飘起了淅淅沥沥的小雨。雾蒙蒙的水汽层层地腾起来又散开，烟波浩渺，云都变得很大很软，有种坠在山水画里的错觉。

导游词不长，初音翻译完，探着半个脑袋靠在窗户边上往外看，风把她柔软的发丝吹着往后飞。

江星辰坐在她的正后面，一抬眉，正好看到唇红齿白的小姑娘镶嵌在水墨画里，他禁不住举着相机，抓拍了几个漂亮的特写。

大船的速度却不快，破水而去，水声潺缓。

初音的注意力在山水之间，江星辰的注意力则全在她身上。

初音看了一会儿景色，回头笑着喊了他一声："江星辰。"

湖光山色，波光潋滟，均不敌红唇微启，眉梢衔翠。

一切皆成了背景。

江星辰不着痕迹地将手里的相机收起来，很轻地应了一声。

小姑娘歪着脑袋，隔着一个金属窗框，趴在舷窗上和他说话："你刚刚在拍照片吗？"

"嗯。"他没有拍景色，全在拍她。

"多拍点，这里头实在太美了。"

江星辰低头看了眼相机里的照片道："嗯，是很美，但不及你。"

导游刚好在这个时候讲上岛的注意事项，初音赶紧打开腰间的扬声器进行翻译。

好半天忙完，初音再次趴到窗边问他："你刚说了什么？"

江星辰摸了下鼻尖说："没什么。"

"真的？"初音的表情俏皮而可爱。

江星辰忍不住探出指节，在她鼻尖上轻轻刮了刮。

不久后，船在最大的岛屿前停下，说是岛屿，其实也是一座小山。顶上有整个湖区的最佳摄影点，导游给了半个小时的自由活动时间，结束后在船上集合。

上山的缆车非常便宜，众人都选了缆车，两人一个车厢，江星辰光明正大地牵着初音坐进去，十指相扣。

缆车缓缓往上，，视野也逐渐变得开阔起来。

已经到了最佳观景点，初音赶忙翻了手机来拍照，江星辰将她亲昵地钩过来，指尖轻点屏幕，将摄像头掉转过来，并在初音无比惊讶的表情中拍了张合影。

缆车还在往上走，刚刚的景色已经被葱翠的树木遮挡住了。

初音小声嘀咕："我刚刚是要拍风景的。"

他倒也不生气，只是微撩着眼皮问她："哦，我没风景好看啊？"

"不是，不一样。"哪有人和山水比美丑的？

江星辰不置可否，指尖轻点屏幕，将那张照片设置成了手机背景，转过来给她看了一眼。

初音看见自己丑丑的表情，立马就来抢手机。

江星辰比她快，长手一举，已经到了初音坐着拿不到的位置，她站起来去够，脚下的缆车正在减速中，她脚下没站稳，一下扑进了他怀里。

头顶的人"扑哧"笑出了声："陈初音，想吃我豆腐就直说，怎么还拐弯抹角啊？"

她才没有！

从那个风景最好的岛上下来后，初音一行又乘船去了湖区最大的岛。

他们会在岛上待三个小时，午饭在岛上吃自助的团餐。

这个岛上种了种类繁多的花草树木，粉蔷薇、紫绣球，一簇簇垂在白色的墙上，长长的台阶一直延伸到很远的地方。

上岛之前，初音还是很喜欢这里的。

刚上岛，各种嘈杂的声音一下灌进了耳中。

这是一座商业化程度非常高的岛，岛上被划分了几个片区，集中分布着不同种类的动物表演。不一会儿工夫，初音就被塞了满满一怀各色的宣传单页。

人山人海的，初音不打算去凑热闹，拉着江星辰去岛上的食堂吃了午饭。

再出来，那些表演已经开始了，路上的人少了很多，先前那些热情发单的大妈也不见了。江星辰牵着初音，沿着环岛的小路走了一圈，湖面宽广，水汽氤氲。

起风了，湖面已经没有了之前的平静，翻涌的浪涛撞击在礁石上，水天一色的灰，让人生出些莫名的恐惧来。

头顶参天的巨木被风吹得簌簌作响，大雨说来就来，地面腾起白蒙蒙的水雾，视线变得模糊不堪。

孤岛上，没有任何东西遮蔽，耳畔呼啸而过的风声，仿佛魔鬼的低吟。

初音和江星辰匆匆回到食堂门口，导游正在组织众人排队。

涨水了，暴雨停不下来，这里不能久待。他们要尽快回到船上去，否则连接码头的路被淹没，他们就要困在岛上了。

这个岛上没有土著，都是附近坐船来工作的，他们也收拾东西准备走。

有几个执拗的老外坐在食堂里不肯走，他们不断地说要等雨小一点再走。

初音不得不一遍又一遍地劝说。

等最后一个老外出来，大雨已经将天压得很低了，乌云翻滚，电闪雷鸣。

初音紧抿着嘴唇，眉头紧锁。

江星辰一手撑伞，一手揽住她的肩膀，似是知道她害怕，安慰道："这雨和你之前见过的没有什么两样，不过是搬到了岛上来。"

"嗯。"初音点了下头，心中的焦虑并没有完全消退。

一把伞在暴雨中根本不够两个人打，江星辰把大半个伞面罩在初音身上，雨水很快把他的衣服浇湿了。

从食堂到码头，只有一千多米。来的时候并不觉得远，现在走却有种走不到尽头的错觉。好不容易看到了蓝色的铁皮码头，连接那码头的栈桥已经被水淹了一些，桥面勉强还能通过。

原本那些挂在边上的漆黑锁链，泡在水里，像是潜在水里的蛇，水有些浑，走在前面的人步履缓慢、小心翼翼。

初音走到栈桥上，发现水已经没过了膝盖，还有些冰。

放眼望去，四周都是水，脚下的栈桥已经和湖水融为一体了，再下一会儿雨，栈桥将彻底淹没在水里。

风还在吹，浪扑打在栈桥上，脚底轻微晃荡。

再往前，水漫到了大腿，阻力很大。

初音从没有如此畏惧过水，腿有些抖。

江星辰忽然问："你在美国待那么久，国歌还会唱吗？"

"当然！"

"那大声点。"

他起了头，声音洪亮，铿锵有力，振奋人心，初音也忍不住跟着高声唱。

很奇妙……

唱国歌的时候，心尖会涌起一种情怀，那种情怀在片刻间把恐惧冲淡了一些。

已经过了水最深的地方，江星辰牵着初音上了那蓝色棚子的码头。

大雨还在下，远处惊雷滚动，黑压压的云层被那闪电撕开亮亮的口子，阴森恐怖。

初音站定，回头看了眼他们走过的栈桥。她想，如果江星辰今天没有跟来，她可能根本没有足够的勇气过刚刚那个桥。

这里聚集了好多旅行团在等船。

人们一面聊着这场突如其来的暴雨，一面挤着身上的水。

江星辰不知道在哪里找的热水，递了一杯给初音。

初音接过来，非常诚恳地说了声："谢谢。"

他在她眉心敲了一下，低叹了一声："跟谁学的，这么客气？"

初音捧着杯子，啜了一口，发现那水竟然是甜的，好奇地问："怎么是橘子味的？"

"嗯，放了果珍哄哄你。"他语气很淡，神情却很温柔。

"你哪里弄来的？"初音有时候觉得他像个魔术师。

"买的，"江星辰随手一指，"那儿。"

初音顺着他手指的方向看过去，那里果真有个小商店，一些看表演没来得及吃午饭的人正在那里买泡面，各种味道从那里飘过来。

初音低头又喝了一口，那种温暖的甜意，很快将盘踞在心里的恐惧彻底清零了。

下一秒，她把杯子举到他唇边，说："你也喝点，压压惊。"

江星辰手插在口袋里："哥哥不怕。"

"那你也喝一口。"初音笑着坚持。

事实上，她的那抹笑，比任何东西都能让他压惊。

他低头，就着她手里的杯子喝了一口，略皱了下眉，他糖放多了，有点齁。

人们因为有个地方暂时避难，稍稍轻松了些，他们彼此不认识，却努力操着各地普通话诉说着刚在栈桥上的惊惧。

初音帮导游一起整理完队伍，他们团的人都齐了。

人群渐渐往前移动，依次上船。身穿制服的船员立在大雨里，扯着嗓门，一个一个地往里迎："看着脚下，注意安全。"

站在平稳的甲板上，一种类似于劫后余生的情绪，盘踞在心尖。

雨幕将远处的小岛都遮蔽了，风雨都被阻挡在外面，大船一艘艘地驶进来。

江星辰在小姑娘肩膀上拍了拍，问："还在怕？"

初音说："嗯，现在已经不怕了。"

最害怕的时候，他给了她勇气。一如很多年前，他像一颗星星照亮她漆黑的夜空。

大船破水，浪一点点往后奔涌散去。半个小时后，大船靠岸，雨也小了。旅行团把上岸后的第一个特产店包围了，仿佛只有花钱，才能把刚刚的不适感驱散。

初音选了各色各样的小鱼干，江星辰接过来到门口去付钱。

"买那么多？"

"多吗？我觉得不多，我有种漂洋过海来买小鱼干的感觉。"

江星辰垂眉笑了一声："嗯，女朋友说什么都对。"

这条街上还有许多卖纪念品的地方，和那些靠海的旅游城市有些像。在 X 市上学的时候，初音基本都见过，她买了个用贝壳做的苹果灯送给江星辰。

没有什么天长地久的心愿，平平安安就好。

暑假的最后一天,沈星给江星辰打电话,让他带初音去沈宅吃饭。

电话那头有些吵,他舅舅沈明辉嗓门最大:"喊星辰快点过来,我们都等着呢。"

江星辰瞥了眼正窝在沙发上撸猫的小姑娘,推开玻璃门,到了阳台上。

"妈,你这是吃饭还是开家长见面会啊?"

"你舅舅他们不是难得来嘛。"

江星辰避重就轻地说:"嗯,我一会儿过来。"

沈星特别叮嘱:"别忘了,带上我儿媳妇一起。"

"带不了,"江星辰的指尖在窗台玻璃上碾了碾,"您请晚了,她开学早,已经上学去了。"

挂掉电话,江星辰看了眼某个"被开学"的小姑娘,提了钥匙到门口换鞋子,又回头叮嘱:"阿音,我出去一趟。"

"好。"她应了一声,也没问他到底要去哪儿。

她怀里的胖虎翻了个身,露着圆滚滚的肚子任凭她揉捏。小姑娘的指节又白又软,胖虎舒服得直打盹。

江星辰喜欢那双手的触感,软软的,温温热热的,仿佛再捏捏就能挤出水来。

他挑了下眉,走过来,挥挥手把胖虎赶走,捉了她的手捏进掌心。

"你不问我去哪儿啊?"

"干吗要问这个?"她的瞳仁黑且纯净,像刚出林的小鹿。

"没准我是出去相亲呢?你不问问?"他故意逗她。

"那你现在要去相亲吗?"初音停下来问。

江星辰哽了一下,说:"不是。"

"那不就得了,"初音垂眉拿了逗猫棒,继续追着胖虎玩,声音软且好听,"我总不能时时刻刻把你绑在身上吧,你自觉点不就行了?"

江星辰愣了愣,淡笑道:"行啊,哥哥自觉点。"

半个小时后,江星辰进了沈宅。

七大姑八大姨挤了一屋子,弄得跟三堂会审似的。他没把女朋友带来,众人被好奇心驱使,问了一大堆问题。

"小姑娘个子有多高?"

"家住哪里的？"

"人品怎么样？"

果然，不带初音来的决定是正确的。他家姑娘脸皮薄，这么多问题，不一定能招架得住。

江星辰提了筷子，吃了一大口饭，看向沈星说："妈，你不是看过嘛，多用点四字成语形容下你儿媳妇，我这吃饭呢。"

沈星白了他一眼，道："你手机里的照片，翻出来给他们看看不就得了。"

"那可不行，"江星辰停了筷子，背往椅子里一陷，笑得痞且坏，"没见面礼，不给看。"

沈明辉闻言，立马从口袋里拿出一个红包拍在桌上，其余的几个舅舅都跟着掏红包。

江星辰收了红包，慢条斯理地拿出手机，放在桌上。

沈星拿过去，开始一段炫耀式的介绍。

江星辰听到满意的地方，还会跟着附和几句。

嗯，反正他家女朋友是天仙。

初音在家连着打了好几个喷嚏，胖虎本来窝在她脚边睡觉，被她连着几个喷嚏吓得爬起来一股脑儿跑了。

第二天，初音到学校收拾行李，才发现箱子里不知什么时候多了一堆红包，一沓一沓的，数目非常可观。

只有江星辰动过她箱子。

初音给他打电话，才知道那是从未谋面的长辈们给的"见面礼"。

"啊！面都没见，你怎么不替我拒绝？"

江星辰低笑着，声音里透着些懒意："我拒绝了啊，但他们非要给，不收的话，我怕他们睡不着觉。你不要有心理负担。"

能没有心理负担吗？

进入大三，初音的大学生活已过半。

所有人都对未来有了大致的规划方向，考研、工作、出国、考试……

各种考研机构的招生海报贴得到处都是，图书馆里考托福和雅思的人一大堆。

这学期，初音她们专业核心课的带课老师正是言恺宏。他是考研专业课的出题人，也只带初音她们一个班。每次上课，他们教室里旁听的学生远比自己本班的学生多，没有位置的就站在后面抱着本子听课。

言教授上课从来不点名，也从来不按书讲，他的课件内容后面都是出书的内容，不允许学生拷贝，只能用笔硬记。

这天上完课，他给大家布置了一道课外作业。里面只有一个词是上课的时候听过的，其余都要去图书馆找资料。

初音在图书馆里待了一上午。

午饭时，她顺路从江星辰他们实验室门口绕了一圈。

研究生学院这边和他们本科这边不太一样，这边的公告栏里张贴的都是出国留学的单页。

路口散发的单页，也是关于出国留学的，初音只站了一会儿，怀里就被塞了五六份花花绿绿的小册子。

这附近没有垃圾桶，她只好拿着那些单页等江星辰。

江星辰看到那些单页，勾了勾下巴问："有想去的学校？"

"没啊。"初音怕他误会，连忙把那些单页一把卷了起来，"我当广告接的，没看。"

江星辰语气淡淡的："看了也没事，如果你想出国深造，我也支持。"

陈芸、韩齐、韩绵都在美国，她回国，过渡下再去美国也挺合理。

之前，他没有刻意去想这件事，但他愿意初音变成更优秀的人。

初音问："你真支持？"

出国留学又是漂洋过海的分别，异国恋真没见过几个人能修成正果的。

江星辰在她头顶揉了揉，琥珀色眼睛里的光暗了暗，很轻地应了一声："这是你的人生，我尊重你的选择。"

初音吸了口气，非常笃定地说："我还是想先就业，今年学校合作了好几家大企业，我想去试一试，实在不行就学你大五回来考研。留学还暂时不在计划中。"

"不打算向你姐看齐吗？"

初音思考了一会儿说："该见的世面我也见过一些了，出国再回来也不一定就能找到心仪的工作。相比国外，我更喜欢国内的生活方式，而且……"

"而且什么？"他问。

"这里有你啊。"她笑着说。

江星辰心里悬着的一块大石头猛然落了地。

这就够了。

"嗯,长大了,思考得很全面。"他伸手摸了摸她柔软的头发。

初音背着手,踮了脚,凑到他眼前问:"说实话,你刚刚心里是不是特别紧张,怕我又跑了?"

江星辰别过脸去,轻咳一声:"我表现有那么明显?"

"有啊,我都看出来了。"小姑娘笑得有些俏皮。

"嗯,"江星辰捉了她的手腕,指腹轻轻摩挲着,"我刚在想,要不要和你一起去留学。"

"然后呢?你想出结果来了吗?"

"我也不太喜欢国外的生活,"江星辰勾过她的软腰,贴到她脸侧叹了口气,"但如果你实在要去,我也去呗,反正追老婆就得厚脸皮。"

皮肤上尽是痒意,初音想抽身,腰肢却被他握得更紧。

他身上清冽的松木清香一下漫到了鼻尖,初音耳尖一下红了。

实验室里,陆陆续续有人出来。

江星辰松开她的腰,改为牵住她的手。

他的那些同学,见了初音,纷纷噙着笑过来打招呼:"学妹好啊。"

初音挣脱不开江星辰,只好任由他牵着一只手,礼貌地回:"学长好。"

言恺宏最后一个出来,他看到初音先是笑了下,接着问:"小姑娘有没有兴趣明年考我的研究生?星辰可以硕博连读,还可以留校。X市环境好,非常宜居。"

江星辰耸了耸肩道:"老师,您奴役我一个还不够?还要我全家总动员啊?"

言恺宏笑了笑说:"怎么不能全家总动员?这都是为了祖国未来的科技建设。你没看见,有多少博士生挺着大肚子来论文答辩呢。"

江星辰把手抄进口袋,弯唇道:"没听人说为了科学事业还要贡献老婆孩子的。"

啊!这人到底在说什么呢?初音又羞又臊,耳尖都快成烧红的炭火了,她用胳膊肘捣了捣他,提醒他闭嘴。

言恺宏爽朗地笑了一声走了。

已经到了吃饭的点,路上的人越来越多。

秋日的太阳温暖干燥,从头顶的树叶间落下来,星星点点。

初音扭头往食堂走,步子迈得飞快。

"害羞了啊?"江星辰追上来问,"为什么啊?"

"你说那个……"

"嗯?哪个?"他明知故问。

初音没吱声,脸色通红,江星辰嘴角不自觉上扬。

"阿音,看不出来,你学生物的,抗拒自然规律?"

"我哪有啊?"

他重新捏住了她的指尖淡笑道:"有也没事。"

第九章 吾娉汝

那之后的第二个星期五,是江星辰的生日。

江星辰他们实验室忙着更新数据,两人已经一个星期没见面了。

初音不是个黏人的女朋友,但今天日子特殊。她到了实验室门口,才给江星辰打电话。

手机响铃时,江星辰刚从清洗室里出来,身上的白大褂还没脱。

崔建拿着他的手机晃了晃,小声道:"辰,小兔子学妹。"

江星辰迈着长腿,几步到了近前,接过手机,按了接听。

"还在忙吗?出来一下。"小姑娘的声音在电话里听起来软软糯糯的,之前忙的时候,他不觉得,现在停下来就非常想她。

"等我一分钟。"江星辰一面往外走,一面解了身上的白大褂。

太阳正垂在西边,白日里的温度已经散去了大半,霞光将实验室门口的小池塘映照得金光闪闪。

初音站在不远处的榕树下,白色的纱裙被夕阳镀染成了漂亮的颜色,眼睛里也映着柔软的光芒。她看见江星辰,一路小跑过来。

"生日快乐。"江星辰被她塞进一个粉蓝色的盒子。

他这才发现自己把生日忙忘了,他微抬眉梢,指尖在手里的盒子上轻轻点了下,轻笑着问:"里面是什么?"

"蛋糕。"

"你做的?"

"嗯,不过奶油是杨依依家的。"

江星辰看了下时间,问:"晚饭吃了吗?"

"还没，要不一起去食堂？"

"好啊。"江星辰一手提着蛋糕，一手牵着她往前走。

这个点食堂已经没有什么人了，饭菜还有一些，但基本也没什么可以挑选的菜色了。

吃完饭，江星辰垂眉将那个粉蓝色的小盒子解开。

一个圆圆的小蛋糕，虽然没有蛋糕店里精致的花样，但小姑娘写的几个字非常漂亮，上面摆的水果很整齐，底下的奶油也抹得很规整，看出来的确费了不少心思。

初音不知道从哪里摸出来蜡烛，正要往上插，忽然被江星辰握住手腕拦住了："陈初音，你确定要给我在食堂里过生日啊？"

"嗯？"

"在这过生日，铁定一大堆不认识的人跑来给我唱生日歌！"

"多个人不多个祝福嘛。"初音笑。

江星辰撇嘴道："万一他们唱完歌，还想吃我的蛋糕呢？"

"行，"某人护食的样子有点可爱，初音不禁莞尔，"那不给他们吃。"

"当然。"江星辰垂眉，小心翼翼地把那个盒子盖上。

开玩笑，这可是他女朋友做的蛋糕，得带走。

"那我也不唱生日歌了啊？"初音捧着脸问。

江星辰在她鼻尖上刮了一下说："晚上唱。"

"可今天晚上我有言老的课。"江星辰的导师上课，逃课好像有点不大好，而且这位教授最近非常忙，初音她们本科的专业课都调整到了晚上。

"没事，你尽管好好学习，哥哥也忙，有机会再唱。"

"那好吧。"实在不行，只能在视频里唱了，总不能真等明年再唱吧。

江星辰牵着她到了食堂门口："实验室还有点事，我先走了。"

初音鼓了下腮帮子，有些怅怅然地"哦"了一声。

江星辰笑着在她头顶摁了摁，叮嘱："晚上记得准时去上课，不许翘课。"

"嗯。"她很少会翘课。

初音回宿舍待了一个多小时。

杨依依打游戏的声音有点吵人："阿音，你不是去给男朋友过生日嘛，怎么回来了？"

"嗯，已经过完了。"初音有点心塞。

杨依依笑着说："也是，恋爱谈久了就会腻。"

初音没回她，开了电脑做翻译。

手里的科普杂志翻译了两页，也到上课时间了。

初音站起来，拿了书架上的专业书，出门。她来早了，教室里空荡荡的，平常积极备考的学生都还没有到。

晚风从敞开的窗户吹进来，带着秋日特有的凉意。桂花都开了，若有若无的香气，沁人心脾。初音戴着耳机听了两首歌，正琢磨要不要给江星辰录个庆祝视频。

教室前门进来一个人，身材颀长，长相清俊。初音并没有发现。

很快，前面的投影仪打开了，紫蓝色的光映照在前面的白色屏幕上，电脑开机的声音很响。言教授今天来得这么早？

初音下意识抬眉，见江星辰正站在讲台上，他远远地看着她，狭长的眼里映着细碎的光，温柔俊朗。

初音心脏猛地漏跳了几下，讲话都结巴了："你……你怎么在这儿？"

江星辰把手抄进口袋里，非常自然地笑了声："言老的飞机晚点了，喊我来给你们代堂课。"

难怪他要喊她来上课呢！

他早知道，也早算好了。

陆陆续续有同学进来了，江星辰走过来，压了张饭卡在她桌上，说："麻烦同学去广播站借下话筒，我来的时候忘记借了。"

初音拿了饭卡往外走。

再回来时，她原本放着东西的位置已经坐了人，她的书被挪到了第一排正中间的位置，和讲台靠得最近。

她只要一抬头，就能看到江星辰漂亮而性感的喉结。

他讲课的风格和言教授完全不一样，他们还能在书上找到相关内容记一记。说到一个核心的地方，江星辰拿了粉笔，转身，非常认真地在黑板上画了一组图，讲解细致入微，就像以前他给她讲那些复杂绕人的物理公式一样。

边上的女生红心直冒，捣着初音的胳膊肘小声道："天啊！这是言教授的研究生啊？怎么长得这么好看？这是学校鼓励我们考研的新手段吗？我要为了他考研！"

初音禁不住盯着江星辰看了一会儿。

确实是妖孽颜值。

一见之下，易误终身。

某人被小姑娘近距离深情凝视，掩唇轻咳下："这里有道题目，你们试着算一下。"

初音举着笔，非常认真地演算。她写，江星辰就站在她边上看。初音刚写完，手里的纸忽然被他俯身过来抽走了。

白纸之上，女孩的字迹端正秀气，演算步骤完整，逻辑清晰，计算结果也很准确。

江星辰走到讲台前，打开底下的投影，直接将初音的演算纸打在了屏幕上。

要是换成其他老师来做这事，初音都没什么异样的感觉。

但偏偏这人是江星辰。初音莫名有种他在当众秀恩爱的羞耻感……

好在只有两节课，时间并不长。

下课时间一到，大部队轰隆隆地往外走，讲台四周却被几个考研党包围了。

"学长，你当初考研有什么妙招吗？"

"就是，就是，我们也要考研，能加个微信聊一聊吗？"

这一众考研党都是姑娘。

初音有点震惊。

言教授亲自来上课的时候，都没见她们这么积极认真，显然有点醉翁之意不在酒。

江星辰慢条斯理地收了扩音器，看了眼人群之外的初音。

小姑娘抿着唇，桌上的东西还没收。

他不禁勾唇笑了下，朝众人说："没有什么妙招，多看书，多做题……刚刚谁要加微信的？"

有姑娘举起了手。

江星辰挑了下眉，笑道："我的建议是卸载微信。"

江星辰不再多言，垂眉将手里的笔记本电脑合上。

从人群里出来，他非常自然地把手里的扩音器放到了初音桌上，说："东西收好了吗？跟我去下广播站。"

江星辰和她说话时，脸上的表情自然而坦荡，丝毫没有避讳那些同学的意思，初音有点愣神。

"陈初音，快点。"

初音迅速把书塞到包里，江星辰一手替她提了包，一手牵着她往外走。

半分钟后，被两人丢在教室里的姑娘们，嗷嗷直叫。

啊啊啊！果然长得帅的都有主了！

到了外面，桂花的香味更加馥郁。

初音把她的包接过来，自己背着，侧眉问江星辰："你刚刚是故意的吗？"

他停了步子，单手插兜，应了一声："被你看出来了？"

太明显了好吧。

江星辰笑着说："不是怕你吃醋嘛。"

"我才没有。"

江星辰弯唇："哦。那我回去加个微信？"

初音立马举手反对："不行！"

"嗯？"琥珀色的眼睛里蓄着柔和的笑意。

初音扬了扬眉毛义正词严地说："微信会耽误她们学习。"他的原话，她活学活用起来倒是顺嘴得很。

从广播站出来，走了十分钟，到了江星辰他们实验室门口。

江星辰进去再回来，手里多了个方形的小盒子。

正是她送的那个蛋糕。

江星辰轻晃了晃手里的盒子，边往前走边说："得找个地方把它吃掉，哥哥的生日还没过呢。"

初音快步跟上他，问："去哪儿啊？"

"我想想。"

到了湖边，江星辰随手往长椅上一指："就这儿吧。"

这是 X 大的中心湖，白天可以看到对面红色的房子和翠绿的大榕树，现在那些风景都已经被黑暗湮没了。

风从湖面吹来，又在湖面漾开，夜格外静。

头顶亮着一盏白色的路灯，灯光不甚明亮，只能依稀看见脚下的路。

江星辰坐下来，灵活地打开手里的盒子。

橘色的烛火燃起来,将他面部的线条勾勒得明朗锐利,初音的心也跟着怦怦直跳。

"陈初音,到你了,唱生日歌。"

初音清了下嗓子,清唱出声。

江星辰闭上眼睛,许了个愿。

他睁开眼,便对上初音那双乌黑干净的眼睛,轻声说:"靠近点。"

"嗯?"

橘色的烛火被他吹灭了,光线暗下去的一瞬间,柔软的唇压过来,是一个甜蜜而又绵长的吻。

许久,他停下来,将她揽在心口,低声道:"收了个甜甜的生日礼物。"

时间一晃到了大三暑假。

初音专业的老师要求他们在暑假期间实习三个月,完成后可以获得六个学分。

X大合作了一批单位,只是这些单位给的实习工资,基本都不够他们在这儿的生活费。

因此,很多同学都选择给自己放三个月的假,随便找个实习单位盖章,然后回学校欢欢喜喜地拿学分。

初音想能攒点经验总比荒废时间好,她把那些单位从头到尾研究了个遍,最终筛选出了两家。

一家在X市,一家在隔壁的F市。

X市的这家离学校近,住宿问题可以解决,F市的那家需要自己租房子,可更加正规。

初音征求江星辰的意见,他让她自己做决定。

初音考虑再三,还是决定去F市。

江星辰嘴上说着让初音自己决定,可真见小姑娘拎着包往F市去,还是有点舍不得。

F市高铁站里,人头攒动。江星辰推着她的箱子往外走,语气有些怅然:"陈初音,你马上又要和哥哥异地恋了!"

初音拍着他的肩膀道:"X市的高铁过来只要二十分钟,不行我下班来看你嘛。"

江星辰点头,稍微得到了点安慰。

从 X 市过来的确不远。

初音要租房子，江星辰来回看了好几家，各种安全设施全考察了个遍，依旧不放心。

初音知道他不放心自己，忙笑道："我和我姐学过防身术，你都未必能打得过我。"

"哦？"江星辰挑了下眉，嘴角弯了下。

"哎呀，你别不信啊！"说话间，小姑娘握拳，干脆利落地抬腿展示了下。

漂亮的小腿肌肉匀称而好看，还挺像那么回事。

江星辰在小姑娘第二次出腿的时候，握住了她的脚踝，往近前一带，初音没站稳，猛地往前一栽。他敞开怀抱，顺势钩住她的腰肢压在了地板上。

初音要伸手推，却被他反锁了双手固定在头顶。灼热的呼吸一瞬喷薄到了脖颈里……初音紧张地吞了下喉咙。

"呵，"他忽然低头用牙齿在她的耳垂上咬下，"陈初音，你确定这是你的防身术啊？"

不要脸！

初音气得扭过头，从耳根到脖颈都红了个透。

小姑娘的脖子又白又嫩，夹着一股柔软的馨香，江星辰恬不知耻地凑到她脖颈里深吸了口气，低声道："要不我搬过来和你一起住？早出晚归也可以。"

初音果断拒绝："不要。"

"真不要啊？"

"我可以照顾好自己。"

"那行吧。"他这么说着，却依旧没有从她脖颈里撤走。

气氛有点暧昧……

初音僵着不动，他也没有进一步的行为。

过了一会儿，初音整个手臂都被他压麻了，小声说："江星辰，你能不能松松？我手臂有点麻。"

江星辰闻言，掌心撑地，放开了她。

初音略松了口气，飞快地站起来。江星辰长手一撑，将她抵在了身后的门板上，鼻翼间全是无法忽视的气息："啧，坏姑娘，撩完就跑，又不打算负责了?"

"没……"小姑娘的脸颊红得滴血。

江星辰深看了她一眼,指尖腻在她的脸颊上轻轻擦了下,琥珀色的眼里尽是柔情:"算了,我晚上要回去,先记着。"

初音的实习工作,进行得还算顺利。

初音聪明又认真,老员工空下来的时候也会点拨点拨她。

渐渐地,公司分配了一些她可以处理的工作。只是初音对这些工作的熟悉度不够,几乎天天加班到半夜。江星辰给她打视频电话时,初音常常讲不了一会儿就要挂断。

这天,江星辰给初音打电话时,已经快十一点了,初音还趴在电脑边。

"我和你视频,不和你讲话,会不会影响你工作?"

"应该不会。"

"那你忙工作,我刚好有篇论文要写,远程陪你一会儿,忙累了就和我说说话。"

"好。"

于是,两个人隔着电脑屏幕,静谧地陪伴着彼此。

论文的数据论证比较复杂,江星辰抬头看了眼视频对面的初音——

初音神情专注,有种说不出的可爱。他将屏幕放大,指尖在屏幕上轻点了下,想象着她脸颊上的触感。

对面的初音好像是感受到了似的,抬眉朝他笑了笑问:"你怎么还不睡觉啊?"

江星辰收了手,往后靠了靠:"老婆没睡,我怎么能先睡呢?"

初音关掉电脑里的其他软件,捧着脸专心致志地看他:"怎么办,江星辰,我现在好想你。"

江星辰笑,狭长的眼里尽是柔软:"傻。"

初音打了个哈欠站起来:"我刷个牙准备睡觉去了,换手机和你聊啊?"

"那不聊了,赶紧去睡觉去。"

初音鼓了下腮帮子,半响又凑到镜头前亲了他一下。

"那……晚安啦。"她说。

"晚安。"

视频在一瞬间被初音挂掉了。

江星辰挑了下眉,他家初音还挺拿得起放得下,没一点拖泥带水。

他熄灭了屏幕,起身去了卫生间。

不一会儿,手机进了一条消息,是初音发来的一条语音——

"江星辰,我发现我越来越喜欢你了。"

这句话是她刷牙的时候说的,隐隐可以听见水声,那微微泛懒的声线,又甜又可爱。

江星辰还没来得及回,又进了一条语音——

"我刚刚说得不太准确,我应该是越来越爱你了。"

下一秒,这条表白的语音消息被初音撤回了,取而代之的是一个晚安的表情包。

江星辰嘴角不自觉弯了弯,指尖飞快地敲出一行字:我也爱你。

初音心潮澎湃,手里一抖,手机一下滑进水池里泡着了。

再捞上来,屏幕已经进水点不动了。

屏幕虽然点不动,手机进消息的提醒声还在。一条接着一条,发消息的人都是江星辰。

可初音根本没办法点开看,她想登电脑看,电脑登录也提示要手机验证。

呃……完了。

看来,只能明天把手机修好再回他消息了。

也不知道江星辰发的什么消息。

第二天一早,初音起早去外面找了修手机的门店,可一家也没开门。

F市和N市不一样,这里的生活压力不大,比较安逸。做生意的人也没那么按时守点,什么时候营业,营业多久全看心情。

初音中午和晚上,各来了一趟都没修成手机。

第二天一早。

初音刚起床,外面的敲门声就响了。

透过猫眼往外看,初音看到来人是江星辰。她赶紧把门打开,江星辰站在门廊里,神色凝重地看着她。

晨曦的阳光洒过来,将他身后镀成了金色。

初音见了他有些惊讶。

"你怎么过来了？"

江星辰不说话，一把将她揽进怀里抱住。他用了很大的力气，初音几乎是嵌在了他怀里，铿锵的心跳声一下一下地敲打着耳膜。

初音回抱住他问："这么早，X市有高铁过来？"

"没有高铁，坐的最早的汽车。"

"有事？"

江星辰把下颌压在她肩膀上，低低地说："嗯，你电话不接，消息也不回。"就和当年突然消失的情景一模一样。

原来是因为这个，初音赶紧解释："我手机进水了，屏幕好像短路了，不好回消息。"

"真的？"江星辰皱了皱眉。

初音赶忙进去，把手机翻出来给他看。

"F市的人好懒，赚钱一点也不上心，我都去了好几趟了，一直没人在……"

江星辰一把牵着她往外走："嗯，重买一个。"

早起上班的营业员非常高兴，江星辰基本不用她怎么介绍，直接照着最贵的专区走。

试完了机，营业员帮初音把旧手机的卡拔出来换到了新手机里。

手机一开机就一条接一条的短信提醒，内容千篇一律，都是提醒她有电话没接到，那些错过的电话都是江星辰的。

"怎么打这么多？"初音问。

"着急。"

街道上渐渐热闹起来。

沿街开着的门面尽是些卖早点的，蒸笼腾起的白汽很快被清晨的阳光染成了淡橘色。

江星辰步子走得不快，正好够初音跟得上。他牵着初音进了左手边的一家铺子。

"两碗豆花，一笼汤包。"

老板是北方人，擦了擦手问他们豆花要甜的还是咸的。

江星辰想也没想直接回答："一碗咸的，一碗甜的。"

初音勾唇笑了，恋爱好像可以治愈选择困难症，他们可以换着吃。

两人落了座，老板转身忙活去了。瓷碗、汤勺碰撞着，声音清脆悦耳，各色的调料加到咸豆花里去。

相比之下，甜豆花看起来就单调了许多。

豆花上来，两人各自吃了几口后，对换了碗。

初音端了桌上的辣椒罐子，往瓷碗里加两勺红辣椒，又加了一大勺醋，问："言老那边那么忙，你突然过来，不要紧吗？"

"要紧，吃完早饭就回。"

"这么快啊？"初音没料到这么快，手忽然顿了下。

"舍不得？"江星辰探了指尖轻刮着她的鼻尖。

"嗯，有点。"

小姑娘大大方方承认，某人似乎还不太满意："就有点？"

初音咬着手里的小勺子笑："嗯，不止一点，有很多。"

"前天微信里的话，不打算亲口说一遍给我听？"

"什么话？"初音抬眉看他。

江星辰清了清嗓子，一本正经地说："嗯，三个字，需要我提醒下吗？"

呃……不用，她记得。初音耳尖冒红，想把这茬绕过去："你不是听到了吗？"

江星辰扬了下眉，语气里透着玩世不恭："我没太听清，消息撤回了。"

"前后矛盾，刚刚还说三个字。"

手腕忽然被他不轻不重地握住了，初音抬头，深陷在那双深情的眼睛里。

她吞了下嗓子，趁着四下没人，低低地说了一遍。

初音的声音虽然小，江星辰却听得清清楚楚，他指尖勾过她的下巴，迫使她的视线与自己相平。

"打算啥时候和我去签字画押，升级下身份？"江星辰问，"毕业就结婚怎么样？"

"咳咳咳……"初音一激动，让辣椒给呛住了。

江星辰赶忙递了水给她。

初音灌了一大口水，问："要这……这么着急啊？"

"是不着急，"江星辰琥珀色的眼睛里尽是笑意，"但总得领个证件，合法……"

店老板进来送汤包，听到"证件"两个字，跟着聊了几句："小姑娘，证件一定要有的，要遵守国家法律。"

江星辰面不改色地和他攀谈。

初音的脸红得滴血，要是有个地洞，她估计会毫不犹豫地钻进去。

江星辰在早饭之后返回 X 市，却又在晚饭之后赶了回来，和早上来的时候不一样，他随身带了个硕大的行李箱，一副要过来安家落户的模样。

初音惊得眉毛直跳："你不是说言老那边比较忙吗？"

江星辰非常自觉地把箱子推进来，说："我明天早起回去，赶得上。"

"那多累……"

"是有点累。"江星辰叹了口气，钩住初音的脖子，懒洋洋地把脸埋到她肩膀上，"但我甘之如饴，我是真的着了你的道儿了，陈初音。"

那之后的两个多月，江星辰每天早上坐城际大巴去 X 市，晚上再搭乘高铁回 F 市，风雨无阻。

初音实习结束，江星辰把一沓车票递过来，说："喏，报销下车票。"

"这么多啊！"初音算了下，那些车票的费用加起来，早超过她的实习工资了，她皱着眉，像只蔫掉的兔子，"江星辰，你说，怎么上班还能赔钱呢？"

江星辰笑。

小姑娘伏在桌上，郁闷地鼓了鼓腮帮子。他禁不住伸手在她脸颊上轻戳了几下，安慰道："没事，我可以挣钱养家。"

"不行，"初音一下坐端正了，"那我不成吃软饭的了啊？我的目标是让你吃软饭。"

江星辰靠进沙发里，笑得一脸恣意："好啊，我等你。"

初音叹了口气，江星辰本科毕业的时候就去了非常好的单位，现在研究生毕业，根本不用愁，她得再加把油，总不能和他差太多。

时间到了大四，好像一下子快了许多。

学业、工作，每一个毕业生身后都好像有着一双无形的大手，推着他们往前走。

大四上学期，杨依依一口气考了四个证书。初音也一样，把所有能考的证书都考了个遍。

四月份论文开题过后,大批毕业生奔往各地找工作。就像某句心灵鸡汤里写的那样,未来的路上有鲜花,有汗水,却因为努力而闪闪发光,熠熠生辉。

四月份,X市彻底进入了盛夏。

每逢周六,各大高校都会开招聘会。

初音和杨依依冒着高温四处投简历。简历一封封地投出去,形形色色的HR给出的答复都非常相近——回去等通知。那种等待未知的感觉,和从前高考、中考时等着放榜的感觉非常相似。

没有压力是假的。

杨依依悄悄哭过一次,她虽然费了九牛二虎之力追到了喜欢的人,但她要是没在X市找到合适的工作,家里肯定会喊她回去。她家坐飞机到这里也要四五个小时。

陈芸打了很多次电话让初音去美国,全被她找理由搪塞过去了。她需要一份安身立命的工作,让陈芸放心。

五月中旬,两个姑娘终于把工作的事敲定了。

宿舍里,冷气的温度开到了十九摄氏度。

杨依依在跳操,电脑连着个质量一般的音响,声音不停地撞击耳膜。

初音兜头裹着个小毛毯,窝在凳子上改最后一版论文。

杨依依的手机在桌上振动了好半天,她不得不停下来看消息,半晌,她抱着初音的胳膊猛摇着喊:"啊啊啊!初音!初音!"

初音不得不从毛毯里探出脑袋来。

杨依依抱了桌上的杯子灌了一大口水,激动道:"我男朋友说你家江星辰的留校申请通过了!"

留校的事,她听江星辰轻描淡写地提过一次,留在高校方便搞科研。

他的才华报效祖国最好不过了。

杨依依哀号:"你说,怎么我身边尽是些牛人。"

初音说:"你以后也能成为牛人。"

杨依依长叹了一口气,又问:"下个星期拍毕业照,你家江星辰研究生毕业,你本科毕业,拍个情侣版的毕业照多拉风啊!"

说话间,杨依依关掉了音乐,发了一大堆情侣毕业照的模板给初音。

初音垂眉研究了一会儿,说:"好漂亮啊。"

杨依依托着下颌叹气:"是吧,我本来打算找我男朋友一起拍的,他说早毕业了,死活不肯拍,你说不就是几张照片嘛,毕业不毕业能有什么关系嘛……你发给你家江星辰试试?"

初音想了下,今年她和江星辰一起毕业,对于她而言,确实有着不一样的意义。许多年前,她心心念念地想和他进同一所学校,却怎么也追不上他。

今年他们一起毕业,初音心里忽然生出一种追上了他脚步的欣喜。

初音在那些照片里找了一张比较好看的,编辑好了,发给江星辰。

"这样的毕业照是不是很好看?要不要拍个同款?"

消息发出去后,初音抱着手机等了好一会儿,迟迟没等到回复。

看了下时间,这个点江星辰应该在他的小公寓里了。

初音点开消息记录,再度研究了那张照片。

好像有点俗气哎……

早知道不发了。

"你家江星辰还没回你啊?"杨依依端了茶壶给初音倒了一大杯水,举着自己的杯子清脆地碰了下,"同是天涯沦落人,姐妹儿干杯。"

一大杯水下肚,初音的手机响了。

来电人:江星辰。

初音赶紧摁了接听键。

"下来。"他淡淡地说。

"嗯?"

"我在你们宿舍楼下。"江星辰的声音听起来有些空旷。

初音赶紧把睡衣换掉,下楼。

已经接近晚上十点钟了,女生宿舍楼前很安静,江星辰立在长廊下面,身后是漆黑的夜色,光打在他的眉眼间,琥珀色的瞳仁亮如星。他见了初音,略勾了下唇。

"你从实验室过来的啊?"初音问。

"家里。"

初音问:"有事儿?"

他晃了下手机:"看到你发消息说想和我拍婚纱照,就来确认下,毕业就结婚的计划同意了?"

什么婚纱照?

初音脑子一抽,立马想到她发的那张照片,江星辰肯定是误会了,连忙纠正道:"我那是毕业照!"

江星辰指尖轻点,把那一系列的照片全搜了出来,那是曾经的一条微博热搜。主人公在校园里拍的婚纱照,初音发的那张是九宫格图里的一张。

偏偏她错过了那条热搜。

呃……她斟酌了一会儿,解释道:"你可以把它理解成毕业照的,对吧?"

江星辰抱臂略点了下头:"嗯,可以。"

"那你要不要拍?"

"行啊,我愿意,不过……"说到这里,他顿了下,仿佛在吊人胃口。

初音紧张地看着他,等后面的话。

江星辰轻咳了一声继续道:"我要照着这个九宫格里的拍。

大四的宿舍楼,闲置了两三个月,终于在拍毕业照的前一天晚上,才重新热闹起来。

对门和隔壁宿舍的女生,全聚到了初音她们宿舍里来。地板上铺着泡沫垫子,姑娘们围成一圈坐在上面。不多时,头顶的大灯被关掉了,只留了杨依依桌上的一盏橘色的灯往下照着。

不知道谁买的鸡爪、鸭翅、瓜子挨个在那儿发。

"哎!这时候就缺副扑克。"

"我有啊!"杨依依单身撑地起来,飞快地从抽屉里翻了几副牌出来。

上面的塑料封纸还没解,都是新牌,纸盒上印着某售楼部的电话。

牌面上待售的是他们学校隔壁的楼盘,房价只有八千。

有眼尖的人惊讶地问:"隔壁房价跳水啦!怎么这么低?才八千。"前段时间她和男朋友去看的时候还三万多呢。

杨依依拿过来看了一眼,说:"跳什么水,以前开盘买就八千。这牌是老古董了。"

大学几年,房价涨了这么多?

不知谁叹了口气:"唉,四年真的是很长的时间了。"

众人沉默了一会儿,开始玩牌,输的人要负责剥一轮瓜子。

初音牌技不高,两局下来干脆坐在边上给她们剥瓜子。

江星辰来视频电话的时候，那几个等瓜子的姑娘正在喊："快点，初音，你的仓鼠正等着你投喂！"

初音盘腿坐着，把手机放在腿上，边垂眉剥瓜子边和江星辰聊天。

江星辰问："你怎么没去打牌？"

初音笑："技术烂。"

"剥的瓜子是给她们的？"江星辰问。

"嗯，难得服务下大众。"

江星辰和她聊了十几分钟天，小姑娘的手基本就没停下来过，一把接着一把剥，看着有点累。

"打多久了？"

初音："从八点半到现在。"

那边又在喊初音投喂，小姑娘笑着应了声，朝江星辰挥手："不和你聊了哈。"

江星辰看了下时间，他家姑娘已经被她们奴役了快两个小时了。

毕业前的不眠之夜，他也是经历过的，通宵不睡觉很正常。但让他家小姑娘剥一个晚上的瓜子，就是难得的服务也不行。

半个小时后，初音她们宿舍的门被敲响了。

靠着门的姑娘赶忙过去开门，宿管阿姨进门"啪"地把灯给拍亮了——

"姑娘们，已经十一点了，毕业也不要过于放纵。"

她们这栋楼的宿管阿姨，大学四年就大一的时候装模作样地来过一次，临着大四毕业突然来查寝，还真有点让人出乎意料。

"你们辅导员打电话来嘱咐你们早点睡。"

好吧，辅导员最后的关爱，还是要尊重下的。毕竟做不了几天学生了。

杨依依带头收拾地上的东西，初音口袋里的手机振动了下，江星辰发来的，只有三个字：结束了？

初音发现他这个点掐得有点过分准了，禁不住给他发消息问：是不是你？

她没说什么事，江星辰倒也坦诚，理直气壮地回了一排字：是我举报的。

初音"扑哧"一声笑了。

与此同时，对面的杨依依哀号了一阵："我家老周发消息说我今天晚上打牌，不是好学生。你说我们辅导员是不是个大嘴巴啊？哪有找人男朋友打小报告的,一般不都是找家长吗?"

初音再度失笑。

第二天,拍毕业照。

303宿舍的四个姑娘,一大早就起来开始梳妆打扮。

杨依依踩着恨天高下楼,全程扶着初音。

这种鞋子,她们也就在大一的时候尝试过,往后就变成了粗跟和坡跟,大四干脆是哪样舒服穿哪样。

到了楼下,杨依依老远看到了周漾。

本来已经到了门口,她又噌地缩着脖子退了进去,昨晚才被批评过不是好学生,今天穿恨天高好像有点顶风作案的意思。

杨依依瞄了眼初音脚上的运动鞋,一把抱住了她的胳膊作揖道:"初音,救人一命,胜造七级浮屠!"

于是,初音就被迫换上了杨依依的恨天高。

大一那会儿,全宿舍一起锻炼过高跟鞋,初音走起来还是很稳的。

六角楼门口的大广场上都是人。拍照的架子已经搭建好了,同一专业的人,上去拍一张集体照,再下来去辅导员那里领学士服。

初音拍完照片,想找杨依依把鞋子换回来。人群早走散了,这姑娘的电话也打不通,她只好穿着恨天高去见江星辰,他们约好了一起拍毕业照。

江星辰今天难得穿了一回西装,白衣白裤,眉目舒朗,往树下一站,跟画里走出来似的。

他扫了眼初音脚上的恨天高,嘴角勾起一个微弯的弧度,轻笑道:"这鞋子的高度挺好,一会儿拍亲吻照正合适。"

她才没想这个!

走过了一段路后,恨天高的劣势已经完全展露出来了,太磨脚了,太疼了。好在江星辰并没有领她走太远,到了隔壁的音乐楼前就停下了。

初音虽然大学四年都在这里念书,但音乐楼还是头一回进。

很快有端着照相机的人出来了,这是江星辰提前约好的摄影师。

江星辰和他略聊了几句,牵着初音进去,立刻有化妆师迎上来给初音做妆造。

初音看到她衣服上印着某个知名婚纱照的标志,莫名想打退堂鼓,她扭头看了眼江星辰，问："我们真要拍啊？"

江星辰摊了下手说："交了全款，退不掉了。"

初音窘，拉着他的袖子小声问："江星辰，我们这个算毕业照还是婚纱照啊？"

"有什么区别，反正都是和我拍。"

小姑娘噘着嘴嘟囔："那区别可大着呢！"

"那就先算毕业照吧。"江星辰有些忍俊不禁，说婚纱照，怕她有心理包袱。

拍毕业照，不用太浓的妆。

初音穿上黑色的学士服，江星辰也换上了深蓝色的硕士服，两人一个专业分属，衣领的颜色和帽子上垂下来的流苏是一样的，看起来非常像情侣装。

X大风景优美，随便选个地方取景都非常合适。

外景拍完，摄影师又领着他们进了旁边的一间教室。两人坐在第一排的位置上拍了一组照片，前面是熟悉的黑板，身后是空旷的教室。那种感觉非常奇妙，好像在那一瞬间，她真的穿越时空成了他的同班同学。

拍照结束，初音歪着脑袋，含情脉脉地看着他笑。

江星辰的指尖在她脸上戳了下，问："傻笑什么？"

初音趴在桌上说："在想我要是从小和你一个班，会是什么样子？"

江星辰若有所思地往后靠了靠，背抵在身后的桌子上，薄唇勾着，一只手闲闲地搭在她身后的椅背上，神情里透着痞，声音却很好听："你要和我做同学，估计早看腻了。"

"我才不会呢。"初音说。

他敛了些痞气，和她脸贴脸趴着，低低笑了声："这么喜欢我啊？"

"嗯，是喜欢，很喜欢。"从第一眼就喜欢。

她眼里尽是柔软的笑，江星辰禁不住靠近，两人呼吸相贴，风从窗户里漫进来，光影流转，一室静谧，初音吞了吞嗓子，飞快地在他嘴唇上啄了一口。亲完，她回过神，耳根立刻红了。

江星辰愣了愣，小姑娘已经站了起来。

学士服的照片已经拍得差不多了，摄影师喊他们去音乐楼换衣服继续拍。

初音小声问江星辰："这已经不止九张了吧。"

"是不止，只拍九张的话他们不肯接活。"

初音点头，她知道是这个道理，但为什么她会有种被套进去了的感觉呢？

音乐教室里，初音坐在化妆师面前化妆。江星辰倚在门框上看她，眉眼间噙着一抹柔软的笑。

化妆师给初音选的第一套衣服是件学院风的白色纱裙，露着一截洁白的颈项，配上蓬松的丸子头，看起来既青春又可爱。

妆化好了，初音提着裙子站起来，对上江星辰的视线，娉婷而又羞涩地看着他。

曾经有很多人说看到妻子为自己穿上婚纱的那一刻哭了。江星辰此刻也陷入了那种情绪里，感动也不只是感动。

烈日暴晒过皲裂的土地，云雀在梧桐上啾啾轻响，紫云英随风摇晃，他心间滚烫，藏着一整个夏天的喜悦与秘密。

摄影师端着相机进来，虽然阅人无数，但依旧有被初音惊艳到，连着赞扬了好几句："这是我们新上的婚纱，不介意的话，我一会儿留个样片。"

初音听到"婚纱"两个字时，耳尖有些冒红。

江星辰轻咳下，解释道："他们这是婚纱照专业户，裙子统称为婚纱。"

化妆师靠得近，闻言笑了一声，却没有戳破。他们这里，婚纱就是婚纱，婚纱以外的裙子统一叫礼服。男生下订单的时候，曾多次强调，要安排一套婚纱，并且也要和毕业照有一定的融合度。

天气很好，他们学校外面就是碧蓝的大海，白色海鸥一群群从头顶掠过，风很清爽。这里有礁石也有沙滩，做婚纱照的背景再好不过。

初音照着助理摄影师要求摆了一个又一个造型，她脚上的恨天高简直跟刀一样割着她脚背。

摄影师从相机后面探出脸来说："新娘子笑一笑，不要一直苦着个脸。"

嗯？新娘子？

初音侧眉看了一眼江星辰，她想在他脸上找到点不好意思，但是并没有找到。某人迎着海风恬不知耻地解释道："他们这是职业性口误，原谅下。"

时间如水匆匆往前，毕业季一眨眼就成了过去式。

各奔东西之后，是各自忙碌的工作。初音工作的研究所，主要研究的方向是种子培优与无土栽培。虽然需要她奔波于不同的实验基地，但每天对着青葱碧绿的植物，初音的心情还是非常愉悦的。

杨依依是为数不多的毕业了还留在 X 市的人，每逢周末都要出来和初音小聚。

这位杨同学嗜甜又懒得走路，两人出来也基本都是在甜品店里吹冷气。

今天初音到的时候，杨依依还没有来，她点好了餐略等了一会儿，然后开了笔记本电脑对比这周的栽培数据。

杨依依姗姗来迟，进门就红着眼睛，一言不发，连她最爱的榴梿千层都没动一口。

初音合上电脑问："和你男朋友吵架了？"

杨依依叹了口气，有气无力地趴在桌上："比那还糟，我今天和他提分手了。"

怎么会？她当初追周漾那股执拗劲儿，怎么也不像轻易提分手的主。

"我妈让我回老家工作，我本来只是想和他说说心事。他倒好，一句安慰的话没有，直接让我回去，跟甩了个大包袱似的，我也发现了他就是没那么喜欢我……"说话间，她又抹了两把眼泪。

初音抽了纸巾塞到她手里："是不是有什么误会？"

"这还能有什么误会？"杨依依抓了初音递过去的纸，擤了擤鼻涕，"我提分手，他一句挽留的话都没有……我就是剃头挑子一头热，我辞职信已经交了，明天就回老家了，今天来也和你道个别。"

"你别那么冲动，要不再和周老师心平气和地谈谈？"

杨依依呼进一口气："不谈了。我发现了，人在乎什么，什么就会折磨你。"

她追了周漾整整一年，整天跟屁虫似的跟在周漾身后，自己都嫌弃自己。

"那你们……"

"就那样吧，毕业就分手的人太多了。"

初音不知道怎么安慰，只能静默地陪了她一下午。

回去的路上，初音心里闷闷的，有些提不起劲。

从地铁站出来，沿街刮起了大风。

那些支在大厦脚下的广告牌，被工作人员匆匆收拾着往车里放。

大雨倾倒下来，从高处牵引下的挂彩旗的绳子被大风卷断了，雨水将那些旗帜打湿后，湿漉漉地黏在地面上。

天上的云层很厚，黑压压地遮住了原本澄澈的天空。视野之内的乔木被风卷着往一个方向倾斜，空气里浸润着大雨来之前的泥土味。

手机消息里进了条台风将在一个小时后登陆的黄色警报。

X市处于东南沿海，几乎年年都会被台风侵扰。

初音大学四年，学校的图书馆曾因为台风被水淹过两次。

台风天忌急走，伞根本打不住，微温的雨水浇灌下来，衣服一会儿就湿透了。好在初音和江星辰住的地方，距离地铁站并不远，出站后走了一会儿就到了。

开了门，她正巧撞见江星辰提了钥匙往外走。

"要出去？"初音问。

"刚要出去接你，但现在不用了。"说话间，他把钥匙挂在玄关的挂钩上，提了条毛巾过来将她裹住了。

"谢谢。"初音擦了擦脸上和头发上的水，抱住他的腰，长长地叹了口气，声音有点丧，"江星辰，今天这雨下得太大了，有点让人喘不上来气。"

"有心事？"江星辰敏锐地捕捉到了她的低落。

"依依要回老家了，她和追了很久的男朋友提了分手。"

江星辰拍了拍她的后背宽慰道："毕业季，小情侣之间分手很正常，有些现实因素不得不考虑。"

初音埋在他怀里，语气有点惆怅："我总以为有些感情是可以天长地久的。"

江星辰将她从怀里挖出来，目不转睛地看着她说："我们就可以。"

"真可以？"她掀着长睫毛问。

"傻。"他在她眼皮上吻了吻，又问，"晚饭吃了吗？"

"没……"

"那我给你做？"

"好啊，我来帮忙！"胖虎激灵地从窗台上蹦下来，跟着初音进了

厨房。

江星辰刚从外面回来，身上的衬衫还没有换，初音看他长身玉立在料理台前，浑身上下散发着一种难以忽视的魅力。

要是现在往边上放一架摄像机，做美食直播的话，粉丝量绝对相当可观。

炒菜出了锅，还要再做一个汤。初音从他手里接过空掉的盆子，到龙头上去放水。

胖虎不知什么时候跳到了水池旁的窗台上。

玻璃窗被风吹得"轰轰"作响，肉眼可及的地方已经都黑了。一道长而亮的闪电，劈开夜幕，发出惊人的巨响。

胖虎受了惊吓，仓皇逃跑，将初音手里的瓷盆打翻了，水洒了一地，初音赶忙找了拖把来清理。几乎是在一瞬间，愈加密集的雨点砸下来，击打在玻璃上"噼啪"作响。

狂风穿过未关严的厨房窗户，将冰箱上放着的吸油纸吹落了一地，纷飞的雨水也从窗户缝里飘了进来。

初音有些心惊肉跳地说："台风来了。"

江星辰倾身过去，一把将玻璃窗合上，转身接过她手里的拖把。

初音的视线投射到窗外，不知怎么的，她忽然萌生出一丝不安来。

江星辰见小姑娘神色凝重，禁不住将她扯进怀里抱了抱，柔声安慰："不用怕，我们这里还淹不了。"

初音点头。

她并不是担心台风。

可能是这种天气容易让人心神不宁吧。

暴雨下了一个晚上，惊雷一个接着一个，这种天气是有点骇人的。

初音洗完澡，小兔子似的抱着枕头在客厅里坐着。

江星辰看了下时间，已经不早了，这个点初音早睡了，今天却熬着没动。

"害怕打雷？"他问。

"一点点。"初音说。

他起身将客厅的窗帘拉上，一闪一闪的光线被隔在外面。

再回来时，他手里多了本书。那是一本古希腊神话，外面的塑料封皮都没有开。

身旁的沙发陷下去一块，江星辰在她身边坐了下来，随手在腿上拍了拍，朝她说："过来躺着，给你讲故事。"

初音找了个舒适的角度靠在他怀里。

透明的塑料膜，被他修长的指尖挑开，新书特有的油墨香扑面而来。

"什么时候买的书啊？都没读过。"初音仰着脸问他。

"本来是买给你做睡前故事的，后来你一直住校，就搁置了。"

初音鼓了鼓腮帮子说："睡前故事一般不都是童话故事吗？某某王子和某某公主。"

江星辰捏了捏她的鼻尖道："好了，别打岔，哥哥要开始讲故事了。"

"哦。"初音重新陷在他的怀抱里。

头顶的书页轻轻翻动，清洌好听的声音在耳边响起，风雨的声音都被淡化成了故事的背景。

长这么大，还是第一次有人给她讲睡前故事。这是一个漫长的故事，里面的名字都是这个神那个神的，她眼皮打架，很快睡着了。

江星辰把手里的书折了个小角，轻手轻脚地抱了她去房间。

半夜，初音忽然从噩梦中醒来。

边上的江星辰，第一时间感觉到了她的不安，半梦半醒间，伸手将她卷进怀里抱住，声音有点魑："怎么了？"

"做了个噩梦，抱歉，吵到你了。"初音喘着气，背心全是汗。

江星辰贴着她的眉心吻了吻，语气温柔地哄："需要再补个睡前歌曲吗？"

窗外的雨早停了，风也小了，海浪在黑夜里，一下一下撞击在冰冷的礁石上。

江星辰的声音低沉，哼了一首小时候常唱的儿歌。

怀里的女孩，呼吸渐渐均匀，江星辰的手还在她背心轻轻拍着。

第二天早上，七点多钟，初音的手机忽然响了。

她迷迷糊糊地摸了手机，来电人显示的是张林。

指尖划了接听键，尖锐的女声一下在耳膜里炸开："你爸现在正在抢救室，你最好能回来一趟。"

初音瞬间醒透了，掀唇问："你是？"

"徐映红，你爸爸张林现在的老婆。"

初音记得这个声音的主人，那是一张瘦削得有些刻板的脸。她只见过一次，却记忆犹新。

"我爸他怎么了……"

"早起送东西，出了车祸。"

"早饭好了……"江星辰推门进来，正好撞见初音失魂落魄的样子。

她吸着脸，眉头紧蹙，眼眶通红，神色间尽是痛苦。

这样的初音，他还是第一次见，没由一阵心疼，连带着说话的语气也都柔软了许多："肚子饿吗？"

初音摇了下头，看向他说："江星辰，我得回N市。"

"好，我帮你订机票。"他什么细节也没问，已经在帮她做相关的安排了，"最早的一趟飞机在十点半，收拾下行李过去还来得及，我和你一起回去。"

台风过后，楼下的积水一直没过了小腿肚。

楼上的大妈买菜回来，边走边咒骂排水设施老旧。

初音把裤脚卷起来，正要蹚水过去，忽然被江星辰抱了起来。

终于到了没有积水的地方，他才把她放下来，叫了车。

初音看到他的裤脚虽然卷高了，但还是被水打湿了一大片，他并不在意，弯腰随意地挤掉了裤子上的脏水，站起来继续和她往前走。

初音低低地说了声谢谢。

江星辰闻言低头将她揽在怀里抱了抱："谢什么谢，后面还有几十年，长着呢。"

初音有些眼热："嗯……"

"现在能和我说说发生什么事了吧。"

初音点头。

暴风雨之后，天迅速晴了，飞机准点起飞。

江星辰选了靠窗的位置让初音坐进去，不久，蔚蓝的大海映入眼底。

从前，初音每次都会用很多优美的词汇来形容这片海，今天却难得的沉默。

江星辰伸手将她的手捉过来，团在手心里握住。

初音侧眉见他正柔和地看着自己。

"休息一会儿，留点体力回去照顾你爸。"

初音点头，合上眼睛略眯了一会儿。

两个小时后，飞机在 N 市机场降落。秦让来接的机，径直把两人送到了省人民医院。

医院里到处都是人，初音满心焦急，方向都有些不辨。江星辰一路牵着她的手，穿过人来人往的通道，上电梯又下电梯，终于找到了手术室门口。

和别处相比，这里非常空，到处都是死寂的灰白色。

徐映红已经在门口坐了很久，见初音他们过来，才站起来。

"阿姨，我爸他……"初音后面的话却哽住了，身体微微发抖。

江星辰接着初音的话往下问："叔叔他现在怎么样了？"

"早上进的抢救室，到现在还没出来。"

徐映红身后还藏了个小男孩，他好半天才冒出脑袋来，苦着一张脸问："妈妈，我什么时候可以去吃午饭？"

江星辰大概明了情况，忙道："这里有我和初音等着，您带小朋友去吃点东西。"

徐映红看了眼那扇绿色的大门，转身牵着身边的小男孩出去了。

楼道里恢复安静。

医疗设备的电流声，一阵阵传入耳朵。江星辰牵着初音在一旁的长椅上坐下，对面的那扇大门始终紧闭着。

时间变得格外漫长难挨。

小姑娘的手心里冰凉一片。

江星辰握住她的手，又说了一遍："陈初音，别怕。"

初音吸着鼻子应了一声："嗯。"

许久之后，门打开，里面的医生出来喊："张林的家属在吗？"

初音赶紧站起来，快步走过去，江星辰紧随其后。

那医生看了他们一眼，问："你们俩谁是张林的家属？"

初音立刻说："我是他的女儿。"

"张林的情况不太好，瘀血压迫了主神经，我们需要进行二次手术，手术的难度比较大，存在不可预测的因素，但如果不做手术，存活率基本为零。"

徐映红已经带着那个小男孩上来了，她开口的第一句话是："请问做这个手术费要花多少钱？"

"住院加手术大概要花十一二万，手术费的话需要先交五万。"

徐映红沉默了。她还要给她的儿子留一条后路，张林目前的情况花了钱也未必能救得回来。

初音连忙在包里翻卡，江星辰已经先她一步开口："阿姨，钱的事我和初音会解决，您不要担心。"

徐映红看了眼江星辰，神色有些复杂，仿佛在思考他这句话的真实性。

江星辰已经从护士手里接了手术通知单，递到初音面前。

"阿音，签下字。"

初音接过来，手有点抖。江星辰伸手握住她的手，像大人教不会写字的小孩子一样，稳住她的手在上面签了名字。

签完，他把通知单递给护士，同徐映红说："阿姨，我带初音下去交钱，您在这里等一会儿。"

徐映红问："你们……真去交？需要还吗？"

江星辰说："不用。"

到了收费处，初音把早就准备好的卡递进去，被江星辰塞进另一张卡，说："用我的。"

初音坚持道："我的钱够用。"

"你的钱只能留着养哥哥用。"他将她手里原本的卡抽回来，放回了包里。

初音抬眉看进他的眼睛，正色道："江星辰，我不想欠你那么多。"

"不想欠哥哥的，那就慢慢还，反正未来几十年，你也跑不了。"

她拗不过他，工作人员已经把刷卡机里打出的单子递出来给江星辰签字了。

她看他伏在大理石台面上，行云流水地签字，眼窝没来由一阵发热。眼前的这个人，不仅是可以共享美好，也是可以一起对抗现实的。

江星辰钩过她的肩膀，缓声道："走吧，上去等。"

路过电梯门口的贩卖机时，江星辰停下来买了一盒巧克力，等电梯的时候，他掰开一块塞到她嘴里，说："午饭没吃，先垫垫。"

甜甜的巧克力在嘴里融化开了，将她的恐惧驱散了，也给她虚浮的腿增加了一丝力气。

又等了几个小时，手术室的大门终于打开了。

先前出来询问家属意见的医生，见了他们说："手术成功，等过了危险期，还要再住院观察一段时间。"

张林的麻药没过去，躺在手术用的床上一动不动。

几名医护人员推着他走在前面，江星辰揽着初音紧随其后，徐映红则牵着儿子跟在后面。家属不能进手术用的电梯，他们四个人搭乘旁边的电梯前往住院部。

电梯里就他们四个人，气氛有点微妙，徐映红身后的小男孩忽然开口道："妈妈，他们是谁呀？"

江星辰看了眼徐映红，她立马会意，让小男孩喊初音"姐姐"。

"姐姐。"他的声音非常小，充满了胆怯，却非常可爱。

初音愣了愣，随即俯身过来和他说话："我叫陈初音，你叫什么？"

"我叫张初乐，我们都有个初字，看来你真是我姐姐，但可惜你不姓张。"徐映红闻言在小男孩手臂上掐了一瞬，却已经晚了，"姐姐，你要不要改名和我一起姓张？这样你就是我亲姐姐了。"

江星辰仔细看了眼他家小姑娘脸上的表情，并没有太大的变化，既没有伤心也没有难过。她似乎早就接受了陈芸和张林离婚的事实。

时间是可以愈合很多伤疤的，但他就是有点心疼她，舍不得她。

为了不让张初乐再语出惊人，江星辰从口袋里掏了块巧克力给他，小家伙接过去几口嚼碎了，牙齿上沾着黑乎乎的印子。

下了电梯，张初乐又拉住江星辰问他要巧克力。

江星辰这次给了他两块，然后用手指了指前面的初音。

张初乐小跑着追上初音，将多的那块巧克力塞到她手里，脆生生地说："姐姐，你也试试看，这个巧克力很好吃的。"

初音有些愣怔地看着手里的巧克力，又回头看了眼江星辰，某人云淡风轻地笑了笑。

张初乐看她迟迟不吃，连忙补充道："姐姐，我没有骗你，这是我吃过的最好吃的巧克力。"

初音捏了捏他的脸，笑了笑说："谢谢你。"

"姐姐，巧克力是那个哥哥让我送给你的，他好像很喜欢你。"

初音闻言，看了眼几步之外的江星辰，他正看着她，眉眼含笑。

"姐姐，"张初乐表面上有点羞涩，实际却是个人精，"你是不是也很喜欢他啊？虽然这个哥哥长得很帅，但可能不一定是个好人。"

初音有点哭笑不得。

某个被吐槽不是好人的帅哥，走过来，伸手摁住了张初乐的脑袋，嗤了一声："小孩，怎么吃了我的巧克力，还说我的坏话。"

张初乐吓了一跳，立马溜了。

几个小时后，张林的麻药退去，渐渐醒了过来。主治医生来检查过一次，他的术后指标均显示正常。

徐映红坐在他边上，抹了两把眼泪。

"今天早上起雾了，路上看不清。"张林说了两句，见初音牵着张初乐从门口进来。

张初乐手里抱着一个硕大的汉堡，嘴角吃得油乎乎的。他一路拉着初音到张林面前，非常稚嫩地说："姐姐！你看这就是我爸爸！他是打怪兽才受伤的。"

张林伸手在张初乐头上摸了摸说："怎么吃这么多？"

张初乐高兴道："是姐姐让我多吃点长高的。"

张林闻言，扫了眼张初乐边上的初音。

初音抿了抿唇，喊了声："爸……"

张林先是有些错愕，又有点别的情绪涌了上来，最终他有些不悦地道："你怎么到这里来了？"

"我来看你。"初音说。

"是谁喊你过来的？"张林的声音有点大，门口查房的护士吓了一跳。

江星辰适时握住了初音的肩膀，给了她无声的安慰。

徐映红赶忙打圆场："你出车祸，我喊女儿回来看看不是很正常吗？你那么凶做什么？撞你的司机跑了，要不是初音回来垫付了医药费，你现在连住院的钱都没有。"

这句话，顷刻间让张林想到了他和陈芸那段鸡飞狗跳的婚姻。

他在那段婚姻里像个懦夫，尊严扫地，一无所有。一时间，他百感交集。他忍痛坐起来，拉过徐映红说："你去和大夫说，把钱退掉，我已经好了。"

初音掀了掀唇，有些不知所措："爸，你别担心钱……"

张林从鼻子里哼了哼："你妈和你后爸的钱，我就是死也不用，你还是和你妈过好日子去,我还轮不到你来同情。"

初音垂着脑袋,一言不发,她很好地控制了自己的情绪。

江星辰的心尖没来由地一疼,他伸手将她拉到身后去,开口道:"叔叔,这是初音自己攒的钱。"

张林问:"你是谁?"

"江星辰,初音的男朋友。"江星辰抬眉看他,语气不卑不亢,"抱歉,即便您是她的父亲,我也见不得您刚刚那样骂她。"

初音很轻地扯了下他的袖子,示意他不要说了。江星辰反手将她的手握在手心里团住,他的掌心温热而宽阔,给了她勇气。

初音从江星辰身后出来,朝着病床上的张林微笑道:"爸,你不要多想,早点把身体养好。初乐和阿姨还需要你来照顾。一个完整的家比什么都重要,我的家早没有了,乐乐还小,他不一样。"

张初乐适时钻到张林怀里拱了拱。

张林看了看张初乐,又看了看初音,多少有些动容。

初音不再说话,她牵着江星辰到了门外。

住院部的走廊里来人往,两人一直走到了长廊的尽头。这里是住院部的二十九楼,可以俯瞰大半个城市的车水马龙。

风从半开的窗户里吹进来,带着秋天特有的凉意,她立在窗边,背影看起来特别单薄。

江星辰陪她站了会儿,接着把掌心压在她头顶,语气非常柔和地说:"阿音,你怎么会没有家呢,哥哥就是你的家啊。"

初音转过来,伸手抱住他,喉头哽住却一句话也说不出来。

"一会儿你跟研究所请几天假,等你爸好点,我们再回去。"

"学校的事怎么弄?"初音问。

江星辰抱了抱她说:"我的课不多,上课的时候再飞回去。"

那之后,初音每天往医院里送饭。张林起初还有点别扭,后来渐渐适应了。

这么过了大半个月,张林好转了大半,连续几次复查都已经达到了出院的标准。

出院这天,江星辰开车送他们回眉山镇。

车子停在路边,徐映红扶着张林走在前面,江星辰和初音提着东西跟在后面。

这里变化了很多，早已不是那个黑黢黢的小破房子，屋子里弄得还算整洁温馨。

徐映红把张林扶着坐下后，去厨房烧水做饭。初音跟进去帮忙，张初乐钻到他的玩具堆里玩。

一时间，客厅里只剩下江星辰和张林两个人。

张林从桌上的烟盒里摸了根烟来递给江星辰，自己也点了一根。他第一次有了和江星辰谈话的欲望："初音和我说你是N市人，你们是上学时认识的？"

江星辰笑了笑说："不是上学的时候。初音初二时，我曾经给她辅导过一个暑假的功课，我外婆姓李。"

"是你？"张林有些难以置信。

"嗯。"江星辰仿佛想到了什么事，淡笑道，"我那时候也觉得很巧。"

"初音和我说，她在X市工作。"

"我也在那边。"

张林吐了口烟，不无动容地道："她以后还要你多照顾了，她没在我身边长大。"

"我会的。"江星辰往厨房里看了一眼，初音正在洗杯子。

张林掸了掸手里的烟灰，低叹："以后我们这里，你们也不用太过费心，初音已经习惯了她妈妈的生活方式，以后还是跟着她妈妈比较好，钱我会想办法还给她。"

江星辰沉默了一会儿说："当年您和陈阿姨分开的时候，初音曾经问过我选谁。我记得先放弃初音的人是您，她从没有喊过韩叔叔'爸爸'，去新家的很长一段时间，也不开心。法律上您有探望她的权利，但您从来没去看过她一次……"

张林抿了一大口烟，白色的烟雾腾起又散开，他的眼睛笼进那团烟雾里，变得有些模糊不清。

当年初音和陈芸走的时候，他连送都不敢送，生怕忍不住会把女儿抢回来，后来不去看她，是因为面子。

开水已经烧好了，初音送上来，给江星辰和张林各倒了一杯茶，转身又进了厨房帮忙。

江星辰看着手里沉浮的茶叶，目光变得深邃起来。半晌，他掀唇说了最后一句话："张伯伯，作为父亲，您欠她的不是钱，而是别的。"

- 422 -

张林眼里泪水涌动，他垂眉端起初音刚倒的水，啜了一口，借着那滚烫的热水，将心口腾起的情绪掩饰了过去。

厨房里在炒菜，阵阵香气冒出来，初音端着搪瓷碗往外走。张林忽然想到很久以前的事……

那时候这里还是一间破旧的房子，陈芸嫁给他的时候，对生活充满了各种憧憬。初音出生的时候，他也曾高兴了一整个晚上。后来，生活就变成了无休止的争吵。陈芸走后，他也曾后悔过。

手里的菜有些烫，初音脚下的步子迈得飞快。江星辰眼尖，很快站起来从她手里接了盘子。

初音笑着把手放在耳朵上捏了捏，小声叮嘱："很烫，你小心点。"

江星辰弯着唇，声音低低的，语气却异常宠溺："知道了，你烫着没？"

初音笑着翻了翻手说："我没有。"

张林起身将桌上收拾干净，张初乐也跟着下去拿碗筷。

饭菜上了桌，八仙桌四面各坐一人，张初乐靠着初音坐着，他话最多，叽叽喳喳像只小麻雀。

张林开了瓶白酒，给自己和江星辰一人倒了一杯。

"星辰啊，我们这里女婿见丈人要晒一晒酒量，酒品即人品。"

"爸，等您身体好了，再和他喝真的酒。"初音把他手里的白酒抽走换成了白水

张林笑道："那可不行，星辰是第一次到我们家来，必须得喝酒，不然不符合规矩。"

江星辰举了酒杯和张林装白水的杯子碰了碰说："我喝酒，您喝水就行，往后有的是机会。"

张林挑了眉，觉得江星辰说得对，他端着水杯和江星辰喝了一杯。江星辰丝毫不含糊，张林喝多少水，他就喝多少酒。

初音看着江星辰越来越红的脸颊，有点担心。趁张林去卫生间，她想给他偷偷倒点白水兑酒，被他用手遮住了杯口。

"阿音，这种事不能作弊，不然显得我太没诚意。"

初音小声说："没关系，我又不介意。"

江星辰伸手在她眉心弹了一下，眉眼间尽是温柔的笑意："我介意，心诚则灵，我不诚心点，到时候你爸不肯把你嫁给我怎么办？"

"啊？"初音闻言，脸颊到脖颈全红了。

张林回来了，江星辰自己倒了杯酒，又主动给他倒了一杯水，两人举着杯子一饮而尽。

初音瞥见那瓶新开的白酒，就剩个底儿了，某人脸红得跟水蜜桃似的。

徐映红有点看不过去，劝了几句。

张林端起酒瓶晃了晃，发现江星辰喝了这么多还能谈笑自若，略感欣慰。

江星辰喝了酒，下午回程，只好初音开车。

张林和徐映红一直把他们送到车上，告别的话讲完了，徐映红退到路边去，张林还背着手站在车边，欲言又止。

"爸，我们回去了。"初音低头打响了钥匙。

张林咳了咳说："路上慢点，想回来就回来，你妈虽然不在这里，但这儿还是你家，下次星辰来，爸爸不喊他喝酒了。"说完，他朝初音摆了下手，示意她走。

初音眼睛泛酸，努力克制住眼泪不往外冒。

车子开出去一段，江星辰从中控箱里抽了几张纸巾递给她，说："想哭就哭，不用忍，没旁人。"

初音吸了吸鼻子问："你不是醉了吗，怎么知道我想哭？"

"嗯，是醉了，"江星辰指了指心口继续说，"但这里还清醒，阿音，你是不同的。"

"哪里不同？"初音问。

"你……招人疼。"

X市的气温又降了一些，南方最冷的季节已经来了。

初音研究所里比较忙，隔三岔五地加班，回去很晚。江老师每天下班后，都会绕道过来等她。

不久之后，整个研究所的人都知道初音有个英俊又贴心的男朋友。

只是，知道归知道，该加的班还是得加，该布置的工作还是得布置。

初音今天中午没有休息，一口气把晚上的活忙完了。

下午六点，初音从二楼的玻璃窗俯瞰下去，江星辰的车刚刚进她们研究所的大门。

初音站起来伸了个懒腰，拿了桌上的手机，正要走，所长忽然走到她桌边敲了下，说："小陈，来下我办公室。"

初音瞄了眼底下的车子，给江星辰发消息：我们所长突然找，可能要等好久。

江星辰笑着，指尖飞快地敲击屏幕：没事，等你，晚上去吃海鲜。

赵欣全然没有耽误小姑娘下班的心理负担，她进了办公室，先是慢条斯理地给自己泡了壶茶，接着把 X 市的茶叶夸了一遍。

初音不大懂茶，只是配合着说两句。

赵欣看了看她，红色的细框眼镜后面是一张精致的美人脸。

"小陈，我上次看你的简历，发现你高中是在美国念的？"

初音点头。

"那你英语应该很不错，可以和老外正常交流吗？"

"可以。"

赵欣夹起个白色瓷杯，给初音倒了杯茶，笑了笑问："你想出去锻炼下不？"

"有机会肯定会尝试。"初音说完，便见赵欣掩唇笑了。

"那正好，所里和美国企业有个合作，我想带你一起去。时间不长，今年可能会在那边过年。"

初音这才后知后觉地发现，自己被这位美人所长云里雾里地套进去了。她年纪这么轻就做了所长，不是没有缘由的。

初音手机里进了条消息，江星辰已经把吃海鲜的饭店找好了。

赵欣红唇轻启，用下颌点了点她的手机说："最近好好和你男朋友商量下，你们可能要异地一段时间了。"初音还没来得及说拒绝的话，赵欣在唇边比了个"嘘"的手势，"这次机会难得，我只看中你一个。"

初音只好抿了抿唇说："好。"

赵欣听到自己想要的答案，转了转椅子，朝初音挥了下手说："去吧，今天就不耽误你约会了，再过十天，你跟我走。"

初音收拾了包下楼，一路上琢磨要怎么和江星辰说这事。要是别的地方还好，偏偏是美国。

江星辰见她有些愁眉苦脸，不禁问："被领导骂了？"

初音摇了下头。

他俯身过来，拉着安全带的金属扣，"哒"地替她扣上。

车子开出去，初音在头顶的后视镜里，偷偷看了他几眼，直接说不知道他会不会生气。

江星辰抬眉在后视镜里看了她一眼，问："有话想跟我说？"

"嗯。"

"关于什么的？"

"我最近可能要出差，"初音咬了咬唇，谨慎措辞，"去的地方有点远。"

"没事，"江星辰空了只手过来握住她的指尖，"出差几天很正常。"

初音"唔"了一声，没敢继续往下讲，算了，等回去再慢慢说。

晚餐时，初音有心事，吃得很慢。

江星辰见状，笑着安慰："别难过了，你出差能有多远，就是在新疆，哥哥也能一周看你一趟。"

"嗯……"初音依旧有些食不知味，她去的地方比新疆还远。

飞机去一趟要二十几个小时，而且还要待很久。她真是越想越舍不得他。

回了家，江星辰坐在桌边做上课用的PPT，初音端了把椅子靠过来，环住了他的腰。小姑娘还从来没有这么黏过他。

江星辰觉得有些不对劲，停下手里的动作，垂眉道："还不去睡觉，想干吗？"

初音依旧没有松手，小声说："江星辰，我舍不得你，想和你多待一会儿。"

小姑娘今天坦诚得可爱。

江星辰把电脑推到前面，转身过来将她抱到了腿上坐着，低笑道："从前不知道，原来出差还能让你这么舍不得哥哥。"

"那是因为……"初音犹豫再三还是决定坦白，"我这次出差得去很久，而且很远很远，比新疆还远。"

"比新疆还远？"江星辰眉梢动了动，猜到了大概，"出国？"

已经铺垫到了这里，初音只好点头。

江星辰忽然有种不好的预感。

他眉毛略皱了下，问："要去哪个国家？"

初音沉默了一会儿，艰难地吐出两个字："美国。"

这次换江星辰不说话了，"美国"两个字成功唤起了那段不太美好的记忆。

初音感觉到，江星辰环在自己腰间的胳膊收紧了。

许久，他缓缓地吐了口气："可以不去吗？"

初音亲昵地蹭了蹭他的鼻尖，说："其实我也不想去。"

江星辰把下巴架在她肩膀上，语气带了抹恳求："那就不去了吧。"

"可是，我们所长那里，不太好拒绝。"

"在那边要待多久？"他在她后背抚了抚，继续问。

"可能要到过年，不过我会加班加点工作，然后以最快的速度回来的。"

江星辰没回答。

初音继续往下说，语气像是在哄小孩："江星辰，我会每天给你打视频电话的，你就当我在那边上学嘛，两三个月很快就过去了。"

江星辰终于松了口："你一个人去？"

"我们所长也会去的，工作的地方离我妈那里就个把小时的车程，你别太担心。等你放寒假了，也可以去找我，我提前把住的地方找好等你。"

"寒假还要等好久。"江星辰惆怅地说道。

初音捧住他的脸，在他唇瓣上亲了亲，撒娇道："那你说要怎么办？"

身体骤然一轻，江星辰抱着她站了起来。初音轻呼出声，下意识勾住了他的脖子。

他一路把她抱进房间，"砰"地合上门。

正在墙壁上玩耍的胖虎，吓了一跳，肉团子一样飞滚下来。

房间里的灯没有开，朝外的窗帘也没有拉上，路灯微弱的光撒进来，他近在咫尺，就像无数爱情电影的画面那样，他的喉结在微弱的光线里，上下滚落了一瞬，声音有些呼呐。"陈初音，你会回来的吧？"

初音心脏酸涩难受，禁不住踮起脚尖，在他喉结上印了一枚吻。

"江星辰，这次，我一定会回来。"

房间里静得出奇，江星辰俯身过来，吻住了她的唇。她的背抵着冷硬的墙壁，前面是他同样坚硬的胸膛。

他吻她，她也攀住他的脖子热情回应。

初音早上醒来时，腰酸背痛。大床的另一侧已经空了，胖虎跳上来，踩着她跳到一旁的飘窗上。

太阳光有些刺眼，初音好半天才勉强适应。

昨晚不知道到几点才结束，澡是江星辰帮她洗的，衣服也是他帮忙换的，好像后来他还喂她喝了点水。

肚子饿得实在厉害，初音摸了床头的手机看了下时间，居然已经中午十一点了。

她工作日的闹铃，居然没有响！她惊坐起来，看到床头的便笺上写着一行字：帮你请了假，再睡一会儿。

初音耳根烧得滚烫，昨晚好像是她先撩拨的他，最后坚持不住的也是她！

手机在这时响了，初音摁了接听键。

江星辰的声音，明朗而清晰地传了过来："醒了？"

"嗯。"一点都不公平，他听起来精力非常充沛。

研究所和美国那边早有合作，初音她们去出差，要带的东西并不多。

即使这样，江星辰依旧拉着她逛了好几天的街，从吃的到用的，买了很多。

临走前一天，初音为了不辜负江星辰的好意，用两个大箱子尽可能多地装了那些东西。

第二天，江星辰送初音到机场。

赵欣扫了眼初音那两个箱子，笑："初音，你这是打算在美国长待啊？"

江星辰闻言，看着那两个大箱子，忽然有点后悔了。他失策了！这些东西都带了，他家小姑娘要是一时半会儿不着急回来怎么办？

他思考了一会儿，转身进了一旁的免税店，再出来时手里多了个小箱子。

然后，初音就看到他蹲在地上，把两个大箱子打开，再非常迅速地把里面的必需品捡出来放进小箱子里。

初音问："这些都不带了啊？"

"嗯，你们所长说得对，出门在外，东西带太多累赘。"

"那这些吃的，不都浪费了啊？"

江星辰将两个大箱子合上，站起来："不浪费，保质期内你回来还能吃。"

赵欣不想在这里当电灯泡,略说了几句,先去了登机口。

登机楼里人来人往。送别的人有,成双成对的也多。江星辰把初音揽在怀里抱了好一会儿,嘱咐道:"阿音,早去早回。"

初音点头。

尽管他很克制,但说话的语气仍然透着浓浓的不舍:"要不你和你们所长说,明天再去,我们今天先去领个证?"

初音被他逗笑了,说:"那我也得先去找我妈拿户口本呀。"

江星辰将她箍得更紧,初音能听到他心脏"怦怦"跳动的声音。

"陈初音,你要是再像以前一样一去不复返怎么办?"

初音拍了拍他的后背,坚定地说:"不会的。"

对面的电子屏上,已经在滚动去洛杉矶的航班信息了,江星辰丝毫没有松开她的意思。

"江星辰,"初音笑着说,"要不我给你写份保证书吧?"

"什么保证书?"

"你先松开我一下。"

江星辰依言放开了她,初音解了随身的背包,然后拿手机把里面所有的证件,还有研究所在那边的地址和电话全部扫描发给了他。

怕不够详细,她又把韩齐和陈芸在美国的地址编辑好了一并给了他,说:"喏,这份保证书可以了吧?"

江星辰非常认真地把那些资料研究过一遍后,摁掉手机,摸了摸她的脸,不舍地道:"去那边,照顾好自己。"

"好。"

"每天打一个视频电话。"他说。

"好。"

"临走再给我表个白?"

初音立刻开口:"我爱……"

江星辰在最后一个字出口前捂住了她的嘴,轻叹道:"算了,留着回来每天说一遍。"

"好。"

万米的高空之上,碧空如洗。

头顶的广播里，空乘用中文和英语分别强调了一遍注意事项，初音靠在舷窗边上，看着海岸线一点点消失。

赵欣拍了下她的肩膀，笑道："不过就二十几个小时的飞机，想回来也容易。"

初音想到了什么，问："所长，我工作提前忙完的话，是不是可以提前回？"

"当然可以。"赵欣笑。

"那您现在有什么事让我做吗？"二十多个小时呢，她不想浪费。

赵欣找了份文件递给初音，自己戴上眼罩睡觉了。

美国研究所的事比国内还多，初音整天跟打了鸡血似的，从清晨忙到深夜。

幸好，她的晚上，对应着江星辰的白天。

今天她打电话的时候，洛杉矶已经凌晨一点了。

江星辰看视频里的小姑娘穿着粉色的兔子睡衣靠在椅子上，柔软而恬静，只是眼底的青痕显而易见。

他粗略地算了下她那边的时间，催着她去睡觉。

初音打了个哈欠，仰面躺下来，声音透着些懒："再聊一小会儿吧，马上就睡，你一会儿是不是要上课？"

"来得及。"

"唉，"初音叹了口气，半合着双眼和他说话，"真羡慕你的学生，可以天天对着这么帅的江老师……"

"怎么忽然喊我江老师了？"

"那当然了，我不得尊重人民教师嘛。"初音"唔"了一声，困意来袭，后面的声音变得有些混沌了。

再看，小姑娘已经睡着了，兔子睡衣的长耳朵垂在她脸上，随着她的呼吸很轻地在屏幕上起伏着，江星辰只觉得心脏的某个角落变得格外柔软。

这边确实快要上课了，他指尖在屏幕上摸了摸，却始终舍不得点挂断键。只思考了几秒钟，他便决定不挂电话，就这么把"她"揣在口袋里进了教室。

于是，上生物学大课的学生们就看着英俊的江老师，隔一会儿把手机摸出来看一下。

关键他看手机的时候，眉眼含笑，神情异常温柔。

那些冲着江老师美貌抢课的女生，红心冒了满满一教室。

两节课结束，江星辰气定神闲地关了PPT。

也就是在那一瞬间，教室里不论是男生还是女生都同时发出了一阵猪叫。

笔记本电脑连着的投影还没有关，他的电脑背景被放大了打在身后的白板上。

那是一张情侣照。

男的是江星辰，女的甜美而可爱，两人伏在桌案上相视而笑。

一时间，女生们集体失恋，男生们集体羡慕。江老师居然有女朋友了，江老师的女朋友居然这么好看。

唉！

江星辰扭头瞥了眼屏幕上的小姑娘，轻咳一声，很快将连通投影的数据线拔掉了。

蓝色的投影光占据了视线，学生们挤作一团出了门。

教室里很快恢复了安静。

江星辰把手机从口袋里掏出来，对着屏幕上的小姑娘笑了一瞬。

初音忽然嘴角弯弯地嘟囔说："江星辰，我好想你。"

江星辰愣了愣，小声征询："那我去看你啊？"

初音没有回他，刚刚那只是他家小姑娘的梦话。

江星辰隔着屏幕，在她脸颊上摸了摸，眼底柔光潋滟，低低地叹了句："阿音，哥哥好想你。"

时间一晃到了平安夜。

洛杉矶的冬天温暖潮湿，天公作美，没有下雨。

初音下榻的酒店外面就是洛杉矶的市中心。这里的街道和公园，早就装扮一新，夜幕降临后，灯火通明。穿着艳丽服饰的游行队伍，唱歌跳舞，浩浩荡荡地穿过大街小巷，音乐嘈杂，场面热闹。

初音站在窗边看了一会儿，又回到电脑前继续工作。

桌上的手机进了电话，是江星辰打来的。

他的声音在电话里听起来有些空："今天过节，出去玩了吗？"

- 431 -

"没有。"

"还在忙?"他问。

"还剩一点数据就弄完了。"

"有时间下楼收下圣诞礼物吗?"他的声音里带着低低的笑。

"还有礼物啊?"初音问。

"当然有,"他笑了一声道,"十分钟后,到酒店门口来。"

初音看了下时间,提了外套出了酒店。

夜风很暖,有点像 N 市春天的夜晚。

初音在门口等了几分钟,游行的队伍里,忽然走出一只高大的蓝色绒毛兔子,它手里抱着一大束香槟玫瑰,走得很慢,到了初音面前,它徐徐停了下来。

初音用英语问:"这是给我的吗?"

蓝兔子点了点头。

初音道过谢,笑着从口袋里翻了些小费递给他。

蓝兔子朝她摇了摇手,然后朝她比了个要喝水的姿势。

在美国,这种工作一般都是兼职,按小时计算工资,头套在工作时间内是不允许随便拿下来的。

初音用英语和他说了句稍等,转身到里面的自动贩卖机上买了水回来。

蓝兔子还在等她,她把水递给蓝兔子,蓝兔子把手伸出来晃了下,表示毛绒包裹着的手不好拿东西。她只好把瓶盖拧开,蓝兔子配合着在她面前半跪了下来。

蓝兔子的嘴那里有个洞,他就着她的手喝了大半瓶水。

初音把手里的瓶盖拧上,蓝兔子忽然从肚子上的口袋里,掏出一个深色的盒子,递到她手里。

盒子上写着几行漂亮的花体英文,好像是几句英语诗歌。

初音垂眉研究那几句诗歌时,蓝兔子依旧保持着半跪的姿势,并在她不注意时摘掉了头套,深情款款地念了出来:

  With the earth and the sky and the water,
   (大地、天空、海洋)
  remade,like a casket of gold,
   (被重新铸造,如一桶金)

For my dreams of your image that blossoms,

（正如你在我梦中的样子）

a rose in deep my heart.

（如一朵玫瑰，绽放我心）

他念第一句诗时，初音骤然抬眉，无比惊讶地对上他那双琥珀色的眼睛。

身后的绚丽灯光依旧在跳动，周遭的声音却在一瞬间淡成了背景。

千山万水的思念，静默地汇聚于此，亦如初见。

江星辰对上她的目光，很柔和地笑了一下，薄唇一张一合将那首诗念到了底。

初音激动得有些哽咽，她刚刚只以为这是只普通得不能再普通的毛绒兔子。

"初音，你是不是得示意我起来？"

初音立马伸手要扶他。

江星辰笑了笑说："等下，还差一个环节。"

说话间，他从初音手里拿过那个盒子，"啪"地打开，初音看到那里面是一枚戒指。

玩偶服的手做不了太精细的动作，他花了好半天，依旧没能把戒指取出来，初音禁不住笑出了声。

江星辰只好挑挑眉道："帮下忙。"

初音低头将那枚戒指取了出来。

江星辰用他那粗粗的手指，用力把戒指夹过来，说："伸手。"

初音配合着探手过来，他小心翼翼地将戒指套到了她的无名指上，郑重道；"阿音，余生愿为你，丁丁万万遍。"

圣诞节，研究所放假五天。

初音想去旧金山看陈芸，江星辰举双手赞成。

飞机抵达旧金山机场后，江星辰推着箱子，大步流星地往外走，初音一路小跑追上他。

"我怎么感觉你今天特别开心？"

"有吗？"江星辰笑。

- 433 -

"有。"简直不能再明显了，初音故意逗他，"你说，我妈要是对你不满意怎么办？"

江星辰顿了步子，扭头过来问："会有这样的情况存在？"

初音背着手，非常认真地打量了他一圈后，说："应该不会。"

江星辰有些忍俊不禁，小姑娘一会儿自己抛问题，一会儿又自己解答。

旧金山的温度比洛杉矶要低一些，初音的衣服穿得有些少，冷风一吹，直打寒战。江星辰解了外套纽扣，一把将她拉到怀里裹住。

他生得高，这么抱着她，正好将下颌放在她头顶。

路过两个美国小孩，驻足盯着看了好一会儿，开始了吐槽。

一个说："那两个人像不像帝企鹅爸爸和帝企鹅宝宝？"

另一个说："我觉得像帝企鹅爸爸和帝企鹅妈妈，没准还有个宝宝。"

江星辰闻言，很轻地笑了一下。

初音红着脸，刚想探出脑袋去反驳两句，江星辰忽然捧住了她的脸搓了搓。

"你打算和两个幼儿园小朋友吵架啊？"

"没……"初音语塞。

那两个小孩子还在聊，远远地，有车子过来了。初音一把握过江星辰的手，几步跳了上去。江星辰跟在后面，嘴角止不住上扬。

天气很好，沿途的风景也非常漂亮，如织的阳光从高大的乔木枝叶间流泻下来。

初音靠在窗户边上，那些光一道道从她脸上往后移去。

经过一个路口，她百无聊赖地向江星辰介绍沿途的树木："那个高的是软木橡树，那个是青铜枇杷，矮一点的是月桂……"

她的声音不大，江星辰却听得很认真，这是她曾经生活过的地方，爱屋及乌，他看向那些花草树木时的眼神都温柔了许多。

车子路过斯坦福大学时，江星辰很轻地捏了下她的手，问："是这儿吗？"

初音说："没到呢，还有两站。"

"陈初音，"江星辰在她鼻尖上点了下，"如果你妈执意让你留在旧金山，你怎么办？"

初音思考了好半天说："要不我做点让美国把我遣送回国的事？"

江星辰笑出了声："那还不如生个帝企鹅宝宝来得方便点。"

不一会儿，他们到了目的地。

这一带都是独栋的别墅，风景优美，设施齐全，这里的房子不论是投资还是自己住都非常不错。

初音领着江星辰在其中一栋别墅前停下了。

"到了？"他问。

"嗯。"初音要摁门铃，忽然被江星辰握住手牵了回来。

"怎么啦？"初音呆呆地看着他。

"我有点紧张，亲一下。"他说。

初音闻言，踮起脚，飞快地在他脸上啄了一口。

"阿音，你这鼓励也太敷衍了点吧。"说话间，江星辰顺势将她拉进怀里搂住。

宽阔的掌心抚过后背，酥酥麻麻的电流传遍全身，初音想躲，下颌被他抬起来，长睫闪动，熟悉的松木气息压近，紧接着是一个柔软绵长的吻……

别墅朝南的大门，忽然从里面打开了。初音听到动静，立刻推开江星辰站直了。

他挑眉将紧箍在初音腰间的手松掉，转而捏住了她的指尖。

陈芸走过来开门，初音有点心虚，一张瓷白的脸满是绯红，声音也有点小："妈。"

江星辰上前主动打招呼："伯母好。"

陈芸记得江星辰，她扫了眼两人交握的手，微笑着朝他点了下头说："初音这孩子带男朋友来家里也不提前说，幸好你妈妈打电话来说了。"

"我妈这两天会到。"江星辰大大方方地跟进去说。

初音听完他们的对话，眼睛都惊圆了。江星辰来这里前还和沈星说过？

进了屋，陈芸倒水，初音跟过去帮忙。

端茶出来时，韩齐正和江星辰坐在桌边说话："你是我看着长大的，初音眼光不错。"

"伯伯谬赞了。"初音惊讶于某人的从善如流。

江星辰看了她一眼，朝她眨了个星星眼。

骗子，明明之前还说紧张！

晚饭之后，江星辰提了行李要出去找酒店，被韩齐和陈芸留了下来。家里房间多得是，也比外面干净卫生。

初音使劲朝他递眼色，某人跟没收到信号似的笑了笑，说："正巧我也很久没见到初音了，有点舍不得。"

于是，江星辰就光明正大地住进了初音隔壁的房间。大别墅的二楼，宽敞舒适，两个房间的露天阳台紧靠着。

初音洗完澡进屋，江星辰打来了视频电话："睡不着，聊会儿天。"

"好。"

"这么聊有点奇怪，要不你到阳台上来？"

初音笑着推开阳台的玻璃门，去到外面。

夜幕已经沉了下来，温度稍稍有些低，空气里有股冬天特有的清洌。底下院子里的月桂树，沐浴在如水的月光里，那些平滑坚硬的叶子上面，反射出千万细碎的光来。

"我才发现这里真是个赏月的好地方。"初音收了视线感叹道。

"以前没发现？"江星辰倚在朝南的围栏上看她，眼里尽是温柔。

初音呼出一口气，笑道："以前没时间。"才来美国的时候，陈芸怕她跟不上美国的高中，每天都在各种补课。

"中秋节也不赏月吗？"他记得，这边的华人还是很多的。

"各家有各家的过法吧，中秋在这里不是法定节假日，韩叔叔和我妈都比较忙，而且，我也不太喜欢满月。"她摘了一片月桂叶子，低头在手里折了折，声音也低了下去，"有一年，我姐开车带我到山顶上看月亮，气象局说那是十年难遇的大月亮，去的时候很开心，回来哭了好久……"

因为，月圆，人不圆。

她会情不自禁地想家，还有想他，非常想。

江星辰沉默了一会儿，没有接话。

初音再抬眼，却见他跃过阳台的栏杆，跳了过来。

初音惊呼出声："江星辰，你疯了吧？"

"没疯。"他眼里柔波流转，水光激滟，尽是深情。

初音吞了吞嗓子，下一秒，便被他按进一个温暖坚硬的怀抱里。

她愣了愣，伸手回抱住他。

很多话，不用说，彼此都了然于心。

房门忽然被人从外面敲响了，陈芸在门口喊她。

初音慌忙松掉江星辰要走，他却紧紧箍着她的腰，陈芸已经开门进了房间。

"江星辰，我妈可能有事找我……"她的声音非常小，带了几分撒娇和讨好。

"胆小鬼。"江星辰低笑着，指尖拨开她额间的碎发，在她光洁的额头上印了一个吻，"去吧。"

初音立刻回到房间里。

陈芸皱了皱眉毛问："怎么大冷天跑阳台上去了？"

初音背着手，佯装镇定道："今天天气好，就想看会儿月亮。"

"也不怕冻着。"陈芸走近，伸手将那敞开的玻璃门合上。

初音往外面看了一眼，悄悄给江星辰发了条消息：你先回去，外面冷。

不等他回消息，陈芸已经到了面前，初音立刻收了手机。

初音怀里被陈芸塞进一杯牛奶，她喝了几口，抬头说："谢谢妈。"

陈芸笑着在她头上摸了摸，叹了口气道："这还和你妈客气上了，这几年你在国内，我也一直没机会照顾你。"

初音笑了笑说："妈，我过得很好，我好多同学都是天南海北地到外地上大学的，大家都一样。"

母女两人好久没见，聊了很久。

陈芸忽然问："打算调过来工作吗？"

初音不打算逃避这个问题，她把手里的杯子握了握，抬头看向陈芸。

"妈，我现在有工作了，我可以把自己照顾得很好，而且，我认真打算过了，我想一直留在国内。"

"因为星辰？"陈芸问。

"嗯……"初音微微笑了下，"也不只是因为他，我更喜欢国内的生活方式和生活节奏，从前跟你们来美国时，我没有思考那么多，现在想明白了。"

陈芸怔了片刻，觉得女儿长大了许多。她淡笑道："我只是问问，你自己考虑清楚了就行，那毕竟是你的人生。"

初音回抱住她，声音瓮瓮的："谢谢妈妈的理解。"

"傻孩子，"陈芸摸了摸她的头发，"早点睡，不要再出去吹冷风了。"

陈芸走后,房间里再度安静下来。阳台的玻璃门被人从外面敲了两下,初音立马起身去开门。

江星辰站在外面,鼻尖冻得通红,初音有些惊讶。

"你怎么还在这儿?"

"等你。"他只说了两个字。

"我不是给你发消息,让你回去了嘛……"

他一把将她拉到怀里抱住,低声道:"本来是回去了的,但不放心,又回来了,怕你向你妈低头。"

"不会。"初音说。

"嗯。"他听到了,"我妈明天也会到。"

"阿姨是来美国有事吗?"初音问。

"是有事。"他笑了笑继续说,"来找你家要户口本。"

初音后知后觉地问:"明天周一,你不用回去给学生上课?"

"我来的时候提前休了婚假。"

双方父母正式见面的那天,初音非常紧张,连着去了好几次卫生间。江星辰坐在边上,手很轻地搭在她的手背上拍了拍,压低了声哄:"没什么好紧张的。"

好多人都说,谈婚论嫁的饭桌就是谈判桌,但他们父母并没有这么做。两位妈妈只是谈了谈那天的天气,接着就相互叫了亲家。

沈星爽朗地笑道:"难怪我第一次看初音的时候就喜欢,原来是我家星辰小时候相中的媳妇儿。"

"是啊,我也没想到这么巧。"陈芸也笑。

初音有点傻眼了。

这么容易的吗?

两个妈妈还在聊,谈的都是初音和江星辰小时候的事。

初音一点印象都没有,禁不住小声问边上的江星辰:"她们说的这些事,你记得吗?"

江星辰剥了条蟹腿到她碗里,说:"当然记得。"

"真的记得啊?"小姑娘有点不信。

江星辰被她看得有些心虚,轻咳了一声说:"先吃饭。"他只记得一些片段,是有那么个小姑娘,但具体长什么样子,时代久远早就记不清了。

韩齐和沈星是高中校友,女儿又和江星辰同班多年,江星辰几乎可以说是在他眼皮子底下长大的,知根知底,没什么好挑剔的。

沈星翻开老皇历,两个妈妈你一言我一语,没一会儿就把时间定下来了。

初音简直目瞪口呆。

江星辰转头,就看到一只傻眼的呆兔子,禁不住笑了声:"怎么了?"

初音皱着眉,靠过来,用只有两个人能听见的声音说:"你不觉得她们俩这样很仓促吗?"

江星辰懒懒地挑了下眉说:"不啊,沈女士做事从来不仓促。"说话间,他忽然把手搭在椅子靠背上,伸过来,指尖压在她的后脖颈里,似有若无地摩挲。

初音耳尖冒红,整个背都麻掉了。

她紧张兮兮地瞄了眼对面的家长们,他们已经将话题转到了90年代的高中生活,并没有往这边看。

始作俑者并未停手,轻哼一声:"陈初音,你看起来好像不太愿意啊?"

初音低声辩驳:"没有……"

陈芸闻言,看向初音问:"没有什么?"

江星辰很快将手撤回到椅背上靠着,但手掌还是贴得很近,初音只好硬着头皮说:"时间没问题。"

沈星"扑哧"一声笑了:"这孩子,反应有点慢啊。"

初音大窘。

江星辰失笑,初音不禁伸手在他腿上掐了掐,都怪他。某人趁着众人不注意,捉了她作乱的指尖送到唇边,飞快啄了一口,语气宠溺又带了几分调笑:"乖,别闹,见家长呢。"

美国研究所的事务一结束,初音就飞了回来。

国内刚刚结束元旦小长假,江老师的关注点在于:元旦假期结束,民政局营业,可以领证了。

于是,两人精心打扮一番,去了 X 市的民政局。

结果很快被工作人员告知,异地不能领证,必须得去夫妻双方中一方的户籍所在地领。

他们俩的户籍都在N市，江星辰要回去，被初音拦住了，他现在毕竟是老师，不能做什么事都由着自己的性子来。

江老师有周末，但是周末民政局不开门。

郁闷的江老师就这么一直等到了寒假。

初音年底的工作不忙，再加上之前在美国攒的假期，够她休一个超长的年假。

江星辰老早帮她收拾好了东西，等初音一到家，立马拉着她去了机场。

天气不好，他们乘坐的飞机晚点，一直到凌晨一点多才到达N市。

第二天起，N市开启了多年不遇的冬雨模式。两人都想选一个晴天去领证，可整整等了大半个月，依旧阴雨绵绵。

腊月二十二这天，天气终于放晴了。

两人再度打扮好去民政局，结果去民政局的路上堵了三个小时的车。到民政局门口，人家都挂锁休息了。

看看时间，下午五点零五分，只差五分钟而已……

初音在门口的台阶上坐了一会儿，沮丧地叹了口气："江星辰，我们这是不是算不被上天祝福啊？"

江星辰伸手在她头顶揉了揉，哄道："没有的事，这叫好事多磨。"

初音"嗯"了一声，情绪还是有些低落。

"回家吧，明天再来。"

"那明天要是再堵车呢？"初音偏头问他。

"我们骑自行车过来。"

"那要是还下雨呢？"她想了一堆问题。

江星辰把她的手团在手心里，笑着把她所有的问题都回答了："下雨、下雪、下冰雹都来。"

"嗯。"那种奇怪的情绪，很快在她心里消散殆尽。

傍晚的霞光，从高楼大厦的缝隙间流泻下来，在路上落下一层金粉，空气里有股蜡梅的香味。

"还有别的问题吗？"江星辰问。

初音摇头。

次日早上，初音起来的时候，江星辰不在家，冰箱上留了便笺：出去有事，很快回。

初音笑，这人也不知道几点起的，还煎了爱心鸡蛋。

吃完早饭，江星辰回来了，短发被风吹得有些乱，戳在眼睫上，鼻尖通红，瞳仁清亮。他摘掉手套，进来喊她："走吧，去领证。"

"这么快啊？我还没化妆。"初音说。

"不化了，这样就很好。"他牵着她往外走，临着出门，又给她裹了条厚厚的围巾。

到了楼下，初音才发现江星辰不知什么时候把他们高中时代的自行车找来了。

一辆正版，一辆高仿，并排放着，擦得干干净净，车身的油漆依旧鲜亮，当年她和许铭争执时的那道划痕还在。时间好像过了很久，又好像就在昨天。

"这还能骑吗？"初音颇为怀念地抚摸着车把，仿佛那是一位许久未见的老朋友。

"能。"他单手插在口袋里，看着她温柔地笑着。

"谢谢你，江星辰。"当年她有多喜欢江星辰，就有多宝贝这辆车。去美国那年，她怕托运把车子弄坏了，便将它留在了家里，后来回来，她没看见它，以为是被他扔了，"你早起出去就是找它们的？"

"嗯。"N市修汽车的店很多，修自行车的店非常少。他早上跑了好远的路，才找到一家，老板还没开门，他硬生生打电话把人家请来的。

他弯腰，伸手在坐垫上拍了拍，抬眉问她："还会骑吗？"

"当然！"初音兴奋地跨上车，一下骑出去老远。

江星辰也笑着跟上来。

大平层到民政局，路程稍稍有些远，但并不影响两人的好心情。

天气虽冷，街上却非常热闹，临近过年，市政把沿途的路灯都换成了新的，花坛里装了很多大型的花灯，非常喜庆。

他们到的时候，民政局已经开门了。今天来领证的人不多，只有零星的几对。

江星辰牵着初音从一个柜台到另一个柜台，递交材料、确认信息、签字、缴费、拍照。等那两个红色的本子递过来，民政局的工作人员满脸笑容地说："祝你们幸福美满。"

两人连声道谢。

江星辰变魔术似的掏出来喜糖，给每个工作人员发了一把，然后牵着小姑娘喜滋滋地走了。

初音惊奇地道:"你怎么还有喜糖啊?"

"当然是买的。"

"那你怎么知道要带喜糖?"

"前几天打电话问的沈女士。"

他在尽可能的范围内,避免了一切意外。

太阳已经升起来很高了,如织的金色铺陈下来,初音心里腾起一抹难以平复的感动来。

她转身,轻轻握住他的手,他亦垂眉静静地看着她,眼底是细碎的光。

"阿音。"他忽然喊了她一声。

"嗯?"

"余生漫漫亦灿灿,心之所念,唯君而已。"

番外一 从前

1994年夏天,两岁半的江星辰小朋友,跟随母亲沈星到眉山镇探望外婆李梅。

适逢三伏,天气炎热,任凭头顶的吊扇怎么吹,浑身都是黏腻的汗。

小江星辰怕热,吵着要吃冷饮。

那个时候的乡下,电力设施还不完备,逢着大雨就会停电,整个村里最贵的家用电器是黑白电视机。

电冰箱、空调这些都是没有的。

李梅想了个办法,将买回来的西瓜和葡萄用桶吊着,放到井里冰着,等凉快了提上来供小外孙吃。

只是她家没有水井,村中为数不多的井在村子最后面的陈家。

李梅提了水果出门,小江星辰一定要跟去亲眼看着,任谁哄都没有用。

路稍微有些远,又赶着中午,李梅想抱着他走,被拒绝了。

到了陈家,小家伙粉嫩的脸上一点汗没有,嘴唇发白,神情蔫蔫的。陈家阿婆一看,不好,小孩子中暑了,赶紧打了水来给小娃娃降温去暑。

好半天,小江星辰才缓过来。

李梅抱着小家伙坐在天井里打着扇子,陈家阿婆把新鲜的水果吊进水里冰镇。

江星辰小朋友非常好奇地问:"阿婆,这样西瓜就会便成冰的了?"

李梅笑着说:"是的,我们在这里玩一会儿等着就行。"

之后的十分钟,江星辰小朋友几乎每隔一会儿就要问:"西瓜冰好了吗?"

李梅总说:"快了。"

焦急的江星辰小朋友干脆从李梅怀里跳出来,抱着小板凳到水井边上去等。

过了一会儿,他又站到板凳上面,趴在井口往下看,琥珀色的眼珠子盯着漆黑的水面一动不动。

李梅生怕他掉到井里去,忙喊:"星辰,我们去上面等吧。"

小家伙执拗道:"不行。"

李梅喊不走他,只能陪他一起等。

日头正烈,井边连棵避暑的树都没有,但江星辰小朋友情愿中暑也要看他的西瓜冰镇的全过程。

不一会儿,陈家的大门被人从外面叩响了。

热闹的谈话声响起来,进来一男一女,是陈家的女儿和女婿。

陈芸挺着个大肚子,陈家阿婆一路牵着她往里走。

两个年轻人见了李梅纷纷问好。

李梅脑子一转,想到了转移小外孙注意力的方法:"星辰,你看那个阿姨肚子里有个小宝宝呢。"

江星辰小朋友看西瓜久了,已经有些无聊了,忽然听见"宝宝"两个字,立马回了头。

陈芸已经走到近前,李梅趁热打铁哄了江星辰到天井里坐着。

江星辰小朋友从小在人堆里打转惯了,一点也不怕生,他见了陈芸的第一句话就是:"阿姨肚子里的妹妹很可爱。"

陈芸一听,愣了。

那时候,计划生育的政策还非常严格,一家只能生一个,重男轻女的思想很重。李梅怕自家外孙的话引得陈家人不高兴,赶紧往回圆:"小孩子说着玩的,不要当真,我看你肚子里的这个像男孩。"

"不是弟弟,就是妹妹!"江星辰小朋友皱着小眉毛执着道。

陈芸并不介意孩子的性别,她伸手摸了摸他可爱的小脸蛋,问:"你喜欢妹妹啊?"

江星辰点头,认认真真地说:"我喜欢妹妹,我要送小皮鞋给妹妹穿。"

张林从里面抱了张竹椅出来,扶着陈芸坐下来。

江星辰立马飞奔到太阳里，把他的小凳子抱了回来。

李梅朝他招手，示意他坐过去，江星辰小朋友坚持要把板凳放在陈芸脚边并嘟囔道："我要和妹妹坐一起。"

众人笑。

很快，两岁半的江星辰开始了他的夺命连环问——

"妹妹叫什么名字？"

"妹妹什么时候可以出来陪我玩呀？"

"妹妹会走路吗？"

"妹妹喜欢什么呀？我长大给妹妹买。"

李梅有些震惊，她还没见过她家小外孙有这么强的语言表达能力，禁不住打趣："星辰，阿姨肚子里要真是妹妹，给你做老婆好不好？"

"好啊。"江星辰小朋友几乎没有犹豫就一口答应了。

整个院子里的人都被小家伙逗笑了。

很多年之后，李梅讲起这段，依旧乐不可支。

吊在井里的西瓜和葡萄，已经冰得差不多了，陈家阿婆帮忙把水桶提上来。

李梅留了一半葡萄给陈芸，江星辰小朋友硬是吵着要把西瓜也留下来给妹妹。

陈家哪里好意思，怎么也不肯要西瓜。

但是谁也拗不过一口一个妹妹的江星辰小朋友。

陈家阿婆只好又去敲了枣子，又去摘梨子。

敲枣子的时候，江星辰小朋友跟在树下面捡，大枣子进了他的口袋，小枣子被他放进了陈家阿婆递来的篮子里。

临着要走时，江星辰小朋友跑过来，把口袋里的大枣子一股脑儿掏给了竹椅上的陈芸。

"阿姨，这些留给妹妹吃。"

小孩子太可爱了，陈芸笑得很开心。

肚子里的宝宝，因为她心情愉悦，忽然拱了一下。

恰巧，这下被眼尖的江星辰小朋友看到了，琥珀色的眼睛一下变得亮晶晶的，他小声问："我可以摸一摸妹妹吗？"

农村的老人有些忌讳，不愿意大肚婆被人摸。

李梅拽着小家伙要往外走，江星辰小朋友死活不肯，气得哇哇大哭。

- 445 -

"没事儿,让他摸一下。"说话间,陈芸握过他的小手放到了肚皮上。

小初音隔着肚皮狠狠地踢了他一下,江星辰小朋友高兴得又蹦又跳。

那之后的几天里,江星辰小朋友每天都惦记着要去看妹妹。

李梅每天都要想各种办法哄,临着回省城那天,小家伙不愿意了。

"我要留下来和妹妹玩,我不要回家。"

自家儿子还没这么惦记过谁家妹妹,沈星对儿子向来有耐心,笑着说:"我们去给妹妹选一套漂亮的衣服,一起去看她好不好?"

说来也有趣,两岁多的小孩,话都讲不全,却非常有主见。

哪件衣服好看,哪双鞋子漂亮,头头是道。

沈星提着选好的衣服去找陈芸,江星辰又趁机隔着肚皮摸了一下妹妹。

这次肚子里的小初音没踢他,江星辰小朋友有点失落,回去的路上一直扁着嘴:"妹妹今天不理我。"

沈星笑着安慰:"妹妹睡着了,以后我们常来看她好不好?"

江星辰小朋友闻言立马喜笑颜开。

两个月后,初音小朋友出生了。

如江星辰预言的那样,的确是个小女孩。

小初音出生后穿的第一套衣服,就是江星辰选的那套——粉色的褂子、粉色的裤子,还有金色的软底老虎鞋。

只可惜,那个时候,江星辰小朋友已经被沈星送进了小小班,根本没有时间再来看初音小朋友。

小宝宝初音,每天除却喝奶就是睡觉长肉。

时间一晃到了第二年的冬天。

放寒假的江星辰小朋友,又来到眉山镇过年。

他还没忘记妹妹的事,这次他把自己在幼儿园里比赛赢的杯子,带给了初音。

黄色的保温杯,上面有只非常可爱的小棕熊。

这是两个小朋友第一次见面。

沈星带着江星辰小朋友在张家一直玩到了中午,他为了逗妹妹开心,几乎使尽了浑身解数,硬生生把幼儿园里学的儿歌、舞蹈,从头到尾表演了个遍。

初音非常配合这位小哥哥的表演,站在塑料学步车里,手舞足蹈笑个不停。

玩了一会儿，小初音哼哼唧唧吵着要出来——

陈芸刚把她抱起来，小家伙就立马朝江星辰倾过来张开了手，黑曜石一样的圆眼睛望着江星辰，无辜懵懂又可爱地说："抱抱，抱抱。"

江星辰小朋友根本抵抗不了这种可爱，扭头问沈星："妈妈，妹妹想要我抱她，我可以抱吗？"

沈星配合着把小姑娘从陈芸手里接了过来，她没有立马把初音放到自家儿子的怀抱里，而是让她站在地上，江星辰蹲下来抱了她一下。

天气冷，小初音虽然穿得圆鼓鼓的，却站得很稳，也并不用怎么借助江星辰的力气。

沈星笑着问陈芸："宝宝会走了吗？"

陈芸微笑道："胆子比较小，只敢扶着东西走。"

沈星把学步车推过来，让小姑娘扶住小车子，颤颤巍巍地往前走。

走了一会儿，初音宝宝忽然嫌弃学步车，松手想自己走，但又不敢。

江星辰最先看出小姑娘的意图，他蹲在几步之外的地方哄她："你想走路吗？过来，哥哥抱你。"

小初音睁着乌溜溜的眼睛，看了他一会儿。

江星辰又往前走了两步，朝她伸手道："过来，哥哥保护你，不会摔跤的。"

初音宝宝犹豫了好一会儿，才终于松掉了学步车。

江星辰继续软着声哄："快来。"

初音宝宝终于壮了胆子，迈开软软的小腿往前走，因为害怕和紧张，她选择了一种最快的解决方式——小跑。

于是，不一会儿，江星辰怀抱里飞扑进一个柔软可爱的小团子，充满甜甜的奶香味。

江星辰在这之前，从来没有抱过小孩子，也不知道有个妹妹是这么美妙的一件事。

陈芸邀请沈星进去喝茶，江星辰就在门口带妹妹。

江星辰把小初音牵回到学步车前，说："哥哥继续教你走路好不好？"

小娃娃挥着手，兴奋地在学步车上拍打。

很明显，她听懂了他在说什么。

江星辰往后退了几步，像之前一样朝她张开了手，小家伙这次没有

- 447 -

犹豫，自信又欢腾地奔了过来。

大人们都在屋子里，初音全部的鼓励都来源于江星辰。

两个小朋友，一个哄一个，玩得格外开心。

江星辰听见初音嘴里咿咿呀呀地念个不停。

只是念叨来念叨去只有"mama""papa"这两个音。

江星辰小朋友便坐下来，开始了他洗脑式的教学："喊我哥哥。"

"mama！"

"哥哥。"

"mama！"

学生这么笨，江星辰小朋友有点绷不住了，小声嘀咕："你好笨啊！你的小名是不是叫笨笨？"

初音懵懵懂懂地看看眼前的小哥哥，半晌冒出一句非常稚嫩的话："哥哥，笨笨。"

被骂笨的江星辰小朋友惊呆了，他捏着她柔软的小脸说："你可以说哥哥了吗？喊我哥哥。"

初音"咯咯咯"直笑："哥哥，笨笨。"

唉，这个妹妹实在太难教了。

为了答谢江星辰小朋友送的水杯，陈芸花了一个晚上的时间，给他织了一件开襟的蓝色毛衣，多余的毛线，她给初音织了一件鸡心领的小背心。

沈星为了好看，在毛衣上面缝了一排红色的草莓纽扣。

初音穿着背心去李梅家玩时，江星辰看妹妹衣服上没有草莓，硬是从自己的衣服上拽了一颗下来，逼着沈星给缝上去。

一团毛线上织出来的毛衣，配上一样的纽扣，倒有点相像。

江星辰非常喜欢这件毛衣，穿得很勤，只是后来他长得太快，毛衣很快就小了。

秋天上学的时候，沈星还特意买了同色的毛线请陈芸加长过。

那之后一年，沈家的老爷子突然和李梅闹得很僵，李梅脾气倔，硬逼家中的儿女们站队，选择在城里住的，一律不许来看她。

沈星的家安在城里，不可能说搬就搬，因此她来的次数也不多。

陈家的阿婆也是在那一年去世的，初音还小，陈芸和张林的生活，开始变得鸡飞狗跳起来。

因为住得不远，李梅会在他们忙不过来的时候，过来帮衬着照顾初音。

她会对初音好，很大程度上还是因为江星辰。

沈星自己因为工作调动的事，忙得焦头烂额，来这里的次数就更少了。

再不久，江星辰成为一名正式的小学生，沈星给他报了各种各样的培训班，他所有假期都被安排得明明白白，只有过年的时候会来眉山，而且基本吃顿饭就走了。

谁也没再向他提起年代久远的小妹妹。

他只模模糊糊地记得这里以前好像有个很可爱的妹妹，具体是谁，已经记不清了。

过了青春期，江星辰的个子每年都要蹿高一大截，脸蛋也变得越来越英俊，沈星对他的教育非常严格。

家境殷实、父母感情稳定的江星辰顺风顺水地长了十几年，平静的生活却在高二暑假前的某天，被彻底打破了。

那天的晚自习后，他照常骑车回家，刚出校门，就被一个女人拦住了。

那是个很瘦的女人，三十多岁的模样，脸白得发青，涂着艳丽的口红，满身浓烈的香水味。

江星辰不认识她，正要掉转车头走，却被她冷不丁地丢出一句话来怔住："江星辰，你得救救你的亲弟弟，江宇。"

江星辰骤然刹停车，问她："弟弟？"

李如兰似笑非笑地说："对，你的弟弟，江宇。"

李如兰就那么平静又残忍地将所有事讲了出来，江宇是江建军和她的私生子，已经六岁了，去年检查出了白血病。

她和江建军都做了检查，匹配度非常低。

江建军为了救江宇已经找遍了全国的骨髓库，至今没有找到配型。本来她是不想来找江星辰的，但江宇的病情每况愈下，她不想放弃最后的一丝希望。

李如兰说得楚楚可怜，泫然欲泣："星辰，他是你唯一的弟弟，你可一定要救他呀。"

江星辰沉默不语，脸色越来越沉。

他无法理解一个破坏别人家庭的人,凭什么还能站在这里这么理直气壮地说话。弟弟,他从小到大都没有过,也不想有。

李如兰还想继续往下说,江星辰已经跨上自行车走远了。

回去的路上,他满腹心事,原本十分钟的路程,他足足骑了半个小时。十七年来,他的情绪都没有这么低落过,他一直视为榜样的父亲竟然是这样的人。

墙上的钟,转到了十一点,门口才响起钥匙声。

沈星一把揭掉脸上的面膜站起来,到门口接儿子。

"今天怎么回来这么晚?"

江星辰努力让自己脸上的表情,看起来和平常没什么两样,他掀了掀唇道:"我今天作业有点多,在学校多写了一会儿。"

沈星进了厨房给他热汤,声音里尽是温柔的笑:"我家儿子都要加班写作业,你们班的其他人不是都要一两点才能睡了?"

"嗯。"江星辰丢下书包,有些颓然地坐进餐桌旁的椅子上。

桌上的打包盒上的烫金标志很显眼,又是隔壁饭店打包回来的饭菜。

江建军不在家的时候,沈星几乎从来不下厨。

抽油烟机的声音很快停掉了,沈星端着搪瓷碗出来,推到他手边说:"赶紧喝点汤,洗澡睡觉去。"

"好。"他说着话,手里握着勺子却没动。

"有心事?"沈星拉开椅子在对面坐下来。

"没有。"江星辰不敢看她的眼睛。

沈星非常八卦地盯着他看了一会儿,笑着问:"怎么愁眉苦脸的?"

江星辰低头喝了一口汤,继续避开她的眼睛,说:"要期末了,学习压力大。"

沈星还是第一次听自家儿子说学习压力大,不免觉得有点好笑:"喊,逗你妈呢!你还能有学习压力?是不是有小姑娘追你,拒绝不了?"

"没有。"

沈星懒得跟他胡扯,打了个哈欠往房间走,淡淡丢下一句话:"你爸明天出差回来,你早上走的时候,喊我起来去买菜。"

"你要下厨?"

"那是当然啊。"

江星辰欲言又止。他很想和眼前的沈星说让她不要等江建军了,他根本没去出差，而是住在另一个地方，有另一个家。

他不想欺骗沈星，却又不想看她得知真相后伤心难过的样子。

整整一个晚上，江星辰都没睡着。

第二天早上，他去上学，到了楼下又上来喊醒了沈星。

沈星真的亲自下厨做了一大桌菜，江建军却说自己突然有事要留在G市。

江星辰回来的时候，满桌的菜一样没动。江建军没有回来，沈星赌气没有吃饭。他伪装了一脸笑容，提了筷子把所有的菜都尝了一遍，并且破天荒地夸赞了一遍。

"少吃点，吃多了晚上不消化。"

"妈，我爸他……"

"快睡觉去。"沈星打断他，"你爸他会回来的，这里是他的家。"

最后这句话不知道是说给江星辰听的，还是劝她自己的。

那之后整整一个月，江建军依旧不见人影。

沈星一天比一天消瘦，婚姻里出了问题，她也不是傻子。

江星辰给江建军打了电话，那边接电话的却是李如兰。

江星辰顿了一下，语气冷然："请把电话给我爸。"

江建军的声音很快出现在听筒里："星辰……爸爸现在在忙，回头给你打电话。"

他直接把话挑明了："爸，江宇的事，我已经知道了。"

江建军沉默了一会儿，道："我回头再和你解释，小宇他高烧不退，我实在抽不开身……"

电话那端是医院的急诊室，人来人往非常嘈杂，江建军边讲着电话，边应付着医生的问题。

江星辰抿紧了唇线，非常认真地问："我妈怎么办？"

已经到了逃避不了的地步了，江建军朝李如兰招招手，快步出了急诊室，到了长廊的尽头，他才继续说："星辰，我……对不起你妈妈，但小宇现在的情况实在不乐观，我走不了。"

"我可以去做测试，我或许可以救他。"

"你还要高考，还是算了。"

"你想看江宇死？"他一下问中了江建军的死穴。

江建军沉默了良久，他当然不愿意，江宇还那么小。

- 451 -

"如果我的骨髓可以救江宇,我救,但您得答应我一件事。"

江建军点了支烟,立在窗边抿了一口,徐徐吐出来问:"什么事?"

少年的声音干净如水:"你得永远离开那个家,断得一干二净。"

江建军闷闷地回了句:"好。"

第二天上学,江星辰以身体不舒服为由,请了假去医院。

四天后,配型的结果出来,是出人意料地全相合。

李如兰喜极而泣。

江建军带着江星辰去了一趟病房。

那是江星辰第一次见到自己同父异母的弟弟——

很小的男孩,又干又瘦,躺在病床上,连薄薄的被子都撑不起来,巴掌大的脸上泛着死气沉沉的灰色,胳膊上插着透明的针管,看起来就像科幻小说里的外星人。

江建军让他喊哥哥。

他便笑盈盈地喊:"哥哥。"

江星辰点头。

来这里之前,他对这个素未谋面的弟弟,还是充满了敌意的。但亲眼见到那么小的孩子病成这样,他还是动了恻隐之心。

江宇第一次见到江星辰,也比较开心。

"哥哥,我听爸爸说过你,我以后也会好好学习,变得像你一样优秀的,但我现在有点麻烦,得把病魔打败了才能去上学。"

江星辰走近,在他肩膀上拍了拍说:"小孩,加油!"

江建军老泪纵横,他没想到江星辰竟然会鼓励江宇,不得不说沈星把儿子教育得非常好。

江星辰做了身体检查,一切正常。江宇做完了全身检查后,被送进了层流洁净病房,他要在里面待一个半月。

那一个半月,正好赶上高二暑假。

江星辰仓皇逃到了眉山,然后在那里遇到了初音。

有些相逢是巧合,却也是命中注定,恰似月至天心,风来水面,波漾而水明。

番外二 幻影

去美国的第一年，初音和姐姐韩绵一起"失恋"了。

韩绵选择用学习排解痛苦，她选修了斯坦福很多尖深的课程，没日没夜地学习，过得像个苦行僧。韩绵失恋，是明面上的，家人都在力所能及的范围内给了她最大的安慰。

而初音的"失恋"，几乎无人知晓。大家都以为她是接受不了美国的学习方式而没精打采。两个姑娘整天死气沉沉地宅在家里，韩齐有点看不下去，催着她们出门玩耍。

两个女孩去的第一个地方是奥兰多的迪士尼乐园，那次之后，韩绵发现旅游比那些艰涩难懂的书，更容易放松自己。

自此，每逢节假日，她都会和初音结伴去各种地方旅游。

初音拿到驾照后，她们开始自驾去更远的地方。两个姑娘脸上的笑容越来越多，韩齐对此非常欣慰。

第二年春假，韩绵买好了去弗吉尼亚的机票并规划好了行程。

弗吉尼亚距离美国的首都华盛顿，只有两个小时的车程，安全度较高。这片陌生的土地，和家乡的景色迥然相异，却非常漂亮。

韩绵在飞机上给初音做了简短的介绍，初音捧脸听着，视线却盯着舷窗外那层层涌动的云朵。

大西洋上的风吹不到太平洋，浪迹天涯的云朵也做不了她的传话筒，春天重新来了一遍，她的花园里依旧寸草不生。

江星辰和她之间隔着的是大半个地球……

"有心事？"韩绵问。

初音收回视线，说："没有。"

"你想先去看山还是看海？"韩绵递给她一个眼罩。

初音接过去戴上，眼睛陷入了黑暗，心也暂时平静下来，她说："都可以。"

韩绵笑了声："那就先去仙南渡国家公园，这个季节很漂亮。"

下飞机后，韩绵租了辆车，两人一路驱车进入仙南渡。

这里的风景美不胜收，山川广袤，佳木葱茏。天际大道串联着无数景点，难怪美国人会将这里评为全美最美的公路。

韩绵开车，没办法拍照，随手递了个相机给初音。

这和江星辰的相机是一个牌子，功能键也差不多。

按快门键的时候，初音忽然就想到了他，心口划过一阵尖锐的酸涩，仿佛少年指尖的温热还停留在手背上……

这些细节简直像电影一样刻在她的脑海里，根本忘不了。

车子到了最佳摄影点，韩绵把车子停在路边指导初音摄影技巧。

拍得差不多了，韩绵把相机接过来翻了翻，初音很聪明，上手很快，还有一双发现美的眼睛，拍出来的照片好像都带着柔软的情感。

韩绵上车，把相机重新塞进初音怀里，叮嘱道："多拍点，回头拿去给国内的地理杂志投稿，没准能赚回我们租车的钱。"

"好。"

车速很慢，逢着漂亮的地方，两个姑娘就会下来歇一会儿。

天际公路从中间把仙南渡公园一分为二，随着海拔高度的攀升，景色变得愈加壮丽，仙南渡河在太阳下，闪闪发光，宛如一条镶满了金石的银链。

柔软的春风从山谷里吹过来，带着些青草的香味。

韩绵站在路边，对着幽深的河谷，高声呐喊："秦让，臭浑蛋！"

山谷很快响起了回声，此起彼伏，韩绵的眼眶有些湿润，她喊完了看了看初音："你没什么要发泄的啊？"

初音摇头，她一点也不怨江星辰，相反，时间越长她越想他。

可她只想将这份想念藏在心里。

车子继续往前开去，路上遇到的车子也越来越多，都是慕名而来的游客。

时间已经不早了，韩绵有些意兴阑珊，轻叹道："山看得有点腻了，明天去看海？"

初音笑着说:"好。"

韩绵将车子掉了头,她们走在山的背面,一路看不见太阳西沉,却见漫天的霞光绯红,来时的山谷也变成漂亮的橘色。

车速比来时快了一些,阵阵晚风灌进来,清凉舒爽,心也变得平静了许多。

为了白天有足够的时间游玩,韩绵连夜将车子开到弗吉尼亚的黄金海滩附近。这里有着东海岸最宽阔的沙滩,来这里旅游的人非常多,即便是夜晚依旧是灯火通明。

走近了,才发现这里在办沙滩音乐节。震荡耳膜的摇滚乐,一直飘散到很远的地方。

韩绵会的乐器很多,小提琴、架子鼓、电吉他,也融入得很快。

初音坐在不远的地方,看他们表演。

不一会儿,韩绵走过来,在她身边坐下。

"姐,你好厉害,什么都会。"初音递给她一瓶水。

"我是每样都会一些,但都是皮毛,学着玩玩,江星辰的架子鼓敲得才叫好,还有秦让的萨克斯……"说到这里,她忽然停下不说了。

初音沉默了一会儿问:"如果我现在学架子鼓,还能学得会吗?"

"可能做不到精通,但是敲一敲还是可以的,想学?"

"想!"初音说。

因为江星辰会。

所以她想学。

"走,现在就教你。"韩绵站起来,拍掉了裤子上的沙子。初音快步跟着她进了人群。

初音很聪明,并不难教。开放的美国人,也并不嫌弃她是新手,乐手们会根据她敲的鼓点随性发挥,只图开心而已。

初音喜欢那种震荡在耳膜里的节奏,还有每次敲击鼓面时,胸腔里释放出无穷无尽的洒脱。

也是从那一天起,初音决心开始尝试更多与众不同的新事物。

无论以后还能不能再见到江星辰,她想活成他那个样子——

无拘无束,像星星一样,闪闪发光,璀璨夺目。

沙滩音乐会,一直开到了凌晨。

第二天，两个姑娘都睡到了中午。稍微吃了点东西后，她们就从酒店出来了。

阳光很好，天空一碧如洗，海水湛蓝清澈。

这里有专门教潜水的教练，举着自制的广告牌，站在酒店门口招揽游客。两个小姑娘不约而同地想去学潜水。韩绵交了钱，租了两套潜水器材。

潜水教练领着她们做了许多练习，又交代了一系列的注意事项，韩绵怕初音听不懂，每一句都会再向初音用中文翻译一遍。

反复练习多次后，教练开始指导她们入水。

初音背着器材，和韩绵一同由缓坡走进海里。入水前，初音稍稍有点紧张，衔调压器前，韩绵又一次和她强调了注意事项。

视线浸入海水，已经是另一番景象了，身体被水托着，变得很轻松。再往更深的地方走，肩膀渐渐感觉到了水压，耳膜有些刺痛，韩绵打着手势提醒初音调节设备。

两个姑娘初次下潜到海面以下六米的尝试，非常顺利。

海底宁静而美丽，耳朵里几乎听不到太多的声音，初音觉得自己仿佛成了一条自由来去的小鱼。

唯一遗憾的是，她们潜水的深度看不到太多的海洋生物，随身带着的相机基本没有用到。

二十分钟后，韩绵示意初音上去。

教练用非常夸张的语气赞扬了两个姑娘的胆量。

有了第一次的成功，第二次潜水就顺利了许多，这次她们潜到了海平面以下十米的地方，遇到了彩色的鱼群，很小的鱼，飞速在头顶游动，竟然有点像天上的鸟。

想看珊瑚等更加丰富的海洋生物，还需要往更深的地方潜，用教练的话说越往下惊喜越多。

只是美国对于体验式的潜水深度规定非常严格，最深仅为十米。要想往下潜得考PADI的OW证书。这个证书并不难考，只需十节室内课还有几次海洋实习就可以完成。

这个教练的潜水店就可以学习，韩绵和初音当即决定改变行程，在这里考个证继续往下潜。

在弗吉尼亚待的第五天，两人拿到了OW证。

她们决定单独进行一次潜水，当然为了安全起见，韩绵还是花钱雇了一个潜导在边上辅助。

出海那天的天气很好，风平浪静，她们驾船去了稍微远一点的地方。

韩绵潜水上来，一切正常。

轮到初音单独下水时，韩绵帮她仔细检查完了器材，确定没有问题后，和她比了"OK"的手势，叮嘱道："不要待太久，十五分钟就上来。"

初音点头，戴上氧气面罩，翻身入海。

第一次减压停留、第二次减压停留、往下，一切顺利。

视线变得越来越清晰，潜到十八米的深度时，耳膜刺痛突然加剧，但仍在可接受的范围内。

她潜了一会儿，碰到了彩色的鱼群，四周没有捕猎者，它们游动得比较慢，初音近距离地拍了一组图。

几分钟后，她碰到了从前在电视里看到的那种大海龟。它们游动的速度不快，非常悠闲，初音的位置正好在它的下方，镜头捕捉了几张图片。

海龟从镜头里消失的一瞬间，初音忽然发现头顶的水面成了天空，光穿过水照进来，晃动流淌，如梦似幻。

在晃动的水波里，她看到了一个人——江星辰。

初音知道那只是个幻影，却禁不住往那个方向游。

她想近一点，再近一点，至少看清他的眼睛、他的唇……

有那么一刻，她忘记了自己仍身处在水下。

危险在一瞬间发生，咸而苦的水猛地灌进来呛住鼻息，所有的幻影都消失了，意识混沌前，她使劲敲打象拔升水。

韩绵的反应很快，初音下去的时间很短，这么着急升水肯定有什么情况。

潜导在第一时间下水救人。

上岸后，初音还有呼吸，紧急的心肺复苏之后，她被送往最近的医院救治。

水呛进了她的肺里，引发了非常严重的急性肺水肿，初音直接进了弗吉尼亚医院的重症监护室。

韩绵要给韩齐和陈芸打电话，被初音拦住了，她不想让陈芸担心。

韩绵守了她几天几夜，有些后悔带她来冒险潜水。

初音因为低氧症，夜里睡觉很浅，总是会呓语，反复念叨的只有一个名字：江星辰。

最危险的那几天，江星辰几乎是小姑娘活下去的精神支柱……韩绵也是从那时候才知道，初音喜欢的人是他。

那次潜水，成了初音和韩绵之间的秘密，两人也越来越亲密。

回家后，初音只说自己在弗吉利亚得了一场重感冒，耽误了回程的时间。

那的确是一场感冒，席卷了她的整个青春期，无药可治。

番外三 火焰

我叫张群，没错，是江星辰本科阶段的大学室友。

你们有过和顶级学神一个宿舍的体验吗？

你们可能有过，但肯定没有我这么深刻！

当年，我拿到D大录取通知书后，我妈当着所有亲戚的面把我夸上了天，我也一直以为自己是个聪明蛋，但等我进了宿舍，才发现根本不是这么回事儿，一共来了三个人，我的分数最低。

当天晚上，我们宿舍最后一个哥们儿到了。跟着他一起来的，还有轰炸在校园网站里的照片。没错，他刚进门，D大校草就换人了。

长得帅的，一般不都是体育委员吗？打打篮球、谈谈恋爱，成绩肯定好不到哪儿去。

于是，我就作死问了他的分数，心里已经准备好把自己的分数报给他炫耀下了。

等他说完，我蔫了。

高考分数线高出Q大线人截！

"这是填志愿的时候填失了手？"

他看了我一眼说："没有，深思熟虑填的。"

深思熟虑？一时间，我竟然对自己填的专业，充满了盲目的骄傲与自信。

江星辰这个人，遇事冷静果决，自有一套处事方式，虽然年龄不是最大的，但哥几个还就都服他。刚开学不久，江星辰这个名字已经在学校的各种论坛里被讨论遍了。

我们宿舍在一楼，阳台朝外，那些来看帅哥的女孩，差点没把我们的防盗窗给掰弯了。

只要我们阳台的窗户开着，放学就能在阳台收到一堆情书和礼物，统一写着江星辰的名字。

连着扫了三天由情书转化的垃圾之后，江星辰直接翘了一天课，站在窗户外面冷面拒人。

到现在，控诉他无情的帖子都还在 D 大论坛上挂着。

不过，那之后，我们宿舍终于清静了。

就这么个人，也有柔软的一面。

那时候才上大一，他经常晚上出去打电话，每每讲话都是用那种哄小妹妹的语气，温柔似水。

我们都猜对面是他女朋友。

大家都好奇征服学神的姑娘到底长什么模样，但没人真的敢去翻他的手机。

我们学校附近有着 D 市最著名的美食街。军训结束，同宿舍的几个哥们儿，信誓旦旦地说要把整个美食街的馆子全下一遍。

每次到了周末，我们都会去一家新的饭馆。

江星辰从来不去吃饭，但每次会出 AA 制的钱，要求只有一个，我们得把吃的菜拍照发给他，并且简单点评几句。

一开始，我们还不知道为什么要这么做，后来才知道，那是在给那个小女朋友写攻略。

至于为什么不亲自去吃，我们也问过。

他在等人，等女朋友来了一起去吃。

我们一群老爷们被酸得嗷嗷叫。

大一寒假前，全宿舍的人，没日没夜地疯狂背书，江星辰则优哉游哉地出去逛了几条街，给小女朋友挑新年礼物。

最后期末考试成绩一出，人家还是专业第一。

智商上的差距，靠简单的努力，根本跨越不了。

新学期开学，江星辰迟迟没有返校。

之前，在群里聊天的时候，他是早就定好了归期的。

我们都预感到他发生什么事了。

开学后第十天，他回来了，瘦了一大圈，简直换了一个人，眼底尽是憔悴。如果那个叫神笔马良的人，可以画龙点睛的话，回学校的江星辰就是被摘掉了眼睛的龙。

那之后，我们再也没见到他在晚上出去打电话，他似乎是失恋了。当然，谁也不敢去问。

失恋这种事吧，有些人走出来容易，有些人走出来难。

江星辰就属于后面这种。

虽然他不说，但我们都看在眼里，尽量避免戳他心窝。

第二年春天，温度回暖得特别快，羽绒服刚一脱，就到了穿短袖的季节。

天气热，各地花也开得尤为鲜艳。

有自媒体自发组织了一场名为"春花宴"的评选比赛，全国各地的人都把身边的花往上分享，春花宴冠军图来自N市一个叫花山渡的地方。

那上面说，在那个花山渡的地方定情的情侣都非常圆满。

江星辰是N市人，不知谁起的头，一下就聊开了。

"宁可信其有，不可信其无，等我有女朋友，也要带她去。"

"鬼扯。"

"辰哥，你是本地人，你说。"

江星辰扫了眼那上面的照片，微愣了片刻道："试过，不灵。"

话头到了这里，便不好再聊下去了。

我离得最近，清楚地看到了他眼底一闪而过的红色，赶紧朝舍友递眼色。

我那低情商的舍友，硬是没接收到我传递过去的信号，说："辰之前那个姑娘不算数，不是女朋友，根本就没追到。"

江星辰没有参与讨论，而是起身出去了。

那舍友被我们合着骂了一顿。

稍晚一点的时候，江星辰回了宿舍。气压有点低，我们为了宽慰他说了一堆鸡汤，爱情嘛，哪能不有个几天分分合合，反正最后结果圆满就行了。

江星辰竟然破天荒地吃这一套。

第二天，他就向辅导员请了一个超级长的假期。

后来我们才知道，他去了趟美国，为了找那个分手了的小女朋友。

从美国回来以后，他变得更加沉默寡言，几乎都看不到他笑。

也就是从那个时候开始，实验室成了他每天待得最久的地方。有时候，我们会私下里开玩笑说，江星辰的女朋友是实验室各种仪器。

大四下学期的某一天，那个叫初音的小姑娘来到了 D 大。

我认识江星辰也有四年了，也只见他失态过那么一次——唯一的一次，瞳孔放大，身体微微发抖，那是紧张到了极点。

他飞奔出实验室的时候，实验服都没有换，还在门口的台阶上摔了一跤，那一跤摔得很重，但他爬起来依旧继续跑，拦都拦不住，说句不好听的，简直跟吃错了药一样。

后来想想，能让江星辰不顾一切冲出实验室的人，这世上恐怕只有陈初音一个。

那之后的一段时间里，他脸上都挂着温柔的笑意。

我敢打赌，如果当时那个姑娘没有出现，江星辰到毕业也还是在实验室过。

你们可能不知道，江星辰以前的朋友圈打开就是一条空白的线，啥也没有，从不发状态。自从他有了女朋友后，我们几乎每天都要被迫在朋友圈吃他的狗粮。

爱是潮水，会淹没一个人。

爱亦是火焰，会点燃一个人。

番外四 逐月

婚后第三年的某天早晨，江老师忽然往爱妻怀里塞进一个塑料袋。粉红色的盒子，上面印着一个孕妇的图片。

初音仔细研究完，发现那是一瓶叶酸。

"我们要开始备孕了吗？"

他轻咳一声说："不是备孕，是紧急补充叶酸。"

"紧急补充叶酸？"初音问完，非常没有底气地算了下时间，月经确实很久没来了。

江星辰在里面洗碗，初音抱着手机把孕早期的反应查了一遍，一条条跟着对照，嗜睡她没有，最近倒是会觉得莫名地累，但这上面也说了，很多反应都是因人而异。

江星辰从厨房里出来，初音飞快地摁灭了手机。

他拖了椅子在她面前坐下，望进她的眼底，轻笑了声："很怕？"

初音揪着手指说："也不是怕啦，就是有点紧张。"

她没经历过，也没准备，那种感觉很复杂，说不上来，有点喜悦，有点憧憬，有点恐惧，还有点不知所措。

他把她的指尖拢进手心握了握，柔声道："阿音，如果你不想，我们也可以不生孩子，胖虎也很可爱……"

初音一下护住了肚子，打断他："那怎么行呢！你说的，得尊重自然规律，而且我们结婚了，这也顺其自然。"

江星辰吐了口气，这事怪他。

上次家里的防护措施用完了，没来得及买，心存了一次侥幸，偏偏就那么巧。

第二天早上,初音起得特别早,她也没叫江星辰,拿着验孕棒,溜进卫生间,对照那说明书的内容,一顿操作。

说明书上写着要静置五分钟。

她看了时间,站在那里搓着手等。

刚过去两分钟,江星辰忽然推了门进来,问:"测了?"

初音指了指那个小棒子说:"正在测。"

她起床没来得及穿鞋子,这会儿白净的脚丫在地砖上缩啊缩的。

"大冬天不穿鞋也不怕冷。"江星辰俯身把她抱了出去,身后的门"咔嗒"一声合上了。

初音小声嘟囔:"反正就一小会儿嘛,又不碍事。"

"嘴还挺硬。"江星辰在她额头上敲了下。

初音揉了揉脑门,看了眼合上的玻璃门,说:"江星辰,你等等,结果还没出呢。"

"再睡会儿,我帮你看。"他说。

初音拒绝的话还没出口,就被江老师重新塞到了被窝里,临走他还不忘给她搓了搓她冰凉的脚掌心。

江星辰在外面待了好一会儿,初音喊他,他才回神进来。

"怎么样?"她问。

"两道杠,小班长。"

"那我肚子里有小宝宝了啊?"刚刚的忐忑不安瞬间被喜悦取代,她眉眼间尽是柔软的笑。

江星辰的表情却很严肃,他说:"请假跟我去医院。"

去医院的路上,初音虽然感觉不到某人特别强烈的情绪变化,但他一会儿开空调,一会儿关空调,一会儿又开了一下车窗透气,一会儿又问她冷不冷。

车子也开得非常慢,有点像刚拿到驾照的新手。一路上,后面的车子,也不知道按了多少喇叭。

初音发现江星辰居然在紧张,这是很少出现的情况。

初音想讲几句宽慰他的话,又怕分了他的神。

好不容易到了医院,他泊好了车,绕到另一侧去扶她。

虽然说怀孕,但初音的身体还没有那么快的变化,突然被他这么小心翼翼扶着，初音觉得有点奇怪。

"江星辰，你不用扶，我可以自己走。"

"好。"他说了好，手却没有松开。

孕产科那里排队的人很多，江星辰领着初音坐下来，盯着头顶的叫号字幕看。

他们来得晚了些，一直等到了中午。

一切检查结果都正常，宝宝还很小。

初音怀孕后，口味变得格外重。

但江老师谨遵医嘱，每天都是淡寡营养的菜式。为了避免她吃外卖，中午的那顿都是他做好了送去，监督吃完了才走。

这天，不知道谁点的麻辣烫，满屋子的香味。

初音一面吃饭，一面眼巴巴地往里面看，不能怪她，这个味道真的是太诱人了。

"想吃麻辣烫？"他问。

初音摇头说："没有。"她当然知道吃麻辣烫对宝宝不好。

"晚上去吃。"江星辰说。

"真的？"初音的眼睛瞬间亮了起来。

"嗯。"江星辰在她鼻尖上刮了下，"总感觉为了他，亏待了你。"

整个下午，初音都在期待下班。

江星辰来接她时，初音问的第一句话就是："一会儿去哪里吃麻辣烫？"

车子开到二度桥，江星辰找地方停车，初音推了玻璃门进去。

不大的门店里，麻辣烫的香味非常浓烈。

老板娘递了个塑料篮子给她，初音把所有的菜色都选了个遍，付钱的时候，老板还特意和厨房嘱咐要用两个大碗装。

那老板娘看了眼初音的肚子，忙劝："姑娘，怀宝宝可不能多吃刺激的。"

一旁的江星辰淡笑着替自己老婆解释了："难得一次。"

麻辣烫端上来，初音立刻卷了一筷子进嘴里，然后心满意足地笑了："江星辰，我前天做梦都是这个味道。"

"慢点吃。"他拿小碗帮她把菜捞出来放凉，"回头我学学，给你做。"

初音停了筷子，义正词严地拒绝："不用，我就吃这一次，还是宝宝重要嘛。"

"没有。"江星辰在她眉毛上摸了摸，没头没尾地说了这么一句。

初音抬头，正巧对上他那双漂亮的眼睛，问："什么没有啊？"

江星辰很轻地笑了笑，心疼道："阿音，宝宝没有你重要。"

初音心中莫名一软，这时候肚皮忽然很轻地跳了下，非常细微的一下，很是奇妙。

初音探了手在肚皮上摸了一下，这次又是很轻的一下。

江星辰一脸紧张地问："怎么了？"

"江星辰，宝宝好像在动。"

他立刻坐过来，把手放她肚子上贴了贴，小宝宝好像有点害羞，再也不肯动了。

江老师略皱了下眉头，碎碎念："才这么点大，就会看人下菜了。"

初音被他逗笑了。

几个月后，初音住院待产。

产妇的各项检查都很正常，医生的建议是顺产。

只是，产科医生把江逐月小朋友的体重评估轻了，她生下来足足有八斤八两，属于巨大儿，初音在生她的时候，不得不经历了两重痛苦，顺产转剖宫产。

江逐月小朋友出生当天，江家、陈家来了不少人，一个个围着小家伙又是看又是夸。

唯独她亲爸江星辰，看都没看她一眼，全程围着初音转。

出院那天，为了去领出生证明，江老师还是给女儿起了个名字——江逐月。

十几年后，江逐月小朋友上高中，学到一篇名叫《春江花月夜》的古诗，才发现她爸在拿她的名字向她妈表白。

——"江畔何人初见月？"

——"愿逐月华流照君。"

江逐月小朋友刚满月，就被她爸挪到了一旁的小床上。那时候，她还没有不当电灯泡的自觉，经常在半夜醒来哇哇大哭。

她一哭，初音不得不从江星辰怀里拱出来哄她。

有时候，初音睡意深沉的时候，哄着哄着，自己也睡着了，江星辰就大的小的一起搂着睡。

江逐月小朋友一天一天长大,但依旧黏妈妈,初音睡觉,她才肯睡,初音起来,她就跟着起床,小家伙把妈妈妈的时间安排得满满当当。江星辰有时候想亲一下初音,她都会强烈反对。

上幼儿园第一天,江逐月小朋友被她爸丢进了儿童房。

小孩子要自己睡觉培养独立性,这是她爸爸的原话。

江逐月小朋友当然不愿意,她闹了一整个晚上,撕心裂肺地号啕大哭。初音不得不哄着。

有好几次,初音在儿童房里睡着了,半夜又被江星辰抱回了主卧。

连着几天后,江逐月小朋友终于消停了。

没办法,她斗不过她爸。

从记事起,江逐月小朋友就一直处在"我爸妈天天秀恩爱,我是充话费送的"处境中。她爸爸永远记得她妈妈喜欢吃什么菜、喜欢什么东西,从来不记得她喜欢什么。

每逢各种节日、纪念日,江逐月小朋友就会被她爸爸以各种理由送去奶奶家,原因想都不用想,嫌她碍事。

每年,只有她自己生日那天,她爸爸会带上她一起去约会。

原因也并不是慈祥的父亲想给女儿过生日,而是因为她特别招蚊子。

有她在边上,几乎没有蚊子会叮她漂亮的妈妈。

这也没办法,江逐月的生日在八月,刚好暑假,蚊子多,她又确实好使。

因为长期受父母恩爱的影响,江逐月小朋友从小就会表达爱意,今天亲亲幼儿园的这个小朋友,明天抱抱那个小朋友。

初音每次送女儿去幼儿园,都有种身处人型相亲现场的错觉。

江逐月小朋友的受欢迎程度,一点不输从前的江星辰。

上小学后,江逐月小朋友有了比较强的性别意识,并且在江星辰的教育和引导之下,成了个小酷姐。

她最骄傲的还是出生在这样一个家庭里。

江星辰和初音从不吵架,有分歧的时候也都是各退一步,从不让彼此为难,这也让她成了一个温柔懂礼的小姑娘。

他们的爱情里没有太多跌宕起伏的东西。

有的只是满怀深情,久处不厌。

番外五 紫云英

父亲姓"江",母亲单名一个"星"字。两人名字里各取一字,再添上"指此各相勉,良辰且欢悦"里的"辰"字,就成了我的名字——江星辰。

年幼时,家中和睦,钱财丰余,加之父母恩爱情笃,家中独子的我,没有吃过一点苦。

然而,高二那年夏天,一切都变了。

我发现了父亲的秘密……

他常年不回家,并不是因为工作忙,而是因为他在别处还有一个家。

呵,"指此各相勉,良辰且欢悦"不过是个披着甜蜜谎言的笑话。

也是那时候,我才知道自己还有一个同父异母的弟弟。那孩子得了白血病,我的配型和他是全相合。

我决定背着母亲给那孩子捐骨髓,换我爸收心回家。

骨髓移植前,我去了趟眉山。

刚到眉山的那几天,我夜里总是睡不着觉。既怕我妈发现我爸的混账事,又怕骨髓移植的事出现意外。

这些事情闷在我心里,搅和成了一团乱麻,我没法对任何一个人说,也不想对任何一个人说。

外婆几次想问,都被我搪塞了过去。

那天我去街上买文具,偶然间遇到了初音。

小姑娘被老师丢在三伏天的太阳底下罚站,人晒得发蔫了,眼睛却很亮。这种罚站,没人看管,其实是可以偷懒的,但她偏偏没有,纤薄的背绷得直直的。

受个罚都这么乖巧，还挺有意思。

没多久，她忽然哭了，一双眼睛揉得通红。阿音那时个子小，又太过乖巧，眼睛红红的，活像只兔子。

出于好奇，我穿过花坛，几步到了她面前。

初音见了我，满眼的警惕。

我当着她的面，喝了一瓶水，并且逗她说："叫声'哥'，我去给你买。"

她当真脆生生地喊了我一声："哥哥。"

我也不知道为什么，忽然笑出了声。那是我到眉山以后，唯一觉得放松的一天。

当天下午，我和初音又见了一面。午饭后，她送了香瓜到我外婆家，人站在门口，想进来又不敢，磨磨叽叽，还有点可爱。

我主动请她进来，她倒好，见了面竟然喊我"公老虎"，还向长辈告状。

小坐一会儿之后，我提了个西瓜，送她回去。

到了她家门口，远远听到她爸妈在里面吵架，锅碗瓢盆敲得"砰砰"响。小姑娘停下来，不再往前挪步子，像根漂在水面的木头。

她这是不想我跟进去，我也看出来了。

每个人都有不想让别人知道的秘密，我也有。我把西瓜塞进她怀里，转身走了。

几天后，我们又见面了。

没办法，眉山镇本就不大，她还和我外婆在同一个村。

这次，她是来找我给她补课的。

初音很聪明，也很乖巧，一教就会，是个好学生。给她补课的时候，我总能暂时忘却那些烦心事，得到片刻的放松。

所以，在眉山的那些天里，每天早上一睁开眼睛，我就盼着她来。她总是很准时，从不迟到，也从不需要我等。

在眉山待了十几天后，我妈和我爸开始轮番给我打电话。

我妈是真的关心我，担心这个，担心那个。

我爸则是怕我放他鸽子，毕竟，我要是走了，他和那个女人生的孩子可就没救了。他答应好了要回家，可自始至终，他都没有回去看过我妈。

那天，我躲到外面，和他在电话里大吵了一架。回来时，初音的那辆破旧的自行车停放在了院子里。

我停了步子，稍稍有些意外。

平常，初音只在上午的时候过来，午饭后她要去街上打工，我便见不着她了。

恰逢盛夏的傍晚，残阳铺了满地，晚风吹着头顶的枇杷叶沙沙作响。

初音见我回来，立马高兴地迎了上来。夕阳很亮，将女孩耳畔的碎发镀成了金色，她的脸蛋很白，瞳仁清澈干净，目光里有几分害羞。

"星辰哥。"她叫了我一声，并往我手里递进一个丝带包裹着的小盒子，"这个是给你的。"

那是一盒蛋糕，小巧精致。

我曾和她开玩笑要她请我吃蛋糕，小姑娘当真记在心里，送了一块来。

不知怎么的，我那烦躁了一下午的心，在那一刻，忽然平静了下来。

我一直不明白那是种什么感觉……

直到后来的某个冬夜，和朋友出海钓鱼，黎明时分，我在船舷上看到了初升的太阳——漆黑翻涌的海面，顷刻间被柔和的光照亮，风平浪静。

阿音就是那个照亮了海面的太阳……

几十天的时间很快过去，我得回去给我那个弟弟做骨髓移植了。

人对于未知的事情，多少有些恐惧。

那天下雨，小姑娘对我说，害怕某件事就要勇敢面对它。

从眉山回去后，我去做了骨髓移植。

阿音说的没错，面对它，困难就没有那么可怕。

骨髓移植术后，我爸回了家，日子仿佛又回到了从前。只是，不久之后，那个女人又带着孩子一起出现在了我家。人的欲望是无底洞，再怎么努力，也填不满。

那段时间，我的父母整天吵架，我也暂时改了住校。

十月的某天，我爸再度从家里搬去了那个女人那里，而我什么也做不了。

迷茫、懊恼、愤怒、沮丧，各种情绪混在一起，压得我喘不过气来。

不知怎么的，我想再去见一见初音。

我给外婆打了电话，小姑娘的月考成绩出来了，暑假里她分明进步许多，却考了倒数第一，这不合常理。我以此为借口，返回了眉山镇。

也是那天，让我发现了她的秘密，酸涩又让人心疼的秘密。她不是真的成绩不好，而是装给别人看的。

阿音是野地里的紫云英，而我是温室里不知冬夏的马尼拉草。

和她相比，我到底脆弱了些。我们匆匆见了一面，吃了顿饭，就又分别了。离开眉山时，我把自己的手机号留给了阿音，那是我们之间仅剩的一点羁绊。

我一直希望她能给我打电话，说点什么都行，可是接连几个月，她没有任何消息。直到那个雪夜，我收到了一串陌生号码的来电。

电话那头一言不发，我却想到了她。

也果然是她。

我既高兴又紧张。

然而，阿音却在电话那头哭了，细问之下，才知道她大半夜一个人在外面游荡。

去往眉山的路上，我想了很多事，小姑娘再坚强，到底也只有十几岁。

野草野花再怎么顽强，严冬降临时，它们都是真的枯萎、冻死，来年春天重新长出的，已经不是它了。

我怕她挺不过去。

也非常恐惧……

我骤然发现，阿音其实是另一个世界里的我。

如果她撑不下去了，我大概也会一样。

我希望她好好的。

还好，她有乖乖地留在原地等我。

见到她的那一刻，我摇摇欲坠的心才终于平静下来。

那之后，阿音的父母正式离婚，她随母亲来了城里居住，我们常常见面。我总是会情不自禁地对她好，也只想对她好，这种感觉是从来没有过的。

我父母之间的问题依旧没有解决，我爸主动提出离婚，我妈以死相逼。亲眼看到我妈躺在那里一动不动时，我想，要是她死了，我就是我爸的帮凶。

自责、难过、不知所措，各种情绪交杂在一起。

月亮下山，黎明未至，黑夜漫长冰冷，永无穷期。

阿音忽然冒着大雨来了医院。

娇小的身躯，潮湿的头发，明亮的眼睛……真的很奇妙，看到她的那一刻，我竟然得到了片刻的平静。

长夜虽然未尽，但有一缕光折射进了海底。

往后的数年里，我常常会想起那天晚上，初音和我一起走路回去时的情形——

夏夜宁静，头顶的梧桐青翠如盖，残雨从宽大的叶片上飞溅下来，冰凉潮湿。

我心中郁结，一路无言。

初音也看出了我的心事，她停下来，拽住了我的衣服下摆，仰着脸对我说："江星辰，你也是小孩子。"

街灯柔和，照亮了她的眼睛，也照亮了我的心。

不过，这些我并没有告诉她，而是全部藏在了心底，初音还小，还要念书，我怕这些话太早说出来会吓着她。

我们约好去念同一所大学，我想那时候再告诉她这些。

我不过只大她三岁，三年，我愿意等。

只不过，计划终究是赶不上变化……

初音毫无征兆地在我的世界里消失了。她要去美国，却从没和我说过。

我在她家楼下等了几天，没等到韩家人回来，却等来了房屋租赁的中介，他们一家人短期内是不会回来了。

我租下了那套大平层。

房子里的家具和陈设还在，其他东西都已经清走了。中介和我说，家中不需要的物品都可以丢弃。

我去了初音房间，书桌空了，床空了，一切都空了。我在那个空荡荡的房间里坐了一整天，意外发现最上面一层的柜子里还有东西。

粉色的小兔子，红色的小飞机……全是我送给她的东西。曾经我自以为是地认为，这些东西在她的世界里霸占了一小块地皮。

谁知她走时，竟一样也没带。

她不要那些东西，仿佛就是不要我。

可她明明又那么喜欢我。

那之后,我往返于学校和N市之间,每逢假期就会在大平层小住几天。

有些人之间是平行线,永远不会相交;有些人之间是相交线,交点之后渐行渐远;我固执地觉得我和初音之间是个圆,我们绕着一根线跑,分别再远,也会相见。

所以,即使韩家人没说归期,我也还是固执地留在原地等她。我喜欢初音,想念她,这一切都没有因为时间变淡。

从春到夏,再到冬,整整一年,我没有见到初音。

有很多疑问盘踞在我心里,我想找她问问清楚。于是,第二年春天,我飞去了美国,可惜我依旧没有见到阿音。

大三寒假,我像从前一样来大平层过寒假,竟意外发现她回来过了。

她留下了一些痕迹,再度消失。

那天晚上,我追出去,找了一整个晚上,几欲发疯。

几个月后,D大来了一批交换生,我终于又见到了她,还是在我们曾经约定的地方。

那天我领她们去参观,初音看到了我,却假装不认识。她似乎是憋着什么气,不愿意靠近我。我故意点了她的名,让她到我面前来。阿音长高了许多,脸蛋还是从前的模样,但比以前要明艳许多。

我看出来她有意躲避我,所以故意往前走了一步,和她脚尖相抵。

我们靠得很近,我只要伸手,就能将她揽进怀里来⋯⋯

我的心脏在胸腔里狂跳。

她低着头,站在我面前,沉默许久,我垂眉就能看到她乌黑的头发,雪白的颈项。

几年未见,思念翻涌。

在她后面还有一堆名字要点,我小心翼翼地克制着自己的情绪。但很快,我发现,初音对我的态度和从前不一样了。她在刻意疏远我,甚至在晚饭的时候和旁人说我跟她不熟。

明明是她先亲了我,亲完却躲了我整整四年,不理我、不要我,现在更是直接当不认识我了。我心里堵得难受,推门出去,谁知她竟然又跟了出来,和我道歉。

"我可以哄你吗?"她问。

我有些意外,却不生她的气了。

不是我好哄,而是我舍不得。

我仿佛看到那漆黑的海面又漾起了光,水波粼粼,无边无垠,我抵抗不了这光的诱惑。

陈初音,这次我们不散了。

番外六 钟情

作为植物细胞学泰斗"南言北宋"两位大师的爱徒,江星辰没有辜负两位恩师的教诲,终身致力于学术研究。

江星辰四十六岁那年,成为 X 大史上最年轻的博士生导师。

此后多年,他先后在 N 市和 X 市建立不同的植物细胞研究所。

他的团队相继改进植物细胞工程,研究出适合沙漠和戈壁区种植的粮食作物,改进水稻的基因,缩短水稻成熟和生长的周期。

2060 年,江星辰被评为中国工程学院院士。

那之后,八十岁的江星辰,荣获国家最高生物科技研发奖,组委会邀约他去 B 市领奖时,他拒绝了。

要把初音一个人放在家,他怎么都不放心的。

如果一起去的话,初音年龄大了,坐飞机会晕,坐高铁又太累,他舍不得。

组委会说不通江星辰,只好和初音打电话。

初音好不容易做通了江老师的思想工作。出发去 B 市前一个星期,他把女儿江逐月喊过来,各种叮嘱。

初音笑着朝女儿眨眨眼,示意她放心,她的身体一直都很健康,可以照顾自己。

初音帮他把所有的东西收拾好,让江逐月送他去机场。

江星辰到达首都的第二天,组委会又打电话邀请了初音。不过,她会作为神秘嘉宾出场。

颁奖当天,江老师也并不多开心。

他一心想早点结束颁奖,回家见初音,但这个颁奖典礼实在是太漫长了。

他是最后一个领奖的,一上台,底下立马响起了如雷般的掌声。

他颔首,非常礼貌地道谢。

主持人站在他边上,用不疾不徐的语气,将他的贡献一点点说出来。

江星辰始终保持着平静,脸上看不到太过强烈的表情变化。他的视线始终平视着远处,并没有往近处聚焦。以至于初音就坐在第二排的观众席上,他也没有注意到。

编导在初音边上笑了下,问:"江教授是不是有点紧张?"

初音摇头,江星辰这不是紧张,而是有点不高兴,至于为什么不高兴,她不得而知。

编导又问:"江教授是个特别严肃的人吗?"

初音说:"不算是。"

主持人已经说到了关键的地方,编导起身,扶着初音往舞台边上走,小礼仪小姐跟上来,把手里的托盘递给初音。

"下面有请我们组委会的神秘嘉宾,为江教授颁奖。"

江星辰因为"神秘"两个字,往台下看了一眼,视线在撞见初音时,忽然顿住了。

高清的摄像头,捕捉到了江教授表情变化的全过程,先是惊讶、愣怔,接着喜上眉梢,很快整张脸上扬起了明朗的笑。

整个过程,不到一秒,就像是按了某种开关。

一个国家级别奖都没有激起太大情绪变化的江教授,仅仅因为妻子的到来,笑逐颜开。

不等主持人发话,江星辰已经抬腿走到了她面前。

"阿音,你怎么来了?"

初音从托盘里将金色的奖章取下来,江星辰配合着低头,她帮他整理好衣襟:"想来看看你啊。"

主持人在初音把奖章给江星辰戴好后,引导他们回到舞台中央。

江星辰非常自然地握着初音的手,笑得像个孩子。不知谁带的头,观众席里响起了热烈的掌声。

主持人把话筒递到初音嘴边,适时采访:"二位老师的感情一看就很好,我们观众朋友都被您二位甜到了。"

初音笑着说："确实是这样，一直很好。"

主持人又问："江教授忙科研的时候，有过忙到不回家的情况吗？"

"几乎没有，哪怕到凌晨，他还是会回来，他们实验室也有宿舍，不过他基本上没有住过。"

初音说话的时候，江星辰一直温柔地看着她。

世界纷纷扰扰，独她能吸引他的目光。

主持人适时将话筒移动到了江星辰面前，语气带着笑："陈老和您是一个专业，你们平时应该有很多共同话题吧。"

"我们谈工作的时候不多，我们三十多岁的时候，约定过不把工作带回家。"

主持人好奇道："能问下，是您提的，还是太太提的？"

江星辰看了眼初音说："是我提的，她一直在研究所忙，回来和我说的话，全是关于工作的，我其实更想她和我说别的事。哪怕是鸡毛蒜皮的小事情都可以。"

"像您二位这种情况，工作和生活还是很难分开的吧？"

江星辰又看了一眼初音，眼底的温柔不减："确实是这样，但我太太给了我很多鼓励和支持。"

八十岁的江星辰温文尔雅，眉眼间依旧有着残存的英俊。

当天晚上，江老师年轻时代的照片，上了微博热搜：不怕科学家厉害，就怕厉害还长得帅。

那之后，初音年轻时代的照片也被扒了出来，那里面有几张为数不多的合照。

每一张照片里，江星辰都侧眉看着初音，眼底深情款款、情意绵绵。

他们年少相逢，相伴白头，未负寒暑。

他是她的满船星梦，她是他的情之所钟。

番外七 此情可待

秦让自从和韩绵分手后就再也没有谈过女朋友，甚至连暧昧一点的女性朋友都没有。

从前上学的时候，秦家父母怕他乱来，现在是盼他有女朋友，盼到望眼欲穿。

秦让三十岁这年，秦母和秦父对他开启了连环轰炸的催婚，他们平均一个星期就会给他安排一场相亲。

秦让每次都会喊上一个单身发小去相亲，一段时间下来，发小们都成双成对，就他还单着。

秦父气得牙痒。

为了不让他再次瞎闹，这次的相亲由双方父母共同参加。

女方是南城地产大亨陶谦的女儿，虽然比不上秦家，却也是大门大户，这姑娘是做警察的，和之前的女孩都不太一样。

约的是十一点吃饭，秦母从八点钟开始，每隔半个小时给秦让打一个电话。

秦母打第一个电话来的时候，秦让还在黑黢黢的酒吧里躺着。

他昨晚跟哥几个喝高了，别人都有老婆往回接，他没有老婆，也懒得回家，直接在酒吧里将就了一晚。

秦母打电话来，千叮咛万嘱咐："秦让，十一点在香格里拉吃饭。"

"哦。"他应了一声，继续倒进沙发里睡觉。

第二通电话、第三通电话……

十一点的这通电话，终于彻底让秦少爷醒了，不过这次电话里传来的是秦海连的声音:"给你十五分钟时间,要是赶不过来,你自己看着办。"

秦让头皮发麻,一下坐了起来。

十五分钟,根本不够他回家换衣服。

满身的酒气,去了肯定要被骂。

他看了眼长桌边上正在整理酒瓶的酒保,忽然有了主意。

于是,一刻钟后,秦让穿着酒保服,一路将那辆招眼的兰博基尼开到了香格里拉门口。

秦父见他来,本来还是挺高兴的,但再看他身上的衣服,一口气差点没上来。这怎么弄得跟服务员似的?

秦让礼貌地和在场的所有长辈打了招呼。

对面的陶家小姐认识他,很轻地笑了下。

秦母和秦父,相互点了下头,至少他家儿子的相貌还是没得挑的。

一顿饭吃得很沉默。

双方的父母都看出了原因,他们在,年轻人不好意思,放不开。

秦海连轻咳两声说:"我听说楼上有昆曲表演,要不要去看看?"

陶谦一听,立刻会意,牵着自家老婆出去了。

饭桌上只剩了秦让和陶新月。

秦让拿了桌上的口布,擦了擦嘴,说:"陶警官,我们可能不太合适。"

陶新月撇嘴道:"正好,你也不是我的菜。"

秦让懒洋洋地摇了摇椅子笑得一脸妖孽。

"那行,你说怎么弄?"

"要不你耍个酒疯?整丑点,我再添油加醋配合你?"陶新月说。

秦让弯唇道:"成啊。"

于是,几分钟后,陶新月哭着给她爸妈打电话。

秦父、秦母闻讯赶过来的时候,秦让弄翻了一桌菜,身上满身酒气,陶新月蹲在边上哭得梨花带雨。

陶谦把女儿扶起来,说:"老秦,咱们生意继续做,但这亲是结不了了。"

秦父眉毛气得直抖,但当着陶谦的面又不好发作。等陶谦他们走了,秦海连"砰"地关上门,一把拎了桌边上的凳子,朝秦让砸过来。

秦母吓得半死,一把将儿子护住,凳子砸中了她的腿。秦让不装疯了,赶紧背着他妈下楼去医院。

秦母右腿骨裂。

病房里非常安静,秦让一直在等他爸爸继续骂他,但始终没等到,老头这次是真的生气了。

"时间不早了,你先回去。"秦父朝他摆摆手道。

秦让不敢走,说:"爸,要不我还是留下照顾妈吧?"

"不需要!你留下来是嫌我命长?"

秦让只好提了衣服出门。

秦海连坐在床边,长长地叹了口气:"你说我怎么敢把秦家的产业交给这个混世魔王?"

"之前是我们把秦让保护得太好了,要不放他出去锻炼锻炼?"秦母提议道。

秦海连沉思了一会儿说:"好。"

第二天一早,秦让起了个大早,梳洗打扮整齐,开了辆低调的路虎去秦氏。公司里谁都知道他是来走过场的,秦让平常不来公司,每次来都是犯了错,来讨董事长欢心的。

只是董事长今天一天没来公司,秦少爷白起了个大早。

既然来了,该做的戏,还是做得很足,秦让一会儿看看这个文件,一会儿查查那个数据。

到了吃午饭的时间,秦少爷模仿他爸的低调作风,步行去对面的小饭馆吃了点饭。

从饭馆出来,他边刷手机游戏,边顺着马路牙子往秦氏走。

一辆黑色轿车猛地滑到了他脚边停住,里面跳下来几个彪形大汉,二话不说把他绑了起来。

他被按进了车里,头上罩了黑色的头套。

车子迅速开走了,秦让冷静下来做了分析,这帮人没有往他嘴上贴胶布,也没有给他爸打电话要钱。

不对劲儿啊!

"喂,你们玩绑票吗?"秦让问。

没人理他。

"我跟你们说,你们拿我和秦海连要钱的话,他可能会建议你们直接撕票。"

依旧没有人理他。

啧!

秦让继续说:"我说你们绑匪都是哑巴吗?怎么连个屁也不放。"

天气很凉快,但车子没有开窗户,而是开着空调,显然他们这是在高速上。

没有绑匪为了拿钱,把人质往十万八千里外的地方运的。想到这里,秦让打了个哈欠,毫无压力地靠在身后的椅子里睡着了。

大约过了两个小时,忽然有人打开车门,将他推了下去,手腕上的绳子被解开,车子一瞬间开远了。

秦让摘掉头套,眼睛被太阳狠狠地刺了一下。

这到底什么情况?

口袋里的手机,响了起来,来电话的正是秦海连。

"到S市了吧?"他问。

S市?秦让努力想在周围的建筑上找到地标性建筑,但都没有。

几十米开外的地方,有个地铁站,他走近了,听见机械的女声从地下通道里传上来:"建设文明城市,欢迎您乘坐S市地铁……"

秦让啧了下嘴不耐烦道:"到了。"

原来,"绑架"他的人不是别人,而是他爸秦海连。

秦海连开门见山:"从今天起,我会冻结你的所有银行卡,你在S市待到可以自力更生了再回来。"

秦让嬉皮笑脸地说:"那我要是饿死了呢?"

秦海连冷声道:"正好给老秦家铲除祸害。"

秦让有点不敢相信自己的耳朵。

"爸……"

秦海连一秒钟都不想理他,直接把电话掐断了。

秦让赶紧往回拨,发现他爸居然把他给拉黑了。

来真的啊?要断他的经济来源?当他在S市没有朋友吗?他现在就回去找他爸理论,凭什么!

秦让立马翻了手机里的号码,挨个给他的狐朋狗友们打电话。

一个说自己忙,两个说自己忙,三个还是忙……

整个通讯录,可以打的电话全部打完了,没有一个人敢帮他,从前跟着他吃吃喝喝的时候，倒是一个比一个勤。

他秦让还真就没有被人这么对待过。

那些个不讲义气的朋友，全被他清理了干净，通讯录里就剩了江星辰和韩绵的电话。

江星辰倒是可靠，但是远水解不了近渴。

韩绵……

他指尖在那个名字上摸了摸，心口发烫。

那年她回B市参加斯坦福和B大的联合项目，他怂恿他爸秦海连收购了那个项目，谁知没多久她就主动退出了。

后来，她回美国，连个消息都没告诉他。他秦让也不是死缠烂打的人，追不到也不会勉强。

前年岁末，她又突然回国了，据说在S市一家电台工作。

他无意打扰她的生活，也从来没有想过去找她。他不能第三次踏入同一条河流……

以前不会，现在更不会。

尤其是现在的这种情况，没见过谁分手后还要求前女友救济的。他熄灭了手机，在地下通道的台阶上坐下。

他就不信他爸真舍得把他饿死，没准在哪里就藏着几个眼线呢。

他优哉游哉地坐了一下午，他家老头的眼线也没出来冒个泡，手机倒是在掌心里振动起来：还剩10%的电，请及时充电。

破手机也真会挑时间，他现在这个情况，能上哪儿充电去？

已经到了下班的点，地铁站里拥出越来越多的人。

有保安嫌他挡路，特意来提醒过一次。

秦让站起来，让到了边上。

夜幕降临，气温也降低了很多，冷风从地下通道里灌上来，吹得他打了个寒战。

秦让站起来搓了搓手，环顾四周。身后的小街上，不知什么时候，摆满了小摊儿，一格一格，挑着白色或橘色的灯。

团团的雾气，从一个接一个不同的容器中冒出来，很快在空气中散开。

鼻尖荡漾的是各种食物的香味。

秦氏对面的那个小馆子里的饭不好吃，他中午只吃了几口，现在又饿又冷，简直可以用饥寒交迫来形容。

他家老头还真狠心。

也不知怎么的，秦让忽然想起当初和韩绵分手时，她说的那些话："秦让，你没挨过饿、没吃过苦，所以也不懂得珍惜。"

他干吗老想她？

时间越来越晚，那些小摊陆陆续续收了摊。

十一点，地铁也停运了。

深秋的夜晚，格外冷。

秦让往前走了一段，有一家二十四小时营业的快餐店还开着门。

他进去待了一会儿。

这个点的客人不多，店里只留了两个员工。他们见秦让进来，特意过来迎接了他："这位先生，您要点些什么？"

秦让有点不好意思，舔唇道："我手机没电了，不好点单。"

那两个人很快回到了厨房里，店里没有人，敞开式的厨房隔音聊胜于无。

他们在讨论秦让。

"看到那个人没，长得人模狗样，其实是个穷鬼。"

"大晚上不回家，八成是被老板给炒鱿鱼了。"

秦让略皱了下眉头，起身，推了玻璃门出去。

城市的灯火，熄了大半，只留了一些残光闪烁的路灯。

手机只剩下2%的电。

他点了根烟，最终决定用这点电给韩绵打个电话。

手机进电话的时候，韩绵刚从直播室出来。

助理把电话递来，她看了眼屏幕，那是一串没有备注的号码，可她知道这是谁。

"姐，不接吗？"助理问。

韩绵滑了接听键，随手推开了一侧的休息室。

秦让的声音从听筒里传了过来："韩绵……"他喊她的名字，不是以前那种肉麻的语气，而是很平淡、透着浓烈的倦意。

"有事？"她讲了一天的话，嗓子都是哑的。

"没有事，我在长乐路地铁站门口，要不要见一面？"

韩绵看了看表,问:"现在?"

"对,我……"

手机在一瞬间熄灭了,秦让后面的话,韩绵没有听见。

秦让看了眼漆黑的屏幕,站在路边,抿了几口烟,舔着牙尖,自嘲地笑了下。他什么都没来得及说,依韩绵的性子,估计是不会来的。

夜已经很沉了,现在应该去找个地方待一待,秦让在心里盘算了不少可以去的地方,火车站、汽车站……

不,再等会儿。

万一她来了,找不到他,万一……

空气中的寒意越来越浓,冰凉的水汽在植物叶片上凝结成了细小的露珠。

他就那么站在原地等。

韩绵从休息室出来,已经凌晨一点了。

秦让大半夜在S市就为了见她一面?她稍犹豫了一瞬,还是提了钥匙去车库。长乐路并不在她回家的必经之路上,却离电台不远。

她把车子开出去,掉转了车头……

路上空荡荡的,早没了热闹。远远地,她看到秦让站在最亮的那盏路灯下面。

韩绵把车子开过去,在他面前停下,摇下了车窗。

秦让几乎是在同一时间,抬眼看过来——

他见了她,先是惊讶,接着眼角眉梢划过一抹显而易见的喜色。

她会来,已经出乎了他的意料。

"怎么在这里?"韩绵问。

秦让扯着嘴角笑了笑:"被我家老头整得身无分文、流落街头。"

他们从小一起长大,秦家父母是如何宠溺秦让的,韩绵比谁都清楚。那简直就是捧在手心怕摔了,含在嘴里怕化了,突然这么把他丢大街上流浪,倒是稀奇。

秦让看到她眼里的不信,舔舔唇说:"你要是不信就走吧。"

说实话,他有点后悔喊她过来了。

韩绵挑眉笑了声:"我走了,你打算怎么办?沿街乞讨?"

秦让不知道怎么接这句话,毕竟别人白手起家,也不是这么个玩法。

韩绵解了车控锁，朝他点了下头，说："上车。"

"你要收留我？"秦让有点不相信自己的耳朵。

"不然呢？放你流落街头？"

"我们小韩绵心地善良，肯定干不出那种没良心的事儿。"秦让拉开副驾驶的门，顺便吹了顿"彩虹屁"。

韩绵弯腰过来，把放在座椅上的手提包拿到了后面，秦让坐进去，扣上安全带。

车子一路往前开，他才注意到她满脸的疲惫。

"抱歉，这么晚了喊你来，打扰你休息了。"

韩绵的视线看着前方，说："没有，我也刚好下班。"

刚下班？

凌晨一点了。

"工作很辛苦？"秦让问。

韩绵笑了笑说："还好，经济社会，优胜劣汰很正常，习惯了。"

秦让想，或许他从来就没有真正了解过韩绵。

两人没有再说别的话，一时陷入了沉默。

暖气腾上来，驱散了满身的寒意。

路口遇到一个红灯，韩绵伸手从车门那里抽了盒薯片出来，撕开上面的铝膜，吃了几片。

红灯跳了绿灯，她依旧没有走。

"抱歉，饿得有点没力气，不介意我吃点东西再走吧？"

"晚饭没吃？"秦让问。

"直播间一堆人等着，来不及，你要来点吗？"说话间，她把薯片盒子递了过来。

"不用，"秦让皱眉道，"你每天都这样？"

韩绵见他不吃，把手收了回去，说："也不是每天，一周四次吧。"

他从小到大，只饿了这么一次，已经觉得非常难受了，韩绵却几乎是天天如此。

韩绵见他沉默，很快转了话题："你到底是犯了什么事儿，在你爸面前失宠的？"

秦让想也不想直接答："抗婚。"

韩绵闻言，"扑哧"一声笑了："看样子，是你爸给你安排的姑娘

不好看？"

"好看啊，"秦让抿了下唇线，扭头看向她，"但不如你。"

韩绵没接他这句调侃。

车子驶到了小区门口，韩绵犹豫了一下，还是把车子往前滑到了一旁的快捷酒店门口，说："你今晚先住这里。"

秦让摊手道："行啊，但我没带身份证，你开好了房，我跟你去。"

韩绵皱了下眉。

算了，就一个晚上，带他回去住也行。

门廊里的灯亮起来，韩绵在前面开门，秦让则抄手立在她后面，问："自己买的房子？"

"嗯，地方不大，图个方便。"

秦让估算了下这个小区的房价，韩绵的收入可以啊。

玄关的灯，跟着亮起来，他往里看去，诚如韩绵说的那样，她的这个房子并不大，但五脏俱全、干净整洁，且异常温馨。

他忽然冒出一种来了就不想走的念头。

韩绵似乎也看穿了他的想法，轻咳一声道："只是暂时住一晚。"

秦让撇嘴道："你的意思是明天喊我继续流浪？"

"明天下班，我会让助理开车送你回N市的。"秦父总不会一直生气。

秦让把踏进玄关的一只脚收了回来，他抱臂立在门槛外面礼貌地说："那还是算了吧，我在你这儿住一晚，明天回了N市，我爸估计又会找别的办法把我绑了送走，说不定下次会把我送深山老林里去喂狼。我还是出去找个桥洞待着吧，指不定我家老头还能心疼下……"

他说得惨兮兮的，韩绵问："那你想怎么办？"

秦让非常会顺杆子往上爬。

"多住几天，找份工作，我家老头说可以自力更生了就可以回。"

"一个星期够吗？"韩绵问。

"够！"韩绵居然肯收留他一个星期！

她转身进了玄关，留下一句话："换了鞋子进来。"

秦让弯腰换上一双比他脚短了一大截的女士拖鞋进来。

韩绵径直去了厨房。

她烧水、煮菜、摆放食物，动作非常熟稔。

"你要吃点吗?"韩绵问。

"好。"他已经饿过头了,但韩绵的手艺他想尝。

两人面对面,各自吃了一碗面,韩绵忽然问:"你今天在长乐路那里待了多久?"

秦让如实回答:"不久,下午一直待到你去。"

"那我要是没去呢?你打算怎么办?"

秦让把椅子往后仰了仰,发现韩绵正看着自己:"反正……"

"反正怎么样?"

秦让哽了一瞬说:"反正肯定死不了就是了。"

韩绵笑了下,问:"会制作简历吗?"

"什么简历?"他问。

"不是说要找工作吗?"

"那我当然会。"

"那明天你试着投一投。"虽然他平时吊儿郎当,但找份养活自己的工作应该不是难事。

韩绵把桌上的碗筷收进厨房,秦少爷跟在后面追问:"小韩绵,我今晚睡哪里?"

"沙发。"韩绵淡淡地道。

"你家没有客房啊?"

"有,但是没有床。"她独居惯了,这些都没有弄。

秦让觉得睡沙发也比流浪街头强,于是他意外勤快地拿抹布,把餐桌清理了干净。

第二天,韩绵早起上班,秦让也跟着起来了。

她原本提了钥匙出门,又回来给他发了两百块的微信红包。

"早饭自己安排,钱是借你的。"

"成!"秦让的心情意外地好。

"祝你找工作顺利。"

然而,秦少爷的找工作之旅,非常艰难……他一整天都没有停止往招聘网站投简历,但连个给他打电话去面试的人都没有。

说实话,他有点沮丧。

韩绵回来的时候,家里乱糟糟的,餐桌上放着他没有收拾掉的泡面

- 487 -

桶。她禁不住皱了下眉:"工作的事找得怎么样了?"

"还行吧。"秦让答得有些心虚。

"有人打电话让你去面试吗?"韩绵问。

"那没有……"

不应该,正常S市这个季节,好多单位都缺人。

韩绵在他边上坐下,一股柔软的香味扑到了鼻尖,秦让禁不住愣了下神。

"我看看你都投的哪些岗位?"

秦让把手机递过去,韩绵低着头,一条条往下看——

××集团总经理,×××商务部总经理,×××金融理财副总裁,××国企项目主负责人……清一色的企业高管,就差投人家董事长了。

这倒也像他能干出的事。

韩绵侧眉问他:"秦让,你看人家的招聘要求了吗?"

秦少爷一脸鄙夷,腿跷得老高:"那有什么难的,管哪个公司不都一样?这么多年,我在秦氏不一直做的总经理吗?"

"那不一样。"

"哪里不一样?你的意思是我这么多年,一直靠着老头子的庇佑,没有一点才能是吧?"

韩绵抿了下唇,说:"差不多。"

差不多?

秦让差点没被她气得跳起来。

"韩绵,你真这么看我啊?"

"你明天还是换个思路吧。"韩绵没有正面回答这个问题,而是起身去了卧室。

气恼归气恼,第二天秦让还是照着韩绵的建议,把自己的简历内容改了下,投递的目标也不那么高了,都是些小公司的小领导。

但依旧没有人喊他去面试。

秦少爷非常生气,他都已经这么屈尊了,这些个公司还是没一点眼力见!

墙上的钟已经转到了晚上十二点,韩绵还没到家。

今天又加班了。

秦让到底还是有点自觉的,不过他不会做饭,而是给她叫了份外卖。

韩绵凌晨两点钟才到家，外卖早冷了。

秦让站起来帮她热外卖，她吃了几口，道了谢，匆匆进了卫生间。

关于他找工作的事，韩绵一句也没有问。

第二天早上，秦让在沙发上发现两套西装。

韩绵昨天忙到那么晚，还去给他买衣服，他有点不忍心辜负她的期望……他决定再把他的心里期待放得更低一点，不管什么工作，只要肯要他，他都去。

秦公子第三天的找工作之路，总算顺畅了一些，开始有一些销售性质的岗位喊他去面试。

秦让挤着人山人海的地铁，挨个去面试，总算相中一家，月薪六千。

虽然这连他之前一天的花销都不够，但他所看的那些招聘信息里，都没有这么高的。

韩绵听说他找到了工作，很开心，不过为了顾及秦让的自尊心，她并没有表现得太过明显。

秦让入职后表现积极，第一天就开了第一单，公司奖励三百块奖金。

以前，他从来不觉得三百块叫钱。

但今天却意外地高兴，他在外面转悠了半天，给韩绵买了一束玫瑰，又买了些菜。

秦少爷决定向朋友圈里的江星辰学习，亲自为韩绵下厨。

他搜遍了各种菜谱，忙活出了一桌菜。

晚上八点多，门廊里响起了钥匙的声音，他快步过来开门。

韩绵回来了。

只是和她一起进来的还有一个男人——花边新闻异常多的小开，顾云涛。

秦让曾经和他共事过，深知这个人的无耻。

他不想理顾云涛，偏偏顾云涛却不打算放过秦让。顾云涛扭头朝韩绵笑了笑说："韩大主播，原来被亲爹逐出家门的秦少爷，藏在你家呢。"

韩绵纠正他说："暂住。"

顾云涛调笑道："哦？是男朋友？"

"不是，"韩绵语气平淡地说，"老同学。"

韩绵这么着急和他撇清关系，秦让心里很不是滋味。

他现在非常不爽。

顾云涛在最近的椅子上坐了下来,语气暧昧地说:"韩主播真是人美心善,对同学这么好,对男朋友肯定更好,好想知道做你男朋友是什么感觉?"

秦让冷哼出声:"你肯定没机会。"

顾云涛不理他,自顾自地点了根烟,用下巴鄙夷地点了点桌上的菜说:"秦少这是已经改行做保姆了吗?也是,你们家那老掉牙的产业早就不行了,你不带头寻求点出路,还真不行……"

秦让收紧拳头,指节捏得"咔咔"作响。

韩绵在他胳膊上轻轻拍了下,示意他冷静。

韩绵倒了杯水递给顾云涛,说:"台里让我问你'江湖'手游的进展。"

"现在出去吃个饭再聊,"顾云涛伸手过来接杯子,顺势摸了韩绵的手,"我正好饿了。"

秦让一拳过来,砸飞了他脸上的眼镜。

顾云涛骂了一句,还没反应过来,胸口又挨了一拳。

要打第三拳的时候,韩绵握住了秦让的手腕。

顾云涛吓得半死,爬起来,开了门出去。

走远了,他还在骂骂咧咧。

秦让要追,被韩绵拦住了。顾云涛这种人,很可能会把这件事闹大,多一事不如少一事。

秦让依旧非常气。

韩绵在桌边坐下,提了筷子问:"我饿了,可以吃吗?"

"当然可以,就是做给你吃的。"

韩绵品尝了每一道菜。

秦让看着她,眼底尽是柔软。半晌,他忽然问:"你怎么会带顾云涛回家?"

"他硬要跟上来,说要喝水,我想你在家就没有拦。"

秦让继续问:"你有事求他?"

韩绵咬了下筷子,说:"嗯,台里的事。"

"那我今天打了他,他会不会拿这个事报复你?"

"没事,我可以解决。"

第二天早上,韩绵刚到电台,助理小杨就立马跟了进来。

"姐,台长找你呢。"

她猜到是"江湖"手游的事,到了台长办公室,果然见顾云涛坐在那里,满身的香水味。

他们台长正堆着笑和顾云涛说话。

韩绵向他点了下头,在对面的沙发上坐下来。

"王台长,您找我有事?"

王彧看了她一眼说:"对,对,你坐。"

顾云涛意味深长地看了眼韩绵,对王彧说:"王台,我忽然有点口渴。"

王彧看了眼韩绵,朝她挥了下手。

韩绵出去又进来,往顾云涛面前的桌上放了杯水。

顾云涛指尖在玻璃杯上敲了敲,并没有要喝的意思:"王台,要不中午喝点酒?"

"我们台长才做的支架手术,不能喝酒。"

顾云涛暧昧地看了韩绵一眼问:"那你能喝吗?"

韩绵答得非常干脆:"下午有直播,不能。"

顾云涛见她拒绝,不悦地提了衣服站起来:"王台,韩主播有事,手游的事还是改天再谈,现在好多卫视频道都在找我。"

王彧使劲朝韩绵递眼色,她始终没有应。

等顾云涛走了,王彧把玻璃门关起来,朝韩绵发了一通火:"这个手游排的我们黄金档,现在说走就走,我们损失很大。今年经济不景气,找我们的广告合作都比往年少,顾云涛那里要是断了,我们谁也别想好过。"

韩绵不卑不亢地说:"我会尽快联系新的合作方。"

王彧来回踱了几步,担忧道:"合同还有一个月的时间。"

韩绵点头,"足够了。"

韩绵的能力非常强,这点王彧当然知道,多少难啃的骨头她都啃下来了,他朝她摇了下手,示意她先出去。

韩绵回到自己办公室,长长地吐了一口气。

助理敲门进来,把晚上直播的材料放到她桌上。

"姐,没事吧?"刚刚他们台长的咆哮声非常大,整层楼都听得一清二楚。

韩绵摆了下手，说："把去年合作过的品牌商信息都发给我，还有最近比较火的游戏品牌也都发一份给我。"

助理合上门出去，韩绵立马垂眉开始研究手里的台本。

中午的时候，她只吃了几口饭，又继续研究。

诚如王彧讲的那样，今年经济不景气，那些品牌商都选择去一些收视率不是排在榜首的电台做广告，节约成本。

以前的品牌商从S市电台撤走后，基本都已经有了新的合作方，现在都没有需求。

市面上所有的大型游戏，韩绵都看了一遍，可以和"江湖"比肩的游戏少之又少。

有一家老牌手游倒是可以谈，韩绵打电话过去的时候，对方没有拒绝，只是他们对游戏方面的专业度要求非常高。品牌方之前合作过一些电台都不满意，属于可争取的范畴。

之后的一个星期里，韩绵几乎每天都要工作到凌晨一点才回家。

秦让无论有多困都会等她，那好像已经成了一种习惯。

今天韩绵到家更晚，墙上的钟已经转到了两点。

秦让站起来，问她要不要吃点东西。

韩绵笑着说了句好，便仰面倒进了沙发里。

饭菜是秦让早就准备好的，放在厨房里一直温着，等他端出来，韩绵已经靠在沙发里睡着了。

秦让蹲下来，轻声唤她。

韩绵翻身，拂了他一下。

"秦让，饭一会儿再吃，先让我睡一会儿……"她声音没什么力气，就像撒娇。

在韩绵家的这段时间，秦让亲眼见识到了她可怕的自律性，她是个完完全全的职场大女性，像这样小儿女情态还是很少见的。

他不禁想起当初和韩绵恋爱时的情形，B大的课业很重，她也有通宵看书的日子，那时候她为了多一些时间看书，也会和他撒娇卖萌。

那么久远的事，他依旧能记得每一个细节——柔软的手，握着他的，摇啊摇，皮肤白白的，灯光之下，脸上细小的绒毛清晰可见，大眼里带着几分讨好……

所有和韩绵在一起的时间，都是甜蜜而美好的，她是秦让真正意义上的初恋。

分别的这些年里，他尽量避免去想她，但身体里的每一个细胞都没有忘记她。

他们早已经不是年少时的模样，可他还爱她，比从前更甚。

秦让垂眉看了她一会儿，眼里尽是温柔。

这样仰面躺着睡，时间久了容易落枕，他将胳膊轻轻地探到她脖颈后面，一手托住她的腿弯，动作轻柔地将她平放在沙发上，盖上了被子。

做完这些，他起身去收拾了碗筷。

客厅恢复了安静，墙上的时钟"滴答滴答"地走着，韩绵的呼吸声清晰可辨。

她不知道什么时候翻了个身，被子落了一截在地上，肩膀露在了外面。

"睡觉还挺不老实。"秦让弯腰把那被子捡起来，往上提了提，将她肩膀盖进去。

韩绵忽然伸手握住了他的手腕，唤了声："秦让……"

很轻的一声。

她没醒，而是在梦里喊他的名字。

秦让不知道韩绵在梦里究竟梦到了什么，但他就是很高兴。

一时间，他也懒得找别的地方睡觉，就这么蜷在她边上，牵了被子的一角合上了眼。

第二天早上，韩绵起床时，秦让已经去上班了。

家里打扫过了，非常整洁，桌上放着一杯热牛奶，底下压着张字条：一点前要回家。

韩绵看着那字条上的字，愣了一会儿。半晌，她摸出手机给他发了条消息：十二点半到家。

正在接待客户的秦让，忽然收到这条消息，笑得眉眼弯弯。

韩绵刚把手机放进包里，它就又响了起来。

她家小助理的声音大而紧张："姐，不好了，双屿的老板忽然又不想和我们合作了。"

"怎么回事？"昨天双屿的合同都已经拟好了，就差今天去签字了。

"我也不知道，好像是顾云涛看我们有合作，从中捣的鬼。"

"别慌，我马上过来。"韩绵进卫生间，匆匆洗了澡，再出来已经是一身正装了。

她提了钥匙到门口,又踢掉鞋子回来把桌上的那杯牛奶喝掉了。

车子一路开到电台楼下,王彧冷着一张脸在韩绵办公室门口等她。

助理小杨似乎是挨了骂,蔫蔫地低着头,她看韩绵来了委屈巴巴地喊了声:"姐。"

顾云涛仿佛是料准了时间给韩绵来的电话:"韩绵,你认清时务了吗?喊秦让来给我道歉,后面的合作,我们继续谈……"

韩绵不等他说完,直接挂掉了电话,说:"这事确实是顾云涛搞出来的。"

王彧沉着脸道:"你到底怎么得罪顾云涛的?"

韩绵沉默了一会儿说:"这件事,我来负责。"

韩绵拿了资料,开了四个小时的车去了双屿的总部。

顾云涛家现在是游戏行业的老大,双屿的很多资源都是顾家给的,所以顾虑比较多。

双屿合作不了,只能寻求别的渠道,只剩二十天时间了。

晚上还有直播,她简单地吃了一点东西,又开了四个小时的车回到S市。高强度的直播工作完成后,整个人都有点发虚,胸口闷闷的。

之前也有过这样的情况,稍微休息之后就会好转。

韩绵看了下时间,已经过了十二点。

她没有忘记秦让早上留给她的字条,揉了揉眉心起来。

车子从地库出来后,径直往东走,到小区附近时,胸闷得更加难受。

她敏锐地踩了刹车,将车子停在了路边。

后面的意识都混沌了。

秦让从下班开始就在等韩绵,等墙上的时钟过了十二点半,他给韩绵打电话,没有人接。也不知道怎的,他今晚有点心神不宁。

韩绵是一个特别守时的人,要么不答应,答应了肯定回来。

他越想越担心,鞋子都没换,直接出了门。

小区里非常安静,韩绵的车位还空着。

秦让一路跑到小区门口,这个点的车非常难打,他扫了辆单车,一路往电台的方向骑,为了第一时间能碰见她,沿途走的都是反道。

骑了一小段,他就看到韩绵的那辆红车在路边停着,里面黑黢黢的。

秦让给她打电话，中控箱上不停地闪烁，他看到她垂头压在方向盘上。

"韩绵！"他隔着车窗喊了一会儿，里面没有一点儿反应。

幸好，后备厢没有上锁，他从那里钻进来解掉了门控。

韩绵已经一点意识都没有了，他赶忙打了急救电话。

小护士不疾不徐地问他情况，被秦让吼了一声："有没有方法能救她，你快教我！"

接线护士一面让做了登记，一面在电话里讲。

秦让把手机开了扩音放在边上，一把脱了外套，将韩绵抱下来平躺着。

人生第一次，他觉得无知是可以要命的。

以前上学的时候，韩绵曾经带他去上过那种急救课，他当时觉得用不到，懒洋洋地睡了一觉。

很多细枝末节的东西，在脑海里一晃而过。

他很后悔。

真的很后悔。

他照着护士的说法，有节奏地按压、吹气。

韩绵依旧躺在那里，一动不动。

他可以忍受她漂洋过海，可以忍受她不爱他，却忍受不了她的死亡。

"韩绵！韩绵！你给我醒过来。"秦让几乎疯了一样喊她，桃花眼里尽是猩红。

救护车在十几分钟后到了，韩绵被抬上车。

护士代替秦让继续对韩绵进行抢救。

抢救室门外，秦让颓唐地瘫坐在地上。

韩绵的命，也是他的命。

二十分钟的抢救之后，韩绵终于苏醒过来了。秦让爬起来，猛地往前栽一下，幸好边上的护士反应快扶了他一把。

韩绵躺在那里，戴着氧气面罩，手背上挂着点滴，胸前连着各色线，脸色苍白而灰暗。

他的手颤抖地放在床边，韩绵伸手在他手背上拍了下。

秦让别开脸，擦了下眼泪。

韩绵没有多少力气，她费力地握了下他的手，秦让扭头过来看向她，声音有些哽咽:"小韩绵,你知道你刚刚差点……"后面的话他说不下去了。

氧气面罩箍在脸上,不好讲话,韩绵只是静默地看着他。

秦让把她的手握住,说:"我刚刚想了很多,你以前骂我的那些话都是对的……我就是个浑球……"

他有些情绪失控,眼泪落了韩绵一手。

韩绵想安慰他,轻轻一动,身上的仪器一个接一个地响了起来。

护士提醒他注意让韩绵静养,他才终于松开了她的手。

医生对韩绵进行了系统的检查,她没有任何的基础病,心脏也很健康,会出现心跳骤停,完全是因为劳累过度。

韩绵在ICU里待了两天后转去普通病房,秦让请了假,全天陪护。

洗脸、梳头都是他在弄。

韩绵的病情好一点了后,手机又开始了疯狂响铃模式。

电台一姐的病,不是那么好生的。

秦让看她挂了电话又打电话,一下讲了几十分钟,俊眉皱成了麻花。

"你现在这样,不适合高强度的工作。"他说。

韩绵笑了声:"等这件事忙完,我会休个长假,这次是因为我导致云天突然撤走,我不能不管。"

秦让知道她说的是什么事,忙说:"我家的广告,你们台里接不接?就放你们的黄金段,循环播放,大不了,我给老头打个电话,服个软……"

韩绵打断他:"秦让,我可以解决。"

他们家的广告用不着那么长,而且她不想让秦让为了她向任何人去低头。

哪怕那是他爸爸。

韩绵出院第二天,杨助理过来看了一趟。小姑娘把顾云涛里里外外骂了一遍,用词非常犀利,韩绵被她逗得笑个不停。

秦让意识到这个顾云涛是解决问题的关键。

韩绵夜以继日地加班的罪魁祸首,就是这个顾云涛。

原本韩绵他们这个项目,并没有这么难谈,顾云涛是因为他上次的事,在肆意报复。

韩绵是被迫遭殃的那个。

这事主要还赖他。

他一时冲动打了顾云涛，害韩绵受苦了。

秦让思考了一会儿，同杨助理说："你能不能留在这里照顾韩绵一天，我出去一趟有些事。"

韩绵叫住他："你出去什么事？"

秦让抹了下鼻尖，含糊地回答："公司里的事，我去一趟就回来。"

韩绵没有多问。

秦让出门就给顾云涛打了电话。

顾云涛答应见他。

秦让开着韩绵的车，径直去了云天集团。

顾云涛故意拿乔，让秦让在一楼等了整整一下午。

一直到了傍晚，顾云涛才回来，秦让看到他身后跟了六个彪形大汉。

顾云涛摘掉眼镜，咋舌说："今天太阳是打哪个方向出来的呀？秦少爷主动找上门。"

秦让解掉衬衫最上面的扣子，从口袋里摸出根烟点上，抿了一口，睨了他一眼，道："怎么着，让我等半天是害怕得到处找保安去了？"

"你……"顾云涛伸了手，从上到下指着他说，"'丧家之犬'四个字就是你现在的样子。"

秦让拂开顾云涛的手，又抽了两口烟，说："没空和你扯这些，说吧，韩绵电台的事打算怎么弄？"

"你喊声爷爷，我听听。"

秦让嘴角挂着一抹冷笑："哦？喊完就不难为她了？"

"那我得看心情。"

秦让随手丢掉烟，鞋底压上去，轻轻一踩，抬头看向他："行嘞，爷爷。"

顾云涛听到秦让喊"爷爷"两个字的时候，还是有点震惊的。

秦家多年来，纵横于多个行业，在商界的地位是非常稳固的。平常秦氏是看不起他们这些新生产业的，那些所谓的商界活动，他们也几乎从来不参与。

这次秦让为了个电台主播低头，倒是稀奇。他很想看看秦让的底线在哪里："秦少，你喊我一句爷爷就想我把你上次打我的事一笔勾销，这买卖做得也太顺利了。"

- 497 -

秦让挑了挑眉，随手将衬衫的袖扣解了。

"说吧，怎么做？"

"跪下来，先磕个头，再声情并茂地喊声爷爷。"

秦让舔了下嘴唇，似笑非笑地看了他一眼说："这个恐怕不行，换一个。"

"秦少爷有些不够诚意啊？"顾云涛笑得有些狰狞。

秦让嗤笑一声，把手插进口袋里说："这不是诚意不诚意的问题。我虽然不想什么都靠我爸，但我爸就我这么一个法定继承人。不论他现在怎么对我，老秦家以后都是我接班。秦家以后的生意，顾少爷是打算都不做了？"

不做秦家的生意，显然不太可能。

顾云涛冷笑道："那你打算怎么诚意地道歉？"

秦让笑了下抬眉，用手指点了点顾云涛身后的那些彪形大汉，说："让你打回来，一笔勾销，怎么样？"

顾云涛犹豫了一会儿，秦让刚和他说的那些话，他还记在心里呢。

秦让是老秦家的独苗。

秦让看穿了他的心思，补充道："我这是主动找你打的，我爸现在也管不着我，你有仇报仇，报完秦家和顾家生意照做，你该和人电台合作的合作，成？"

顾云涛问："这韩绵真不是你女朋友？"

秦让说："不是。"

"那你干吗这么护？"

秦让舔了下牙尖，从鼻子里哼了哼："我乐意，你管不着，废话那么多，到底打不打？"

"拳脚无眼，万一到时候……"

"不死不怪。"

顾云涛回头朝那几个人做了个手势，秦让很快被几个人围住架了出去。

秦让从小到大打过很多次架，但丝毫不还手的就这一次。坚硬的拳头砸过来，非常疼。

顾云涛一直看到他站不起来，才示意人住手。

"你算条汉子，咱们的事到今天就结束了，韩绵那里我也不会去找什么麻烦。"

楼道里光线很暗，有风顺着楼梯漫进来，潮湿而阴冷，带着老旧水泥的灰土味。

秦让仰面在地上躺了一会儿，才挣扎着爬起来。骨头没有断，只是皮肉伤而已。

口袋里的手机响了起来，他靠在灰白的水泥墙上，摁了接听。韩绵的声音真的非常好听，好听到他觉得那些伤口都不怎么疼了。

"秦让，你是不是去找顾云涛了？"

"没有的事儿，我找他干什么啊？"他点了根烟塞进嘴里。

"他今天忽然跑回来说要找我们电台合作。"

"哦，那挺好。"顾云涛这人还算讲话算数。

秦让的声音听起来有些没力气，而且那端的声音很空旷。

"你在哪儿？"韩绵问。

秦让扶着墙，半天才站起来，淡淡地笑了声："在公司，一会儿就回。"

"那我让小杨先回家了。"

"好。"

"秦让……"

"嗯？"

"早点回家。"

回家，他和小韩绵的家。

多么美好的字眼。

想到这里，他吐了口烟，笑了起来。

转念一想，他觉得自己肯定是疯了，竟然觉得被人揍了也挺开心。

身上实在痛，他抓着那锈迹斑斑的扶手往上走。不过两层楼梯，他足足走了五分钟。

到了楼道尽头，细碎的光照进来，傍晚的风里有股难以忽视的花香。

他鼻青脸肿的，沿途看到他的人，都投来探究的一瞥，有的交头接耳告诫身边的小朋友离他远点。

秦让想了下，还是找了个地方洗了把脸。

他对着老旧的镜子照了一会儿，皱起了眉毛。这些打人的人，肯定是嫉妒他，这么招呼他的俊脸。

这样回去见韩绵，肯定会被她看出来。

她身体才好,他不想让她太担心。

门口有个小理发店,秦让走进去,让那个做头发的人给他化了个妆。

"多涂点粉。"他说。

理发小哥抽了抽嘴,觉得自己今天可能遇到变态了。

秦让看脸上的伤勉强盖住了才走。

韩绵开门,见秦让一脸的粉,也有点惊奇,虽然他们电台的男主持都是化妆的,但像秦让这种"抹墙"式的化妆方法还是比较少见的。

秦让很快开口解了她的疑惑:"我们公司有活动,化了妆。"

韩绵点头。

秦让抬腿进来,尽量让走路的姿势看起来自然些,但身上太疼,他动得非常慢。

餐厅的桌上已经摆好了热气腾腾的饭菜,味道很香,那种家的感觉非常强烈。

"晚饭吃了吗?"韩绵问。

"还没,你做的?"

韩绵说:"没买菜,点的外卖,介意吗?"

"当然不介意。"

韩绵往他手里递进一双筷子。

秦让接过来,提着,他试着夹菜,连续好几次都不成功,右手太疼了,完全握不住筷子。

"怎么了?"韩绵发现了异样,问道。

秦让咳了一声说:"手有点酸,没事,今天搬东西搬的。"

"想吃什么我帮你夹?"

"怎么,要喂我啊?"秦让懒洋洋地靠进身后的椅子里,笑得一脸痞气。

"可以。"

秦让挑了下眉梢,随口道:"牛肉。"

韩绵伸手过来拿他的筷子,被他躲开了。

"小韩绵,这是我的筷子,你得用你的筷子喂我。"

这人耍起无赖的样子,她也不是没见过。韩绵犹豫了一瞬,还是夹了块牛肉送到他嘴边。只是秦让低估了这牛肉的硬度,脸上的伤因为嚼这块牛肉格外痛。

韩绵看他的表情有点奇怪,问:"很难吃?"

秦让摇了下头,含泪嚼了咽下去,说:"还好。"

韩绵还记得他喜欢吃藕,又夹片藕递过来。

"你吃这个吧。"

秦让的俊眉略皱了下。

韩绵问:"怎么了?"

他总不能说嚼不动,只好低头接了过来。

韩绵眼尖,看到他锁骨那里有一片瘀青。他脸上有点浮粉,耳根的地方有瘀青,下颌上也有伤口。

秦让好不容易吃完,韩绵忽然把手伸过来,说:"把手给我?"

"干吗?"秦让下意识往后退了一步。

韩绵不等他回答,伸手将他的手握住了。

外套的袖子被掀开,秦让已经来不及撒手,胳膊上的瘀青已经被她看见了。

"这怎么弄的?"她问。

秦让挑了下眉,不以为意地说:"摔的。"

韩绵不信,又问:"你下午去哪儿了?"

秦让坚持道:"上班……"

韩绵很快将他另一只袖子也捋了上去。这只胳膊伤得比较重,秦让没反应过来,嘶了声冷气。

韩绵站起来,去了盥洗间,再回来手里拿了卸妆棉和卸妆水。

秦让要起来,被她按进了椅子里。

"小韩绵,你要干吗?"

她抿了下唇线,手里的化妆棉沾了卸妆水轻轻在他脸上擦。

秦让躲不开,只好仰着脸配合她手里的动作。

那些青紫的伤口一点点露出来,触目惊心……秦让从小到大,最在乎的就是这张脸,这显然不会是摔跤摔的。

他知道圆不过去了,坦白道:"下午跟顾云涛那小子打了一架。"

"是打架还是被人打?"她不是第一天认识秦让,他打架吃亏的时候很少,她想到了顾云涛,"你身上是不是也有伤?"

秦让扯了扯嘴角说:"没有。"

她不信，伸手过来要解他衬衫上的纽扣，被他摁住了。

"小韩绵，男人的纽扣不能随便解，解了要负责的。"

"我就看一下。"

"别看了，真没有伤。"他脸上依旧挂着笑。

韩绵沉默了一会儿，咬住嘴唇，眼中隐隐有泪意涌动。

"行了，别哭，让你看就是。"他解了衬衫的扣子，一道道暗红、青紫映入眼帘，整个胸膛只有零星的地方没有伤。

韩绵一下站了起来："跟我去医院拍个片子检查下。"

秦让握住了她的手，说："骨头没事，一点轻伤而已。"

韩绵很生气，虽然他做的这些事都是为了她。

"你不要命了？"单枪匹马地去找顾云涛。

秦让喉头滚了滚，心中没来由地生出些感动，他长手一伸忽地将她拉进怀里抱住。

下一秒，有潮湿的眼泪落在他的肩膀上。

秦让有些手足无措，连忙道歉。

"这是我的事，你犯不着这样做。"她低低地说。

"是啊，你的事。"秦让松开她，颓唐地靠进椅子里，眼里是看不清情绪的晦暗，过了许久，他才哽咽着开口，"韩绵，我不能忍受你再来一次心跳骤停，那天护士和我说，心跳骤停的前四分钟是黄金救援时间，错过了那四分钟基本就救不回来了。"

如果那天他没有及时出现，很可能就永远失去了她。

韩绵永远不知道他那天是以怎样一种情绪在救她……

那种没有一点希望的恐惧，整个吞噬了他，她在抢救室的时候，他陷入了一种短暂的失明中，四周所有的东西都是看不见的，直到医生说她救回来了，他才又看到了东西。

韩绵瞳仁颤了颤，她没想到他会同她说这些话。

秦让适时转移了话题："顾云涛他们要给你们台里多少钱？"

"每十五秒十二万。"

秦让简单算了下，笑道："那我这顿打没白挨。"

"你还笑得出来，跟我去医院检查。"

秦让难得配合地同意了。

晚间的急诊室人不多，报告出来得比较快，他的内脏和骨头都没有损伤。

医生开了一大袋跌打损伤的药让他带回去涂。

市医院里灯火通明。

韩绵和秦让并肩往回走,那一大袋子药全在韩绵手里提着,秦让想拿过来,被她给拒绝了。

他舔了下唇,桃花眼里尽是玩世不恭的笑。

"小韩绵,我这啥事都没有,让你替我拎东西,总感觉过意不去啊。"

"等你伤好了再拎。"她说。

秦让把手揣进口袋,懒洋洋地耸了耸肩道:"行吧,反正以后我有的是时间表现,对吧?小韩绵。"

韩绵没有正面回应他这句话,她知道这句"有的是时间"有深层意思。

从取药窗口到停车的地方,有很长一段路,他刚刚做检查的时候,是韩绵按在轮椅里推过去的。

现在没了轮椅,他走起路来有点费劲。几乎每动一下,全身的肌肉都被牵扯着发痛,背后出了一层汗。

韩绵见他拖着腿走路,问:"很痛?"

秦让挑挑眉,朝她眨了眨星星眼,一脸痞笑道:"本来是很痛,你一问就不痛了,你说奇怪不奇怪?"

韩绵往他身边靠近了一些,放慢步子,捉过他的胳膊架到了自己肩膀上,说:"借个力走。"

秦让愣住了。

不过他到底舍不得真往她肩膀上使劲,他还记得她身体不好的事,况且他这么大的块头,压着她她也吃不消。

可他愿意把手让她捉过去架着。

离得近了,他闻到了她头发上柔软的清香。

住在她家后,秦让一直和韩绵用一样的洗发水,她原本答应他住一个星期,现在已经不止了。他有种预感,或许未来可以一直这么住下去。

两人走得非常慢,碰到车子时,韩绵会拉着他主动避让。

秦让不自觉地笑了笑。

到了车边,韩绵将他扶进副驾驶座,并且帮他调整了下座椅的高度。他的长腿可以平放着,也不至于那么累。

做完这些，她绕到另一侧去开车。

车厢里的灯亮着，秦让偏头看了她一眼，橘色的光洒在她的眼角眉梢，映着那双眼睛清澈又纯粹。她给人的感觉一直很清淡，最浓烈的时候，也不是烈酒，而是带睡莲和松柏香气的河水，柔软而神秘。

主干道的灯在后视镜里流淌，秦让禁不住开口："这么多年，你怎么没再恋爱？"

韩绵很轻地笑了声："你是想让我说，对你恋恋不忘？"

秦让仰面合眼，低低地笑起来："我哪有那么自恋？"

韩绵专注地看着前面说："恋爱费时间、费精力，没什么意思，而且……"

"而且什么？"秦让一下睁开眼看向她。

"对爱情没有什么期待感了。"

秦让骤然哽住了。

韩绵这是一朝被蛇咬十年怕井绳，他正是那条咬她的蛇。

快到小区门口时，秦让忽然说："对不起，当初是我不好。"

"陈年往事，没什么好不好的。"

"韩绵。"

"嗯？"

"要不我再追你吧？追到让你甩。"

"听起来，我还挺划算？"她掀了眼睫看过来，瞳仁里有着水波一样的光。

秦让把手靠在脑袋后面哼哼："那可不？"

韩绵低头换挡，叹了一声："我要是年轻点，肯定要着了你的道。"

秦让一本正经地说："那怎么叫着了我的道儿呢？你现在女大当嫁，我男大也当婚，不正好合适？"

"我爸可没有催婚。"

秦让被她拿话噎了倒也不气，反而笑了一声："那他还愿意看你以后做孤寡老人啊？"

"到时候再说。"她没思考过这些。

秦让发挥他平常不要脸的本能，继续说："你去找个那种不知根不知底的，哪有我好啊？"

韩绵没说话，一脚将车子倒进车库，掀门下了车。

秦让慢腾腾把脚拿下来，再看她已经走远了。

保时捷车"嘀"的一声在身后上了锁。

秦让皱了下眉，隔老远喊："小韩绵，你不扶我了啊？"

韩绵背对着他挥了挥手道："你自己走。"

"可是我是真的很痛。再怎么说，我们也是老同学吧，喂……"

秦让一路走一路卖惨似的喊痛，韩绵耳朵都要给他吵炸了。

到了家，韩绵转了钥匙，踢了双拖鞋给他。

秦让倚在门框上继续装可怜："我痛得动不了，你扶着我换呗。"

"随便你，不进来，你上外面待着。"

秦让隔开门框，动作麻利地换掉鞋子挤进来，说："我刚就和你开个玩笑。"

韩绵不理他，径自去厨房倒了杯水，一气儿喝了。

秦让刚坐下来，韩绵指了指卫生间说："进去洗澡。"

秦让贱兮兮地"哟"了一声。

韩绵低头从手里的袋子里翻出一瓶伤科灵喷雾丢给他，说："只给你十分钟时间用浴室，我今天要早点睡觉。"

客厅里总算安静下来，韩绵走到阳台上去。夜里的风有些冷，她靠在窗户边上透了会儿气。对面高楼里的灯火，一格一格地亮着，底下的楼层里响起小婴儿清脆的啼哭声。冷风给了她足够的清醒。

她是疯了吗？秦让这棵树，她不能睁眼闭眼都往上撞。

他就像她做过的一道错题。她花了几年的时间，才彻底从那段痛苦里走出来。没有再陷进去的道理……

卫生间的门"咔嗒"一下开了。

秦让边往外走，边用毛巾擦他头发上的水。

"小韩绵，我用好了，你赶紧去，热水还多着呢。"

"嗯。"她随手把放在沙发上的药递给他，转身进了房间。

秦让低头对着那塑料袋研究了一会儿，嚷道："这些要全部用啊？"

韩绵已经合上了卫生间的门，声音很淡，没什么情绪："随你。"

秦让把那些药翻出来，挨个研究了一遍，开这些药的时候，小韩绵可是盯着主治医生问了好多话的。

他揭了瓶盖，拿着些瓶瓶罐罐一顿涂抹。

腿上、胳膊和胸前的伤都好涂，就背上的比较难弄，他胳膊痛，别不过去。

他眉梢一挑,想到了办法。

于是,韩绵出来的时候,就看他懒散地敞着衬衫纽扣,斜斜地靠在沙发里,嘴角勾着一抹骚气十足的笑。

韩绵禁不住抽了下嘴角,问:"药涂好了?"

"嗯,能够得着的地方都涂了。"

韩绵收回视线,随手开了电视。

她放的是最近比较火的综艺节目,笑点满满,才看一会儿,她就笑得眉眼弯弯。

秦让觉得自己被忽视了,特意抱了把椅子在她面前坐下,使劲咳了一声。

韩绵嫌他挡电视,朝他摇了摇手,道:"你能不能坐过去点?"

他故作惨兮兮地说:"小韩绵,你不问问我哪里擦不到药吗?"

"我干吗要问?"

秦让把他屁股下的椅子往她面前拽了拽,转过去背对着她,道:"我后面不方便擦,你帮个忙。"

韩绵睨了他一眼,说:"那就不擦呗。"

秦让一拳打在软棉花上,哽住了。他皱了皱眉说:"那……你买这么多药,不擦多浪费啊!现在国家提倡节俭,你一个卫视主播怎么没点政治觉悟呢?"

擦个药,还和她扯觉悟。

韩绵实在怕了某人的碎碎念,一下拍亮了最亮的灯走了过来,对他说:"把衣服脱掉。"

秦让仰面,故意把敞开的衣领拉得大了一些,笑得发颤:"这么直接啊?"

韩绵走近,在他肩上用力拍一记道:"不直接,怎么给你擦药?"

秦让痛得猛地"嘶"了一声:"小韩绵,你温柔点行不!我这满身的伤可都是为你受的。"

"那是你自愿去挨打的,可不能赖我头上。你吃我的,喝我的,当报恩了。"

秦让闻言有点不高兴了,他一拉衣服下摆,坐直了。

韩绵掀唇问:"不涂药了?"

秦让不高兴地撇撇嘴道："不涂了，反正我这是报恩。"

韩绵把手里的膏药放下来，说："行，尊重你的决定，反正又不是痛在我身上。"

秦让一口气堵在了嗓子眼里。

电视里的节目还在放，她的注意力很快又回到了电视上，不久便轻笑出声。

他背上的伤比较重，稍稍一牵扯就触及每根神经。她不给他擦，就只能自己擦了。

韩绵看他把衬衫脱了下来。

秦让手臂上的那个文身也露了出来，那是很多年前，她咬完了他，他去文身店特意弄的。

那么多年过去了，那个牙齿印还在他身上留着，也许只是没时间去洗。她到现在还记得，他的那股轻狂劲儿。

她当时为什么会咬他，已经记不清了，秦让那时候总是爱招惹她。

少年不识愁滋味。

秦让反手抹了药膏要往背上涂，试了好几次，却总也够不到。

韩绵几步走来，随手拿了他放在桌沿上的药膏，捻了一些在指尖。

"我帮你弄。"她说。

秦让这个人吧，其实挺好哄的，比如刚刚韩绵说他的时候，他很生气，现在一听说她要帮他涂药，又有点受宠若惊。

他清了清嗓子，屁股往前挪了挪，正儿八经地坐正了，扯扯眉毛笑道："我就说你还心疼我。"

韩绵握着手里的药膏，顿了一下，强调道："秦让，我没有心疼你，单纯因为你够不到。"

秦让撇了下嘴，没继续往下说。

他背上的青紫尤其多，几乎看不到几处没有伤的地方，那些人踢他的时候，用了很大的劲儿。

韩绵垂眉，挖了些药膏，依次在他那些伤口上涂抹均匀。

她的动作非常轻柔，那些药膏在他皮肤表面融化，微微发烫，好像把她指尖的余温都锁在了背上。

距离很近，秦让能感觉到她呼出的气，很轻地拂过皮肤表面，有些痒。

他抹了下鼻尖，不自觉地吞了下喉咙，有些烦躁地舔了舔唇道："韩绵，你随便弄两下就得了，用不着那么仔细。"

"一会儿就好了。"韩绵做什么事都认真惯了。

秦让抿唇。

这简直是一种甜蜜而柔软的刑罚，身体很诚实地起了反应。这种时候有这种反应！小韩绵要看到，说不定立马就要赶他出门。

秦让低头看了一眼，迅速用脱下的衬衫盖住了。

"怎么了？"韩绵问。

秦让咳了一下说："有点冷。"

"那我涂快点。"

"嗯。"

等上完了药，韩绵弯腰拿了他放在腰间的衬衫，秦让反应更快，一把拽住了。

"我帮你穿上。"她说。

秦让从没这么紧张过，略拔高了些声音："我自己可以穿。"

韩绵愣了片刻，没再勉强。

灯光太亮了，她细长的天鹅颈，在灯光下显得格外柔软，腰也是盈盈一握，她身上有股难以忽视的香味。

从前那些美好的记忆，像断了线的珠子似的，全部蹦到了脑海里，他记得她皮肤的触感像丝绸一样。

秦让猛地收回视线，不敢再往下想。

他要疯了。

这简直就是在考验他的意志力。

韩绵看他有些奇怪，探手在他额头上试了下。

医生有叮嘱过要监测他的体温。

秦让非常不自然地别过脑袋去，说："我没有发烧。"

韩绵不放心，还是取了体温计过来给他。

她一直这么在眼前晃啊晃，他那股火怎么也消不下去，秦让咳了一下说："韩绵，你去忙自己的事吧，我好多了。"

"药效这么快？"

"嗯。"

客厅里再度恢复安静，秦让长呼出一口气，仰面靠在椅子里，用胳膊挡住了眼睛。

韩绵在浴室洗澡,玻璃门的隔音效果并不那么好,哗哗的水声,让人有点浮想联翩。

秦让骂了一句,提了衣服往身上一套,匆匆出了门。

一梯两户的房子,楼道里非常安静,朝北有个窗子,天气冷合上了。

秦让一把推开窗子,任那冷风吹了一会儿。

口袋里还有烟,他摸出来,点了一根,楼道里的声控灯很快熄灭了,那猩红的光在黑暗里忽明忽灭。

他抽完了一根,正要摸第二根烟时,头顶的灯忽然又亮了。

秦让转身,见韩绵立在几步远的地方,穿着粉色的居家服,头发上的水珠还没来得及擦干,"啪嗒啪嗒"地往下滴水。

秦让抹了把鼻尖说:"烟瘾上来了,出来抽根烟。"

韩绵抿了下唇说:"你没带钥匙。"

秦让舔了下牙尖笑了起来:"所以,你出来是找我的?"

韩绵点头:"外面冷。"

秦让低头,动作熟稔地把摸出来的烟,敲进烟盒里去,说:"我抽完了,进去吧。"

韩绵开门的时候,秦让跟在后面,尽量和她保持了一些距离。

她有着致命的吸引力,他不想再度失态。

屋子里暖气不知道什么时候已经打开,韩绵抱了床珊瑚绒的被子给他。

秦让看到上面的吊牌还没摘,显然还是新的。

灯很快灭掉了,韩绵回了卧室,秦让把那个珊瑚绒的被子打开,躺了进去。他躺了一会儿,睡不着,又开了电视,调了韩绵主持的节目。

大约是怕吵到她睡觉,他摁了静音键。聚光镜头下,她脸上洋溢着温暖干净的笑容。他摁了暂停键,看她定格在电视屏幕上。

细长的桃花眼,在黑暗里闪烁着柔软的光。

说实话,他特别爱她这种正经的模样,以前上学的时候也是。

韩绵出来倒水时,看电视亮着,禁不住往这边走了几步,秦让反应极快,一下按了关机键。

客厅里彻底黑了下来,韩绵在电视熄灭前,看到了电视里的自己。

"还没睡?"她问。

"马上。"

她在黑暗里喝了几口水，说："明天我回去上班了。"顾云涛的事虽然结束了，但电台的很多事都在等着她处理。

秦让躺进沙发里，应了一声："挺好啊，我明天去单位销假。"

"嗯，"韩绵把水杯放回桌上，"明天早上，我送你去公司。"

秦让有点不相信自己的耳朵，问："你送我去？确定？"

"那要不你自己坐地铁去，反正到时候挤来挤去还给你活活血。"

秦让想了下说："那你送我去吧。"

"好，那……晚安。"

秦让有点受宠若惊，掀唇道："晚安。"

第二天，秦让醒来的时候，韩绵已经跑完一圈步回来了。

抽油烟机的声音响起时，他迷迷糊糊地睁开眼睛。韩绵在做早饭？他来住这么久也没见过。

秦让有些惊奇地坐了起来，她正好从厨房出来。

她身上的运动装还没换下来，扎着高高的马尾，脸上粉扑扑的，看起来青春洋溢，就像十七八岁的少女。

韩绵看他起来，说："刷牙洗脸，过来吃早饭。"

秦让就那么看着她，微微发愣，他就是做梦，也没有这么美好的早上。

韩绵看他一直不动，又催促了一句，漂亮的眉毛，皱了一下。

秦让立刻去了卫生间，再出来桌上的早饭已经摆放好了，一碟切好片的猕猴桃、煎蛋、干切牛肉、烤脆的面包，还有一杯牛奶。

"弄这么丰富啊？"秦让笑。

韩绵随口道："医生说要你注意营养。"

所以这是她特意为他准备的爱心早餐？

他家小韩绵真是嘴硬心软。秦让迅速拉开凳子在对面坐了下来。

吃了一会儿，他又开始翘尾巴了。

"你家就没有那种容器吗？就是那种鸡蛋打进去，会自动变成爱心形状的容器。"

"怎么？"韩绵向他投来一瞥。

秦让蔫了蔫，说："没有就算了，我就是看江星辰天天在朋友圈里晒的那些图片好奇。"

韩绵没有接他的话，慢条斯理地吃完了一片面包，旁的几乎都没有动。

秦让见状，问："你怎么不吃了？"

韩绵语气淡淡的："工作需要，不能发胖，你多吃点。"

秦让想说，你不要减肥了伤身体，话到嘴边，忽然发现自己好像没有什么合适的立场说这句话，索性闭了嘴。

"走吧。"韩绵见他吃得差不多了，提了钥匙到门口换上了高跟鞋。

秦让迅速将桌子收拾干净，那些碗筷也都被他塞进了洗碗机，"哗哗"的水声很快响了起来。

车子一路开到秦让他们公司楼下，韩绵在他下车前问他："你下午几点下班？我来接你。"

秦让有些惊讶，韩绵肯送他，已经是稀奇事了，竟然还要来接他。

韩绵见他不回答，又问了一遍："几点？"

秦让挑了下眉说："六点半。"

"行，那下班联系。"

红色的保时捷，一瞬间开远了。

秦让看着消失在视线尽头的小车，嘴角不自觉勾起了弯弯的弧度。

他家韩绵真的是个宝啊。

谁娶回家都得偷着笑，唉，他当初干吗要提分手，吃了猪油蒙了心。

秦让这么想着，进电梯时被一个同事拦住了。

"秦让，你刚从保时捷上下来，送你的美女是谁啊？"

秦让跟他并不熟，也没说话。

那人继续往下说："我说你怎么这么久不来上班，原来是有个富婆养着啊？哟，这脸上的伤是怎么弄的？让富婆打的啊？现在很多有钱的老女人都有特殊癖好……"

秦让听到"老女人"几个字时非常不悦。

如果换在以前，他的拳头早已经砸过去了，但韩绵是公众人物，他不想给她带来麻烦。

那个同事见他一直不搭腔，觉得无趣便闭了嘴。

下午四点开始，秦让就每间隔一会儿看下手表。

韩绵今天要来接他，光是想想就很开心。

心情好，做事也顺。

一下午时间，他连续谈妥了两个大单子，拿到了两笔奖金。

那些个小姑娘都起哄让他买奶茶。

秦让留了一部分钱给韩绵买花，剩下的钱请全部门的人喝了奶茶。

自力更生的感觉，好像是比直接找他家老头要钱强点，就是这么点钱不太够花。

临着下班的点，秦让去了趟厕所，再回来发现自己桌上多了一堆吃的，都是报他奶茶的恩的小零食。

忽然有人说："秦让哥，有女朋友了吗？"

秦让笑得痞坏："怎么，打算给我介绍女朋友，还是毛遂自荐？"

"没。"小姑娘羞得满脸通红，"就问问你啊。"

秦让往楼下看了眼，见他家韩绵的小红车已经穿过拥挤的小路进来了。

时间刚刚好到六点半。

他抓了桌上的手机，然后朝着那个同事说："不好意思啊，我女朋友来了。"

下午的工作时间太长，他有点饿，走的时候随手顺走了桌上的一袋蟹黄蚕豆。

韩绵的车，打了双闪停在路边，秦让拉开了副驾驶的门，懒洋洋地坐进去，说："够准时的呀？"

天已经黑了，天空中飘落了些毛毛细雨。

雨刮器还没开，那些彩色的霓虹灯穿过细小的雨珠变成了一个个染色的光点，很快又被雨刷器带走了。

秦让拆掉手里的蟹黄蚕豆，往嘴里丢了几颗，咬得"咔嚓"作响，他吃了几颗，有点不好意思，往韩绵面前送了送。

"来点？"

"哪儿来的蚕豆？"

"同事给的。"秦让非常无所谓地答道。

"女同事？"韩绵问。

"嗯。"答完，秦让发觉不对劲了，立马说，"哎，小韩绵，你可千万别误会啊，我对她们可不感兴趣。"

韩绵笑了下，不以为意。

车子一路往前，秦让发现韩绵开去的方向不是回家的路线。

"我们这是上哪儿去？"

"吃个饭。"韩绵神色平静地说。

韩绵请他吃饭，这简直就是变相的约会。

秦让越想越开心，索性蚕豆也不吃了，拍拍手非常嘚瑟地往后一靠，跟着车载的音乐一起哼歌。

车子转弯上坡，停到了一家星级酒店门口。

门童立刻上前接待："请问有预订吗？"

韩绵报了包厢号，服务生跟上前做引导。

秦让全程跟在她后面走。

到了包厢门口，那个服务生忽然在对讲机里说："316的四位客人到齐了。"

不是就他和韩绵吗？

怎么还成了四位？

秦让皱了下眉，还没来得及反应，那服务生已经先他一步推开了包间的门。

华丽的装修，一下映入眼帘，秦海连和温颜正坐在圆桌边上讲话。

秦让骤然愣住了。

韩绵这是串通了他爸妈给他整鸿门宴。

他偏头看向始作俑者。

韩绵没有看他，礼貌地同两位长辈打招呼："秦叔叔好，温姨好。"

秦海连连说了几句"好"，邀请韩绵坐下。

"爸，妈。"秦让叫了人，不等秦海连发话，找了个离门最近的位置坐下来，腿跷得老高。

秦海连示意服务员上菜，然后朝韩绵点头道："秦让这段时间多亏你照顾了，我家这浑小子这段时间，肯定给你添了很多麻烦吧？"

"叔叔客气了。"

秦让看他们你一句我一句地说，心里更气。

温颜许久没见儿子，非常想念，再看他满脸的伤，没说两句眼泪都要往下落："我和你爸商量好了，你都已经锻炼得差不多了，是时候跟我们回家了……"

秦让看了眼韩绵，显然她是知道这顿饭的目的，她会去接他，只是

为了早点把他送走。

温颜当然也不是傻子,她家儿子当年为了追求韩绵,闹着秦海连去B市的高校捐楼,两人分手后,秦让又一连几年保持单身,不近女色。

古话说得好:解铃还须系铃人。

她儿子的解铃人,就近在眼前。温颜夹了块鱼眼边的肉,放到韩绵碗里问:"绵绵现在有对象了吗?"

韩绵道了谢说:"还没有。"

"没有中意的?"温颜继续问。

"工作比较忙,暂时没有考虑这些。"

"其实秦让以前一直和我夸你好,他啊,现在也单身……"

"妈。"秦让忽然开口打断了温颜后面的话。他那双细长的桃花眼里有着几分戏谑与自嘲的笑意,"您多吃点菜,别乱牵红线了,我和韩绵现在就是普通的朋友关系。"

韩绵如果喜欢他,就不会串通他爸妈来赶他走,他的那点自以为是的希望在这顿饭间,忽然消散得一干二净了。

温颜尴尬地笑了下,没再往下说。

年轻人的事,他们做长辈的不好过多干预。

这不是他们那个时代的包办婚姻,但韩绵这姑娘她打小见了就喜欢。

秦海连没有参与这个话题,而是在这个话题之后,说:"你这段时间的表现,我都知道了,总的来说还不错,找到一份工作,可以养活自己。"

"哦。"秦让单手撑着脑袋,另一只手里拿着个玻璃分酒器,在指尖非常随意地转着。心道韩绵还真是尽心尽责,什么话都和他爸讲,看来她想让他走已经不是一天两天的事了。

也对,去她家的那天,她说过,只让他住一个星期。

秦海连看惯了秦让那股子懒散劲,倒也不气。

"你现在也锻炼得差不多了,是时候回去给我帮帮忙了。"

秦让姿态懒散地靠进身后的椅子里,说:"那我不愿意。您需要我的时候,把我揽在身边,不要的时候把我丢在路边,我现在跟您回去,保不齐没几天我又被人捆走了。"

秦海连拿了骨碟盘里的白毛巾擦了下手,看向他问:"你不回去?"

秦让舌尖在后槽牙上舔了舔说:"不回去,反正……我总不会饿死。"

秦海连从鼻子里哼了哼:"不饿死,是打算继续吃韩家的软饭?"

秦让心想自己确实是吃了老韩家的软饭,而且吃得不想走。

秦海连见自家儿子不说话,抬眼看了下对面的韩绵问:"韩绵,你的意思呢?"他老谋深算,看人准得狠,这姑娘绝对不会留秦让。

果然,韩绵笑了下说:"秦让他能自力更生当然最好不过了。"

秦让转着分酒器的手,忽然顿住了。

虽然早有预料,但心口依然闷闷的,有些难受。他把手里的酒杯放到桌上,站起来,神色间有些不耐烦。

"行啊,明天我从韩家搬走。"

温颜高兴地说:"儿子,明天我们一起回家。"

秦让朝温颜摆了下手说:"妈,你们先走,我晚几天回,有点事要处理。"

说完,他转身出了包厢。

处理什么事,回家的具体时间,他都没有说。

温颜到底还是有点担心,秦海连在她肩膀上拍了拍。

韩绵也吃得差不多了,秦让不在,她也没有什么理由继续待,礼貌地起身跟了出去。

秦让在前面走得飞快,韩绵几乎一路小跑才得以追上他。

他在生气,她看出来了。

快到门口的时候,他骤然收了步子,站定了等她。韩绵不再跑,松了口气走过来。

他转身,隔着几米的距离,垂眉看着她,桃花眼里没有太多的情绪。

秦让这样的神情,还是比较少见的,韩绵问:"要回去吗?"

秦让收了视线,把手抄进口袋里,皮笑肉不笑地问:"回哪儿?"

"去我那儿,"她说。

秦让点了下头,心想总归还是要去一趟,收拾下。

车子停得不远,韩绵将车子开了出来。

秦让站在台阶下面没有动。

韩绵把车子往回倒了一些,到他面前时放下了车窗,解了门控锁。

秦让从口袋里摸了根烟,迎着晚风点上,朝她摇了下手道:"你先走,我打车去。"

"好。"韩绵抿了下唇,将窗沿合上。

- 515 -

车子在视线里开远了。

秦让猛地吸了几口烟,将那烟蒂丢在地上踩灭了。

夜风有些冷。

他没有打车,而是选择走了很远的路去韩绵那里。

一路上,他平静地把这么多年和韩绵的事想了一遍。不舍是不舍,但终究没什么可能。路过楼下的那家花店,他骤然想起要买花的事。

店员见了他立马迎了上来,问:"先生想买花?给女朋友的?"

"不算是。"他说。

红玫瑰不用,百合花不用,满天星也不用。

他不表白、不求婚,只是想单纯地买一束花给她。

最终,他选了一束向日葵。

金灿灿,充满阳光的,他希望她以后开心就好。

有他没他,韩绵都可以过得很好。

这是韩绵第一次在家里等秦让。

以前都是秦让早早下班了等她。

时间一分一秒过去,秦让迟迟不回,她非常克制地没有打电话给他。过了一会儿,她去书柜里拿了本书下来,边看边等。

那是一本纯英文的小说,她眼睛看得很快,书页也翻得快,但书里到底写了什么,她根本没注意,就连主角的名字都是模模糊糊的。

墙上的钟转到十一点时,门外响起了钥匙声。

韩绵合上书,站了起来。

秦让推门进来,怀里抱着一束金色的向日葵。

秦让看到她,略愣了一瞬,他没料到韩绵还在等他。

不过,他很快便把脑海里冒出来的旖旎想法打消了,她等他,只是因为受了他爸的嘱托。

"你买花了?"这好像是唯一可以说的话题。

"嗯。"秦让合上门进来,找了个玻璃花瓶,将那束向日葵养了进去。

白底黑格的桌布上,因为有了这么个点缀,忽然亮了起来。

客厅里静悄悄的,两人相对无话,气氛有些难言的尴尬。

秦让没有带什么东西过来,所有的衣服都是韩绵买的。

因此他也没有什么东西好收拾的,只是找了个袋子,把那些衣服放了进去。

"买衣服的钱,回头还你。"

韩绵抿了下唇,说:"好。"

他把东西收好,靠进身后的沙发里,淡而苦涩地笑了笑。

"这段时间,打扰你了。"他说。

"明天搬去哪里住?"

秦让难得正经地和她说话:"去我同事那里,已经联系好了。"

"哦,好。"

又是一段漫长的沉默,秦让说:"你以后早点下班,不要工作到那么晚,做不完留着第二天做,身体是革命的本钱,糟蹋了不值得。"

韩绵破天荒地说了个"好"。

两人都是聪明人,选择用沉默的方式结束了接下去的对话。

第二天一早,秦让就走了。

韩绵起来的时候,家里忽然变得冷清起来。

沙发上的被子,叠得整整齐齐的,餐桌上干干净净,秦让使用过的备用钥匙被挂在了玄关入口的地方,鞋柜边上的男士拖鞋被收进了柜子里。

秦让离开前,连一句道别的话也没有和她说。

这一点都不像他。

韩绵换了高跟鞋出门。

已经进入初冬了,呵气成雾,太阳升起来老高了,但依旧不暖和,她裹紧衣服匆匆拉开了车门。

车子开到电台楼下,碰到了顾云涛。

韩绵略朝他点了下头便进去了。

顾云涛今天不是来找韩绵麻烦的,只待了一会儿便走了。杨助理在他走后,敲门进来,用一段小作文点评了顾云涛的惊人变化。

韩绵没应她,杨助理有点奇怪,问:"姐,你怎么不说话?"

"言多必失。"

"哦。"杨助理吐了吐舌头,退了出去。

韩绵对着电脑看了一会儿,顾云涛的态度忽然一百八十度转弯,是从秦让挨打那天开始的。想到这里,韩绵忽然有些烦躁。

她今天的工作效率,有点过于低了。做完直播刚好八点,她把东西收拾好，下了班。

韩主播按时下班的日子不多，整个部门都有些惊奇。

韩绵把车子开回到小区楼下，也不过才刚刚八点半。

那些挑着灯买菜的小摊子还开张着，她选了些菜付了钱。

门廊里的灯应声亮起，开了门，屋内却是漆黑一片。习惯是相当可怕的，哪怕就那么几天，家里亮着灯的感觉都是让人怀念的。

韩绵拍亮了一侧的灯，弯腰在门口换掉了鞋子。

家里的暖气没有开，冷冰冰的。

她进厨房煮了些吃的，临着盛锅，才发现做了两个人的分量。

餐桌上的那捧向日葵开得非常明艳，就跟那人的笑一样，明亮而又灿烂。

她吃过几口，站起来给那花换了水。

秦让养花的时候，那下面的包装纸没有撕掉，韩绵费了些力气将那裹得严严实实的纸去掉。

那里面掉出来一张小卡片，上面写着两行字：

经历风雨，熬过骄阳。

只愿你朝朝蓬勃，日日明媚。

S市的气温一天凉过一天，一眨眼落了今冬的第一场雪。

细碎的雪粒，不久就变成了鹅毛般的飞絮，纷纷扬扬。

地上、屋檐、草地、枝头很快铺开一层棉絮。

秦让从韩绵那里搬出来后，又在S市待了整整两个月。

这两个月里，他每天照旧上班，然后挨到晚上十点，坐绕远路的公交车从韩绵小区门口路过。他的想法很简单，只要远远看一看她停在楼下的车就可以了。

临近元旦，电台里为了跨年晚会，非常忙。

秦让不是每天都能看到韩绵的车了，但他照旧还是十点才回去。

今天他回到宿舍时，地上的雪已经攒到了脚脖子了。

一楼台阶上的雪被人清扫过，并不厚，他踏过那些蓬松的雪粒上了楼。

宿舍的门微合着，缭绕的烟雾在里面升腾着。

秦让推门进去，正在打牌的同事抬头看了他一眼说："怎么天天这么晚？摸黑做业绩？"

秦让从口袋里摸了根烟点上，笑了下："我就不能摸黑约会去？"

"谁啊？隔壁办公室的妹子吗？"这小子因为生着一张妖孽众生的脸，整个公司的小姑娘都被他迷住了，隔三岔五各种追求，其中也不乏姿色可以的，但都被秦让拒绝了。

秦让抿了口烟，似笑非笑地说："那不能告诉你。"

那同事"喊"了一声，继续打牌。

墙上的钟还在走，眨眼到了十一点。

有人起来推开了朝南的窗户，愤恨地骂了一句："这雪下得没完没了。"

秦让闻言，往外看了一眼——

所见之处皆白，路上的车子已经非常少了，夜色空寂安静，那橘色的灯光落在松软的雪上，泛着薄薄的光。

很快有人来合上了窗户。

"冻死了，暖气都要散光了。"

秦让收回视线，将手里的烟灭掉。

屋里的电视开着，没人在看，断断续续地响着。

新闻频道已经开始重播了："专家表示，大雪会持续两三天，截止北京时间二十一点十八分，本市内已发生十四起由雪滑导致的交通事故。"

秦让眉头皱了下。

他想到了韩绵，心里没来由慌了下。

她不知道回去了没有？

思及此，他提了外套往外走。

有人忽然抬头问："秦哥，还出去啊？"

"嗯。"

旁边的人一脸猥琐地道："出去找情妹妹？"

秦让也不恼，点了下头。

那人还想说什么，大门已经从外面合上了。

积雪又深了一些。

秦让走了一会儿，颇为艰难。

- 519 -

这个时间点，车子难打，大多数的公交系统都停运了，晚班车半个小时才有一班，也不能直接到达韩绵那里。

秦让看了下导航，步行不过半个小时。

秦少爷只思考一小会儿就决定走路过去。

雪天的路，并不是那么好走，从小到大几乎没怎么吃过苦的秦少爷，走到韩绵家楼下时，出了一身汗。

韩绵的车停在了车位上，上面落了一小层雪，显然刚到家不久。

他松了口气，平安到家就好，他转身往回走。

没走几步，身后的保时捷车"嘀"地响了一声。

那是韩绵的车。

他定在那里，往回看。

她踩着小皮靴，从楼道里出来了，瓷白的皮肤在灯光下格外好看，许久不见，他非常想她，但也没有上前来和她打招呼。

秦让退到暗处，看她拉开车门上车。

韩绵转亮了大灯，开了一会儿发现车轮有些打滑，又跳下来锁了车，改为步行。

这是要去哪里？

秦让犹豫了一会儿，决定跟过去。

路上的雪很厚，每抬下步子，腿都要陷进雪里一大截，又冷又冰。

她一直往前走，没有回头。

秦让就这么大大方方地跟在后面，不做丝毫的掩饰。

过了两个路口，韩绵进了一家叫"夜泊"的酒吧。细碎的音乐声，从玻璃门里漏出来。秦让在她进去后一会儿，也跟着推门进去了。

酒吧里的暖气开得很高，韩绵脱掉外套在长桌上坐下，朝里面的酒保要了一瓶酒。

秦让坐在她身后的卡座里，细长的桃花眼里看不出任何的情绪。

很快有酒保来送了酒单，秦让随手点了一杯，继续看几步之外的韩绵。

他记得她不会喝酒，但她现在正在喝，一杯接一杯。

秦让的眉毛，紧了又紧。

正当他想着要不要站起来去夺了她手里的瓶子时，韩绵忽然站起来，拎着瓶子起身寻了个暗一些的卡座。

那卡座就在他边上，离酒吧里表演的舞台稍稍有些远。

驻唱歌手唱的都是一些老歌，没有什么人在听。

一曲结束，只有非常零星的几下掌声。

很快，歌声变成了萨克斯独奏……

萨克斯的声音低沉轻缓，又带着些撩人心弦的慵懒。

韩绵倒了杯酒，抬眉看了眼舞台上那唯一亮灯的地方，目光闪烁，宛如润水。

年龄大了，一些细枝末节的东西，总是容易扯起千万回忆——

秦让很小的时候就开始被家里逼着去学习各种技能，秦海连最先给他选的是钢琴，但秦让弹了两天就不乐意了，原因是黑白键没一点意思，秦父高价买来的钢琴就那么闲置了。

秦让那个时候是家里的心头宝，他不肯弹钢琴自然也没人去逼他。

秦海连说必须要他精通一门乐器，于是温颜便寻来了一堆乐器让他挨个试玩。刚巧那天，温颜把江星辰、韩绵，还有一堆发小都喊了过去，他们都在学乐器，没理由他秦让不学。

秦少爷挑挑这个，摸摸那个，最终相中了萨克斯。

原因很简单，这玩意儿一吹就响，但是很难吹得好听，吵人得紧。

懒散的秦少爷，以为他难听地吹几次，他爸就会放过他，但显然没有，秦海连给他找来了全市最好的萨克斯老师。

之后的一个月里，秦少爷充分发挥他魔王的本领，一连气走了三个萨克斯老师。

秦海连生气，将他关了禁闭，学校都不准他去。

秦让在家关了几天后，终于妥协。

回学校后，正好碰上文艺会演。

省城的孩子，又像他们这样的名校，很多都是有才艺的。

像他的同桌韩绵就是其中一个，她的钢琴弹得非常好。

音乐老师随手点了下秦让，问："你会什么乐器？"

秦让不好意思说什么都不会，只好报了他略通皮毛的萨克斯。

这位不靠谱的音乐老师就将他和韩绵组了个队，一起排首曲子，叫什么《此情可待》。

韩绵当然是一点问题都没有。

秦少爷不行，别说吹曲子，就一个长音都吹不下来。

节目报上去就改不了了。

秦让脸皮厚，他对出丑毫不在意，反正破罐子破摔，没什么打紧的。

但韩绵脸皮薄，她从来讲求精益求精，第一天组合练习，她就被他气着了。

"你能不能认真点？"

秦让仰面坐在沙发椅里，二郎腿跷得老高，语气又倦又懒："我为什么要认真啊？我又不想做第一名。"

"那老师的话你应该听，我们是一个组合。"韩绵试图改变他的想法。

秦让喷了下嘴，笑得一脸无所谓。

"我爸的话我都不听，你觉得我会听老师的话？你和我一组就得自认倒霉……"

韩绵被他气得语结，一时没忍住，眼泪"唰"地落了下来。

那是下午，音乐教室里阳光明媚，那些阳光正好落在她瓷白的脸上，那忽然落下的眼泪，水晶刀似的刺进他的眼睛。

秦让有些莫名地焦躁，他不知道该怎么处理眼前的情况。

这个叫韩绵的小姑娘，和秦海连还有那些老师不一样。

那些人顶多生气，但绝不会哭，而且还哭得这么可爱。

秦让活到第十个年头，第一次有了棘手的感觉，他舔了下唇，站起来说："哎，你别哭，我和老师说说，让他给你换个人组合。"

"现在大家都练习好久了，换不了了。"她越说越伤心，"我想把这个奖杯送给我妈，医生说她活不了多久了。"

秦让有些心不忍，他从口袋里翻了张皱巴巴的纸递过去，连哄带骗："行了，我会好好练习的，你别哭了。"

他说的是真话，他坐起来将那放在地上的萨克斯捡起来装进了包里。

韩绵看他要走，问："你去哪儿？"

秦让吊儿郎当地比了比背上的萨克斯说："我去找老师学学这玩意儿。"

他是真的学，不是说说。

秦海连给他找的第四个老师，之前听过小少爷的恶劣行径，来之前早有心理准备。

谁承想，小少爷忽然说要好好学习萨克斯。

这位老师自以为是自己感化了他，教得格外认真。

秦让有着很高的悟性，脑袋瓜也聪明，而且自有一种天赋，因此学习起来非常顺畅。

之后的一个星期里，秦家人每天早晚都浸泡在秦少爷吵人的萨克斯曲调里。

秦海连对此非常满意。

秦让再度背着萨克斯来找韩绵时，他已经能够完整地吹出一首《此情可待》了，而且吹得还不赖。

韩绵惊讶于他的改变，好奇道："你怎么忽然吹得这么好了？"

秦让挑着眉，笑得一脸恣意。

"我就随便练习了下，怎么样，厉害吧？"

韩绵点头，如果真是随便练习，他算得上是非常有天赋了。

那天，两人从放学一直练习到了晚上。回家时，忽然下了大雪，气温骤降，北风呼啸。

韩绵穿得比较单薄，秦家离得近，又有车来接，他临走前，酷劲十足地将厚外套留给了韩绵。

秦让耍酷的直接结果就是得了重感冒，高烧发到39℃，吃了药脸上依旧红扑扑的。

温颜要给老师打电话请假，被儿子拦住了，他得去学校，今天有比赛，他和他的同桌约好了的。

温颜到底拗不过他。

车子一路送到学校门口，温颜还是不放心，又给老师打了一遍电话。

秦让本来病恹恹的，但看到穿着白色小纱裙的韩绵走过来时，他忽然来了精神，简直跟吃了灵丹妙药似的。

小姑娘的声音温温软软的："秦让你准备好了吗？"

秦让点头，把硕大的萨克斯背在身上，跟她后面往台上走。

他感冒，没什么力气，没走几步就脚底发软。聪明的韩绵很快便发现了异常，她睁着漂亮的眼睛小声问他："你怎么啦？"

秦让说得非常简洁："感冒。"

韩绵想起来昨天的那件衣服，他这个感冒是因为借衣服给她着凉导致的，她有些愧疚，说："要不……我们还是不要比赛了吧？"

"那怎么行，我都练习这么久了。"

"我怕你吃不消。"

"你不想要奖杯了？"秦让问。

韩绵没说话，她想要奖杯的，可也不想他拖着病演出。

他像个小大人似的安慰道："没事，我可以坚持，一会儿表演完了，你让老师给我妈打个电话就成。"

韩绵终于同意。

很快就到了他们的节目，秦让即便生病，也没有吹错一个音，全程专注异常。

一曲结束，他牵着韩绵在聚光灯下向观众席谢幕。

韩绵这才发现他的手烫得骇人。

紫红的大幕还没有闭上，韩绵已经箭步冲下去找老师了。

秦让的感冒转成了肺炎，在医院里住了整整一个星期。期间，韩绵去看过他一次，还特意把那个给妈妈看过的奖杯送给了他。

秦少爷获得的荣誉不多。

那个奖杯，他宝贝了很多年。

后来，他会继续学萨克斯和韩绵也是不无关系的。

只是没有机会能再牵着她的手在大舞台上谢幕……

再回神，一曲已终结。

韩绵忽然举杯站起来，用不大的声音说："点一首《此情可待》。"

秦让愣了一瞬，禁不住偏头看向她。

因为点歌，灯光往她这里照了过来，秦让和她离得最近，也看得最清——

她娉婷地站在那里，手里握着个玻璃酒杯，微黄的酒波荡漾，衬着她的红唇鲜艳，皮肤莹白。乌黑的长鬈发披散在肩上，发丝蓬松，泛着幽兰的光，有种惊心动魄的美。

她点完曲子就坐了下来。

所有的美丽都湮没在了漆黑一片中。

熟悉的萨克斯声，很快在耳畔响起。

秦让坐在那里，抿了几口酒，一时百感交集。

一曲终了，卡座里的灯略亮了一阵，有人来找韩绵喝酒，她礼貌地避开了。

不久，她起身去了卫生间。

那个来敬酒的人没有走，他在那里站了一会儿，他朋友也来了，两人聊了起来:"哥,这女的不识趣,不好追,咱俩换个人试试。"

"你眼瞎啊,这是谁,没看清吗?Ｓ卫视的女主播韩绵,深夜酒吧买醉,随便弄点照片回去,咱俩一年的生活费都有了。"

"哥,还是你牛!"

两人的话,被边上的秦让一字不落地听见了。

他丢下酒杯,起身去了卫生间。

韩绵出来的时候,被他兜头罩了件外套。

她吓得一惊,差点尖叫出声,秦让凑到她耳边说:"别怕,是我。"

韩绵听出是他的声音,才略放松了些。

"跟我走。"说话间,他握住了她的手腕。他的掌心滚热,带着回避不了的力道,韩绵被他牵着,穿过音乐嘈杂的长廊,一路到了外面。

冷清的空气一下漫到了鼻尖,她掀开衣服看向他。

"有事?"她问。

秦让笑了下,说:"没事。"

韩绵想转身进去,却被他顺手钩住了纤细的腰肢。

"有人等着拍你的照片敲诈勒索,进去?"

韩绵略思考了下,没有动,秦让不着痕迹地把箍在她腰间的手拿回来。

"我的外套还在里面。"她说。

秦让随手把自己的外套披在了她身上,丢下一句话,扭身回去:"你先走,衣服我去帮你拿。"

秦让的衣服罩在韩绵身上非常宽大,却很温暖。

一会儿,他便去而复返了。

韩绵将笼住身上的外套脱下来还给他,秦让也不推辞,重新披在了身上。

两人心照不宣地往回走,到了一处路灯下面,韩绵忽然顿了步子问:"你怎么会来这里?"

秦让屈了指节在鼻尖抹了把,说:"碰巧遇到。"

韩绵点头:"哦。"

似乎是喝了酒的缘故,两人都有了谈话欲。

"大雪天跑出来喝酒?"

韩绵说:"睡不着,出来折磨下神经。"

秦让点了根烟，问："常来？"

酒劲上来了，韩绵晕乎乎的，声音也有些软："不，就这么一次。"

下雪天，家里太冷清，她睡不着，一合上眼就会陷入一种难以平复的情绪中去。

漫长而幽暗的孤独，她曾在很多年里与它相安无事，今晚却不行。

秦让深看了她一眼说："以后少来。"

韩绵笑着说："好。"

大雪已经暂时停下了，地上的积雪却还在。

韩绵醉意蒙眬，扶着路边一株电线杆站了站。

秦让问："晕得厉害？"

韩绵看了他一眼说："还好，虽醉犹醒。"不然他怎么还在眼前。

秦让弯腰在她面前蹲下，说："上来，我送你回去。"

大约是喝了酒，韩绵今天意外地好说话。

秦让要背她，她便乖巧地走过去，伏在了他宽阔的背上。

记忆与现实重叠，她醉着也醒着。

秦让背着她，一步步在雪地里走，韩绵合着眼睛，像个懵懂的小姑娘，把刚刚那首曲子从头到尾哼了一遍。

秦让顿了步子问："还记得这首曲子？"

"当然记得。"所有与他经历过的一切，她都记得清清楚楚。

"韩绵，我们要不要重新开始？"

"开始什么？"她问。

"恋爱。"他说。

"不要。"

"为什么？"

"怕痛。"

她的声音很低，却似一把刀剜着他的心。

秦让沉默许久才说："韩绵，这次我保证不让你痛好不好？"

背上的人没有回答，陷入了幽长的梦境里。

秦让叹了口气，将她往肩上送了送。

路很长，雪也很冷。脚底早被雪水浸湿了，冰凉之后是发烧一般的滚烫，带着些冰冻之后的刺痛。

更多的记忆,像潮水一样侵袭而来。

那场表演之后不久,韩绵的母亲就忽然病逝了。

十一岁的韩绵,在那一年失去了生母。

秦海连和温颜出席葬礼那天,把秦让也带了过去。

韩绵穿着黑色的裙子,沉默地跟在韩齐后面,干瘪瘦弱,不哭不闹,皮肤白得几近透明,像个受伤的雏鸟。

他那天不知什么缘故,一直盯着她看。

她一整天不吃饭、不喝水,也没有同任何人说过一句话。

宾客散尽了,他爸秦海连催着他上车。

秦让匆匆跑回来,硬邦邦地往韩绵怀里塞进一个硕大鲜红的苹果。

韩绵抬头看向他,大眼睛里存着一丝疑问。

秦让轻咳了一下说:"早点来学校上课,一个人坐很无聊。"

韩绵眨了眨大眼点头。

秦让走了之后,韩绵把那个苹果擦干净咬了一大口,很甜很脆,一口吞咽下去,眼泪也跟着落了下来。

当然,这些秦让是不知道的。

那之后,韩绵回了学校。

她很长时间都不怎么爱说话。

所有关于妈妈的话题,秦让都尽可能引导身边的同学避开了。

那时候他们刚上四年级,语文老师让写一篇"我的妈妈"为题的作文。

全班都在非常认真地构思,只有韩绵握着笔,闷声不动。

"你就随便写两句,语文老师很凶的。"

秦让提醒完,忽然见她豆子一样的眼泪砸在了绿格线的作文本上。

那是一种非常沉默地哭,听不见一点声音,只扑簌地往下落泪。

秦让心里一时变得格外闷。

写什么破作文。

这哪里是写作文,根本就是哪壶不开提哪壶。

他也不知道自己怎么了,扭头从韩绵手里抢了作文本过来,胡乱揉碎了。

语文老师立刻把他喊了起来:"秦让,你干吗?"

秦让吊儿郎当地站起来,说:"没干吗,就是看不惯她写作文比我好。"

语文老师看看他,再看看眼泪还没收住的韩绵,火气立马上来了。

"你别写了,跟我去趟办公室。"

这天,秦让第一次被叫来了家长。

秦海连回去的路上就狠狠踹了他一脚,以至于第二天上学时,他走路依旧一瘸一拐的。

韩绵在他把书包放下后,往他桌上放了一瓶牛奶说:"昨天的事,谢谢你。"

秦让揭了瓶盖,心满意足地喝了她的牛奶:"不用谢。"

老韩家的牛奶真好喝,连他腿上的伤都不那么痛了。

小学剩下的时光里,韩绵一度对他特别好,作业带他抄,试卷带他看,秦让的小学生活过得轻松而愉快。

迈进初中的门槛后,他和韩绵依旧在一个班,却不是同桌。秦让不能再像从前一样抄她的考试卷,考试成绩一落千丈。

秦海连跟老师求了好久,秦让才终于又成了韩绵的同桌。

这次不同于以前,韩绵和他同桌,是来一对一补差的。

调座位之前,班主任曾特意把韩绵叫去过一趟办公室。

因此,重新成为同桌后,韩绵没有再像从前一样给他抄作业,相反,她会苦口婆心地劝他好好学习。

秦让被她说得有些厌烦,便问:"好好学习为了干吗?"

韩绵回答:"当然是为了能有个好的未来。"

秦让又问:"什么样的叫好未来?"

韩绵语塞,她也不能用明确的语言告诉眼前的少年,好的未来是个什么模样的。

她所能遇见那些所谓的好未来,秦家人似乎都可以轻而易举地捧到他面前来,他确实用不着像旁人一样那么拼命。

秦让掏了掏耳朵,撇嘴道:"听着也没什么意思嘛。"

说服不了秦让,韩绵唯一能做的就是不给作业给他抄。可他总有各种办法能哄到别人的作业,而且抄起来驾轻就熟,没有丝毫的愧疚之心。

那时候的韩绵,已经是亭亭玉立的年纪了,漂亮又聪慧,是公认的班花。

秦让起初并不觉得她哪里漂亮,毕竟做了这么多年的同桌,日日相见,他看她和小时候,并没有什么差别。

直到某天的午间休息,韩绵把头发盘成小花苞绑在头上,背朝着他

- 528 -

睡午觉。

近在眼前的一截藕白色的脖颈，让他忽然挪不开眼去。

那个午休之后，秦让心里泛起一股莫名的情绪，有点烦躁又有点紧张，还有点不知所措，总之是很复杂的感觉。

也是在那一天，他发现韩绵的嘴唇很红，皮肤很白，眼睛很亮，眉毛很弯，头发很黑。

那些人说得不假，韩绵确实是个漂亮姑娘。

有了这个想法之后，秦让发现自己忽然开始注意她的每一个细节。

比如睡觉时呼吸很均匀，喜欢用深蓝色的文具，不喜欢吃零食，特别爱整洁等等。

他隐隐约约觉得韩绵对他是有些不同的。秦让为此也做了不少试探性的工作，比如隔三岔五地问韩绵，他和某某同学比起来谁更好看。

这类问题的答案都是一样的——你更好看。

当然好看不能当饭吃，韩绵所有的偶像里没有一个是正儿八经的帅哥。

秦让既对自己的外貌自信，又对自己的外貌忐忑。

韩绵没准就喜欢那种长得一般，但学习好的书呆子。

为此，秦让也特别努力地学习过一阵子，但看书实在是太费脑子了，而且他认真看书的时候，韩绵根本没有什么大的反应，他便也不那么费脑子了。

不知哪个损友出的主意，让他引韩绵吃醋。

秦让想，这比学习简单多了，他因为有副好看的皮囊，收到的情书也是非常多的。

他开始在韩绵面前假装恋爱……

那真是一段黑历史。

年幼丧母，韩绵的心思比一般的女孩都要细腻。

细腻且脆弱……

后来，他终于如愿和她在一起了。

义无反顾的事，做一次足矣，多了伤心。他本该是最了解她的人，却一下下全踏在了她心上……

已经到了小区楼下，背上的姑娘睡意深沉。

秦让拾级而上,一直将她送到了门廊里才开口喊她:"韩绵,钥匙。"

她"唔"了一声,随手指了指一侧的消防工具箱,道:"在里面找,有备用钥匙。"

秦让把那箱子打开,发现备用钥匙正是他走的时候留下的那把。

推门进去,屋里的灯被拍亮了。

和第一次来她家里的感觉一样,干净而又冷清。

唯一不同的是餐桌上放着一束金色的向日葵。

秦让愣怔了片刻,才反应过来,这不是他买的那束。但他还是开心的,他到底在她生活里留下了一些痕迹。即便那些痕迹并不见得有多深刻。

屋子里冷冰冰的,秦让将她送到房间里,随手开了墙上的暖气。

温度上来得太慢。

她的掌心冰凉一片。

秦让满屋找遍,也没寻到一个暖手的水袋,索性喝空了一瓶饮料,将那空掉的瓶子拿过去灌了一瓶温水塞到她怀里,低声喊她:"小韩绵。"

她很轻地应了一声,一翻身不光接了瓶子,还顺带握住了他的手。

柔软的臂膀,攀上来钩住了他的脖子,往下一带。

秦让没料到她会有此一抱,一下栽在了她边上。

藕粉色的丝质床单压在身下,她身上馨软的香味混合着酒味一下扑到了鼻尖,带着微微的甜意。

秦让禁不住把脸靠近了些,与她鼻尖相抵。

她温热的呼吸打在脸上,微微地痒,薄唇微微张着,很轻地在他唇边靠了一下。

浅尝辄止的一下,仿佛并不是吻,而只是个意外。

秦让禁不住吞了吞喉咙,他轻轻在她唇上啄了下,但又克制地与她保持了些距离。

太乘人之危了。

他姓秦,但总不能做禽兽。

很快,他坐起来,推门去了卫生间。

韩绵醒来的时候,头有些疼,但神志已经完全清明了。

她看了眼天花板上的顶灯,坐了起来。

昨晚怎么回来的?

对了,是秦让。

他送她回来的,还背了她。

记忆非常模糊,她推门出去,客厅、餐厅都是空荡荡的,那束太阳花被人换过水,鲜妍地立在餐桌上。

秦让已经走了。

得了这个结论,韩绵长长地呼出一口气,她用力拨了拨散乱在肩头的头发,将胸腔里的那抹难受抹开。

卫生间门敞开着,她进去洗了澡,刷牙时发现秦让的手表落在了洗手台上。

红金表壳,黑色腕带,全球限量版,价值不菲。

韩绵抿了下唇线,不还给他似乎不大合适。

她犹豫了一会儿,提着钥匙下楼。

昨晚的雪下得真大,如果不是市政清理及时,这会儿门都难出。

保时捷上积压着厚厚的雪,她费力地把挡风玻璃上的雪清理干净后,发动了车子。车厢里暖气渐渐腾上来,她给秦让打过电话后,一踩油门将车子开了出去。

主干道上的积雪已经清理干净了,只路面还有些滑,路上的车子都谨慎地保持了车距。

韩绵把车子开到了秦让报的地址。

他已经在那里等了好一会儿了,脸上的线条也因为冷风,显得有些坚硬。

韩绵下来,把手中的纸袋递给他。

秦让伸手来接,她又忽然把手抽回来说:"聊聊?"

秦让点头,往她身后的车里瞥了一眼。

韩绵会意说:"车里聊。"

秦让忽然笑了下:"好。"

太阳出来了,穿过挡风玻璃照进来,配着车里的暖气,倒真有点雪融春至的意味。

秦让懒洋洋地靠在副驾驶座椅里,对着掌心一顿哈气说:"这天儿真冷。"

韩绵把装手表的纸袋递给他,秦让接过去,动作流畅地将它扣在了手腕上。

"要聊什么？"他问。

"昨晚的事谢谢你。"

秦让痞痞地勾了下唇，道："用不着这么客气，举手之劳。"

"你昨天是碰巧过去的？"韩绵随口问道。

谁料，秦让的手指在玻璃窗上轻轻敲了下，有些轻浮地道："不啊，我是跟踪你过去的。"

个性使然，他很少说假话。

但这么赤裸裸地说出来，韩绵倒不知道怎么接了，只问："你打算什么时候回N市？"

秦让伸手把车窗摁下来，点了根烟，嘴角扯出一丝笑说："我爸又让你来做说客的？"

韩绵答得干脆："没有。"

"哦，"秦让吐了一口烟，整张俊脸笼进烟雾里，"那就是你想让我走。"

他说话时的语速很慢，神色不明，似乎有点失落，又有点别的情绪。

韩绵忽然有点看不透他了。

秦让就那么不疾不徐地抽完了手里的烟，转头看向她，语气带着几分显而易见的轻佻："我在等你和我约个会，约完我就走。"

韩绵没有料到他的答案会是这样的，眉头轻皱了下，问："约会？"

"要是觉得勉强就算了。"秦让随手将打开的车窗关上，作势要下车。

"如果不约会，你打算一直留在这儿？"

秦让挑了下眉说："是啊。"

韩绵想，她越来越弄不明白秦让到底想要什么了。

只是约会，也不是不可以。

他继续留在S市，只会牵扯着两个人都痛苦。有些事，还是早做了断好。

"好，今天我有空。"她说。

秦让没想到她会答应，立马来了精神，挑眉道："行啊，那现在我们上哪儿约会？"

韩绵再度被问住，从前在一起的时候，他们的约会就是出去旅游，但这么个大冷天，也寻不见什么合适的地方。

秦让笑着提议："去吃火锅怎么样？"

火锅好，暖和，韩绵点头。

秦让心里羡慕江星辰和初音那样的生活，几乎不用思考，便让韩绵把车开到附近的超市。

韩绵本来以为这里有什么特别好吃的火锅店，谁知秦让忽然说要去买食材。

"自己做？"

"嗯，不然你以为上外面吃？"

她确实是这么想的。

秦让推着车子，一路去往楼上的生鲜区。见惯了他大少爷的模样，骤然见他忽然这么接地气倒有点不适应。

秦让看这个菜也新鲜，那个也不错，于是购物车里就被塞了满满一车。

往收银台走的路上，他还顺手拿了几瓶果酒，五颜六色的非常好看。

结账的时候，韩绵要付钱被秦让拦住了。

"忘记我以前和你说过的话了？"

韩绵愣了下。

没忘。

那时候，他们才恋爱，她几乎什么都要和他AA制。

秦让说，女生不要随便抢着付钱，得给男生留点面子。

那么久远的回忆，却又好像就在今天。

他已经利落地把所有东西付完了钱，提着两大袋东西走在前面。

韩绵匆匆跟着他，往前走，不多时到了车库。秦让不让她拎那些东西，韩绵只好走快一点去取车。

这是闹市区最大的超市，旁边连着个购物广场，车库里的车特别多，韩绵一心想着快点，哪里有近路走哪里，不承想前面忽然倒进一辆白色的桑塔纳……

秦让一下将她扯回来，按在了边上的柱子上。

"慢点！"

冷风灌过来，带着汽车尾气的味道，她先前站立的位置上，正好是车子的后车轮的位置。即便桑塔纳的速度不快，她也会被轧到脚。

车主停好车，探究似的往后看了一眼。

秦让没有松开她，干净澄澈的气息，全部跟着冷风漫到了她鼻尖。

韩绵的角度，可以清楚地看到他线条流畅的下颌骨。

他垂眉看向她，松了口气。

肩膀上的手松开了，韩绵觉得心里一轻。

秦让把手里的两个袋子并到一个手里，空了一只手出来，握住了她的手腕。

风很冷，几近刺骨，他掌心的温度却像火炭一样炙烤着皮肤。

韩绵想把手缩回来，却被他握得更紧。

"别乱跑了，车多。"他说。

韩绵皱了下眉，后面的路上只好任由他握着。

秦让和从前相比，已经非常懂得克制了，即便喜欢，也没有鲁莽地牵她的手。

两人一路沉默着到了保时捷边上。

秦让以雪天车子难开为由，找韩绵拿了车钥匙开车。两人位置调了下，韩绵坐进了副驾驶座。

车载暖气，呼呼吹上来，她怀里忽然被丢进一件带着体温的外套。

"靠着睡一会儿，黑眼圈跟车轱辘似的。"

韩绵闻言对着后视镜看了一眼，并没有他说的那样夸张，但她确实昨晚睡得很晚，而且今晨又醒得很早。

以前一起出去的时候，都是秦让开车……

韩绵很快将思绪收回，看着窗外来往的车辆。

暖融的温度，非常催眠，她合上眼，陷入了一个绵长的梦里——

十二月的 B 市，冷风刺骨，秦让发神经要赶在圣诞节去爬长城。

几十里的路，开车过去，运气颇为不好，遇上了堵车，他们就那么在车里过了圣诞节……

到小区楼下，秦让将她喊醒。

韩绵睁开眼，半响才从梦里彻底醒过来。

秦让吵着要吃火锅，但他只会洗洗菜，炒锅底的活都交由韩绵做了。

突突的热气冒上来，火锅的香味一时间溢满屋子里的角落。

气氛难得地融洽。

秦让选的菜有些多，吃不完。

火锅已经关掉了，来不及吃的食材化在了汤里，仿佛宣告意兴阑珊的时刻已经不远。

- 534 -

韩绵肚子撑得有些圆，秦让忽然开了瓶酒递过来。

"喝点吗？"他问。

度数不高，正是他刚刚在超市里顺带选的果酒。

韩绵接过来，一气喝下去半瓶。

酒精作用下，她白嫩的脸上很快晕染出一片绯红，不知是不是他的错觉，韩绵那双大眼都好像有些微微泛红。

秦让怕她醉，在她继续往下喝的时候拦住她，说："小酒怡情，多了伤身。"

她抬眉看着他，他的掌心正覆在她的手背上。

细长的桃花眼看着她，那里面有着不容忽视的深情。

韩绵别开眼，却被他忽然握住了下颌。

不轻不重的力道，恰好使得她躲避不了，只能直直地看着他。

他俯身过来，在她绯红的唇上亲了一下。

韩绵满脸惊愕地看着他。

他低低笑了声："这是你昨晚亲我的回礼。"

昨晚她亲他了？

她不记得有这个细节。

秦让亲完，懒懒地坐到一旁的椅子里，抬眼问她："有感觉吗？"

韩绵心脏"怦怦"直跳，理智在脑海里残存了最后一丁点。

她不敢。

"什么时候回去？"她避重就轻地问。

秦让眼底的光暗了暗，他随手打开另一瓶酒，瞥了她一眼说："明天下午吧，要送我？"

"好。"

她答得干脆，秦让却觉得心里空了一大片，非常难受。

天已经暗了下来，秦让把桌上收拾干净，准备离开。

韩绵提了车钥匙跟上来，说："我送你回去。"

"不用，"秦让把她摁了回去，"你喝了酒，别开车。"

韩绵也不知道自己被什么情绪倾轧着，坚持道："不多，可以。"

秦让有些无奈地叹了声："韩绵，别学我，发疯不好。"

韩绵眼眶有些发热，秦让已经换好了鞋子，在她的视线里推门出去了。

屋子里再度恢复安静。

见过光的眼睛，很难适应黑暗。

尝过甜蜜的唇，苦涩则尤其难挨。

第二天早上，秦让去公司办理离职手续。

他来得不久，又是销售岗，要交接的资料并不多。要按照秦少爷以往的做事风格，根本不可能有闲工夫办什么离职手续。

他会来办理离职，主要还是不想韩绵说他没有责任心。

人事经理进去计算工资的时候，秦让被一群同事围住了。

"秦哥怎么突然辞职啊？"

"家里有点事儿。"秦让随口敷衍道。

"你不是被富婆包养了吗？"

秦让闻言瞥了一眼那人，细长的桃花眼里滑过一丝不悦。

另有一个同事插话进来，笑道："人都说了是富婆，哪能天天吃同一道菜，山珍海味吃多了也腻。"

这话触碰到了秦让的逆鳞，他握紧拳头正待发作时，口袋里的手机"叮咚"进了消息。

韩绵问他什么时候走。

秦让就忽然懒得跟他们吵嚷了。

人事推门出来，看热闹的人纷纷散去。

秦让违约在先，公司扣除了他部分工资，其余的奖金倒是都给全了。这是他劳动所得，也没什么好感恩戴德的。

秦少爷转身下楼，走得相当干脆。

残雪未融，气温很低，阳光却很好。

他去了趟最近的金店，临着中午才给韩绵打电话。

保时捷开到面前时，秦让这才看到她身上还穿着电视里常见的正装，美丽、正经，却又妩媚。

他抬了抬眉梢问："一会儿还要去录节目？"

"提前录完了，下午可以不去。"

"哦。"秦让拉开副驾驶车门坐进来，随手把手里的袋子递给她，"喏，送你。"

韩绵看到那红色的盒子上写着××黄金的字样，问："这是？"

— 536 —

秦让吊儿郎当地把手靠在脖子后面，把座椅调了个最舒适的位置，淡淡地道："住了那么久，要交点房租。"

事实上，房租谈不上，他只想送个礼物给她，用他自己赚来的全部的钱。

这是一份礼物，也是一份心意。

红色盒子打开，里面是一条项链，分量不轻，坠着一枚樱桃吊坠，非常精致。

在英文中，cherry和cherish的发音相近，很多时候，他们会用樱桃来表达珍惜之意。

秦让知道韩绵肯定明白这层意思，但她只是平静地将那盒子盖上，侧着头和他说了声感谢。

他勾唇笑了下，问："不戴上试试？"

韩绵说："不用。"

他点点头，再无旁的话。

车子一路开到火车站门口。

这条路上交警成行，所有送客的车子都只能停靠一小会儿，行李一放完就必须走。秦让解掉安全带，歪头问她："小韩绵，你没有什么话要对我说？"

她握着方向盘的手，略收紧了片刻，告别的话很长，到了嘴边也只剩了一句："再见。"

秦让舍不得她，想抱一抱她，但终究还是克制住了。

毕竟韩绵从前最讨厌他疯闹的那一套。

他关上车门，转身消失在了人群中。

韩绵把车子驶离车站，又打着双闪在路边停下，眼泪不争气地冒了出来。

秦让到达N市火车站的时候，秦海连亲自开车来接他。

漆黑的宾利，线条硬朗而冰冷，和秦海连的性格非常相似。

"爸。"秦让喊他。

秦海连点了下头，示意他上车。

温颜见到儿子，又是心疼，又是喜悦。

秦让一下子又恢复了从前那副吊儿郎当的模样。

秦海连轻咳了一声，倒也没凶他，毕竟是自己亲生的。

车上，秦让一路无言。

温颜觉得儿子出去这趟回来，变得有点不一样了。具体是哪里不一样，她也说不上来。

过了一会儿，温颜调转了话锋："我和你爸爸最近又给你看了几个姑娘，无论是长相还是品行都非常不错。"

秦让终于说话了，只是不是回应温颜的话，而是朝着前面的秦海连说的："爸，我回来的路上已经想明白了，以后我会好好管理公司的事，您用不着三天两头给我找女朋友。"

"什么意思？要给我老秦家绝后？"

秦让纠正道："这您不用担心，我有目标。"

秦海连冷哼一声算作答应。

他不知道的是，他家儿子在心里下定了决心，追不到韩绵，他老秦家真会绝后。

从S市回来，秦让只在家休息了一天，第二天就去了秦氏总部。

和以往不同，他今天没有穿花里胡哨的衬衫，而是一身笔挺的西装，酷劲十足。

西装是韩绵当初送他的那套，不是特别奢侈的牌子，但是非常合身、熨帖。满公司大大小小的职员都以为太子爷今天又哪根弦搭错了。

从前这种情况也不是没有过，他为了应付秦海连，来做做戏，挨不了几天就走了。

大家心里有谱，也都没当回事儿。

太子爷要演戏，他们配合一下就是了。

但之后的一上午时间里，秦让把各个部门的领导全请进了办公室。

他问的问题非常走心，要的资料也都是核心，逻辑清晰、条理清楚、思维敏捷。

众人忽然明白，这位爷是知道怎么玩牌的人，只是从前不高兴玩。

毕竟万事有秦海连，他乐得自在。

当天晚上，秦让在秦氏加班到了十一点。

第二天照旧。

整整一个月，秦让都是在办公室待到半夜才走。

众人纷纷感叹还是从前吊儿郎当的秦总经理可爱点。

秦海连对儿子的表现非常满意。

温颜心里却悬着,她习惯了儿子以往三天两头作妖的生活方式,忽然风平浪静,怕不是要出什么大事。

时间一晃到了春节。

韩齐和陈芸都回国了,江星辰和初音带着刚刚满三个月的宝宝,回N市过年。

秦让以要看看宝宝为名,每天都上大平层去一趟,待不了几分钟就走,偏偏每次来都打扮得特别英俊,不明就里的人还以为他是来相亲的。

某人醉翁之意不在酒的意味太明显。

明天就是除夕了,江星辰怕他除夕晚上还跑过来扑个空,便在他临走前和初音说:"阿音,你姐初二回来,你跟我去趟外公那里。"

秦让俊眉皱作一团,问:"韩绵不回来过年?"

"电台里太忙,她的年假在年后休。"

敢情他这些天都白来了。

自家发小脸上的失落如此明显,江星辰也有点看不下去,说:"韩绵不回来,你可以去啊,S市又不是美国。"

秦让点了根烟,叹气:"你说得容易,我都住她那儿了,也没见着什么突破。"

"她还喜欢你。"他从初音那里知道的。

"这我当然知道。"秦让抿了一口烟,继续说,"可她就不肯跟我在一起,一点机会都不给的那种。"

"你提分手就分手,你提复合就复合,人家韩绵这么好欺负?"

秦让嘴角抽了抽,他觉得江星辰说得非常有道理,摊手问:"那你说现在怎么弄?"

"你以前那种不要脸的方式就很管用。"

秦让抓了抓头发说:"可她不喜欢我那种疯劲儿。"

"你们怎么在一起的?"江星辰看向他问。

"就是……"秦让恍然醒了下,他丢掉烟,非常认真地看向江星辰,"你确定有用?"

"不确定。"

秦让乐得合不拢嘴,半晌又说:"江星辰,这事成了咱俩可就成连襟了。"

江星辰淡淡地"嗯"了一声，初音的姐夫，那自然也就是他的姐夫。

"那我现在就去找她？"秦让舔了舔唇，又下不了决心，"会不会太不要脸了？"

江星辰冷嗤一声道："哦，你有要脸的时候？"

"说的也是。"

江星辰不再和秦让废话，转身上了楼。

二楼的灯亮着，欢声笑语全被厚重的玻璃隔住了。

秦让站在那里思考了好半天，上车后给秦海连打了电话："爸，我得去S市一趟。"

"大过年去干吗？"

秦让一踩油门就将车子开了出去，语气拽得没边："找老婆，不然老秦家绝后，您可别赖我。"

秦海连骂了一句后又叮嘱："早去早回。"

秦让一路把车开上了高速，适逢春运，路上的车子非常多。

原本只需要两个小时的车程，整整堵了七个多小时，他到韩绵家楼下时，已经凌晨三点钟了。

他在门廊里待了一会儿，最终还是没忍心敲门。

既然来了，见不到她，他也不会走的。疯就疯得彻底点，他裹了裹衣服，在门廊里就地坐下。

寒冬腊月，地上比他想的要凉许多。不过他开了一路车过来，又累又困，很快就睡着了。

于是乎，第二天韩绵一推门就看到门口坐了个人。

秦让在她开门的瞬间，惊站了起来。

他还没睡醒，桃花眼里满是惺忪，声音也有些哑，脸上的笑却是一如既往的妖娆："小韩绵，早啊。"

韩绵惊讶道："你怎么在这儿？"

"我爸催婚，又撵我出来。"他讲着话已经将半个身子挤进了门里，他吸了吸鼻子，"先不说这些，我要冻死了，能给我倒杯热水吗？"

韩绵退回来给他倒了一杯热牛奶。

秦让一口气喝完，将杯子放在了桌上："我家小韩绵泡的牛奶就是不一般。"

韩绵看了下时间,不想和他继续胡扯,便问:"你打算什么时候走?"

秦让坐进边上的椅子里,懒洋洋地说:"我爸交代了任务,什么时候有女朋友,就什么时候回。"

"什么意思?"

"我哪儿也不去,就住你这儿。"

"我这儿住不了。"

"成啊,那我就住你家门口。"

"秦让!"

"怎么?"秦让无赖地眨眨眼笑,嘴角咧得老高。

这人发起疯来向来都是不管不顾的,这种时候和他讲道理基本属于鸡同鸭讲。

韩绵着急上班,"砰"地关上了门。

秦让在韩绵家里待了一天,想了一出周密的计划。

不过他因为冻了一夜,这会儿有点感冒,头有点晕。

药箱在她房间里,秦让没有进去找也懒得下去买,倒进沙发里继续睡觉。

除夕夜,S市卫视有自己的晚会,韩绵是主持人下班自然不会早。

秦让起来弄了点东西吃了,继续等。

凌晨一点,韩绵推门进来的时候,秦让起来迎她。

家中亮灯的感觉到底是不一样的,尤其等她的人还是秦让。

他鼻子塞得厉害,讲话声音听起来有点龘:"你怎么把自己整得这么辛苦,冷不冷?"

韩绵还没回答,手就被他握在了掌心。他掌心宽大,稍稍用了些力气,不让她挣脱,将她的手合在手心里搓。

韩绵的手并不多凉,但秦让的手足够热,甚至有点烫人。

身后的门"咔嗒"一声合上,韩绵这才注意到他脸上有些不正常的红。

发热了?

很小的时候,秦让因为发烧坚持和她一起参加乐器比赛,不仅得了肺炎,还在那之后的很多年里,只要发烧过了38.5℃就必须得吃退烧药,否则就会抽筋。

韩绵禁不住蹙了下眉。

她好不容易把手抽出来，转身进去找了温度计。

秦让确实发热了，家里没有合适的退烧药，这个点药店早关门了。

秦让看穿了她的担忧，哑着嗓子笑了声："小感冒还难不倒我。"

"还是去医院吧？"韩绵还是不太放心。

秦让闭上眼继续耍无赖："我不去，我早上和你说过了，除了你这里，我哪儿也不去。"

家里没有退烧药，普通感冒药还是有的。韩绵找出来，顺手给他倒了杯水。

他摆出一副你不喂我就不吃的姿态。

韩绵难得好说话，低头剥了两粒药。

秦让配合着张了嘴，韩绵把药放进他嘴里，指尖却被他的唇若有似无地碰了一下。

皮肤上那股温热的感觉却半晌散不去。

始作俑者很快仰面靠进沙发里，绯红的唇勾着，一双桃花眼里笑意甚浓，头顶的灯光在他眼里摇曳，俨然一副男狐狸精的模样。

不得不承认，好看的皮囊确实有优势。理智如韩绵，也很难别开眼。

过了一会儿，他忽然伸过一根手指在她手背上很轻地摩挲了下，像是勾引又像是撩拨。

墙上的钟"滴答滴答"地走着，非常清晰。

从前他常常会以这种方式开端哄她。

心脏情不自禁地跳动着，韩绵往后退一步，秦让伸腿用力勾住了她的小腿，阻止了她的退路。

他很轻地笑了声："你在紧张。"

"我没有。"她挣了挣，却没有挣脱。

他用力地往前一带，她便栽进了他的怀里。

"瘦了很多。"他缓缓握住她的腰说道。

隔着一层衣服能感受到他指腹上的温热，他若有似无地捻了一下，那被她触碰过的地方像是被点了一把火。

这把火很快沿着她的背脊线一路往上爬升，动作轻柔而缓慢。

他的指节在她的后颈那里停了下来，韩绵感觉到了他指腹上传来的微微汗意。

"我太想你了,就抱一小会儿好吗?"

也许是他近乎乞求的语气,也许是她也怀了一样的想念,那一刻,她竟然小声说了句"好"。

秦让捏住她细白的下颌,迫使她看向自己:"韩绵,这么多年,你有没有想过我?"

她长睫战栗着说:"有。"

他轻轻捧住她的脸颊问:"还爱我吗?"

"爱。"

残存的理智在顷刻间崩塌。他翻身将她压在了身下,细碎的吻落下来,啄过她的睫毛、小巧的耳垂……

情至深处,她咬住他的肩头哭了出来。

大年初一早上,秦让起得格外早。

他撸着袖子,把韩绵家里里外外收拾了个干净。

韩绵从卧室出来时,秦让立刻骚包地走过来道了声:"早安。"

他身上穿着的衬衫非常随意地敞着,结实的肌肉在衣服里若隐若现。

昨晚她头脑很清醒,想装作什么也没发生有点困难,但眼前的情况,着实有点棘手。

"早。"韩绵应了一声,避开他去了厨房。

秦让跟过来,往她手里塞进一杯温水,说:"喝这个,温度正好。"

韩绵喝水的时候,秦少爷就抱臂懒懒地倚在一旁的料理台上,目不转睛地看着她。

旧情复燃的好处,大概就是对方知晓自己的很多习惯,节约很多时间……

不过她现在还不想和他旧情复燃。

韩绵喝完最后一口水,秦让忽然暧昧地开口道:"小韩绵,我的肩膀有点痛,你帮我看看到底怎么回事儿?"

是她昨晚咬的,而他现在正在明知故问。

秦让非常满意她神情间一闪而过的羞涩,意味深长地说:"昨晚……"

"昨晚的事,"韩绵快速打断了他,"还是早点忘掉好,大家都是成年人。"

秦让嘴角抽了下,这话听起来怎么那么刺耳呢?

- 543 -

韩绵不打算和他继续说话，转身要往厨房外面走，却被他堵在了门口。

"等下。"他说。

"秦让，话已经讲明白了。"

秦让定定地看了她一会儿，忽然换了副腔调："行啊，你说什么都行，但在我的角度上，我的清白没了，你得对我负责。"

"负责？"韩绵看向他，有点震惊。

秦让掏了下耳朵，偏头问："怎么，发生这种事，只有男人要对女人负责吗？"

他说得一本正经，韩绵一时不知道该怎么往下接。

秦让径直走到门廊里拿了她家钥匙，然后非常无耻地握住了她的手腕，说："这样吧，你给我买样礼物作为补偿，这事就算了了。"

韩绵略松了口气："行。"

她换了件衣服，跟着秦让下楼。

大年初一的早上，一线城市没有堵车，清冷而空旷。

秦让一路把车子开到市中心的一家商场下面，厚着脸皮牵了韩绵往上走。正当韩绵想问他买什么时，秦让适时顿了步子说："到了。"

韩绵抬头，发现这是一家卖钻石的门店。

韩绵的脸在S市还是非常有辨识度的，秦让看着也不像普通人，因此两人一进门，店员就笑脸迎了上来。

秦让挑着眉梢说："买戒指。"

"二位是要买婚戒？"

韩绵立刻纠正道："不是。"

懂了，不是结婚用的戒指。那店员会意，领着他们到了玻璃柜台前。

"二位可以看看这些对戒，这些都是情侣款。"

秦让在那些戒指里看中了一枚，指尖隔着玻璃点了点说："看看这个。"

铂金戒圈上镶着一粒很小的钻，绕着那粒小钻石四周的是半颗心，正好和放在旁边的女戒拼成一颗完整的心。

他低头将那枚戒指戴在无名指上试了试，大小正好，便说："买这个。"

"不要女士戒指？这是对戒，一起买很划算。"

韩绵立刻拒绝。

秦让舔了下唇，不打算勉强。

韩绵到柜台付了钱回来，见他正对着光打量那枚戒指。

钻石光彩夺目，虽然是戒指，但也只是礼物。照他说的，礼物已经送了，她该负的责任也算负了。

"走吧。"

"好。"秦让点头，收了视线，却没有将戒指摘下来的意思。

车子驶离车库，路上阳光万里。

韩绵偏头见秦让的眉眼沐浴在绚烂的阳光中，记忆里的少年和他渐渐重叠到了一起。

车子开过一段，秦让忽然说："小韩绵，我考虑好了，我'嫁'给你。"

韩绵一愣，问："什么？"

秦让又表述了一遍："我说，我收了你的钻戒，并且同意你的求婚。"

韩绵皱眉道："我什么时候向你求婚了？"

"哦，那你说说，你干吗要给我送钻石戒指？"

"是你要的啊。"

"是我要的没错，可你也没拒绝。"他叹了口气，故作委屈地说，"现在我戒指都戴无名指上了，人也给你暖过炕了，你该不会是要反悔吧？"

韩绵脑神经狠狠地跳了几下，拒绝道："我现在还不打算结婚。"

秦让淡淡地应了一声："成啊，我做你未婚夫也是一样。"

不要试图和耍无赖的秦让讲道理，只会越讲越糊涂。

车子进了小区，韩绵从车上跳下来。

秦让挑了下眉，下车跟上。他步子迈得飞快，大有与她形影不离的意思。

韩绵有点烦躁，转身过来，再次强调："秦让，咱俩没戏。"

秦让把头发往上拨了拨，停下脚步说："行，知道，再住两天就走。"

只是，秦让在韩绵这里住了两天又两天，还是不走。

韩绵无法，索性自己搬去了附近的酒店。

在酒店待了一个星期后，韩绵的耳根子终于清静了。

秦让是个做什么事都不太有恒心的人，她笃定他不会在这里长待。

第八天，韩绵回了趟家，发现楼下的豪车不见了。这一切皆在她的意料之中，就像当初她去美国读书，他连一天的异国恋都没有坚持就提了分手一样。

第二天,韩绵照常去电台上班。

刚进办公室,杨助理便火急火燎地赶了过来。

"姐,不好了,'江湖'游戏的品牌方又来找碴了。"

韩绵头也没抬,随手打开了桌上的电脑,说:"白纸黑字写好的合同放在那儿,顾云涛他整不了什么大事。"

杨助理说:"来的不是顾云涛。"

不是顾云涛?

不一会儿,小姑娘又推门进来喊她:"姐,人在台长那里,喊你过去,负责人特别特别帅。"嘿嘿,助攻。

韩绵把手里的资料稍作整理,便起身去了台长办公室。

隔着半磨砂的玻璃门,韩绵隐约看到一双穿着西裤的长腿。

玻璃门叩了两下,台长便亲自来开了门。

韩绵进来,一眼瞥见了沙发上坐着的秦让——

他穿了一身深灰色的正装,长腿交叠,逆光坐着,一改以前那种吊儿郎当的模样,细长的桃花眼在她进来的时候,似有若无地弯了弯,也没有表现出太过强烈的情绪起伏。

她不知道这人怎么忽然就成了"江湖"的负责人。

王彧不知道两人的那层关系,率先开口做了介绍:"秦总,这位是我们当家主播韩绵,美国回来的,非常有才能。"

秦让看着她,喝了口茶,意味深长地笑了下,说:"嗯,韩主播从小就优秀,优秀又漂亮。"

韩绵的视线全在他右手的无名指上,那枚他自说自话戴上的戒指还在。

嗯?从小认识的?王彧是人精里的人精,只几秒钟就品出了话里的深意。他轻咳一声朝韩绵交代道:"我一会儿还要去趟B市,广告的事你和秦总谈。"

王彧一走,办公室里顿时恢复了安静。

秦让把手里的杯子放在了玻璃茶几上,抬头似笑非笑地看着她。

"韩主播,你打算一直站那么远谈事?"

韩绵抿了下唇线,走近了些,问:"你怎么会在这儿?"

"我爸把这游戏收购了,让我做负责人。所以说,你们的金主爸爸换人了。"

- 546 -

"什么时候的事？"韩绵问。

"就前几天，你搬去酒店住的那几天，我回去了一趟。"

"秦家不是不涉猎游戏吗？"

"哇，连这个你也知道，"秦让转了转手表，眼底的笑越发明显，"我家老头确实不喜欢弄游戏，他对游戏有很深的偏见，觉得游戏就是带小孩入歧途。不过呢，我说我要追女朋友，得先做一阵游戏，他就同意了。"

韩绵觉得脑门有点炸。

秦让也看穿了她的想法，掀唇道："韩绵，你可以一直拒绝我，但你阻挡不了我来见你，因为我不是一时兴起。"

他说得逐字逐句，眉眼间尽是认真。

韩绵一时不知怎么接。

秦让适时换了话题："聊下广告的事吧。"

他要结合白色情人节，加推"江湖"里的新角色，吸引更多的女性用户，需要延长原本的广告时间。

黄金档是早就安排好的，个个都得罪不起。

台长的意思是要压缩别的广告，给"江湖"加时间，短期内调借大量资源是一项非常艰巨的任务。

"韩主播，解决得了吗？"秦让问。

"可以。"

于是，之后的一个多月时间里，韩绵再度开启了加班加点的工作模式。

秦让以工作为由，在韩绵办公室里放了张办公桌，每天和她一个点下班，有时会比她更晚。从小到大，秦让认真做某件事的次数屈指可数，却都和她有关。

韩绵问："'江湖'游戏对秦氏很重要？"

"嗯，非常重要，秦氏的流动资金链转过来很大一部分。"弄不好秦氏还会受损。

韩绵表情有点严肃。

"放心，"秦让忽然又恢复了以前那吊儿郎当的模样，"没你万分之一重要，你在我心里最重要。"

白色情人节当天，"江湖"新角色顺利推出。

秦让一直在盯后台数据，数据涨了两个小时，却在第三小时忽然

停了。

与此同时,秦让的手机响了起来,出事了——

一个名为"春天小奶泡"的大V连续发布两条爆料,曝光"江湖"是款抄袭游戏。

他有理有据地把细节对比图全部放了出来,并且逻辑清楚地写了秦氏如何使用手段整垮了原来的小公司。

一时间,秦氏股票暴跌,秦家被推到了风口浪尖。

"江湖"不是秦家开发的,顾云涛抄袭再把游戏卖给了秦氏。

韩绵在这中间成了一个完美的诱饵,顾云涛深知秦让对韩绵的感情,稍加引诱,秦让就上钩了。

"顾云涛这孙子阴我!"秦让外套也没穿,一下冲出了办公室。

韩绵急忙追出来,却被杨助理拦住了。

"姐,台长找。"

韩绵和王彧聊完出来,立刻给秦让打电话。但他的手机占线中,根本打不通。她心神不宁,直接将车子开去了顾氏。

秦让的车果然停在顾氏门口,人群轰隆隆吵炸了天,他在那些人群中间,疯了一般地和那些人扭打成一团。

四周都是抓拍的摄像机。

韩绵使劲挤到人群中间,一把抱住了他。

"秦让,你冷静点,这是个局,抄袭的事不难处理,现在顾云涛等的就是你发狂。"

秦让忽然意识到,这是一个彻底整垮秦家的局。他牵着她从人群里走了出去,俊脸上尽是伤。

韩绵忽然说:"秦让,你抱着我走,对着那边的摄像头。"

秦让头脑虽然混乱,但他对韩绵的智慧有种偏执的盲从,她说什么,他就做什么。

到了车上,那些摄像机没再跟过来。

韩绵让秦让坐了副驾驶座,自己转动了钥匙。

"你太冲动了,顾云涛想整你,刚刚的素材已经够了。"

秦让合眼靠进座椅里,有些沮丧地吐了口气:"嗯。"

"我们现在可以将计就计。"韩绵淡淡地说。

秦让忽然睁开眼看向她。女孩瓷白的脸上有着显而易见的气愤:"顾云涛打了我未婚夫的脸,这个仇,我得报。"

"未婚夫?"秦让有点不相信自己的耳朵,偏头打量着她。

"不是你自己说的吗?"韩绵目视前方,将车子开上了主路。

"你不是一直不承认吗?"他苦涩地笑了下。

"我现在改变主意了。"

"你当真?"秦让一下坐直了,一动不动地盯着她。

她不答反问:"你不打算嫁了?"

"嫁,当然得嫁。"

顾云涛在那之后不久,果然让人把照片发了出去。

秦家独子借酒大闹顾氏集团的丑闻一下上了头条。

一天之后,S市的当家主播忽然放出一段视频,秦让抱着她从顾氏出来,满脸的伤,配字"黑白颠倒的世界,这才是真相"。

那之后,韩绵又放了一张她和秦让的合照,两人双手交叠,无名指上的钻戒非常明显。

众人一梳理忽然明白了,顾云涛不做人,想潜规则秦让的女朋友,秦让孤身闯顾氏英雄救美,被打得鼻青脸肿。

当天下午,S市卫视晒出了一张年初的合同,"江湖"游戏的原老板姓顾,不姓秦。

众多媒体与官博纷纷转载。

秦让首次作为秦家的发言人接受媒体采访,表示会顾及所有用户利益,聘回原游戏开发方,重新升级游戏。

至此抄袭风波平息。

同年四月,韩绵在微博高调晒了自己和秦让的结婚照。

人间风月无边,唯此情可待。

后 记

  我写过很多故事,但江星辰是我笔下最特别的存在。很久以前,我也有过一段暗恋,从某天下午开始,到某个不知道时间的日子里烟消云散。

  他成绩很好,年级第二,我成绩也不错,年级第四,我们都姓顾,我学号43,他学号44,每次考试,每次点名,每次颁奖,我们都靠着。

  不知情为何物的年纪里,我常常把那些当作专属的甜蜜。哈哈哈,没有人知道我为考到年级第三熬了多少夜。

  他在我那矫情忸怩的日记里栩栩如生,在我胡编乱造的诗行里意气风发……他充斥了我整个青春期,融入了我年少时期全部的热情与努力。

  我从没有得到过他,就像我从来没有考过年级第三。

  但很庆幸,我喜欢了一个优秀的人,我悄悄跟着他的脚步到了高中,到了大学。

  也许,有些缘分,注定就是起一阵风,等一场雨,全靠天意。

  老天如果不想让你们遇见,你们便不会再见面,哪怕你们就在一个城市,只隔了几站地铁……

  莎士比亚曾说:"老时光,凭你多狠,我的爱在我诗里万古长青。"

  我想写一个故事,给那场如风过境的青春画个句号。

  那是我喜欢他的第十年。

  他曾模模糊糊地出现在我三本书里。

  他们是他,却又不是他。

他们各有各的脸，各有各的性格，各有各的爱好，各有各的归属。"他"成了一个载着暗恋感觉的残影，成了我创作的情感源。

　　在写《他比星星撩人》之前，我每次写到暗恋，心里都会有那种尖锐的刺痛感。可是，写"星星"时，我心里只剩了柔软和治愈，就忽然释怀了。

　　也是到了这一本，我才彻底和年少的自己挥手作别。

　　《他比星星撩人》完结后，我看过四遍，每一遍都觉得温暖，每一遍都在姨母笑。

　　初音摘到了星星，江星辰拥抱了朝阳，韩绵收到了秦让的向日葵，而我是他们青春风暴的见证者，真好！

　　我爱江星辰，爱陈初音，爱秦让，也爱韩绵，爱他们每一个人。

　　祝他们永远相爱，也祝你们前程风光，得偿所愿。

　　　我祈求过的风，
　　　从不吹在你的帆上吗？

　　那天我在某平台，用一句诗歌隔空问他。

　　或许吹到过。

　　但是散了。

　　没关系。

　　他们的故事里——

　　风正轻，云正软，青春正年少。

顾了行
2023 年 6 月 6 日

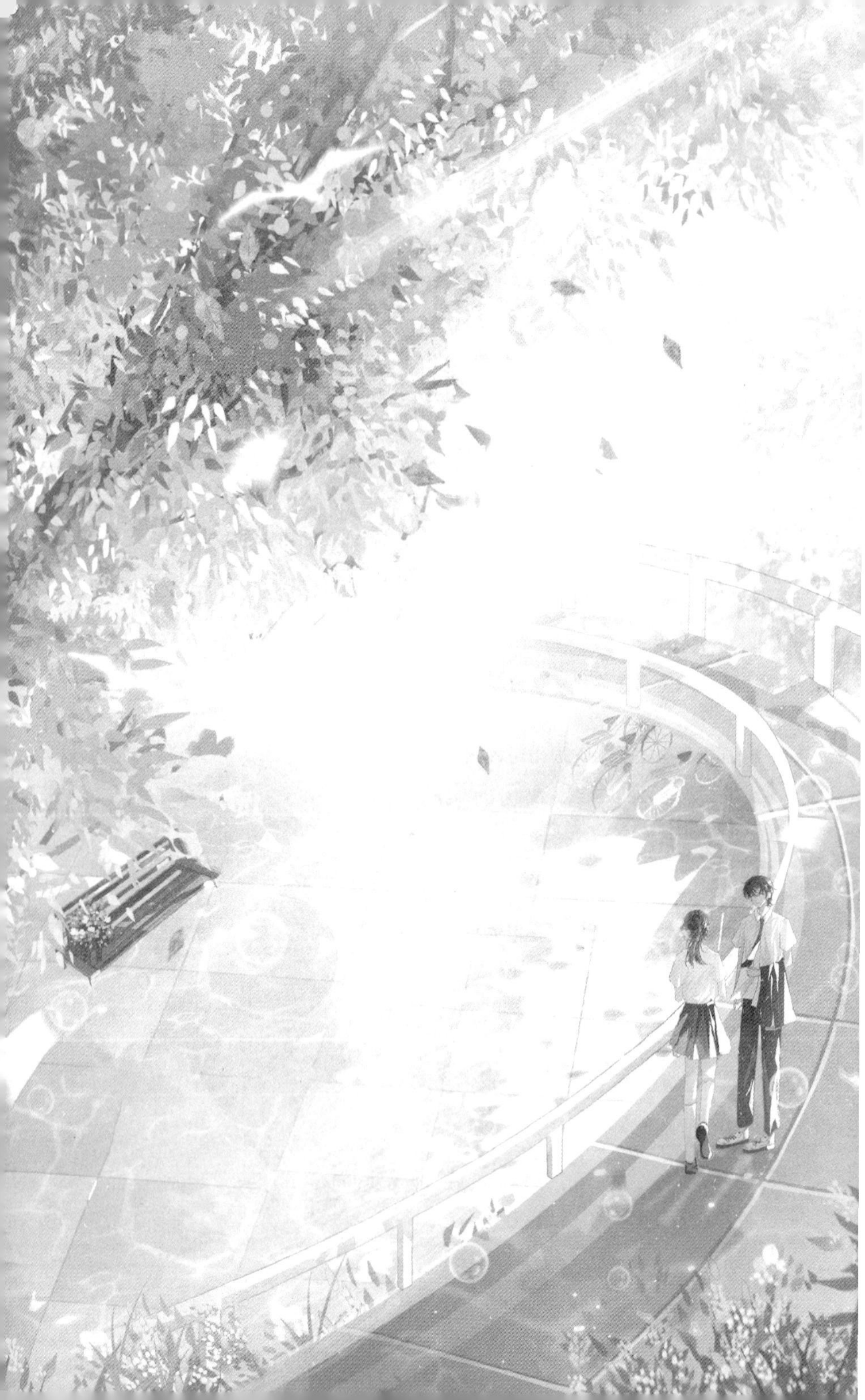